윌리엄 셰익스피어 William Shakespeare

1564년 잉글랜드 스트랫퍼드어폰에이번(Stratford-upon-Avon)에서 비교적 부유한 상인의 아들로 태어났다. 엘리자베스 여왕 치하의 런던에서 극작가로 명성을 떨쳤으며, 1616년 고향에서 사망하기까지 37편의 작품을 발표했다. 그의 희곡들은 현재까지도 가장 많이 공연되고 있는 '세계 문학의 고전'인 동시에 현대성이 풍부한 작품으로, 전 세계 사람들의 마음을 사로잡고 있다. 크게 희극, 비극, 사극, 로맨스로 구분되는 그의 극작품은 인간의 수많은 감정을 총망라할 뿐 아니라, 인류의 역사와 철학까지도 깊이 있게 통찰하고 있다고 평가받는다. 고대 그리스 비극의 전통을 계승하고, 당시의 문화 및 사회상을 반영하면서도, 수백 년이 지난 지금까지 독자들의 공감과 사랑을 받는, 시대를 초월한 천재적인 작품들인 것이다. 그가 다루었던 다양한 주제가 이렇듯 깊은 감동을 이끌어 내는 데에는 그의 시적인 대사도 큰 역할을 한다. 셰익스피어가 남겨 놓은 위대한 유산은 문학뿐 아니라 영화, 연극, 뮤지컬, 오페라와 같은 문화 형식, 나아가 심리학, 철학, 언어학 등 다양한 학문에서도 수없이 발견되고 있다.

옮긴이 최종철

연세대학교 영어영문학과를 졸업하고 연세대학교와 미네소타 대학교에서 문학 석사 학위, 미시건 대학교에서 문학 박사 학위를 받았다. 셰익스피어와 희곡 연구를 바탕으로 다수의 논문을 발표하였으며 현재 연세대학교 영어영문학과의 명예교수이다. 1993년부터 셰익스피어 작품을 운문 형식으로 번역하는 데 매진하여, '셰익스피어 4대 비극'인 『햄릿』, 『오셀로』, 『맥베스』, 『리어 왕』과 『로미오와 줄리엣』, 『한여름 밤의 꿈』, 『베니스의 상인』 등을 번역 출간했다.

셰익스피어 전집 8   사극 I

셰익스피어 전집 8

사극 I

윌리엄 셰익스피어
최종철 옮김

민음사

셰익스피어 전집의 운문 번역을 시작하며

셰익스피어가 그의 극작품에서 사용하는 언어는 형식상 크게 운문과 산문으로 나뉜다. 산문은 주로 희극적인 분위기나 신분이 낮은 인물들(꼭 그렇지는 않지만), 저급한 내용, 편지나 포고령, 또는 정신 이상 상태 등을 드러낼 때 쓰이고, 운문은 주로 격식을 갖추어 사상과 감정을 표현할 때 쓰인다. 여기에서 운문이라 함은 시 한 줄에 들어가는 음보의 수에 따라 몇 가지 종류가 있지만, 셰익스피어가 주로 사용하는 것은 소위 '약강 오보격 무운시'라 불리는 형식이다. 알다시피 영어에는 우리말과 달리 강세가 있으며, 강세를 받지 않는 음절 다음에 바로 강세를 받는 음절이 따라올 때 이 두 음절을 합쳐 '약강 일보'라 말하고, 이런 약강 음절이 시 한 줄에 연속적으로 다섯 번 나타날 때 이를 '약강 오보'라 부른다. 그리고 '무운'이란 각운을 맞추지 않는다는, 즉 연이은 두 시행의 끝에서 같은 음이 되풀이되지 않는다는 뜻이다. 모든 운문 형식 가운데 이 '약강 오보격 무운시'가 영어의 자연스러운 리듬에 가장 가까우며 셰익스피어가 그 대표적인 사용자이다. 그리고 산문은 이러한 규칙을 지키지 않는 대사를 말한다. 또한 두 형식은 시각적으로도 구분되는데, 일정한 음보 수가 넘치면 시 한 줄이 끝나고 다음 줄로 넘어가는 운문과 달리 산문은 좌우 정렬로 인쇄되어 지면을 꽉 채우도록 배열된다. 극작품마다 운문과 산문의 사용 비율은 각기 다르지만 대부분은 운문이 전체 대사의 절반 이상을 차지하고 그 비율이 80퍼센트 이상인 희곡도 총 38편 가운데 22편이나 된다. 예를 들면 우리가 익히 아는 4대 비극의 경우, 운문과 산문 두 형식의 배분율 퍼센트는 『햄릿』이 75 대 25, 『오셀로』가 80 대 20, 『리어 왕』이 75 대 25, 『맥베스』가 95 대 5이다.

이렇게 셰익스피어 연극 대사의 대부분을 차지하는 운문을 어떻게 처리하느냐는 그의 극작품을 우리말로 옮길 때 매우 중요한 고려 사항이다. 시 형식으로 쓴 연극 대사를 산문으로 바꿀 경우 시가 가지는 함축성과 상징성 및 긴장감이 현저히 줄어들고, 수많은 비유로 파생되는 상상력의 자극이 둔화되며, 이 모든 시어의 의미와 특성을 보다 더 정확하고 아름답게 그리고 효율적으로 전달하는 도구인 음악성이 거의 사라지기 때문이다. 이 말은 물론 산문 번역으로는 이런 효과를 전혀 낼 수 없다는 뜻은 아니다. 하지만 시와 산문은 그 사용 의도와 용도 그리고 효과가 많이 다르기 때문에 어느 쪽을 택하느냐에 따라 그 결과는 상당히 다르게 나타날 수 있다. 일반적으로 산문 번역은 정확성을 기하는 데는 좋지만, 시적 효과와 긴장감이 떨어지고, 말이 길어지는 경향 때문에 공연 대본으로 쓰일 경우 공연 시간을 필요 이상으로 늘릴 가능성이 있다. 따라서 가장 이상적인 선택은 셰익스피어 극작품의 운문 대사를 시적 효과와 음악성을 살리면서 동시에 정확성도 확보하는 우리말 번역일 것이다.

그렇다면 셰익스피어 연극 대사의 대부분을 차지하는 영어의 '약강 오보격 무운시'를 그에 상응하는 우리말 시 형식으로 어떻게 옮겨 올 수 있을까? 두 언어가 여러 가지 면에서 다르기 때문에 영어의 음악과 리듬을 우리말로 꼭 그대로 재생할 수는 없다. 그러나 모든 언어는 나름대로의 소리를 배열하여 고유의 리듬을 만들어 낼 수 있는 기본 능력을 갖추고 있다. 그렇기에 영어 음악성의 100퍼센트 복제가 아니라 그와 유사한 그러나 우리말에 독특한 리듬의 재생을 목표로 한다면 방법이 없는 것도 아니다. 이에 역자는 그 해결책으로 우리말의 자수율을 생각해 보았다. 그리고 영어 원문의 '무운시' 번역에 우리 시의 기본 운율인 삼사조와 그것의 몇 가지 변형을 적용해 보았다. 즉, 우리말 대사 한 줄의 자수를 최소 열두 자에서 최대 열여덟 자로 제한하고 그 안에서 적절한 자수율을 찾아보았다. 그 결과 셰익스피어의 '오보'에 해당되는 단어들의 자모 숫자와 우리말 12~18자에 들어가는 자모 숫자의 평균치가 거의 비슷하다는 사실을 알게 되었다. 사람이 한 번의 호흡으로 한 줄의 시에서 가장 편하게 전달할 수 있는 음(의미)의 전달 양은 영어와 한국어가 별로 차이가 없다는 사실을 발견한 셈이다. 이는 또한 셰익스피어 극작품의 시행 한 줄 한 줄이 시로서만 가치를 가지는 것이 아니라, 처음부터 배우들이 말하는 연극 대사로서의 기능을 염두에 두고 쓰였다는 사실을 고려해 볼 때 더욱 자연스러운 발견이었다. 이렇게 우리말의 자수율로 영어의 리듬을 대체할 수 있었을 뿐만 아니라 우리말 시 한 줄의 길이 제한 안에서 영어 원문의 뜻 또한 최대한 정확하게, 거의 뒤틀림 없이 담을 수 있었다.

역자는 이 방법을 1993년 『맥베스』 번역(민음사)에 처음 사용하였고 그 후 지금까지 같은 식으로, 그러나 상당한 변화와 개선을 거치면서 『햄릿』, 『오셀로』, 『리어 왕』, 『로미오와 줄리엣』, 『한여름 밤의 꿈』, 그리고 가장 최근에는 『베니스의 상인』 번역(모두 민음사 세계문학전집)에 사용하였다. 또한 이번 셰익스피어 전집도 극작품은 모두 같은 방법으로 번역하였고 앞으로 출간될 나머지 작품들 또한(소네트와 시는 원래 시 형식으로 쓰였기 때문에 말할 것도 없이) 같은 식으로 번역할 것이다.

끝으로 이러한 우리말 운문 대사가 실제로 어떤 효과를 내는지 궁금한 독자들은 해당 부분을 소리 내어 읽어 보면 그 리듬을 쉽게 느낄 수 있을 것이다. 그리고 이 번역과 다른 셰익스피어 번역을 비교해 보면(대부분 산문 또는 시행의 길이 제한을 두지 않는 불완전한 운문 형식으로 되어 있는데) 그 차이점을 바로 알아차릴 수 있을 것이다.

2014년 봄

최종철

셰익스피어 전집의 운문 번역을 마치며

  사실 셰익스피어 전집 번역은 내가 처음부터 작정하고 시작한 일은 아니었다. 막대한 분량(희곡만 해도 서른여덟 편), 상당히 오래된 외국어인 영어(정확히는 초기 근대 영어), 상세한 각주 없이는 이해하기 힘든, 그리고 있어도 끝내 또렷하게 해석할 수 없는 수많은 단어, 구절, 문장 등의 장벽으로 인해 당시 내게 주어진 능력과 시간을 넘어서는 작업이라고 생각했기 때문이다. 그래서 1993년 민음사에서 한국 최초로 『맥베스』 운문 번역을 선보였을 때만 해도 내 목표는 소박했다. 산문 번역 일색이던 한국 셰익스피어 학계에, 그리고 그것이 셰익스피어 극작품의 유일한 대사 전달 방식이라고 알던 대부분의 독자와 관객에게 우리말 운문 번역이 가능하다는 사실, 그것이 원작 대사의 음악성을 우리말로 살리는 데 가장 적합하고 유효한 방식이라는 사실을 알리고 싶었다. 이 목표는 몇 번의 시행착오 끝에 『햄릿』을 비롯한 비극 몇 편과 『한여름 밤의 꿈』을 비롯한 희극 몇 편이 민음사 세계문학 전집을 통해 독자들에게 널리 소개되었을 때 상당한 수준으로 달성되었다. 왜냐하면 다른 역자들의 운문 번역이 나타나기 시작한 점으로 미루어 짐작건대 이러한 형식의 번역이 어느 정도 이 땅에 정착하였다는 사실을 알 수 있었고, 그에 대한 독자들의 반응 또한 나쁘지 않았기 때문이다. 그래서 정년퇴직을 앞둔 2010년경 내 목표는 셰익스피어의 수많은 작품 가운데 소위 명작이라고 불리는 극작품 열여섯 편을 골라 선집 형식으로 출판하는 것으로 확장되었다. 그러다가 이 선집의 출간 계획을 논의하는 과정에서 민음사 측이 전집을 제안하였고, 그동안 얻은 약간의 자신감과 지나간 번역 과정에서 느꼈던 수많은 고통 속의 희열(멋진 시행들이 우리말 운율을 타고 춤출 때)에 눈먼 나는 그 제안을 받아들였다. 그 결과 총 열 권의 전집 가운데 네 권(1·4·5·7권)의 희곡을 2014년에, 한 권의 시집(10권)을 2016년에, 마지막으로 나머지 다섯 권(2·3·6·8·9권)의 희곡을 2024년에 내놓게 되었다. 이로써 셰익스피어 전집 번역의 삼십 년 여정이 드디어 끝을 보게 되었다.

그렇다면 역자는 왜 삼십 년이나 셰익스피어 번역에 몰두하게 되었을까? 다시 말하면 셰익스피어의 작품에 무슨 마력이나 흡인력이 있어 그 긴 세월 동안 갖은 고생을 마다하지 않고 시간과 노력을 바치게 되었을까? 거기에 무슨 가치가 얼마나 있기에 그랬을까? 이에 대한 대답은 크게 두 가지로 가능하다. 첫 번째는 객관적으로, 역사적으로 이미 입증된 가치를 말할 수 있다. 민음사 전집의 모태가 되는 최초의 전집은 지금으로부터 꼭 4백 년 전인 1623년에 영어로(당연히!) 출간된 제1 이절판(The First Folio)이었다. 셰익스피어 서거 칠 년 후 그의 동료 배우이던 헨리 콘델과 존 헤밍이 극단에 남은 자료들을 모아 편집하고 출간한 이 전집은 그 후 4백 년 동안 나온 모든 단행본과 전집, 그리고 번역본의 원조라는 사실뿐 아니라 이 전집이 아니면 영원히 사라질 뻔했던 열여덟 편의 극작품(『맥베스』,

『십이야』,『태풍』,『줄리어스 시저』,『잣대엔 잣대로』 등)을 포함한 것으로 유명하다. 또한 이 전집에 바친 추도사에서 셰익스피어 생전에 그와 명성을 다투던 작가 벤 존슨은 그를 일컬어 "어느 한 시기가 아니라 시대를 초월한 작가"라고 극찬한 것으로도 유명하다. 물론 그 후 셰익스피어와 그의 작품들에 대해 쏟아진 찬사는 '셰익스피어 숭배(Bardolotry)'라는 신조어를 낳을 정도로 부지기수여서 여기에 일일이 나열할 수조차 없다. 750여 권이 간행되었고, 그중 235권이 현존한다고 알려진 초판본 한 권의 현재 가치는 무려 약 1천만 달러(2020년 크리스티 경매에서)였다고 한다. 돈이 모든 것의 척도는 아니지만 이 금액은 셰익스피어의 작품이 어떤 평가를 받는지 단적으로 보여 준다.

셰익스피어 전집의 가치에 대한 두 번째 대답은 다분히 주관적이라고 하겠다. 번역 과정에서 역자가 몸으로 느끼고 깨달은 점이니까. 하지만 지금 이 전집을 손에 넣고 읽으려는 독자들에게 역자는 이것 하나만은 분명히 말할 수 있다. 셰익스피어를 읽은 후의 삶은 그 전에 비해 무언가가 달라져 있을 것이라고. 무엇보다도 정서적으로 풍성해질 것이라고. 왜냐하면 독자들은 그의 작품의 향연에 초대받아 다음 세 가지 진수성찬을 맛볼 테니까. 첫 번째는 말, 말, 말의 진수성찬이다. 셰익스피어가 지금도 영어권에서 통용되는 수많은 신조어를 만들어 냈다는 사실, 라틴어와 그리스어 계통의 개념어와 앵글로·색슨 계통의 쉬운 토박이말을 적절히, 기가 막히게 잘 섞어 썼다는 사실은 영어가 아닌 우리말 번역에서는 많이 희석되거나 사라져서 분간하기 힘들다. 하지만 비교적 쉬운 영어를 적재적소에 사용하여 엄청난 무게의 뜻을 실은 예는 우리말 번역에서도 그 빛을 잃지 않는다. 실례로 햄릿의 마지막 대사 "그 나머진 침묵이네."를 보자. 그의 "침묵"은 말장난으로 시작하는 그의 첫 등장 대사 "촌수는 좀 줄었지만 차이는 안 줄었죠."와 대비될 때 갖가지 의미의 파장을 낳는다. 그의 수많은 말과 말이 결국 말 없는 침묵을 위한 준비였단 말인가? 이렇게 무의미의 침묵 속으로 사라질 삶인데 뭣 때문에 "존재할 것이냐, 말 것이냐,"로 그토록 고민했단 말인가? 그의 죽음의 침묵 속에는 과연 어떤 일들이 일어날까? 그곳은 폴로니우스를 죽인 죄로 벌 받는 지옥일까, 아니면 호레이쇼의 바람대로 천사 노래 들리는 천국일까? 이런 유의 끝 모를 상상이 모두 침묵이라는 마지막 말에 담겨 있고, 그 모든 뜻은 셰익스피어가 의도적으로 고른 한 단어와 그 단어가 처한 극작품의 맥락 안에 담겨 있다. 그리고 이런 종류의 언어 사용은 『햄릿』한 작품에, 한 장면에 국한되지 않고 전집 도처에 깔려 있다.

두 번째는 수많은 감동적인 이야기의 진수성찬이다. 세 딸에게 효심 경쟁을 시키고 가장 마음에 드는 말을 하는 딸에게 왕국의 가장 비옥한 3분의 1을 주려 했던, 그러나 막내딸의 말 없음을 뜻 없음으로 오해하여 결국 죽게 만드는 리어왕의 이야기, "내가 시저를 덜 사랑해서가 아니라 로마를 더 사랑했기 때문에" 그를 죽였다고 말했지만 시저 사후에 벌어진 로마의 대혼란을 초래했고, 결국 비극적인 죽음을 맞이하는 브루투스의 이야기, 초자연적인 신들과 상류 귀족들과 천한 장인들이 한여름 밤의 꿈처럼 뒤엉켰다가 다시 제자리로 돌아오는, 그 와중에 유일하게 여신인 티타니아와 진짜 사랑을 나눈 다음 그 꿈에서 깨어나는 보텀의 이야기, 꼽추로 태어나 형제와 조카들을 죽이고 왕권을 차지하지만 그 과정에서 저지른 악행과 감언이설의 약발이 떨어져 비참한 최후를 맞이하는 리처드 3세 이야기, 이처럼 인간이 처할 수 있는 거의 모든 상황과 심리 상태, 인간이 맺을 수 있는 거의 모든 관계를 다루는 셰익스피어의 이야기는 그것이 결국 우리 이야기(실제가 아니라 잠재적으로)이기 때문에, 게다가 잘 짜인 이야기이기 때문에 우리의 흥미를 일으킬 수밖에 없고, 일단 읽기 시작하면 끝까지 좇아갈 수밖에 없게 만든다.

마지막 세 번째는 갖가지 인물의 진수성찬이다. 여기에서 인물이란 말과 행위를 통하여 이야기를 전달하는 주체인 배우 역할을 하는 사람과 그 사람의 성격을 통틀어 가리키는 말이다. 그리고 셰익스피어 전집에는 우리가 인간 세상에서 직접 또는 간접으로 겪을 수 있는 거의 모든 부류의 인물이 등장한다. 그런데 이들 모두는 아무리 전형적인 단역이라 하더라도 그 나름의 특성이 있고, 어느 두 인물도 성격이 겹치지 않는다. 예를 들면 『맥베스』에 등장하는 자객 1은 뱅쿠오를 죽이려고 기다리는 살인자의 모습과 전혀 어울리지 않는 시적인 대사를 말한다. "줄무늬 석양빛이 서쪽 하늘 물들이며/ 길 늦은 나그네는 여관에 닿으려고/ 잦은 박차 가하고 우리의 표적도/ 가까이 오는구나."(3.3.5~8) 살의를 품고 석양의 아름다움을 노래하는 이 자객은 우리의 예상을 완전히 깨면서 앞으로 닥칠 살인 행위의 끔찍함을 고운 시어로 포장한다, 아주 태연하게. 이러한 상반되거나 이질적인 두 감정의 공존은 비극의 주연급 인물로 가면 더욱 두드러진다. 데스데모나를 너무나 사랑하고 그렇기 때문에 죽여야 한다는 오셀로 내면의 갈등은 그 두 가지 감정이 모두 강력하면서 진실이기 때문에 더욱 사실적으로, 그리고 강력하게 독자의 마음을 '괴롭게' 뒤흔들어 놓는다. 그러나 희극의 여성 주인공들은(『십이야』의 비올라처럼) 이런 갈등을 겪지 않는다. 그들은 사랑하는 남자의 어떤 실수도 기꺼이 받아들일 준비가 되어 있다. 이처럼 셰익스피어 전집에는 상황과 장르와 분위기에 따라 달라지는 성격의 인물들이 끝없이 등장하고, 이들은 궁극적으로 우리 모두의 자화상이기 때문에 우리는 그들의 말과 행위에 반응할 수밖에 없다.

이렇게 세 가지 향연을 제공하는 셰익스피어 전집을, 그것도 세종대왕님 덕분에 영어 원본의 시적인 리듬을 한글 운문으로 바꿔 놓은 민음사 전집을 손에 넣은 독자들은 이제 어떻게 해야 할까? 역자는 여기에서 제1 이절판 편집자들의 권유를 인용하려 한다. 그들은 당시의 "대단히 다양한 독자들에게" 그를, 그러니까 셰익스피어의 작품을 "읽고 또 읽고, 또 읽으라고" 했다.

2023년 겨울
최종철

차례

일러두기

1. 번역에 사용한 저본 및 참고본은 각 작품의 「역자 서문」에 밝혀 두었다.

2. 고유명사의 표기는 국립 국어원의 외래어표기법을 따르는 것을 원칙으로 하였다. 다만 이미 굳어져 널리 쓰이고 있는 표기 등은 예외를 두었다.

3. 원문에서 의도적으로 어법에 맞지 않게 쓴 표현은 그대로 살려 번역하거나 일부 방언을 사용하였고 각주로 표시하였다.

4. 독자의 편의를 위해 대사의 행수를 5행 단위로 표기하였으며, 이는 원문의 길이와 전체적으로는 거의 같지만 완벽하게 일치하지는 않는다. 한 행이 계단식 배열로 표시된 것은 1) 한 인물이 같은 행을 나누어 말하거나 2) 둘 이상의 인물이 같은 행을 나누어 말하는 경우이다.

5. 막의 구분 없이 장면의 연속으로만 진행되었던 셰익스피어 당시의 공연 관행을 반영하기 위하여 막과 장의 숫자만 명기하고 장소는 각주에서 설명 하였다.

역자 서문

　서문을 시작하기 전에 우선『헨리 6세』3부작과 관련되어 흔히 제기되는 1부의 원작자 문제와 1부와 2, 3부 사이의 창작 순서 문제에 대한 역자의 견해를 밝히고자 한다.『헨리 6세』 3부작은 셰익스피어 사후 칠 년째인 1623년에 출판된 최초의 전집 제1 이절판(F1)에서 그의 다른 사극들과 함께 1부, 2부, 3부의 순서로 배열되어 있다. 그런데 이들 세 작품 가운데 1부 는 제1 이절판이 초판이었지만 나머지 두 작품은 각각 다른 이름의 사절판(quarto) 형태로 이미 출판된 적이 있었다. 2부 는『유명한 요크와 랭커스터 두 가문 간의 다툼 1부』로 1593년 에, 3부는『요크 공작 리처드의 진정한 비극』으로 1595년에, 그 런 다음 두 작품을 합친『두 유명한 요크와 랭커스터 가문 간 의 다툼의 전모』가 1619년에 출판되었다.

　이렇게 좀 복잡하게 얽힌 출판 이력과 거기에 더해진 몇 가 지 동시대 사람들의 작품 외적인 언급과 암시(예컨대, 장미극장 의 지배인 필립 헨슬로의 일기장에 적힌『헨리 6세』"신작" 공연에 관한 1592년 3월의 기록) 등을 토대로 많은 비평가와 학자들, 그리고 편집자들은『헨리 6세』3부작에 대한 자신들의 개인적 평가에 따라 『헨리 6세 1부』는 셰익스피어의 창작이 전혀 아니라거나, 동시대의 다른 작가 또는 작가들과 이런저런 형태의 합작을 했다거나, 다른 작가 또는 작가들의 원작을 셰익스피어가 최종적으로 다듬었다는 등의 가설을, 그리고 1부는 2, 3부의 성공에 힘입어 한참 뒤에 출판된 하나의 후속 전편(프리퀄)과 같다는 가설을 내놓았다.

그러나 이번 번역에서 역자는 이런 원작자 문제와 창작 순서의 문제를 고려하지 않았다. 그것이 일반 독자, 특히 한국어로 셰익스피어를 읽는 독자에게는 별 논란거리가 되지 않을뿐더러 번역에서 작품들 간의 질적인 차이나 3부작 사이의 창작 순서를 드러내는 내용을 찾아내는 일은 대단히 어렵거나, 노력을 들인 만큼의 소득을 얻을 수 있을지 매우 의심스럽기 때문이다. 따라서 이번 번역은 세 편 모두 같은 셰익스피어의 작품으로, 창작 순서는 1부가 나중에 쓰였을 수 있지만 역사적인 내용의 측면에서는 현재 배열된 순서로, 연결되어 있으면서도 독립적으로 읽힐 수 있는 하나의 긴 작품으로 여기고 진행되었다.

이러한 맥락에서 『헨리 6세』 3부작을 하나로 연결하는 공통 주제는 '나약한 왕 헨리 6세의 통치력 공백을 틈탄 랭커스터가와 요크가의 왕위 쟁탈전'이라 할 수 있고 각각의 작품을 특징짓는 인물과 사건은 1부의 경우에는 '탤벗과 퓌셀의 승패와 죽음', 2부는 '글로스터의 죽음과 왕권을 향한 요크와 역적 케이드의 약진', 그리고 3부는 '요크의 죽음과 에드워드의 왕권 탈취'로 볼 수 있다. 그러면 이제부터 이 내용을 좀 더 상세하게 살펴보기로 하자.

『헨리 6세 1부』는 헨리 5세의 장례 행렬로 시작된다. 막이 열리면서 프랑스 총독 베드퍼드 공작, 섭정 글로스터 공작, 엑서터 공작, 워릭 백작, 윈체스터 주교 및 서머싯 공작이 헨리

5세의 운구 행렬을 따르고, 그 가운데 베드퍼드, 글로스터, 엑서터, 그리고 윈체스터가 그들의 주군이었던 헨리 5세의 죽음에 대한 각자의 소회를 밝힌다. 그리고 그들의 추도사 가운데 글로스터의 말에서 우리는 왜 『헨리 6세』 3부작이 헨리 5세의 죽음으로 시작하는지 그 주된 이유를 엿볼 수 있다. 그는 자신의 형이었던 헨리 5세를 다음과 같이 평가한다.

> 그의 치세 전까지 잉글랜드에 왕은 없었다.
> 명령할 자격 있는 실행력을 지녔기에
> 휘두르는 칼 빛에 사람들은 눈멀었고
> 펼친 팔은 용의 날개보다도 넓었으며,
> 번쩍이는 두 눈은 격노의 불길에 차
> 적들의 얼굴 향한 한낮의 맹렬한 태양보다
> 그들 눈을 더 부시게 하면서 물리쳤다.
> 뭐라 할까? 그의 행위, 말을 다 넘어서고,
> 손을 들면 언제나 정복이 뒤따랐다. (1.1.8~16)

그는 명령할 자격 있는 실행력을 지녔을 뿐만 아니라 그것을 뚜렷한 결과로, 정복으로 보여 줬다. 잉글랜드가 프랑스 왕권을 두고 프랑스와 다투었던 백 년 전쟁 최고의 영웅으로 그는 한때 프랑스 영토 전체를 거의 손에 넣을 만큼 잉글랜드의 대륙 세력을 확장했고, 그 보답으로 샤를 6세의 딸 캐서린을 60만 크라운의 지참금과 함께 왕비로 맞이했다. 한마디로 잉글랜드 사람들에게 그는 승리의 영광을 상징하는 정복 군주였다. 이런 그가 1422년 36세의 나이로 요절함으로써 잉글랜드의 대륙 세력은 급격히 쇠퇴하고(적어도 『헨리 6세』 3부작 안에서는) 그 쇠퇴는 헨리 6세의 나약함과 극명하게 대비된다.

그리고 그 대비는 두 가지 면에서 곧바로, 뚜렷이 드러난다. 첫째는 헨리 5세의 운구 행렬이 끝나기도 전에 전달되는 사자들의 프랑스 영토 상실 보고와 탤벗의 패전 소식이다. 프랑스 총독 베드퍼드가 앞으로 닥칠 불운한 시절을 내다보고 헨리 5세의 영령에게 "이 왕국의 번영을 도모하고 내분을 막으며,/ 저 하늘의 적대적인 행성들과 싸우소서."(1.1.53~54)라는 호소를 끝내기도 전에 첫째 사자가 등장하여 프랑스로부터 슬픈 기별을, 손실과 살육과 완패를, 그리고 그 결과 프랑스 영토 절반에 해당하는 "가이엔, 샹파뉴, 랭스, 루앙, 오를레앙,/ 파리, 기조, 푸아티에, 완전히 다 잃었"(1.1.60~61)다는 소식을 전한다. 그리고 그렇게 된 이유로 병력과 자금 부족, 그리고 귀족들의 내분을 언급한다. 그런 다음 두 번째 사자가 나타나 프랑스의 완전 반역을, 도팽 샤를의 즉위를, 그와 합류한 오를레앙의 서자, 앙주 공작과 알랑송 공작에 대한 소식을 전한다.(1.1.90~95) 즉, 프랑스 세력이 힘을 합쳐 잉글랜드에 본격적으로 대항하기 시작했음을 알린다. 그리고 마지막으로 셋째 사자가 탤벗의 패배와 피랍 소식을 전한다. 프랑스에서 헨리 5세의 영광스러운 업적을, 그가 피 흘려 얻은 영토를 지키려고 고군분투하는 탤벗의 패전과 납치 소식을 전한다.

그렇다면 헨리 6세는 이런 심각한 사태가 벌어지는 동안 왜 아무런 반응을 보이지 않는 것일까? 반응을 보이기는커녕 1, 2막이 다 지나갈 때까지 무대에 전혀 나타나지 않는 것일까? 그 이유는 그는 당시 너무 어린 젖먹이라서 — 그가 왕으로 선포된 것은 겨우 아홉 달 때였다 — 『헨리 6세』 3부작도 그 역사적 사실을 토대로 그를 아직 무대에 세우지 못하고 있기 때문이다. 이런 맥락에서 프랑스 영토의 상실은 사실 그의 책임이 아니라 섭정인 글로스터 공작과 프랑스 총독 베드퍼드, 그리고 그 둘을 중심으로 한 잉글랜드 지배 계급의 공동 책임이라고 해야 할 것이다. 물론 명목상의 책임은 헨리 6세가 져야 하겠지만 말이다. 모든 일은 좋든 싫든 그의 치세에서 벌어지고, 그래서 『헨리 6세』 3부작에 헨리라는 이름이 들어가니까.

프랑스 영토 상실과 더불어 헨리 6세의 물리적인 부재 시에 벌어지는 또 하나의 중대한 변화는 바로 귀족들의 내분이다. 이 분란은 처음에는 글로스터와 윈체스터의 대립, 엄밀히 말하면 헨리 6세의 충실한 대리인으로서 그의 통치력을 올바로 뒷받침하려는 섭정 글로스터와, 어린 국왕을 제멋대로 훔쳐 와 글로스터처럼 또 하나의 실력자로서 암암리에 국사를 좌지우지하려는(1.1.176~177) 윈체스터 추기경의 권력 다툼으로 시작한다. 그러다가 이 둘의 분쟁에 랭커스터가를 대표하는 서머싯과 요크가를 대표하는 리처드가 파당을 나누어 잉글랜드의 왕권을 놓고 벌이는 장미 전쟁이 추가된다.(사실 장미 전쟁은 셰익스피어가 아니라 19세기 스코틀랜드의 역사 소설가 월터 스콧이 『헨리 6세 1부』의 2막 4장에서 벌어지는 사건을 토대로 지은 이름이다.) 바로 이 장면(2막 4장)에서 리처드 플랜태저넷은 정확한 내용을 알 수 없는, 아마도 충성심에 대한 논쟁을 서머싯과 벌인 끝에 그 모임에 동참한 워릭, 서머싯, 서퍽, 버넌 및 변호사 한 명에게 다음과 같이 요구한다.

> 여러분이 입 다물고 말을 꺼려하시니까
> 무언의 상징으로 생각을 선포하십시오.
> 만약에 명문가 태생의 신사로서
> 그 출생의 명예를 확신하는 사람이
> 이 몸이 진실을 밝혔다고 생각하신다면
> 이 넝쿨의 흰 장미를 나와 함께 꺾으시오. (2.4.25~30)

그리고 이에 맞서 서머싯도 곧바로 다음과 같이 요구한다.

> 겁쟁이도 아첨꾼도 아니면서 과감히
> 진실의 편임을 주장하는 사람은
> 나와 함께 이 덤불의 붉은 장미 꺾으시오. (2.4.31~33)

그리고 이 두 사람의 요구에 워릭과 버넌과 변호사는 리처드를 편들며 흰 장미를, 서픽은 서머싯을 편들며 붉은 장미를 꺾음으로써 두 편은 불구대천의 원수가 되고, 이 장면의 끝에서 리처드에게 말한 워릭의 예언은 앞으로 『헨리 6세』 3부작 전편에 걸쳐서 벌어질 내전에서 사실로 드러난다.

> 법학원 정원에서
> 파당으로 자라난 오늘의 이 싸움으로
> 붉고 흰 장미들 사이에서 일천 명의 인간이
> 죽음과 치명적인 밤으로 내쫓길 것이네. (2.4.124~127)

이렇게 국가가 대내외적으로 위태로운 상황인데도 너무 어린 나이 때문에 무대에 나타날 수 없었던 헨리 6세는 3막 1장에서 드디어 그 모습을 드러낸다. 그러나 이때도 그의 영향력은 미미하고 그의 판단력, 특히 정치적인 감각은 거의 없다시피 하다.(실제로 프랑스에서 대관식을 했을 때 그의 나이는 일곱 살이었다.) 그리고 그가 쓰는 언어는 청소년 수준의 것으로서 귀족들로부터 예의상의 반응 이상은 얻어 내지 못한다. 그래서 처음 등장에서 그는 글로스터와 윈체스터가 어전에서 서로를 욕하면서 안하무인격으로 언쟁하는 동안에, 그리고 거기에 귀족들이 가세하여 두 사람을 편드는 60여 행 동안에 아무 말도 못 하다가 드디어 두 숙부(글로스터는 헨리 5세의 동생으로 진짜 숙부이고, 윈체스터는 헨리 4세의 서자로서 헨리 6세에게는 할아버지뻘이 되지만 둘 다 숙부로 불린다.)에게 화해를 요청한다, 다음과 같은 이유로.

> 글로스터 그리고 윈체스터 두 숙부님,
> 잉글랜드의 안녕 지킬 특별 감독관들이여,
> 내가 두 분 마음을 — 기도해서 된다면 —
> 사랑과 우의로 합쳤으면 좋겠어요.
> 오, 두 분같이 고귀한 동료의 불화는
> 짐의 이 왕관에 얼마나 큰 추문입니까?
> 두 분이여, 정말로 — 앳된 나도 아는데 —
> 내적인 분란은 독을 품은 뱀으로
> 국가의 내장을 갉아먹는답니다. (3.1.65~73)

두 사람의 분쟁이, 독뱀처럼 국가의 내장을 갉아먹는 그들의 불화가, 어떤 악영향을 미칠지 정확하게 알고 있는 듯한 국왕의 이 호소는 그러나 글로스터와 윈체스터 둘뿐만 아니라 곧이어 들이닥치는 둘의 추종자들에게도 아무런 힘을 발휘하지 못한다. 글로스터의 하인들과 윈체스터의 부하들은 그들의 충성을 건 국왕의 명령에도 아랑곳하지 않고 어전에서 충돌하며, 글로스터의 만류 또한 듣지 않고 다시 충돌한다. 그리고 이 두 파당의 싸움은 국왕과 워릭이 윈체스터에게 거듭 중단할 것을 당부했을 때에야 마지못해 가까스로 수습된다.

그런 다음 어린 헨리는 글로스터 섭정의 권고에 따라 리처드를 요크 공작에 봉해 준다. 그런데 이 결정은 결과적으로 왕권을 향한 요크의 야망에 — 그는 2막 5장에서 죽어 가는 모티머 삼촌으로부터 자신의 왕위 계승권을 확인한 바 있다 — 날개를 달아 주었고, 서머싯과의 분쟁을 격화시켰으며, 마침내는 그가 서머싯과 서퍽의 글로스터 암살 계획을 암묵적으로 인정하게 만들었고, 마지막엔 헨리 자신이 요크의 아들인 리처드 글로스터에게 암살당하는 결과를 낳는다. 어린 헨리에게 이런 미래를 내다보는 천리안이 없는 것도 확실하지만, 요크의 정치적인 탐욕이나 서머싯과의 알력을 의심하거나 눈치채는 정치 감각이 없는 것 또한 불행하게도 확실하다. 물론 이 모든 것은 헨리가 아직 미숙한 나이여서 어느 정도 용서되는 면이 없지 않지만 그가 자신의 권력을 마음대로 행사할 수 없는 나이에 불행하게도 그리고 무능력하게도 왕좌에 앉은 것이 그의 비극적인 죽음의 원인이 된 것 또한 사실이다.

그리고 왕위에 오르기 위해 파리에 도착한 헨리는 대관식에 참석한 탤벗에게 그의 혁혁한 전공을 높이 사면서 그를 슈루즈베리 백작으로 봉하고, 즉위식을 끝낸 뒤에는 프랑스군과의 전투에서 비겁하게 도망친 파스톨프 경의 기사직을 박탈하고 내쫓음으로써 현명한 군주다운 결정을 선보인다. 그러나 그는 곧 새로이 작위를 받은 탤벗에게 프랑스의 샤를과 손잡고 잉글랜드를 배신한 부르고뉴 공작의 징치 임무를 주면서도 프랑스 주둔 잉글랜드군의 지휘 체계를 올바로 확립하지 않은 실수를 저지른다. 즉, 그는 요크를 프랑스 총독으로 임명하면서 서머싯에게는 그의 기병을 요크의 보병과 합쳐 적을 무찌르라는 모호한 명령을 내림으로써(4.1.162~168) 안 그래도 서로를 미워하는 두 사람이 궁지에 몰린 탤벗에게 적시에 원군을 보내는 일을 서로의 책임으로 미루는 바람에 결국 그가 아들과 함께 적진의 한가운데서 죽게 하는 결과를 낳는다.

그리고 헨리의 마지막 실책은 레니에의 딸 마르그레트와의 결혼 결정이다. 그가 마르그레트를 처음 만나 한눈에 반한 서퍽의 개인적인 욕심과 그녀(왕비)를 통해 자신의 권력욕을 만족시키려는 그의 정치적인 목적을 간파하지 못한 것은 어쩔 수 없다 치더라도, 이미 약속했던 프랑스의 알마냑 백작 딸과의 혼사를 취소하고 아무런 지참금 없이, 오히려 앙주와 메인 지역을 양도하는 조건으로 마르그레트와의 결혼을 강행하는 일은 그가 결혼을 국가의 이익이 아니라 개인 감정에 따라 졸속으로 추진한다는 사실을 단적으로 보여 준다. 더군다나 혼인할 여인을 마음에 떠올리며 그녀에게 혹하는 그는 더 이상 어린이가 아니라 자기 말과 행동에 책임을 져야 할 나이가 된 성년임을 생각했을 때 더욱 그렇다.

이렇게 헨리가 부재하거나 미숙하거나 정치적으로 무능하게 행동하는 동안 『헨리 6세 1부』를 실질적으로 움직이는, 잉글랜드와 프랑스군의 성패를 좌우하는, 그리고 이 극을 나머지 2, 3부와 구별 짓는 역할을 하는 두 인물은 바로 탤벗과 잔라 퓌셀이다. 오로지 자신의 용맹성에 의존하는 탤벗과, 성모 마리아가 그녀에게 직접 나타나 프랑스를 구하라는 지시와 미모를 부여받았다는 잔, 이 두 사람은 일진일퇴를 거듭한다. 그리고 그 와중에 탤벗은 오를레앙과 루앙을 적군에게 뺏겼다가 되찾는 업적으로 영광의 정상에 올랐다가 보르도를 공격하는 과정에서 기대했던 요크와 서머싯의 원군이 오지 않아 적진에서 아들과 함께 전사한다. 이때 탤벗 부자가 서로에게 도망을 권유하고 거부하는 실랑이 끝에 마침내 생사를 같이하기로 결정하고 용감하게 싸우다가 외로이 죽어 가는 장면은, 엄혹하고 황량한 전쟁터에서 피어난 한 송이 부성애의 꽃처럼 관객들의 마음을 비극적인 온기로 가득 채운다. 그리고 퓌셀 또한 탤벗과 비슷하게 오를레앙과 루앙 전투에서 성스러운 구국의 여걸로 추앙받는 전공을 세우지만 훨씬 더 모욕적인 죽음을 맞이한다. 왜냐하면 그녀는 앙주 평원에서 벌어진 전투에서 악령들의 도움을 구했으나 실패하고 요크의 잉글랜드군에 사로잡혀 창녀 취급을 받으면서 화형에 처해지기 때문이다. 그러는 동안 프랑스군은 그녀를 구하려는 아무런 노력도 하지 않은 채 그녀를 포기한다. 특히 그녀를 사악한 창녀로 몰아가는 일은, 비록 그녀가 목숨을 구하기 위해 임신한 자신의 몸 상태를 직접 공개하고(그 진위는 알 수 없지만) 아기의 아버지를 샤를에서 알랑송으로 그리고 다시 레니에로 바꾸기는 하지만, 만약 그것이 프랑스와 맞서 싸우는 잉글랜드 쪽의 일방적인 역사 왜곡이라면(그녀는 사후의 종교 재판에서 무죄를 선고받고 성자로 추대되었다.), 잔 라 퓌셀로서는 매우 억울한 오해와 박해를 받은 셈이다. 물론 이런 종류의 국수주의적인 역사 해석은 흔한 일이지만 말이다.

헨리 6세의 정치적 무감각, 자신에게 적법하게 주어진 왕권의 강화나 유지에 대한 무관심과 무능력은 『헨리 6세 2부』에서도 조금도 나아지지 않고 계속된다. 그래서 우리는 그가 『헨리 6세 1부』의 결말에서 시작된 레니에의 딸 마르그레트와의 손해 보는 결혼, 지참금은 한 푼도 없을뿐더러 오히려 앙주와 메인의 공작령을 그녀 아버지에게 양도하는 조건이 붙은 (1.1.55~58) 결혼을 강행하는 것을 본다. 그리고 이 결혼은 안 그래도 급격히 축소되고 있는 잉글랜드의 프랑스 주둔 세력을 걱정하는 여러 신하들의 지탄을 받는다. 대표적으로 섭정인 글로스터는 헨리의 결혼 선포 직후 다음과 같이 말한다.

용감한 잉글랜드 귀족들, 국가의 기둥이여,
이 험프리 공작은 여러분께 자기 한탄,

그쪽 한탄, 이 나라의 한탄을 다 해야겠소.
아니! 나의 형님 헨리가 청춘을, 용맹을,
금전과 사람을 전쟁에서 썼지 않소?
겨울의 추위와 타는 여름 더위 속에
자신의 진짜 유산, 프랑스를 정복해 보려고
그렇게도 여러 번 들판에서 묵었잖소?
베드퍼드 형님도 자기 머리 쥐어짜서
헨리가 얻은 것을 계략으로 지켰잖소?
여러분 자신도, 서머싯, 버킹엄,
용감한 요크와 솔즈베리, 승리한 워릭도
프랑스와 노르망디에서 중상을 입었잖소?
(중략)
그런데 이런 고생, 이런 영광, 없어져요?
헨리의 정복이, 베드퍼드의 경계가,
여러분의 전공과 우리 협의, 다 없어져?
오, 잉글랜드 귀족들이여, 이 동맹은 창피하고
이 치명적 결혼은 여러분의 명성을 지우며,
여러분의 이름을 기억의 책에서 더럽히고
여러분의 명망을 기록에서 말살하며,
프랑스 정복의 기념물을 훼손하고
모든 것을 다 없었던 것처럼 파괴하오! (1.1.70~98)

글로스터의 이 한탄은 헨리 왕이 이 결혼을 정치, 외교, 금전적인 측면을 전혀 고려하지 않았을 뿐만 아니라 더 중요하게는 자기 지지 세력의 마음조차 헤아리지 않은 채 순전히 사적인 감정에만 몰두하여 결정했다는 것을 단적으로 보여 준다. 그리고 이 결혼은 글로스터의 말처럼 헨리 개인에게도, 적어도

『헨리 6세 2부』에서는 '치명적'이라 할 수 있다. 마르그레트는 헨리의 예상이나 기대와는 완전히 다르게 그를 사랑하는 게 아니라 속으로 그리고 때로는 공공연히 서퍽을 사랑하고 두둔하며, 서머싯과 서퍽을 중심으로 한 파당에 가담하여 충신 글로스터를 섭정직에서 내쫓으면서 그의 죽음을 불러오는 데 일조하기 때문이다.

그런데 헨리의 정치적 무능력과 무관심은 그의 결혼 이후 새로운 면모를 드러낸다. 그것은, 그를 가장 가까이에서 지켜볼 수 있는 마거릿 왕비에 의하면, 그녀가 프랑스에서 서퍽에게서 보았던 남자다운 "용기와 예절과 풍채"(1.3.52)가 아니라 다분히 학구적이고 여성적인 종교적 성품이다.

> 그의 온 마음은 신성함과
> 묵주로 아베마리아를 세는 데 빠졌어요.
> 그의 옹호자들은 예언자와 사도들,
> 무기는 성경의 거룩한 말씀들,
> 서재는 그의 창 시합장, 애인은
> 신성시된 성자들의 청동상이랍니다. (1.3.54~59)

헨리의 이런 경건한 성품은 때로 귀족들의 내분이 큰 혼란과 피비린내 나는 보복을 불러오는 『헨리 6세 2부』의 살벌한 세계에서 그를 호의적으로 바라볼 수 있게 해 주기도 한다. 예를 들면, 글로스터 암살을 주도한 윈체스터가 엄청난 죄책감에 짓눌려 괴롭게 죽어 갈 때 헨리는 그에게 "추기경, 당신이 하늘의 지복을 생각하면/ 손을 들어 당신의 소망을 표하시오."(3.3.27~28)라고 하며 그를 천국으로 인도하려 노력하며, 그가 아무런 표시 없이 죽고 그 사실을 워릭이 "이 횡사는 괴물

삶을 살았다는 증거"라고 단정할 때에도 "심판을 삼가오, 우린
다 죄인들이니까."(3.3.30~31)라고 하며 윈체스터의 영혼을 위
무한다. 그리고 케이드의 반란에 연루된 백성들을 동정하여

> 우매한 자들이 그리 많이 칼 맞아 죽는 건
> 주님이 금하시니 성스러운 주교를 보내서
> 간청토록 할 것이오. 그리고 나 자신도
> 잔인한 전쟁에 그들이 잘리지 않도록
> 그들의 장군인 케이드와 협상할 것이오. (4.4.8~12)

라고 하면서 자애로운 군주의 모습을 보인다.

그렇지만 대부분의 경우 헨리의 종교적인 성향은 국가적인
차원의 갈등을 해소하거나 상대방의 심중을 꿰뚫어 보거나 자
신의 왕권 유지에 유리한 판단을 내리는 데에는 별 소용이 없
거나 오히려 방해물로 작용한다. 예컨대, 청원과 결투 장면의
결말에서 도제 피터가 과도한 술기운에 몸을 못 가누는 그의
주인 호너를 이겼을 때, 그리고 호너가 "멈춰, 피터, 멈춰! 자백
한다, 반역죄를 자백해."(2.3.94)라고 하며 죽었을 때, 그 반역죄
의 당사자인 요크는 피터의 승리를 정확하게 "포도주" 탓으로
돌리지만 헨리는 사태를 종교적으로 해석하면서 좀 엉뚱한 판
결을 내린다.

> 가서 저 역적을 짐의 시야 밖으로 치워라.
> 그가 죽어 짐은 그가 유죄임을 알았다.
> 그리고 부당하게 그가 살해하려 했던
> 이 불쌍한 녀석의 진실과 무죄를
> 신께서 정의롭게 우리에게 밝히셨다. (2.3.99~103)

여기에서 "역적"은 물론 호너를 가리키고, 그의 "유죄"는 다름 아닌 그가 했다는 "요크 공작 리처드가/ 잉글랜드 왕위의 합법적 계승자고/ 전하께선 그것의 찬탈자"(1.3.182~184)라는 주장이 사실이라는 말인데, 그런 주장을 직접 했던 피터의 "진실과 무죄를/ 신께서 정의롭게 우리에게 밝히셨다."라는 헨리의 판결은 결투에 의하여 "진실"로 판명된 요크의 대역죄를 신의 정의로 묻어 버리는 아이러니이자 자가당착이 아닌가? 게다가 관객들은 조금 전 1막 1장 말미의 독백에서 요크가 했던 말, 그가 맞히려는 황금 과녁은 다름 아닌 헨리의 왕관이며, 그것을 강제로 양도하게 만들겠다는 고백을(1.1.253~254) 듣지 않았던가? 헨리는 물론 요크의 야심을 전혀 눈치채지 못하지만, 요크의 역심을 신의 뜻으로 이해하는 지금의 헨리를 관객들은 안타깝게 또는 측은하게 받아들일 수밖에 없을 것이다. 한 인간으로서는 그의 종교적인 성향을 존중하고 공감할 수 있지만 귀족들의 상충하는 이해관계를 조정하면서 나라를 다스려야 하는 왕으로서는 세상 물정 모르는 어린애이거나 순진한 바보로 생각할 수밖에 없을 것이다. 이런 무방비 상태에서 헨리는 자기에게 가장 충성하는 글로스터 삼촌을 잃고, 허약한 자신의 왕권을 넘보는 역적 케이드와 요크의 도전에 『헨리 6세 2부』가 끝날 때까지 시달린다.

그러다가 그는 마침내 『헨리 6세 3부』 1막 1장에서 요크의 무력시위에 눌려 왕권을 그와 그의 후계자들에게 양도한다. "생전엔 왕으로서 통치하게 해 주"는(1.1.171) 조건으로. 그러고는 신하들로부터 온갖 욕을 다 듣는다. "천하고 겁에 질려 절망하는 헨리", "차가운 핏속에 명예의 불꽃 하나 못 지닌/ 심약하고 퇴보한 왕"이라는 경멸을, 그리고 "요크가의 제물 되고, 남자답지도 못한/ 이 행위 때문에 족쇄 찬 채 죽으시오."라든지 "무서

운 전쟁에서 패배를 당하든지,/ 버림과 경멸을 받으면서 편안
히 사시오."(1.1.178~188)라는 악담을 듣는다. 하지만 이때부터 헨
리는 불안한 왕보다는 편안한 양치기의 삶을 살고 싶다는 소박
한 꿈을 피력하는 그래서 더 훌륭한 인간이, 전쟁의 피해를 직
접 당하는 백성들의 아픔을 마주하고 그 고통을 아파하는 자애
로운 왕이, 물리적인 왕관은 빼앗겼지만 왕들도 좀처럼 못 즐
기는 마음속의 만족이란 왕관을 지닌 사람이, 그리고 에드워드
왕에게 사로잡혀 런던탑으로 호송된 다음 리처드에 의해 암살
될 때는 사악한 그의 본성을 파악하고 그에 맞서 끔찍한 미래
를 밝히는 용감한 예언자가 된다. 그는『헨리 6세』 3부작에서
처음에는 부재함으로써, 다음에는 유약하고 종교적으로 변해
서, 그다음엔 겁에 질려 왕권을 빼앗겼지만 마지막엔 좀 더 훌
륭한 인간이 되어 생을 마감한다. 이는 그의 자리를 노렸던 사
람들, 요크, 에드워드, 그리고 리처드의 동기가 모두 순전한 야
심이었던 것에 비하면 상당한 반전이고, 그래서 관객들은 그의
죽음에 상당한 측은지심을 느끼리라고 생각한다.

끝으로 이번『헨리 6세』 3부작 번역에서 1부는 에드워드 번
스(Edward Burns) 편집의 아든 3판(The Arden Shakespeare, 3rd
Edition)『헨리 6세 1부(King Henry VI, Part 1)』를, 2부는 로널드 놀
스(Ronald Knowles) 편집의 아든 3판(The Arden Shakespeare, 3rd
Edition)『헨리 6세 2부(King Henry VI, Part 2)』를, 그리고 3부는 존
D. 콕스와 에릭 라스무센(John D. Cox and Eric Rasmussen) 편집의
아든 3판(The Arden Shakespeare, 3rd Edition)『헨리 6세 3부(King
Henry VI, Part 3)』를 기본으로 하고, G. 블레이크모어 에번스(G.
Blakemore Evans) 편집의 리버사이드 셰익스피어(The Riverside
Shakespeare)판과, 조너선 베이트와 에릭 라스무센(Jonathan Bate
and Eric Rasmussen) 편집의 로열 셰익스피어 컴퍼니(The Royal

Shakespeare Company)판을 참조했다. 본문의 주에 나타나는 '아든', '리버사이드', 'RSC'는 이들 판본을 가리킨다. 그리고 편리함을 목적으로 한글『헨리 6세』 3부작의 대사 행수를 5단위로 명기했으며, 이는 원문의 행수와 정확히 일치하지 않음을 밝힌다.

헨리 6세 1부

Henry VI, Part 1

등장인물

런던과 잉글랜드 궁정

글로스터 공작	국왕(헨리 6세)의 미성년자 시절 섭정
엑서터 공작	국왕의 할아버지(헨리 4세) 형제
워릭 백작	
윈체스터 주교	헨리 보퍼트, 국왕의 할아버지(헨리 4세) 형제로 나중에 추기경
서머싯 공작	엑서터 공작의 조카
우드빌	런던탑의 부관
리처드 플랜태저넷	나중에 요크 공작, 프랑스 총독
서퍽 공작	(윌리엄 드 라 폴)
버넌	법조 학원의 신사, 리처드 플랜태저넷 당에 합류.
에드먼드 모티머	
헨리 6세	
바셋	서머싯 공작의 추종자
사자 세 명	프랑스에서 헨리 5세의 장례식에 파견
경비 두 명	런던탑 소속
하인들	윈체스터와 글로스터 공작 소속
런던 시장	
관원들	런던 시장의 부하
변호사	법학원 소속
간수들	에드먼드 모티머 감시
교황 특사	교황이 윈체스터에게 파견

잉글랜드 궁정으로 가는 대사들

프랑스 주둔 잉글랜드군

베드퍼드 공작	프랑스 총독
솔즈베리 백작	
존 탤벗 경	나중에 슈루즈베리 백작
토머스 가그레이브 경	
윌리엄 글랜즈딜 경	
존 파스톨프 경	
윌리엄 루시 경	
존	탤벗의 아들
군인	오를레앙 공성전에 참여
사자	존 탤벗 경에게 온 사자
탤벗의 대장	
사자	요크에게 온 사자
하인	존 탤벗 경 소속

군인들, 베드퍼드의 수행원 두 명, 경계병

프랑스인들

샤를, 프랑스 세자 도팽	프랑스인들에 의해 샤를 7세로 즉위했으나 그 칭호는 잉글랜드인들에게 인정받지 못함. 잉글랜드식 표기는 '찰스 돌핀'
알랑송 백작	
레니에	앙주와 메인 백작, 나폴리와 예루살렘의 왕
오를레앙의 서자	
잔 라 퓌셀	시골 처녀. 잉글랜드식 표기는 '조안 푸젤'
버건디 공작	잉글랜드 편에 섰다가 프랑스 쪽으로 넘어간 귀족
오베르뉴 백작 부인	프랑스식 표기는 '부르고뉴'

마르그레트	레니에 왕의 딸. 잉글랜드식 표기는 '마거릿'
오를레앙의 포대장	
포대장의 아들	
상사	경계병 대장
경계병 두 명	오를레앙시 소속
사자	오베르뉴 백작 부인이 탤벗에게 보낸 사자
문지기	오베르뉴 백작 부인 소속
군인 네 명	루앙 주둔
파수꾼	루앙시 소속
파리 총독	
대장	보르도의 프랑스군 소속
척후병	
양치기	잔 라 퓌셀의 아버지라고 주장하는 사람

군인, 악마, 전령

1막 1장

장송 행진곡. 헨리 5세의 장례 행렬 입장,

그 뒤를 프랑스 총독인 베드퍼드 공작,

섭정인 글로스터 공작, 엑서터 공작, 워릭 백작, 윈체스터 주교 및

서머싯 공작이 뒤따른다.

베드퍼드	천장에는 흑기 걸고, 낮과 밤은 뒤집혀라.	
	시대와 국가의 변화를 뜻하는 혜성은	
	그 수정 머리채를 하늘에서 휘둘러	
	헨리의 죽음에 동의를 표했던	
	저 나쁜 반역의 별들을 혼내 줘라. —	5

베드퍼드　천장에는 흑기 걸고, 낮과 밤은 뒤집혀라.
　　　　　시대와 국가의 변화를 뜻하는 혜성은
　　　　　그 수정 머리채를 하늘에서 휘둘러
　　　　　헨리의 죽음에 동의를 표했던
　　　　　저 나쁜 반역의 별들을 혼내 줘라. —　　　　　5
　　　　　헨리 5세, 오래 살기에는 너무나 유명했고,
　　　　　잉글랜드는 이토록 훌륭한 왕 잃은 적 없었다.
글로스터　그의 치세 전까지 잉글랜드에 왕은 없었다.
　　　　　명령할 자격 있는 실행력을 지녔기에
　　　　　휘두르는 칼 빛에 사람들은 눈멀었고　　　　　10
　　　　　펼친 팔은 용의 날개보다도 넓었으며,
　　　　　번쩍이는 두 눈은 격노의 불길에 차
　　　　　적들의 얼굴 향한 한낮의 맹렬한 태양보다
　　　　　그들 눈을 더 부시게 하면서 물리쳤다.
　　　　　뭐라 할까? 그의 행위, 말을 다 넘어서고,　　　　　15
　　　　　손을 들면 언제나 정복이 뒤따랐다.
엑서터　　상복의 애도 아닌 유혈의 애도는 왜 못 하지?

1막 1장 장소
런던, 웨스트민스터 수도원.
1행 흑기
이 극이 공연되었던 '장미 극장'의 천장
구조는 정확하게 모르지만 비극이 공연
될 경우 전통적으로 거기에 흑기를 내걸
었다고 한다. (아든)

헨리는 죽었고 절대로 살아나지 못한다.
우리가 이렇게 나무 관을 따르면서
위엄을 갖추어 참석하는 것으로   20
죽음의 치욕적 승리를 찬양해 주니까,
개선 마차 뒤에 묶인 포로처럼 말이다.
뭐? 우리의 영광을 이렇게 뒤엎을 음모 꾸민
저 불길한 행성들을 저주해야 하는가?
아니면 그를 두려워했던 저 간교한   25
프랑스 마법사와 술사들이 주문으로
그의 최후 획책했다 생각해야 하는가?

윈체스터   그는 왕 중 왕으로 축복받은 왕이었다.
프랑스인들에겐 저 무서운 심판의 날조차
그의 모습만큼은 무섭지 않을 거다.   30
그는 만군의 주, 하느님의 전투를 벌였고
교회의 기도로 그토록 승승장구하였다.

글로스터   그 교회, 어디 있죠? 성직자들의 기도 없이
그의 명줄 그렇게 빨리 썩진 않았어요.
당신들은 위압할 수 있는 학생처럼 나약한   35
그런 군주 말고는 아무도 안 좋아하지요.

윈체스터   글로스터는 섭정이니, 우리가 뭘 좋아하든
그 군주와 왕국을 호령할 심산이야.
자네 처는 오만하고, 그녀는 자네를
신이나 경건한 성직자들보다 더 위압해.   40

글로스터   종교 얘기 마시오, 당신은 호색하고
교회엔 일 년 내내 한 번도 안 가니까 —
원수를 욕하러 가는 게 아니라면 말이죠.

베드퍼드   자, 이런 분란 그만두고 진정들 하십시오.

제단으로 갑시다. 전령들은 따르라. 45
우리는 금 대신 무기를 바칠 것입니다. —
헨리가 죽어서 무기는 이젠 소용없으니까.
후세는 비참한 시절을 기대하라.
아기들은 어미들의 축축해진 눈을 빨고
이 나라는 짠 눈물의 유모가 될 것이며 50
여인들만 남아서 망자 두고 울부짖을 테니까.
헨리 5세, 난 그대의 영혼에게 호소하오.
이 왕국의 번영을 도모하고 내분을 막으며,
저 하늘의 적대적인 행성들과 싸우소서.
그대 영혼 별이 되어 줄리어스 시저보다 55
더 영광스럽게, 또는 밝게 —

사자 등장.

사자 고귀하신 분들이여, 모두 강녕하시기를.
      프랑스로부터 슬픈 기별 가져왔습니다,
      손실과, 살육과, 완패에 관해서요.
      가이엔, 샹파뉴, 랭스, 루앙, 오를레앙, 60
      파리, 기조, 푸아티에, 완전히 다 잃었습니다.
베드퍼드 헨리의 시신 두고 그게 무슨 소리냐?
      조용히 말하라, 그가 그 큰 읍들의 상실에
      납관 깨고 죽음에서 되살아나지 않도록.
글로스터 파리를 잃었어? 루앙을 내줬다고? 65
      만약에 헨리께서 삶으로 되돌아왔더라도
      이 소식에 또 한 번 절명하실 것이다.
엑서터 어떻게 잃었어? 누가 무슨 술책을 썼는가?

사자	술책이 아니라 병력과 돈이 모자라서요.
	군인들 사이엔 이런 말이 돈답니다.　　　　　　　70
	여러분은 여기에서 파당을 짓고 있고,
	전투를 준비하고 싸워야 하는데도
	불확실한 문제 놓고 다투고 있다고.
	누구는 비용을 안 들이고 전쟁을 끌려 하죠.
	또 누구는 빨리 날고 싶으나 날개가 없지요.　　　75
	셋째 분은 경비는 한 푼도 안 들이고
	교언으로 평화를 얻을 수 있다고 생각하죠.
	깨어나요, 깨어나, 잉글랜드 귀족이여,
	새로 얻은 영예를 나태로 흐리지 마시오.
	백합꽃은 여러분의 품을 떠났답니다,　　　　　80
	그 반이 잉글랜드 문장에서 잘려 나갔어요.　　(퇴장)
엑서터	만약 이 장례에 우리의 눈물이 모자라면
	이 기별에 잉글랜드의 조수가 몰려올 것이다.
베드퍼드	이건 내 소관이오, 프랑스 총독은 나니까.
	내 철갑 옷 가져와. 프랑스를 쟁취할 것이다.　　85
	이 수치스러운 통곡의 복장은 치워라.
	난 프랑스인들에게 눈 대신 상처를 주면서
	주기적인 참화로 울게 만들 것이다.

다른 사자 등장.

사자 2	여러분, 불운이 가득한 이 편지들 보십시오.

80행 백합꽃 프랑스를 상징하는 꽃. 에드워드 3세가 프랑스 앙좌에
대한 권리를 주장한 이래로 이 꽃은 잉글랜드 왕실 문장의 일부로 포
함되었다. (RSC)

	프랑스가 잉글랜드에게 완전 반역했습니다,	90
	몇 개의 하찮은 소도시를 빼놓고요.	
	저 돌핀 찰스가 랭스에서 왕위에 올랐고	
	오를레앙의 서자도 그와 합류했답니다.	
	앙주 공작, 레니에도 그의 편이 됐고요.	
	알랑송 공작 또한 그에게 달려갔습니다.	(퇴장) 95
엑서터	돌핀이 왕위에 올랐어? 다 그에게 달려가?	
	오, 이 치욕을 벗으려면 어디로 달려야지?	
글로스터	우린 오직 적들의 모가지로 달려야죠.	
	베드퍼드, 형님이 굼뜨면 내가 끝장내겠소.	
베드퍼드	글로스터, 왜 나의 적극성을 의심하나?	100
	난 마음속으로 군대를 소집해 놓았고,	
	그것으로 프랑스는 이미 점령당했다네.	

또 다른 사자 등장.

사자 3	귀족분들이여 — 헨리 왕의 그 관을 적시는	
	여러분의 한탄을 더 심하게 만들려고	
	꿋꿋한 탤벗 경과 저 프랑스인들 사이의	105
	암울한 싸움을 전해야겠습니다.	
윈체스터	뭐? 거기에서 탤벗 경이 이겼지, 그렇지?	
사자 3	오, 아뇨, 거기에서 탤벗 경이 졌습니다.	
	그 상황을 더 자세히 말씀드리겠습니다.	
	지난 8월 10일에 이 무시무시한 귀족이	110
	오를레앙 공략에서 후퇴를 하면서	
	6천도 안 되는 병력을 가진 채	
	2만 3천여 명의 프랑스군에 의해	

포위를 당한 다음 공격을 받았어요.
그에게는 전열을 갖출 틈도 없었지요.   115
그에겐 궁수 앞에 꽂아 놓을 창이 없어
병사들은 그 대신 산울타리에서 꺾은
뾰족한 막대를 기병의 침입을 막으려고
허겁지겁 땅에다 박아 놓았답니다.
싸움은 세 시간이 지나도록 계속됐고,   120
용맹한 탤벗은 인간의 상상을 넘어서
자기 칼과 창으로 기적을 행했어요.
수백을 지옥으로 보냈고, 맞설 자 없었죠.
여기저기 사방에서 그는 격분, 살해했죠.
프랑스인들은 악마가 무장했다 외쳤고,   125
모든 군대 전체가 서서 그를 바라봤죠.
병사들은 그 불굴의 기상을 엿보고는
"탤벗, 탤벗"을 큰 소리로 외치면서
전투의 중심부로 돌진하였습니다.
존 파스톨프 경의 겁쟁이 역할만 없었다면   130
여기에서 승리가 완결됐을 것입니다.
선두에 있던 그는 병사들을 구원하고
뒤따를 목적으로 후방으로 갔는데
비겁하게 도망쳤고 칼도 한 번 안 뽑았죠.
그래서 전군의 파멸과 학살이 일어났죠.   135
그들은 적군에게 둘러싸였었답니다.
천한 악당 한 놈이 돌핀의 총애를 얻고자
탤벗의 등에다 창을 찔러 넣었어요. ―
프랑스 전체가 주력군을 다 모아도
그 얼굴을 쳐다볼 엄두도 못 냈는데.   140

베드퍼드	탤벗이 살해됐어? 그럼 난 자결할 것이네,
	그렇게 훌륭한 지휘관이 원군 없이
	그 비열한 적들에게 팔렸는데 난 여기서
	호화로운 평온 속에 한가롭게 사니까.
사자 3	오, 아뇨, 살아 있긴 하지만 포로가 됐어요, 145
	스케일스 경도 함께, 포드 경도 마찬가지.
	나머진 대개 살육됐거나 똑같이 잡혔어요.
베드퍼드	그 사람의 몸값은 내가 꼭 낼 것이네.
	내가 그 돌핀을 왕좌에서 확 끌어내리고
	그 왕관은 내 친구의 몸값이 될 것이야. 150
	그들 귀족 네 명을 우리 쪽 하나와 바꾸겠다.
	여러분, 안녕히. 난 일하러 갑니다.
	프랑스에서 화톳불을 지체 없이 피우고
	우리의 위대한 성 조지 축제를 열겠소.
	나는 병사 1만을 데리고 갈 텐데 155
	그들의 피비린 행위로 유럽은 떨 것이오.
사자 3	그럴 필요 있어요, 오를레앙이 포위됐으니까.
	잉글랜드군은 약화되어 숨이 가쁘답니다.
	솔즈베리 백작은 지원군을 열망하며
	부하들의 배반을 가까스로 누릅니다, 160
	아주 적은 숫자가 대군을 지켜보니까요. (퇴장)
엑서터	경들은 헨리에게 맹세한 서약을 떠올려요.
	돌핀을 완전 제압하든지, 아니면
	당신들의 지배하에 두겠다고 했으니까.
베드퍼드	그걸 분명 기억하고 이제 여길 떠나서 165
	내가 할 준비를 시작해 보렵니다. (퇴장)
글로스터	난 최대한 서둘러 저 런던탑으로 가서

대포와 화약을 점검한 다음에
저 어린 헨리를 왕으로 선포할 것이오.　　　　(퇴장)

엑서터　난 그 어린 왕이 계신 곳, 엘삼으로 가겠소,　　　　170
그분의 특별 교사 임명을 받았으니 거기서
그분의 안전 위해 최선을 강구할 것이오.　　　　(퇴장)

윈체스터　각자는 자신의 지위와 임무가 있구나.
난 제외되었고 남은 일도 전혀 없어.
하지만 하릴없이 오래 있진 않을 테다.　　　　175
난 국왕을 엘삼에서 훔쳐 와 최고로 중요한
국정의 뱃고물에 자리할 작정이다.

　　　　　　　　(윈체스터, 한쪽으로 퇴장. 장례 행렬은
　　　　　　　　워릭 및 서머싯과 더불어 다른 쪽으로 퇴장)

1막 2장

나팔 소리. 샤를 도팽, 알랑송과 레니에,
고수 및 군인들과 행진하며 등장.

샤를　마르스의 정확한 움직임은 오늘까지
하늘처럼 땅에서도 알려진 적 없었다.
최근 그는 잉글랜드 쪽으로 빛을 내려 줬는데
지금은 우리가 승자야. ― 우리에게 미소 지어.
우리가 못 차지한 주요 도시 어디 있지?　　　　5
우린 여기 오를레앙 근처에 편안히 있는데,
굶주린 잉글랜드군은 때때로 창백한 혼령처럼

1막 2장 장소 프랑스, 오를레앙 앞.

우리를 한 달에 한 시간쯤 힘없이 포위해.

알랑송　그들에겐 밀죽도 살찐 쇠고기도 없어요.

노새처럼 먹이를 줄 수밖에 없어서　　　　　10

입에 여물 망태를 묶어 주지 않으면

물에 빠진 생쥐처럼 가련해 보일걸요.

레니에　공성전을 마감해요. 왜 여기서 빈둥대죠?

탤벗이 잡혔어요, 늘 두려워했었는데.

정신 나간 솔즈베리 그자만 남았고　　　　　15

그는 아마 노심초사하고 있을 거요.

전쟁을 할 자금이나 병력이 없으니까.

샤를　울려라, 공격 나팔 울려라, 돌진할 것이다.

자, 비참한 프랑스군의 명예를 위하여

내가 한 발 물러선다거나 도망칠 때　　　　　20

날 죽이는 사람은 용서해 줄 것이다.　　　(함께 퇴장)

여기에서 공격 나팔. 그들은 잉글랜드군에 크게 패한다.

샤를, 알랑송, 레니에 등장.

샤를　어떻게 이런 일이? 부하들이 왜 이래?

개자식, 겁쟁이, 비열한들! 놈들이 나를

적진에만 안 됐어도 절대 도망 안 쳤어.

레니에　솔즈베리 그자는 지독한 살인자로　　　　　25

자기 삶이 지겨운 놈처럼 싸웁니다.

그 밖의 귀족들도 못 먹은 사자처럼

배고파서 우리를 먹으러 달려든답니다.

19행 비참한　역설적인 말.

알랑송	우리 나라 사람인 프루아사르가 기록하길	
	에드워드 3세 때는 잉글랜드인 모두가	30
	올리버와 롤랑처럼 자라났다 합니다.	
	그게 지금 더 맞는 사실로 확인된 것 같네요,	
	전투에 나오는 자들치고 삼손과 골리앗이	
	아닌 자가 없으니까. 일당십 아닙니까?	
	깡마른 뼈다귀 악한들에게서 — 그만한	35
	용기와 과감성을 누가 상상했겠어요?	
샤를	이 고을을 떠나자, 그들은 무모한 데에다	
	굶주림 때문에 더 분발할 테니까.	
	전부터 알았지만 그들은 공성을 관두느니	
	차라리 이빨로 성벽을 무너뜨릴 것이야.	40
레니에	제 생각에 그들 팔엔 특이한 고리나 장치가	
	시계처럼 붙어 있어 계속 치나 봅니다.	
	안 그럼 이처럼 버틸 수는 결코 없죠.	
	저도 동의하는데 저들을 정말 내버려 둬요.	
알랑송	그럽시다.	45

오를레앙의 서자 등장.

서자	도팽 군주 어디 있죠? 소식이 있습니다.
샤를	오를레앙의 서자여, 삼중으로 환영하네.
서자	안색이 창백해져 우울해 보이시는군요.

29행 프루아사르
14세기의 프랑스 저자로서 당시의 프랑
스와 영국 간의 갈등을 기록했다. (RSC)
31행 올리버와 롤랑

12세기의 프랑스 서사시 롤랑의 노래
에서 기독교인의 미덕, 영웅적인 행위,
참된 우정을 형상화하는 두 핵심 인물.
(RSC)

최근의 패배로 이렇게 기분 나쁘십니까?

구원이 가까우니 낭패하지 마십시오.　　　　　　　50

성스러운 처녀를 제가 데려왔는데,

하늘이 그녀에게 보내 준 계시에 의하여

지겨운 이 공성을 끝내고 잉글랜드군을

프랑스령 밖으로 몰아내란 명을 받았답니다.

그녀는 옛 로마의 아홉 무녀 능가하는　　　　　55

심오한 예지력을 가지고 있답니다.

지난 일과 앞일을 알아볼 수 있지요.

그녀를 불러들일까요? 제 말 믿으십시오,

그것은 확실하고 그릇될 수 없으니까.

샤를　그녀를 불러오게. 근데 먼저 — 시험 삼아 —　　　60

레니에, 자네가 도팽을 대신하게.

오만하게 질문하고 준엄한 모습 보여.

우리는 이렇게 그녀의 기술을 떠볼 거야.

잔 라 퓌셀 등장.

레니에　이 묘기를 부리겠다는 게 고운 처녀, 너냐?

잔　저를 속이려는 게 레니에, 당신이오?　　　　　65

도팽은 어디 있죠? 자, 뒤에서 나오시죠.

전 그대를 한 번도 못 봤지만 잘 압니다.

놀라지 마세요, 제 눈에 안 띄는 건 없어요.

전 그대와 은밀히 얘기해야겠습니다.

경들께선 잠시 동안 물러나 주십시오.　　　　　70

레니에　첫판부터 용감하게 선수를 치는군.

잔　도팽이여, 전 출생이 양치기의 딸애로서

그 어떤 재주도 훈련받지 못했는데
하늘과 자비로운 성모께서 황공하게
비천한 제 신분에 빛을 내리셨답니다.   75
자, 제가 어린 양들을 돌보고 있으면서
태양의 뜨거운 열기에 제 뺨을 내놨을 때
하느님의 어머니가 제게 나타나셨고
위엄이 가득한 모습을 하신 채
저의 천한 직업을 버리고 이 나라를   80
재앙에서 해방시켜 주라고 하셨어요.
도움을 약속하고 성공을 보장하셨답니다.
완벽한 영광 속에 자신을 드러내셨어요.
또, 전에는 이 몸이 까무잡잡했었는데
그녀가 제게 쏟은 그 밝은 빛으로   85
당신들이 보는 이 미모의 축복을 받았어요.
할 수 있는 질문은 뭐든지 해 보세요,
그러면 미리 생각 안 해 보고 대답하죠.
제 용기는, 전투로 감히 시험해 보시면
여성을 능가한다는 걸 아시게 될 겁니다.   90
결단을 내리시죠. 그대가 전쟁의 짝으로
저를 받아들이시면 행운이 올 겁니다.

샤를   넌 고상한 언어로 날 놀라게 만들었다.
네 용맹은 이것만 가지고 시험할 것이다. —
즉, 난 너와 일대일로 맞붙을 것이고   95
네가 승리한다면 네 말은 진실이다.
안 그러면 난 모든 신뢰를 버리겠다.

잔   저는 준비됐습니다. 여기 저의 날선 칼은
양쪽에 백합꽃 다섯이 장식되어 있는데,

	투렌의 성 카트린 교회 묘지 안에 있던	100
	수많은 옛 철검 가운데서 선택했답니다.	
샤를	그럼 와라, 신에게 맹세코, 여자는 안 두렵다.	
잔	저도 살아 있는 한 남자를 피하진 않아요.	

(여기에서 둘이 싸우고 퓌셀이 이긴다.)

샤를	멈춰라, 그 손을 멈춰라. 너는 아마존이고	
	게다가 데보라의 검으로 싸운다.	105
잔	성모의 도움이 없다면 전 너무 약하겠죠.	
샤를	누가 널 돕든 간에 너는 나를 도와야 해.	
	난 너를 욕망하며 초조하게 불타고,	
	너는 내 심장과 두 손을 동시에 정복했다.	
	빼어난 퓌셀이여, 네 이름이 그렇다면,	110
	나를 너의 주군 아닌 하인으로 삼아 다오.	
	프랑스의 도팽이 네게 이리 간청한다.	
잔	어떤 사랑 예법에도 전 복종 못 합니다,	
	위에서 받은 제 소명은 신성하니까요.	
	그대의 적을 다 물리치고 났을 때	115
	그때 가서 보상을 생각해 보렵니다.	
샤를	그동안 엎드린 네 종을 자비로이 봐다오.	
레니에	왕자님의 얘기가 아주 긴 것 같습니다.	
알랑송	틀림없이 이 여자의 치마 속을 보시겠죠. —	
	안 그럼 말씀을 이리 오래 끌 수는 없지요.	120
레니에	절제를 모르시니 방해를 좀 해 볼까요?	

105행 데보라
구약 성서에 나오는 이스라엘의 여자 예
언자로 가나안에 대항하는 싸움에서 이
스라엘인들을 이끌었다.

110행 퓌셀
처녀라는 기본적인 뜻 외에 창녀라는 단
어를 연상시키는 프랑스 말.

알랑송	딱한 우리 지식보다 더 깊이 아실 수도 있죠,
	이러한 여자들은 교활한 혀로 유혹하니까.
레니에	전하, 어디에 계십니까? 어쩔 작정입니까?
	오를레앙, 버립니까, 아닙니까?

125

잔	안 돼요, 정말로. 불신에 찬 비겁자들!
	숨넘어갈 때까지 싸워요. 제가 지켜 드리죠.
샤를	그녀 말을 내가 확인하겠다. 끝까지 싸운다.
잔	전 잉글랜드의 천벌이 되란 명을 받았어요.

	오늘 밤 제가 분명 이 공성을 끝낼게요.

130

	제가 이 전쟁에 들어오게 됐으니까
	생 마르탱 여름처럼 평온한 날 기대해요.
	영광이란 물 위의 둥근 파문 같아서
	점점 더 커지기를 그치지 않다가
	넓게 퍼져 옅어지며 사라져 버립니다.

135

	헨리의 죽음으로 잉글랜드의 파문은 끝났고
	거기에 포함됐던 영광은 사라졌답니다.
	지금 저는 시저와 그의 행운 함께 싣고
	오만하게 뽐내는 범선과 같답니다.
샤를	마호메트가 비둘기로 영감을 받았던가?

140

	그럼 넌 독수리로 영감을 받았어.
	위대한 콘스탄티누스의 어머니 헬렌도,
	성 필립의 딸들도 너와 같진 않았다.

132행 생…여름
11월 무렵인데 예상 밖으로 따뜻한 날씨
를 말한다.
142행 헬렌
그녀는 갈보리산에서 계시로 예수가 처

형당했던 십자가를 찾았다고 한다. (아
든)
143행 딸들
사도행전에서 예언의 능력을 가졌다고
말하는 네 딸.

땅 위에 떨어진 밝은 별 비너스여,

널 어떻게 충분히 경건하게 숭배하지?   145

알랑송   지체 없이 공성을 끝내도록 합시다.

레니에   여인은 뭐든 해서 우리의 명예를 구하라.

오를레앙에서 그들을 몰아내고 불멸하라.

샤를   우리는 바로 시험할 것이다. 자, 시작하자.

그녀가 거짓되면 예언자는 안 믿겠다.   (함께 퇴장)   150

1막 3장

글로스터, 파란 외투를 입은 하인들과 함께

등장.

글로스터   난 오늘 런던탑을 점검해 보러 왔다,

헨리가 죽은 뒤로 계략이 있는 것 같아서.

경비들은 어디 가고 여기에서 안 기다려?

그 문을 열어라, 글로스터의 명령이다.

경비 둘, 성벽 위에 등장.

경비 1   누군데 그렇게 도도하게 두드리오?   5

머슴 1   고귀한 글로스터 공작님이시다.

경비 2   누구라도 안으로 들어오지 못합니다.

머슴 1   악당들아, 섭정님께 그따위 대답을 해?

경비 1   주님은 그분을 지키소서. — 우리의 대답이오.

1막 3장 장소 런던탑.

| | 우리는 시키는 대로밖에 못 합니다. | 10 |

글로스터 시켰다고? 나 말고 누구 뜻이 유효하냐?

나 말고 이 왕국의 섭정은 달리 없다.

저 문을 부숴라, 보증은 내가 선다.

두엄 일꾼 놈들이 날 이렇게 깔본다고?

(글로스터의 하인들이 탑문으로 달려들고,

우드빌 부관이 안에서 말한다.)

우드빌 이 무슨 소리냐? 웬 역적이 여기 왔나? 15

글로스터 부관, 내가 듣는 목소리가 자네의 것인가?

문 열어, 여기 글로스터가 들어가려고 해.

우드빌 참으시죠, 공작님, 저는 열 수 없답니다.

윈체스터 추기경이 금지하신답니다.

제가 그분에게서 특명을 받았는데 20

당신과 당신 부하 누구도 들이지 말랍니다.

글로스터 심약한 우드빌, 나보다 그를 높게 치느냐?

오만한 윈체스터, 건방진 그 고위 성직자,

앞선 주군 헨리가 절대 용납 못 한 자를?

너는 신의 친구도, 국왕의 친구도 아니다. 25

문 열어, 아니면 내가 너를 곧 내쫓을 것이다.

머슴들 섭정님께 그 문을 열어 드려, 너희가

빨리 오지 않으면 우리가 부수어 열 거야.

탑문에서 윈체스터 주교가 섭정을 향하여

황갈색 외투 입은 부하들과 함께 등장.

윈체스터 웬일인가, 야심찬 험프리, 이게 뭔가?

글로스터 까까머리 사제여, 날 내쫓으라고 명했소? 30

윈체스터	그렇다, 왕이나 왕국의 찬탈을 꾀하는 —
	섭정이 아닌 너 — 최고의 역적아.
글로스터	물러서라, 분명히 드러난 공모자여,
	당신은 선왕의 살해를 꾀하였고
	창녀들에게도 면죄부를 주었다.

35

| 당신이 계속해서 이렇게 건방 떨면 |
| 널찍한 그 추기경 모자에 가두어 버리겠다. |

윈체스터	아니, 네가 물러서. — 나는 한 발짝도 못 뗀다.
	이게 다마스쿠스라면 넌 저주받은 카인처럼
	네 동생 아벨을 살해해라, 그러고 싶다면.

40

글로스터	살해는 않겠지만 내쫓아 버릴 거다.
	당신의 그 주홍 제복을 포대기 삼아서
	당신을 이곳에서 내보내 버리겠다.

| 윈체스터 | 감히 한번 해 봐라, 수염 걸고 맞설 테니. |
| 글로스터 | 뭐? 내가 도전받았어, 그것도 수염 걸고? |

45

| 애들아, 특권 있는 장소지만 칼을 뽑아. |
| 청외투 대 황외투다. 사제여, 수염을 조심해. |
| 그걸 잡아당기면서 흠씬 패 줄 테니까. |
| 그 추기경 모자는 내가 발로 짓밟겠다. |
| 교황이나 교회의 간부들을 무시하고 |

50

| 당신 뺨을 당기며 이리저리 끌 것이다. |

윈체스터	글로스터, 넌 교황 앞에서 죗값을 치를 거다.
글로스터	염병할 윈체스터, 밧줄을, 밧줄을 가져와.
	저들을 내쫓아라. — 왜 남겨 두느냐?

39행 다마스쿠스 카인이 아벨을 살해한 곳에 세워졌다고 하는 시리아
의 도시. (RSC)

당신을 내칠 거다, 양의 탈 쓴 늑대야.   55
꺼져라, 황외투들 — 꺼져라, 주홍색 위선자.

여기에서 글로스터의 부하들이 추기경의 부하들을
좇아내고, 이 난리 속에서 런던 시장과 그의 관원들 등장.

시장   에이 참, 최고 행정관이신 두 어른께서
        이토록 오만무례하게 안녕을 깨다니요.

글로스터 조용하게, 시장은 내가 받은 학대를 통 몰라.
        신도 왕도 존경 않는 여기 이 보퍼트가   60
        이 탑을 자신의 용도로 압류했단 말일세.

윈체스터 시민들의 원수인 여기 이 글로스터가,
        당신들의 관대한 지갑에 과한 벌금 매기며
        평화 말고 늘 전쟁을 제안하는 이자가 —
        종교를 뒤집어엎으려 하면서   65
        자신이 이 왕국의 섭정이기 때문에
        여기 이 탑에서 갑옷과 투구를 빼내어
        스스로 왕이 되어 군주를 억누르려 하였네.

글로스터 말이 아닌 주먹으로 대답할 것이다.

                        (여기에서 그들은 다시 충돌한다.)

시장   이 격앙된 싸움에서 저에게 남은 일은   70
        포고령을 공포하는 일뿐입니다.
        자, 관원은 가능한 한 큰 소리로 외쳐라.

                        (관원이 외친다.)

관원   "오늘 하느님과 국왕의 평안에 맞서 무장하고 여기
        에 모인 모든 부류의 사람들에게 우리는 전하의 이
        름으로 명령을 내리니 각자의 처소로 돌아가고, 죽   75

	음이 두렵거든 그 어떤 칼이나 무기나 단검도 차거	
	나 다루거나 사용하지 마라."	
글로스터	추기경, 난 이 법을 어기지는 않겠지만	
	우리 둘은 만나서 속마음을 다 밝힐 것이오.	
윈체스터	글로스터, 우리가 만나면 넌 분명 혼나고,	80
	오늘의 이 일로 네 심장은 피 흘릴 것이다.	
시장	두 분이 안 떠나면 곤봉 패를 부릅니다.	
	(관객들에게) 추기경은 악마보다 더 거만하군요.	
글로스터	시장, 잘 있게. 자네는 할 일을 할 뿐이야.	
윈체스터	지독한 글로스터, 네 머리를 보호해라,	85
	머지않아 내가 그걸 가질 생각이니까.	

(윈체스터, 글로스터와 부하들, 함께 퇴장)

시장	우리는 이상 없나 살펴본 뒤 떠난다.
	맙소사, 배짱 한번 두둑한 귀족들이로구나!
	난 사십 년 동안 한 번도 안 싸웠어.　　(함께 퇴장)

1막 4장

오를레앙의 포대장과 그의 아들 등장.

포대장	애야, 넌 오를레앙이 어떻게 포위돼 있는지,	
	잉글랜드군이 어떻게 외곽을 얻었는지 알아.	
아들	네, 아버지, 그들 향해 쏘기도 했고요. —	
	그렇지만 불행히도 맞히진 못했어요.	
포대장	근데 이젠 맞힐 거야. 내 말대로 해 봐라.	5

1막 4장 장소　프랑스, 오를레앙.

난 이 도시 최고의 포대장이란다. —
영예를 얻으려면 난 뭔가를 해야 해.
군주님의 첩자들이 알려 준 바로는
외곽의 참호 속에 꼭꼭 숨은 잉글랜드군이
이 도시를 내려다보려고, 그래서 어떻게   10
포격이나 공격으로 우리를 가장 많이
괴롭힐 수 있는지 알려고, 저 건너 탑 속의
비밀 격자 쇠창살 사이를 지나갔다고 해.
이런 불안 요소를 제거하기 위하여
내가 대포 한 문을 그쪽으로 배치했고   15
사흘 내내 그들을 볼 수 있나 감시했다.
이제 네가 감시해, 나는 더 못 있겠으니까.
뭐든 발견하거든 내게로 달려와 전해라,
총독님 댁에서 날 찾을 수 있을 거야.   (퇴장)

아들   아버지, 보증해요, 걱정하지 마세요.   (포수 퇴장)   20
       발견해도 아버질 괴롭히진 않을게요.   (퇴장)

솔즈베리와 탤벗, 토머스 가그레이브 경 및
윌리엄 글랜즈딜 경과 함께 망루 위에 등장.

솔즈베리   나의 생명, 나의 기쁨, 탤벗이여, 돌아왔어?
       포로가 됐었는데 어떤 취급 받았나?
       아니면 어떤 수단 썼기에 방면됐나?
       이 망루 위에서 제발 얘기해 주게.   25

탤벗   베드퍼드 공작에게 포로가 있었는데
       폰톤 드 상트레유 경이라고 불렸지요.
       난 그와 교환되어 몸값을 치렀어요.

하지만 그들은 훨씬 더 천한 병사하고도
한번은 경멸조로 날 바꾸려 했는데,   30
난 그걸 무시하며 비웃고, 그토록 낯 뜨거운
평가를 받기보단 차라리 죽음을 갈망했죠.
결국 내가 원했던 바대로 구원됐답니다.
근데, 오, 배신자 파스톨프 때문에 속상한데,
지금 그를 내 멋대로 할 수만 있다면   35
이 맨주먹으로 처치해 버릴 거요.

솔즈베리   그런데 어떤 대접 받았는지 말 안 했네.

탤벗   놀림과 비웃음과 오만한 야유를 받았죠.
모두에게 공공연한 볼거리가 되라고
그들은 날 툭 트인 시장에 내놨어요.   40
"이자가 프랑스를 떨게 하고 우리 애들
그토록 놀래는 그 허수아비다."라고 하며.
그때 난 날 이끌던 관원들을 떨쳐 내고
손톱으로 땅에 박힌 돌덩이를 파내어
내 치욕을 쳐다보는 자들에게 던졌지요.   45
섬뜩한 내 안색에 딴 놈들은 달아났고
급사할까 두려워 아무도 가까이 못 왔죠.
철벽 속에 가둬도 안전치 못하다고 여겼지요.
내 이름의 공포가 아주 크게 퍼져서
그들은 내가 그 쇠창살을 부수고, 돌기둥도   50
발로 차서 박살 낼 수 있다고 생각했으니까.
그 때문에 그들은 명사수 경비를 두어서
매분마다 내 주변을 계속 걷게 하였고,
내가 침대 밖으로 움직이기만 해도
내 심장을 쏠 준비가 되어 있었답니다.   55

불붙은 화승간을 든 아들 등장. 무대 위를 지나간다.

솔즈베리	자네가 견뎠던 고문 듣고 난 크게 슬프네.
	하지만 우리는 충분히 복수할 것이야.
	오를레앙은 지금 저녁때가 되었네.
	난 여기 격자창 밖으로 프랑스인들을
	하나씩 세면서 그들의 요새화를 조사해. 60
	같이 들여다봐, 아주 기쁜 구경이 될 거야.
	토머스 가그레이브 경, 윌리엄 글랜즈딜 경,
	두 사람의 구체적인 의견을 듣고 싶네. —
	다음에 우리가 포격할 최상의 지점은?
가그레이브	북문이라 생각하오, 귀족들이 있으니까. 65
글랜즈딜	난 여기, 다리의 보루라고 생각하오.
탤벗	잘은 모르겠지만 이 도시는 굶기거나
	소규모 접전으로 그 힘을 빼야만 합니다.

(여기에서 그들이 무대 밖에서 포를 쏘고
솔즈베리와 가그레이브가 쓰러진다.)

솔즈베리	오, 주여, 가엾은 저희 죄인들에게 자비를.
가그레이브	오, 주여, 가련한 이 몸에게 자비를. 70
탤벗	이 무슨 우연이 갑자기 우릴 주저앉히지?
	말해요, 솔즈베리. 최소한, 가능하면, 말해요.
	그대, 무인들 모두의 거울이여, 괜찮아요?
	눈 하나와 뺨 한 쪽이 떨어져 나갔나요?
	비통에 찬 이 비극을 꾀한 탑은 저주받고 75
	치명적인 그 손 또한 저주를 받아라.
	열세 번의 전투를 솔즈베리는 이겼고
	헨리 5세, 그가 처음 전쟁 훈련 시켰었다.

나팔이 울리거나 북소리가 들리는 한

그의 칼은 전장에서 절대 멎지 않았다.　　　　　　　　　　80

아직 살아 있어요, 솔즈베리? 말하진 못해도

하늘의 은혜 구할 눈 하나는 남았군요.

태양은 눈 하나로 세상을 다 본답니다.

하늘이여, 솔즈베리가 그대의 자비를 못 얻으면

살아 있는 그 누구에게도 친절하지 마십시오.　　　　　85

그 시신을 내가라. — 나도 함께 묻을 테다.

토머스 가그레이브 경, 숨이 좀 붙었나요?

탤벗에게 말 좀 해요, 아니, 쳐다봐요.

솔즈베리, 위로받고 기운 차리십시오.

당신은 못 죽어요, 아직 때가 —　　　　　　　　　　90

그는 손짓하면서 나에게 미소 짓고

이렇게 말하는 듯하다. '내가 죽고 없어도

프랑스군에 대한 내 복수를 잊지 마라.'

그럼요, 플랜태저넷. 그리고 저 네로처럼

나 또한 류트 치며 불타는 도시를 볼 겁니다.　　　　95

프랑스는 내 이름만으로도 비참해질 겁니다.

　　　　　　　(여기에서 경종이 울리고 천둥과 번개가 친다.)

이 무슨 소란이야? 하늘에 무슨 소동이라도?

이 경종과 소리는 어디에서 나오지?

　　　　　　　　　　사자 등장.

사자　　탤벗 경, 탤벗 경, 프랑스인들이 뭉쳤어요.

　　　　돌핀은 조안 더 푸젤이란 자와 합쳐 —　　　　　100

　　　　새롭게 나타난 신성한 예언자 여자인데 —

대군 끌고 이 공성을 끝내려고 옵니다.

(여기에서 솔즈베리가 몸을 일으키고 신음한다.)

탤벗　자, 들어 봐, 죽어 가는 솔즈베리의 신음을.
　　　복수를 못 해서 안달이 나셨어.
　　　프랑스인들아, 내가 너희 솔즈베리 돼 주마.　　　　　105
　　　푸젤이든 푸들이든, 돌핀이든 돌팔이든
　　　내 말발굽으로 너희 심장 밟아 깨고
　　　뒤엉긴 골수로 진흙탕을 만들어 주겠다.
　　　솔즈베리 백작님을 막사로 모셔라. —
　　　그런 다음 이 프랑스 겁보들의 용기를 시험하자.　　　110

(경종. 함께 퇴장)

1막 5장

여기에서 다시 경종. 그리고 탤벗이 샤를 도팽을
뒤쫓고 그를 내몬다. 그런 다음 잔 라 퓌셀이 등장하여
자기 앞의 잉글랜드군을 내몬다. 그런 다음 탤벗 등장.

탤벗　내 능력과 내 용기와 내 힘은 어디 갔지?
　　　잉글랜드 군대는 후퇴하고 난 막지 못한다.
　　　무장한 여자가 그들을 뒤쫓는다.

(퓌셀이 그에게 다가온다.)

　　　여기, 여기, 여자가 왔구나. 한바탕 싸워야지. —
　　　악마 또는 악마의 어미야, 주문을 걸겠다.　　　　　　5
　　　내가 네 피를 뽑고 — 이 마녀야. — 그런 다음

1막 5장 장소　프랑스, 오를레앙.

네 영혼을 네 주인 놈에게 곧바로 줄 것이다.

잔   어서 와라, 오로지 나만이 너를 망신 줘야 해.

　　　　　　　　　　　　　　(여기에서 그들이 싸운다.)

탤벗   하늘이여, 지옥이 이기도록 할 겁니까?

　　　무리한 용기로 내 가슴이 터지고　　　　　　　　　　10

　　　두 팔이 어깨에서 빠져나가더라도

　　　나는 이 오만한 창녀를 응징할 것이다.

　　　　　　　　　　　　　　(그들이 다시 싸운다.)

잔   안녕, 탤벗. 아직은 너의 때가 안 왔구나.

　　　난 오를레앙에 군량을 곧 공급해야 해.

　　　　　　　　(짧은 경종. 그다음 샤를이 무대 위를 가로질러

　　　　　　　　　　군인들과 함께 도시에 들어선다.)

　　　가능하면 날 잡아 봐. — 난 네 힘을 비웃는다.　　　15

　　　자, 가서 — 배고파 굶주린 부하들을 격려해,

　　　솔즈베리를 도와서 유언이나 하게 하고.

　　　오늘의 우리 승리, 앞으로도 많을 거다.　　　(퇴장)

탤벗   내 머리가 옹기장의 녹로처럼 빙빙 돌아

　　　난 지금 어디 있고 뭘 하는지 모르겠다.　　　　　20

　　　한 마녀가 힘이 아닌 공포로 아군을

　　　저 한니발처럼 내쫓고 맘대로 정복한다.

　　　마치 벌은 연기로, 비둘기는 악취로

　　　벌집과 새집에서 쫓겨나는 것처럼.

　　　그들은 사나운 우리를 잉글랜드 개라고 했는데,　　25

　　　이제는 우리가 강아지들처럼 울면서 도망쳐.

22행 한니발
로마의 역사가 리비우스에 의하면 카르　　을 묶어 로마군을 궤멸시켰다고 한다.
타고의 명장 한니발은 황소 뿔에 관솔불　　(리버사이드)

(여기에서 짧은 경종)

들어라, 동포여 — 싸움을 다시 시작하든지

잉글랜드군의 문장에서 사자를 뜯어내라.

조국을 버리고, 사자를 양으로 대체해라.

양들도 늑대 보고, 말이나 황소도 표범 보고,　　　　30

너희가, 자주 제압하였던 노예들로부터

내빼는 반만큼도 배신하며 달아나지는 않아.

　　　　　　(경종. 여기에서 또 다른 소란의 와중에
　　　　　　잉글랜드군이 오를레앙에 들어가려 시도한다.)

안 되겠다, 너희의 참호로 후퇴하라.

너흰 모두 솔즈베리의 죽음에 동의했다,

복수하기 위하여 칼 쓰는 자 없으니까.　　　　　35

푸젤은 오를레앙 안으로 들어갔어,

우리의 훼방에도, 가능한 건 다 했는데도.

오, 내가 솔즈베리와 함께 죽었더라면.

이 수치로 난 머리를 감추고 싶구나.

　　　　　(탤벗 퇴장. 경종. 잉글랜드군이 퇴각 나팔을 불고
　　　　　함께 퇴장. 프랑스군이 팡파르를 울린다.)

1막 6장

성벽 위에 잔 라 퓌셀, 샤를 도팽, 레니에,

알랑송 및 군인들 등장.

잔　　휘날리는 깃발을 성벽 위로 올려라.

1막 6장 장소　프랑스, 오를레앙.

잉글랜드군으로부터 오를레앙을 구출했다.

이렇게 잔 라 퓌셀은 말을 실천했어요.

샤를 최고의 신적 존재, 정의의 여신의 딸이여,

이 성공에 내 그대를 어떻게 예우할까?   5

그대의 약속은 아도니스의 정원처럼

어느 날 꽃이 피고 다음 날 열매를 맺었다.

프랑스여, 이 영광의 예언자에 환희하라.

오를레앙 이 도시를 우리가 되찾았고,

더 나은 축복은 이 나라에 여태껏 없었다.   10

레니에 왜 도시 전체에 종을 크게 안 울리죠?

도팽이여, 시민에게 명하여 화톳불을 피우고

축연과 잔치를 널찍한 거리에서 벌이어

신이 주신 이 기쁨을 축하하게 하시오.

알랑송 우리가 얼마나 남자답게 싸웠는지 들으면   15

프랑스 전체가 기쁨과 희열로 꽉 차겠죠.

샤를 오늘의 승리는 우리 아닌 조안이 거뒀노라.

그래서 난 이 왕관을 그녀와 나누고

왕국의 사제와 수사들 모두가 끊임없이

그녀의 찬가를 부르며 행진하게 할 것이다.   20

로도피스나 멤피스의 어느 피라미드보다도

더욱 당당한 것을 그녀 위해 세우겠다.

그녀가 죽으면 기념으로 그녀 재를

화려한 보석 박힌 저 다리우스의 관보다

6행 아도니스의 정원
놀랄 만큼 풍요로운 전설적인 정원.   전자는 미틸레네의 카라수스(사포의 오
(RSC)   빠)의 애인 이름이고, 후자는 이집트의
21행 로도피스…멤피스   고대 도시 이름이다. (아든)

더 귀중한 유골 단지 안에다 담은 뒤   25
주요한 축제에서 프랑스의 왕들과
왕비들에 앞서서 운반하게 할 것이다.
우리는 더 이상 생드니를 안 외치고,
잔 라 퓌셀이 프랑스의 성자가 될 것이다.
자, 이 황금빛 승리의 날이 지나갔으니   30
안으로 들어가서 멋지게 잔치를 벌이자.

                                        (팡파르. 함께 퇴장)

2막 1장

프랑스군 상사. 두 경계병들을 데리고
성벽 위에 등장.

상사   이보게들, 제자리로 돌아가 경계를 잘하게.
이 성벽 가까이서 무슨 소릴 듣거나
군인들이 눈에 띄면 확실한 신호로
우리 경비 초소에서 알도록 해 주게.
경계병 1   그러죠, 상사님.   (상사 퇴장)
                    불쌍한 졸병들은 이렇게   5
남들은 편안한 침대에서 잠잘 때
어둠과 비, 추위에도 억지로 경계 선다.

탤벗, 베드퍼드, 버건디, 벽을 타는 줄사다리 셋을

24행 다리우스   프랑스의 수호성인.
페르시아의 왕.   2막 1장 장소
28행 생드니   오를레앙 앞.

가지고 등장.

탤벗	총독님, 그리고 막강하신 버건디 공 —
	두 분의 도착으로 아르투아, 왈롱과
	피카르디 지역이 우군 편이 됐습니다.	10
	행복한 오늘 밤 프랑스인들은 하루 종일
	퍼마시고 잔치해서 과신하고 있답니다.
	그러니까 우리는 지금을 마법과
	사악한 사술로 꾸며 낸 그들의 속임수를
	되갚아 줄 최적의 기회로 삼읍시다.	15
베드퍼드	프랑스의 겁쟁이! 자기 팔심 못 믿어서
	마녀들과 손잡고 지옥의 도움을 구하다니
	그는 자기 명성을 정말 크게 해쳤어.
버건디	역도들의 동료는 늘 그런 것들이죠.
	그런데 참 순결하다는 그 푸젤은 누군가?	20
탤벗	처녀라고 합니다.
베드퍼드	처녀가? 그렇게 용감해?
버건디	그녀가 곧 남성으로 밝혀지진 않기를 —
	그녀가 처음부터 그 프랑스 군기 밑에
	갑옷을 다 차려입고 있었다면 말입니다.
탤벗	예, 놈들은 악령과 모의하고 어울리라지요.	25
	주님이 우리의 요새니까 그 승리의 이름으로
	그들의 철옹성을 오르기로 결심해요.
베드퍼드	올라가게, 용감한 탤벗이여. 우리가 따르겠네.
탤벗	한꺼번엔 안 됩니다. 짐작건대 몇 갈래로
	입성을 하는 게 훨씬 더 낫습니다.	30
	한쪽이 실패한다 하더라도 다른 쪽이

	그들의 세력에 맞서서 오를 수 있으니까.
베드퍼드	동의하네. 난 저쪽 구석으로.
버건디	난 이쪽.
탤벗	그리고 탤벗은 여기로 오르거나 죽습니다.

탤벗 그리고 탤벗은 여기로 오르거나 죽습니다.
　　 자, 솔즈베리 당신과 잉글랜드 왕 헨리의　　　　　　35
　　 권리를 위하여, 내가 그 양쪽을 얼마나
　　 크게 존중하는지 오늘 밤 드러날 겁니다.

> (잉글랜드군은 오를레앙으로 들어가면서
> "성 조지, 탤벗!"을 외친다.)

경계병 1 무장, 무장, 적군이 공격을 시작한다.

> (프랑스 경계병들 퇴장)

> 프랑스인들이 속옷 바람으로 성벽에서 뛰어내린다.
> 서자, 알랑송, 레니에, 옷을 반쯤 입은 채
> 각각 다른 길로 등장.

알랑송 여러분, 괜찮소? 뭐, 그것밖에 못 입었소?
서자 못 입어요? 예, 이렇게 잘 피해서 다행이죠.　　　　40
레니에 우리 방문 앞에서 경종을 들은 때는 분명히
　　 잠에서 깨어나 침대를 떠날 시간이었소.
알랑송 내가 처음 군인이 된 뒤로 온갖 전쟁 중에서
　　 이보다 더 과감하거나 필사적이면서도
　　 호전적인 전투는 들어 본 적 없었소.　　　　　　45
서자 탤벗, 이 작자는 지옥 악마 같습니다.
레니에 지옥이 아니라면 하늘의 총애는 분명하오.
알랑송 샤를께서 오십니다. 어떠신지 궁금하군.

서자 쯧, 성스러운 잔이 그의 호위병이었군.

샤를 네 술수가 이거야, 기만하는 여자야?　　　　　　　50
처음에는 짐에게 아첨을 해 보려고
약간의 이득을 보게 해 준 다음에
이제는 손실을 열 배나 더 키웠어?

잔 샤를께선 친구에게 왜 짜증을 내십니까?
제 능력을 언제나 꼭 같이 원하세요?　　　　　　　55
자나 깨나 저는 늘 승리해야 합니까,
안 그러면 절 탓하고 책임지우시려고요?
경솔한 군인들, 당신들의 경계병이 잘했으면
이런 돌발 재난은 절대 아니 생겼어요.

샤를 알랑송 공작, 이것은 그대의 과실인데,　　　　　　60
오늘 저녁 경계의 지휘관으로서
그 막중한 임무를 더 잘 살피지 못했다.

알랑송 여러분의 숙소가 다, 내가 관리한 곳만큼
안전하게 지켜졌더라면 우리가 이렇게
창피한 습격을 받지는 않았을 겁니다.　　　　　　65

서자 내 구역은 튼튼했소.

레니에 　　　　　　　내 구역도 그랬어요.

샤를 그리고 난 오늘 밤 대부분의 시간을
그녀의 숙소와 내 관할 구역 안에서
경계병을 교대시켜 주는 일을 하면서
이리저리 왔다 갔다 했는데, 그렇다면　　　　　　70
그들이 어떻게 어디로 맨 처음 침입했지?

잔 여러분, '어떻게, 어디로' 이런 질문

더 이상 마십시오. 그들은 경계가 약한 곳을
찾아낸 게 분명하고, 거기를 뚫었어요.
그래서 지금은 — 흩어지고 분산된   75
아군을 끌어모아 놈들을 해칠 만한
새 발판을 마련하는 수밖엔 없습니다.

경종. 잉글랜드군 한 명이 "탤벗, 탤벗!"을 외치면서 등장하고,
그들은 옷을 버려둔 채 도망친다.

군인   그들이 버린 것을 과감히 다 가져야지.
'탤벗'이란 외침이 나에겐 칼이 됐어. —
그 이름 외에는 아무 무기 안 쓰고도   80
수많은 전리품을 잔뜩 짊어졌으니까.   (퇴장)

2막 2장
탤벗, 베드퍼드와 버건디가 대장 한 명 및
솔즈베리의 시신을 옮기는 군인들과 함께 등장하고,
고수들은 장송곡을 울린다.

베드퍼드   날이 밝기 시작하고, 칠흑 같은 외투로
지구를 덮고 있던 저 밤은 도망쳤다.
여기서 퇴각을 알리고 맹추격을 멈추자.

(퇴각 나팔이 울린다.)

탤벗   솔즈베리 노장의 시신을 내 온 다음

2막 2장 장소 오를레앙시 안.

여기에서 출발하여 저주받은 이 도시의   5
한가운데 자리 잡은 시장으로 모셔라.
난 이제 그 영령에 내 서약을 되갚았다.
그 몸에서 흘러내린 핏방울 방울마다
적어도 프랑스인 다섯이 오늘 밤에 죽었다.
그에 대한 복수로 뭐가 파괴되었는지   10
지금부터 몇 세기에 걸쳐서 볼 수 있게
난 그들의 최고급 신전 안에
그 시신을 넣어 드릴 무덤을 세우고
그 위에는 모두가 읽을 수 있도록
오를레앙의 약탈과, 애통한 그 죽음의   15
비겁한 방식과, 프랑스인들에게 그가
얼마나 큰 공포였는지 새겨 둘 것이다.
하지만 여러분, 이 모든 피비린 학살 중에
우리가 그 돌핀 각하나, 새로 온 그의 투사
고결한 조안이나, 그의 가짜 공모자를   20
하나도 못 만난 게 참 놀랍습니다.

베드퍼드   탤벗 경, 그들은 싸움이 시작되었을 때
졸음 오는 침대에서 황급히 일어난 뒤,
무장한 군인들 틈에서 성벽을 뛰어넘어
야전의 피신처로 달아난 것 같다네.   25

버건디   나 또한 연기와 밤안개 속에서 분명히
식별할 수 있었던 한, 내가 그 돌핀과
그자의 매춘부를 겁준 게 확실해.
그들이 낮이든 밤이든 떨어져선 못 사는
사랑하는 산비둘기 한 쌍처럼 둘이서   30
팔짱 끼고 재빨리 뛰면서 왔을 때 말이네.

그래서 이곳의 사태가 정리된 다음에
우리는 전력을 다하여 그들을 쫓을 걸세.

사자 등장.

사자	여러분, 모두 만세. 위엄 있는 이 일행 중
	누가 그 늠름한 탤벗이죠? 그분의 행동이
	프랑스 전역에서 아주 큰 박수를 받으니까.
탤벗	그 탤벗 여기 있네. 누가 얘길 나누려 하는가?
사자	고결한 오베르뉴 백작 부인이신데,
	당신의 명성에 겸손하게 감탄하시고는
	대인인 당신께서 그녀가 거주하는
	누추한 성 방문하여, 이 세상을 영광으로
	요란하게 채우는 남자를 봤다고 자랑할 수
	있게 해 주시기를 저를 통해 청합니다.
버건디	그렇단 말이지. 아니 그럼, 우리의 전쟁은
	부인들이 만남을 갈망하고 있으니까
	평화로운 장난으로 바뀔 것 같구먼.
	그녀의 귀한 청을 경은 무시 않을 테지.
탤벗	그런 일은 절대 없죠. 세상 많은 남자들이
	갖가지 웅변으로 설득할 수 없던 일도
	한 여인의 친절로 뒤엎어지니까.
	그러므로 그녀에게 내가 크게 감사하며
	그녀를 모시겠노라고 말해 주게.
	어른들도 동행해 주지 않으시렵니까?
베드퍼드	아니, 정말, 그것은 예의에 맞지 않네.
	게다가 난 불청객은 떠났을 때

35

40

45

50

55

가장 큰 환영을 받는다고 들었다네.

탤벗　그렇다면 혼자서 (다른 방도 없으니까)

이 부인의 예절을 시험해 보렵니다.

대장은 이리 오게, 내 마음은 알겠지.

　　　　(대장은 앞으로 나오고 탤벗이 그에게 속삭인다.)

대장　예, 탤벗 경, 그에 맞출 작정이랍니다.　　(함께 퇴장)　60

2막 3장

오베르뉴 백작 부인과 그녀의 문지기 등장.

백작 부인　문지기는 내가 내린 명령을 잊지 말게.

그리고 그 일을 끝낸 뒤에 열쇠를 가져와.

문지기　그러지요, 마님.　　　　　　　　　　　(퇴장)

백작 부인　음모를 깔아 놨다. 모든 게 제대로 풀리면

나는 이 위업으로 키루스를 죽게 만든　　　　5

스키타이의 토미리스만큼 유명해질 것이다.

이 무서운 기사는 소문이 자자하고

공을 세운 숫자 또한 그 대왕에 못지않다.

나의 두 귀와 함께 두 눈을 증인 삼아

이 희귀한 풍문을 쾌히 판단해 봐야지.　　　　10

사자와 탤벗 등장.

2막 3장 장소
오베른, 백작 부인의 성.
6행 토미리스

스키타이의 여왕으로 키루스 대왕에게
포로로 잡혀 있던 중 자살한 자기 아들의
죽음을 그에게 복수하였다. (아든)

사자	마님, 마님께서 원하셨던 바에 따라
	전갈로 간청받은 탤벗 경이 오셨어요.
백작 부인	잘 오셨습니다. 뭐, 이게 그 사람이야?
사자	예, 마님.
백작 부인	이것이 프랑스의 천벌이야?

이것이 사방에 너무나 겁을 줘 어미들이   15
그 이름만으로 아기들의 입을 막은 탤벗이야?
풍문은 신화 같고 거짓인 걸 알겠군.
난 무슨 헤르쿨레스를, 엄숙한 안색과
단단히 연결된 사지의 커다란 몸집 가진
제2의 헥토르를 보게 될 거라고 여겼는데,   20
맙소사, 어린아이, 우스운 난쟁이군.
이 약하고 쭈그러든 새우가 적들에게
그토록 큰 공포를 안기는 건 불가능해.

탤벗	마님, 주제넘게 폐를 끼쳐 드렸군요.
	하지만 여유가 없으신 것 같으니 25
	다른 때에 부인을 방문토록 해 보지요.
백작 부인	이제 어쩔 작정이지? 어디로 가는지 물어봐.
사자	잠깐만요, 탤벗 경, 마님께선 당신이
	돌연히 떠나는 이유를 알고자 하십니다.
탤벗	허 참, 그녀가 잘못된 믿음을 가졌으니 30
	탤벗이 여기에 있음을 증명하려고 가네.

문지기가 열쇠를 가지고 등장.

18행 헤르쿨레스 열두 가지 난제를 해결한 그리스의 영웅.
20행 헥토르 트로이 왕 프리아모스의 첫째 아들. 트로이 최고의 전사.

백작 부인	네가 만약 그자라면 너는 포로 신세다.
탤벗	포로요? 누구의?
백작 부인	내 포로다, 살벌한 귀족아.
	또한 그 목적으로 내 집에 널 끌어들였다.
	오랫동안 네 허상은 나에게 노예였다,
	내 화랑에 네 초상이 걸려 있었으니까.
	근데 이젠 실물이 같은 일을 당하게끔
	나는 우리 나라를 여러 해에 걸쳐서 압제로
	황폐하게 만들고, 우리 시민 살해하며,
	우리 아들 남편들을 포로로 잡아갔던
	너의 이 팔다리를 쇠사슬로 묶을 테다.
탤벗	하 하 하.
백작 부인	불운한 놈이 웃어? 그 환희는 신음이 될 거다.
탤벗	내가 웃은 이유는 부인이 참 어리석게도
	엄벌의 대상으로 탤벗의 허상밖엔
	가진 게 없다는 걸 알기 때문이랍니다.
백작 부인	왜? 네가 그자 아니냐?
탤벗	진짜로 그자요.
백작 부인	그럼 난 실물도 가졌어.
탤벗	아뇨, 아뇨, 난 나의 허상일 뿐입니다.
	당신은 헛짚었소, 내 실물은 여기 없소.
	당신이 보는 건 인간의 최소 조각,
	가장 적은 일부에 지나지 않으니까.
	장담컨대, 마님, 그의 형체 전체가 다
	여기에 있다면 너무나 광대하고 높아서
	당신의 지붕으론 못 담아 낼 것입니다.
백작 부인	필요하면 수수께끼 던지는 녀석이네.

숫자: 35, 40, 45, 50, 55

그는 여기 있을 거다, 하지만 여기 없다.
이 모순이 어떻게 일치할 수 있는가?

탤벗   그걸 곧 보여 주죠.

(그가 뿔피리를 분다. 북이 울리고, 큰 대포 소리)

군인들 등장.

마님, 어쩌실 겁니까? 이제는 탤벗이   60
자신의 허상일 뿐이란 걸 수긍하십니까?
이들이 그의 실물, 근육, 팔뚝, 힘으로서
이걸 갖고 당신들의 반역하는 목을 묶고,
도시들을 휩쓸며 마을들을 뒤집어
곧바로 황량하게 만들어 버리죠.   65

백작 부인   승리한 탤벗이여, 제 잘못을 용서하십시오.
제가 찾은 그대는 자자한 명성에 못지않고
체구로 짐작되는 것보다 더 크군요.
제가 건방지다고 격노하진 마십시오,
경외심 가지고 그대를 지금 있는 그대로   70
환대하지 못한 점을 후회하고 있으니까.

탤벗   경악하지 마시오, 고운 부인, 또 당신이
탤벗 몸의 외적인 구조를 오해한 것처럼
그 마음을 잘못 해석하지는 마십시오.
난 당신이 한 일로 화나지도 않았고   75
별도의 만족 또한 갈망하지 않지만
허락해 주신다면, 우리가 포도주 맛을 보고
당신의 진미를 보게만 해 주시오.
군인의 식욕엔 늘 그런 게 잘 맞으니까.

| 백작 부인 | 진심으로 그러죠. — 이 위대한 전사를 | 80 |

백작 부인　진심으로 그러죠. — 이 위대한 전사를　　　　　　　　80
　　　　　제 집에서 대접해서 영광이랍니다.　　　　(함께 퇴장)

2막 4장

리처드 플랜태저넷, 워릭, 서머싯, 서퍽, 버넌 및

변호사 한 명 등장.

리처드　대귀족 신사들은 왜 침묵하시오?
　　　　진실을 두고도 감히 답을 못 합니까?
서퍽　　법학원 안에선 우리들 목소리가 너무 커서
　　　　여기 이 정원이 우리에겐 더 알맞소.
리처드　그렇다면 내가 그 진실을 단언하였는지,　　　　5
　　　　다투는 서머싯이 틀렸는지 곧바로 말하시오.
서퍽　　사실 난 법률은 게으르게 공부해서
　　　　내 의지를 거기에 꿰맞출 순 없었고,
　　　　그래서 법률을 내 의지에 꿰맞췄소.
서머싯　그럼 워릭 경께서 둘을 놓고 판정하십시오.　　10
워릭　　두 마리 매 가운데 어느 게 더 높이 날고,
　　　　두 마리 개 가운데 어느 게 더 크게 짖고,
　　　　두 칼날 가운데 어느 게 더 단단하고,
　　　　말 두 필 가운데 어느 게 가장 좋고,
　　　　두 소녀 가운데 누구 눈이 가장 기분 좋은지　　15
　　　　판결할 능력을 난 아마 얕게는 가졌겠지.
　　　　하지만 이 미주알고주알 법률의 문제에서

2막 4장 장소　런던, 법학원 정원.

	난 정말 갈까마귀보다도 똑똑지 못하네.	
리처드	저런, 저런, 예절 바른 사양을 하시네요.	
	진실이 명명백백 내 편으로 드러나서	20
	반쯤 눈먼 자라도 알아볼 수 있답니다.	
서머싯	그건 내 편에서도 너무 잘 차려입고	
	너무 밝게, 빛나게, 또 분명히 나타나	
	소경의 눈에라도 어렴풋이 보일 것입니다.	
리처드	여러분이 입 다물고 말을 꺼려하시니까	25
	무언의 상징으로 생각을 선포하십시오.	
	만약에 명문가 태생의 신사로서	
	그 출생의 명예를 확신하는 사람이	
	이 몸이 진실을 밝혔다고 생각하신다면	
	이 넝쿨의 흰 장미를 나와 함께 꺾으시오.	30
서머싯	겁쟁이도 아첨꾼도 아니면서 과감히	
	진실의 편임을 주장하는 사람은	
	나와 함께 이 덤불의 붉은 장미 꺾으시오.	
워릭	난 색깔을 안 좋아해. 그래서 저급하게	
	알랑대는 아첨의 색깔은 전혀 없는	35
	흰 장미를 플랜태저넷과 함께 꺾네.	
서픽	난 젊은 서머싯과 붉은 장미 함께 꺾고,	
	그것으로 그가 옳단 내 생각을 말하겠소.	
버넌	귀족 신사분들이여, 가지에서 장미꽃을	
	더 적게 확보한 쪽에서 다른 쪽의 견해가	40
	옳음을 수긍할 것이라고 결론 내릴 때까진	
	멈춘 다음 더 이상 꺾지는 마십시오.	
서머싯	훌륭한 버넌 군, 이의를 잘 제기하였네.	
	내가 적게 확보하면 침묵으로 동의하네.	

리처드	나도.	45
버넌	그러면 이 사건의 진실과 명백성 때문에 전 여기 이 창백한 처녀 꽃을 꺾으면서 흰 장미 편에서 제 평결을 내립니다.	
서머싯	그것을 꺾을 때 손가락을 찌르진 말게나, 피를 흘려 흰 장미를 붉히고, 그래서 마지못해 내 편으로 끝나면 안 되니까.	50
버넌	공작님, 제 견해 때문에 제가 피를 흘린다면 여론은 그 상처를 돌보는 의사가 된 다음 제가 늘 있는 편에 남게 해 줄 것입니다.	
서머싯	좋아, 좋아, 자, 또 누구요?	55
변호사	제 공부와 제 책이 거짓되지 않았다면 당신이 주장한 논점은 잘못됐고, 그 표시로 저도 이 흰 장미를 꺾습니다.	
리처드	자, 서머싯, 당신의 논점은 어디 있죠?	
서머싯	당신의 흰 장미 붉은 피로 물들일 뭔가를 깊이 숙고하면서 이 칼집에 들어 있소.	60
리처드	그동안 당신 뺨은 우리 장미 본뜨네요. 우리 편의 진실을 겁내면서 증언하듯 창백해 보이니까.	
서머싯	아냐, 플랜태저넷. 네 뺨이 순전한 수치로 붉어져 우리 장미 본뜨는 건 겁이 아닌 분노 때문이야. — 그런데도 네 혀는 그 오류를 실토하지 않으려 해.	65
리처드	네 장미엔 자벌레가 있잖은가, 서머싯?	
서머싯	네 장미엔 가시가 있잖나, 플랜태저넷?	
리처드	암, 자기 진실 지키려고 날카롭게 찌르는데,	70

삼키는 네 자벌레는 제 거짓을 먹고 있어.

서머싯 좋다, 나는 이 피 흘리는 장미를 달
친구들을 찾은 뒤 감히 플랜태저넷이
못 나타날 곳에서 내 진실을 지키게 하겠다.

리처드 자, 나는 이 손에 든 처녀 꽃에 맹세코,   75
투정 부리는 애, 너와 네 꽃단장을 경멸한다.

서퍽 그 경멸 이리로 돌리진 마, 플랜태저넷.

리처드 오만한 폴, 난 돌려서 둘 다 경멸할 것이다.

서퍽 난 그중의 내 몫을 네 목으로 돌릴 거다.

서머싯 가요, 가요, 윌리엄 드 라 폴님 — 우리가   80
자작농과 대화하면 그를 예우합니다.

워릭 원 참, 자네는 그에게 잘못하네, 서머싯.
그의 조부께서는 클래런스 공작인 리오넬로
잉글랜드 왕 에드워드 3세의 셋째 아들이시네.
그 깊은 뿌리에서 미천한 자작농이 태어나?   85

리처드 그는 이 장소의 특권에 의지하죠, 안 그럼
겁쟁이 심장으로 감히 저리 말 못 해요.

서머싯 이 몸을 만드신 그분께 맹세코, 난 내 말을
기독교국 어느 땅 위에서든 지킬 거다.
네 아버진 선왕 시절 반역죄로 처형된   90
케임브리지 백작인 리처드가 아니더냐?
또 그의 반역으로 너 또한 사권이 박탈됐고,
오염됐고, 옛 출생 계급에서 잘렸잖아?
그의 죄는 아직도 네 핏속에 살아 있고
네가 복권될 때까지 넌 자작농이야.   95

리처드 부친은 체포됐지 사권 박탈 안 당했고,
반역으로 사형은 됐지만 역적은 아니었다.

난 그걸 내 뜻대로 때가 무르익으면
서머싯보다 나은 이들에게 입증할 것이다.
당신의 지지자인 폴과 또 당신에 관해서는   100
나는 둘을 내 기억의 책 속에 적어 두고
그런 견해 가진 죄로 천벌을 내릴 거다.
단단히 조심하고 경고 잘 받았다고 말하라.

서머싯   아, 우린 항상 너를 맞을 준비를 갖출 테니
이 색깔로 우리가 네 원수란 걸 알아라.   105
내 친구는 널 경멸하면서 이걸 달 테니까.

리처드   나 또한 영혼 걸고, 이 창백한 분노한 장미를
피에 주린 내 미움을 인정하는 표시로서
그것이 나와 함께 무덤에서 시들거나
내 계급의 절정에서 활짝 피어날 때까지   110
내 파당과 더불어 영원히 함께 달 것이다.

서픽   앞으로 나가다가 네 야망에 숨 막혀라.
그러니 다시 만날 때까지 잘 있어라.   (퇴장)

서머싯   폴, 같이 가요. 야심 찬 리처드, 잘 있어라.   (퇴장)

리처드   이렇게 모욕받고 억지로 참아야 하다니.   115

워릭   자네 가문에 준 그들의 이 치욕은
윈체스터와 글로스터의 휴전 위해 소집된
다음번 의회에서 호된 벌을 받을 거야.
또한 그때 자네가 요크 공작 못 된다면
난 살아서 워릭으로 간주되지 않을 거네.   120
그동안은 자네 향한 내 사랑의 징표로
오만한 서머싯과 윌리엄 폴에 맞서
난 자네 편에서 이 장미를 달 것이네.
또한 난 여기서 예언하네. 법학원 정원에서

	파당으로 자라난 오늘의 이 싸움으로	125

파당으로 자라난 오늘의 이 싸움으로 125
붉고 흰 장미들 사이에서 천 명의 인간이
죽음과 치명적인 밤으로 내쫓길 것이네.

리처드 훌륭한 버넌 군, 자네가 나를 위해
꽃을 꺾어 준 일을 고맙게 생각하네.

버넌 당신 위해 저는 늘 같은 걸 달 겁니다. 130

변호사 저도 그럴 겁니다.

리처드   고맙네, 신사들.
자, 넷이서 식사하죠. 내 감히 말하건대
이 분쟁은 훗날에 피를 마실 것입니다. (함께 퇴장)

2막 5장

의자에 들려 나온 모티머와 간수들 등장.

모티머 이 쇠약한 노인을 돌보는 친절한 간수들은
죽어 가는 모티머를 여기서 쉬게 하게.
오랫동안 옥살이하였던 내 사지는
형틀에서 갓 내려온 사람과 꼭 같네.
그리고 이 흰 머리칼, 죽음의 전령들은 5
걱정 많은 노년에 네스토르처럼 나이 들어
에드먼드 모티머의 종말을 보여 주네.
이 눈은 줄어드는 기름을 다 쓴 등불처럼
꺼지는 시점에 다가가며 흐려지고,

2막 5장 장소 런던 탑.
6행 네스토르 지혜와 고령으로 유명한 그리스의 영웅. (아든)

연약한 이 어깨는 비탄에 꽉 눌렸으며,   10
활력 없는 두 팔은 시든 포도넝쿨처럼
앙상한 가지를 땅으로 축 늘어뜨렸네.
하지만 이 발은 이 진흙 덩어리를
떠받쳐 줄 힘이 없어 마비됐으면서도
나에게 다른 위안 없다는 걸 아는 듯이   15
날개 달고 무덤으로 달려가고 싶어 해.
그런데 말이지, 간수, 내 조카는 오는가?

간수   어르신, 리처드 플랜태저넷은 옵니다.
법학원에, 그의 방에 사람을 보냈는데
올 거라는 대답이 돌아왔답니다.   20

모티머 충분해. 그럼 내 영혼은 만족할 것이야.
딱한 신사, 나와 같은 학대를 받는구나.
저 헨리 몬머스가 다스리기 시작한 이래로 —
그의 패권 이전엔 내 무공이 컸었지. —
나는 이런 혐오스러운 격리를 당했고   25
바로 그 당시부터 리처드는 희미해지면서
명예와 유산을 빼앗기게 되었었지.
그런데 이제는 절망의 중재자,
불행의 친절한 심판관인 공평한 죽음이
날 여기서 달콤하게 석방해 준다네.   30
난 그의 고생도 똑같이 끝나서
그가 잃어버린 것을 회복하기 바라네.

리처드 등장.

·

23행 헨리 몬머스 몬머스 태생의 헨리, 즉 헨리 5세.

간수	어르신, 당신의 사랑하는 조카가 왔어요.	
모티머	내 친구, 리처드 플랜태저넷이 왔어?	
리처드	예, 이렇게 천한 대접 받고 있는 숙부님,	35
	최근에 경멸받은 리처드 조카가 왔어요.	
모티머	내 팔 좀 끌어 주게. — 내가 그의 목을 안고	
	그 품에서 마지막 숨을 쉴 수 있도록.	
	친척으로 가냘픈 키스라도 할 수 있게,	
	오, 내 혀가 그의 뺨에 닿았는지 말해 주게.	40
	자, 밝혀라, 대요크 가문의 어여쁜 자손아,	
	최근에 경멸받았다는 말은 왜 했느냐?	
리처드	우선, 늙으신 당신 등을 제 팔에 기대어	
	편안해지시면 저의 병을 말씀드리지요.	
	오늘 어떤 문제로 논쟁하는 도중에	45
	서머싯과 저 사이에 말이 좀 많아졌고,	
	그는 그 일부를 마구잡이식으로 쓰면서	
	제 부친의 죽음 두고 저를 꾸짖었는데,	
	그 비방이 제 혀에 빗장만 안 질러 놨어도	
	저도 같은 것으로 갚아 줬을 겁니다.	50
	그러니, 숙부님, 제 부친을 위하여 —	
	진정한 플랜태저넷의 명예 걸고 —	
	또 혈연을 위하여, 제 부친 케임브리지 백작이	
	목숨을 잃게 된 이유를 설명해 주십시오.	
모티머	고운 내 조카야, 나를 옥에 가두고	55
	꽃피는 청춘 내내 혐오할 동굴 속에	
	구금된 채 야위게 만들었던 그 이유가	
	저주받은 그의 사망 원인이었단다.	
리처드	그 이유가 무엇이었는지 전 모르고	

	추측도 못 하니 더 상세히 밝혀 주십시오.	60
모티머	그러겠다, 흐려지는 내 숨이 허락하고	
	얘기를 다 못 하고 죽지만 않는다면.	
	지금 왕의 할아버지였던 저 헨리 4세는	
	에드워드 가계의 셋째 왕의 첫째로서	
	합법적 계승자였던 에드워드의 아들,	65
	자기 조카 리처드를 퇴위시켰었는데,	
	그의 치세 동안에 북쪽의 퍼시들이	
	그 찬탈이 아주 부당하다는 걸 알고는	
	나를 그 옥좌에 올리려고 노력했지.	
	이 용맹한 귀족들이 고무됐던 이유는 —	70
	나이 젊은 리처드가 그렇게 쫓겨나고	
	그 몸에서 계승자가 안 태어난 상황에서 —	
	출신과 혈통에서 내가 다음이어서 그랬지.	
	왜냐하면 나는 내 어머니 쪽으로	
	에드워드 3세의 셋째 아들, 리오넬,	75
	클래런스 공작 피를 물려받은 반면에	
	그가 자기 계보를 가져오는 존 오브 곤트는	
	그 영웅적 가문의 넷째에 불과했으니까.	
	근데 잘 봐. 이 고상한, 거창한 시도로	
	그들이 올바른 계승자를 앉히려 했을 때	80
	난 자유를, 그들은 목숨을 잃었다네.	
	오랜 뒤 저 헨리 5세가 자신의 아버지,	
	볼링브로크를 이어받아 통치하게 됐을 때	
	네 아버지 — 저 유명한 에드먼드 랭글리,	
	요크 공작의 피를 받은 — 케임브리지 백작은	85
	너의 어머니였던 내 누이와 결혼했고,	

나의 심한 고충을 불쌍히 여겨서
또다시 군대를 일으켜 왕관을 되찾고
나에게 씌워 주길 기대했지. 하지만
그 고귀한 백작도 나머지들처럼 쓰러졌고,   90
참수를 당했어. 그리하여 왕권을 가졌던
모티머 쪽 사람들은 억압을 받았단다.

리처드   그쪽에선 백작님이 마지막이시군요.

모티머   그렇지, 그리고 난 보다시피 후손이 없으며
내 말씨는 희미하여 죽음을 보증해.   95
네가 나의 계승자다. 그 나머진 네가 챙겨.
하지만 부지런히 경계하며 조심해라.

리처드   이 엄숙한 훈계에 전 압도되었습니다.
그렇지만 제 생각에, 부친의 처형은
그야말로 피비린 독재였던 것 같군요.   100

모티머   조카야, 침묵하며 신중하게 행동해라.
랭커스터 가문은 굳건히 박혀 있어
제거되지 아니할 하나의 산과 같아.
근데 이제 네 삼촌은 여기를 떠나려 해,
군주들이 그들의 궁정을, 고정된 장소에   105
오랜 기간 사는 데 물려서 떠나듯이.

리처드   오, 숙부님, 제 젊은 나이의 일부로
그 노령을 되돌릴 수 있었으면 좋겠어요.

모티머   그럼 넌 한 번에 죽일 걸 여러 번 해치는
살해자가 된 것처럼 나에게 잘못한다.   110
내게 득이 안 될 거면 애도도 하지 말고
내 장례를 치르라는 명령만 내려라.
그러면 잘 지내라. 고운 희망 다 가지고

	평시에나 전시에나 번성하길 바란다.	(죽는다.)
리처드	떠나는 그 영혼에 전쟁 아닌 평화가 있기를.	115

감옥에서 당신은 순례 길을 걸으셨고
은둔자로 나날을 끝까지 사셨어요.
됐다, 난 그의 충고를 가슴에 묻어 두고
내 할 일을 구상해 봐야지. — 조용히 말이다.
간수들, 이 어른을 내가게, 그럼 내가　　　　　　120
그분의 삶보다 더 나은 장례를 치르겠네.

　　　　　　(간수들이 모티머의 시신을 들고 퇴장)

꺼져 가던 모티머의 횃불은 여기에서
더 천한 자들의 야심에 억눌려 죽었다.
그리고 서머싯이 내 가문에 입혔던
그 박해와 그 쓰린 상처들은 틀림없이　　　　　125
내가 직접 명예롭게 바로잡을 것이다.
그러므로 난 서둘러 의회로 간 다음 —
내 가문의 재산권을 되찾든지, 아니면
내 뜻을 내게 득이 되도록 펼칠 테다. 　　　　(퇴장)

3막 1장

팡파르. 국왕, 엑서터, 글로스터, 윈체스터, 워릭,

서머싯, 서퍽, 리처드 플랜태저넷 등장.

글로스터가 의안을 제출하려는데

윈체스터가 낚아채 찢어 버린다.

3막 1장 장소　런던, 의회.

윈체스터	미리 심사숙고한 글을 가져왔는가?
	열심히 머리 짜낸 책자를 써 왔어?
	글로스터 험프리여, 고발할 수 있다면
	나에게 혐의를 돌리고 싶은 게 있다면
	조작해 내지 말고 느닷없이 그럭하게, 5
	마치 내가 느닷없이 즉흥적인 연설로
	자네의 가능한 반론에 답할 작정이듯이.
글로스터	주제넘은 사제야, 이 자리 때문에 참는다,
	안 그럼 날 모욕했다는 걸 알렸을 것이야.
	내가 비록 너의 그 더럽고 극악한 10
	범죄들의 종류를 글로 제시했다 해서
	그 때문에 펜으로 쓴 순서를 조작했다거나
	구두로 반복할 수 없다고는 생각 마라.
	암, 너 고위 성직자야, 대담한 네 악의와
	추잡하고 유독하며 불화하는 네 악행은 15
	유아들도 네 오만을 재잘댈 정도야.
	넌 대단히 악독한 고리대금업자이고
	비뚤어진 성질에다 평화의 적이며
	호색하고 음탕한데 — 네 직업과 지위에
	잘 어울릴 정도를 넘어서서 그러하다. 20
	또한 너의 배신으로 말하자면,
	내 목숨 뺏으려고 런던 다리에서나 탑에서
	덫을 놓은 것보다 더 명백한 게 뭐냐?
	게다가 네 생각을 걸러 보면, 네 군주 국왕도
	부푼 네 가슴의 고약한 악의에서 25
	완전히 자유롭지 못할까 봐 걱정된다.
윈체스터	글로스터, 네 말을 난 무시한다. 경들은

내가 응답하는 것을 잘 들어 주시오.
내가 탐욕스럽고 야심을 품었거나 삐딱하면 —
그가 내세우듯이 — 난 왜 이리 가난하죠?   30
아니면, 어떻게 난 출세나 승진도 안 하고
여느 때와 꼭 같은 천직을 유지하죠?
또 불화로 말하자면 그 누가 나보다 더 —
도발만 없다면 — 평화를 선호하죠?
예, 여러 경들이여, 그가 기분 상한 건,   35
공작이 자극을 받은 건 그 때문이 아니오.
그 까닭은 자기만 지배를 해야 하고
자기만 국왕 곁에 있어야 하기 때문이오.
그 생각이 저 가슴에 천둥을 치게 하고
이러한 고발을 으르렁거리며 뱉게 하오.   40
하지만 그에게 알리건대 착한 나는 —

글로스터   착해?
우리 할아버지의 서자인 네가!

윈체스터   예, 어르신. 하지만 당신은 타인의 옥좌에서
          황제처럼 구는 자가 아니라면 뭣이오?

글로스터   오만한 사제야, 난 섭정이 아니더냐?   45

윈체스터   그럼 난 교회의 고위 성직자 아니더냐?

글로스터   예, 성안의 무법자가 절도를 감싸려고
          거기에 머물며 그걸 이용하듯이.

윈체스터   불손한 글로스터!

글로스터   너는 네 삶이 아닌
          종교적인 역할과 관련하여 존경받아.   50

윈체스터   로마가 벌줄 거다.

글로스터   그러면 로마로 가.

워릭	(글로스터에게)
	백작님, 참는 게 당신 의무랍니다.
서머싯	예, 보십시오, 주교님이 압도되지 않았나.
	제 생각에 백작님은 종교적이 되시어
	저런 분의 직분을 아셔야 할 것입니다. 55
워릭	내 생각에 주교께선 더 겸손하셔야 해.
	그런 발언, 고위 성직자에겐 안 맞아.
서머싯	맞아요, 신성한 그 지위를 마구 건드릴 때는.
워릭	지위? — 신성하든 불경하든 — 그게 뭐지?
	백작님이 국왕의 섭정이 아니신가? 60
리처드	(청중들에게)
	플랜태저넷은 입을 꼭 닫아야 하는구나,
	이런 말 듣지 않게. '이봐, 때맞춰 얘기해.
	귀족들이 당돌한 네 의견부터 논해야 해?'
	안 그럼 윈체스터에게 한마디 쏴 줄 텐데.
국왕	글로스터 그리고 윈체스터 두 숙부님, 65
	잉글랜드의 안녕 지킬 특별 감독관들이여,
	내가 두 분 마음을 — 기도해서 된다면 —
	사랑과 우의로 합쳤으면 좋겠어요.
	오, 두 분같이 고귀한 동료의 불화는
	짐의 이 왕관에 얼마나 큰 추문입니까? 70
	두 분이여, 정말로 — 앳된 나도 아는데 —
	내적인 분란은 독을 품은 뱀으로
	국가의 내장을 갉아먹는답니다.

> (안에서 소리. 글로스터의 하인들이 소리친다.
> "교회의 졸개들을 쳐부숴라.")

이 무슨 소란이냐?

워릭   보증컨대 저 소동은

이 주교 부하들의 악의로 시작됐습니다.   75

(또다시 소리. 글로스터의 하인들과 윈체스터의

하인들이 외친다. "돌 가져와, 돌.")

시장 등장.

시장   오, 귀족분들, 그리고 고결한 헨리시여,

런던시를 동정하고 저희를 동정하십시오.

주교님과 글로스터 백작의 하인들이

최근에 어떤 무기 소지도 금지되자

주머니에 조약돌을 가득히 채운 다음   80

적대하는 파당별로 스스로 무리 지어

그것들을 서로의 머리로 날쌔게 던진 결과

그 경박한 뇌 다수가 깨지게 됐답니다.

거리마다 창문이 부서져 떨어지고

저희는 겁나서 할 수 없이 가게를 닫았어요.   85

글로스터와 윈체스터의 머슴들이 피투성이 머리를 한 채

충돌하면서 등장.

국왕   짐에 대한 너희의 충성 걸고 명령한다,

그 살육의 손 멈추고 평화를 지켜라.

글로스터 숙부님, 제발 이 반목을 달래요.

머슴 1   아뇨, 저희에게 돌을 금지하시면 저희는 이빨로 싸

울 것입니다.   90

머슴 2   감히 그래 봐라, 우리의 결심도 마찬가지야.

(다시 충돌한다.)

글로스터 내 식솔들은 이 언짢은 소동을 멈추고
　　　　　익숙하지 않은 이 싸움을 그만둬라.

머슴 3　　백작님, 저희는 당신이 바르고 올곧으며
　　　　　왕족 출신으로서 전하에게 말고는　　　　　　　95
　　　　　그 누구에게도 뒤지지 않는다고 압니다.
　　　　　저희는 그런 왕족, 이 나라의 참 친절한
　　　　　아버지 같은 분이 글쟁이 녀석에게
　　　　　봉변을 당하도록 내버려 두느니
　　　　　저희와 아내와 애들은 다 함께 싸우다가　　　100
　　　　　저희 몸이 적들에게 살육당할 것입니다.

머슴 1　　예, 저희가 죽으면 저희의 깎인 손톱 조각이
　　　　　전장에 박힌 다음 적을 막을 것입니다.

　　　　　　　　　　　　　　(그들이 다시 싸우기 시작한다.)

글로스터 멈춰, 멈추란 말이다.
　　　　　너희가 날 사랑한다면, 그렇다고 하듯이,　　　105
　　　　　내 설득에 따라서 잠시만 참아라.

국왕　　　오, 이 불협화음에 내 맘이 참 아픕니다.
　　　　　윈체스터 경, 당신은 내 한숨과 눈물을
　　　　　쳐다보면서도 한 번도 포기할 수 없나요?
　　　　　당신이 아니면 그 누가 동정을 보이죠?　　　110
　　　　　또 신성한 성직자가 소란을 즐긴다면
　　　　　그 누가 평화를 권고하려 하겠어요?

워릭　　　양보해요, 섭정님, 양보해요, 윈체스터 —
　　　　　완강한 거절로 당신들의 군주를 살해하고
　　　　　이 왕국을 파괴할 뜻을 품지 않았다면.　　　115
　　　　　당신들의 반목으로 얼마나 큰 해악과

	또 살인이 있었는지 보셨어요. 그러니 —	
	피에 목말라하는 게 아니라면 — 화해해요.	
윈체스터	그가 굴복 않는다면 난 절대 양보 못 해.	
글로스터	국왕을 동정하여 내 허리를 굽히지만	120
	나에 대한 우월권을 사제에게 주느니	
	차라리 그 심장이 뽑히는 걸 볼 것이다.	
워릭	보십시오, 윈체스터 주교님 — 공작님이	
	자신의 부드러운 이마에서 드러내듯,	
	언짢고 불만에 찬 격분을 내쫓으셨어요.	125
	왜 아직도 그토록 엄하고 비참해 보이시오?	
글로스터	자, 윈체스터, 이렇게 내 손을 내밀겠다.	

(윈체스터는 글로스터가 내민 손을 무시한다.)

국왕	에이 참, 보퍼트 숙부님, 난 당신이 설교로	
	악심은 극악한 죄라고 하는 걸 들었어요.	
	그런데 당신은 가르친 걸 안 지키고	130
	그것의 주범이 되려고 하십니까?	
워릭	친절하신 왕! 주교님께 맞는 질책이었어요.	
	창피하오, 윈체스터 주교님, 포기해요.	
	뭐, 어린애가 뭘 할지 지시해야겠어요?	
윈체스터	좋아, 글로스터 공작, 내가 양보하겠네.	135
	호의엔 호의로, 손에는 손으로 답하지.	

(그는 글로스터의 손을 잡는다.)

글로스터	예, 하지만 빈 맘으로 그럴까 봐 걱정이오.	
	친구들, 친절한 동포들은 여기를 보시오.	
	이 징표는 우리들과 우리들의 추종자	
	모두 간에 휴전의 깃발이 될 것이니	140
	가장하지 않는 나를 신은 도와주소서.	

윈체스터	그럴 뜻 없는 나를 신은 도와주소서.	
국왕	오, 다정한 숙부님, 친절한 글로스터 공작님,	
	이 계약에 난 정말 환희가 넘칩니다.	
	이보게들, 떠나게, 짐을 그만 괴롭히고	145
	우정으로 이 두 분이 합쳤듯이 합치게.	
머슴 1	좋습니다. 저는 의사에게 가렵니다.	
머슴 2	저도 그러겠습니다.	
머슴 3	저는 선술집에 무슨 약이 있는지 알아보겠습니다.	

(하인들 함께 퇴장)

워릭	참 자애로우신 전하, 이 문건 받으소서.	150
	리처드 플랜태저넷의 요구를 지지하며	
	저희가 전하께 정식으로 제출하옵니다.	
글로스터	워릭 경, 잘 역설하였소. ─ 친절한 군주님,	
	전하께서 사태를 꼼꼼히 살펴보신다면	
	리처드를 공평하게 다루실 이유가,	155
	특히 제가 엘삼의 궁에서 말씀드린	
	고려 사항 때문에 대단히 큽니다.	
국왕	그 고려 사항들은, 숙부님, 강력했죠.	
	그러니 친절한 경들이여, 짐의 뜻은	
	리처드가 자신의 혈통을 되찾는 것이오.	160
워릭	리처드가 그 혈통을 되찾게 합시다,	
	그러면 부친이 받은 피해 보상될 테니까.	
윈체스터	이 윈체스터도 나머지의 뜻을 따를 것이오.	
국왕	리처드가 충직하면 그것뿐만 아니라	
	요크가에 속하는 모든 유산 전체를,	165
	당신은 그곳의 직계 후손으로서	
	이 세상에 나왔기 때문에, 줄 것이오.	

리처드	전하의 겸손한 하인은 죽는 그 순간까지
	복종과 겸손한 봉사를 서약하옵니다.
국왕	그러면 몸을 굽혀 내 발밑에 꿇으라.
	그렇게 존경을 표한 데 보답하는 의미로
	그대에게 용맹한 요크 검을 수여한다.
	일어나라, 리처드, 충직한 플랜태저넷으로,
	왕족다운 요크의 공작 되어 일어나라.
리처드	그런 다음 리처드는 전하의 적들이
	쓰러질 때 번성하고, 제 의리가 솟을 땐
	전하께 원한을 한 번 품은 자라도 사라지길.
모두	환영하오, 귀한 왕족, 막강한 요크 공작!
서머싯	(청중들에게)
	사라져라, 천한 왕족, 비열한 요크 공작.
글로스터	이제는 전하께서 바다 건너 프랑스 땅에서
	왕위에 오르심이 가장 좋을 것입니다.
	왕이 거기 있는 것은 그 밑의 백성들과
	충성하는 친구들 사이에서 호의를,
	적들의 생기를 뺏는 만큼 일으키니까요.
국왕	글로스터의 말씀이면 헨리 왕은 갑니다. —
	친절한 충고에 많은 적이 죽으니까.
글로스터	전하의 배들은 이미 준비됐답니다.

(나팔 신호. 팡파르. 엑서터만 남고 모두 퇴장)

엑서터	암, 우리는 뭔 일이 생길지도 모르는 채
	잉글랜드 또는 프랑스에서 행군할 수도 있다.
	동료들 사이에 자라난 최근의 이 분란은
	위조된 호의의 가짜배기 재 밑에서 불타고
	마지막엔 불꽃으로 터지게 될 것이다.

170

175

180

185

190

굵은 팔다리들이 뼈와 살과 근육이 다
문드러질 때까지 조금씩 썩듯이, 그렇게
천하고 시기하는 이 불화도 자라겠지.   195
그래서 난 지금 5세라고 명명됐던
저 헨리의 시절에 젖 빠는 아기들도
다 입에 올렸던 그 운명적 예언이 두렵다. —
몬머스 출생의 헨리는 다 얻을 것이고
윈저 출생 헨리는 다 잃는다 했었지.   200
그게 너무 명백하여 엑서터는 자기 삶이
불운한 그때가 오기 전에 끝나기 바란다.   (퇴장)

3막 2장

가난한 농민으로 가장한 잔 라 퓌셀,

등에 자루를 짊어진 네 명의 군인들과 함께 등장.

잔   이게 이 도시의 대문들, 루앙 대문들인데,
거기에 계책으로 구멍을 꼭 내야 해요.
조심해요. — 어떤 말 골라 쓸지 주의하고,
밀값을 걷으러 온 저 시장 바닥의
저속한 사람들인 것처럼 얘기해요.   5
우리가 들어가면, 그러길 바라는데,
또, 게으르고 약할 뿐인 경계병만 찾으면
내가 우리 우군에게 신호로 통지하여
저 샤를 도팽이 놈들과 맞붙게 할게요.

3막 2장 장소 프랑스, 루앙 앞.

군인	이 자루가 도시를 약탈할 수단이 될 거고,	10
	우리가 루앙의 주인과 지배자가 될 거요.	
	그러니 두드릴 것이오. (그들이 두드린다.)	
경계병	(안에서)	
	게 누구냐?	
잔	농부들, 가난한 프랑스인들로	
	밀 팔러 온 가난한 시장 사람들입니다.	
경계병	(안에서)	
	입성해, 들어가 — 시장 종이 울렸다. (대문을 연다.)	15
잔	루앙, 이제 네 방벽을 땅에 쓰러뜨릴 테다.	

(도시 안으로 함께 퇴장)

샤를, 서자, 알랑송, 레니에 등장.

샤를	생 드니시여, 이 행운의 전략을 축복하여	
	우리가 또다시 루앙에서 편히 자게 하소서.	
서자	여기로 퓌셀과 모사꾼들이 입성했습니다.	
	이제는 거기 있는 그녀가 어떻게	20
	'최상의 입구는 여기'란 걸 명시하죠?	
알랑송	저 건너 탑에서 횃불을 던지는 식으로.	
	그게 우선 식별되면, 그녀가 입성한 그 길이 —	
	약점이란 면에선 — 견줄 데 없다는 뜻이오.	

꼭대기에서 잔 라 퓌셀 등장. 타는 횃불을 내민다.

| 잔 | 보라, 이것은 루앙을 동포들과 결합하는 | 25 |
| | 행복한 혼례의 횃불이다. — 하지만 | |

탤벗 것들에게는 치명적인 불일 거야.

서자 보시오, 고귀한 샤를이여, 우군의 신호등을.
횃불은 저 건너 포탑에서 비칩니다.

샤를 이제 너는 복수의 혜성처럼 빛나면서   30
우리 원수 모두의 몰락을 예언하라.

알랑송 지체 마오, 미루면 결말이 위험하오.
입성하여 "도팽이다." 곧바로 외치고
그런 다음 경계병을 도륙하십시오.

(경종. 도시 안으로 함께 퇴장)

경종. 탤벗, 기습당한 상태로 등장.

탤벗 프랑스여, 탤벗이 네 배신을 이겨 내면   35
너는 이 배신을 눈물로 뉘우칠 것이다.
저 마녀, 저주받은 요술사 푸젤이
지옥 같은 이 악행을 불시에 저질러
우리는 프랑스 정예를 가까스로 피했다.

(퇴장. 경종, 기습)

베드퍼드, 두 명의 수행원이 들고 온 의자에 불편한 몸으로
앉은 채 등장. 밖에서는 탤벗과 버건디 등장.
안에서는 잔 라 퓌셀, 샤를, 서자와 레니에, 성벽 위에 등장.

잔 한량들, 좋은 아침. 빵 만들 밀이 없소?   40
내 생각에 버건디 공작은 헐값에
밀을 다시 사기 전엔 굶어야겠네요.
독보리가 꽉 찼던데, 맛이 좋았습니까?

버건디	쭉 놀려라, 이 추한 악마에다 추잡한 창녀야.
	나는 곧 네 빵으로 네 숨통을 틀어막고 45
	그 밑의 수확을 네가 꼭 저주하게 해 주마.
샤를	공작께선 아마도 그 전에 굶어 죽겠군요.
베드퍼드	오, 말이 아닌 행동으로 이 반역을 복수하리.
잔	어쩌려고요, 영감님? 의자에 앉아서
	창 부수며 죽음과 시합을 벌이시게? 50
탤벗	프랑스의 추한 악마, 악 덩어리 마녀야,
	음탕한 네 정부들에게 빙 둘러싸여서
	용맹한 노인을 놀리고 반쯤 죽은 사람을
	비겁하다 비웃는 게 너에게 어울리냐?
	계집애야, 난 너랑 다시 한 판 붙을 거다, 55
	안 그러면 탤벗은 이 수치로 사라진다.
잔	그렇게 열났어요? 하지만 퓌셀아, 조용해,
	탤벗이 정말로 천둥 치면 비가 올 테니까.

(잉글랜드인들이 협의하며 같이 속삭인다.)

	그 회합 성공하길. 누가 대변인이오?
탤벗	감히 우릴 만나러 전장으로 나올 테냐? 60
잔	우리 것이 우리 건지 아닌지 떠보다니
	경께서는 우리를 바보로 아나 보죠.
탤벗	나의 말 상대는 그 욕하는 헤카테가 아니라
	알랑송 그대와 그 나머지 사람이다.
	군인답게 나와서 싸움으로 끝낼 테냐? 65
알랑송	아뇨, 형씨.
탤벗	형씨라, 제기랄. 비천한 프랑스 노새꾼들 —

63행 헤카테 지옥과 마술의 여신.

	농사꾼 종놈처럼 성벽 안을 지키면서	
	신사처럼 과감히 무기 들진 못하는군.	
잔	대장님들, 물러나요. 성벽을 떠납시다,	70
	탤벗의 표정에 좋은 뜻은 없으니까.	
	잘 가요, 경. 우리의 존재를 알리러 온 것뿐이오.	

(성벽에서 함께 퇴장)

탤벗	우리도 머지않아 그곳에 못 있으면	
	이 탤벗의 최고 명성, 치욕이 되기를.	
	서약해요, 버건디, 당신 가문 명예 걸고,	75
	프랑스에서 당한 공개적인 모욕에 자극받아	
	이 도시를 되찾든지, 아니면 죽겠다고.	
	나 또한 잉글랜드의 헨리가 확실히 살아 있고	
	그 부친이 이곳의 정복자였음이 확실하듯,	
	그리고 최근에 배신한 이 도시에	80
	위대한 사자의 심장이 묻힌 게 확실하듯	
	이 도시를 되찾거나 죽겠다고 맹세하오.	
버건디	내 서약도 그대의 서약과 동일하네.	
탤벗	하지만 가기 전에 죽어가는 이 왕족,	
	용맹한 베드퍼드 공작을 살핍시다.	85
	자, 공작님, 당신을 병들고 쇠약한 노년에	
	더 알맞은, 좀 더 나은 장소로 모실게요.	
베드퍼드	탤벗 경, 날 그렇게 망신 주진 말게나.	
	난 여기 루앙의 성벽 앞에 앉아서	
	자네들 행불행의 동반자가 될 것이네.	90

81행 사자의 심장   사자왕이라 불리는 리처드 1세는 1199년 프랑스에서
죽었고 그의 심장은 루앙에, 나머지는 퐁트브로에 묻혔다. (아든)

버건디	용감한 베드퍼드, 이젠 저희 권유를 따르세요.
베드퍼드	그래서 안 떠나네. 내가 한때 읽기로는
	굳센 펜드래건은 아픈데도 들것에 실려서
	전장에 나온 다음 적을 물리쳤다 했어.
	군인들의 사기를 내가 소생시켜야겠네, 95
	난 항상 그들이 나 자신인 줄 알았으니까.
탤벗	죽어 가는 가슴속의 불굴의 정신이다!
	그러시죠. 하늘은 이 노장을 지키소서.
	자, 용감한 버건디여, 소란 더 떨지 말고
	우리 손을 벗어난 아군을 끌어모아 100
	떠벌리는 우리의 적군을 덮칩시다.

(베드퍼드와 수행원 둘만 남고 모두 퇴장)

경종. 기습. 존 파스톨프 경과 대장 한 명 등장.

대장	존 파스톨프 경, 어딜 그리 급히 가오?
파스톨프	어디로 가느냐고? 살려고 도망치지 —
	우리는 또다시 패배할 것 같아.
대장	뭐요? 탤벗 경을 버려두고 도망쳐요? 105
파스톨프	암, 내 목숨만 구한다면 세상 모든 탤벗도. (퇴장)
대장	겁쟁이 기사여, 불운이 뒤따르길. (퇴장)

퇴각. 기습.

잔 라 퓌셀, 알랑송, 샤를 등장한 다음 달아난다.

93행 펜드래건 아서왕의 아버지.

베드퍼드　자, 조용한 영혼아, 하늘이 원할 때 떠나라,

왜냐하면 난 적군의 패배를 봤으니까.

어리석은 인간의 신뢰나 힘, 그게 뭐지?　110

조금 전엔 조롱을 과감히 내뱉던 자들이

살기 위해 기쁘게, 기꺼이 도망친다.

(베드퍼드가 의자에 앉아 죽고, 두 명이 안으로 들고 간다.)

경종. 탤벗, 버건디 및 나머지 사람들 등장.

탤벗　잃었다가 — 하루 만에 다시 되찾았다!

이것은 이중의 명예요, 버건디.

그러나 승리의 영광은 하늘의 것입니다.　115

버건디　용감하고 군인다운 탤벗이여, 버건디는

그대를 가슴에 모시고, 이 고귀한 공적을

용맹성의 기념비로 거기에 세우겠네.

탤벗　고마워요, 공작님. 근데 푸젤, 어디 있죠?

그녀의 늙은 영물, 잠든 것 같습니다.　120

서자의 도전과 찰스의 우롱은 어딨죠?

뭐, 다 죽었나? 그토록 용맹하던 패거리가

달아난 슬픔에 루앙은 풀 죽어 있군요.

이제 우린 도시 안의 질서를 바로잡고

숙련된 장교들 몇 명을 배치한 다음에　125

파리에 계시는 국왕 향해 출발하죠,

젊으신 헨리가 귀족들과 거기에 계시니까.

버건디　탤벗 경의 뜻이라면 버건디도 좋다네.

탤벗　하지만 가기 전에 최근에 돌아가신

고귀한 베드퍼드 공작님을 잊지 말고　130

그 장례를 루앙에서 엄수토록 합시다.
더 용감한 군인이 창 잡은 적 없었고
더 순한 분께서 궁정을 움직인 적 없었죠.
하지만 인간의 고통은 죽어야 끝나기에
왕들과 최강의 지배자도 가야만 합니다.   (함께 퇴장)   135

3막 3장

샤를, 서자, 알랑송과 잔 라 퓌셀 등장.

잔   왕족들은 이번의 사고로 낙담한다거나
루앙을 뺏겼다고 한탄하지 마십시오.
해결책 없는 일을 걱정하고 있는 것은
치유가 아니라 오히려 안달이랍니다.
광분하는 탤벗에겐 한동안 승리 안겨   5
공작처럼 꼬리를 활짝 펴게 해 주죠.
하지만 도팽과 나머지가 제 말만 들으면
우린 그의 깃털 뽑고 꼬리털도 자를 거요.

샤를   우리는 지금까지 네 말을 따라왔고
네 계교에 대해서도 망설임이 없었다.   10
급히 한 번 패했다고 절대 불신 않겠다.

서자   네 머리를 뒤져서 묘책을 찾아내면
우리가 널 온 세상에 유명하게 만들겠다.

알랑송   우리는 네 동상을 신성한 장소에 세우고
축복받은 성인처럼 존경받게 하겠다.   15

3막 3장 장소 루앙 근처의 평원.

그러니, 얘, 우리의 이익 위해 애써 줘라.

잔   그럼 꼭 이렇게 해야겠죠. — 잔의 계획은
달콤한 말과 섞은 그럴싸한 설득으로
부르고뉴 공작을 꽤 내어, 탤벗을 버리고
우리를 따르도록 만드는 것입니다.   20

샤를   암, 그렇지, 아가야, 그렇게만 된다면
프랑스는 헨리의 전사들을 위한 곳이 아니고
잉글랜드도 우리에게 그런 자랑 못 할 테니
우리의 강토에서 그 뿌리가 잘리겠지.

알랑송   그들은 프랑스에서 영구히 퇴치되어   25
여기에선 백작 영지 하나도 못 가지겠지.

잔   여러분께서는 제가 이 문제를 어떻게
바라던 바대로 끝내는지 보실 것입니다.

(먼 데서 북소리)

들어 봐요. — 북소리로 여러분은 적군이
파리로 진군하고 있다는 걸 아실 테죠.   30

(여기에서 잉글랜드군의 행진곡이 밖에서 울린다.)

저기에 탤벗이 군기를 펼치고 가고 있고,
잉글랜드군 부대가 그 뒤를 다 따릅니다.

(프랑스군 행진곡이 밖에서 울린다.)

이제 그 후방에 공작과 그의 군이 오는데,
운명이 호의를 베풀어 뒤처지게 해 줘요.
협상 나팔 울려요. 우린 그와 얘기할 겁니다.   35

(협상 나팔이 울린다.)

샤를   부르고뉴 공작과 협상할 것이다.

부르고뉴 공작 등장.

버건디	누가 이 버건디와 협상을 갈망하오?
잔	동포로서 프랑스 왕족이신 샤를이오.
버건디	샤를이라고 그랬나? 난 여길 떠나는 중이네.
샤를	퓌셀은 말을 하고, 말로 그를 매혹하라.	40
잔	용감한 부르고뉴, 프랑스의 확실한 희망이여,
	멈춰요, 이 미천한 하녀 얘기 들으시오.
버건디	계속하되 너무 장황하게는 하지 마라.
잔	당신의 조국인 비옥한 프랑스를 바라보고
	잔인한 원수의 황폐화시키는 파괴로	45
	찌그러진 도시와 고을들을 보십시오,
	어미가 자신의 갓난아기 두 눈이 살포시
	죽음으로 감기는 걸 바라보듯 말입니다.
	봐요, 봐, 프랑스의 이 야위는 질병을,
	상처를 쳐다봐요, 이 나라의 통탄할 가슴에	50
	당신이 직접 입힌 최고로 잔혹한 상처를.
	오, 날카로운 당신 칼을 딴 데로 돌려요,
	해치는 자 찌르고 도우는 자 해치진 마세요.
	당신은 낯선 피의 강물보다 이 나라의
	가슴 피 한 방울에 더 비탄해야 할 것이오.	55
	그러니 당신은 눈물을 쏟으면서 돌아와
	물든 이 나라의 오염을 깨끗이 씻어 내요.
버건디	(방백) 이 여자가 말로 나를 홀렸거나, 아니면
	내 마음이 자연스레 누그러졌구나.
잔	게다가 프랑스인과 프랑스가 당신의 출신과	60
	적법 혈통 의심하며 당신을 다 욕합니다.
	당신은 이익이 없이는 당신을 믿지 않을
	저 도도한 나라 말고 누구와 손잡았죠?

탤벗이 프랑스에 한번 발을 내딛고
당신을 악행의 도구로 만들어 놨을 때 65
잉글랜드의 헨리 말고 그 누가 주인 되고,
당신은 도망자처럼 내쫓기겠습니까?
기억해 봅시다. — 그 증거로 이것만 보시오. —
오를레앙 공작은 당신의 원수가 아니었소?
또한 그는 잉글랜드에서 포로였지 않나요? 70
하지만 그들은 그가 당신 적이란 말 듣고는
부르고뉴와 그의 모든 친구들을 무시하고
아무런 몸값 없이 그를 풀어 주었어요.
자, 봐요, 당신은 동포에 맞서서 싸우고
당신을 도살할 자들과 손을 잡았답니다. 75
자, 자, 돌아와요. 돌아와, 떠도는 귀족이여.
샤를과 나머지가 당신을 껴안을 것이오.

부르고뉴 난 정복되었다. 그녀의 고상한 이 말은
으르렁거리는 포탄처럼 날 세게 때렸고
나를 거의 무릎 꿇게 만들었다. — 80
조국이여, 상냥한 동포여, 날 용서하시오.
여러분, 이 따뜻한, 친절한 포옹을 받으시오.
내 군대와 병력은 당신들 것입니다.
잘 가라, 탤벗, 난 너를 더는 믿지 않겠다.

잔 프랑스인답구나. 돌고 또다시 도네. 85

샤를 잘 왔소, 멋진 공작. 그 우정은 우리의 활력이오.

서자 우리의 가슴에 새 용기도 일으키오.

알랑송 퓌셀은 이번에 자기 역을 멋지게 해냈으니
조그마한 금관을 받아 마땅합니다.

샤를 자, 여러분, 갑시다, 우리 병력 합쳐서 90

적에게 해 입힐 방법을 찾아내 봅시다.   (함께 퇴장)

3막 4장

국왕, 글로스터, 윈체스터, 이제는 요크 공작인

리처드 플랜태저넷, 서퍽, 서머싯, 워릭, 버넌과 바셋, 엑서터 등장.

그들 쪽으로 군인들과 함께 탤벗 등장.

탤벗   자애로운 군주님과 존경하는 귀족들이

이 영토에 도착했단 소식을 들은 저는

치르던 전쟁을 한동안 휴전하고

저의 군주님에게 경의를 표합니다.

그 표시로 — 오십 개의 요새와 열두 도시,   5

강력한 성벽으로 둘러싸인 일곱 읍,

게다가 오백 명의 유명 인사 포로들을

당신에게 복종하게 만들었던 이 팔뚝은 —

전하의 발아래 자기 칼을 내려놓습니다.

                    (무릎을 꿇는다.)

그리고 순종과 충성의 마음으로   10

자기가 얻어 낸 정복의 영광을 첫 번째로

하느님께, 다음으로 전하께 돌립니다.

국왕   글로스터 숙부님, 이 사람이 그리 오래

프랑스에 거주했던 탤벗 경입니까?

글로스터   황공하옵게도, 전하, 그렇사옵니다.   15

국왕   잘 왔네, 용감한 대장, 승리한 귀족이여.

3막 4장 장소 파리, 궁전.

나의 어린 시절에 — 난 아직 안 늙었으니까 —
더 굳센 투사가 칼 쓴 적은 없었다고
부친께서 하신 말씀 난 분명 기억하네.
오랫동안 짐은 그대의 진심과 충직한 봉사와   20
전쟁의 노고를 확신하고 있었지만
짐이 여태 그대의 얼굴을 본 적이 없어서
그대는 한 번도 짐의 보상 맛보거나
고맙다는 말조차도 보답받지 못했다네.
그러므로 일어나라, 이 훌륭한 공적으로   25
그대를 슈루즈베리 백작으로 봉하노라.
그리고 짐의 대관식에도 참석하라.

(나팔 신호. 팡파르. 버넌과 바셋만 남고 모두 퇴장)

버넌 근데, 당신, 고귀한 요크 경을 기리면서
내가 단 이 흰색 인식표를 모욕하며
바다에서 그렇게 거칠게 굴던 당신 —   30
앞서 했던 말들을 감히 계속할 거야?

바셋 예, 당신이 내 주인 서머싯 경에 맞서
오만한 그 혀로 악의에 찬 개소리를
감히 옹호하는 만큼 그렇게 할 것이오.

버넌 이봐, 나는 네 주인을 현 상태로 존경해.   35

바셋 허, 그분이 어때서? 요크만큼 훌륭한데.

버넌 잘 들어, 아니야. 그 증거로 이거나 먹어라.

(그를 친다.)

바셋 악당아, 누구든 칼 뽑으면 전쟁법에 의하여
즉각 사형이라는 걸 넌 안다. — 안 그럼,
이 일격에 소중한 네 피가 흘렀을 것이다.   40
하지만 난 전하를 찾아가 이 악행을

복수할 허락을 간청드릴 터인데 —
내가 널 만날 때 넌 대가를 치를 거다.

버넌 좋다, 악한아, 너만큼 나도 빨리 간 다음
네가 원한 것보다 더 빨리 널 만나겠다.　　(함께 퇴장)　45

4막 1장

국왕, 글로스터, 윈체스터, 요크, 서퍽, 서머싯,

워릭, 탤벗, 파리 총독과 엑서터 등장.

글로스터 주교는 왕관을 그분의 머리에 올리시오.

윈체스터 헨리라는 이름의 여섯 번째 국왕 만세.

글로스터 이제 파리 총독은 선서를 하시오.
이분 말고 어떤 왕도 세우지 않을 거고
이분 친구 말고는 누구도 친구로 안 여기며,　　　　　5
이분의 옥좌에 맞서서 악의에 찬 계략을
꾸미려 하는 자만 적이 될 것이라고.
정의의 신께서 도우사 그래야 할 것이오.　　(총독 퇴장)

파스톨프 등장.

파스톨프 자애로우신 전하, 칼레에서 말을 타고
전하의 대관식에 서둘러 오던 중　　　　　　　　　10
버건디 공작이 전하에게 써서 올린
한 통의 편지가 제게 전달되었습니다.

4막 1장 장소　파리, 궁전.

탤벗	그 버건디 공작과 너는 참 창피하다.

(파스톨프의 다리에서 가터 훈장을 뜯어낸다.)

이 천한 기사야, 내가 널 정말 또 만나면
그 비겁한 다리에서 가터 훈장 떼겠다고　　　　　　15
서약했고 그리했다. 넌 아무런 자격 없이
그 높은 지위에 임명되었으니까.
헨리 왕과 나머지 분들은 용서하십시오.
여기 이 비겁자는 파타이 전투에서 —
저에겐 다 합쳐서 6천의 군사가 있었고　　　　　　20
프랑스군은 거의 10대 1로 많았을 때 —
접전을 하거나 일격을 가하기도 전에
믿음직한 녀석처럼 도망쳤답니다.
그 공격에 우리는 1천2백을 잃었어요.
저 자신과 그 밖의 여러 신사분들도　　　　　　25
거기에서 기습당해 포로가 됐답니다.
그러니 위대한 경들께선 제가 잘못했는지,
이런 겁쟁이들이 기사 장식 꼭 차야 하는지
판단해 주십시오. 맞습니까, 아닙니까?

글로스터	진실을 말하자면 그 행위는 악명 높고　　　30

어떤 평민에게도 어울리지 않는데
기사, 대장, 지휘관은 말할 것도 없겠지.

탤벗	여러분, 처음 이 기사단이 제정되었을 때

가터의 기사들은 그 출신이 고귀했고
전쟁으로 가치를 입증한 이들처럼　　　　　　35
용맹, 고결, 고상한 용기로 가득했죠.
죽음을 겁내거나 고난을 회피 않고
언제나 최고 극한 상황에서 단호했죠.

이러한 자질을 갖추지 못한 자는

이 최고로 명예로운 기사단을 모욕하며   40

신성한 기사의 이름을 찬탈할 뿐이니

(제가 만약 판관의 자격이 있다면)

고귀한 혈통을 뻔뻔하게 떠벌리는

오두막 촌놈처럼 확 강등돼야만 합니다.

국왕   동포에게 오점인 넌 판결문을 들어라.   45

넌 이제 기사가 아니니까 썩 나가라.

짐은 널 추방하고, 어기면 사형에 처한다.

(파스톨프 퇴장)

그럼 이제 섭정께선 짐의 삼촌,

버건디 공작께서 보낸 편지 좀 보시죠.

글로스터 각하께서 어쩐 일로 호칭을 바꿨지?   50

솔직하고 무디게 '국왕에게' 이뿐이군.

이분이 자신의 군주란 걸 잊었나?

아니면 이 무례한 수신인의 명칭으로

호의가 좀 변했단 사실을 예시하나?

이게 뭔 말이지? "난 특별한 이유로   55

내 조국의 파괴와, 당신들이 가하는

탄압에 의하여 생겨나는 것과 같은

가련한 불평을 접하고 동정심이 일어나

사악한 파당인 당신들을 버리고

프랑스의 정당한 왕, 찰스와 손잡았소."   60

오, 기괴한 배신이다. 이따위 엉터리

가식적인 속임수가 혈연, 친선, 서약에

깃들어 있었다니 이럴 수가 있습니까?

국왕   뭐? 버건디 숙부께서 반역을 범했어요?

글로스터	예, 전하, 그래서 당신의 적이 되었답니다.	65
국왕	그게 그 편지에 담겨 있는 최악이오?	
글로스터	최악이고 — 그가 쓴 것 전붑니다, 전하.	
국왕	그렇다면 탤벗 경이 그와 애기한 다음	
	이런 모욕 가한 그를 징계할 것이오.	
	백작은 어떤가, 동의하지 않는가?	70
탤벗	동의라뇨, 전하? 예. 부름 받지 않았다면	
	그 일에 써 달라고 애걸했을 것입니다.	
국왕	그러면 군대를 소집해 곧바로 진군하라.	
	짐이 그의 배신을 얼마나 못 참는지,	
	친구들을 놀리는 게 어떤 죈지 알려 줘라.	75
탤벗	예, 전하, 적들의 패배를 보실 수 있기를	
	늘 마음속으로 바라면서 떠납니다.	(퇴장)

버넌과 바셋 등장.

버넌	자애로운 군주시여, 결투 허락 바랍니다.	
바셋	전하, 제게도 결투를 허락해 주십시오.	
요크	제 수하의 말을 들어주십시오, 군주시여.	80
서머싯	제 수하를 편들어 주십시오, 헨리시여.	
국왕	경들은 조용하고 그들이 말하게 하시오.	
	신사들은 말하라, 뭣 때문에 외치고	
	왜 결투를 갈구하나? 상대는 누군가?	
버넌	전하, 이자요, 그가 저를 모욕했으니까.	85
바셋	저도 이자랍니다, 저를 모욕했으니까.	
국왕	둘이서 불평하는 그 모욕이 무엇이냐?	
	내게 먼저 알려 주면 그 답을 내리겠다.	

바셋	잉글랜드에서 프랑스로 바다를 건너던 중	
	여기 이 녀석이 시기에 찬 험담으로	90
	제가 단 장미를 호되게 꾸짖었답니다,	
	그 꽃잎의 피처럼 붉은빛은 제 주인이	
	이 요크 공작님과 둘이서 논쟁하며	
	법에 관한 특정한 문제의 진실을	
	고집스레 반대했을 당시에 빨개졌던	95
	그의 뺨을 재현한다면서요. — 그리고	
	그 밖의 더럽고 비열한 용어를 쓰면서요.	
	저는 그의 무례한 비난을 논박하고	
	제 주인의 가치를 옹호하기 위하여	
	전쟁법을 어길 허락 갈구하옵나이다.	100
버넌	제 청원도 그것이옵니다, 고귀하신 전하.	
	비록 그가 조작된 요설을 동원하여	
	뻔뻔한 의도를 광내는 것처럼 보이지만	
	아십시오, 전하, 그가 저를 자극했습니다.	
	그가 먼저 이 휘장에 시비를 걸면서	105
	이 꽃의 창백한 색깔이 제 주인의	
	심약함을 드러내 준다고 선언했답니다.	
요크	이 악의를 그만두지 못하겠소, 서머싯?	
서머싯	요크 경, 당신의 은밀한 앙심은	
	아무리 교묘히 덮어도 드러날 것이오.	110
국왕	원 참, 이 미친 이들의 광기가 얼마나 크기에	
	그토록 시시하고 쓸데없는 이유로	
	이토록 커다란 파당적 경쟁심이 생겼지?	
	요크와 서머싯, 두 친척께서는	
	제발 조용하시고 평화롭게 지내세요.	115

요크	우선 이 불화가 싸움으로 해결된 뒤
	전하께서 평화를 명하셔야겠습니다.
서머싯	이 다툼의 당사자는 오직 저희 둘이오니
	저희 둘이 결판내게 해 주시기 바랍니다.
요크	내 도전의 표시다, 받아라, 서머싯.

120

(요크가 자기 장갑을 던진다.)

버넌	아뇨, 처음 시작된 데서 끝나게 하십시오.
바셋	존경하는 주인님도 동의해 주십시오.
글로스터	동의해 달라고? 너희의 다툼은 저주받고
	너희도 그 건방진 잡담 접고 사라져라.
	주제넘은 노예들아, 불손하고 요란한

125

	이 무도한 행동으로 국왕과 우리를
	괴롭히고 흔드는 게 부끄럽지 않느냐?
	그리고 경들은 이들의 비뚤어진 반론을
	참아 주고 있다니 잘못한다 생각되고 —
	그들이 뱉은 말을 계기로 둘 사이에

130

	분쟁을 일으키니 훨씬 더 안 좋아 보이오.
	내 말 듣고 더 나은 방법을 택하시오.
엑서터	전하께서 비통해하시니 경들은 화해하게.
국왕	결투를 하고 싶은 너희는 이리 오라.
	명하건대 너희는 짐의 호의 아낄 테니

135

	이 싸움과 그 원인을 지금부터 다 잊어라.
	그리고 경들은 우리가 변덕스레 흔들리는
	이 나라 프랑스에 있다는 걸 기억하오.
	그들이 우리의 모습에서 분란을, 그리고
	우리의 속생각이 다르단 걸 감지하면

140

	그들의 사나운 성질은 얼마나 자극받아

고의적 불복종과 반역을 일으키겠어요!
게다가, 헨리 왕의 동료와 최고위 귀족들이
아무런 가치도 없는 것, 장난감 때문에
자멸하며 프랑스의 영토를 잃었단 사실을   145
외국의 군주들이 확인하게 된다면
얼마나 큰 오명이 생겨나겠습니까!
오, 부친의 정복을, 앳된 내 나이를
생각해 보시고, 우리가 피 흘려 산 것을
하찮은 것 때문에 버리진 말도록 합시다.   150
내가 이 미심쩍은 분쟁의 판관이 되겠소.

　　　　　　　　(바셋의 붉은 장미를 가져간다.)

내가 만약 이 장미를 달아서 그 때문에
요크보다 서머싯에 더 기울 것이라고
누가 의심한다면 나는 그 이유를 모르오.
둘 다 내 친척이고 난 둘을 다 사랑하니까.   155
그들이 내 왕관을 꾸짖는 게 더 낫겠소,
실은 스코틀랜드인들의 왕도 관을 썼으니까.
하지만 여러분은 내 지시나 가르침보다는
본인의 분별로 더 잘 납득할 수 있을 거요.
그러니 우리가 여기로 평화로이 왔듯이   160
계속해서 평화와 사랑을 지킵시다.
요크 사촌, 짐은 그대 공작을
프랑스 이 지역의 총독으로 임명하오.
그리고 훌륭한 서머싯 공작은
기병들을 그의 보병 부대와 합치고   165
진정한 신하들, 당신들 선조의 아들로서
유쾌하게 함께 가서 당신들의 울분을

당신들의 적에게 풀도록 하시오.
짐 자신과 섭정님, 그 나머지 분들은
한숨을 좀 돌린 다음 칼레로, 거기에서   170
잉글랜드로 되돌아가 — 그곳에서 머지않아
당신들의 승리로 찰스와 알랑송과
저 반역의 무리를 건네받길 희망하오.

   (팡파르. 요크, 워릭, 엑서터, 버넌을 제외한 모두 함께 퇴장)

워릭   요크 공작, 분명히 말하는데 국왕께선
       웅변가 역할을 귀엽게 잘하신 것 같네.   175

요크   그러셨죠, 하지만 난 그가 서머싯의
       휘장을 단 것이 마음에 안 들어요.

워릭   쳇, 그건 변덕이셨어. 그를 책망 말게나.
       감히 추측하건대, 왕족이여, 악의는 없었어.

요크   있다고 생각했더라면 — 하지만 관두죠.   180
       지금은 다른 일을 처리해야 합니다.

                        (엑서터만 남고 모두 함께 퇴장)

엑서터   네 목소리 억누르길 잘했다, 리처드.
       네 가슴의 격정이 터져 나왔더라면
       우리가 상상 또는 추측할 수 있는 것보다
       더 지독한 원한과 더 격분에 찬 소동이   185
       거기서 펼쳐진 걸 봤을까 봐 겁나니까.
       하지만 어쨌든 그 어떤 단순한 사람도
       귀족들의 이 불화를, 궁정에서 서로를
       어깨로 떠미는 이 거친 행위를,
       이 당파 지지자들 간의 싸움질을 본다면   190
       어떤 나쁜 결과를 예측할 수밖에 없다.
       왕홀이 애들 손에 있는 것도 큰일인데

시기심이 비정한 분열을 낳는 건 더 큰일로 —
거기서 몰락이 생기고, 거기서 혼란이 시작된다.

(퇴장)

4막 2장

탈벗이 보르도 앞에

나팔수와 고수를 데리고 등장.

탈벗   나팔수는 보르도 성문으로 나아가라.
　　　적군의 장수들을 성벽 위로 호출하라.

(나팔로 협상을 알린다.)

위에서 대장 등장.

　　　대장이여, 잉글랜드 왕 해리의 무장한 하인인
　　　잉글랜드인 존 탈벗이 당신을 불러냈다.
　　　그는 이걸 원한다. 이 도시의 문을 열고　　　　　　5
　　　우리에게 공손하며, 내 군주를 받들고
　　　복종하는 신하로서 경의를 표하라.
　　　그럼 나와 이 살벌한 군대도 물러난다.
　　　하지만 이 평화 제의를 째려보면 당신은
　　　나의 세 수행원, 야윈 기근, 사지 찢는 창칼과　　　10
　　　치솟는 불길의 분노를 부추기는 셈인데,
　　　그들은 당신이 자기네 호의를 저버리면

4막 2장 장소　프랑스, 보르도 앞.

당당히 하늘 찌른 저 탑들을 한순간에
바로 이 땅으로 쓰러뜨릴 것이다.

대장   불길하고 무서운 죽음의 올빼미,   15
이 나라의 공포이고 잔혹한 천벌인 너,
네 압제의 종말이 다가오고 있다.
넌 죽지 않고는 우리 성에 못 들어와.
장담컨대 우리는 방어를 잘해 놨고
밖으로 나가서 싸울 만큼 강하니까.   20
네가 퇴각한다면 잘 준비된 도팽이
전쟁의 덫으로 널 잡기 위하여 기다린다.
너의 양쪽에는 부대들이 진을 치고
자유로운 도주를 벽을 쳐서 막고 있다.
그래서 넌 어딜 가도 도움을 못 받고   25
죽음의 분명한 파멸만 너에게 닥치면서
창백한 파괴를 직접 마주할 것이다.
프랑스인 만 명이 기독교인 가운데
오로지 탤벗을 향해서만 그들의 위험한
대포를 쏘겠다고 성체 받고 서약했다.   30
자, 넌 거기 천하무적 불굴의 정신 가진
용맹한 남자로서 숨 쉬며 서 있는데,
이것이 너의 적인 내가 네게 부여하는
너의 칭찬으로는 마지막 영광이다.
왜냐하면 막 흐르기 시작한 시계가   35
모래의 시간 측정 과정을 끝내기 이전에
혈색 좋은 너를 보는 지금의 이 눈들은
시들고 피 흘려 창백한 죽은 널 볼 테니까.

(먼 데서 북소리)

자, 잘 들어. 도팽의 북, 경고의 종소리는
소심한 네 영혼에게 슬픈 음악 연주하고,   40
내 것은 무서운 네 죽음을 알려 줄 테니까.   (퇴장)
탤벗   헛말이 아니구나. 적군의 소리가 들리네.
경기병 몇 명은 나가서 그들의 측면을 봐.
오, 태만하고 부주의한 전술을 썼구나. ―
우리는 울안에 꼼짝없이 갇혔어. ―   45
겁먹은 소수의 잉글랜드 사슴 한 무리가
프랑스의 개 떼가 짖는 데 놀랐구나.
우리가 잉글랜드 사슴이면, 그러면 피 흘리자.
어린 사슴들처럼 꼬집혀 넘어지지 말고
오히려 광분하고 절망한 수사슴들처럼   50
쇠 같은 머리로 잔혹한 사냥개들 들이받아
저 겁쟁이들을 궁지로 물러서게 만들자.
모두가 목숨을 나처럼 비싸게 판다면, 친구들,
저들은 우리가 비싼 사슴인 것을 알 거다.
하느님과 성 조지, 탤벗과 잉글랜드의 권리로   55
이 위험한 전투의 승리는 우리의 것이다.   (퇴장)

4막 3장

사자 한 명, 요크를 만나면서 등장.

요크, 나팔수와 많은 군인을 데리고 등장.

요크   돌핀의 그 막강한 군대를 미행하던

4막 3장 장소   가스코뉴 평원.

재빠른 척후들은 돌아오지 않았나?

사자　돌아왔습니다, 공작님, 그리고 전하기를
그는 군을 이끌고 탤벗과 싸우려고
보르도로 진군했고, 진군을 하던 중　　　　　　5
당신의 첩자들은 돌핀이 이끌던 것보다
더 막강한 두 부대를 발견했고, 그들도
그와 합친 다음에 보르도로 진군했답니다.

요크　그 악당 서머싯은 염병에나 걸려라,
이 공성을 위하여 소집된 기병의 보급을　　10
나에게 약속해 놓고는 이렇게 늦추다니.
저명한 탤벗은 내 지원을 기대하고 있는데
난 반역자 악당에게 조롱을 받은 채
이 고귀한 기사를 도와줄 수 없구나.
곤궁에 처한 그를 신은 위로하소서.　　　　15
그가 실패한다면 프랑스의 전쟁은 끝이다.

다른 사자, 윌리엄 루시 경 등장.

루시　이 프랑스 땅에서 지금 가장 필요한
잉글랜드군의 왕족다운 지휘관인 그대여,
고귀한 탤벗의 구출에 박차를 가하시오.
그는 지금 무기가 소진된 상황에서　　　　20
암울한 파멸에 둘러싸여 있답니다.
보르도로, 공작님, 보르도로, 요크여, 안 그럼
탤벗과 프랑스, 잉글랜드의 명예는 끝납니다.

요크　오, 신이시여, 오만으로 내 기병대 막고 있는
서머싯 그자가 탤벗의 자리에 있었으면.　　25

그럼 우린 반역자 겁쟁이 한 명을 버리고
용맹한 신사 한 명 구했을 터인데.
태만한 역적들은 자는데 우린 이리 죽다니
미친 분노, 격분한 노기로 눈물이 나는군.

루시　오, 곤궁한 탤벗에게 구원병 좀 보내세요.　　　　　　30

요크　그는 죽고, 우린 지고, 난 군인의 약속 깼다.
우리는 한탄하고, 프랑스는 웃는다. 우린 지고
적은 매일 이기고, 다 역적 놈 서머싯 탓이다.

루시　그럼 신은 용감한 탤벗의 영혼과 그의 아들,
두 시간 전쯤에 만났을 때 늠름한 부친께　　　　　　35
가려고 애쓰던 그 어린 존에게도 자비를.
탤벗은 칠 년 동안 아들을 못 봤는데
이제 두 생명은 끝나는 곳에서 만나네요.

요크　아아, 고귀한 탤벗은 자신의 무덤에 온
아들을 환영하며 무슨 환희 느끼려나.　　　　　　　40
가 보게, 헤어진 친구들이 죽음의 시각에야
인사를 하다니 난 분해서 숨이 다 막히네.
루시여, 잘 있게. 나의 지금 운세로는
그를 못 돕는 원인을 저주할 수밖에 없네.
메인, 블루아, 푸아티에, 투르를 다 뺏겼어,　　　　　45
모두 다 서머싯과 그의 지체 탓이야.

　　　　　　　　　　　　　　　　(루시만 남고 모두 퇴장)

루시　이렇게, 참으로 위대한 두 지휘관의 가슴을
당쟁의 독수리가 파먹는 동안에
우리는 잠에 취한 태만에 속아서
언제나 기억 속에 살아 있는 헨리 5세,　　　　　　　50
온기가 채 식지 않은 정복자의 점령지를

빼앗겨 버린다. 그들이 서로 맞서는 동안
생명, 영예, 땅을 다 급하게 빼앗긴다.

서머싯, 자신의 군대 및 탤벗의 대장 한 명과
함께 등장.

서머싯   이젠 너무 늦어서 이들을 못 보낸다.
          이 작전은 요크와 탤벗에 의하여   55
          너무 급조되었어. 우리 군대 전체가
          바로 이 도시의 기습 공격 부대와
          맞붙을 수도 있다. 과하게 과감한 탤벗은
          이 무모한, 절망적인, 난폭한 모험으로
          자신의 앞선 명예 전체를 먹칠했다.   60
          요크가 그를 추켜 수치 속에 죽게 했어,
          탤벗이 죽으면 대 요크가 그의 이름 취하려고.
대장   (서머싯에게)
          이 사람은 윌리엄 루시 경인데, 저와 함께
          중과부적 아군의 원군을 청하러 나왔어요.
서머싯   윌리엄 경, 누가 자넬 어디로 보냈나?   65
루시   어디로요? 배신당한 탤벗 경이 보냈는데,
          그 사람은 — 뚜렷한 재앙에 둘러싸여 —
          고귀한 요크와 서머싯이 약한 자기 부대를
          공격하는 죽음을 떨쳐 내 달라고 외치오.
          그 존경할 대장이 전쟁에 지친 그 몸에서   70
          피땀을 흘리고, 또 구조를 기다리며
          마지막 기회를 부여잡고 있는 동안 당신은,
          잉글랜드의 명예 맡은 그의 가짜 희망인데,

쓸데없는 경쟁심에 뚝 떨어져 계십니다.
그를 도와주려고 소집된 구조대를   75
개인적인 불화로 잡고 있진 마십시오,
그동안에 이 저명한 신사분께서는
압도적인 차이에 목숨을 내놓았으니까.
서자 오를레앙과, 샤를과 부르고뉴,
레니에, 알랑송이 그를 에워싸고 있고,   80
당신의 부재로 탤벗은 사라진답니다.

서머싯   요크가 추켰으니 요크가 지원했어야지.

루시   요크도 꼭 같이 공작님을 막 비난하면서
이 원정에 선발된 자신의 징집군을
당신이 붙잡고 있다고 맹세한답니다.   85

서머싯   거짓말. 사람을 보내서 기병을 받을 수 있었어.
난 그에게 의무가 없으며, 호의는 더 없고,
보낸다고 아양을 떠는 건 더러워서 경멸해.

루시   프랑스의 힘이 아닌 잉글랜드의 속임수에
이제 이 고귀한 탤벗이 걸려들었구나.   90
그는 절대 살아서 잉글랜드로 못 가고
두 분의 싸움으로 운명에 넘겨져 죽는군요.

서머싯   자 — 가 보게 — 난 기병을 급파할 테니까.
그들은 여섯 시간 안으로 그를 지원할 거야.

루시   구조가 너무 늦어 잡혔거나 살해됐소.   95
도망치고 싶어도 도망칠 수 없었고,
그럴 수 있대도 탤벗은 절대 도망 안 치니까.

서머싯   죽었다면 — 용감한 탤벗이여, 그럼 안녕.

루시   그분의 명성은 세상에, 치욕은 당신 안에 삽니다.

(함께 퇴장)

탤벗과 그의 아들 존 등장.

탤벗 　오, 존 탤벗 어린것아, 내가 널 부른 건
　　　너에게 전략을 가르쳐 네 아비가
　　　노년에 힘 빠지고 사지가 약하고 무력해
　　　노약자 의자에 앉았을 때 탤벗의 이름을
　　　네 안에서 다시 살릴 목적 때문이었다.　　　　　　5
　　　그런데 — 오, 악의에 찬 흉조의 별들아 —
　　　넌 이제 죽음의 축제 속에, 끔찍하고
　　　피치 못할 위험 속에 들어오게 됐구나.
　　　그러니, 귀한 애야, 가장 빠른 내 말을 타,
　　　그럼 내가 급하게 도망치는 방법을　　　　　　　10
　　　일러 줄 테니까, 자 — 지체 말고, 어서 가.

존 　　제 이름이 탤벗이고? 당신 아들인가요?
　　　근데 제가 도망쳐요? 오, 어머니를
　　　사랑하신다면 저를 서자 노예로 만들어
　　　그녀의 명예로운 이름을 욕보이지 마세요,　　　15
　　　세상은 말하겠죠, "고귀한 탤벗이 버틸 때
　　　천하게 도망친 자, 탤벗 핏줄 아니"라고.

탤벗 　도망쳐서 내가 살해되거든 복수해라.

존 　　그리 도망치는 자는 돌아오지 않아요.

탤벗 　둘 다 남아 있으면 둘 다 분명 죽는다.　　　　　20

존 　　그럼 제가 남을 테니 아버진 도망쳐요.
　　　당신을 잃는 건 큰일이니 — 자애도 커야죠.

4막 4장 장소 가스코뉴 평원.

제 가치는 안 알려졌으니 — 잃어도 몰라요.
제 죽음에 프랑스는 뽐낼 수 있는 게 없지만
당신 것엔 있을 테고, 당신은 모든 희망 잃어요.　25
도망쳐도 얻으신 명예는 물들지 않겠지만
공적 없는 제 것은 그렇게 될 거예요.
당신은 유리해서 도망쳤다, 다 맹세하겠지만
제가 몸을 굽히면 겁나서 그랬다, 그러겠죠.
제가 만약 처음부터 움츠리고 달아나면　30
그 언젠가 남아 있을 희망도 없답니다.
오명으로 보존된 삶보다는 차라리
여기에서 무릎 꿇고 죽음을 애걸해요. (무릎을 꿇는다.)

탤벗　네 어미의 모든 희망 한 무덤에 묻겠다고?

존　네, 어머니 자궁에 망신은 안 줘야죠.　35

탤벗　떠나라는 명령을 축복으로 내리겠다. (존이 일어난다.)

존　싸움은 하겠지만 도망은 안 됩니다.

탤벗　네 아비의 일부가 네 안에서 살 수 있다.

존　저에게 수치 아닌 일부는 없을 것입니다.

탤벗　넌 명성을 얻은 적 없으니 잃지도 못한다.　40

존　예, 저명한 당신 이름, 도망으로 모욕해요?

탤벗　아비의 명령이면 그 오점은 씻길 거다.

존　살해당하시면 그 증인도 못 되셔요.
죽음이 그토록 확실하면 같이 도망치시죠.

탤벗　부하들만 여기 남아 싸우다 죽으라고?　45
내 일생에 그런 수치 겪은 적은 없었다.

존　그래서 어린 제가 그 책임을 져야 해요?
당신이 당신을 두 개로 나눌 수 없듯이
저 또한 당신 곁을 떠날 수 없답니다.

	남든 가든 뜻대로 하시면 저도 따를 겁니다.	50
	아버지가 죽으면 전 살지 않을 테니까요.	
탤벗	그렇다면 이 오후에 빛을 잃을 생명으로	
	태어난 아들아, 난 여기서 너와 작별하겠다.	
	자, 나란히 함께 살고 함께 죽은 다음에	
	영혼도 나란히 프랑스를 떠나서 하늘 가자.	55

(경종. 탤벗 퇴장)

알랑송, 서자와 부르고뉴 기습하며 등장,
그 와중에 탤벗의 아들이 아버지를 뒤따라가던 중
서너 명의 프랑스인들에게 에워싸이고
탤벗이 다시 등장하여 그를 구출한다.

탤벗	성 조지여, 승리를! 병사들아, 싸워, 싸워.	
	총독이 탤벗과 한 약속을 깨뜨렸고	
	격분한 프랑스의 칼날에 우리를 맡겼다.	
	존 탤벗 어딨느냐? 잠시 멈춰 숨을 돌려.	
	난 네게 생명을 주었고 죽음에서 널 구했다.	60
존	오, 두 번째 아버지, 전 두 번째 아들이죠.	
	처음 주신 제 생명이 사라져 버린 뒤에	
	당신은 그 군인의 칼로써 운명을 무시한 채	
	정해진 제시간까지 새 날짜를 주셨어요.	
탤벗	네 칼로 저 돌핀의 투구에 불이 번쩍했을 때	65
	이 아비의 마음은 용감한 승리를 바라는	
	자랑으로 뜨거웠다. 그때 이 늙은 몸은	
	청년의 열정과 전쟁의 격노로 되살아나	
	알랑송, 오를레앙, 부르고뉴를 처부수고	

갈리아의 정예들로부터 너를 구출해 냈다.　　　　　70
저 분개한 오를레앙 서자를, 네게 피를
흘리게 만들었고, 아들아, 너의 첫 싸움의
경험을 함께했던 그자를 나는 곧 마주쳐
타격을 서로 주고받으면서 재빨리
서자 피를 좀 흘렸고, 치욕을 안기면서　　　　　75
이렇게 말해 줬다. "난 오염된, 비천한,
저급하고 정말로 불쌍한 네 서출 피를,
용감한 내 아들 탤벗에게 네가 강요하였던
그 맑은 내 피의 대가로 흘리게 한다."라고.
여기에서 그 서자를 멸하려 했을 때　　　　　80
구조대가 많이 왔어. 말해 봐, 이 걱정거리야,
지치지 않았어, 존? 네 상태는 어떠냐?
넌 이제 기사도의 아들임이 확인됐다,
그러니 이 전투를 버리고, 애, 도망칠래?
도망쳐, 내가 죽었을 때 복수하기 위하여.　　　　　85
한 명의 도움은 내게 별로 소용없어.
오, 작은 배 하나에 우리 목숨 다 거는 건
너무나 큰 바보짓이란 걸 난 잘 안다.
내가 오늘 프랑스인들의 격노로 안 죽어도
내일이면 엄청나게 나이 들어 죽을 거야.　　　　　90
내가 여기 남는대도 그들에겐 득이 없고
내 삶이 하루 더 짧아지는 것뿐이나
너와 함께 네 어미, 우리 가문, 네 젊음,
내 죽음의 복수와 잉글랜드의 명성도 죽는다.
넌 남으면 이 모두와 더 많은 게 위험하나　　　　　95
만약에 도망치면 이 모두가 구제된다.

존	전 오를레앙의 칼 때문에 아프진 않았는데
	그 말씀에 제 심장의 생명 피가 빠지네요.
	그토록 창피하게 얻은 이점 하나 땜에
	파리 목숨 구하고 빛나는 명성을 죽여요? 100
	이 어린 탤벗이 늙은 탤벗 앞서서 도망치면
	나를 태운 겁쟁이 말, 넘어져 죽어라!
	또 나를 프랑스의 촌뜨기 애들에 비기어
	창피한 조롱감, 불운의 제물이 되게 하라.
	분명코, 당신이 얻은 영광 다 걸고, 105
	제가 도망친다면 탤벗의 아들이 아닙니다.
	그러니 도망 얘긴 관두세요, 무익해요.
	탤벗의 아들이면 탤벗의 발아래서 죽어요.
탤벗	그럼 넌 크레타의 필사적인 네 아비를 따라라,
	나의 이카로스야. 내게 네 생명은 달콤해. 110
	싸우려 하거든 아버지 곁에서 싸우고
	칭찬받을 만하거든 자랑스레 죽자꾸나. (함께 퇴장)

경종. 기습. 하인이 인도하는 늙은 탤벗 등장.

탤벗	내 분신은 어디 갔지? 내 생명은 끝났다.
	오, 어린 탤벗 어딨지? 용맹한 존은 어디?
	포로들의 피 머금고 득의에 찬 죽음아, 115
	난 어린 탤벗의 용맹 덕에 너를 비웃는다.
	그 애는 움츠려 무릎 꿇는 날 봤을 때

110행 이카로스
크레타의 미노스 왕을 위해 미로를 설계
했던 다이달로스는 그의 아들 이카로스

와 힘께 날개를 달고 그곳을 탈출했으니
그 아들은 미숙한 비행으로 바다에 추락
사한다.

피비린 자기 칼을 내 몸 위로 휘둘러
배고픈 한 마리의 사자처럼 격노와
가차 없는 격정의 거친 행동 개시했다.   120
그런데 성난 내 보호자가 쓰러진 날 살피며
아무 공격 안 받은 채 홀로 서 있었을 때,
어지러운 큰 격노가 그 맘속에 일어나
그는 내 곁에서 갑자기 튀어 나갔으며,
프랑스인들이 운집한 전투 속에 뛰어들어   125
너무 높이 치솟은 자신의 기백을
그 피의 바다에 적시면서 나의 꽃,
나의 이카로스는 거기에서 한창때 죽었다.

존 탤벗을 든 군인들 등장.

하인 오, 백작님, 아드님이 저기 들려 나옵니다.
탤벗 너, 우리를 깔보며 비웃는 광대인 죽음아,   130
두 탤벗은 곧 너의 모욕적인 독재를 떠나서
영원히 지속되는 인연으로 함께 묶여
날개 단 채, 더 유연한 하늘을 통과하여
널 무시하면서 필멸의 운명을 피할 거다.
오, 애야, 못생긴 죽음에게 맞는 상처로구나,   135
숨넘어가기 전에 아비에게 말을 해라.
말로써 죽음에, 놈의 뜻과 상관없이 맞서라.
그놈을 프랑스인, 네 원수로 상상해 봐.
딱한 것, 미소 띠며 이렇게 말하는 것 같네.
'죽음이 프랑스인이었다면 오늘 죽었답니다.'   140
자, 자, 그를 이 아비의 두 팔에 안겨 다오.

내 영혼은 이 상처를 더 이상 못 견딘다.
군인들아, 잘 있어라. 이제 이 늙은 팔이
어린 존의 무덤이니 난 갖고 싶은 걸 가졌다.

(죽는다.)

샤를, 알랑송, 부르고뉴, 서자와 잔 라 퓌셀 등장.

샤를	요크와 서머싯이 구조대를 데려왔더라면	145
	우리에게 오늘은 피비린 날이었을 것이네.	
서자	탤벗의 그 어린 새끼가 미친 듯 격노하며	
	첫 번째 꼬마 칼로 프랑스 피 참 많이 흘렸어요.	
잔	한번은 제가 그를 마주쳐 이렇게 말했죠.	
	"처녀 같은 청년아, 처녀에게 굴복해라."	150
	근데 그는 거만, 당당, 드높은 경멸조로	
	대답했죠, "이 청년 탤벗은 경박한 계집의	
	약탈품이 되려고 태어나진 않았다."고.	
	그렇게 프랑스군 가운데로 돌진하며	
	싸울 가치 없다는 듯 오만하게 떠났어요.	155
부르고뉴	틀림없이 고귀한 기사가 되었을 것이네.	
	저 보게, 피투성이 상태로 그의 상처 돌보는	
	아비 팔의 관 안에 누워 있는 그 청년을.	
서자	저들을 찢어라. 삶으로 잉글랜드엔 영광을,	
	갈리아엔 놀람을 주었던 저들 뼈를 토막 내라.	160
샤를	아니, 참게. 생전엔 우리가 피했던 이들을	
	죽었다고 우리가 학대하진 말아야지.	

윌리엄 루시 경, 프랑스 전령과 함께 등장.

루시	전령은 도팽의 천막으로 날 인도해 주게,
	오늘의 영광이 누구 건지 알려고 하니까.
샤를	자네는 어떤 항복 전갈을 가져왔나?	165
루시	항복이오, 도팽? 그건 완전 프랑스 말이죠,
	잉글랜드 전사들은 그 의미를 모르니까.
	난 당신이 어떤 포로 잡았는지 알아내고
	죽은 자들 시신을 조사하러 왔답니다.
샤를	포로들 말인가? 지옥이 우리의 감옥이네.	170
	하지만 누구를 찾는지 말해 보게.
루시	근데 이 전장의 위대한 알키데스 어딨죠? —
	용맹한 탤벗 경, 슈루즈베리 백작이며
	그 자신의 희귀한 무공에 의하여
	워시퍼드, 워터퍼드, 베일런스 대백작,	175
	굿리그 그리고 어친필드 탤벗 경,
	블랙미어 스트레인지 경, 올턴의 버든 경,
	윙필드 크롬웰 경, 셰필드 퍼니발 경으로
	임명되었으며, 3연승의 팰컨브리지 경이고,
	저 고귀한 성 조지, 훌륭한 성 미카엘과	180
	황금 양털 기사단의 기사이며, 게다가
	프랑스 영토 안의 이 모든 전쟁에서
	저 헨리 6세의 대원수이신 분 말입니다.
잔	이거 정말 우습게도 당당한 칭호로군.
	쉰두 개 왕국을 가진 저 터키 왕도	185
	이처럼 지겨운 칭호를 쓰진 않아.
	이 모든 호칭으로 네가 명시한 그는

172행 알키데스 헤르쿨레스의 또 다른 이름.

여기 우리 발아래서 악취 내며 썩어 가.

루시 탤벗이 살해됐어? 프랑스의 유일한 천벌이고
이 왕국의 공포이며 검은 복수 여신이? 190
오, 내 눈알이 총알로 바뀌어 내가 그걸
당신들의 얼굴에 사납게 쐈으면 좋으련만.
오, 내가 이 죽은 이들 살려 낼 수 있다면
프랑스 영토가 겁먹기엔 충분할 터인데.
그의 그림이라도 당신들 가운데 남았으면 195
당신들 중에서 가장 오만한 자도 놀랐겠죠.
시신을 가져가서 그들의 지위에 합당한
장례를 치를 수 있도록 나에게 주시오.

잔 무례한 이자는 저 늙은 탤벗의 유령처럼
대단히 오만한 명령조로 말하네요. 200
제발 그를 줘 버려요. 그들을 여기 두면
그 악취로 공기가 썩을 뿐일 테니까요.

샤를 시체를 다 가져가라.

루시 　　　　　　　　내가 갖고 나가죠.
하지만 그들의 재에서 프랑스 전체를
다 떨게 할 불사조가 생겨날 것입니다. 205

샤를 그들을 제거해 준다면 그는 네 맘대로 해.
이 정복의 기세로 이제는 파리로.
독한 탤벗 죽었으니 다 우리들 것이다. (함께 퇴장)

나팔 소리. 국왕, 글로스터와 엑서터 등장.

국왕　섭정께선 교황, 황제, 알마냑 백작이
　　　보내온 편지들을 숙독하셨습니까?

글로스터　예, 전하, 그들의 의도는 이러하옵니다.
　　　그들은 전하께 잉글랜드와 프랑스
　　　두 왕국 사이에 신이 내린 평화 조약　　　　　　5
　　　체결돼야 한다고 공손히 청합니다.

국왕　섭정께선 그 제안이 마음에 드시는지?

글로스터　좋습니다, 전하, 또한 우리 기독교인들의
　　　출혈을 멎게 하고, 평화를 온 사방에
　　　확립하는 유일한 수단으로 보입니다.　　　　　　10

국왕　예, 그럼요, 숙부님, 나도 항상 그토록
　　　잔학하고 피비린 분쟁이 하나의 신앙을
　　　믿는 이들 사이에서 맹위를 떨치는 건
　　　불경하고 비인간적이라고 생각했소.

글로스터　게다가, 전하, 이 친선의 유대를　　　　　　15
　　　더 빨리 시작하여 더 굳건히 맺도록
　　　알마냑 백작이 — 찰스의 측근으로
　　　프랑스의 큰 권력자인데 — 자신의 외딸을
　　　전하와 결혼시키려고 크고도 화려한
　　　지참금과 더불어 내놓았답니다.　　　　　　20

국왕　결혼이요, 숙부님? 아, 난 아직 어려서
　　　정인과 음탕하게 놀아나는 것보다는

5막 1장 장소　런던, 궁전.

내 공부와 내 책들이 더 어울린답니다.
그래도 대사들을 불러서, 괜찮다면,
각자가 대답을 받아 가게 하시오.   25
하느님의 영광과 이 나라의 안녕에
부합하는 선택이면 난 뭐든지 만족하오.

윈체스터와 함께 교황의 특사와 알마냑 백작이 보낸
대사를 포함한 세 명의 대사 등장.

엑서터　　뭐야, 윈체스터 주교가 추기경의 지위에
　　　　　임명되는 부름을 받았었단 말인가?
　　　　　그러면 내 보기에 저 헨리 5세가   30
　　　　　언젠가 예언한 게 확인될 판이로군.
　　　　　"만약 그가 추경경이 한번 되면
　　　　　자신의 모자를 왕관과 같이 취급할 거다."
국왕　　　사신들이여, 여러분 각자의 청원을
　　　　　숙고해 보면서 그에 대해 토론했소.   35
　　　　　여러분의 목적은 훌륭하고 합당하오.
　　　　　그리하여 우호적인 화평의 조건을
　　　　　작성해 보기로 짐은 분명 결심했고,
　　　　　그것을 윈체스터 경을 통해 곧바로
　　　　　프랑스 쪽으로 전달할 작정이오.   40
글로스터　(알마냑 백작의 대사에게)
　　　　　그리고 당신 주인 백작이 내놓은 제안을
　　　　　난 전하께 대단히 상세하게 알려 드려
　　　　　이 규수의 고결한 천품과 미모와
　　　　　지참금의 가치를 좋아하신 전하께선

	그녀를 잉글랜드 왕비로 삼을 작정이시오.	45
국왕	그 계약의 증명이자 증거로서 그녀에게	
	내 애정의 표시인 이 보석을 가져가오.	

(대사에게 반지를 하나 준다.)

자 그럼, 섭정께선 그들이 호위를 받으며
안전하게 도버까지 간 다음 배에 올라
바다의 행운에 의지하게 조처해 주시오.   50

(교황의 특사를 붙잡는 윈체스터만 남고 모두 퇴장)

윈체스터	특사님, 멈추시오. 이 근엄한 장식의	
	의복을 저에게 입혀 주신 교황님께	
	제가 전달하기로 약속했던 금액을	
	당신이 먼저 받아 주셔야 할 것입니다.	
특사	주교님이 틈나시길 기다리겠습니다.	55
윈체스터	윈체스터는 이제, 가장 잘난 동료에게	
	굴하거나 뒤처지지 않을 줄로 믿는다.	
	글로스터 험프리여, 이 주교가 출생이든	
	권한에 있어서든 너에게 짓눌리지	
	아니할 것임을 너는 잘 알 것이다.	60
	나는 널 숙이게 해 무릎을 꿇리든지,	
	아니면 반역으로 나라를 강탈할 것이다. (함께 퇴장)	

56~62행 윈체스터는…것이다 만약 특사가 무대 위에 남아 있다면, 이
대사를 못 듣는 거리에 있어야 할 것이다. (아든)

5막 2장

샤를, 부르고뉴, 알랑송, 서자, 레니에 및

잔 등장.

샤를	여러분, 이 소식에 처져 있는 사기가 오를 거요.
	소문으론 굳센 파리 사람들이 반역하여
	전사다운 프랑스인으로 되돌아온다니까.
알랑송	그러면 프랑스 왕 샤를이여, 파리로 진군하고,
	한가로이 군사력을 낭비하진 마십시오.
잔	그들이 우리에게 돌아오면 평화를 얻겠지만,
	아니라면 그들의 궁전에 파멸이 닥치기를.

척후병 등장.

척후병	용맹한 우리 사령관에게는 성공을,
	그의 협력자들에겐 행운을 바랍니다.
샤를	우리 척후병들이 보낸 소식? 어서 말해.
척후병	두 편으로 갈라져 있었던 잉글랜드군이
	이제는 하나로 합쳐져서 곧바로
	당신과 전투를 시작할 작정이랍니다.
샤를	여러분, 조금 갑작스러운 경고지만
	우린 곧 그들을 맞을 차비 할 것이오.
부르고뉴	탤벗의 유령은 거기에 없기를 바라오.
	이젠 그가 갔으니, 전하, 겁낼 필요 없어요.
잔	모든 천한 감정 중에 겁이 가장 흉악하죠.

5막 2장 장소 프랑스, 앙주 평원.

정복을 명하시면, 샤를이여, 얻으실 것입니다.

헨리는 안달을, 온 세상은 불평을 하라죠.   20

샤를   그럼 가요, 경들이여. 프랑스에 행운이 오기를.

(함께 퇴장)

경종. 습격. 잔 라 퓌셀 등장.

잔   총독은 정복하고 프랑스인들은 도망치네.

이제 너희 마력적인 주문과 부적들아,

또한 날 꾸짖고 다가올 사건들의 징후를

나에게 전하는 엄선된 정령들아, 도와다오.   (천둥)   25

저 도도한 북방의 대왕님 밑에서

대리인 노릇하는 빠른 조력자들이여,

나타나서 이 과업을 이루도록 거들어 줘.

악령들 등장.

이렇게 재빠르고 신속히 출현하여

너희의 그 익숙한 근면성을 증명하는구나.   30

자, 저 땅 밑의 강력한 지역에서 선발된

너희 영물들이여, 프랑스가 이 전장을

장악할 수 있도록 날 한 번만 도와 다오.

(그들은 걸으면서 말을 하지 않는다.)

오, 침묵으로 나를 너무 오래 붙잡지는 마라.

나는 늘 너희에게 내 피를 먹였지만   35

지금은 너희가 몸을 낮춰 나를 도와주도록

내 사지 하나를 뚝 잘라 앞으로 더 있을

혜택의 표시로 너희에게 줄 것이다.

(그들은 고개를 숙인다.)

구제받을 희망이 없다고? 너희가

내 청을 들어주면 내 몸으로 보상할게.   40

(그들은 고개를 가로젓는다.)

내 몸도 내 피의 희생도 너희의 조력을

평시처럼 끌어내지 못한단 말이냐?

그럼 내 영혼을 — 내 몸과 영혼과 모두를 —

잉글랜드가 프랑스를 깨기 전에 가져라. (그들이 떠난다.)

봐, 그들이 날 버리네. 이제는 프랑스가   45

높은 깃털 투구를 숙이고 잉글랜드의 무릎에

머리를 떨궈야 할 시간이 다가왔다.

나의 오랜 주문들은 너무나 약하고

지옥은 내가 상대하기엔 너무나 강하다.

프랑스여, 이제 네 영광은 먼지가 되리라.   (퇴장)   50

기습. 부르고뉴와 요크가 등장하여 육박전을 벌인다.

프랑스군은 잔과 함께 등장한 뒤 도망친다.

요크가 잔을 사로잡는다.

요크   프랑스 계집아, 내가 널 꽉 잡은 것 같구나.

이제 네 마법의 주문으로 악령들을 풀어서

그들이 네 자유를 얻어 줄지 시험해 봐.

악마의 호의를 얻을 만큼 큰 노획물이다.

이 추한 마녀가 키르케와 둘이서 내 형체를   55

55행 키르케 그리스 신화에서 사람을 돼지로 바꾸는 마녀. (RSC)

바꾸려 하는 듯이 찌푸리는 것 좀 봐.

잔　더 나쁜 형체로 네가 바뀌는 건 불가능해.

요크　오, 찰스 돌핀, 참 멋진 남자야. 오직 그 몸매만
　　　까다로운 네 눈을 즐겁게 해 줄 수 있겠지.

잔　역병 같은 불운이 샤를과 너에게 찾아와　　　　60
　　　너희 둘 다 침대에서 자다가 갑자기
　　　피비린 손아귀들에게 기습을 당해라.

요크　사납게 저주하는 이 마녀 요괴야, 입 닥쳐.

잔　부탁인데, 한동안은 저주하게 해 다오.

요크　화형대에 올랐을 때 저주해라, 악녀야.　(함께 퇴장)　65

경종. 마르그레트를 손에 넣은 서픽 등장.

서픽　당신이 누구이든 내 포로가 되었소.　(그녀를 응시한다.)
　　　오, 절세 미녀, 겁내거나 도망치지 마시오,
　　　존경 어린 손으로만 당신을 잡을 테니.
　　　나는 이 손가락에 영원한 평화의 키스 한 뒤
　　　가냘픈 그 옆구리에 부드럽게 놔두겠소.　　　　70
　　　누구시죠? 예우할 수 있도록 말하시오.

마르그레트　내 이름은 마르그레트, 어느 왕의 딸인데,
　　　나폴리 국왕이오. ― 당신이 누구시든.

서픽　나는 백작으로서 서픽이라 합니다.
　　　대자연의 기적이여, 속상해하지 마시오.　　　　75
　　　당신은 내게 잡힐 운명이었답니다.
　　　백조도 그처럼 솜털 난 새끼들을
　　　날개 밑에 가두면서 구조해 준답니다.
　　　하지만 이 비굴한 대접에 속상하시다면

서펔의 친구로서 자유롭게 다시 가요.　(그녀가 간다.)　80

오, 멈춰요. (자신에게) 난 그녀를 보내 줄 힘이 없어.

내 손은 놔주고 싶어 해도 마음은 안 그래.

햇빛이 유리 같은 냇물 위에 반사광을

다시 한번 반짝이며 노닐고 있듯이

이 화려한 미녀도 내 눈엔 그렇게 보인다.　85

기꺼이 구애하고 싶어도 감히 말을 못 한다.

펜과 잉크 달라 해서 내 마음을 적어야지.

쳇, 드 라 폴, 스스로 무력해지지는 마.

너에겐 혀가 없어? 그녀가 여기 없어?

한 여자의 모습에 기죽는단 말이야?　90

그래 맞아. 미녀의 왕자 같은 위엄에

혀는 굳고 감각은 다 마비될 지경이지.

마르그레트　보세요, 서펔 백작 — 이름이 그렇다면 —

가기 전에 내 몸값을 얼마나 내야 하죠?

내가 인지하기로 난 당신의 포로니까.　95

서펔　(자신에게)

그녀의 사랑을 시험해 보기 전에 어떻게

네 구혼을 거절할 것이란 걸 알 수 있지?

마르그레트　왜 말이 없으세요? 몸값을 얼마나 내야죠?

서펔　(자신에게)

그녀는 아름다워 구애받게 되어 있고,

그녀는 여자여서 얻도록 되어 있어.　100

마르그레트　(자신에게)

몸값을 받아들일 건가요, 아닌가?

서펔　(자신에게)

어리석은 자 같으니, 네 아내를 기억해.

그럼 어찌 마르그레트가 정인이 될 수 있어?

마르그레트 (자신에게)

듣지 않을 모양이니 떠나는 게 최고야.

서퍽 (자신에게)

다 헛일이 됐구나. 끗발이 영 안 좋아. 105

마르그레트 (자신에게)

되는대로 얘기하네. 분명 미친 사람이야.

서퍽 (자신에게)

그렇지만 결혼 해소 특명을 받을 수도.

마르그레트 그렇지만 대답해 주시면 좋겠어요.

서퍽 (자신에게)

나는 이 마르그레트 숙녀를 얻겠다. 누굴 위해?

그야, 나의 왕이지. 쳇, 그 말은 목석같아. 110

마르그레트 목석 얘기하시네. 목수인가 보구나.

서퍽 (자신에게)

하지만 그리하여 내 연정은 만족되고

두 왕국 사이의 평화도 확립될 수 있다.

그러나 거기에도 망설일 게 좀 있어.

그녀의 아버지가 나폴리 국왕에다 115

앙주와 메인의 공작이긴 해도 가난하여

우리네 귀족은 이 혼사를 경멸할 테니까.

마르그레트 저기요, 대장님? 여유가 좀 없으셔요?

서퍽 (자신에게)

그들이 한없이 깔본대도 그렇게 할 거야.

헨리는 젊어서 재빨리 굴복할 것이다. 120

(마르그레트에게)

마마, 밝혀야 할 비밀이 있답니다.

마르그레트	(자신에게)
	사로잡히면 어때? 기사처럼 보이니까
	어쨌든 나를 망신 주지는 않을 거야.
서퍽	숙녀여, 내 말을 꼭 들어 주십시오.
마르그레트	(자신에게)

마르그레트 (자신에게)
　　　　 사로잡히면 어때? 기사처럼 보이니까
　　　　 어쨌든 나를 망신 주지는 않을 거야.

서퍽 　　 숙녀여, 내 말을 꼭 들어 주십시오.

마르그레트 (자신에게)
　　　　 난 아마 프랑스군에게 구출될지도 몰라,　　　　　　125
　　　　 그럼 난 저이의 우대를 갈구할 필요 없어.

서퍽 　　 어여쁜 아가씨, 내 제안을 들어 봐요.

마르그레트 (자신에게)
　　　　 치, 여자들은 이전에도 포로로 잡혔어.

서퍽 　　 숙녀여, 왜 그런 식으로 얘기해요?

마르그레트 죄송해요, 맞받아치는 말일 뿐이에요.　　　　　　　130

서퍽 　　 저, 고귀한 공주님, 왕비가 되신다면
　　　　 이 예속을 행복으로 여기지 않겠어요?

마르그레트 예속으로 왕비가 되는 건 비천하게
　　　　 굴종하는 노예보다 더 고약하답니다.
　　　　 왕족은 자유로워야 하니까.

서퍽 　　　　　　　　　　　　당신도 그럴 거요,　　　　135
　　　　 만약에 행복한 잉글랜드 왕이 자유롭다면.

마르그레트 흠, 그분의 자유가 나와 무슨 상관이죠?

서퍽 　　 난 당신을 헨리 왕비 만들기에 착수하여
　　　　 당신 손에 금빛 홀을 쥐어 주고
　　　　 머리엔 소중한 관을 얹어 줄 것이오,　　　　　　140
　　　　 몸 낮추고 나를 위해 돼 준다면 ―

마르그레트 　　　　　　　　　　　　　　뭐가요?

서퍽 　　 그의 애인.

마르그레트 난 헨리의 아내 될 자격이 없어요.

서퍽	맞아요, 귀한 마마, 이리 고운 숙녀에게
	그의 아내 돼 달라 구애하고 — 그런 선택에서 145
	나 자신도 한몫 챙길 자격은 내가 없죠.
	어때요, 아가씨, 매우 만족하십니까?
마르그레트	부친께서 좋으시면 난 만족합니다.
서퍽	그럼 우리 대장들과 기수들을 불러라,
	그리고, 마마, 우리는 부친의 성벽에서 150
	그와 얘기 나누는 회담을 간청할 것이오.

(서퍽의 명에 따라 나팔 소리)

레니에, 성벽 위에 등장.

	보시오, 레니에, 포로 된 따님을 보시오.
레니에	누구에게?
서퍽	나에게.
레니에	서퍽이여, 구제책은?
	난 군인으로서 울거나 운명의 변덕을
	꾸짖는 일에는 익숙하지 않소이다. 155
서퍽	예, 구제책은 충분하답니다, 공작님.
	동의해요. — 당신의 명예 위해 동의해요. —
	당신 딸은 우리 왕과 결혼할 터인데,
	그녀에게 난 애써서 구애한 뒤 허락받고
	그녀는 이렇게 편안히 구금된 채 160
	왕족 같은 자유를 얻게 되었답니다.
레니에	서퍽은 속마음을 말하오?
서퍽	이 고운 마르그레트가
	아첨, 가장, 날조 않는 서퍽을 압니다.

| 레니에 | 난 당신의 당당한 보증에 내려가서 |
| | 그 정당한 요구에 대답을 해 주겠소. | 165
| | (레니에, 성벽에서 퇴장) |
| 서퍽 | 그럼 난 여기서 당신이 오기를 기다리죠. (나팔 소리) |

레니에 등장.

레니에	용감한 백작은 우리의 영토로 잘 왔소.
	이 앙주 안에서 맘대로 요구해 보시오.
서퍽	고맙소, 레니에, 한 왕의 동반자로 적합한
	이리 예쁜 여식을 두어서 행복하시겠소.	170
	공작께선 내 청에 어떤 답을 주시겠소?
레니에	당신께서 미천한 그녀에게 구애하여
	그 같은 군주의 당당한 신부로 삼아 주니 —
	내가 나의 소유지, 메인과 앙주 땅을
	억압이나 전쟁의 타격을 받지 않고	175
	조용히 향유할 수 있다는 조건으로 —
	내 딸을 헨리에게, 그분이 좋다면 드리죠.
서퍽	그게 그녀 몸값이오. 난 그녀를 전달하고
	그곳의 두 주는 공작께서 잘, 조용히,
	향유할 수 있도록 보장할 것입니다.	180
레니에	그럼 난 — 그 답례로 헨리 왕을 위하여
	자애로운 그 왕의 대리인 역을 하며 —
	그녀 손을 약혼의 표시로 당신께 주겠소.
서퍽	프랑스의 레니에, 이건 왕의 일이니까
	난 당신께 왕과 같은 감사를 드립니다.	185
	그래도 난 이 경우엔 나를 대변하는 것이

더 만족스러울 수 있을 것 같군요.
그럼 난 이 소식을 가지고 잉글랜드로 가서
이 결혼이 엄숙히 거행되게 할 것이오.
그러니 잘 계시오, 레니에. 이 보석을   190
그에 맞는 황금 궁에 안전하게 두시오.

레니에   난 당신을, 기독교 군주이신 헨리 왕을
그가 여기 있다면 포옹하듯 포옹하오.

마르그레트 잘 가요, 백작님. 서퍽은 마르그레트에게서
호의, 칭찬, 기도를 늘 얻으실 거예요.   195

             (레니에 퇴장. 뒤따르는 그녀를 서퍽이 멈춰 세운다.)

서퍽   잘 있어요, 고운 마마. 들어 봐요, 마르그레트 —
왕에게 전달할 왕비다운 인사는 없나요?

마르그레트 소녀에게, 처녀에게, 그분의 하녀에게
어울리는 인사를 그분께 전해 줘요.

서퍽   예쁘게 배치하여 겸손으로 지시한 말이오.   200
하지만 아가씨, 또 폐를 끼쳐야겠는데 —
전하께 혹시 무슨 정표라도 없는지요?

마르그레트 있어요, 백작님. 사랑에 물든 적 없었던
순수한 무결점 마음을 국왕께 보냅니다.

서퍽   그와 함께 이것도.   (그녀에게 키스한다.)   205

레니에   그건 당신 거예요. 난 그런 시시한 표시를
주제넘게 왕에게 보내지는 않겠어요.   (퇴장)

서퍽   오, 그대가 내 차지였으면! 근데 잠깐, 서퍽,
너는 그 미궁 속을 헤매선 안 된다, 거기엔
미노타우루스와 추악한 역심이 숨어 있어.   210
그녀를 놀랍게 칭찬하며 헨리를 졸라 대라,
그녀의 빼어난 미덕을, 기술을 압도하는

미치도록 자연스러운 애교를 생각하고
그 모습을 항해 중에 되풀이 떠올려라.
그래서 헨리의 발아래 무릎을 꿇었을 땐   215
그가 놀라 정신을 못 차리게 만들어라.   (퇴장)

5막 3장

요크, 워릭, 양치기와 잔 라 퓌셀 등장.

요크	화형을 선고받은 그 마녀를 데려와라.
양치기	아, 조안, 이게 네 아비의 넋을 확 죽인다.

내가 온갖 지역을 샅샅이 뒤지다가 —
이제야 우연히 너를 찾아냈는데 —
때 이르고 잔인한 네 죽음을 봐야 해?   5
아, 잔, 어여쁜 딸 잔아, 나도 죽자.

잔   쇠약한 늙다리, 비천한 녀석 같으니라고.
나는 더 고귀한 집안의 자손이야.
너는 내 아비도 친척도 아니란 말이다.

양치기   그만, 그만! 어르신들, 황송하나 아닙니다.   10
내가 쟤를 낳았어요, 온 교구가 다 압니다.
쟤 어미는 아직 살아 있는데, 저 애가
총각이던 나의 첫 열매라고 증언할 수 있어요.

워릭   불경한 것, 네 부모를 부인할 작정이야?

요크   이로써 그녀 삶이 어땠는지 입증된다. —   15

210행 미노타우루스
크레타의 왕비 파시파에와 황소의 교접
에서 태어난 괴물로 다이달로스가 설계

한 미로에 갇혀 있었다.
5막 3장 장소
프랑스, 앙주의 요크 공작 진영.

사악하고 추했으며 죽음도 그렇게 끝난다.

양치기 허 참, 잔, 그렇게 뻣뻣하게 굴다니.

네가 내 몸 한 점인 건 하느님이 아시고

나는 너 때문에 눈물 많이 흘렸단다.

나를 부인하지 마, 부탁이야, 순한 잔.　　　　　　20

잔 저리 가, 촌놈아! (요크에게)

　　　　　　　　　당신은 내 고귀한 혈통을

덮어 버릴 목적으로 이 남자를 사주했어.

양치기 맞아요, 난 그녀 어미와 결혼했던 날 아침

고귀한 금화 한 닢 신부에게 줬답니다.

착한 애야, 무릎 꿇고 내 축복을 받아라.　　　　　25

굽히지 않겠다고? 그럼 네 출생의 시간은

저주를 받아라. 네가 네 어미의

가슴 빨 때 그녀가 네게 줬던 그 젖이

너를 위해 쥐약이었더라면 좋겠다. —

안 그러면 들판에서 네가 양을 돌봤을 때　　　　　30

웬 굶주린 늑대가 널 먹었길 바란다.

저주받은 화냥년이 네 아비를 부인해?

오, 태워요, 태워요, 목매다는 건 너무 착해.　　(퇴장)

요크 그녀를 데려가라, 너무 오래 살면서

이 세상을 악성으로 채워 놨으니까.　　　　　　35

잔 당신들이 누굴 심판했는지 우선 알려 주겠다.

난 양치기 촌놈이 낳은 게 아니라

왕들의 자손으로 출생한 사람인데

고결하고 신성하며, 천상의 은혜라는

영감을 받아서 빼어난 기적을　　　　　　　　　40

지상에서 행하도록 저 위의 선택을 받았다.

난 사악한 정령들과 전혀 관련 없었다.
그러나 당신들은 음욕으로 오염됐고
순진한 이들의 죄 없는 피로 얼룩졌으며
천 가지 악덕으로 썩어서 더러워져 —   45
남들이 받은 은총 당신들은 없으니까 —
악마의 도움 없이 이적을 보이는 건
불가능한 일이라고 곧장 판단 내린다.
그런 게 아니다. — 오해받은 잔은
그녀의 어린 유년시절부터 처녀로서   50
생각조차 순결하고 무결점이어서
이렇게 가혹하게 흘린 그 소녀 피는
하늘 문 앞에서 복수해 달라고 외칠 거다.

요크   그래, 그래. 그녀를 형장으로 데려가라.

워릭   그리고 너희는 잘 들어. 그 애가 처녀라고   55
장작을 아끼지는 말고 좀 넉넉히 가져와라.
그 치명적 더미 위에 역청을 잔뜩 올려
그녀의 고통이 줄어들 수 있게 해 줘.

잔   무자비한 그 마음을 절대로 못 바꾼다?
그럼 잔, 법으로 보장된 네 특권인   60
너의 그 허약한 상태를 밝혀라.
잔혹한 이 살인마들아, 난 아길 가졌다.
그러니 난폭한 죽음으로 날 끌고 가더라도
자궁 속의 내 아이를 죽이진 말아 다오.

요크   하느님 맙소사, 신성한 처녀가 아기를?   65

워릭   네가 행한 기적 중에 가장 큰 것이로군.
엄격한 네 도덕성이 다 이것 때문이야?

요크   그녀와 돌핀이 얼싸안고 있었군.

	난 그녀의 피난처가 어딜까 상상했지.	
워릭	글쎄, 이런, 사생아를 살려 주진 않을 거야.	70
	특히 그 아비가 찰스인 게 틀림없으니까.	
잔	당신들은 헛짚었어, 그의 아긴 아니야.	
	내 사랑을 즐긴 건 알랑송이었어.	
요크	악명 높은 그 마키아벨리, 알랑송이?	
	고것은 명줄이 천 개라도 죽을 거야.	75
잔	오, 용서해 주시오, 당신들을 현혹했소.	
	날 가졌던 사람은 샤를도, 이름 댔던	
	그 공작도 아니고, 나폴리 왕 레니에였소.	
워릭	기혼자야, 그건 가장 못 참을 일이다.	
요크	허, 이런 계집이 있나! 누구를 고발할지 —	80
	너무 많아 가지고 — 잘 모르는 것 같군.	
워릭	그건 이 여자가 아낌없이 후했단 표시지.	
요크	그럼에도, 참말이지, 순수한 처녀라니.	
	갈보야, 네 말 땜에 네 새끼와 넌 죽는다.	
	애원은 하지 마라, 소용없으니까.	85
잔	그럼 날 끌고 가라. — 난 저주를 남기겠다.	
	찬란한 태양은 너희가 거주하는 나라엔	
	절대로 그 빛을 비춰 주지 말기를,	
	그래서 너희는 불운과 절망에 내몰려	
	목을 분지르든지, 스스로 맬 때까지	90
	어둠과 죽음의 암울한 그늘에 휩싸이길.	(퇴장)

윈체스터 추기경 등장.

| 요크 | 이 더럽고 저주받은 지옥의 하수인아, |

산산이 깨지고 불탄 다음 재가 되라.

윈체스터   총독, 난 국왕의 위임장을 가지고
각하에게 인사를 드리는 바이오.   95
경들이 아실 것은 그리스도 국가들이
이 엄청난 소란에 동정심을 발휘하여
우리들의 나라와 야심 찬 프랑스 사이에
보편적 평화를 간절히 애원했단 사실이오.
그리고 여기로 돌핀과 그 일행이   100
뭔가를 상의하기 위하여 다가온답니다.

요크   이런 꼴 보려고 우리가 그 고생을 다했소?
이번의 싸움에서 파멸당한, 그리고
조국의 이익 위해 자신들의 몸을 바친
그토록 수많은 귀족들, 수많은 대장들,   105
신사들과 병사들의 살육이 있은 뒤에
우리가 결국엔 나약한 평화로 끝을 내요?
우리는 위대한 조상들이 정복했던
그 모든 도시의 대부분을 반역과
허위와 배신으로 잃지 않았습니까?   110
오, 워릭, 워릭, 난 모든 프랑스 영토의
완전한 상실을 비통하게 예상하오.

워릭   요크는 참으시게. 평화 조약 맺는대도
그 계약이 대단히 엄격하고 가혹하여
프랑스인들에게 별 소득이 없을 걸세.   115

샤를, 알랑송, 서자와 레니에 등장.

샤를   잉글랜드 귀족들이여, 우리는 프랑스에

평화로운 휴전을 선포키로 합의했기 때문에
그 화평의 조건이 어떠해야 하는지
당신들로부터 직접 통지받으러 왔소이다.

요크 　말하시오, 윈체스터, 나는 이 악독한　　　　　120
적들의 모습을 보고 나서 들끓는 울화로
독기 서린 내 음성의 빈 통로가 꽉 막혔소.

윈체스터 　찰스와 그 동료들이여, 이렇게 결정됐소.
즉, 헨리 왕이 순전한 연민과 관용으로
당신네 나라를 불안한 전쟁에서 쉬게 하고　　　125
풍족한 평화 속에 숨 쉬도록 해 주는 데
동의한단 사실을 고려하여, 당신들은
그 왕관의 진정한 충복이 돼야 할 것이오.
또한 찰스, 당신은 그에게 조공을 바치고
스스로 복종을 맹세한단 조건으로　　　　　130
그의 아랫사람인 총독에 봉해져
왕과 같은 위엄을 계속 누릴 것이오.

알랑송 　그럼 그는 자신의 그림자가 돼야 하오. ―
자기 관자놀이를 관으로 장식하되
그럼에도 실제로, 또 권위에 있어서는　　　　135
사인의 특권만 유지한단 말이지요?
이 제안은 부조리하면서 불합리합니다.

샤를 　이미 알려진 대로 난 갈리아 영토의
반 이상을 소유하고 있으며, 거기에선
그들의 합법적인 왕으로 존경받소.　　　　　140
그런 내가 정복 안 된 나머지를 탐내어
그 특권을 오로지 그 전체의 총독으로
불리는 수준까지 확 떨어뜨린단 말이오?

아뇨, 대사님, 난 더 큰 걸 탐내다가
전체를 소유할 가능성을 빼앗기기보다는   145
차라리 내가 갖고 있는 걸 지키겠소.

요크   모욕적인 찰스야, 넌 은밀한 수단으로
중재를 통하여 화평을 손에 넣은 다음에
이제 그 문제가 타결되려 하니까
비교하며 저만치 물러선단 말이냐?   150
찬탈한 너의 그 호칭을 받아들여. —
그 어떤 공훈에 근거한 요구가 아니라
우리 왕이 베푸는 혜택에 의한 건데 —
안 그럼 끝없는 전쟁으로 괴롭힐 것이야.

(프랑스 쪽은 자기들끼리 얘기하려고 돌아선다.)

레니에   전하, 이 조약을 체결하는 과정에서   155
완고하게 트집을 잡는 건 좋지 않소.
이걸 한번 놓치면 이 같은 기회를
우리는 십중팔구 얻지 못할 것입니다.

알랑송   사실은, 우리의 적대 행위 과정에서
날마다 눈에 띄는 것과 같은 대학살과   160
무자비한 살육으로부터 당신의 백성을
구원해 내는 게 실제적인 지혜지요.
그러니까 이 휴전 협약을 택하시죠. —
당신이 좋으실 때 깨더라도 말입니다.

워릭   찰스는 어쩔 거요? 우리 조건 유효하오?   165

샤를   그럴 거요.
단, 예외는 아군이 주둔한 읍 어디서든
당신들은 아무 관여 않는다는 것이오.

요크   그렇다면 전하에게 충성을 맹세하라.

그대는 기사니까 잉글랜드 왕관에 절대로 —   170
그대도, 그대의 귀족들도 잉글랜드 왕관에 —
불복종한다거나 반역하지 않겠다고.
그럼 이제 편할 때 당신 군대 해산하오.
우리는 여기서 엄숙한 평화를 맞이하니
군기는 묶어 두고, 고수는 침묵케 하시오.   (함께 퇴장)   175

5막 4장

국왕과 대화하는 서퍽,

그리고 글로스터와 엑서터 등장.

국왕　　고귀한 백작, 아름다운 마거릿과 관련된
　　　　당신의 놀랍고 희한한 설명에 난 감탄했소.
　　　　외적인 천품으로 장식된 그녀의 미덕은
　　　　내 맘속에 꾸준한 사랑의 열정을 일으키고,
　　　　가장 큰 몸집의 배조차도 태풍의   5
　　　　가혹한 힘에 의해 파도를 거스르듯
　　　　나 또한 그녀의 명성이란 입김에 떠밀려
　　　　파선을 하든지, 아니면 사랑의 결실을
　　　　그녀와 맺는 곳에 도착해야만 하오.
서퍽　　허 참, 전하, 저의 이 피상적인 얘기는   10
　　　　그녀에게 지당한 찬사의 서문일 뿐입니다.
　　　　그 멋진 아가씨의 주요한 재능은 —
　　　　저에게 표현할 기술이 충분히 있다면 —

5막 4장 장소　런던, 궁전.

매혹적인 시행으로 가득한 책이 되어
어떤 둔한 머리라도 매혹할 것입니다.　　　　　15
그리고 더 나아가, 그녀는 참 여신 같고
엄선된 기쁨들이 아주 가득함에도
겸손하게 자신의 마음을 낮추어
당신의 명령을 받는 데 만족하고 ―
고결하고 순결한 의도의 명령이면 ―　　　　20
헨리를 남편으로 사랑하고 존중할 겁니다.

국왕　　헨리도 다른 생각 절대 않을 것이오.
그러니 섭정께선 마거릿이 잉글랜드의
왕비가 될 수 있게 동의해 주시오.

글로스터　그럼 전 죄를 칭찬하는 데 동의하는 겁니다.　25
아시다시피 전하, 당신께선 명망 높은
또 다른 귀부인과 약혼하셨습니다.
그럼 우린 어떻게 전하의 명예를 질책으로
훼손하지 않으면서 그 계약을 없애죠?

서픽　　통치자가 불법적인 맹세를 했을 때나,　　30
축제일 행사에서 힘을 시험해 보려고
서약을 한 뒤에 적대자의 승산을 이유로
창 시합을 그만두는 식으로 하면 되죠.
가난한 백작 딸은 불공평한 승산이고
그러므로 반칙하지 않고도 깰 수 있소.　　35

글로스터　아니, 마거릿이 그 이상의 뭣이란 말인가?
그녀의 아버지는 백작에 불과하네,
찬란한 호칭으론 그걸 능가하지만.

서픽　　예, 각하, 그녀의 아버지는 왕으로서
나폴리와 예루살렘 국왕이며 그 권위가　　40

프랑스에서는 매우 커서 그와의 결연은
우리의 평화를 확고하게 해 주고
프랑스인들을 충성으로 잡아 둘 겁니다.

글로스터 그런 일은 알마냑 백작도 할 수 있네,
그는 저 찰스의 가까운 친척이니까.   45

엑서터 게다가 큰 지참금 보증할 재산도 있지만,
레니에는 주자마자 곧바로 받을 테지.

서픽 여러분, 지참금요? 왕을 모욕 마십시오,
완벽한 사랑 아닌 돈 때문에 택할 만큼
비굴하고 천하며 가난해야 하다니요.   50
헨리는 왕비를 부자 되게 할 수는 있지만
부자가 되려고 왕비를 찾지는 않습니다.
그래서 시시한 농사꾼은 상인들이 황소나
양과 말을 거래하듯 아내 두고 흥정하죠.
결혼은 중개자를 통하여 처리하는   55
그런 일보다는 더 중요한 문제로서
우리 아닌 전하께서 원하시는 여인이
혼인 침대 반려자가 되어야만 합니다.
그러므로 그녀를 그가 가장 원하는 게
뭣보다도 우리를 구속하는 이유이고,   60
우리의 의견은 그녀를 선호해야 합니다.
강제된 결혼은 지옥이고 불화의 세월이며
계속되는 갈등이 아니고 뭐겠어요?
반면에 그 반대는 지복을 가져오고
천상의 평화를 보여 주는 본보기죠.   65
헨리가 왕인데 왕의 딸 마거릿이 아니라면
그 누구를 그와 결혼시켜야 합니까?

독보적인 그녀의 용모는 출생과 더불어
그녀가 꼭 왕에게만 어울림을 입증하오.
그녀의 씩씩한 용기와 불굴의 정신은   70
(여자들이 흔하게 보이는 것 이상인데)
왕의 후손 낳아서 우리의 희망에 답할 거요.
왜냐하면 헨리는 정복자의 아들로서
만약 그가 이 고운 마거릿처럼 드높은
결심을 한 귀부인과 사랑으로 맺어지면   75
더 많은 정복자를 낳을 것 같으니까.
그러니, 여러분, 굴복하고 저와 함께
왕비는 오로지 마거릿일 거라고 결정해요.

국왕   귀한 나의 서퍽 백작, 당신의 얘기가
효력을 가졌기 때문인지, 아니면   80
나의 여린 청춘이 불타는 사랑의 열정에
한 번도 물든 적이 없었기 때문인지
난 알 수 없지만 이것만은 확실하오. ―
난 가슴속으로 매우 아픈 갈등을,
희망 공포 양쪽의 매우 격한 경종을   85
이런저런 생각하며 병날 만큼 느낍니다.
그러니 백작은 프랑스로, 빨리 배를 타시오.
어떤 계약이든지 합의해 준 다음에
마거릿 규수가 꼭 오도록, 바다 건너
잉글랜드로 온 다음 헨리 왕의 성실하고   90
기름 부은 왕비가 되도록 해 주시오.
당신이 쓸 비용과 충분한 현금은
백성들 사이에서 십일조를 거두시오.
어서 가란 말이오, 당신이 돌아올 때까지

난 천 가지 걱정으로 혼란에 빠질 거요.   95
그리고 숙부님은 반감을 다 추방해요.
당신께서 지금 아닌 그 옛날 심정으로
나를 평가해 보시면, 내 뜻을 이렇게
갑자기 실행한 걸 양해하실 겁니다.
그러니 사람들과 멀어져서 내 비탄을   100
곱씹을 수 있는 데로 날 인도하시오.   (퇴장)

글로스터   예, 처음과 끝 양쪽이 비탄일까 걱정이오.

(글로스터와 엑서터 함께 퇴장)

서퍽   서퍽은 이렇게 승리했고 이렇게 떠난다,
파리스 청년이 사랑에서 나와 같은 결과를
얻기 희망하면서 그리스로 간 것처럼. —   105
하지만 그 트로이인보다 더 번성할 거다.
마르그레트는 왕비 되어 왕을 지배하겠지.
근데 난 그녀, 왕, 왕국을 다 지배할 거야.   (퇴장)

104행 파리스 트로이 왕자, 스파르타의 왕비 헬렌을 트로이로 데려가
서 트로이 전쟁의 원인을 제공했다고 한다.

헨리 6세 2부

Henry VI, Part 2

등장인물

랭커스터가 사람들

헨리 6세

마거릿 왕비

험프리 글로스터 공작 국왕의 삼촌

엘리너 글로스터 공작 부인

보퍼트 추기경, 윈체스터 주교 국왕의 할아버지 형제

서퍽 후작

서머싯 공작

버킹엄 공작

클리퍼드 노인

클리퍼드 청년 그의 아들

복스

요크가 사람들

리처드 요크 공작

에드워드 ⎤
          ⎥ 그의 아들들
리처드 ⎦

솔즈베리 백작

워릭 백작 그의 아들

청원과 결투 장면(1막 3장, 2막 3장)

토머스 호너 무기장

피터 쿵탁 그의 도제

청원자들, 도제들

이웃들

주술 장면(1막 4장)

존 흄
존 사우스웰
마저리 저데인 　**마녀**
로저 볼링브로크 　**주술사**
악귀

　　　　가짜 기적 장면(2막 1장)

사이먼 심프콕스
심프콕스의 아내
세인트 올반스 시장
형리
읍민들

　　　　엘리너의 참회 장면(2막 4장)

존 스탠리 경
런던 행정관
전령, 경비원들
하인, 관리, 평민들

　　　　글로스터 살해 장면(3막 2장)

두 살인자
평민들

　　　　서퍽 살해 장면(4막 1장)

부관
선장
조수

워터 휘트모어

두 신사

케이드의 반란 장면(4막 2~10장)

조지

닉

잭 케이드

백정 딕

직공 스미스

톱질꾼

역도들

차섬 서기 엠마누엘

마이클

험프리 스태퍼드 경

스태퍼드의 동생

세이에 경

스케일스 경

매슈 고프

알렉산더 아이든

고수, 군인들

나팔수, 시민들

나머지 사람들

수행원, 매사냥꾼

파발, 사자들

트럼펫 팡파르: 그런 다음 오보에 소리.

국왕, 글로스터, 솔즈베리, 워릭과 추기경 보퍼트가 한쪽에서.

왕비, 서퍽, 요크, 서머싯과 버킹엄 다른 쪽에서

수행원들과 함께 등장.

서퍽   제국을 거느린 지엄한 전하의 부르심에

빼어난 군주의 대리인의 임무 띠고

프랑스로 떠났을 때, 전 전하를 위하여

마거릿 공주와 결혼하란 명령을 받았고,

그에 따라 저 유명한 고도인 투르에서   5

프랑스와 시실리의 왕들과, 오를레앙,

칼라베르, 브르타뉴, 알랑송 공작들과,

일곱 백작, 열두 남작, 스무 주교 앞에서

제 임무를 완수하며 약혼을 했었는데,

이제는 공손하게 무릎을 꿇은 다음   (무릎을 꿇는다.) 10

잉글랜드와 그 당당한 귀족들이 보는 데서

왕비와 관련된 제 권리를, 그리고

후작이 드린 중 가장 큰 행운의 선물을,

왕이 맞이하신 중 가장 고운 왕비를

참 자비로우신 그 두 손, 제가 대변하였던   15

그 위대한 그림자의 실체에게 넘깁니다.

국왕   서퍽은 일어나오. (서퍽이 일어선다.)

                 — 마거릿 왕비는 잘 왔소.

이 친절한 키스보다 더 친절한 사랑 표시

1막 1장 장소 런던, 왕궁.

할 수가 없군요. (그녀에게 키스한다.)

　　　　　　　　— 오, 생명 주신 주님께선

감사에 찬 마음을 제게 빌려주십시오!　　　　　　　20

주님께선 이 고운 얼굴로써 제 영혼에

엄청난 지상의 축복을 내려 주셨으니까,

만약 우리 마음이 사랑으로 합쳐지면 말이오.

왕비　　잉글랜드 대왕이며 자애로운 주인님,

전 밤이나 낮이나 깼을 때나 꿈꿀 때나,　　　　25

궁정인들 틈에서나 기도를 드릴 때나

최고로 소중하신 저의 주인 당신과

맘속으로 대화를 나눠 왔기 때문에

더욱더 용감하게 제 재주로 가능하고

넘치는 환희에서 흘러나온 것 같은　　　　　　30

좀 투박한 언어로 저의 왕께 인사드립니다.

국왕　　모습도 황홀했었는데 우아한 화술과

당당한 지혜의 옷을 입은 그녀 말에

난 놀라워하다가 환희의 눈물을 흘리오.

그럴 만큼 내 마음엔 만족이 가득하오.　　　　35

경들은 일제히 즐겁게 내 사랑을 환영하오.

모두　　(무릎을 꿇는다.)

잉글랜드의 행복이신 마거릿 왕비 만세!

왕비　　모두들 고맙소.　　　　　　　　　　(팡파르)

서퍽　　섭정님, 만약에 각하께서 괜찮으시다면

우리의 군주님과 프랑스 왕 찰스 간에　　　　40

열여덟 달에 걸친 합의로 체결된

평화 협정 조항들이 여기에 있습니다.

글로스터　　(읽는다.)

첫째로, "프랑스 왕 찰스와 잉글랜드 왕 헨리의 대
사인 서퍽 후작, 윌리엄 드 라 폴 사이에서 합의된
바에 따라 앞서 말한 헨리는 나폴리, 시칠리아, 그   45
리고 예루살렘의 왕인 레니에의 딸 마거릿 숙녀를
아내로 맞이하고, 다가오는 5월 30일 이전에 잉글
랜드의 왕비로 삼는다." 또한, "앙주 공작령과 메인
주는 포기한 뒤 그녀의 부왕에게 넘긴다."

(서류를 떨어뜨린다.)

국왕	숙부님, 웬일로?

글로스터　　　　　　　　　전하, 용서하십시오.   50
갑자기 메스껍고 눈이 침침해져서
더 이상 읽을 수가 없게 되었습니다.

국왕　　　　윈체스터 숙부님, 계속 읽어 주십시오.

추기경　　　(읽는다.)
또한, "이들 사이의 추가 합의에 따라 앙주 공작령
과 메인주는 포기한 뒤 그녀의 부왕에게 넘기고,   55
그녀는 아무런 지참금 없이 잉글랜드 왕 개인의 비
용과 부담으로 데려간다."

국왕　　　　아주 맘에 듭니다. — 후작은 무릎을 꿇으라.
(서퍽은 무릎을 꿇는다.)
그대를 서퍽의 첫 번째 공작으로 봉하고,
(서퍽은 일어난다.)
그대에게 검을 부여하노라. — 요크 사촌,   60
이제 짐은 열여덟 달 기간이 만료될 때까지
각하를 프랑스의 그 지역 총독의 직에서
해임하오. — 고마워요, 윈체스터 숙부님,
글로스터, 요크와 버킹엄, 서머싯,

솔즈베리, 그리고 워릭.   65
짐은 이 고귀한 왕비를 환대하는 일에서
모두가 베풀어 준 큰 호의에 감사하오.
자, 안으로 들어가서 그녀의 대관식을
황급히 거행할 준비를 해 봅시다.

　　　　　　　　　　　　(국왕, 왕비, 서펔과 수행원들 퇴장.

　　　　　　　　　　글로스터가 나머지 모두를 멈춰 세운다.)

글로스터　　　용감한 잉글랜드 귀족들, 국가의 기둥이여,   70
이 험프리 공작은 여러분께 자기 한탄,
그쪽 한탄, 이 나라의 한탄을 다 해야겠소.
아니! 나의 형님 헨리가 청춘을, 용맹을,
금전과 사람을 전쟁에서 썼지 않소?
겨울의 추위와 타는 여름 더위 속에   75
자신의 진짜 유산, 프랑스를 정복해 보려고
그렇게도 여러 번 들판에서 묵었잖소?
베드퍼드 형님도 자기 머리 쥐어짜서
헨리가 얻은 것을 계략으로 지켰잖소?
여러분 자신도, 서머싯, 버킹엄,   80
용감한 요크와 솔즈베리, 승리한 워릭도
프랑스와 노르망디에서 중상을 입었잖소?
그리고 나의 삼촌 보퍼트와 나 자신도
이 왕국의 유식한 고문들과 다 함께
그리 오래 공부하며 추밀원에 앉아서   85
일찍이 또 늦도록 프랑스와 프랑스인들을

61~63행 이제⋯해임하오　다시 말하면, 프랑스 총독 직은 지금부터 십
팔 개월 동안 공석으로 남겨 둘 것이오.

어찌 복속시킬까 이리저리 토론했고,
파리에서 유소년 시절의 전하에게 왕관을
적들을 무시하며 씌워 주지 않았소?
그런데 이런 고생, 이런 영광, 없어져요?　　　　　90
헨리의 정복이, 베드퍼드의 경계가,
여러분의 전공과 우리의 자문이 다, 없어져?
오, 잉글랜드 귀족이여, 이 동맹은 창피하고
이 치명적 결혼은 여러분의 명성을 지우며,
여러분의 이름을 기억의 책에서 더럽히고　　　　95
여러분의 명망을 기록에서 말살하며,
프랑스 정복의 기념물을 훼손하고
모든 것을 다 없었던 것처럼 파괴하오!

추기경　　조카는 뭣 때문에 이 열정적 연설을,
이 열변을 이토록 상세하게 토하는가?　　　　100
프랑스는 우리 거고 영원히 지킬 텐데.

글로스터　　예, 숙부님, 지킬 수만 있다면 그렇겠죠,
근데 이젠 그 일이 불가능하답니다.
현 사태를 장악한 신임 공작 서퍽이
가난한 레니에, 자신의 홀쭉한 지갑에　　　　105
맞지 않게 거창한 칭호를 지닌 그 왕에게
앙주와 메인의 공작령을 줬답니다.

솔즈베리　　모두를 위하여 돌아가신 주님께 맹세코,
그 두 주는 노르망디 지방의 열쇠였소.
그런데 용맹한 내 아들 워릭은 왜 우느냐?　　　110

워릭　　그걸 회복 못 하는 게 한탄스러워서요.
그걸 다시 정복할 희망이 있다면 제 칼은
더운 피를 흘리고 눈은 울지 않겠지요.

앙주, 메인! 제가 직접 둘을 다 뺐었어요.

제가 그 두 지방을 이 팔로 정복했죠.   115

그런데 제가 상처 입으며 취했던 도시를

평화의 말 몇 마디로 다시 내준다고요?

하느님 맙소사!

요크   이 무사 섬나라의 명예를 흐려 놓는

그 서퍽 공작은 숨 막혀 퍽 쓰러져라!   120

프랑스가 바로 내 심장을 확 찢기 전에는

나는 이 동맹에 결코 동의 않을 거요.

나는 잉글랜드 왕들이 늘 아내와 더불어

거액의 금과 또 지참금을 받았다고 읽었소.

그런데 우리 왕 헨리는 자기 것을 내주고   125

아무런 이득 없는 그녀와 혼인하는군요.

글로스터 서퍽이 그녀를 수송하는 비용조로

15분의 1조를 요구한다는 건

한 번도 못 들어 본 진짜배기 농담이오!

그녀는 프랑스에 남아서 거기 프랑스에서   130

굶어 죽었어야지. —

추기경   글로스터 공작은 이제 너무 화가 났군.

그건 나의 주군이신 국왕의 뜻이었네.

글로스터 윈체스터 추기경, 당신 마음 난 압니다.

당신이 안 좋아하는 건 내 발언이 아니라   135

내가 여기 있어서 짜증 난단 사실이죠.

앙심은 드러나오. 오만한 너 고위 성직자야,

네 얼굴의 격노가 다 보여. 내가 더 머물면

우리는 옛 언쟁을 다시 벌일 것이야. —

경들은 잘 있고, 프랑스를 곧 잃을 거라고   140

	내가 예언했다는 걸 나 떠난 뒤 말하시오. (퇴장)	
추기경	우리의 섭정은 저렇게 격분해서 가는군.	
	여러분도 알다시피 그는 내 적이고,	
	아니 더 나아가, 여러분 모두의 적이고,	
	국왕의 중요한 친구는 아닐까 봐 두렵소.	145
	경들은 그가 이 잉글랜드 왕관의 직계이며	
	분명한 후계자란 사실을 고려해 보시오.	
	헨리가 결혼으로 하나의 제국과	
	서쪽의 부유한 왕국들을 다 가지면	
	그가 기분 상해야 할 이유가 되겠지요.	150
	그걸 잘 살펴보고 매끄러운 그의 말에	
	홀리지 마시고 현명하게 신중해지시오.	
	평민들은 그를 편애하면서, 그를 불러	
	"험프리, 글로스터 공작님"이라 하고,	
	손뼉 치며 요란한 목소리로 외치기를	155
	"위엄 있는 각하를 예수님은 지키소서!"	
	"험프리 공작님을 신은 보호하소서!" 하는데,	
	나는 그가 이 모든 감언이설 때문에,	
	경들이여, 위험한 섭정이 될까 봐 두렵소.	
버킹엄	그렇다면 그가 왜 주상을 섭정하죠,	160
	스스로 통치할 나이가 되셨는데?	
	서머싯 사촌 형, 나와 힘을 합쳐서	
	그리고 다 한꺼번에, 서퍽 공작과 함께,	
	험프리 공작을 자리에서 빨리 들어냅시다.	
추기경	막중한 이 일을 지체해선 안 될 테니	165
	난 곧바로 그 서퍽 공작에게 갈 것이오. (퇴장)	
서머싯	버킹엄 사촌 형, 험프리의 자만심과	

그 높은 자리가 우리에겐 한탄할 일이나
저 오만한 추기경도 주시하면 좋겠소.
그자의 시건방은 이 땅의 왕족들   170
모두보다 더 견딜 수 없으니 말이오.
글로스터가 쫓겨나면 그가 섭정 될 거요.

버킹엄   아니면, 험프리나 추기경을 무시하고
서머싯 자네 또는 내가 섭정 될 것이네.

(버킹엄과 서머싯 함께 퇴장)

솔즈베리   오만이 앞서갔고 야심이 뒤따르네.   175
이들은 자신의 출세 위해 고생하나
우리는 왕국 위해 고생해야 마땅하다.
험프리 글로스터 공작이 고귀한 신사처럼
처신하지 않는 것을 난 전혀 본 적 없다.
나는 저 콧대 높은 추기경이 여러 번   180
성직자라기보다 군인처럼, 자기가 모두의
상전이나 된 것처럼 단호하고 오만하게
일국의 통치자답지 않게 깡패처럼 욕하며
자신의 품위를 떨어뜨리는 걸 보았어. ―
내 아들, 내 노년의 위안처인 워릭아,   185
너는 네 행적과 검소함, 손님들 접대로
평민들의 호의를 ― 험프리 공작님이
받는 것만 빼놓으면 ― 가장 크게 얻어 냈다.
그리고 요크 매제, 자네는 아일랜드에서
사람들이 규율을 지키게 한 행동과,   190
우리의 주군 위해 프랑스 총독이었을 때
그 심장부에서 최근 쌓은 공적으로
백성들의 두려움과 존경의 대상이 됐다네. ―

자, 우리는 공공의 이익 위해 힘을 합쳐
서퍽과 그리고 추기경의 저 오만을,   195
서머싯 그리고 버킹엄의 야심과 더불어
우리에게 가능한 한 억제하고 억누르자.
그리고 가능하면 험프리 공작의 행위를
그것이 이 땅에 이로운 한 소중히 여기자.

워릭   그러도록 신은 도와주소서, 워릭은   200
        이 땅과 이 나라의 공익을 아끼니까!

요크   요크도 그렇소, (방백) 가장 큰 이유가 있으니까.

솔즈베리 그럼 우린 서둘러 주 업무를 살펴보자.

워릭   주 업무요! 오, 아버지, 메인주는 잃었어요,
        워릭이 주력의 중심에서 싸워서 얻었고   205
        숨 쉬는 동안은 지키려 했던 그 메인주요!
        아버지의 '주'와 달리 제 말뜻은 메인주로
        전 그걸 되찾든지 아니면 살해될 겁니다.

                          (워릭과 솔즈베리 함께 퇴장)

요크   앙주와 메인은 프랑스인들에게 넘어갔고
        파리를 잃었으며 노르망디의 상황도   210
        그것들이 사라졌기 때문에 위태위태하다.
        서퍽은 그 협정의 조문들을 결정했고
        귀족들은 합의했고, 헨리는 흔쾌하게
        공작의 고운 딸과 공작령 두 곳을 교환했다.
        난 그들을 다 비난 못 해. — 그들에게 그게 뭔데?   215
        줘 버린 건 그들 것이 아니라 네 것이야.
        해적들은 노획품을 헐값에 처분하고,
        친구 사고, 창녀에게 주면서도 계속해서
        다 없어질 때까지 주인처럼 흥청댈 수 있다.

그 반면에 불쌍한 그 상품의 주인은   220
눈물을 흘리고 불운한 두 손을 쥐어짜며,
머리를 흔들고 벌벌 떨며 멀리 서서
놈들이 다 나눠 가지고 다 가져가는데도
굶을 각오하면서 자기 걸 감히 못 만진다.
요크도 그처럼 자기 땅이 거래되는데도   225
가만 앉아 안달하며 입을 닥쳐야 한다.
난 잉글랜드, 프랑스, 아일랜드, 세 왕국과
내 육신의 관계가 저 알타이아가 태웠던
치명적인 장작이 그 칼리돈 군주의
심장과 맺고 있는 관계와 같다고 여긴다.   230
앙주와 메인이 다 프랑스에 넘어갔어!
내게는 차가운 소식이야, 프랑스를
비옥한 잉글랜드 땅만큼 갖고 싶었으니까.
요크가 자기 것을 요구할 그날이 올 거야.
그러므로 난 네빌의 편을 들 것이고,   235
오만한 험프리 공작도 사랑하는 척해야지.
그러다가 이점을 간파하면 왕관을 요구한다,
그게 내가 맞히려는 황금 과녁이니까.
또 오만한 랭커스터는 내 권리를 못 빼앗고,
애 같은 그 손으로 왕홀을 못 잡으며,   240
그 보관을 머리에 쓰지 못할 것이다,

228~230행 저…심장
칼리돈의 군주 멜레아그로스의 목숨은   켰으나, 여러 해 뒤에 그 아들이 자기 동
장작이 타는 동안만 유지될 것이라는 예   생들을 죽인 일을 복수하기 위해 그것을
언이 있었고, 그의 어머니 알타이아는   다시 불속에 던져 그를 죽게 만들었다.
그것을 불에서 꺼내 그의 목숨을 연장시   (RSC)

그 경건한 기질은 왕관에 부적합하니까.
그러니 요크여, 때가 올 때까지 조용해라.
타인들이 잠잘 때도 넌 깨어나 지켜보며
이 나라의 기밀들을 파고들어 가 봐,   245
헨리가 새 신부, 비싼 값의 잉글랜드 왕비인
그녀와 나누는 사랑의 환희에 물리고
험프리가 동료들과 불화하게 될 때까지.
그랬을 때 난 우윳빛 장미를 치켜들어
그 달콤한 냄새로 공기는 향기로울 것이고,   250
난 요크의 문장을 내 깃발에 새겨 넣어
랭커스터 가문과 맞붙어 싸운 다음,
책벌레 통치로 잉글랜드 파괴한 그의 왕권
힘으로 강제하여 양도하게 만들 거다.   (퇴장)

1막 2장

글로스터와 그의 아내 엘리너 등장.

엘리너   당신은 왜 너무 익은 밀처럼 축 처져
케레스의 풍요로운 무게에 고개를 숙이죠?
대험프리 공작이 왜 이 세상의 호의가
언짢은 것처럼 눈살을 찌푸려요?
당신은 왜 두 눈을 음산한 대지에 붙박고   5
그 시야를 흐려 놓는 뭔가를 응시하죠?

1막 2장 장소 런던, 글로스터 공작의 집.
2행 케레스 농경의 여신.

거기서 뭘 보세요? 세상 모든 영광이
촘촘히 박혀 있는 헨리 왕의 관인가요?
그렇다면 머리에 그걸 올릴 때까지
응시를 계속하며 팍 엎드려 기어요.   10
손 내밀어 그 영광의 금관 향해 뻗어 봐요.
허, 그게 너무 짧아요? 내 것으로 늘일게요,
그리고 둘을 합쳐 높이 올린 다음에
우리 둘의 머리를 하늘 향해 치켜들고,
땅으로는 눈길 한번 줄 만큼의 시선조차   15
절대로 더 저급하게 낮추지 말아요.

글로스터   오, 넬, 다정한 넬, 남편을 정말 사랑한다면
그 야심 찬 생각의 자벌레를 좇아내요.
또 내가 나의 왕, 내 조카, 고결한 헨리를
거스르며 악심 품는 바로 그 시각이   20
이 인간 세상에서 내 마지막 숨이 되길!
난 간밤의 어지러운 꿈 때문에 울적하오.

엘리너   무슨 꿈인데요? 말해 주면 나도 내 아침 꿈을
감미롭게 되풀이하는 걸로 보답하죠.

글로스터   이 지휘봉, 궁정에서 내 직무의 상징이   25
두 쪽 난 것 같았는데, 누가 그랬는지는
잊었지만 추기경의 소행이라 생각하오.
그리고 부러진 그 막대 조각들엔
에드먼드 서머싯 공작과 서퍽의 첫째 공작
윌리엄 드 라 폴의 머리가 꽂혔었소.   30
이게 내 꿈이었고, 무슨 조짐인지는 모르오.

엘리너   쳇! 그것은 다름 아닌 글로스터의 숲에서
가지를 꺾는 자는 그 건방진 행동으로

목숨을 잃게 될 거라는 증명일 뿐이에요.
하지만 들어 봐요, 험프리, 상냥한 공작님. 35
내 생각에 난 웨스트민스터 성당에서
왕족의 자리에, 왕들과 왕비들이
관을 받던 바로 그 의자에 앉았는데,
거기에서 헨리와 마거릿 여인이 무릎 꿇고
내 머리에 보관을 올려 주었답니다. 40

글로스터 아니, 엘리너, 그럼 난 바로 꾸짖어야겠소.
주제넘은 여인이여, 무례한 엘리너여!
당신은 이 왕국에서 여자로 제2인자,
섭정의 사랑받는 아내가 아니오?
당신은 세상의 기쁨을 생각의 범위나 45
경계를 넘어서 누리고 있지 않소?
그런데도 여전히 배신을 궁리하며
남편과 자신을 최고의 존경에서
불명예의 발아래로 처박으려 하고 있소?
썩 나가서 다시는 그런 말 하지 마오! 50

엘리너 뭐요, 뭐, 여보! 당신은 그냥 꿈 얘기로
이 엘리너에게 그렇게 성났단 말이에요?
다음번엔 내 꿈은 혼자만 간직하고
꾸중 듣지 않겠어요.

글로스터 아니, 화내지 마시오, 난 다시 기쁘오. 55

사자 등장.

사자 섭정님, 전하께선 당신이 세인트 올반스로,
국왕과 왕비가 매사냥하려는 곳으로

	말 타고 갈 준비하라, 분부하셨습니다.	
글로스터	가겠다. 자, 넬, 우리와 함께 말을 탈 거죠?	
엘리너	예, 공작님, 나도 바로 뒤따라갈게요.	60

(글로스터와 사자 함께 퇴장)

난 뒤따라가야 해, 글로스터가 이렇게
비굴한 맘 품는 한 앞서갈 순 없으니까.
내가 만일 남자, 공작, 직계 혈통이라면
이 지겨운 걸림돌은 다 치워 버리고
그들의 목을 쳐 반듯한 내 길을 낼 거야.   65
게다가 난 여자니까 운명의 연극에서
내 역할을 게을리하지도 않을 거야. —
게 있느냐? 서기 존!

흄 등장.

아니, 이봐, 겁먹지 마,

우리 둘뿐이야. 너와 나 둘밖에 없다고.

흄	예수께서 마마를 보호해 주소서!	70
엘리너	뭔 말이야? 마마라고? 난 그냥 부인이야.	
흄	하지만 하느님의 은총과 이 흄의 충고로	
	마마의 호칭은 늘어날 것입니다.	
엘리너	뭔 말이야? 넌 아직도 마저리 저데인,	
	그 꾀 많은 마녀와, 로저 볼링브로크,	75
	그 주술사 녀석과 얘기하는 사이야?	
	그들이 나에게 친절을 베풀어 주려고 해?	
흄	그들이 약속한 건, 저 깊은 지하에서	
	귀신 하나 불러내어 마마께 보여 주고	

	마마께서 그것에게 물어보실 질문들에	80
	그것이 대답하게 만드는 거랍니다.	
엘리너	그걸로 충분해, 질문은 내가 생각해 보마.	
	우리가 세인트 올반스에서 되돌아왔을 때	
	이 일이 다 이루어지게끔 조처하마.	
	자, 흄, 보상을 받아라. 이 중대한 사안을	85

자, 흄, 보상을 받아라. 이 중대한 사안을

공모하는 자들과 즐겁게, 흥겹게 놀아라.　　　(퇴장)

흄　이 공작 부인의 금으로 흄은 꼭 놀아야 해.

　　암, 그럴 거야. 근데 이봐, 존 흄 경!

　　넌 입을 꽉 다물고 아무 말도 하지 마.

　　이 작업은 조용한 비밀을 요하니까.　　90

　　엘리너 귀부인은 그 마녀를 부르라고 금을 줘,

　　그녀가 악마라도 금이면 다 되니까.

　　그러나 내 금은 다른 해안에서도 나온다.

　　저 부자 추기경과 저 위대한 신품 공작,

　　서퍽으로부터 나온다고 감히 말은 못 해도　　95

　　그런 줄 알고 있다. 왜냐하면, 솔직히,

　　그들은 대망에 찬 엘리너의 기질을 알고는

　　날 매수해 이 공작 부인을 약화시켜

　　그 머리에 주문을 불어넣게 만들었다.

　　'교활한 악당은 중매가 필요 없다.'라고 해도　　100

　　그럼에도 난 서퍽과 추기경의 중매다.

　　흄, 조심하지 않으면 넌 그들을 자칫하면

　　한 쌍의 교활한 악당으로 부를 수도 있단다.

　　글쎄, 상황은 그렇다. 또 그래서 마침내

　　이 흄의 악행으로 공작 부인 파멸하고,　　105

　　그녀의 대역죄로 험프리도 몰락할까 두렵다.

일이야 어떻게 풀리든 난 금을 가질 거야.　　　(퇴장)

1막 3장
무기장의 하인인 피터를 포함한
서너 명의 청원자 등장.

청원자 1　여러분, 모여서 서 있읍시다. 섭정께서 곧 이 길로
　　　　　오실 거고, 그럼 우린 탄원을 함께 묶어 전달할 수
　　　　　있을 거요.

청원자 2　정말이지, 주님께선 그를 보호하소서, 훌륭한 분이
　　　　　니까. 예수님의 축복이 있기를.　　　　　　　　　　5

서픽과 왕비 등장.

청원자 1　여기 오시는 것 같네요, 왕비도 함께. 내가 첫째가
　　　　　돼야지, 암.

청원자 2　물러서요, 바보 같으니! 이건 서픽 공작이지 섭정님
　　　　　이 아니란 말이오.

서픽　　　이보게들, 왜 그러나, 내게 뭔 볼일이라도?　　　　10

청원자 1　공작님, 용서해 주십시오, 섭정님인 줄 알았어요.

왕비　　　'섭정님인 줄 알았다?' 자네들의 탄원은 섭정님께
　　　　　가는 건가? 어디 보자. (첫째 청원자의 탄원을 받는다.)
　　　　　뭔 내용인가?

청원자 1　제 것은 황공합니다만 추기경님의 사람인 존 굿맨　　15

1막 3장 장소　런던, 궁전.

이 제 집과 땅과 아내와 모든 것을 빼앗아 간 일에
대한 것입니다.

서퍽   자네 아내도! 그거 정말 잘못됐군. — 자네 것은 뭐
지? 이게 뭐야! (읽는다.) "멜퍼드의 공유지에 울타리
를 친 일로 서퍽 공작에 반대하며." 이게 뭐야, 이   20
악당 놈아!

청원자 2   아이고, 공작님, 저는 우리 읍민 전체의 불쌍한 청
원자일 뿐입니다.

피터   (자기의 청원을 내민다.)
제 주인님 토머스 호너가 요크 공작을 합법적인 왕
위 계승자라고 말한 일에 대한 것입니다.   25

왕비   그게 뭔 말이야? 요크 공작이 자기가 합법적인 왕
위 계승자라고 말했어?

피터   제 주인님이 그렇다고요? 아뇨, 참말로, 제 주인님
은 그가 그렇다고 했고, 국왕은 수탈자라고 했어요.

왕비   찬탈자라는 말이지.   30

피터   예, 참말로, 찬탈자요.

서퍽   거기 누구 있느냐?   (피터의 탄원을 낚아챈다.)

하인 등장.

이 녀석을 안으로 데려가고, 바로 집달리 한 명을
붙여서 그의 주인을 불러와라. — 자네 건은 국왕
앞에서 더 들어 볼 것이다.   (피터와 함께 하인 퇴장)   35

왕비   또 너희들, 섭정님의 두 날개 아래에서
보호받기 좋아하는 너희들은 탄원을
새로이 시작하고, 그에게 청원해라. (그 탄원을 찢는다.)

저리 가, 천한 것들! 서퍽, 보내 줘요.

청원자 모두　자, 우린 갑시다.　　　　　　　　　　　(함께 퇴장)　40

왕비　서퍽 경, 말해 봐요, 잉글랜드 궁정에선
이것이 관습이고 이것이 유행이오?
이것이 브리튼 섬나라의 통치이고
앨비언 국왕의 위엄 있는 지위예요?
아니, 헨리 왕이 아직도 저 퉁명스러운　　　　　　　45
글로스터의 통제받는 학생이어야 해요?
난 칭호와 직함에 있어선 왕비인데
공작의 신하가 되어야만 합니까?
말할게요, 폴, 당신이 저 투르시에서
내 사랑을 예우하는 창 시합을 벌이면서　　　　　　50
프랑스 규수들의 마음을 훔쳤을 때,
난 헨리 국왕도 용기와 예절과 풍채가
당신을 닮았다고 생각했답니다.
하지만 그의 온 마음은 신성함과
묵주로 아베마리아를 세는 데 빠졌어요.　　　　　　55
그의 옹호자들은 예언자와 사도들,
무기는 성경의 거룩한 말씀들,
서재는 그의 창 시합장, 애인은
신성시된 성자들의 청동상이랍니다.
바라건대, 추기경 협회에서는 그를　　　　　　　　60
교황으로 선출하여 로마로 데려간 뒤
삼중 관을 그 머리에 얹어 주면 좋겠어요,
그 신성한 분에게 맞는 지위일 테니까.

44행 앨비언　잉글랜드의 옛 이름.

서퍽	마마, 진정하십시오. 저로 인해 왕비께서
	잉글랜드로 왔으니 저는 이 잉글랜드에서 65
	마마의 완전한 만족 위해 힘쓸 것입니다.
왕비	교만한 그 섭정 외에도 우리에겐 보퍼트,
	저 황제 같은 성직자와, 서머싯, 버킹엄,
	투덜대는 요크가 있는데, 이중의 최약자도
	잉글랜드에선 국왕보다 더 큰 일을 할 수 있소. 70
서퍽	또한 이 모두보다 더 큰 일 할 수 있는 자라도
	잉글랜드에선 네빌 족속보다 더 큰 일은 못 하죠,
	솔즈베리, 워릭은 평범한 귀족이 아니니까.
왕비	이 모든 귀족도 나에겐 저 오만한 귀부인,
	섭정 아내 반만큼도 성가시지 않답니다. 75
	그녀는 험프리 공작의 아내보단 황비처럼
	부인들 떼거리와 궁정을 휩쓸고 다녀요.
	궁정의 외국인들은 그녀를 왕비로 여겨요.
	그녀는 공작의 수입을 온몸에 두르고
	맘속으로 우리의 가난을 경멸한답니다. 80
	그녀에게 내가 복수 안 하고 살겠어요?
	그녀는 비열하고 천하게 태어난 창녀처럼
	그저께 자신의 총아들 가운데서 허풍 떨며,
	자신의 가장 구식 가운의 뒷자락조차도
	서퍽이 아버지께 공작령을 줬을 때까지는 85
	아버지 땅 전체보다 더 비쌌다, 그랬어요.
서퍽	마마, 제가 숲에 그녀 잡을 덫을 놓고
	대단히 매혹적인 새들의 합창단을 배치해서
	그녀가 그 노래를 들으려 앉으면 다시는
	날아올라 당신을 못 괴롭힐 겁니다. 90

그러니 그냥 둬요. 근데 마마, 들어 봐요, —
이 일은 제가 감히 조언을 드리니까. —
우리가 이 추기경을 좋아하진 않지만
그래도 험프리 공작을 넘어뜨릴 때까진
그와 또 귀족들과 손잡아야 합니다.   95
그리고 요크 공작 말인데, 최근의 고발로
그가 혜택 볼 일은 전혀 없을 겁니다.
그렇게 우리가 하나씩 결국 다 솎아 내면
행복한 키잡이는 당신이 될 겁니다.

나팔 소리. 국왕, 글로스터, 보퍼트 추기경, 버킹엄,

요크, 솔즈베리, 위릭 및 엘리너 등장.

국왕   고귀한 경들이여, 난 누구든 상관없소.   100
          서머싯이나 요크나 내겐 다 같답니다.

요크   요크가 프랑스에서 잘못 처신했다면
          그에게 총독직을 맡기진 마십시오.

서머싯   서머싯이 그 자리에 앉을 자격 없다면
          요크를 총독 삼으십시오. 전 양보합니다.   105

위릭   공작님은 자격이 있느니 없느니
          논하지 마시오. 요크가 더 자격 있으니까.

추기경   야심 찬 위릭은 윗분들 말 들어야지.

위릭   추기경도 전장에선 제 윗분이 아닙니다.

버킹엄   국왕 앞의 모두가 자네 윗분들이네, 위릭.   110

위릭   위릭도 살다 보면 최고 윗분 될 수 있죠.

솔즈베리   아들아, 쉿! — 그리고 버킹엄은 이 일에서
          서머싯을 택해야 할 이유를 좀 대시오.

왕비	국왕께서 정말로 그걸 원하시니까.	
글로스터	마마, 국왕께선 자기 판단 내리실 나이가	115
	되셨어요. 여인들이 나설 일이 아닙니다.	
왕비	그럴 나이 되셨다면 뭣 때문에 각하께서	
	전하의 섭정이 될 필요가 있지요?	
글로스터	마마, 저는 이 왕국의 섭정으로	
	그가 마음 내킬 땐 사직할 것입니다.	120
서퍽	그럼 사직한 다음 그 시건방을 버리시오.	
	당신이 왕 된 뒤로 — 당신 말고 그 누가 왕이오? —	
	이 나라는 매일매일 파멸로 달려가고	
	돌핀은 저 바다 건너에서 승리를 거두며,	
	이 왕국의 고귀한 귀족들은 모두 다	125
	절대 군주 당신의 노예가 되었소.	
추기경	자네는 평민을 수탈했고, 성직자의 지갑은	
	자네의 강탈로 홀쭉하게 말랐다네.	
서머싯	당신은 호화판 건물과 아내의 의복으로	
	공공의 재원을 대량으로 축내었소.	130
버킹엄	죄인들 여러 명의 처형에서 드러난	
	당신의 잔인성은 법을 능가하였기에	
	본인도 그 법의 처분에 맡겨졌소.	
왕비	당신이 프랑스 관직과 도시를 매각한 건	
	크게 의심받으니까 만약 알려진다면	135
	당신은 머리 없이 팔딱거릴 것이오. (글로스터 퇴장)	

(왕비가 부채를 떨어뜨린다.)

내 부채 집어 줘. 뭐, 이 못된 것! 못 하겠어?

(그녀가 엘리너의 따귀를 때린다.)

죄송합니다, 부인. 맞은 게 당신이오?

엘리너	나였냐고! 그래, 나다, 오만한 프랑스 여자야.	
	네 미모에 내 손톱을 댈 수만 있다면	140
	그 얼굴에 열 개의 자국을 남기고 싶구나.	
국왕	숙모님, 진정해요. 본의 아니었어요.	
엘리너	본의 아니라고요! 주상은 앞으로 조심해요.	
	그녀는 당신을 역성들며 애처럼 어를 거요.	
	바지를 안 입고도 이곳의 최고 주인이지만	145
	엘리너 귀부인을 때린 복수, 못 피할 것이다. (퇴장)	
버킹엄	추기경님, 나는 엘리너를 따라가겠습니다,	
	그리고 험프리가 어쩔 건지 알아보죠.	
	자극받은 그녀는 격분하여 박차가 없어도	
	자멸할 만큼이나 멀리 뛸 것입니다. (퇴장)	150

글로스터 등장.

글로스터	자, 여러분, 사각 마당 한 바퀴를 걸었더니	
	내 화가 밖으로 다 날아가 버려서	
	경들과 국사를 논하려고 돌아왔소.	
	당신들의 악의에 찬 거짓 고발 건들은	
	만약에 입증되면 난 법을 받아들이겠소.	155
	하지만 자비의 신께서는 제가 왕과 나라를	
	충심으로 사랑하듯 제 영혼을 다루소서.	
	하지만 우리의 현안으로 돌아가서 —	
	군주시여, 전 요크가 프랑스 영토에서	
	전하의 총독으로 가장 적합하다고 봅니다.	160
서픽	우리의 선택에 앞서서, 누구보다 요크가	
	가장 부적합하다는 만만찮은 이유를	

	내가 좀 밝히도록 허락해 주십시오.	
요크	서퍽, 내가 왜 부적합한지를 말해 주죠.	
	첫째, 난 자존심 때문에 당신 칭찬 못 하고,	165
	다음으로, 내가 만약 그 자리에 임명되면	
	서머싯 경께서 나에게 돈이나 장비를	
	지급하지 않은 채 나를 여기 잡아 둬서	
	프랑스는 마침내 돌핀에게 넘어갈 테니까.	
	난 저번에 그의 뜻을 기다리다 때를 놓쳐	170
	포위돼 굶주리던 파리를 마침내 잃었소.	
워릭	그건 제가 증언할 수 있는데, 이 땅의 역적이	
	더 더러운 악행을 범한 적은 없었어요.	
서퍽	고집불통 워릭은 조용하라!	
워릭	오만의 화신이여, 내가 왜 조용히 해야죠?	175

무기장 호너와 그의 하인 피터, 감시받으며 등장.

서퍽	반역죄로 고발당한 사람이 있으니까.	
	신께서는 이 요크 공작의 변명을 도우소서!	
요크	누가 이 요크를 반역자로 고발하지?	
국왕	서퍽, 그게 무슨 말이오? 이들은 누구요?	
서퍽	전하, 황송하나 이자가 자신의 주인을	180
	대역죄로 고발하는 그 사람이옵니다.	
	그의 말에 의하면, 요크 공작 리처드가	
	잉글랜드 왕위의 합법적 계승자고	
	전하께선 그것의 찬탈자라 합니다.	
국왕	이봐, 말하라, 이게 네 말이었느냐?	185
호너	전하께 황송하오나 전 그런 일을 한 번도 말하거나	

생각한 적 없습니다. 하느님이 제 증인인데, 전 이
악당에게 거짓 고발을 당했습니다.

피터 　이 열 손가락뼈를 걸고, 어르신들, 그는 그걸 어느
날 밤 우리가 감시탑에서 요크 공작님의 갑옷을 닦　　190
고 있었을 때 정말 말했어요.

요크 　이 미천한 똥 더미 악당에다 직공 놈아,
역적 같은 말을 한 네놈 목을 자르겠다! ―
전하께 간청 드리옵건대 저놈이
엄격한 법의 처벌, 다 받게 해 주십시오.　　195

호너 　아이고, 어르신, 제가 그런 말을 한 적이 있다면 제
목을 매십시오. 저를 고발한 자는 제 도제로서 그
저께 그의 잘못 때문에 벌을 주었을 땐 정말로 무
릎 꿇고 보답하겠노라고 맹세했답니다. 이건 확실
한 증인이 있으니 전하께 간청컨대, 정직한 사람을　　200
악당의 고발로 내치지는 마십시오.

국왕 　숙부님, 이에 대해 법으론 뭐라고 해야죠?

글로스터 　전하, 선례 따라 판단컨대 이렇게 판결하죠.
이번 일로 요크는 의심을 일으키니
서머싯을 프랑스를 다스리는 총독 삼죠.　　205
그리고 이 둘에겐 적당한 장소에서
일대일 결투 날을 정해 주죠, 그에게는
저 하인의 악의를 증언할 사람이 있으니까.
이것이 법이고 험프리 공작의 판결이오.

서머싯 　전하께 공손히 감사드리옵니다.　　210

210행 전하께　글로스터 공작이 국왕을 대신하여 말하기 때문에 서머
싯은 그런 격식에 맞춰 응답한다. (아든)

호너 　저도 결투를 기꺼이 받아들입니다.

피터 　아이고, 전하, 전 싸울 수 없습니다. 제발 제 처지
　　　를 동정해 주세요! 인간의 악심에 전 무너집니다.
　　　오, 주여, 저에게 자비를! 전 칼 한 번도 쓰지 못할
　　　겁니다. 오, 주여, 제 심장!　　　　　　　　　　215

글로스터 　이봐, 넌 싸우지 않으면 목매달려야 해.

국왕 　저들을 감방으로 데려가고, 결투는
　　　다음 달 마지막 날짜에 있을 거다.
　　　자, 서머싯, 짐이 그댈 배웅할 것이오.　　(팡파르)

　　　　　　　　　　　　　　　　　　　　(함께 퇴장)

1막 4장

마녀인 마저리 저데인, 두 신부 흄과 사우스웰,

그리고 볼링브로크 등장.

흄 　자, 도사님들! 공작 부인께선 정말로 당신들의 약속
　　　이행을 기대하십니다.

볼링브로크 　흄 군, 우리는 그럴 채비를 갖췄네. 부인께서 우리
　　　의 액풀이를 보고 듣겠다 하시는가?

흄 　예, 다른 게 있나요? 그녀의 용기는 염려 마요.　　5

볼링브로크 　나도 그녀가 불굴의 정신을 가진 여자라는 소문을
　　　들었네. 하지만 우리가 아래에서 바쁠 동안, 흄 군,
　　　자네는 위에서 그녀 곁에 있는 게 적절할 것이네.
　　　그러니 주님의 이름으로 제발 우리를 떠나 주게.

1막 4장 장소　글로스터 공작의 집.

저데인 어멈, 당신은 땅바닥을 기어요. 존 사우스　　　10
웰은 읽고. 그럼 작업을 시작합시다.

공작 부인, 위에서 등장, 흄이 뒤따른다.

엘리너　　잘했어, 도사들, 그리고 모두들 환영하네. 이 일은
　　　　　빨리 할수록 좋아.
볼링브로크　부인께선 참으세요. 마술사는 때를 알죠.
　　　　　깊은 밤, 어두운 밤, 밤의 그 고요함,　　　　15
　　　　　밤중에 트로이가 불타고 있었을 때,
　　　　　올빼미 캑캑대고 사나운 개 짖으며
　　　　　악귀들이 나오고 유령들이 무덤 깰 때,
　　　　　그때가 지금 우리 작업에 최고예요.
　　　　　염려 말고 앉으세요. 우리가 불러낸 건　　　20
　　　　　신성한 원 안에 꽉 잡아 둘 겁니다.

여기에서 필요한 의식을 올리고 원을 그린다.
볼링브로크나 사우스웰이 읽는다. "마법을 거노니" 어쩌고.
끔찍한 천둥과 번개가 치고 악귀 하나가 올라온다.

악귀　　여기 있다.
저데인　　사탄아,
　　　　　영원한 하느님, 그 이름과 권능에 네놈이
　　　　　벌벌 떠는 그분 걸고 내 질문에 답하라.　　　25
　　　　　넌 말을 할 때까지 여기를 못 나갈 테니까.
악귀　　원하는 걸 물어라. — 내 말대로 됐으면!

볼링브로크	(읽는다.)
	"첫째, 국왕에 대하여. 그는 어찌 되는가?"
악귀	헨리를 퇴위시킬 그 공작은 살았지만
	그는 더 오래 살고, 비명횡사할 거다. 30
	(악귀가 말할 때 사우스웰은 그 답을 적는다.)
볼링브로크	"저 서퍽 공작을 기다리는 운명은 무엇이냐?"
악귀	물에 의해 죽는 걸로 끝이 날 것이다.
볼링브로크	"저 서머싯 공작에겐 무슨 일이 일어나나?"
악귀	성에 가지 마라 하라.
	그에겐 모래 많은 벌판에 서 있는 게 35
	높이 솟은 성보다 더 안전할 것이다.
	난 더 이상 견딜 수 없으니 그만하라.
볼링브로크	불타는 저 어둠의 호수로 내려가라!
	가짜 악마, 넌 꺼져라! (천둥과 번개)
	(악귀 퇴장)

요크 공작과 버킹엄 공작, 그들의 호위병인
험프리 스태퍼드 경과 함께 등장, 위에서 호위병들 난입.

요크	이 반역자들과 그들의 쓰레기를 붙잡아라! 40
	마녀야, 우린 널 코앞에서 지켜봤다. —
	아니, 마님, 거기에? 이렇게 고생해 주셔서
	국왕과 이 나라는 큰 빚을 졌습니다.
	섭정께선 이 멋진 공로가 잘 보상받도록
	조치해 주시리라 의심치 않습니다. 45
엘리너	왕께서 보상할 네 공로의 절반도 안 나쁘다,
	이유 없이 협박하는 이 무례한 공작아.

버킹엄   맞아요, 마님, 전혀 이유 없어요.   (종이를 보여 준다.)

이건 뭐죠? —

그들을 데려가라, 그들을 단단히 가두고

서로 떼 놓아라. — 마님은 우리와 가셔야죠. —   50

스태퍼드, 그녀는 네가 맡아.   (스태퍼드 퇴장)

(엘리너, 흄, 호위병, 위에서 함께 퇴장)

여기 너희 도구는 다 법정 증거물이다.

다 데려가!

(저데인, 사우스웰, 볼링브로크와 호위병 함께 퇴장)

요크   버킹엄, 그녀를 잘 감시하신 것 같네요. —

조작하기 딱 좋은 멋진 음모입니다. —   55

그런데, 공작님, 그 악마의 문서 좀 봅시다.

이게 뭐지? (읽는다.)

"헨리를 퇴위시킬 그 공작은 살았지만

그는 더 오래 살고, 비명횡사할 거다."

아니, 이건 꼭 아폴로의 말과 같군.   60

"아이아코스의 후손인 너, 로마인 정복 가능."

글쎄다, 나머지는.

'저 서퍽 공작을 기다리는 운명은 무엇이냐?'

물에 의해 죽는 걸로 끝이 날 것이다.

'저 서머싯 공작에겐 무슨 일이 일어나나?'   65

성에 가지 마라 하라.

그에겐 모래 많은 벌판에 서 있는 게

높이 솟은 성보다 더 안전할 것이다."

61행 아이아코스…가능
에피루스의 왕 퓌로스가 그가 로마를 이
길 것인지 물었을 때 받은 아폴로의 신 탁. 정복의 주체와 대상을 바꾸어 두 가
지 해석이 가능하다. (RSC)

저런, 저런, 여러분, 이러한 신탁은
이루어지기도 힘들고 이해도 힘듭니다.   70
국왕은 지금 세인트 올반스로 행차 중이시고
아름다운 이 부인의 남편도 동행하오.
이 소식은 거기로 달리는 말만큼 빨리 가서
섭정에게 안쓰러운 아침식사 되겠군요.

버킹엄   요크 공작, 각하께선 사자로 나를 보내   75
그분의 사례를 얻어내게 허락해 주시오.

요크   좋을 대로 하시오.   (버킹엄 퇴장)

여봐라, 게 누구 있느냐?

머슴 등장.

솔즈베리와 워릭 경을 내일 밤 나와 함께
식사하러 오시도록 초대하라. 갑시다!   (함께 퇴장)

2막 1장

국왕, 왕비, 글로스터, 추기경과 서퍽,

소리치는 매사냥꾼들과 함께 등장 .

왕비   정말로, 여러분, 물새에게 매 날리는 것보다
더 나은 놀이는 칠 년 동안 못 봤어요.
근데 애석하게도 바람이 매우 높아
그 늙은 조운은, 십중팔구, 못 나갔답니다.

2막 1장 장소 세인트 올반스.

국왕	(글로스터에게)
	하지만 숙부님, 당신 매는 자세를 잘 잡고 5
	나머지들보다 정말 높이 잘 날았죠!
	만물에서 주님이 역사하시는 걸 보다니!
	예, 인간과 새는 다 높이 솟고 싶어 하죠.
서퍽	전하께 황송하나 섭정의 매들이 저렇게
	잘 솟구치는 건 놀랍지 않은 일로 10
	그들은 드높아지려는 주인 마음 알고서
	매의 고도 너머로 그 생각을 가져가죠.
글로스터	전하, 새보다 더 높이 오를 수 없는 건
	천하고 비열한 마음뿐일 것입니다.
추기경	나도 그리 생각했네, 그는 구름 위를 원해. 15
글로스터	예, 추기경, 그건 무슨 뜻으로 한 말이죠?
	경께선 하늘로 날아갈 수 있다면 안 좋아요?
국왕	그곳은 영원한 환희의 보고이죠.
추기경	자네의 하늘은 땅에 있고, 자네 눈과 생각은
	자네 맘의 보고인 왕관 향해 날개를 쳐. 20
	왕과 이 나라의 비위를 그토록 잘 맞추는
	사악한 섭정이여, 위험한 귀족이여!
글로스터	뭐, 추기경이? 사제라고 기고만장해졌소?
	"그 거룩한 마음에 그토록 큰 분노가?"
	성직자가 격노해? 숙부님, 그런 적의 감춰요. 25
	그토록 경건하게 그럴 수가 있나요?
서퍽	적의가 아니고, 아주 좋은 언쟁과

4행 조운 매의 이름.
24행 그…분노가 베르길리우스의 『아이네이스』의 한 구절. (아든)

	아주 나쁜 귀족에게 딱 맞는 만큼이죠.
글로스터	예컨대 누구요?
서퍽	그야, 당신 같은 분이죠,
	으스대는 섭정님 마음에 드신다면.

으스대는 섭정님 마음에 드신다면.　　　　　　　　30

글로스터	아, 서퍽, 자네의 시건방은 잉글랜드가 알아.
왕비	당신의 야심도요, 글로스터.
국왕	왕비는

제발 입을 다물고 격분한 귀족들을 자극 마오.
지상의 평화 조정자들은 축복받으니까.

| 추기경 | (서퍽에게 방백) |

내가 이 오만한 섭정에게 칼로 맞서　　　　　　35
내가 만든 평화로써 축복받게 해 주게!

| 글로스터 | (추기경에게 방백) |

참말로, 거룩한 숙부여, 그렇게 되기를!

| 추기경 | (글로스터에게 방백) |

되겠지, 네가 감히 하겠다면.

| 글로스터 | (추기경에게 방백) |

이번 일로 파당의 무리를 짓지 말고
네가 준 모욕을 네 몸으로 방어해라.　　　　　　40

| 추기경 | (글로스터에게 방백) |

암, 네가 감히 못 올 데서. 감히 오겠다면
오늘 저녁 이 숲의 동편에서 만나자.

| 국왕 | 경들, 괜찮아요? |
| 추기경 | 정말로, 글로스터 사촌, |

자네의 부하가 새를 급히 안 놀랬더라면
사냥을 더 즐겼을 텐데. (글로스터에게 방백)
장검을 갖고 와.　　　　　　45

글로스터	맞아요, 삼촌. (추기경에게 방백)
	뭔 말인지 알겠지? 이 숲의 동편이야.
추기경	(글로스터에게 방백)
	알았네.
국왕	허, 뭔 일이죠, 글로스터 숙부님?
글로스터	매사냥 애기밖에 다른 건 없답니다, 전하.
	(추기경에게 방백)
	성모께 맹세코, 내가 그 사제 머리 못 밀면 50
	내 검술은 다 실패할 거야.
추기경	(글로스터에게 방백)
	"제 머리나 깎으시지." —
	섭정이여, 잘 살피고 자신을 보호하게.
국왕	바람이 거세네요, 경들의 성미도 그렇고.
	내게 이 음악은 얼마나 넌더리 나는지! 55
	그런 두 줄 부딪히면 화음은 어디 있죠?
	경들은 이 갈등의 해결을 제발 내게 맡겨요.

읍민 하나가 "기적이야." 외치며 등장.

글로스터	이게 뭔 소리야?
	이 녀석, 너는 뭔 기적을 그렇게 공표해?
읍민	기적이요! 기적이요! 60
서퍽	국왕께 다가와서 그 기적을 말씀드려.
읍민	참말로, 한 소경이 세인트 올반의 성지에서

62행 세인트 올반 잉글랜드 최초의 기독교인 순교자로 간주되는 세인트 올반은 기독교 개종자들을 숨겨준 죄로 14세기에 처형되었다. (RSC)

국왕	반 시간 전쯤에 시력을 얻었어요. —	
	평생 동안 한 번도 못 보던 사람이요.	
국왕	신을 찬양할지어다, 믿는 영혼들에게	65
	어둠엔 빛, 절망엔 위안을 주신다!	

세인트 올반스의 시장과 시 의원들, 음악과 더불어
둘이 드는 의자에 앉은 심프콕스와 그의 뒤를 따르는
그의 아내 및 읍민들과 함께 등장.

추기경	여기에 읍민들이 열을 지어 그 사람을	
	전하께 보여 드리려고 오는군요.	
국왕	시력이 생겨서 그의 죄는 늘어날지라도	
	이 불행한 세상에서 큰 위안을 받겠구나.	70
글로스터	여러분, 기다려요, 그를 국왕 가까이 데려와.	
	전하께서 얘기를 나누려 하신다.	
국왕	너를 위해 주님을 찬양할 수 있도록,	
	착한 자여, 우리에게 그 상황을 말해 보라,	
	뭐, 눈이 오래 멀었다가 이제야 회복됐어?	75
심프콕스	황송하나 눈먼 채 태어났죠.	
아내	예, 진짜로요.	
서퍽	이 여자는 누군가?	
아내	나리께 황송하나 아내요.	
글로스터	어미였더라면 더 잘 말할 수 있을 텐데.	
국왕	어디서 태어났지?	
심프콕스	황송하나 저 북쪽의 버윅에서요.	80
국왕	가엾어라, 신께서 큰 친절을 베푸셨다.	
	낮이든 밤이든 꼭 거룩하게 보내고	

주님께서 하신 일을 언제나 기억해라.

| 왕비 | 이 착한 친구야, 여기는 우연히 왔느냐, |
| | 아니면 이 성지에 경배하려 왔느냐? | 85 |

심프콕스	주님만 아시죠, 순전히 경배하려고요.
	잠잘 때 세인트 올반님이 백번 넘게 저를 불러
	"사이먼아, 와. 와서 내 제단에 공물 올려,
	그럼 내가 도와주마." 그러셨으니까요.

| 아내 | 참말로 딱 맞아요. 그 부르는 목소리를 | 90 |
| | 제가 자주 여러 번 직접 들었답니다. |

| 추기경 | 뭐, 넌 절름발이냐? |

| 심프콕스 | 예, 전능하신 신께 걸고! |

| 서펔 | 어찌 그리됐느냐? |

| 심프콕스 | 나무에서 떨어졌죠. |

| 아내 | 자두나무였어요, 나리. |

| 글로스터 | 눈먼 진 얼마 됐고? |

| 심프콕스 | 오, 날 때부터요. |

| 글로스터 | 뭐, 그런데 나무에 올랐어? | 95 |

| 심프콕스 | 일생에 꼭 한 번 그랬죠, 젊었을 때. |

| 아내 | 딱 맞아요, 올랐다가 호되게 당했어요. |

| 글로스터 | 참, 그 모험을 하다니 자두를 꽤 즐기나 봐. |

| 심프콕스 | 아이고, 나리, 아내가 불알 자두 소원해서 |
| | 저에게 목숨 걸고 올라가게 했답니다. | 100 |

글로스터	교활한 악당이야! 그래 봤자 소용없어. —
	어디 네 눈 좀 보자. — 감아 봐 — 이제 떠 봐.
	내 생각에 넌 아직도 잘 보질 못하는군.

| 심프콕스 | 아뇨, 나리, 밝아요, 주님과 세인트 올반 덕에. |

| 글로스터 | 그렇단 말이냐? 이 외투의 색깔은? | 105 |

심프콕스	붉어요, 나리, 피처럼 붉어요.
글로스터	허, 잘했다. 내 제복의 색깔은 뭐냐?
심프콕스	검어요, 정말로, 흑옥처럼 새카매요.
국왕	아니 그럼, 넌 흑옥이 뭔 색인지 알고 있어?
서퍽	그런데 흑옥을 본 적은 없는 것 같군요.
글로스터	하지만 외투와 제복은 전에도 많이 봤지.
아내	오늘 전엔 한 번도 못 봤죠, 일생 동안.
글로스터	이봐, 말해, 내 이름이 무엇이냐?
심프콕스	아이고, 나리, 모릅니다.
글로스터	저 사람 이름은 뭐지?
심프콕스	모릅니다.
글로스터	저 사람 이름도?
심프콕스	예, 정말 모릅니다, 나리.
글로스터	너 자신의 이름은 뭐냐?
심프콕스	황송하나 사이먼 심프콕스랍니다, 나리.
글로스터	그럼 사이먼, 기독교권 최고 거짓말쟁이로
	거기 앉아 있어라. 장님 태생이라 해도
	넌 우리 이름을 다 알 수 있었다,
	우리 옷의 다른 색깔 이름 대듯 말이다.
	시력으로 색깔을 구분할 순 있지만, 갑자기
	그걸 다 명명하는 작업은 불가능해.
	여러분, 세인트 올반은 여기서 기적을 행했어요.
	근데 이 절름발이를 다시 걷게 할 수 있는
	그 재주도 크다고 생각지 않으실 건가요?
심프콕스	오, 나리께서 그러실 수 있기를!
글로스터	세인트 올반스 주민들, 이 읍에는 형리와
	채찍이라 부르는 물건은 없는가?

110

115

120

125

130

시장	예, 있습니다, 섭정님 마음에 드신다면.
글로스터	그렇다면 한 사람을 곧 부르라.
시장	이봐, 형리를 곧바로 이리로 데려와라. (읍민 하나 퇴장) 135
글로스터	이제 의자 하나를 곧 이리로 가져와. ─
	자, 이봐, 채찍 맞지 않을 작정이라면
	이 의자를 건너뛴 다음에 달아나라.
심프콕스	아이고, 나리, 홀로 서는 건 할 수 없는데.
	소용없는 고문을 하려고 그러시네. 140

채찍을 든 형리 등장.

글로스터	그래, 우리가 네 다리를 꼭 찾게 해 줘야겠다. 형리
	는 그가 저 의자를 뛰어넘을 때까지 그를 쳐라.
형리	그리하겠습니다. ─
	자, 이봐, 빨리 그 윗옷을 벗어라.
심프콕스	아이고, 나리, 어쩌죠? 저는 설 수 없는데. 145
	(형리가 그를 한 번 때리자 그는 의자를 건너뛰어 달아난다.
	그리고 사람들이 뒤따르며 "기적이다." 외친다.)
국왕	오, 주여, 저것을 보고도 그리 오래 참아요?
왕비	그 악당이 뛰는 걸 보고는 웃었어요.
글로스터	그놈을 뒤쫓고 이 상년도 잡아가라.
아내	아이고, 어르신, 순전히 필요해서 했어요.
글로스터	그들이 온 곳인 버윅으로 갈 때까지 150
	읍내 장터 모든 데서 채찍으로 때려라.
	(아내, 형리, 시장과 다른 사람들 함께 퇴장)
추기경	험프리 공작이 오늘 낮에 기적을 행했군.
서퍽	맞아요, 그 절름발이를 도망치게 했어요.

글로스터	하지만 당신은 더욱 큰 기적을 행했소. —
	공작은 하루 만에 읍들을 통째로 날렸지요. 155

버킹엄 등장.

국왕	짐의 친척 버킹엄이 가져온 기별은?
버킹엄	밝히려면 제 가슴이 떨리는 일입니다.
	질이 나쁜 인간들이 못된 마음 먹고서
	이 모든 패거리의 주모자이면서
	우두머리 역할을 한 섭정님 아내의 160
	비호를 받으면서 그녀와 공모하여
	마녀들 그리고 술사들과 거래하며
	전하의 나라를 해치려고 음모를 꾸몄고,
	저희는 그들을 현행범으로 체포한 바,
	그들은 지하에서 악귀들을 불러내어 165
	전하께서 더 상세히 아시게 되겠지만,
	헨리 왕과 전하의 추밀원에 속하는
	다른 고문관들의 생사를 물어봤답니다.
추기경	그리하여 섭정님, 이런 이유 때문에
	당신의 부인은 런던에 구금돼 있답니다. 170
	이 소식에 당신 칼날 무뎌졌다 생각하오.
	섭정은 약속한 시간을 못 지킬 것 같네요.
글로스터	야심 찬 성직자는 내 마음 그만 괴롭혀요.
	내 모든 기능은 슬픔과 한탄에 정복됐고
	그렇게 정복됐기 때문에 난 당신이나 175
	가장 천한 종에게도 복종하오.
국왕	오, 주여, 사악한 자들은 이러한 악행으로

	자기들의 파멸을 머리 위에 쌓는구나!	
왕비	글로스터, 당신의 둥지가 오염된 걸 보시고	
	당신도 결점을 없애는 게 최선일 것이오.	180
글로스터	마마, 저로서는 제가 왕과 이 나라를	
	얼마나 사랑했는지 하늘에 꼭 상고하고,	
	아내에 관해서는 현 상황을 모릅니다.	
	제가 들은 사실을 듣게 되어 애석하오.	
	그녀는 고귀하나 만약에 그녀가	185
	명예와 미덕을 잊고서, 흑청처럼	
	귀족을 더럽히는 것들과 어울렸었다면	
	전 그녀를 침대와 동석에서 추방하고	
	글로스터의 바른 이름 실추시킨 그녀를	
	법과 또 수치의 제물로 내놓을 것입니다.	190
국왕	좋습니다, 오늘 밤 짐은 예서 휴식하고	
	내일은 런던으로 되돌아가 이 일을	
	철저히 살피면서 이 추한 죄인들을 불러내	
	그들의 해명을 들어 본 뒤, 이 사건을	
	똑바른 저울대로 올바른 명분을 찾아내는	195
	정의의 공평한 두 접시에 올리겠소.	

(팡파르. 함께 퇴장)

2막 2장

요크, 솔즈베리와 워릭 등장.

2막 2장 장소 요크 공작의 정원.

204   헨리 6세 2부

요크	자 이제, 솔즈베리, 워릭 두 백작님,
	간단한 식사가 끝났으니 이 외딴 길에서
	잉글랜드 왕권 이을 무오류의 내 권리를
	나 스스로 확신토록 그에 대한 두 분의
	의견을 갈구하니 허락해 주십시오.

요크　자 이제, 솔즈베리, 워릭 두 백작님,
　　　간단한 식사가 끝났으니 이 외딴 길에서
　　　잉글랜드 왕권 이을 무오류의 내 권리를
　　　나 스스로 확신토록 그에 대한 두 분의
　　　의견을 갈구하니 허락해 주십시오.　　　　　5
솔즈베리　공작, 그 얘기를 상세히 듣고 싶네.
워릭　요크님, 시작해요. 당신의 요구가 올바르면
　　　저희 네빌 가문은 명을 받들 신합니다.
요크　그렇다면
　　　보시오, 에드워드 3세는 아들이 일곱인데,　　10
　　　첫째가 흑 태자, 웨일스 왕세자고,
　　　둘째는 윌리엄 햇필드, 셋째는
　　　라이어널 클래런스 공작이며, 그다음은
　　　존 곤트 랭커스터 공작이고, 다섯째는
　　　에드먼드 랭글리 요크 공작이었지요.　　　　15
　　　여섯째는 토머스 우드스톡, 글로스터 공작,
　　　그리고 마지막 일곱째가 윌리엄 윈저였죠.
　　　에드워드 흑 태자는 부왕 앞서 사망했고,
　　　후손으로 외아들인 리처드가 남아서
　　　에드워드 3세의 서거 후 왕으로 통치 중　　　20
　　　존 곤트의 맏아들이면서 상속자인
　　　헨리 볼링브로크, 랭커스터 공작이
　　　헨리라는 이름의 4세로 왕위에 올라서
　　　왕국을 장악하고 합법적 국왕을 폐위한 뒤
　　　불쌍한 왕비는 프랑스로 보냈다가 돌아왔고,　25
　　　또 그는 폼프릿으로 보냈는데, 다 알듯이
　　　무해한 리처드는 거기서 무참히 살해됐죠.

워릭	아버지, 이 요크 공작은 진실을 말했고,
	이렇게 랭커스터 집안은 왕권을 가졌어요.
요크	또 그것을 권리 아닌 무력으로 쥐고 있죠,
	첫 아들의 계승자인 리처드가 죽어서
	그다음 아들의 후손이 다스려야 하니까.
솔즈베리	그런데 윌리엄 햇필드는 아들 없이 죽었지.
요크	제가 왕권 주장하는 계보인 셋째 아들,
	클래런스 공작에겐 딸자식 필리페가 있는데,
	그녀는 마치 백작 에드먼드 모티머와 결혼했고,
	에드먼드는 마치 백작 로저를, 또 로저는
	에드먼드, 앤과 엘리너를 자식으로 뒀답니다.
솔즈베리	그 에드먼드가 볼링브로크의 통치 시절,
	내가 읽은 바로는 왕권을 주장했고,
	그가 죽을 때까지 그를 가둬 두었던
	오언 글렌다워만 아니었더라면 왕이었지.
	근데 남은 얘기로.
요크	그의 첫째 여동생 앤,
	왕위의 계승자인 내 모친은, 에드워드 3세의
	다섯째 아들인 에드먼드 랭글리의 아들인
	리처드 케임브리지 백작과 결혼했답니다.
	이 앤으로 난 왕국을 요구하며, 그녀는
	리오넬 클래런스 공작의 외동딸인
	필리페와 결혼한 에드먼드 모티머의 아들,
	마치 백작 로저의 후계자였답니다.
	그래서, 연장자의 자식이 연하에 앞서서
	계승해야 한다면 내가 바로 왕이오.
워릭	그 어떤 분명한 족보가 이보다 더 분명하죠?

30

35

40

45

50

헨리는 왕권을 존 곤트, 넷째 아들로부터,
요크는 셋째로부터 주장해요. 리오넬의 후사가   55
끊어질 때까지 곤트 쪽은 통치를 말아야죠.
그런데 아직도 안 끊기고, 당신과 아들들,
고운 그 가문의 후손을 통하여 번성하오.
그러니 아버지, 우리 함께 무릎 꿇고,

                            (그들은 무릎을 꿇는다.)

이 은밀한 곳에서 우리가 맨 먼저   60
왕권 이을 이분의 생득권을 존중하며
우리의 합법적인 군주에게 경의를 표해요.

함께   우리 군주 리처드, 잉글랜드 왕 만세!

요크   경들께 고맙소. (그들은 일어난다.)

                하지만 난 왕관을 쓴 다음
내 칼이 랭커스터 가문의 심장 피로   65
물들기 전까진 당신들의 왕은 아니랍니다.
또 그 일은 갑자기 되는 게 아니라
충고와 조용한 비밀로만 실현될 것이오.
이 위험한 시절에는 나를 따라 하시오. ─
저 서퍽 공작의 시건방엔 눈감아요,   70
보퍼트의 자만심, 서머싯의 야심과,
버킹엄과 그 일당 모두에게도 그러세요,
그들이 자기네 양치기, 고결한 왕족인
험프리 공작님을 덫으로 잡을 때까지요.
그게 그들 목표고 그들은 그것을 좇으면서   75
요크가 예언할 수 있다면, 죽을 거요.

솔즈베리   공작님, 헤어지죠. 그 마음 충분히 알았소.

워릭   이 워릭 백작은 이 요크 공작을 언젠가 왕 만들 거라고 맘속으로 확신한답니다.

요크 또한 네빌, 나도 이걸 스스로 확신하오.   80
리처드는 생전에 워릭을, 국왕을 빼놓고는
가장 큰 인물로 만들어 줄 거라고.   (함께 퇴장)

2막 3장
솔즈베리, 그리고 엘리너, 마저리 저데인, 사우스웰,

흄과 볼링브로크는 감시받으며, 등장.

국왕 나오시오, 엘리너 코범, 글로스터 부인.
하느님과 짐 앞에서 당신 죄는 큽니다.
하느님의 책에 의해 사형이 선고된
그런 죄에 해당하는 법의 심판 받으시오.
너희 넷은 여기에서 감옥으로 되돌아가   5
거기에서 처형의 장소로 향한다.
그 마녀는 스미스필드에서 화형에 처하고
너희 셋은 교수대에서 목매달릴 것이다.
마님은 보다 더 고귀하게 태어나서
살아생전 명예를 훼손했기 때문에   10
사흘의 공개 속죄 끝난 뒤에 추방되어
여기 당신 나라의 맨섬에서
존 스탠리 경의 관리 아래 살 것이오.

엘리너 추방을 환영하고, 사형도 환영했을 겁니다.

글로스터 엘리너, 당신이 보듯이 법이 판결하였소.   15

2막 3장 장소 런던, 법정.

법의 선고 받은 자를 난 옳다고 못 하오.
내 눈엔 눈물이, 가슴엔 비탄이 그득하오.

(엘리너와 다른 죄수들, 감시받으며 함께 퇴장)

아, 험프리, 늘그막의 이러한 불명예로
네 머리는 슬픔에 차 땅으로 처질 거다! —
전하께 간청컨대 떠나게 해 주십시오.   20
슬픔은 위안을, 노구는 안락을 원합니다.

국왕   잠깐만, 험프리 글로스터 공작. 가기 전에
지휘봉을 넘기시오. 헨리는 그 자신의
섭정이 될 것이오. 주님이 내 희망, 버팀목,
안내자, 내 발에게 등불이 될 것이오.   25
그러니 험프리여, 섭정 시절 못지않은
사랑을 받으면서 편안히 가십시오.

왕비   나이가 다 찬 왕이 애처럼 보호를
받아야 할 이유는 없다고 봅니다.
주님과 헨리 왕이 잉글랜드 왕국을 다스리길!   30
자, 당신의 지휘봉과 국왕 영토 넘기시오.

글로스터   지휘봉? 헨리시여, 여기요, 제 지휘봉.
부친인 헨리가 제게 줬을 때만큼 기꺼이
같은 것을 당신에게 양도하겠습니다.
또 남들이 야심 차게 받으려 하는 만큼   35
기꺼이 당신의 발아래 내려놓습니다.

(지휘봉을 내려놓는다.)

왕이시여, 안녕히. 제가 죽고 없을 때
영예로운 평화가 그 옥좌에 깃들기를.   (퇴장)

왕비   허, 이제야 헨리는 왕, 마거릿은 왕비군요.
극심한 상해 입은 험프리 글로스터 공작은   40

사람 구실 못 하고요. 일석이조랍니다.

그는 부인 추방으로 다리 하나 잘렸어요.

입수한 이 명예의 지휘봉은 　　　　(지휘봉을 집어 든다.)

　　　　　　　　　　최고로 적절한

헨리의 손, 거기에 머물게 하십시오.

서퍽　　높은 솔은 저렇게 축 처져 가지를 떨구고,　　　　　45

엘리너의 오만도 저렇게 떡잎 날 때 죽는군.

요크　　여러분, 그를 보내 줍시다. 전하께 황송하나

오늘이 그 결투를 하라고 지정된 날이고,

고소인과 피고인, 무기장과 그 하인은

시합장에 들어갈 준비를 다 갖췄으니　　　　　50

전하께선 이 싸움을 참관하러 가시지요.

왕비　　전하, 그렇게 하시죠. 그래서 전 일부러

이 고발의 결말을 보려고 궁정을 떠났어요.

국왕　　아무쪼록 시합장과 모든 걸 잘 갖춰라.

그들은 여기서 끝을 내고, 정의가 지켜지길!　　　　　55

요크　　여러분, 나는 이 고소인, 무기장의 하인보다

더 궁지에 몰렸거나 아니면 싸우기를

더 무서워하는 자를 본 적이 없답니다.

　　　　한쪽 문으로 무기장 호너와 그의 이웃들 등장.

　　그들이 그를 위한 건배를 너무 많이 해서 그는 취한 상태에서

　　고수 하나를 앞세우고 모래주머니를 매단 도리깨를 들었다.

　　　　다른 쪽 문으로 그의 하인 피터가 고수 하나와

　　모래주머니, 그리고 그에게 건배하는 도제들과 함께 등장.

이웃 1　　이보게, 이웃 사람 호너, 자네를 위해 백포도주 한잔

	을 마시겠네. 그리고 이웃은 겁내지 마, 당신은 충분 60
	히 잘할 테니까.
이웃 2	그리고 이보게, 이웃 사람, 이건 샤르네코 포도주 한
	잔이야.
이웃 3	그리고 이웃 사람, 이건 두 배로 독한 맥주 큰 잔이야.
	이거 마시고 자네 하인은 겁내지 마. 65
호너	이리 줘, 참말로, 자네들 모두에게 건배할게. 피터 이
	죽일 놈!
도제 1	이봐, 피터, 너를 위해 마실게, 그러니 두려워 마.
도제 2	이봐, 피터, 너를 위한 적포도주 한 잔이야.
도제 3	그리고 이 한 병은 내 거야. 그리고 즐거워해, 피터, 70
	네 주인 겁내지 말고. 도제들의 평판을 위해 싸우
	라고.
피터	다들 고마워. 마시고 날 위해 기도해 줘, 제발, 난 이
	세상에서 마지막 술을 마신 것 같으니까. 이봐, 로빈,
	내가 죽거든 이 앞치마 네게 줄게. 그리고 윌, 네겐 75
	망치를 넘길게. 그리고 이봐, 탐, 넌 내 돈을 다 가져.
	오, 주님, 축복해 주세요, 주님께 빕니다, 전 주인님을
	절대 상대할 수 없으니까요. 그는 이미 아주 많은 검
	술을 배웠답니다.
솔즈베리	자, 술은 그만 마시고, 주먹을 휘두르기 시작해. 이봐, 80
	네 이름은?
피터	피터요, 정말로.
솔즈베리	피터! 그리고 또?
피터	쿵탁이요.
솔즈베리	쿵탁이라고! 그럼 네 주인을 쿵탁 잘 쳐 봐. 85
호너	어르신들, 전 말하자면 제 하인의 선동 때문에 이리

로 왔고, 그는 악당이고 저는 정직한 사람이란걸 입
증하렵니다. 그리고 요크 공작님에 관해서는 목숨
걸고 어떤 나쁜 뜻도 없었다고 맹세합니다, 국왕께
도, 왕비께도 없었어요. 그러니, 피터, 내려치기 한   90
방 맞아 봐!

요크   서둘러라! 이 악당의 혀가 꼬부라지기 시작했다. 나
       팔을 올려라!   (투사들에게 경종)

                    (그들은 싸우고 피터가 호너를 쓰러뜨린다.)

호너   멈춰, 피터, 멈춰! 난 자백한다, 반역죄를 자백해.

                                              (죽는다.)

요크   그의 무기를 빼앗아라. — 이 녀석, 하느님과 또 네   95
       주인을 방해한 그 맛있는 포도주에 감사해라.

피터   (무릎을 꿇는다.)
       오, 하느님! 제가 이 어전에서 적들을 물리쳤나요?
       오, 피터, 넌 정의롭게 이겼어!

국왕   가서 저 역적을 짐의 시야 밖으로 치워라.
       그가 죽어 짐은 그가 유죄임을 알았다.   100
       그리고 부당하게 그가 살해하려 했던
       이 불쌍한 녀석의 진실과 무죄를
       신께서 정의롭게 우리에게 밝히셨다.
       자, 이 녀석,   (피터가 일어선다.)
             따라와서 보상을 받아라.

                                     (팡파르. 함께 퇴장)

글로스터와 상복 외투를 입은 그의 하인들

등장.

글로스터	때론 가장 화창한 날에도 구름이 있구나.
	그리고 여름 뒤엔 언제나 황량한 겨울이
	격노하며 살을 에는 추위와 함께 온다.
	그래서 계절 따라 근심과 환희가 그득해.
	이봐라, 몇 시냐?
하인	10시요, 주인님.
글로스터	10시는 벌 받은 내 부인이 오는 것을
	내가 지켜보기로 지정된 시간이다.
	그녀가 민감한 그 발로 돌바닥 거리를
	참고 걸어가는 건 어려울지 모른다.
	상냥한 넬, 예전에 당신이 이 거리를
	화려하게 지날 때 그 당당한 마차 바퀴 따르던
	그 비굴한 자들이 악의에 찬 표정으로
	당신 수치 비웃으며 그 얼굴 응시하는 것을
	당신의 그 고귀한 마음은 못 견딜 것이오.
	근데 잠깐, 오나 보다. 그녀의 불행을
	눈물 어린 내 눈으로 볼 준비를 해야겠다.

5

10

15

엘리너, 맨발에 몸에 흰 천을 두르고, 손에는

밀랍 초를 들고, 등에는 글귀가 적힌 종이를 붙인 채

런던의 행정관, 존 스탠리 경, 관원들, 그리고

2막 4장 장소 길거리.

하인 황송하나 그녀를 행정관에게서 빼 오겠습니다.

글로스터 안 된다, 목숨 걸고 꼼짝 마라. 가게 해 줘.

엘리너 여보, 공개된 내 수치를 보려고 오셨어요?

속죄도 하시네요. 저들이 막 응시해요!   20

들뜬 저 대중이 당신 향해 얼마나

머리 돌려 끄덕이며 눈길을 던지는지.

아, 글로스터, 그들의 미운 표정 뒤로하고

당신 방에 꼭 박혀 내 수치를 한탄하며

나와 당신 모두의 적들을 저주해요.   25

글로스터 고귀한 넬, 참아요, 이 비탄을 잊으시오.

엘리너 아, 글로스터, 나 자신을 잊는 법 가르쳐요.

난 당신의 아내이고 당신은 왕족이며

이 나라의 섭정인데, 내가 생각하는 한

난 내가 수치에 휩싸여 등에 종이 붙이고   30

내 눈물을 쳐다보고 깊은 신음 들으면서

환희하는 군중들이 뒤따르는 상태로

이렇게 끌려가선 안 된다고 생각해요.

무자비한 돌바닥이 여린 내 발 찔러서

내가 움찔할 때면 악의에 찬 사람들은   35

웃으면서, 조심해서 걸어라, 그럽니다.

아, 험프리, 내가 이 욕된 멍에 견딜 수 있나요?

당신은 내가 다시 이 세상을 바라본다거나

햇볕 쬐는 이들을 복되다 여길 거라 믿어요?

아뇨. 내 빛은 어둡고 낮은 밤이 될 것이며,   40

내 권세를 생각하면 지옥일 거예요.

나는 때로, "난 험프리 공작의 아내이고
그는 왕족이면서 이 나라의 통치자다.
근데 그는 버림받은 자기 부인인 내가
한가로이 뒤따르는 악한들 모두의   45
꼴사나운 손가락질 받고 있는 동안에도
방관한 채 통치한 왕족이다." 그러겠죠.
하지만 당신은 죽음의 도끼가 그 목을
위협할 때까지, 분명 곧 그럴 텐데, 순하게
내 수치에 붉히지도, 꼼짝도 하지 마요.   50
당신과 우리를 다 미워하는 그녀와 둘이서
뭐든지 할 수 있는 서펵과, 또 요크와,
저 불경한 가짜 신부 보퍼트가 온 숲에다
당신 날개 잡으려고 끈끈이 칠 했으니까.
그러니 아무리 잘 날아도 붙잡힐 겁니다.   55
하지만 당신 발이 걸릴 때까지는 걱정 말고
적에 대한 예방책도 절대 찾지 마세요.

글로스터 아, 넬, 그만해요! 그건 다 빗나간 추측이오.
난 죄를 지어야지 대역죄를 선고받소.
그리고 내게 적이 스무 배나 많다 해도,   60
그 각각이 스무 배의 권력을 가졌대도
내가 충성스럽고 진실하며 무죄인 한
그 모든 건 나에게 그 어떤 위해도 못 가해요.
당신을 이 불명예에서 구해 주길 바라오?
그래도 당신의 추문은 싹 씻기지 않을 테고   65
나는 법을 위반하는 위험에 처할 거요.
당신의 가장 큰 도움은 순응이오, 귀한 넬.
부탁인데, 당신의 마음을 인내에 맡기면

이 며칠의 놀라움은 빨리 사라질 거요.

전령 등장.

전령	전 각하를 다음 달 첫째 날 베리에서 열리는	70
	전하의 의회에 소환하는 바입니다.	
글로스터	그 일로 나의 사전 동의를 구한 적 없는데?	
	이것은 은밀한 거래야. 알았다, 가겠다. (전령 퇴장)	
	여보, 넬, 작별을 고하오. 그리고 행정관,	
	그녀의 속죄가 왕명을 안 넘도록 해 주게.	75
행정관	황송하나 제 임무는 여기에서 멈추고,	
	이제는 존 스탠리 경께서 그녀를	
	맨섬으로 데려가란 명을 받았습니다.	
글로스터	존 경, 자네가 부인을 여기서 호위해야 해?	
스탠리	각하, 황송하나 그 명령을 제가 받았습니다.	80
글로스터	그녀를 더 나쁘겐 대접 말게, 그 안에서	
	잘 다뤄 주기를 바라네. 세상은 다시 웃고	
	자네가 그녀에게 친절하면 나 또한 생전에	
	되갚을 수 있겠지. 그럼, 존 경, 잘 가게.	

(글로스터가 떠나기 시작한다.)

엘리너	뭐, 갔어요, 여보, 작별도 고하지 않고?	85
글로스터	내 눈물 좀 봐요, 난 남아서 말 못 하오.	

(글로스터와 하인들 함께 퇴장)

엘리너	당신도 떠났어요? 위안도 다 함께 갔네요,	
	남은 게 없으니까. 내 기쁨은 죽음이다.	
	죽음아, 네 이름에 난 자주 겁먹었어,	
	이 세상에 영원히 살길 바랐으니까.	90

스탠리, 제발 가자, 날 여기서 데려가,

어디든 상관없다, 호의를 구하지 않으니까.

오로지 명 받은 곳으로 날 데려가기만 해.

스탠리　아니, 마님, 그곳은 맨섬이랍니다,

　　　　거기에서 신분 따라 대우받을 것입니다.　　　　　　　　95

엘리너　충분히 나쁘겠지, 난 오직 불명예이니까.

　　　　그래서 불명예스러운 대우를 받을까?

스탠리　공작 부인처럼, 험프리 공작님 부인으로

　　　　그 신분에 맞추어 대우받을 것입니다.

엘리너　행정관, 잘 가게, 자네는 내 수치의　　　　　　　　　100

　　　　안내자였지만 나보다는 잘 지내게.

행정관　제 직무였으니, 마님, 용서해 주십시오.

엘리너　암, 암, 잘 가게. 자네는 직무를 다했네.

　　　　　　　　　　(행정관, 관리들 및 평민들과 함께 퇴장)

　　　　자, 스탠리, 가 볼까?

스탠리　마님, 속죄가 끝났으니 그 천은 내버리고　　　　　　105

　　　　우리의 여정에 맞는 옷을 입으러 가시죠.

엘리너　내 수치는 천과 함께 없어지진 않을 테고,

　　　　암, 나의 가장 화려한 의복에도 달라붙어

　　　　어떤 옷을 입든 간에 드러나 보일 거야.

　　　　가, 앞장서게, 내 감옥을 간절히 보고 싶네.　　　　　110

　　　　　　　　　　　　(함께 퇴장)

나팔 신호. 두 전령 뒤에 국왕, 왕비, 추기경,

서펵, 요크, 버킹엄, 솔즈베리와 워릭이 수행원들과 함께

의회 쪽으로 등장.

국왕　글로스터 경께서 안 오다니 놀랍군.

　　　그 무슨 이유로 짐을 멀리한다 해도

　　　가장 늦은 사람이 되는 건 습관이 아닌데.

왕비　당신은 변화된 그의 안색에 낀 무관심을

　　　못 보세요, 아니면 아직 관찰 못 하세요?　　　　　　　5

　　　그의 몸가짐은 얼마나 위엄이 있는지,

　　　최근엔 얼마나 시건방졌는지, 얼마나

　　　거만하고 무엄하며 그답지 않은지를.

　　　우린 그가 순하고 사근사근했던 때를 알고,

　　　만약에 우리가 좀 쌀쌀한 표정만 지으면　　　　　　10

　　　그는 바로 무릎을 꿇어서 궁정에선

　　　모두 그의 복종심에 감탄을 했었지요.

　　　하지만 지금 그를 만나 봐요, 아침에,

　　　모두가 서로에게 인사 주고받을 때,

　　　그는 눈살 찌푸리고 노한 눈을 굴리면서　　　　　　15

　　　우리에게 보여야 할 존경 표시 경멸하며

　　　뻣뻣하고 아니 굽힌 무릎으로 지나가요.

　　　작은 개는 잇몸을 드러내도 개의치 않지만

　　　사자가 으르렁거리면 큰 사람도 떠는데,

　　　험프리는 잉글랜드에서 소인이 아닙니다.　　　　　　20

3막 1장 장소　성 에드먼즈베리.

첫째 그는 혈통에서 당신과 가까워서
당신이 내려가면 올라간다는 걸 주목해요.
그래서 그가 매우 큰 원한을 품은 점과,
당신의 서거에 뒤따른 이점을 고려할 때
그가 당신 옥체의 주변을 오가거나   25
전하의 추밀원에 받아들여지는 것은
신중한 처사가 아닌 것 같습니다.
아첨으로 그는 저 평민들의 마음을 얻어서
그가 무슨 소요를 일으키고 싶어 할 때
그들이 다 그를 뒤따라갈까 봐 두려워요.   30
지금은 봄이라서 잡초는 뿌리가 얕지만
지금 그걸 버려두면 정원을 뒤덮어
못 보살핀 식물들을 질식시킬 겁니다.
전 전하를 공경하며 걱정하기 때문에
그 공작의 이 위험 요인을 모으게 됐는데,   35
그게 어리석다면 여자의 공포라 부르고,
더 나은 근거로 그 공포가 뽑힐 수 있다면
수긍한 뒤 공작을 해쳤다고 말할게요.
서픽 경, 버킹엄과 요크 경께서는
내 주장을 만약 가능하다면 반박하고,   40
아니면 내 말이 적절하단 결론을 내려요.

서픽　마마께선 이 공작을 잘 꿰뚫어 보셨어요.
그리고 제 마음을 맨 먼저 말해야 한다면
전 마마와 같은 얘기 했을 것 같습니다.
그 공작 부인은 그의 사주 받아서, 맹세코,   45
자신의 악마 같은 계략을 시작했답니다.
또는 그가 그 잘못에 관여하지 않았대도

그의 높은 혈통을 생각해 봤을 때,

그는 국왕 다음으로 계승자였으니까 —

또 자신의 고귀함을 엄청 자랑했으니까 —   50

그 미친, 머리가 돈 부인을 사악한 방법으로

정말로 선동하여 주군의 몰락을 꾀했어요.

개울이 깊은 곳엔 물이 잔잔하듯이

순진한 그의 모습 안에는 반역이 들었어요.

여우는 양을 훔치려 할 때 울지 않는답니다.   55

예, 예, 주상 전하, 글로스터는 아직도

예측 불가능하고 커다란 속임수로 꽉 찼어요.

추기경   바로 그가 경범죄에 대하여 법과 달리

이상한 사형 방법 꾸며 내지 않았나요?

요크   또한 섭정 시절에 프랑스 주둔군 급료로   60

대단히 큰 금액을 이 왕국 전역에서

거두어 놓고는 한 번도 안 보냈잖아요?

그 때문에 읍들이 매일 들고일어났죠.

버킹엄   쳇, 그런 건 매끈한 험프리 공작의 곧 드러날,

안 알려진 잘못에 비하면 작은 잘못들이오.   65

국왕   경들은 다 들으시오. 짐의 발을 찌르려는

가시를 꺾으려고 애쓰는 당신들의 마음은

칭찬받을 만하오. 근데 내 진심을 말하면,

짐의 친척 글로스터는 짐의 이 옥체에

불충한 행위를 할 뜻은 젖 빠는 양이나   70

무해한 비둘기만큼도 없는 사람입니다.

공작은 고결하고 순하며 악을 꿈꾼다거나

내 몰락을 꾀하기엔 너무 착하십니다.

왕비   아, 이러한 맹신보다 더 위험한 게 뭐죠?

비둘기 같아요? 그 날개는 빌려 왔을 뿐이에요,　　　　75
그의 마음가짐은 까마귀와 같으니까.
그가 양이라고요? 그 피부는 분명 이식됐어요,
성향은 걸신들린 늑대들과 같으니까.
속이려 든다면 형체는 누가 못 훔칩니까?
조심하세요, 전하. 우리들 모두의 안녕이　　　　80
배신하는 그 사람을 자르는 데 달렸어요.

서머싯 등장.

서머싯　자애로운 주군께선 항상 건강하시기를!
국왕　어서 와요, 서머싯 경. 프랑스 소식은?
서머싯　그곳의 영토에 대하여 가지신 권리는 다
완전히 빼앗겼고, 다 잃으셨습니다.　　　　85
국왕　우울한 소식이오. 하지만 주님 뜻에 맡길 거요.
요크　(방백)
내게도 우울하다. 프랑스를 원했던 내 맘은
비옥한 잉글랜드를 원하는 만큼 강하니까.
이렇게 내 꽃들은 피기 전에 말라 죽고
해충들이 내 잎을 먹어 치우는구나.　　　　90
하지만 난 머지않아 대책을 세우든지,
빛나는 무덤과 내 권리를 바꾸든지 할 거다.

글로스터 등장.

글로스터　저의 국왕 전하께선 항상 행복하시기를!
이렇게 오랜 지체, 용서해 주십시오.

서퍽	아뇨, 글로스터, 지금보다 더 충성 않는다면	95
	당신은 너무 일찍 왔다는 사실을 아시오.	
	난 당신을 대역죄로 여기서 체포하오.	
글로스터	글쎄, 서퍽 공작, 자네는 내가 체포당해서	
	붉어진다거나 안색이 바뀐 건 못 볼 거야.	
	아니 물든 마음은 쉽사리 기죽지 않는 법.	100
	가장 맑은 샘물도 내 주군에 맞서는 반역에서	
	내가 깨끗한 만큼 진흙이 없지는 못하네.	
	누가 날 고발할 수 있지? 어째서 유죄인가?	
요크	경께서는 프랑스로부터 뇌물을 받았고,	
	섭정으로 있으면서 군인 급료 늦추어서	105
	전하가 프랑스를 잃었다고 여겨진답니다.	
글로스터	여겨질 뿐인가? 그렇게 여기는 게 누군가?	
	난 군인들 급료를 훔친 적 절대 없고	
	프랑스의 뇌물은 단 한 푼도 안 받았다.	
	그러니 신께선 도우소서, 난 밤에도 일어나	110
	암, 밤마다 잉글랜드의 이익을 도모했으니까!	
	내가 여태 국왕에게 빼앗은 푼돈이나	
	개인적인 용도로 비축한 잔돈이 있다면	
	심판 날에 나에 맞서 내놓길 바란다!	
	아니, 난 내가 모아 둔 개인적인 자금을	115
	어려운 평민들을 쥐어짜지 않으려고	
	주둔군 여러 곳에 지불해 주었고	
	절대로 그 반환을 요구하지 않았네.	
추기경	그렇게 말 많은 게 큰 도움이 되는군요.	
글로스터	난 그저 진실을 말하니 신은 도와주소서!	120
요크	섭정 시절 당신은 범법자들에게 이상한,	

	한 번도 못 들어본 고문을 꾸며 내어	
	잉글랜드는 폭압으로 그 명예가 훼손됐소.	
글로스터	허, 잘 알려졌듯이 내가 섭정이었을 때	
	내 유일한 결점은 동정심이었네.	125
	범법자의 눈물에 난 녹아 버렸고, 그들은	
	겸손한 말로써 잘못을 속전했으니까.	
	잔인한 살인범이거나 불쌍한 나그네를	
	발가벗긴 흉악한 도둑놈이 아닌 한	
	난 절대 그들에게 지당한 벌, 안 내렸지.	130
	확실한 살인은, 그 잔인한 죄악은	
	다른 범죄들보다 더 심하게 고문했고.	
서퍽	이러한 잘못들은 하찮고 재빨리 답했지만	
	당신은 더 막중한 죄들로 고발을 당한 바,	
	거기에선 쉽사리 벗어나지 못할 거요.	135
	난 당신을 전하의 이름으로 체포하고	
	여기에서 당신을 추기경께 인도하여	
	추후 심판 때까지 감시토록 할 것이오.	
국왕	글로스터 경이여, 당신이 이 모든 의심을	
	스스로 벗기는 게 내 특별한 소망이오.	140
	내 진심은 당신이 무죄라고 말합니다.	
글로스터	아, 자애로운 전하, 위험한 시절이랍니다.	
	미덕은 더러운 야심으로 숨 막혔고	
	자선심은 분노의 손에 의해 쫓겨났죠.	
	더러운 사주가 기승을 부리고	145
	정의는 전하의 땅에서 추방됐답니다.	
	제 목숨 뺏으려는 그들의 공모를 전 아는데,	
	제가 죽어 이 섬이 행복할 수 있다면	

그래서 그들의 압제가 끝난다면
전 아주 기꺼이 제 죽음을 맞이하렵니다.   150
근데 그건 그들이 만든 극의 서막이죠.
아직도 위험을 모르는 수천 명의 죽음에도
그들이 모의한 비극은 안 끝날 테니까요.
보퍼트의 반짝이는 붉은 눈엔 악심이,
서퍽의 구름 낀 이마엔 폭풍 미움 깔렸어요.   155
날카로운 비킹엄은 맘속에 쌓아 놓은
시기심의 중압감을 혀를 통해 털어놓고,
달을 향해 손을 뻗는 개 같은 요크는
도를 넘은 그 팔을 제가 꺾어 놨는데도
거짓된 고발로 제 목숨을 겨눕니다.   160
그리고 왕비 마마, 당신은 저들과 손잡고
이유 없이 제 머리에 치욕을 올려놨고,
최상의 노력으로 제게 가장 소중한
전하 맘을 휘저어 제 적으로 만들었죠.
아, 당신들 모두는 머리를 맞대고 ―   165
당신들의 비밀 회합, 난 통지받았소. ―
모두 다 죄 없는 내 목숨 끊으려했지요.
날 규탄할 위증이나 내 죄를 부풀릴
갖가지 반역죄는 모자라지 않을 거요.
개를 때릴 막대기는 곧 찾게 된다는   170
저 옛적 속담이 잘 맞아떨어질 겁니다.
추기경   전하, 저자의 욕설은 견딜 수 없습니다.
반역의 감춰진 칼날과 역도의 격노로부터
전하의 옥체를 지키고 싶어 하는 이들은
이렇게 나무람, 꾸중과 책망을 당하는데   175

	죄인에겐 연설의 자유가 허락되면	
	전하 향한 그들의 열정은 곧 식을 것입니다.	
서퍽	그는 여기 비 마마를 굴욕적인 말로써,	
	학자처럼 숨겼지만 조롱하지 않았나요?	
	그녀가 그의 지위 꺾으려고 누구를 사주해	180
	거짓된 혐의를 맹세하게 한 것처럼?	
왕비	하지만 난 그 패자가 꾸짖게 둘 수 있소.	
글로스터	뜻밖에 썩 맞는 말씀이오. 난 정말 패했소. —	
	빌어먹을 승자 놈들, 나를 속여 먹다니!	
	그러한 패자들을 말하게 두는 건 당연하오.	185
버킹엄	그는 뜻을 비틀며 우릴 종일 잡아 둘 것이오.	
	추기경님, 그는 당신 밑으로 갈 죄수요.	
추기경	여봐라, 공작을 데려가 확실히 감시하라.	
글로스터	아, 이렇게 헨리 왕은 몸 받쳐 줄 두 다리가	
	튼튼해지기 전에 자신의 목발을 내던지네.	190
	이렇게 양치기는 그 곁에서 쫓겨나고	
	당신을 먼저 깨물 늑대들은 짖는구려.	
	아, 이것이 기우라면, 아, 그랬으면 좋겠다!	
	착하신 헨리 왕, 당신의 쇠퇴가 겁나니까.	

(글로스터, 시종들과 함께 퇴장)

국왕	경들에게 최선의 지혜로 보이는 논의를	195
	짐이 마치 여기에 있듯이 하든 말든 하시오.	
왕비	아니, 전하께선 의회를 떠나시려고요?	
국왕	맞아요, 마거릿. 내 맘은 비탄에 푹 빠져	
	그 홍수가 내 눈에서 넘치기 시작하오.	
	그리고 내 몸은 참혹함에 휩싸였소,	200
	왜냐하면 불만보다 더 비참한 게 뭐겠소?	

아, 험프리 삼촌이여, 난 당신 얼굴에서
명예, 진심, 충성의 지도를 봅니다.
그래서 험프리님, 난 당신의 불충을
찾아냈다거나 신의를 걱정한 적 없었어요.   205
근데 무슨 험한 별이 당신 지위 시샘하여
이 위대한 귀족들과 짐의 왕비 마거릿이
무해한 당신 생명 파괴하려 들지요?
당신은 이들이나 그 누구도 해친 적 없어요.
그런데도 백정이 송아지를 빼앗아   210
그 딱한 것 묶어서, 용을 쓰면 때리면서
피비린 푸줏간에 데려가듯 꼭 그렇게
그들은 가차 없이 그를 잡아 데려갔다.
그리고 그 어미는 무해한 그 어린것이
간 길을 쳐다보며 아래위로 울며 뛰며   215
옥동자 잃었다고 울부짖을 수밖에 없듯이,
꼭 그렇게 나 또한 착한 글로스터의 처지를
무익한 슬픈 눈물, 흐릿한 눈으로 통탄하고
그의 뒤를 바라보며 아무 도움 못 준다,
그의 독한 적들은 실로 막강하니까.   220
난 그의 운명에 울 테고, 신음할 때마다
'역적은 글로스터가 아니'라고 말하리라.

　　　　　　　　　　(버킹엄, 솔즈베리, 워릭과 함께 퇴장)

왕비　　귀한 경들, 찬 눈도 뜨거운 햇빛엔 녹아요.
내 남편 헨리는 큰일에는 냉담한데
어리석은 동정심은 너무 많은 나머지   225
글로스터의 겉모습에 현혹됐답니다,
애절한 악어가 심약해진 나그네를 꾀거나,

꽃피는 강둑에 똬리를 튼 뱀이
그 빛나는 줄무늬 껍질이 아름다워
멋있다 생각하는 어린이를 물듯이요.   230
정말, 아무도 나보다 더 똑똑하지 못해도 —
이런 일엔 내 머리도 괜찮다고 보는데 —
이 글로스터는 우리의 공포를 없애려면
세상에서 재빨리 없어져야 합니다.

추기경   그가 꼭 죽어야 하는 건 훌륭한 방책이나   235
우리에겐 그를 죽일 구실이 없답니다.
법에 따라 선고를 받는 게 적절하오.

서퍽   하지만 내 생각에 그것은 방책이 아니오.
국왕은 늘 그를 살리려 노력할 것이고,
평민도 아마 그를 살리려 일어날지 모르오.   240
근데 우린 그가 죽을 만하다는 근거로
사소한 의심밖엔 보여 줄 게 없답니다.

요크   그렇다고 그가 죽지 않기를 바랍니까?

서퍽   아, 요크, 나보다 더 기쁠 사람 없을 거요.

요크   (방백)
그 죽음을 바랄 이유 요크에겐 더 많아. —   245
하지만 추기경님, 그리고 서퍽 공작,
생각대로 영혼에서 우러난 말 해 보시오.
배고픈 저 솔개로부터 닭을 보호하려고
굶주린 독수리를 두는 거나, 험프리 공작을
국왕의 섭정직에 두는 거나 같지 않소?   250

왕비   그러면 불쌍한 그 닭은 분명코 죽겠죠.

서퍽   맞습니다, 마마. 그래서 여우를 양 떼의
감독관 만드는 건 미친 짓 아닙니까?

그놈이 교활한 살해자로 고발은 됐지만
그 목적은 이뤄지지 않았다는 이유로   255
유죄 판결, 하릴없이 연기해야 한다면?
안 되죠. — 그는 그 본성이 양 떼익 적으로,
험프리가 몇 가지 이유로 전하의 적으로
입증됐듯 입증된 여우니까 그의 턱이
붉은 피로 물들기 이전에 죽게 하죠.   260
또 죽이는 방법 갖고 옥신각신 맙시다.
함정이든, 덫이든, 교활한 방법이든,
자고 있든, 깨어 있든, 그가 죽기만 하면
그 방법은 상관없소. 먼저 사기 치려는 자
먼저 쓰러뜨리는 건 훌륭한 사기니까.   265

왕비   삼중으로 고귀한 서퍽이여, 단호한 말이오.

서퍽   그만큼 행하지 않으면 단호하지 못하죠,
       말은 자주 하더라도 뜻은 좀체 없으니까.
       하지만 내 언행일치를 보여 주기 위하여 —
       그 행위가 보상받을 만하고, 내 주군을   270
       그의 적으로부터 지키려는 것임을 아니까 —
       지시만 내리면 난 그의 저승사자가 되겠소.

추기경   근데 난 당신이 저승사자 되기 전에
       그가 죽어 줬으면 좋겠소, 서퍽 경.
       당신이 동의하고 그 행위를 승인하면   275
       내가 그의 암살자를 제공할 것이오.
       난 그만큼 전하의 안위를 소중히 여기오.

서퍽   악수하죠, 그 행위는 실행할 가치가 있어요.

왕비   동감이랍니다.

요크   나도. 우리 셋이 한 말이니

228   헨리 6세 2부

누가 우리 판결을 거스르든 크게 상관없어요.   280

파발꾼 등장.

파발꾼   높으신 귀족분들이여, 저는 아일랜드에서
         황급히 달려와 역도가 거기서 일어나
         칼로 잉글랜드인들을 벤다고 알려 드립니다.
         여러분, 원군을 보내어 이 폭력 사태가
         불치의 상처가 되기 전에 제때 막으십시오,   285
         아직은 초기여서 큰 도움을 줄 테니까.
추기경   재빨리 신속히 막아야 할 구멍이야! ―
         이 막중한 사태에 여러분의 조언은?
  요크   그곳의 총독으로 서머싯을 보내는 겁니다.
         운 좋은 통치자를 쓰는 게 마땅한데,   290
         그가 프랑스에서 얻었던 행운이 그 증거죠.
서머싯   요크가 자신의 무리한 방책을 다 쓰면서
         나 대신 그곳의 총독으로 있었으면
         프랑스에 그리 오래 머무르진 못했겠죠.
  요크   예, 그것을 다 잃지도 않았겠죠, 당신처럼.   295
         난 모든 걸 잃기까지 거기에 오래 남아
         불명예의 짐을 지고 고국으로 오느니
         차라리 내 목숨을 일찍 잃었을 거요.
         그 피부에 새겨진 상흔 하나 보여 줘요,
         그토록 온전한 몸으론 이긴 사람 없으니까.   300
   왕비 자, 그만, 이 불씨는 바람과 땔감으로
         그것을 키우면 격렬한 불길이 될 거예요.
         관둬요, 착한 요크. 친절한 서머싯, 조용해요.

	요크여, 당신이 그곳 총독이었더라면	
	운세가 훨씬 더 나빴을지 몰라요.	305
요크	뭐, 다 잃는 것보다? 그럼 다들 창피하길!	
서머싯	창피하길 원하는 당신을 포함하여.	
추기경	요크 경, 당신의 행운을 시험해 보시오.	
	저 무례한 아일랜드 경보병은 무장했고,	
	잉글랜드인들의 피를 섞어 진흙을 반죽하오.	310
	당신은 각 주에서 얼마씩 엄선하여	
	모집된 병사들을 아일랜드로 데려간 뒤	
	아일랜드인들에 맞서 운을 시험해 보겠소?	
요크	전하 뜻에 맞는다면 그리하겠습니다.	
서퍽	그야, 우리의 재가가 그분의 동의이고,	315
	우리가 뭘 비준하면 그분이 확인하오.	
	그러니, 요크 경, 이 당면 과제를 맡아요.	
요크	좋습니다. 여러분, 내가 내 개인 일을	
	처리하는 동안에 군인들을 조달해 주시오.	
서퍽	요크 경, 그 지시가 꼭 실행되게 하겠소.	320
	그럼 이제 저 거짓된 험프리로 돌아가죠.	
추기경	그 얘긴 관두지요. 그가 우릴 앞으로 더	
	괴롭히지 않도록 내가 처리할 테니까.	
	그러니 중단하죠, 날이 거의 저물었소.	
	(방백) 서퍽 경, 그 안건을 나와 꼭 애기해야 하오.	325
요크	서퍽 공작, 난 십사 일 안으로 군인들을	
	브리스틀 그곳에서 기다릴 것입니다.	
	거기에서 다 싣고 아일랜드로 갈 테니까.	
서퍽	정확히 그리되게 하겠소, 요크 공작.	

(요크만 남고 다 퇴장)

요크　　요크여, 지금이야말로 두려운 네 생각을　　　　　　　　330
　　　　쇠처럼 벼리고 불신을 결심으로 바꿔라.
　　　　희망하는 존재가 못 된다면 현재의 널
　　　　죽음에게 넘겨줘라, 즐길 가치 없으니까.
　　　　창백한 얼굴의 공포는 천한 놈과 함께 살고
　　　　왕다운 마음에는 깃들지 못하게 해.　　　　　　　　335
　　　　생각은 봄의 소나기처럼 빠르게 이는데
　　　　그 모두가 오로지 옥좌 생각뿐이구나.
　　　　내 두뇌는 일하는 거미보다 더 바쁘게
　　　　적들을 붙잡을 덫 힘겹게 짜고 있다.
　　　　그래, 그래, 귀족들아, 병사들을 딸려서　　　　　　340
　　　　나를 후딱 보내는 건 정략적이었어.
　　　　근데 난 당신들이 언 뱀을 가슴으로 녹여서
　　　　그것이 당신들의 심장을 물까 봐 걱정돼.
　　　　난 병사가 없었는데 당신들이 주겠다니
　　　　흔쾌히 받겠지만, 날카로운 무기를　　　　　　　　345
　　　　광인 손에 쥐여 줬다는 건 확실히 알아 둬.
　　　　난 아일랜드에서 강병을 기르는 동안에
　　　　만 명의 영혼을 천국이나 지옥 보낼
　　　　시커먼 폭풍을 잉글랜드에서 일으킬 텐데,
　　　　이 무서운 태풍은 내 머리 위쪽의 금관이　　　　　350
　　　　저 영광스러운 태양의 투명한 빛처럼
　　　　광기로 생겨난 이 폭우의 격노를
　　　　잠재울 때까지 광분을 멈추지 않을 거다.
　　　　그리고 난 내 의도를 실행해 줄 사람으로
　　　　애시포드의 존 케이드,　　　　　　　　　　　　　355
　　　　고집불통 켄트인을 유혹해 두었는데

그는 존 모티머란 호칭을 쓰면서 소동을
가능한 한 아주 크게 일으킬 것이다.
나는 아일랜드에서 이 뻣뻣한 케이드가
한 무리의 경보병에 홀로 대항하면서   360
자기 넓적다리가 화살 맞아 뾰족한 깃털의
호저처럼 될 때까지 싸우는 걸 보았다.
그러다가 결국 구조되었을 때 난 그가
피 묻은 화살들을 격렬한 모리스 춤꾼이
종 흔들듯 흔들며 뛰노는 걸 보았다.   365
그는 정말 여러 번 텁수룩한 머리의
교활한 경보병 차림으로 적군과 대화했고,
발각되지 않은 채 나에게 되돌아와
그들의 악행을 통지해 주었다.
이 악마가 여기에서 내 대리가 될 거다,   370
지금은 죽고 없는 존 모티머 그 사람을
얼굴과 걸음걸이, 말씨에서 꼭 닮았으니까.
이로써 난 민심을, 요크가의 요구가
얼마나 예쁨을 받는지 파악할 것이야.
그가 잡혀 형틀에서 고문당한다고 치자,   375
난 그가 그 어떤 고통에도 내 사주로
무기 들게 됐단 말은 않을 줄로 알고 있다.
그가 번성한다고 치자, 꼭 그럴 것 같은데,
그럼 난 아일랜드에서 군대를 데리고 와
그 악한이 뿌린 씨의 수확물을 거둘 거야.   380
험프리가 죽은 뒤엔, 그렇게 될 테지만,
또 헨리를 치운다면 그다음 차례는 나니까.   (퇴장)

3막 2장

두세 명의 자객이 험프리 공작을 살해한 뒤

무대를 가로질러 뛰면서 등장.

자객 1   서퍽 경께 달려가 알려 드려, 우리가

　　　　명령받은 그대로 공작을 해치웠노라고.

자객 2   오, 안 했으면 좋았을걸! 우리가 뭘 했지?

　　　　이토록 뉘우치는 사람 얘기 들어 봤어?

서퍽 등장.

자객 1   경께서 오셨어.　　　　　　　　　　　　　　5

　서퍽　그런데 자네들, 그 일을 해치웠어?

자객 1   예, 어르신, 그는 죽었습니다.

　서퍽　그래, 잘했다. 너희는 내 집에 가 있어라,

　　　　내가 이 대담한 행위를 보상해 줄 것이다.

　　　　국왕과 귀족들이 근처에 다 와 있다.　　　10

　　　　침대는 깔끔하게 만져 놨어? 모든 것을

　　　　내가 지시한 대로 완전하게 해 놨어?

자객 1   예, 어르신.

　서퍽　물러가라!　　　　　　　　　　(자객들 퇴장)

나팔 소리. 국왕, 왕비, 추기경, 서머싯, 수행원들과

함께 등장.

3막 2장 장소 추기경 집의 방 안.

국왕	바로 가서 숙부님을 짐 앞으로 불러오라.	15
	짐이 오늘 공작님을 공포된 바와 같이	
	유죄인지 아닌지 심문할 거라고 말하라.	
서퍽	주상 전하, 제가 곧장 불러오겠습니다.	(퇴장)
국왕	경들은 앉으시오. 모두에게 부탁인데,	
	짐의 숙부 글로스터에 대한 소송을	20
	믿을 만한 참증거로 그 모의가 유죄로	
	입증되는 것보다 더 엄격히는 진행 마오.	
왕비	하느님, 악심이 우세하여 고귀한 사람이	
	과실 없이 유죄 판결 안 받도록 하소서!	
	그가 자기 의혹을 벗도록 해 주소서!	25
국왕	고맙소, 메그. 매우 만족스러운 말이오.	

서퍽 등장.

	웬일이오? 왜 창백해 보이오? 왜 떨어요?	
	숙부는 어디 있소? 무슨 일이오, 서퍽?	
서퍽	자다가 죽었어요, 전하. 글로스터가 죽었어요.	
왕비	저런, 하나님 맙소사!	30
추기경	신의 비밀 심판이군. 지난밤 제 꿈에서	
	공작은 벙어리로 한마디도 못 했어요.	

(국왕이 기절한다.)

왕비	어떠세요, 전하? 도와줘요, 국왕이 죽었소!	
서머싯	몸을 일으킨 다음 코를 쥐어짜십시오.	
왕비	뛰어, 가, 도와줘! 오, 헨리, 눈을 떠요!	35
서퍽	소생하고 계십니다. 마마, 진정하십시오.	
국왕	오, 하느님!	

왕비	주상 전하, 괜찮으십니까?
서퍽	주군께 위로를! 자애로운 헨리께 위로를!
국왕	뭐라고, 서퍽 경이 나를 위로한다고?

좀 전에 그가 와서 까마귀 노래 불러   40

그 우울한 가락으로 내 활력을 앗아 갔소.

근데 그가 굴뚝새 울음으로 위로를

텅 빈 그 가슴으로부터 외친다고 해서

첫 소리의 느낌을 지울 수 있다고 생각하오?

그러한 감언으로 너의 독을 숨기지 마.   45

그 손 내게 대지 마라. — 금하란 말이다!

나는 그 촉감이 독사의 독니처럼 무섭다.

이 악독한 전령아, 내 눈에서 사라져라!

네 눈알 위에는 살인적인 폭군이

무섭게 당당히 앉아서 이 세상을 겁준다.   50

날 쳐다보지 마라, 네 눈은 상처를 주니까.

그래도 가 버리지는 마라. 자, 닭뱀이여,

죄 없는 응시자를 눈총 쏴서 죽여라.

글로스터가 죽었으니 난 죽음의 그늘에선

환희를, 삶에선 이중의 죽음만 찾을 테니.   55

왕비	왜 당신은 서퍽 경을 이렇게 욕하시죠?

이 공작은 그의 적이었지만 그는 정말

기독교인답게 이 죽음을 애통해합니다.

저 또한 비록 그가 저의 원수였지만

그 생명을 눈물이나, 마음 아픈 신음이나,   60

52행 닭뱀 뱀이 품은 수탉의 알에서 나왔다는 전설적인 독사의 왕, 응
시해서 사람을 죽이는 힘이 있었다고 한다. (아든)

피 먹어 치우는 한숨으로 되부를 수 있다면

전 울어서 눈멀고, 신음으로 아파하고,

피 말리는 한숨으로 앵초처럼 창백해지면서

모든 일을 그 공작님 살리려고 할 겁니다.

세상이 절 어떻게 여길지 제가 어찌 압니까?   65

우리는 허울뿐인 친구로 알려져 있으니까

제가 이 공작을 없앴다고 판결할 수도 있죠.

그럼 제 이름은 비방의 혀로부터 상처 입고,

군주들의 궁정엔 제 악평이 꽉 차겠죠.

그가 죽어 전 이걸 얻어요. 아, 불운한 나!   70

왕비가 되었는데 오욕의 관을 쓰다니.

국왕   아, 슬프다, 글로스터, 비참한 사람이여!

왕비   그보다 더 비참한 저를 슬퍼해 주세요.

아니, 등을 돌려 얼굴을 숨기시렵니까?

전 역겨운 문둥병자 아녜요. — 절 보세요!   75

아니? 당신도 독사처럼 귀머거리 됐나요?

그 독으로 버려진 이 왕비도 죽이세요.

당신의 위로는 다 글로스터 무덤에 갇혔어요?

그럼 왕비 마거릿은 기쁨 준 적 없었군요.

그의 동상 건립하여 그것을 숭배하고   80

제 초상은 선술집 표시로만 쓰십시오.

이러려고 제가 저 바다에서 난파할 뻔하고,

두 번이나 역풍 맞아 잉글랜드 해안에서

태어났던 나라로 다시 밀려갔었나요?

그 전조의 의미는, 올바로 경고하는 바람이   85

"전간 집 찾지 말고 불친절한 이 해안엔

발도 딛지 마라."라고 말해 준 게 아닐까요?

그때 전 그 친절한 돌풍과, 청동 굴 밖으로
바람을 풀어서 복 받은 잉글랜드 해안으로
불게 한다거나 무서운 바위 위로   90
우리 고물 돌리게 한 그를, 저주만 했어요.
그러나 아이올로스는 살인자가 안 되려고
그 미운 임무를 당신에게 남겨 줬답니다.
재주껏 널뛰던 바다는 당신이 절 뭍에서
바다처럼 짠맛 나는 불친절의 눈물로   95
익사시킬 줄 알고 절 익사시키길 거부했죠.
배 쪼개는 바위도 꺼지는 모래 속에 움츠리며
그 거친 옆구리로 절 때리려 안 했어요,
그보다 더 단단한 당신의 부싯돌 마음이
궁중에서 마거릿을 없앨 수 있으니까.   100
우리가 태풍으로 당신의 해안에서 내쫓길 때
전 폭풍우 속에서 갑판 위에 선 채로
당신의 백악 절벽 가능한 한 오래 봤고,
당신 땅의 모습을 막 응시하던 내 시력이
어스레한 하늘 땜에 꺼지려 했을 때   105
전 목에서 값비싼 보석 하나 뜯어내어 —
금강석 테두리의 심장 모양이었는데 —
당신 땅 쪽으로 던졌죠. 바다가 받았고,
전 그렇게 당신 몸이 제 심장 받기를 바랐죠.
바로 그때 전 고운 잉글랜드의 모습을 잃었고,   110
제 눈에게 심장과 둘이서 짐 싸라고 하면서
원했던 앨비언의 해변을 못 보게 한 죄로

91행 그 다음 행(92)에 언급된 아이올로스, 바람의 신.

그것을 막히고 탁한 유리창이라 불렀어요.
저는 참 여러 번 서퍽의 혀를 유혹했었죠. —
당신의 그 괴씸한 변덕의 대리인에게 —   115
아스카니우스가 불타는 트로이에서 시작된
아버지의 행동을 미쳐 가는 디도에게
털어놨을 때처럼 앉아서 제 혼을 빼라고!
제 혼도 뽑힌 거 아녜요? 당신도 거짓되고?
아 이런, 더는 말 못 한다! 죽어라, 마거릿!   120
헨리는 네가 참 너무 오래 산다고 우니까!

안에서 소리. 워릭, 솔즈베리와 다수의 평민 등장.

워릭   막강한 군주시여, 험프리 공작님이
서퍽과 추기경 보퍼트에 의하여
무참히 살해됐단 보고가 있습니다.
평민들은 자기네 지도자를 잃어버린   125
벌 떼처럼 화가 나서 아래위로 흩어지며
복수 삼아 누구든 상관없이 찌릅니다.
그들이 그 죽음의 정황을 듣게 될 때까지
제가 그 성마른 폭동을 진정시켰습니다.

국왕   죽은 건, 착한 워릭, 정말로 사실이네.   130
하지만 그 방법은 헨리 아닌 신만이 아시네.
그의 방에 들어가 숨 멎은 시신을 본 다음
그 돌연한 죽음에 대하여 소견을 말하게.

116행 아스카니우스
아이네이아스의 아들로 큐피드는 그의
몸을 빌려 카르타고의 여왕 디도에게 자
기 아버지의 영웅적인 얘기를 해 주는 것
으로 그녀를 매혹시켜 그와 사랑에 빠지
게 만들었다. (RSC)

워릭　예, 전하. 솔즈베리, 제가 돌아올 때까지

그 거친 군중과 함께 남으십시오.　　　　　　　135

　　　　　　　(워릭, 평민들을 거느린 솔즈베리, 각각 퇴장)

국왕　오, 만물의 심판관님, 제 생각을 누르소서.

제 생각은 어떤 손이 험프리의 생명에

폭력을 썼다고 제 영혼을 설득 중이랍니다.

제 의심이 틀렸다면 용서하십시오, 주님,

그 판단은 오로지 당신만의 것이니까.　　　　　140

전 창백한 그 입술에 기꺼이 다가가

이 만 번의 키스로 그것을 데우고,

그 얼굴에 짠 눈물의 바다를 쏟으면서

말 없고 귀먹은 그 몸에 제 사랑을 전하고

무감각한 그 손을 제 손으로 느끼고 싶지만　　　145

이런 모든 저급한 상례는 다 헛됩니다.

죽어서 흙이 된 그 모습을 살피는 것 또한

제 슬픔을 더 키우는 일 아니고 뭐지요?

침대가 나온다. 워릭 등장.

워릭　주상 전하, 이리 와서 이 주검을 보십시오.

　　　　　(커튼을 걷고 침대에 누운 글로스터를 보여 준다.)

국왕　그건 내 무덤이 얼마나 깊은지 보는 거네.　　　150

지상의 내 위안은 다 그의 혼과 함께 졌고,

그를 보면 죽음 속의 내 삶이 보이니까.

워릭　제 영혼이, 아버지 하느님의 격노하신 저주에서

우릴 풀어 주려고 우리의 처지를 받아들인

저 지엄한 왕과 함께 살고자 하는 만큼 분명히　　155

난폭한 손들이 삼중으로 유명한 이 공작의
생명을 덮쳤다고 저는 정말 믿습니다.

서펵   엄숙한 언어로 맹세한 무서운 서약이군!
워릭 경의 맹세를 입증할 증거는 뭣인가?

워릭   이 얼굴에 피가 어찌 엉겼는지 보십시오.   160
자연사한 시체를 제가 자주 봤는데,
잿빛에다 변변찮고 창백하며 핏기 없죠.
피는 다 죽음과 사투를 벌이면서 애쓰는
심장으로, 적에 맞설 지원군을 모으는
그곳으로 내려갔기 때문인데, 거기 가면   165
심장과 함께 식어 다시는 뺨을 붉힌다거나
아름답게 만들려고 못 돌아간답니다.
근데 봐요, 이 얼굴은 검은 피 가득하고,
눈알은 살았을 때보다 더 튀어나왔고,
목 졸린 자처럼 대단히 섬뜩하게 응시하며,   170
곤두선 머리칼에 콧구멍은 분투로 늘어졌고,
이 두 손은 생명을 붙잡아 당기다가
힘에 굴복한 것처럼 넓게 쫙 퍼졌어요.
보시오, 시트에 머리칼 붙은 거, 보이죠.
잘 다듬은 수염은 태풍으로 쑥대밭 된   175
여름의 밀처럼 거칠고 헝클어졌어요.
여기에서 암살됐을 수밖에 없으며
이것들 중 최소한의 증거로도 충분하오.

(그는 커튼을 닫는다.)

서펵   아니, 워릭, 공작을 누가 죽게 만들었나?
나 자신과 보퍼트는 그를 보호 중이었고,   180
그래서 우리는 살인자가 아니길 바라네.

워릭	근데 둘은 험프리 공작의 철천지원수이고,
	당신은, 참말로, 착한 그 공작을 보호했소.
	친구처럼 그를 대접하지는 않았을 것 같고
	그가 적을 발견했다는 건 분명하답니다.

185

왕비	그러면 당신은 이 귀족들이 험프리 공작의
	때 이른 죽음에 유죄라고 의심한단 말이오?

워릭	죽은 암송아지가 새롭게 피 흘리고
	바로 곁에 도끼 든 백정이 있는 걸 본다면
	그가 살육자란 걸 누가 의심 않겠어요?

190

	수리의 둥지에서 메추리를 발견하면
	솔개가 피 안 묻힌 부리로 날아오르더라도
	그 새가 죽은 방법 누가 상상 못 합니까?
	꼭 그렇게 이 비극도 수상쩍습니다.

왕비	서퍽, 당신이 그 백정이오? 칼은 어디 있지요?

195

	보퍼트가 솔개라고? 그 발톱은 어디 있지?

> (침대를 밖으로 내간다. 추기경, 서머싯과
> 나머지 사람들 함께 퇴장)

서퍽	잠자는 이들을 도륙할 칼은 내게 없지만
	복수하는 칼은 여기 편안히 녹스니까
	선홍빛 살인의 휘장으로 나를 중상하는 자의
	앙심 품은 심장으로 그걸 윤낼 것이오.

200

	감히 대들겠다면, 오만한 워릭셔 경,
	험프리 공작의 죽음은 내 죄라고 말하라.

워릭	거짓된 서퍽이 대들면 워릭은 뭘 못 할까?

왕비	서퍽이 그에게 2만 번을 대들어도
	불손한 그의 마음 안 수그러들 것이고

205

	무례한 그 혹평도 멈추지 않겠지요.

워릭	마마, 존경 삼아 말하건대 조용히 하시죠.	
	그의 편을 들면서 하시는 말 모두가	
	왕비의 품위 깎는 중상이니까요.	
서퍽	머리 둔한 귀족아, 네 행실은 야비하다!	210
	부인이 남편을 대단히 욕보인 적 있었다면	
	네 어미는 용감하고 무식한 촌놈 하나	
	비난받을 침대로 끌어들여 고귀한 그 혈통에	
	능금 가지 접붙였고, 그 열매인 너는	
	저 네빌의 고귀한 혈족이 절대로 아니다.	215
워릭	살인죄가 널 보호해 주는 게 아니라면,	
	또 내가 망나니의 보수 뺏고, 그리하여	
	만 가지 네 수치를 없애 주는 게 아니라면,	
	또 내가 주군이 계셔서 순한 게 아니라면	
	난 거짓된 흉악한 겁보인 네가 그 무릎 꿇고	220
	네가 했던 말에 대해 용서를 구하게,	
	네가 뜻한 사람은 네 어미였고 너 자신이	
	사생아로 태어난 거라고 말하게 만들겠다.	
	그리고 너의 이 소심한 굴종이 끝나면	
	죗값 주어 네 영혼을 지옥으로 보내겠다,	225
	자는 사람 피 빠는 이 사악한 흡혈귀야!	
서퍽	네가 감히 어전 떠나 나와 함께 가겠다면	
	깨 있는 상태에서 피 흘리게 해 주마.	
워릭	바로 지금 안 간다면 내가 널 끌고 간다.	
	넌 상대할 가치도 없지만 난 그리해서	230

217행 내가…뺏고 내가 너를 망나니 대신 직접 죽여 그가 받을 사례금을 가로채고.

험프리의 혼령에게 예의를 좀 표하겠다.

(서퍽과 워릭 함께 퇴장)

국왕   무구한 마음보다 더 강한 흉갑이 있는가?

정의롭게 싸우는 자, 삼중으로 무장했다.

그렇지만 양심이 부정의로 부패한 자,

철갑을 둘렀어도 벌거벗었을 뿐이다.   235

(안에서 소리. 평민들이 외친다. "서퍽을 무찔러라!")

왕비   이게 무슨 소리냐?

서퍽과 워릭, 칼을 뽑아 들고 등장.

국왕   아니, 경들, 웬일이오? 여기 짐의 면전에서

격노한 칼 뽑다니? 그토록 과감하오?

허, 여기에 이 무슨 떠들썩한 소란인가?

서퍽   역심 품은 워릭이 버리의 읍민들을 데리고   240

저를 습격합니다, 막강하신 주상 전하.

솔즈베리, "서퍽을 무찔러라! 서퍽을 무찔러라!"라고

다시 외치는 평민들을 뒤로하고 등장.

솔즈베리   (들어오려 하는 평민들에게)

물러서라. 국왕께 너희 마음 전할 테니. ―

지엄하신 전하, 평민들이 저에게 말하기를

서퍽 경을 곧 바로 사형에 처하거나

이 고운 잉글랜드 영토에서 추방하지 않으면   245

그를 이 궁정에서 사납게 끌어내어

심하게 늘어진 죽음으로 고문하겠답니다.

그들은 험프리 공작님은 그에 의해 죽었고
그래서 전하의 죽음도 걱정된다 하면서
순전히 사랑과 충성의 본능으로,   250
전하 뜻에 반한다고 여겨지는 것처럼
완고하게 맞서려는 의도는 전혀 없이,
이렇게 그의 추방 간절히 원합니다.
그들은 당신의 가장 귀한 옥체를 염려하며,
만약에 전하께서 주무실 작정으로   255
누구도 당신의 불쾌 또는 목숨 걸고
그 휴식을 방해하지 말 것을 명했는데,
그런데 그 엄한 칙령에도 불구하고
뱀 하나가 갈라진 혓바닥을 내밀고
전하 향해 음흉하게 기어가는 게 보이면,   260
그 위험한 수면을 방치하여 그 잠이
그 치명적 독사 땜에 영원하지 않도록
당신을 깨울 수밖에 없다고 말합니다.
그래서 그들은 당신이 금해도 외칩니다,
거짓된 서퍽 같은 사나운 뱀들로부터   265
원하시든 안 하시든 당신을 보호하겠다고,
그자보다 스무 배나 가치 있는 당신의
사랑하는 삼촌이 치명적인 그 독니에
욕되게 목숨을 잃었다고 하면서요.

평민들   (안에서)

솔즈베리 경께선 왕의 답을 받으시오!   270

서퍽   거칠고 세련 안 된 평민들은 군주에게
그런 전갈 보낼 수 있었을 것 같군요.
근데 백작 당신은 당신이 얼마나 교묘한

	연사인지 보이려고 기꺼이 이용당했군요.	
	하지만 솔즈베리가 얻게 된 명예는	275
	그 자신이 땜장이 떼거리가 왕께 보낸	
	대사님이었다는 사실이 전부군요.	
평민들	(안에서)	
	왕의 답이 없으면 우린 다 쳐들어갑니다!	
국왕	솔즈베리, 나가서 내 말을 다 전하시오,	
	난 그들의 애정 어린 걱정에 고맙고	280
	그렇게 재촉받지 않았다 하더라도	
	그들이 간청하는 그대로 할 작정이었다고.	
	분명코 난 마음속으로 서퍽이 가져올	
	이 나라의 불운을 매시간 예언하오.	
	그래서 난 하늘의 전하 걸고, 그분의	285
	대단히 가치 없는 대리로서 맹세컨대,	
	그는 이 공기를, 사형을 조건으로,	
	사흘만 더 숨 쉬며 오염시킬 것이다. (솔즈베리 퇴장)	
왕비	오, 헨리, 고귀한 서퍽을 제가 변호할게요!	
국왕	서퍽을 고귀하다 말하는 무례한 왕비여!	290
	관두시오, 당신이 그를 변호한다면	
	내 격노는 더 커져 늘어날 뿐일 거요.	
	난 말만 했어도 약속을 지켰을 것이오,	
	하지만 맹세할 때 그것은 돌이킬 수 없소.	
	사흘의 시간 뒤에 네가 내 통치하의	295
	그 어느 땅에서든 발견되면 이 세상도	
	너의 목숨 구하는 몸값은 못 될 거다.	
	자, 워릭, 갑시다. 워릭 경, 함께 가요.	
	당신에게 알려 줄 큰일이 있답니다.	

(왕비와 서퍽만 남고 모두 퇴장)

| 왕비 | 불운과 슬픔이 당신과 함께 가길! | 300 |

마음속의 불만과 심술궂은 고통이

당신과 동행하는 놀이 친구 돼 주기를!

그게 두 친구인데, 악마가 셋째라면

삼중의 복수가 당신을 시중들 거예요.

서퍽   고귀하신 왕비여, 그런 악담 멈추고   305

당신의 서퍽이 슬픈 작별 하게 해요.

왕비   쳇, 겁쟁이 여자와 마음 여린 사내로군!

당신은 적들을 저주할 기개도 없나요?

서퍽   역병에 걸릴 놈들! 그들을 왜 저주해야죠?

저주로 독 인삼의 신음처럼 죽일 수 있다면   310

난 그만큼 매섭게 파고드는, 저주받은,

듣기에 거칠고 끔찍한, 꽉 다문 내 잇새로

강력하게 전달되는, 치명적인 미움의

수많은 증거로 가득한, 역겨운 동굴 속의

얼굴 여윈 시샘 같은 말들을 지어낼 것이오.   315

내 혀는 최고로 진지한 말 하다가 꼬이고

내 눈은 부시 맞은 부싯돌처럼 반짝이며,

머리칼은 넋 나간 사람처럼 곤두서고,

예, 관절은 다 저주하고 욕하는 것 같겠죠.

무거운 내 심장도 내가 저주 안 하면   320

당장 터질 겁니다. 그들 음료, 독이 되라!

저 담즙, 담즙보다 더 쓴 게 가장 맛있어라!

편백 숲이 그들의 가장 좋은 그늘 되고,

323행 편백   무덤가에 자주 심는 나무로 죽음과 연관되었다. (RSC)

246   헨리 6세 2부

첫째가는 볼거리는 살인하는 닭뱀이며,
그들이 쓱 닿으면 도마뱀의 침처럼 아파라.　　　　325
그들 음악, 뱀의 쉭쉭 소리처럼 무섭고
불길한 올빼미가 그 악단을 꽉 채워라!
시커먼 지옥에 자리한 더러운 공포는 다 —

왕비　됐어요, 서퍽님. 당신은 자신을 고문하고
이 무서운 저주는 거울에 부딪힌 해처럼,　　　　330
과하게 장전한 대포처럼 반동하여
그 힘을 당신에게 되돌리고 있어요.

서퍽　욕하라고 해 놓고 관두라고 할 겁니까?
자, 난 내가 추방된 이 땅에 맹세코,
매서운 추위로 아무 풀도 못 자라는　　　　335
산꼭대기 위에서 벌거벗고 서 있어도
그것을 일 분간의 장난일 뿐이라 여기면서
저주로 겨울밤을 지새울 수 있답니다.

왕비　오, 간청컨대 멈추세요. 그 손을 이리 줘요,
애도하는 내 눈물로 적실 수 있게끔.　　　　340

　　　　　　　　　　　　(그의 손에 키스한다.)

그리고 저 하늘의 빗물도 이곳을 적시어
비통한 내 기념물을 씻어 버리지 마라.
오, 이 키스가 당신 손에 새겨지고
당신 위해 천 번의 한숨을 내쉬던 내 입술,
당신이 떠올릴 수 있었으면 좋겠어요.　　　　345
그럼 가요, 내가 내 비탄을 알 수 있게,
난 그걸 궁핍을 예상해 과식하는 자처럼
당신이 곁에 서 있는 한 추측만 하니까.
난 당신을 소환할 거예요, 아니면 분명코

나 스스로 추방되는 모험을 할 거예요.   350
나도 추방됐어요, 당신으로부터지만.
가세요, 내게 말 걸지 말고, 지금 당장!
오, 가지 마요. 선고받은 두 친구는
꼭 이렇게 포옹, 키스, 천 번의 작별 하며
죽기보다 백배나 더 헤어지길 혐오해요.   355
하지만 잘 가요, 생명도 더불어 잘 가라.

서퍽   이렇게 불쌍한 서퍽은 열 번 추방당했다.
한 번은 왕에게, 아홉 번은 당신에게.
당신이 없는 나라, 난 바라지 않아요.
서퍽은 하늘 같은 당신과 함께라면   360
황야라도 충분히 인구 많은 곳이니까.
당신이 있는 곳엔 세상 그 자체가,
세상 쾌락 각각이 다 함께 있으니까.
그런데 당신이 없는 곳은 황량하오.
더는 말 못 하오. 당신 삶을 즐기며 살아요,   365
난 당신이 산 것 빼면 아무 기쁨 없답니다.

복스 등장.

왕비   복스는 어딜 그리 빨리 가? 무슨 소식이라도?
복스   보퍼트 추기경이 죽기 직전이라는 걸
전하께 알려 드리려고 가는 길입니다.
갑자기 대단한 중병이 그를 덮쳐   370
숨을 헐떡거리고 응시하며 허공을 붙잡고
신을 모독하면서 인간을 저주하십니다.
그는 때로 험프리 공작의 혼령이 마치 곁에

온 것처럼 말하고 때론 왕을 부르며,
자신의 과하게 누적된 영혼의 비밀을   375
베개에게 속삭여요, 그게 마치 그란 듯이.
그래서 전 전하께 그가 방금 큰 소리로
그를 찾고 있다는 말씀을 드리려 갑니다.

왕비   가서 이 무거운 전갈을 국왕께 전하게. ─   (복스 퇴장)
아! 이 무슨 세상이죠? 이 무슨 소식이죠?   380
근데 난 내 영혼의 보배인 서퍽의 유배는 빼놓고
이 시각의 불쌍한 상실에 왜 비탄하지요?
나는 왜 서퍽, 당신만을 애도하지 않으면서
남쪽의 구름들과 눈물로 다투죠, 그들 것은
이 땅의, 내 것은 슬픔의, 증식을 위한 건데?   385
자, 떠나요. 국왕은 알다시피 오고 있고
당신은 내 곁에서 발견되면 죽을 뿐이에요.

서퍽   난 당신을 떠나가면 못 살고, 당신이
보는 데서 죽는 건 당신 무릎 위에서
유쾌하게 잠자는 게 아니고 뭐겠어요?   390
난 여기서 내 영혼을, 입술에 어미젖을
문 채로 죽어 가는 요람 속 아기처럼
순하고 부드럽게 허공으로 날릴 수 있어요.
반면에 당신을 못 보면 난 광분할 테고,
당신 찾아 외칠 거요, 내 눈 감겨 달라고,   395
당신이 그 입술로 내 입 막게 하려고.
그러니 당신은 날아가는 내 영혼 돌리든지
아니면 내가 그걸 당신 몸에 불어넣죠,
그럼 그건 아름다운 천국에 살 겁니다.
당신 곁에서 죽는 건 장난삼아 죽는 거고   400

떠나서 죽는 건 죽음보다 심한 고문일 거요.
오, 무슨 일이 일어나든 날 남게 해 줘요!

왕비 이별은 뼈를 깎는 약방문이지만
치명적인 상처에는 처방이 된답니다.
프랑스로, 서픽님! 소식 듣게 해 줘요. 405
당신이 이 세상 지구 위 어디에 있든 간에
난 당신을 찾아낼 무지개를 부를게요.
어서 가요!

서픽　　　　　　갑니다.

왕비　　　　　　　　　　내 심장도 가져가요.

(그녀가 그에게 키스한다.)

서픽 그것은 여태껏 가치 있는 물건을 담은 중
가장 슬픈 상자 속에 잠가 둔 보석이오. 410
우린 꼭 쪼개진 배처럼 갈라지는군요.
난 이쪽 죽는 길로. (한쪽 문으로 퇴장)

왕비　　　　　　　　내 갈 길은 이쪽이오.

(다른 쪽 문으로 퇴장)

3막 3장

국왕, 솔즈베리와 워릭, 침대에 누워서 미친 것처럼
헛소리하며 응시하는 추기경 쪽으로 등장.

국왕 어떠세요? 주군에게 말해 봐요, 보퍼트.

추기경 그대가 죽음의 신이라면 잉글랜드의 보물을,

3막 3장 장소　추기경 집의 침실.

	이런 섬을 또 하나 살 만큼 충분히 주겠소.	
	그러니 날 살려 아픔을 못 느끼게 해 줘요.	
국왕	아, 죽음의 접근이 이토록 끔찍해 보이다니	5
	이 얼마나 악한 삶을 살았다는 표시인가!	
워릭	보퍼트, 당신의 주군께서 말씀하십니다.	
추기경	당신이 원하실 때 나를 심판해 주시오.	
	침대에서 그가 죽지 않았소? 어디서 죽어야죠?	
	사람들을 내 맘대로 살릴 수 있나요?	10
	오, 더는 고문 마십시오! 자백할 것이오.	
	되살아났다고요? 그럼 그를 보여 줘요.	
	천 파운드 내고라도 그를 쳐다보겠소.	
	그에겐 눈이 없소, 흙이 되어 볼 수 없소.	
	그 머리를 빗겨요. 저 봐, 저 봐, 곧추섰어,	15
	날짐승 잡으려 꽂아 둔 끈끈이 가지 같아!	
	마실 것 좀 주고, 약사에게 명하여	
	내가 사 놓았던 맹독을 가져오게 하시오.	
국왕	(무릎을 꿇는다.)	
	오, 하늘을 영원히 움직이는 분이시여,	
	이 불쌍한 사람을 온화하게 봐 주소서.	20
	이 불쌍한 영혼을 강하게 공격하며	
	분주하게 달려드는 악귀들을 물리치고	
	그 가슴의 검은 절망, 씻어 내 주소서.	
워릭	죽음의 격통으로 이 드러내는 것 보십시오.	
솔즈베리	그를 건드리지 마라. 편안히 가도록 해,	25
국왕	하느님의 호의로 이 영혼에 평화 오길.	
	추기경, 당신이 하늘의 지복을 생각하면	
	손을 들어 당신의 소망을 표하시오. (추기경이 죽는다.)	

	표시 없이 죽는군. 오, 주여, 그를 용서하소서!	
워릭	이 횡사는 괴물 삶을 살았다는 증겁니다.	30
국왕	(일어선다.)	
	심판을 삼가오, 우린 다 죄인들이니까.	
	눈을 감겨 드리고 커튼을 친 다음	
	우리 모두 묵상하러 가도록 합시다.	(함께 퇴장)

4막 1장

경종. 해상 전투. 대포가 발사된다.

부관, 변장한 포로 서퍽, 선장과 그의 조수, 워터 휘트모어,

두 명의 신사 포로 및 나머지 사람들과 함께 등장.

부관	저 화려한, 밝혀 주며 후회하는 낮의 신은	
	바다 가슴 안으로 기어들어 가 버렸고,	
	지금은 울부짖는 늑대들이 비극적인,	
	우울한 밤을 끄는 짐말들을 깨우는데,	
	그들은 무거운, 느리고 축 처진 날개로	5
	죽은 이들 묘지를 스치면서 안개 낀 턱에서	
	더러운 전염성 어둠을 공중에 내뿜는다.	
	그러니 우리의 전리품 군인들을 내오라.	
	우리의 소형선이 다운즈에 닻을 내린 동안에	
	그들은 여기 모래 위에서 몸값을 치르거나	10
	변색될 이 해안을 피로 물들일 테니까.	
	선장, 이 포로는 기꺼이 (첫째 신사를 가리킨다.)	

4막 1장 장소 켄트 해안.

너에게 주겠다.

그리고 조수인 넌 이걸로 이익 챙겨.

(둘째 신사를 가리킨다.)

그리고 저쪽은 (서퍽을 가리킨다.)

워터 휘트모어, 네 몫이다.

신사 1	선장, 내 몸값은 얼마인가? 알려 줘라.	15
선장	금화 1천 못 내면 네 목은 떨어진다.	
조수	그만큼을 못 내면 네 목도 떨어진다.	
부관	뭐, 당신들은 금화 2천 지불하고	
	신사의 이름과 신분을 지키는 게 많다고 봐?	
휘트모어	그 두 악당, 목 잘라요! (서퍽에게)	
	너도 죽을 테니까.	20
부관	우리가 전투에서 잃은 이들 목숨값이	
	그처럼 하찮은 액수로 상쇄돼야 하다니.	
신사 1	내겠다, 그러니 내 목숨을 살려 줘라.	
신사 2	나도 곧 집으로 편지 써서 그렇게 하겠다.	
휘트모어	(서퍽에게)	
	나포선에 오르다가 내 눈을 잃었으니	25
	그 복수로 넌 죽어야 하고, 이들도	
	내 뜻대로 할 수만 있다면 죽어야 해.	
부관	무모하게 굴지 마, 몸값 받고 살려 줘.	
서퍽	나의 조지 훈장을 보아라. 난 신사다.	

(그의 훈장을 드러낸다.)

	나에게 원하는 값 매기면 지불할 것이다.	30
휘트모어	나 또한 신사고, 이름은 워터 휘트모어다.	
	뭔 일이야! 왜 놀라? 뭐, 죽음이 두려워?	
서퍽	네 이름이 무섭다, 그 안에 죽음이 들었어.	

<pre>
              노련한 사람이 내 출생 시간을 계산해서
              난 워터에 의하여 죽게 될 거라 했어.   35
              그렇다고 그 때문에 잔인한 맘 갖지 마라,
              네 이름은 제대로 발음하면 고티에야.
휘트모어   고티에든 워터든 어느 쪽도 상관없어.
              비겁한 불명예로 우리 이름 물들지 않도록
              우리는 칼로 그 오점을 언제나 씻어 냈다.   40
              그러니 내가 장사꾼처럼 내 복수를 판다면
              내 칼은 부러지고 내 문장은 파손되며,
              나는 온 세상에 비겁자로 선포될 것이다.
서퍽   멈춰라, 휘트모어, 네 포로는 왕족으로
              서퍽 공작, 윌리엄 드 라 폴이니까.   (외투를 벗는다.)   45
휘트모어   그 서퍽 공작이 누더기로 몸을 감싸 버렸어?
서퍽   맞아, 근데 이 누더기는 공작과는 별개다.
              조브도 때로 변장했는데 나는 왜 못하지?
부관   그런데 조브는 너와 달리 살해된 적 없었어.
서퍽   무명의 불결한 상놈아, 이 헨리 왕의 피,   50
              명예로운 랭커스터 가문 피는 너 따위
              비열한 종놈이 흘려서는 안 된다.
              넌 네 손에 키스하고 내 등자 안 잡았어?
              맨머리로 옷 입힌 내 노새와 안 걸었어?
              내가 머리 끄덕일 땐 행운이다 안 그랬어?   55
              내가 왕비 마거릿과 잔치를 벌였을 땐
              넌 얼마나 여러 번 내 술 시중 들면서
</pre>

35행 워터

'워터 휘트모어'의 성명에서 워터는 영어
로 '물'이라는 뜻을 가진 말이다. 원문에
는 월터(Walter, 발음은 워터)였는데 이
야기의 맥락에 맞게 워터로 바꾸었다.

내 접시 음식 먹고, 식탁에서 무릎을 꿇었냐?
그것을 기억하고 그 때문에 풀 죽은 뒤,
암, 헛되이 사라질 네 자만심 줄여라.   60
넌 정말 우리의 대기실을 서성이며
내가 밖에 나올 때를 맞춰서 기다렸지?
이 손으로 너를 위해 글도 써 줬으니까
그 사실로 시끄러운 네 혀는 녹을 거야.

휘트모어   대장님, 버림받은 이 상놈을 찌를까요?   65
부관   우선 말로 찌르겠다, 그가 나를 그랬듯이.
서퍽   비천한 노예야, 네 말은 너처럼 무디다.
부관   여기서 옮긴 다음 우리 쪽배 곁에서
          그자의 목을 쳐라.

서퍽   네 목 땜에 감히 못 해.
부관   그 머리, 쳐!
서퍽   거머리?
부관   웅덩이지! 웅덩이 경!   70
암, 잉글랜드가 먹는 은빛 샘을 오물과 먼지로
탁하게 만드는 하수구, 고인 물, 수채이지.
난 이제 너의 그 벌어진 주둥이를
이 왕국의 재보를 못 삼키게 막을 거야.
왕비에게 키스했던 네 입술은 바닥 핥고,   75
착한 공작 험프리의 죽음에 웃었던 넌
무감각한 바람에게 잇몸을 헛되이 드러내고
그 바람은 경멸하며 널 다시 때릴 거야.
그리고 넌 막강한 군주님 한 분을
신하도, 재물도, 왕관도 하나 없는   80
시시한 왕의 딸과 감히 약혼시킨 죄로

지옥의 마귀할멈들과 결혼할 것이다.
넌 사악한 계략으로 큰 인물이 되었고
야심 찬 술라처럼 피 흘리는 네 어미의
심장 살덩어리를 지나치게 처먹었다.   85
너 때문에 앙주와 메인이 프랑스에 팔렸고
거짓된 노르망디 역도들은 너 때문에
우리를 경멸해 주인 취급 안 하고, 피카디는
그들 총독 살해하고 우리 요새 급습하여
부상당한 누더기 군인들을 집으로 보냈다.   90
저 늠름한 워릭과 네빌 가문 모두가
한 번도 허투루 안 뽑던 무서운 칼을 들고
너를 미워하면서 무장봉기하였다.
또 이제는 죄 없는 한 왕의 치욕적 살해와
오만하고 거만하며 잠식하는 폭정 땜에   95
왕권에서 밀려났던 요크 가문까지도
복수에 불타는데, 그들의 희망찬 군기엔
반쯤 가린 태양이 빛나려 애쓰고, 그 밑엔
'구름에도 불구하고'라는 말이 쓰여 있다.
여기 켄트 평민들도 무기 들고 일어났고   100
결론을 내리자면, 불명예와 빈궁함이
우리 왕의 궁정으로 기어들어 온 것은
모두 다 너 때문이야. 치워버려! 끌고 나가.

서퍽   오, 내가 신이 된 다음 이 하찮고 비굴하며
비참한 일꾼들 머리 위로 천둥을 쳤으면!   105

84행 술라   에 옮겼다. (RSC)
악명 높게 잔인한 로마의 폭군으로 적들   94행 죄…왕
의 처형 명단을 만들어 무자비하게 실행   리처드 2세를 가리킨다.

천것들은 작은 일로 거만하지. 이 악당도
소형선의 대장이랍시고 저 일리리아의
강한 해적 바굴루스보다 더 협박하네.
수벌들은 독수리 피 빨지 않고 벌꿀 훔쳐.
너처럼 저급한 종놈에 의하여   110
내가 죽는다는 건 있을 수 없는 일.
네 말에 난 후회가 아니라 격노한다.

부관   그래, 하지만 네 분노는 내 행위로 곧 멈춰.

서퍽   난 왕비의 전갈을 프랑스로 가져간다.
명령이다, 날 안전히 해협 넘어 날려 보내.   115

부관   워터!

휘트모어 자, 서퍽, 난 너를 죽음 너머 날려 보내야 해.

서퍽   "차가운 공포가 내 몸을 거의 다 점령했네."
난 네가 겁난다.

휘트모어 내가 널 떠나기 이전에 겁낼 이유 생길 거야.   120
뭐, 이제야 기죽었어? 허리를 굽힐 거야?

신사 1 공작님, 그에게 간청하고 고운 말 쓰십시오.

서퍽   제왕 같은 서퍽 혀는 엄격하고 거칠며
명령을 하곤 해서 호의 간청 못 배웠다.
겸손한 탄원으로 이것들을 예우한다는 건   125
말도 안 돼. 아니, 이 무릎을 하늘의 주님과
왕을 빼고 누구에게 굽히느니 차라리
내 머리를 단두대에 올려놓고 말겠다.
그리고 이 무식한 종에게 모자를 벗기보단
오히려 피투성이 장대 위에서 춤추겠다.   130
진정한 귀족은 공포를 면제받았으니까
네가 감히 실행할 것보다 더 견딜 수 있다.

부관	끌어내어 말을 더 못 하게 만들어라.

서펔   자, 군인들, 내 죽음이 절대로 안 잊히게
       너희에게 가능한 잔인성을 다 보여라.   135
       위인들은 궁색한 놈들 손에 자주 죽어.
       로마의 칼잡이 노상강도 노예가
       툴리님을 살해했고, 사생아 브루투스가
       줄리어스 시저를, 섬나라 야만인이
       폼페이를 찔렀고, 서펔은 해적이 죽인다.   140

                   (휘트모어, 서펔과 다른 사람들을 데리고 퇴장)

부관   그리고 우리가 몸값을 정해 준 이들 중
       한 명은 우리의 뜻에 따라 떠날 테니
       너희는 우리와 같이 가고, 그는 놔줘.

                          (첫째 신사만 남고 모두 퇴장)

       휘트모어, 서펔의 몸뚱이와 머리를 가지고 등장.

휘트모어   그의 그 머리와 생명 없는 몸뚱이를
        그의 정부 왕비가 묻어 줄 때까지 거기 둬라.   (퇴장)   145
신사 1   오, 야만적이고도 잔학한 광경이다!
        내가 이 시체를 국왕께 가져갈 것이다.
        그가 복수 안 해 줘도 친구들이 할 테고,
        생전에 그를 친애하였던 왕비도 하겠지.

                          (시체와 머리를 가지고 퇴장)

138~140행 툴리…폼페이
툴리는 로마의 정치가, 웅변가, 저술가   사생아란 소문이 있으며, 폼페이는 로마
인 키케로를 말하고, 브루투스는 시저의   의 제1차 삼두 정치가 중의 하나이다.

4막 2장

두 명의 역도, 조지와 닉, 긴 막대기를 들고
등장.

조지 가서 칼을 가져와, 나무로 만든 거라도. 그들이 요 이
틀 동안 일어났어.

닉 그럼 이제 그들은 더욱더 자러 갈 필요가 있구먼.

조지 정말이지 직조공 잭 케이드가 이 나라에 옷을 입히고,
그걸 뒤집고, 새 털을 붙일 작정이래.   5

닉 그럴 필요가 있지, 낡았으니까. 글쎄, 잉글랜드에서
신사들이 유행한 뒤론 세상이 한 번도 즐거운 적이 없
었단 말이야.

조지 오, 불행한 시대다! 직공들이 갖고 있는 미덕은 존중
을 못 받아.   10

닉 귀족들은 가죽 앞치마 입는 걸 경멸해.

조지 게다가 왕의 고문관들은 훌륭한 일꾼들이 아냐.

닉 맞아. 근데 "네 일에 충실해라."라는 말이 있어. 그건
"일꾼들을 관리로 삼아라."는 말과 같고, 그래서 우리
가 관리가 돼야 해.   15

조지 바로 맞혔어. 용감한 마음의 표시로 단단한 손보다 더
나은 건 없으니까.

닉 그들이 보여! 그들이 보여! 저건 베스트의 아들, 윙엄
의 무두장이야.

조지 그는 우리 적들의 피부를 개 가죽 만들 거야.   20

닉 백정 딕도 있어.

4막 2장 장소 블랙히스.

조지	그럼 죄악은 황소처럼 맞아 쓰러지고, 불법의 모가 지는 송아지처럼 잘릴 거야.	
닉	직공 스미스도 있어.	
조지	그래서 그들의 명줄은 이어져.	25
닉	자, 자, 가서 그들과 어울리자.	

북소리. 케이드, 백정 딕, 직공 스미스와 톱질꾼이
긴 작대기를 든 엄청난 군중과 함께 등장.

케이드	짐, 존 케이드는 짐의 추정된 아버지가 그렇게 불렀 는데 —	
백정	(방백)	
	아니면 정어리 케이스를 훔쳐서 그랬겠지.	
케이드	왜냐하면 왕들과 왕족들을 억누를 기상을 품은 짐 앞 에서 짐의 적들은 쓰러질 테니까. 침묵을 명하라.	30
백정	침묵하라!	
케이드	내 아버지는 모티머란 사람이었고 —	
백정	(방백)	
	그는 정직한 사람으로 좋은 벽돌공이었지.	
케이드	어머니는 플랜태저넷이었으며 —	35
백정	(방백)	
	내가 잘 아는 여자였는데, 산파였어.	
케이드	아내는 레이시 가문의 후손이었다.	
백정	(방백)	
	그녀는 실은 방물장수 딸이었고 레이스를 많이 팔았 지.	
직공	(방백)	

	하지만 최근엔 털 난 거시기를 팔고 다닐 수가 없어서	40
	여기 집에서 빨래나 하지.	
케이드	그러므로 난 고귀한 가문 출신이다.	
백정	(방백)	
	암, 참말이야, 들판은 고귀하고, 그는 거기 산울타리	
	밑에서 태어났어. 그 아비에게 집이라고는 감방 말고	
	없었으니까.	45
케이드	난 용맹하다.	
직공	(방백)	
	그럴 수밖에 없지, 몹시 가난하면 용맹하니까.	
케이드	난 많은 걸 견딜 수 있다.	
백정	(방백)	
	물어볼 것도 없지, 난 그가 사흘 장날을 연이어서 채	
	찍 맞는 것도 봤으니까.	50
케이드	난 칼도 불도 무서워하지 않는다.	
직공	(방백)	
	칼을 무서워할 필요는 없지, 그의 외투는 안 뚫릴 테	
	니까.	
백정	(방백)	
	하지만 불은 무서워해야 할 거야, 양을 훔치다가 손에	
	낙인이 찍혔으니까.	55
케이드	그러니 용감해라, 너희 대장이 용감하고 개혁을 맹세	
	하니까. 잉글랜드에서 3페니 반짜리 빵 덩어리는 1페	
	니에 팔게 하고, 3인치 술잔은 10인치로 키우며, 약한	
	맥주 마시는 걸 중죄로 삼겠다. 왕국 전체를 모두가	
	공유할 것이고, 내 승용마는 번화한 치프사이드에서	60
	풀 뜯을 것이다. 그리고 내가 왕이 되면, 왕이 될 테	

지만 —

모두 전하 만세!

케이드 고맙네, 착한 백성들. — 돈도 없애 버리고, 내 계산
으로 모두들 먹고 마시며, 모두에게 같은 제복을 입 65
힐 거야. 그래서 형제들처럼 사이좋게 지내면서 나를
주군으로 숭배할 수 있도록 말이야.

백정 우리가 맨 먼저 할 일로, 변호사를 다 죽이자.

케이드 암, 나도 그럴 작정이야. 이거 통탄할 일 아냐, 죄 없
는 양의 껍질로 양피지를 만들고, 그 양피지에다 뭘 70
휘갈겨 쓰면 누구 신세 망치는 거? 누구는 벌이 쏜다
고 하는데, 쏘는 건 밀랍이란 말이야. 내가 뭔 일로 밀
랍 도장 한 번만 찍었다 하면 그 뒤론 결코 내 맘대로
못 했으니까. 뭐야? 저게 누구야?

몇 사람이 채텀의 서기를 앞세우고 등장.

직공 이자는 채텀의 서기야. 그는 쓰고, 읽고, 합산도 할 수 75
있어.

케이드 오, 흉악하다!

직공 학생들의 쓰기 원본을 만들고 있는 걸 붙잡았어.

케이드 이건 악당이야! 80

직공 주머니에 빨간 글이 적힌 책을 가졌어.

케이드 아니, 그럼, 마법사야.

백정 아니, 그는 계약서도 만들고 법정 필체로 쓸 수도 있
어.

케이드 그거 딱하구나. 이 사람은 멋진 사람이고, 존경받을 85

만해. 유죄로 밝혀지지 않으면 죽이지는 않겠다. 이
봐, 이리 와, 내가 널 심문해야겠어. 네 이름이 무엇
이냐?

서기   임마누엘이오.

백정   그들은 그걸 편지 맨 위에다 쓰곤 해. 그것 때문에 당   90
신은 큰 변을 당할 거야.

케이드   내게 맡겨. 너는 늘 네 이름을 쓰냐? 아니면 정직하고
솔직한 사람처럼 너만의 표시가 있냐?

서기   하나님께 고맙게도 난 교육을 아주 잘 받아서 내 이름
을 쓸 수 있답니다.   95

모두   그가 자백했소. 없애 버려요! 악당이고 역적이오.

케이드   썩 없애 버려라! 목에 그의 펜과 잉크병을 달아서 목
을 매라.   (한 사람이 서기와 함께 퇴장)

마이클 등장.

마이클   우리 장군님은 어디 있소?

케이드   여기 있다, 졸병 녀석아.   100

마이클   도망, 도망, 도망쳐요! 험프리 스태퍼드 경과 그의 동
생이 국왕의 군대와 함께 가까이 왔어요.

케이드   멈춰라, 악당아, 멈춰, 안 그럼 널 때려눕히겠다. 그는
자신만큼 훌륭한 사람과 맞닥뜨릴 거야. 그는 그냥 기

89행 그들은…해
임마누엘은 히브리어로 '신께서 우리와
함께'라는 뜻이고, 사람들은 이 문구를
관례에 따라 서류에 경건한 접두사로 쓴
다. (아든)

92행 너만의 표시
문맹자들은 서명할 때 자기 이름 대신 엑
스 자와 같은 간단한 표시를 쓰곤 했다.
(RSC)

	사일 뿐이지, 그렇지?	105
마이클	예, 그냥.	
케이드	그와 같아지려고 난 나 자신을 곧장 기사로 만들겠	
	다. (무릎을 꿇는다.) 일어서라, 존 모티머 경. (일어선다.)	
	이제 그에게 덤벼라!	

험프리 스태퍼드 경과 그의 아우가 고수 및 군인들과
함께 등장.

스태퍼드	반역하는 촌놈들, 켄트의 오물과 찌꺼기,	110
	교수형에 점찍힌 자들아, 무기를 내려놔.	
	이 종놈을 버리고 오두막집으로 가.	
	국왕은 너희가 돌아오면 자비로우시다.	
동생	하지만 너희가 나선다면 화내고 격분하여	
	피를 보려 하시니 항복을 하거나 죽어라.	115
케이드	비단 옷의 이 노예들, 난 상관 않는다.	
	난 왕권의 적법한 후계자이기 때문에	
	내가 말을 거는 건 너희들, 앞으로	
	내가 지배하기를 바라는 착한 백성들이다.	
스태퍼드	악당아, 네 아비는 미장공이었고	120
	너 자신은 옷감 자르는 자야, 안 그래?	
케이드	그런데 아담은 정원사였어.	
동생	그래서 뭐?	
케이드	음, 들어 봐. 마치 백작 에드먼드 모티머는	
	클래런스 공작 딸과 결혼했어, 안 그래?	
스태퍼드	맞아.	125
케이드	또 그녀를 통하여 쌍둥이를 얻었다.	

동생	그건 거짓말이다.
케이드	맞아, 그게 문제야. 하지만 정말이야.
	둘 중의 첫 아이를 유모에게 맡겼는데,
	어떤 여자 거지가 훔쳐 가 버렸고
	걔는 자기 출신과 부모를 모른 채로
	성년이 됐을 때 벽돌공이 되었어.
	난 그의 아들이야. 할 수 있음 부인해 봐.
백정	예, 꼭 맞아요, 그래서 그가 왕이 될 겁니다.
직공	나리, 우리 아버지 집 굴뚝을 그가 만들었는데, 그 벽
	돌이 오늘까지도 살아남아 그걸 증언합니다. 그러니
	부인하지 마쇼.
스태퍼드	너희는 천한 이 일꾼 말을 믿을 거야,
	자기가 뭔 말을 하는지도 모르는데?
모두	예, 참말로, 그럴 겁니다. 그러니 가 보시오들.
동생	잭 케이드, 요크 공작이 네게 이걸 가르쳐 줬어.
케이드	(방백)
	그건 거짓말이야, 내가 꾸며냈으니까. — 자, 이봐, 국
	왕에게 내 말 전해. 그의 아버지 헨리 5세를 봐서, 그
	시절에 소년들은 프랑스 왕관을 따먹으려고 동전치기
	를 했는데, 난 그의 통치에 만족한다만 그래도 그의 섭
	정은 될 거라고.
백정	그리고 더 나아가 우리는 메인 공작령을 팔아먹은 죄
	로 세이에 경의 목을 갖겠다고 전하쇼.
케이드	지당하지, 그로 인해 잉글랜드는 불구가 되었고, 내
	힘으로 받쳐 주지 않았더라면 지팡이 짚고 걸을 수밖
	에 없었으니까. 동료 왕들이여, 참말로 세이에 경은
	이 나라를 거세해 환관으로 만들었고, 그보다 더 중요

130

135

140

145

150

	한 건 프랑스 말을 할 수 있다는 건데, 그래서 그는 역	
	적이야.	
스태퍼드	오, 멍청하고 비참한 무식이로구나!	155
케이드	아니, 한 수 있음 대답해 봐. 프랑스인들은 우리의 적	
	이니까, 허 참, 그럼 이것만 묻겠다. ─ 적의 말을 하	
	는 자가 좋은 고문이 될 수 있겠어, 없겠어?	
모두	없소, 없소, 그러니 우린 그의 목을 갖겠소.	
동생	자, 순한 말은 소용없다는 걸 알았으니	160
	국왕의 군대로 그들을 공격하죠.	
스태퍼드	전령은 여길 떠나 읍들을 다 돌면서	
	케이드와 함께한 자, 역적으로 선포하라.	
	전투가 끝나기 이전에 도망치는 자들도	
	바로 그들 아내와 애들이 보는 데서	165
	본보기로 문 앞에서 효수될 수 있다 하라.	
	국왕의 친구가 되려는 자, 날 따르라.	

(스태퍼드 형제와 군인들 퇴장)

케이드	그리고 평민을 아끼는 너희는 날 따르라.	
	남자란 걸 보여 줘라, 자유를 위해서다.	
	우리는 귀족 하나, 신사 하나 안 남긴다.	170
	오로지 기운 신발 신은 자만 살려 줘라.	
	절약하고 정직한 이들로서 우리 편에,	
	감히 그리하겠다면 서고 싶어 할 테니까.	
백정	그들이 전열을 다 갖추고 우릴 향해 진군해.	
케이드	그렇다면 우린 전열을 가장 못 갖췄을 때가 전열을	175
	갖춘 상태야. 자, 진군하라. (함께 퇴장)	

4막 3장

전투 개시 경종. 그 와중에 스태퍼드가 둘 다 살해된다.

케이드와 나머지 사람들 등장.

케이드　애시포드의 백정, 딕은 어디 있어?

백정　여기요.

케이드　그들은 자네 앞에서 양과 소처럼 쓰러졌고, 자네는
　　　　마치 자신의 도살장에 있는 것처럼 행동했어. 그래서
　　　　난 자네에게 이렇게 보답할 거야. 사순절은 지금보다　　5
　　　　두 배 길어질 것이고, 자네에겐 하나가 모자라는 백
　　　　마리를 잡을 면허를 내줄 거야.

백정　더 이상은 안 바랍니다.

케이드　그리고 진실을 말하면, 자네는 꼭 그만큼 받을 자격
　　　　이 있어. (스태퍼드의 칼을 뽑아 든다.) 이 승리의 기념물　　10
　　　　은 내가 차고, 시체들은 내가 런던에 닿을 때까지 내
　　　　말 바로 뒤에 끌고 갈 것이며, 거기에서 짐은 시장의
　　　　칼을 짐 앞에 들고 가게 하겠다.

백정　우리가 번성하고 좋은 일을 할 작정이라면 감옥을 부
　　　　수고 죄수들을 꺼내 줘야 해요.　　　　　　　　　　15

케이드　그런 건 걱정 마, 장담하지. 자, 런던을 향하여 진군하
　　　　자.　　　　　　　　　(시체들을 끌고 나가면서 함께 퇴장)

4막 3장 장소　블랙히스.

4막 4장

탄원서를 든 국왕, 서픽의 머리를 든 왕비,

버킹엄 공작과 세이에 경 등장.

왕비　　(방백)

비통하면 마음이 약해져 무서움을 타면서

피폐해진다는 말을 난 여러 번 들었다.

그러니 복수를 생각하고 울음을 그쳐라.

하지만 이걸 보고 그 누가 울음을 그치겠어?

뛰는 내 가슴 위에 그의 머릴 올려놓자.　　　　　　　5

하지만 내가 포옹해야 할 몸은 어디 있지?

버킹엄　역도들의 탄원엔 어떻게 답하시렵니까?

국왕　　우매한 자들이 그리 많이 칼 맞아 죽는 건

주님이 금하시니 성스러운 주교를 보내어

간청토록 할 것이오. 그리고 나 자신도　　　　　　10

잔인한 전쟁에 그들이 잘리지 않도록

그들의 장군인 케이드와 협상할 것이오.

근데 잠깐, 난 이걸 다시 읽어 봐야겠소.

왕비　　(방백)

아, 미개한 악당들! 아름다운 이 얼굴은

떠도는 행성처럼 나를 지배했는데,　　　　　　　15

그것을 쳐다볼 자격 없는 자들의 마음을

누그러뜨릴 힘은 없었단 말인가?

국왕　　세이에, 케이드가 당신 목을 갖겠다고 맹세했소.

세이에　예, 하오나 전하는 그의 것을 가지시기 바랍니다.

4막 4장 장소　런던, 왕궁.

| 국왕 | 괜찮아요, 왕비? | 20 |

아직도 서퍽의 죽음을 통탄하고 애도하오?

여보, 내가 만약 죽었다면 당신은 나를 위해

그만큼 애도하진 않을까 봐 걱정이오.

왕비 아, 여보, 애도하기보다는 죽었을 거예요.

사자 등장.

| 국왕 | 웬일이냐? 소식은? 왜 그렇게 급히 왔나? | 25 |
| 사자 | 역도들이 서더크에 왔습니다. 도망쳐요! |

잭 케이드는 그 자신을 모티머 경,

클래런스 공작가의 후손으로 선포하고,

전하를 공공연히 찬탈자로 부르면서

맹세코 웨스트민스터에서 즉위한답니다. 30

그자의 군대는 거칠고 무자비한 촌놈들,

농부들로 구성된 누더기 군중이랍니다.

험프리 스태퍼드 경과 그 동생의 죽음에

그들은 전진할 마음과 용기를 얻었어요.

그들은 모든 학자, 변호사, 궁정인, 신사를 35

못 믿을 해충들이라면서 죽이려 합니다.

국왕 오, 버릇없는 인간들! 뭘 하는지 모르는군.

버킹엄 자애로우신 전하, 군대를 일으켜 그들을

진압할 때까지 킬링워스로 물러나십시오.

왕비 아, 그 서퍽 공작이 지금 살아 있다면 40

이 켄트의 역도들은 곧 진정될 텐데.

국왕 세이에, 역적들은 당신을 미워하오,

그러니 짐과 함께 킬링워스로 갑시다.

세이에	그리되면 옥체가 위험할 수 있습니다.
	그들 눈에 혐오스러운 건 제 모습이지요. 45
	그러므로 저는 이 도시에 남아서
	가능한 한 은밀히 혼자 살아가렵니다.

다른 사자 등장.

사자	잭 케이드가 런던 다리를 거의 차지했습니다.
	시민들은 도망치며 집을 버리고 있고,
	폭도들은 사냥감을 애타게 구하면서 50
	그 역적과 합세하고, 그들은 힘을 합쳐
	이 도시와 왕궁을 꼭 강탈하겠답니다.
버킹엄	그럼 전하, 지체 말고 떠나요, 말을 타요!
국왕	가요, 마거릿. 희망의 주님이 구해 주실 것이오.
왕비	(방백)
	서퍽이 사망한 지금 내겐 희망도 없어요. 55
국왕	경은 잘 지내고, 켄트의 폭도를 믿지 마오.
버킹엄	배신당할까 봐 걱정되니 아무도 믿지 마오.
세이에	제가 믿고 있는 것은 저의 무죄이므로
	저는 용감하면서 단호할 것입니다. (함께 퇴장)

4막 5장

스케일스 경, 탑 위에서 걸으며 등장.

그런 다음 아래에서 두세 명의 시민 등장.

4막 5장 장소 런던 탑 바깥.

스케일스	뭔 일이냐? 잭 케이드가 살해됐어?
시민 1	아뇨, 어르신, 살해될 것 같지도 않고요. 그들은 저항
	하는 자들을 다 죽이면서 다리를 점령했으니까. 시장
	님은 어르신이 탑에서 원병을 보내 이 도시를 역도들
	로부터 막아 주길 갈구하십니다.
스케일스	내가 내어줄 수 있는 원병은 받아 가라.
	하지만 나 자신도 그들 땜에 괴롭다,
	역도들이 이 탑을 빼앗으려 했으니까.
	하지만 넌 스미스필드로 가서 모병하라,
	그럼 내가 너에게 매슈 고프 보내 주마.
	너희 왕과 나라와 목숨을 위하여 싸워라!
	그러니 잘 가라, 난 다시 떠나야 하니까.

5

10

(각각 따로 퇴장)

4막 6장

잭 케이드가 나머지 사람들과 등장한 뒤
런던의 이정표를 지팡이로 친다.

케이드	이제 이 도시의 주인은 모티머다. 그리고 여기 이 런던
	의 이정표 위에 앉아 내가 명을 내리노니, 이 도시의
	부담으로 짐의 통치 첫해 동안 이 작은 분수대에서는
	오직 황색 포도주만 흘러내리도록 하라. 또 지금부터
	누구든지 나를 모티머 경이 아닌 다른 이름으로 부르
	는 건 반역죄가 될 것이다.

5

4막 6장 장소 런던, 캐논가.

군인   잭 케이드! 잭 케이드!

케이드   거기 그놈을 때려눕혀라.   (그들이 그를 죽인다.)

백정   이 녀석이 현명하다면 당신을 더는 잭 케이드라고 안

부를 겁니다. (그 군인의 전갈을 읽는다.) 전하, 스미스필   10

드에서 군대를 모집하고 있답니다.

케이드   자, 그럼, 그들과 싸우러 가자. 하지만 우선 런던 다리

로 가서 불을 질러라. 그리고 가능하면 그 탑도 태워

버려라. 자, 떠나자.   (시체와 함께 퇴장)

4막 7장

경종. 매슈 고프와 나머지 모두가 살해된다.

그런 다음 잭 케이드와 그의 일행 등장.

케이드   자, 이제 몇은 가서 사보이 저택을 부셔 버려. 다른 사

람들은 법조 학원으로 가서 다 부셔라!

백정   귀족님께 청이 있습니다.

케이드   귀족의 영지를 청해, 그 호칭의 대가로 주겠다.

백정   잉글랜드의 법은 오직 당신의 입에서만 나올 수 있게   5

하시라는 것뿐입니다.

닉   (방백)

원 참, 그럼 쓰라린 법이 되겠구먼, 그의 입은 창에 찔

려 아직 온전치 못하니까.

4막 7장 장소 스미스필드.

직공　(방백)

　　아냐, 닉, 악취 나는 법일 거야, 그의 숨은 구운 치즈

　　를 먹어서 악취가 나니까.　　　　　　　　　　　　　10

케이드　나도 그런 생각을 했어, 그리하겠다. 가자, 이 왕국의

　　모든 기록을 다 태워 버려라. 내 입이 잉글랜드의 의

　　회가 될 것이다.

닉　(방백)

　　그러면 우린 깨무는 법령을 갖게 될 것 같군, 그의 이

　　가 빠지지 않는다면 말씀이야.　　　　　　　　　　15

케이드　그리고 지금부터 모든 것을 공유할 것이다.

　　　　　　　　　사자 등장.

사자　전하, 전리품, 전리품이요! 프랑스에서 읍들을 팔아

　　먹은 세이에 경이 왔습니다. 우리에게 140배의 세금과

　　1파운드당 1실링을 마지막 특별세로 내게 했던 자랍

　　니다.　　　　　　　　　　　　　　　　　　　　　20

　　　　　　조지, 세이에 경과 함께 등장.

케이드　좋아, 그는 그 죄로 목이 열 번 잘릴 거야. 야, 너 세

　　이에, 생쥐야 — 아니, 너 새똥 경아! 이제 넌 짐의

　　사법권과 정면으로 맞닥뜨리게 됐어. 넌 노르망디를

　　그 엿먹어 씨, 프랑스 태자에게 넘겨준 일에 대해

　　이 전하에게 뭐라고 답할 수 있느냐? 너에게 이들 어　25

　　전에서, 바로 모티머 경 어전에서 알리노니, 난 너

　　같은 오물을 궁정에서 깨끗이 쓸어 내야 하는 빗자

루이니라. 넌 이 왕국에 문법 학교를 세워 젊은이들
을 아주 무참히 망가뜨렸다. 또한 우리의 선조들에
게는 눈금 막대기 말고 다른 장부는 없었는데, 넌 인   30
쇄술이라는걸 사용하게 만들었고, 국왕이 왕관과
품위에 맞지 않는 종이 공장을 지었어. 네 얼굴에
대놓고 증명하겠지만, 네 주변엔 늘 명사 하나와 동
사 하나를 얘기하고, 또 어떤 기독교인도 참고 들어
줄 수 없는 가공할 단어를 쓰는 자들이 있어. 넌 치   35
안 판사들을 임명하여 불쌍한 사람들을 그들이 응
답할 수 없는 일로 부르게 했어. 더군다나 넌 그들
을 옥에 넣고 그들이 읽을 줄 모른다고 목을 매달았
어, 실은 바로 그 때문에 그들은 살아갈 가치가 매
우 컸는데도 말이야. 넌 옷 입힌 말을 타지, 안 그   40
래?

세이에   그래서 뭐?

케이드   허 참, 네 말에게 외투를 입혀선 안 되잖아, 너보다
더 정직한 사람들도 바지저고리만 입고 다니는데 말
이야.   45

백정   또 셔츠만 입고 일하는데, 예를 들면 백정인 나처럼
말이야.

세이에   너희 켄트 사람들은 —

백정   켄트에 대해 할 말 있어?

세이에   '양질의 토양에 악질 족속' 이 말뿐이다.   50

케이드   끌어내라, 그를 끌어내! 문자를 쓰고 있어.

50행 양질의…족속   잉글랜드와 잉글랜드인들에 대해 쓰는 이탈리아
어 문구. (RSC)

세이에	내 말 듣고 원하는 곳으로 날 데려가라.
	시저가 「갈리아 전기」에 쓰기를 켄트는
	이 섬에서 문명화가 가장 잘된 곳이었다.
	그 고장은 풍요로 가득하여 아름답고,
	주민들은 후하고, 용맹 활발 부유했다.
	그래서 난 너희가 동정심 없지 않길 바란다.
	난 메인을 안 팔고, 노르망디를 안 잃었지만
	그걸 회복하는 데는 내 목숨을 걸려 했다.
	난 호의를 가지고 정의를 늘 행했으며
	기도와 눈물 아닌 선물엔 꿈쩍도 안 했다.
	내가 켄트, 국왕과 왕국과 너흴 유지하려고
	너희의 손에서 뭔가를 강요한 적 있느냐?
	난 학식 때문에 국왕에게 천거됐으니까
	많이 배운 서기들에게는 큰 선물을 내렸다.
	너희도 무식은 신의 저주, 지식은 우리를
	하늘로 보내는 날개인 줄 아니까
	너희가 악령에 홀린 게 아니라면
	나를 살해하는 일을 삼가야만 할 것이다.
	이 혀는 너희를 위하여 외국의 왕들과
	협상을 했는데 —
케이드	쳇, 전장에서 한 대라도 때려 본 게 언제야?
세이에	위인들은 손을 멀리 뻗는데, 난 자주
	생전 못 본 자들을 쳤고 또 쳐 죽였다.
조지	오, 이 흉악한 겁쟁이! 뭐, 사람들의 뒤통수를?
세이에	이 뺨은 너희 이익 지키느라 창백하다.
케이드	그에게 귀싸대기를 한 대 올려, 그럼 그게 다시 붉어
	질 거야.

55

60

65

70

75

세이에	가난한 이들의 소송 해결 문제로 오래 앉아
	내 몸은 아픔과 병으로 꽉 차게 되었다.	80
케이드	그럼 망나니의 술 한 잔에다 손도끼의 도움도 얹어
	주마.
백정	이봐, 왜 덜덜 떨어?
세이에	두려움이 아니라 중풍 땜에 그런다.
케이드	아니, 그는 우리에게 고개를 끄덕이며, "보복할 것이	85
	다."라고 하는 것 같아. 난 그의 머리가 장대 위에서도
	굳건할지 볼 거야. 끌고 가서 목을 쳐라.
세이에	얘기해 줘, 나의 가장 큰 죄가 무엇인지?
	내가 부나 명예를 과시했어? 말해 봐,
	내 금고가 강탈한 금으로 채워졌어?	90
	내 의복이 쳐다보기 호사스러우냐?
	내가 누굴 다쳤기에 날 죽이려 하느냐?
	나는 이 손으로 죄 없는 피 안 흘렸고,
	가슴속에 더러운 속임수는 안 감췄다.
	오, 살려 다오!	95
케이드	(방백)
	그의 말에 난 속으로 가책을 느끼지만 억제해야지.
	그는 자기 목숨 변호를 아주 잘하는 것만으로도 죽
	어야 해. — 끌고 가라! 그의 혓바닥 밑에는 영물이
	들어 있어, 그래서 하늘에 맹세하고 말을 못 해. 가,
	끌고 가서 바로 머리를 자르란 말이다. 그런 다음,	100
	그의 사위 제임스 그로머 경의 집으로 쳐들어가 그
	의 머리도 자른 다음, 그것들을 두 장대에 꽂아 이
	리로 가져와.
모두	그리하겠습니다.

세이에	아, 동포들아, 너희가 기도를 드릴 때	105
	주님께서 너희처럼 완고하시다면	
	떠나간 너희의 영혼은 어떻게 되겠느냐?	
	그러므로 마음 풀고 내 목숨을 살려라!	
케이드	끌고 가! 그리고 내가 명령한 대로 해.	

(한두 명이 세이에 경과 함께 퇴장)

이 왕국에서 가장 오만한 귀족이라도 내게 공물을 110
바치지 않으면 그 어깨 위에 머리를 달지 못할 거고,
그 어떤 처녀도 그녀의 처녀성을 그들이 갖기 전에
내게 바치지 않으면 결혼 못 할 거다. 남자들은 나를
'우두머리' 삼을 테고, 짐은 명을 내려 그들의 아내들
이 마음으로 바랄 수 있는 만큼, 또는 혀로 말할 수 115
있는 만큼 자유롭게 해 줄 거야.

백정 전하, 우린 언제 번화한 치프사이드로 가서 외상으로
물건을 고르지요?

케이드 아 참, 곧 간다.

모두 오, 멋져라! 120

한 사람이 두 장대에 꽂은 머리 둘을 가지고 등장.

케이드 근데 이게 더 멋지지 않아? 그들더러 서로에게 키스
하라고 해, 생전에 서로를 많이 좋아했으니까. 이젠
다시 갈라놔, 프랑스에 있는 읍들을 더 넘겨주는 의
논을 못 하도록. 군인들, 이 도시의 약탈은 밤까지
미뤄 둬. 우리는 왕홀 대신 이들을 앞세우고 거리를 125

112행 그들 초야권을 행사하는 영주들. (아든)

지나가면서 모퉁이마다 그들을 서로 키스하게 만들
테니까. 가자!　　　　　　　　　　　　　　　　　(함께 퇴장)

4막 8장

경종과 퇴각.

케이드와 그의 오합지졸 모두 다시 등장.

케이드　피시 거리로 올라가! 성 마그누스 모퉁이로 내려가!
　　　　죽이고 때려잡아! 템스강에 처넣어라!

　　　　　　　　　　　　　　　　　　(협상 나팔이 울린다.)

　　　　이게 무슨 소리지?

버킹엄과 클리퍼드 노인, 시종들과 함께 등장.

　　　　내가 놈들을 죽이라고 명하는데 누가 감히 용감하게
　　　　퇴각이나 협상 나팔을 울리지?　　　　　　　　　　5
버킹엄　그래, 감히 널 괴롭힐 이들이 여기 있다!
　　　　알아 둬라, 케이드, 우리는 국왕의 사절로
　　　　네가 잘못 인도한 이 평민들에게 와서
　　　　널 버리고 조용히 집으로 가는 자는
　　　　다 사면해 주겠다고 여기에서 공표한다.　　　　　　10
클리퍼드 노인　동포들은 어떻게 할 텐가? 마음 풀고
　　　　자비를 권할 때 거기에 몸을 맡길 텐가?
　　　　아니면 역도 따라 죽음으로 몰릴 텐가?

4막 8장 장소　런던 다리 근처.

국왕을 사랑하고 특사를 껴안을 사람은
모자를 던지며 "전하 만세!" 소리 쳐라.   15
그를 미워하면서 프랑스 전체를 떨게 했던
그의 부왕 헨리 5세 존경하지 않는 자는
우리에게 무기를 흔들면서 지나가라.

(그들은 케이드를 버린다.)

모두   전하 만세! 전하 만세!

케이드   뭐야, 버킹엄과 클리퍼드, 당신들이 그토록 교만해?   20
그리고 너희, 천한 농사꾼들은 그를 믿어? 너희는
면죄부를 목에 걸고 교수형을 당해야겠어? 난 칼로
런던 성문을 깨고 들어왔는데 너희는 나를 서더크
의 흰 사슴 여관에 내버려 둬야겠어? 난 너희가 옛
적의 자유를 회복할 때까지는 이 무기들을 절대 넘   25
겨주지 않을 거라 생각했어. 근데 너흰 다 변절자,
비겁자로 귀족에 묶인 노예로 사는 걸 즐겨. 그들
이 너희 등을 짐 지워 부러뜨리고, 머리를 짓밟아
집을 빼앗으며, 아내와 딸들을 눈앞에서 겁탈하게
해라. 난 혼자 꾸려 나갈 거야, 그러니 신의 저주가   30
네놈들 모두에게 내려라!

모두   우린 케이드를 따를 거야! 케이드를 따를 거야!

(그들은 케이드에게 다시 달려간다.)

클리퍼드 노인   이렇게 케이드를 따르겠다고 외치다니
그가 헨리 5세의 아들이라도 되나?
그가 너흴 지휘해 프랑스 중심을 통과하고   35
가장 천한 너희를 백작 공작 만들어 줘?
아뿔싸, 그는 집도, 도망칠 곳도 없고,
너희의 친구와 우리 것을 훔치지 않으면

노략질 말고는 살아가는 법도 몰라.
너희가 불화하며 사는 동안, 너희가 최근에   40
자기들을 정복해서 놀랐던 저 프랑스인들이
바다로 급습해 너흴 정복한다면 수치 아냐?
난 이미 그들이 이 내란 중 런던의 거리에서
만나는 모두에게 "겁쟁이"라 외치면서
주인 행세 하는 게 보이는 것 같다. 너희가   45
프랑스인 한 명의 자비에 절하기보다는
비천한 케이드 만 명이 사라지는 게 더 나아.
프랑스! 프랑스로! 너희가 잃은 걸 되찾아.
잉글랜드를 해치지 마, 너희 출생지니까.
헨리는 돈 있고, 너희는 강하고 남자다워.   50
신은 우리 편이시다, 승리를 의심치 마.

모두   클리퍼드! 클리퍼드에게로! 우린 국왕과 클리퍼드를
따를 거야!   (그들은 케이드를 버린다.)

케이드   (방백)
일찍이 이 군중만큼 가볍게 나부끼는 깃털이 있었
던가? 헨리 5세라는 이름에 그들은 백 가지 해악으   55
로 끌려가면서 나를 쓸쓸히 내버려 두네. 그들이 머
리를 맞대고 날 급히 덮치려 하는군. 칼아, 길을 열
어라, 여기에 남을 일 없으니까. ― 악마와 지옥이 막
는대도 너희 한가운데를 뚫겠다! 그리고 하늘과 명예
는 증인이 돼 주소서. 내 결심이 모자라서가 아니라   60
오로지 부하들의 천하고 비열한 배신으로 난 도망
치게 됐답니다.   (퇴장)

버킹엄   뭐, 달아났어? 몇이 가서 그를 뒤쫓아라.
국왕에게 그의 목을 가져오는 자에겐

보상으로 1천의 금화를 줄 것이다.　(몇 사람 퇴장)　65
군인들은 날 따르라, 방법을 강구하여
너희를 다 국왕에게 복귀시켜 주겠다.　(함께 퇴장)

4막 9장

나팔 소리. 국왕, 왕비와 서머싯.

테라스 위에 등장.

국왕　이 지상의 옥좌를 즐기면서 나보다 더
만족할 수 없었던 왕 일찍이 있었던가?
나는 내 요람에서 기어 나오자마자
아홉 달 나이에 왕으로 추대됐다.
내가 정말 신민이 되기를 바라고 원한 만큼　5
왕 되기를 바랐던 신민은 일찍이 없었다.

버킹엄과 클리퍼드 노인 등장.

버킹엄　전하께 건강과 희소식을 전합니다.
국왕　허, 버킹엄, 그 역적 케이드가 잡혔소,
아니면 다시 강해지려고 후퇴했을 뿐이오?

목에 밧줄을 두른 군중 등장.

클리퍼드 노인　전하, 그자는 도망쳤고 군대는 다 항복해　10

4막 9장 장소　케닐워스성.

이렇게 겸손하게 밧줄을 목에 걸고
전하의 생사 판결 대기하고 있습니다.

국왕   그렇다면 하늘은 영생의 문을 열고
감사와 찬양의 제 서약을 받으소서.
군인들아, 오늘 너흰 목숨을 구했고   15
네 군주와 나라에게 참사랑을 보여 줬다.
그처럼 훌륭한 마음씨를 쭉 가져라,
그러면 헨리는 그 자신이 불운하더라도
절대로 박정하지 않겠다고 단언한다.
그래서 난 모두에게 감사 사면 나눠 주며   20
각자의 지방으로 너희를 해산한다.

모두   전하 만세! 전하 만세!   (역도들 퇴장)

사자 등장.

사자   황공하나 전하께 경고해 드리는데,
저 요크 공작이 아일랜드에서 갓 돌아와
도끼 패와 튼튼한 경보병으로 이루어진   25
강력하고 막강한 군대를 거느리고
으스대는 대열 갖춰 이쪽으로 행군하며,
이리로 오면서 쭉 자신은 무기를 오로지
당신과 그가 역적이라 하는 서머싯 공작을
떼 놓기 위하여 들었다고 공언한답니다.   30

국왕   케이드와 요크 새에 끼어서 아픈 내 신세는
태풍을 피한 배가 곧바로 해적에게
정지되어 승선을 당한 것과 꼭 같구나.
케이드가 막 쫓겨나 부하들이 흩어지니

	요크가 막 무기 들고 그를 지원하는구나.	35
	부탁인데 버킹엄, 가서 그를 만난 다음	
	무기를 든 이유가 뭣인지 물어봐요.	
	에드먼드 공작을 탑에 보낼 거라고 전하오. —	
	그러므로 짐은 서머싯 당신을 거기에	
	그의 군이 해산될 때까지 감금할 것이오.	40
서머싯	전하, 이 나라에 이로우면 전 기꺼이	
	감옥이나 죽음에 몸을 맡길 것입니다.	
국왕	어쨌든 너무 거친 용어는 삼가시오,	
	그는 사나운 데다가 폭언은 못 참으니까.	
버킹엄	예, 전하, 그리고 만사가 당신께 이롭도록	45
	협상할 터이니 의심치 마십시오.	
국왕	자, 여보, 더 나은 통치법 배우러 갑시다.	
	작금의 내 치세를 끔찍하다 욕할 수 있으니까.	

(팡파르. 함께 퇴장)

4막 10장

케이드 등장.

케이드   빌어먹을 야심! 칼을 차고 있으면서 굶어 죽을 준비
가 된 나도 빌어먹을 놈이야! 난 요 닷새 동안 이 숲
에 숨어서 감히 밖을 못 내다봤다, 이 지역 전체에
나를 잡을 덫이 깔렸으니까. 하지만 난 이제 너무나
배가 고파 내 목숨을 천 년간 임대받는대도 더 기다   5

4막 10장 장소 이덴의 정원.

릴 순 없다. 그래서 난 벽돌담을 넘어 이 정원에 들
어와 먹을 풀이 있는지, 다시 와서 야채를 뜯을 수
있는지 보려고 하는데, 그건 이 뜨거운 날씨에 배를
식히는 데는 나쁘지 않다. 그런데 이 '야채'란 말은 나
를 도우려고 생겨난 것 같아. 이 투구 야채 통이 없었   10
다면 난 여러 번 머리통이 갈색 창에 맞아 깨졌을 테
니까. 또한 내가 여러 번 목마른 채 용감하게 행군했
을 땐 이게 냄비 대신 물 마시는 데 도움을 줬으니까.
그러니 이 '야채'란 말이 이제 날 먹고 살게 도와줘
야 해.   15

(그는 풀을 뜯어 먹으면서 드러눕는다.)

아이든, 하인들과 함께 등장.

아이든   아무렴, 그 누가 궁정의 혼란 속에 살면서
         이처럼 조용한 산책길을 즐길 수 있을까?
         아버지가 남겨 주신 이 조그만 유산이
         난 만족스럽고, 한 왕국의 가치를 지녔다.
         난 타인의 쇠퇴로 크게 되려 한다거나   20
         남들의 시샘을 무시한 채 축재하진 않는다.
         내 지위를 유지하고, 빈자들이 내 문을
         대단히 즐겁게 떠나는 것으로 충분하다.
케이드   (방백)
         이 땅의 주인이 와서 길 잃은 내가 허락 없이 자신의
         절대 소유지로 들어왔다고 붙잡으려 하는군. — 악   25
         당아, 너는 날 배신하고 내 머리를 국왕에게 가져간
         대가로 1천의 금화를 받으려 하는구나. 하지만 너와

내가 갈라서기 전에 난 네가 타조처럼 쇳조각을 먹
게 하고, 내 칼을 큰 핀처럼 삼키게 해 주겠다.

(자기 칼을 뽑는다.)

아이든 　허, 거친 녀석 같으니, 네가 누구이든 간에　　　　　30
난 널 몰라. 그러니 내가 왜 널 배신해?
주인인 날 무시하고 담을 타고 넘어와
내 정원에 침입하여 도둑처럼 내 땅에서
무엇을 훔치려 한 것으로 충분치 않느냐?
그런데 건방진 말을 하며 나에게 대들어?　　　　　　35

케이드 　대든다고? 암, 여태껏 뽑아낸 최고의 피에 걸고, 맞
장도 뜨겠다. 나를 잘 쳐다봐. 난 요 닷새 동안 음식
을 못 먹었다. 그래도 너와 부하 다섯이 덤벼 봐. 만
약 내가 너희를 대갈못처럼 다 죽여 놓지 못한다면,
맹세코, 난 절대로 풀을 더 안 먹겠다.　　　　　　40

아이든 　그래, 잉글랜드가 서 있는 한, 켄트의 향사인
알렉산더 아이든이 불쌍한 굶주린 사람과
우세한 결투를 했단 말은 절대 없을 것이다.
확고히 응시하는 네 눈으로 나에게 맞서서
표정으로 나에게 도전할 수 있는지 봐.　　　　　　45
사지를 맞대 보면 넌 나보다 훨씬 작고
네 손은 내 손목 끝의 손가락일 뿐이며,
네 다리는 이 곤봉에 비하면 작대기다.
내 발은 너의 힘 전체를 가지고 싸울 거야,
만약 내가 이 팔을 공중으로 쳐든다면　　　　　　50
네 무덤은 땅속에 이미 만들어졌다.
말이란 건 그 위력을 말로 보일 뿐이니까
얘기로 못 하는 건 이 칼로 표현하마.　　(칼을 뽑는다.)

케이드 내 용맹에 걸고, 지금껏 내가 들어 본 중 가장 완벽한
투사다! 칼아, 네가 칼집에서 자기 전에 날이 무뎌진 55
다거나 이 뼈대 억센 촌놈을 쇠갈비로 썰어 놓지 못
한다면, 난 신에게 무릎 꿇고 간청컨대 네가 여러 개
의 징으로 변했으면 좋겠다. (그들이 싸우고 케이드가 쓰
러진다.) 오, 난 살해됐다! 다름 아닌 굶주림 때문에 살
해됐어. 만 명의 악마가 내게 덤빈다 해도 내가 놓친 60
열 끼 식사만 주면 난 놈들 모두에게 도전할 것이다.
정원아, 시들어라, 지금부터 이 집에 사는 모두의 묘
지가 되어라. 정복 안 된 케이드의 영혼은 날아갔으
니까.

아이든 내가 살해한 자가 흉악한 역적인 케이드야? 65
칼아, 난 너를 이 행위 때문에 숭배하고
죽은 뒤엔 내 무덤에 걸어 놓을 것이다.
끝에 묻은 이 피는 절대 닦지 않을 테고
넌 그것을 네 주인이 얻었던 명예를
축하하기 위하여 문장처럼 지닐 거다. 70

케이드 잘 있어라, 아이든, 네 승리를 자랑해라. 켄트 사람들
에게 내 말 전해, 이 고장 최고의 사람을 잃었다고, 그
리고 온 세상 사람들에겐 겁쟁이가 되라고 강력히 권
해라. 누구도 두렵지 않았던 난 용맹이 아니라 굶주림
에 굴복했으니까. (죽는다.) 75

아이든 하늘의 심판 걸고, 넌 정말 나를 크게 모욕했다.
죽어라, 널 낳은 그녀의 재앙인 망할 놈아!
그리고 난 네 몸에 내 칼을 쑤셔 박으면서
네 영혼도 지옥으로 쑤셔 박고 싶구나.
나는 네 발목을 잡고서 네 무덤이 될 곳인 80

똥더미로 질질 끌고 간 다음, 거기에서
최고로 불손한 네 머리를 자른 뒤
기세 좋게 국왕에게 가져갈 것이고,
몸뚱이는 까마귀가 파먹게 놔둘 거야.

(아이든과 그의 하인들이 시체를 가지고 퇴장)

5막 1장

요크와 그의 아일랜드 군대,
고수 및 기수와 함께 등장.

요크 요크는 자기 권리 요구하고 연약한 헨리의
    왕관을 뺏으려고 이렇게 아일랜드에서 왔다.
    종을 크게 울리고 횃불을 환하게 밝히면서
    위대한 잉글랜드의 적법 왕을 환대하라.
    아, '신성한 왕위,' 누가 널 비싸게 안 사겠어?   5
    통치할 줄 모르는 자들은 복종하라고 해.
    이 손은 오로지 금만을 만지도록 빚어졌다.
    내 말에 칼이나 왕홀의 무개가 안 실리면
    그것에 합당한 행동이 뒤따를 수가 없다.
    난 영혼을 가졌듯이 왕홀을 쥘 테고,   10
    거기에 프랑스의 백합꽃을 꽂을 거야.

버킹엄 등장.

5막 1장 장소 세인트 올반스 근처의 들판.

이 누구야? 버킹엄이, 나를 방해하려고?
국왕이 보냈다, 분명해. 난 시치미 떼야 해.

버킹엄   요크, 그대 뜻이 좋다면 좋은 인사 하겠네.

요크   험프리 버킹엄, 당신 인사 받습니다.   15
당신은 사자요, 아니면 자의로 왔습니까?

버킹엄   지엄하신 우리 전하, 헨리의 사자로서
평시에 이렇게 무기 든 까닭을 알려 하네.
그리고 왜 그대는 나와 같은 신하인데,
서약과 진실한 충성 맹세 어기고 허락 없이   20
이렇게 큰 군대를 일으켰나, 또 감히
병력을 이토록 궁정에 가까이 데려왔나?

요크   (방백)
울화가 확 치밀어 거의 말을 못 하겠네.
오, 이 비열한 말들에 난 너무 화가 나서
바위 깨고 부싯돌로 싸울 수도 있겠다.   25
또 이제는 아이아스 텔라모니우스처럼
내 격정을 양이나 소에게 풀 수도 있겠다.
내 출신은 국왕보다 훨씬 더 나은 데다
더 왕 같고, 내 생각도 더 왕답다.
그래도 난 잠시 기분 좋은 척해야 해,   30
헨리는 더 약하고 나는 더 강해질 때까지 ─
버킹엄, 내가 여태 아무런 대답도 않은 건
당신이 용서해 주시기 바랍니다.
내 마음이 심각한 우울증에 시달렸소.

26행 아이아스 텔라모니우스
텔라몬 왕의 아들, 아이아스는 죽은 아
킬레스의 갑옷이 자기가 아닌 오디세우
스에게 주어지자 광분하여 한 떼의 양을
적군으로 생각하고 살육하였다. (RSC)

	내가 이 군대를 이곳으로 데려온 까닭은	35
	전하와 이 나라에 반역을 꾀하는	
	오만한 서머싯을 국왕과 떼 놓기 위함이오.	
버킹엄	그것은 그대 쪽의 너무 과한 추정이네.	
	하지만 그대의 무기에 딴 목적이 없다면	
	국왕께선 그대의 요구를 이미 들어주셨네.	40
	서머싯 공작은 탑에 들어갔으니까.	
요크	당신의 명예 걸고, 죄수란 말입니까?	
버킹엄	내 명예에 걸고서 그 사람은 죄수라네.	
요크	그러면, 버킹엄, 난 군대를 해산하오.	
	군인들, 모두들 고맙다. 스스로 흩어져라.	45
	성 조지 연병장에서 내일 나를 만나라,	
	급료와 원하는 모든 것을 줄 테니까. (군인들 퇴장)	
	그리고 주군이신 고결한 헨리께서	
	나의 장남, 아니, 나의 모든 아들을	
	내 충성과 사랑의 증거로 요구하신다면	50
	내가 살아 있듯이 기꺼이 다 보내겠소.	
	서머싯만 죽으면 땅과 물품, 말과 갑옷,	
	내 소유는 뭐든지 왕이 갖고 쓸 것이오.	
버킹엄	요크여, 나는 이 적절한 복종을 칭찬하고,	
	둘이서 전하의 막사로 들어갈 것이네.	55

국왕과 수행원들 등장.

국왕	버킹엄, 둘이서 팔짱 끼고 걷는 걸 보니까	
	요크가 짐을 해할 마음은 없나 보죠?	
요크	이 요크는 복종과 겸손을 다하여	

전하 앞에 스스로 출두하였습니다.

국왕　　　그러면 뭔 뜻으로 이 병력을 데려왔소?　　　　　　　　　60

요크　　　역적인 서머싯을 여기에서 들어내고

저 흉악한 케이드 역도와 싸우려 했는데,

그놈은 그 후에 패했다고 들었습니다.

아이든, 케이드의 머리를 가지고 등장.

아이든　　이토록 거칠고 이토록 비천한 사람이

국왕의 어전으로 나아갈 수 있다면　　　　　　　　　65

보십시오, 제가 싸워 살해한 역적 머리,

케이드의 머리를 전하께 바칩니다.

국왕　　　케이드의 머리를! 주님은 참 정의로우시다!

오, 죽었으니 그 얼굴 좀 보자, 생전엔

나에게 지나치게 큰 문제를 일으켰어.　　　　　　　　　70

친구는 말하라, 네가 그를 살해했어?

아이든　　전하께 황송하나 맞습니다.

국왕　　　이름이 무엇이냐? 그리고 네 계급은?

아이든　　알렉산더 아이든이 제 이름이고, 켄트의

미천한 향사로서 왕을 사랑하옵니다.　　　　　　　　　75

버킹엄　　황공하오나, 전하, 이 훌륭한 공로로

그에게 작위를 내리심이 마땅할 것입니다.

국왕　　　아이든, 무릎을 꿇어라. (아이든이 무릎을 꿇는다.)

기사로 일어서라.

짐은 네게 보상으로 천 마르크를 주고

지금부터 짐의 시중들 것을 명하노라.　　　　　　　　　80

아이든　　아이든은 그런 포상받을 만한 삶을 살고

오로지 주군께 충실한 삶만 살 수 있기를.　　　(퇴장)

왕비와 서머싯 등장.

국왕	(버킹엄에게 방백)

국왕　(버킹엄에게 방백)

봐요, 버킹엄, 서머싯이 왕비와 함께 와요.

이 공작이 못 보게 그를 빨리 숨기라 하시오.

왕비　요크가 천 개라도 그는 몸을 안 숨기고　　　　　　　85

용감하게 그의 얼굴 마주 볼 것입니다.

요크　아, 저런! 서머싯이 풀려났단 말이야?

그렇다면, 요크여, 네가 오래 감금했던

생각을 풀어놓고 네 혀와 마음을 일치시켜.

내가 저 서머싯의 모습을 견뎌야 해?　　　　　　　　90

거짓된 왕, 속임수를 내가 정말 못 참는 걸

알면서도 왜 나와의 신의를 저버렸나?

내가 널 '왕'이라 불렀어? 넌 왕이 아니고

대중을 지배하고 다스리기에도 맞지 않아,

감히 역적 하나를, 그래, 못 다스리니까.　　　　　　　95

네 머리는 왕관에 안 어울려. 네 손은

엄숙한 군주의 왕홀을 빛내는 게 아니라

순례자의 지팡이를 잡으라고 빚어졌어.

그 금은 나의 이 이마를 빙 둘러싸야 해,

그 미소와 찌푸림은 아킬레스의 창처럼　　　　　　　100

안색의 변화로 죽이고 치유할 수 있으니까.

왕홀을 치켜들고 그렇게 함으로써

유효한 법률을 시행할 손 하나가 여기 있다.

물러나라! 맹세코, 하늘이 널 다스리도록

	창조한 그 사람을 넌 더 이상 못 다스려.	105
서머싯	오, 흉악한 반역자! 요크, 난 너를 국왕과	
	왕관에 대항한 대역죄로 체포한다.	
	복종해라, 뻔뻔한 반역자야, 꿇고 빌어.	
요크	내 무릎을 꿇리려고? 이들에게 먼저 묻자,	
	내가 무릎 굽히는 걸 용납할 수 있는지.	110
	이봐, 내 보석금으로 내 아들들 불러와라.	

(수행원 퇴장)

	그들은 내가 감금되는 걸 보기 전에	
	그들 칼을 잡히고 나를 석방시킬 줄로 안다.	
왕비	클리퍼드를 부르시오. 그에게 빨리 와서	
	요크의 서출들이 이 역적 아비의 보증인이	115
	되는지 안 되는지 판단하라 하시오. (버킹엄 퇴장)	
요크	오, 핏방울로 얼룩진 나폴리 여인이여,	
	나폴리의 추방자, 잉글랜드의 잔인한 천벌이여!	
	너보다 혈통 좋은 이 요크의 아들들은	
	아버지의 보석금이 될 것이다. 걔들을	120
	내 보증인으로 거절하는 자들에겐 파멸을!	

에드워드와 리처드 등장.

보아라, 왔구나. 난 그들의 성공을 보증한다.

클리퍼드 노인과 클리퍼드 청년 등장.

왕비	그들의 보석을 거부할 클리퍼드 또한 왔다.
클리퍼드 노인	(헨리에게 무릎을 꿇는다.)

	주군이신 국왕의 건강 행복 다 빕니다. (일어선다.)	
요크	고맙다, 클리퍼드. 자, 무슨 소식 있는가?	125
	아니, 그 화난 모습으로 짐을 겁주지 마라.	
	짐이 네 군주다, 클리퍼드. 다시 무릎 꿇어라.	
	그렇게 실수한 건 짐이 용서하겠다.	
클리퍼드 노인	나의 왕은 이쪽이고, 요크, 난 실수 않았다.	
	하지만 그랬다고 생각하면 큰 실수야.	130
	정신 병원 가야겠어! 이 사람이 미쳤나?	
국왕	맞아, 클리퍼드. 광증과 야심 찬 성질로	
	자신의 왕에게 대항하게 됐으니까.	
클리퍼드 노인	그는 역적입니다. 그를 탑에 보내어	
	반역하는 머리통을 싹둑 자르십시오.	135
왕비	그는 체포되었지만 복종하지 않으면서	
	아들들이 자기를 보증할 거라 하네.	
요크	얘들아, 그럴 거지?	
에드워드	예, 아버님, 저희 말이 도움이 된다면요.	
리처드	말 가지고 안 되면 무기로 할 겁니다.	140
클리퍼드 노인	허, 이 무슨 역적 새끼들이란 말인가!	
요크	거울 속의 네 모습을 그렇게 불러라.	
	난 너의 왕이고 넌 배신한 역적이다.	
	용감한 나의 곰 두 마리를 여기로 불러와	
	무섭게 움츠린 이 똥개들이 경악토록	145
	그들의 쇠 목줄을 막 흔들어 주라고 해.	
	솔즈베리와 워릭을 내게로 오라 하라.	

두 백작, 솔즈베리와 워릭 등장.

클리퍼드 노인	이것들이 네 곰이냐? 네가 감히 그들을
	곰 우리로 데려오면 개를 풀어 죽인 다음
	그들의 쇠 목줄로 곰지기를 묶을 거다.	150
리처드	열 올라 우쭐대는 똥개가 제지를 당하면
	뒤돌아 깨무는 걸 난 여러 번 보았다.
	그놈은 무서운 곰 앞발에 상처를 입고는
	꼬리를 두 다리 사이에 꽉 붙이고 울었지.
	너희가 워릭 경과 맞붙어 싸운다면	155
	그렇게 개 같은 꼴 당하게 될 거야.
클리퍼드 노인	저리 가, 모양처럼 태도도 비뚤어진
	분노의 무더기, 더럽게 못생긴 살덩이야.
요크	아니, 우리가 너희를 곧 뜨겁게 달궈 주마.
클리퍼드 노인	조심해, 자신들의 열기에 타지 않게.	160
국왕	워릭은 왜 무릎 굽혀 절하지 않는가?
	솔즈베리 노인이여, 정신 이상 아들의
	미친 안내자라니 백발이 부끄럽지도 않소!
	뭐, 임종의 침상에서 불한당 노릇하며
	안경 끼고 슬픔을 찾겠다는 겁니까?	165
	오, 신의는 어디에? 오, 충성은 어디 있소?
	그것이 그 백두에서 추방되었다면
	이 세상 어디에서 피난처를 찾겠어요?
	그대는 전쟁을 찾으려고 무덤 파고
	명예로운 그 노년에 창피한 피 보려 하오?	170
	왜 그대는 늙었는데 경험이 부족하오?
	아니면 그것이 있는데 왜 악용하죠?
	창피하오, 무덤에 절할 만큼 나이 많은
	그 무릎을 나에게 공손히 꿇으시오.

솔즈베리	전하, 저는 제 스스로 이 가장 유명한
	공작의 권리를 숙고해 본 다음,
	양심에 따라서 이 각하를 잉글랜드 왕좌의
	적법한 후계자로 여기는 바입니다.
국왕	그대는 나에게 충성 맹세 했잖소?
솔즈베리	그랬지요.
국왕	신에게 그 서약의 면제를 받을 수 있겠소?
솔즈베리	죄를 지을 거라는 맹세도 큰 죄지만
	죄 많은 서약을 지키는 건 더 큰 죄죠.
	그 누가 엄숙한 서약에 묶였다고 해서
	흉악한 행위 하고, 남의 물건 훔치고,
	흠 없는 처녀의 순결을 강탈하고,
	고아의 세습 재산 그로부터 빼앗고,
	과부의 인정된 유산권을 탈취할 수 있죠?
	자신이 이러한 잘못을 저지를 이유가
	엄숙한 서약에 묶였단 것밖에 없다면요?
왕비	교활한 역적은 궤변가가 필요 없지.
국왕	버킹엄을 불러서 무장하라 하시오.
요크	버킹엄과 네가 가진 친구를 다 불러라.
	죽음이든 대권이든 내 결심은 확고하다.
클리퍼드 노인	죽음이야, 장담해, 꿈꾼 대로 된다면.
워릭	당신이 이 전장의 태풍을 피하려면
	자러 가서 꿈을 다시 꾸는 게 최고요.
클리퍼드 노인	난 오늘 네가 불러낼 수 있는 그 어떤
	폭풍보다 더 큰 것도 견뎌 낼 결심했고
	그 사실을 네 투구 위에다 써 주마,
	내가 널 네 가문 인식표로 알 수만 있다면.

175

180

185

190

195

200

워릭	장인의 인식표, 네빌의 옛 문장, 앞발 든 채
	저 거친 막대에 묶인 그 맹렬한 곰에 걸고,
	난 오늘 내 투구를 높이 쓸 것이오.
	그 어떤 폭풍에도 잎을 아니 떨구는 205
	산꼭대기 위쪽의 삼나무가 그리하듯
	그 모습만 가지고 당신을 겁주려고 말이오.
클리퍼드 노인	그럼 난 네 투구에서 그 곰을 뜯어낸 뒤
	그 곰을 보호하는 곰지기를 무시한 채
	온갖 경멸 다 하며 짓밟아 줄 것이다. 210
클리퍼드 청년	그러니 승리하는 아버지, 무장하고
	역도들과 공범들을 진압하십시오.
리처드	쳇, 자선에 맹세코, 창피해! 악의로 말하지 마,
	넌 오늘 저녁에 주님과 식사할 테니까.
클리퍼드 청년	낙인찍힌 추남아, 그건 네가 알 수 없어. 215
리처드	넌 천당은 아니어도 지옥 식사 꼭 할 거야.

(각자 퇴장)

5막 2장

성의 표지 깃발이 걸려 있다. 전투 경종. 워릭 등장.

워릭	컴벌랜드 클리퍼드, 워릭이 널 부른다.
	네가 만약 이 곰을 피하는 게 아니라면
	이 성난 나팔이 경종처럼 울리고
	죽는 자들 외침이 저 허공을 채운 지금,

5막 2장 장소 세인트 올반스.

클리퍼드, 나와서 나와 꼭 싸워라!   5
오만한 북쪽 귀족 컴벌랜드 클리퍼드,
워릭은 너를 무장시키려다 목쉬었다.

요크 등장.

괜찮아요, 공작님! 아니, 순전히 두 발로?
요크 저 살벌한 클리퍼드가 내 군마를 죽였네.
     하지만 난 그와 대등하게 맞붙었고   10
     그가 그리 사랑하던 그 멋진 짐승도
     사체 먹는 솔개와 까마귀 밥 만들었어.

클리퍼드 노인 등장.

워릭 우리 중 하나 또는 둘에게 때가 왔습니다.
요크 잠깐, 워릭, 자네는 딴 사냥감 찾아보게,
     내가 이 사슴을 쫓아가 죽여야 하니까.   15
워릭 왕관 위해 싸우니까 고귀하게 그러세요.
     난 오늘, 클리퍼드, 맹활약할 작정인데
     너를 공격 못 한 채 떠나서 슬프구나.   (퇴장)
클리퍼드 노인 요크여, 내게서 뭘 봤느냐? 왜 멈춰?
요크 네가 나의 철천지원수만 아니라면   20
     난 용감한 네 태도를 사랑할 것이다.
클리퍼드 노인 네 기량도 반역으로 천하게만 안 보이면
     칭찬과 평가가 없지 않을 것이다.
요크 난 정의와 참권리로 그걸 드러내니까
     너의 칼에 맞선 지금 그 도움을 바란다.   25

| 클리퍼드 노인 | 이 싸움에 내 영혼과 육신을 다 걸겠다! |
| 요크 | 무서운 내기로군! 곧바로 준비해라. |

(그들이 싸우고 클리퍼드 노인 쓰러진다.)

클리퍼드 노인	"업적의 완성은 결말이다."　　　　　　　(죽는다.)
요크	넌 조용하니까 전쟁이 그 평화를 줬구나.
	하늘이여, 원하시면 이 영혼에 평화를.　　　　(퇴장)　　30

클리퍼드 청년 등장.

클리퍼드 청년	수치와 파멸이다! 모두가 패주한다.
	공포는 혼란 낳고, 혼란은 보호해야 할 것을
	해친다. 오, 전쟁이여, 분노한 저 하늘이
	자신의 대행자로 내세우는 지옥의 아들이여,
	우리 편의 얼어붙은 가슴속에 뜨거운　　　　　　35
	복수의 석탄을 던져라! 군인은 도망 마라.
	진정으로 전쟁에 몸 바친 사람에게
	자애란 건 없으며, 자애하는 사람은
	용맹이란 이름을 선천적이 아니라
	상황 따라 얻는다. (아버지의 시체를 본다.)
	오, 추한 세상, 끝나라.　　　　40
	그리고 최후의 그날에 예정된 불길이여,
	저 하늘과 이 땅을 함께 붙여 놓아라!
	이제는 그 나팔이 온 사방에 힘껏 울려
	개인적인 잡일과 자잘한 소리들은
	모두 다 멈춰라! 사랑하는 아버지,　　　　　　45
	당신은 편안한 젊음을 보내고 신중한 노년의
	은빛 머리 얻으라는 명을 받으셨는데,

존경받고 누워 계실 시기에 이렇게
잔인한 전투에서 죽나요? 바로 이 모습에
내 심장은 돌이 되고, 그게 내 것인 한   50
돌과 같으리라. 요크는 우리 노인 안 봐줬어,
나 또한 그들의 아기들 안 봐준다. 나에게
처녀의 눈물은 불에 닿은 이슬이 될 테고,
폭군을 종종 교화시키는 미모는
불타는 내 분노에 기름 붓는 격이리라.   55
지금부터 난 동정과 관련 없을 것이다.
내가 만약 요크가의 영아를 만난다면
흥분한 메데이아가 압시르투스를 잘랐듯이
수많은 살덩이로 그걸 잘라 버릴 거야.
난 잔인성 속에서 명성을 구하리라.   60
자, 오래된 클리퍼드 가문의 새로운 폐허여,

                                      (그를 등에 업는다.)

아이네이아스가 안키세스 노인을 업었듯이
난 당신을 든든한 내 어깨에 올립니다.
근데 아이네이아스는 나의 이 재난처럼
무거운 짐이 아닌 산 짐을 졌답니다.   65

                                  (시체와 함께 퇴장)

서머싯 공작과 리처드 싸우면서 등장.

58행 메데이아
그리스 전설에서 메데이아는 이아손과
함께 콜코스에서 도망칠 때 자기 아버지
의 추적을 늦추기 위해 자기 동생 압시르
투스를 난도질하여 바다에 던졌다고 한

다. (리버사이드)
62행 아이네이아스…업었듯이
베르길리우스의 「아이네이스」에서 아
이네이아스는 아버지 안키세스를 등에
업고 불타는 트로이를 빠져나왔다.

5막 2장   299

서머싯이 죽는다.

리처드   자, 넌 거기 누워 있어.

왜냐하면 서머싯은 세인트 올반스성 안의

하찮은 술집 표시 아래에서 죽는 걸로

그 마법사를 유명하게 만들어 주니까.

칼아, 네 기질을 유지해. 심장아, 늘 격노해.   70

신부는 적을 위해 기도해도, 왕족은 죽인다.

(시체와 함께 퇴장)

싸움. 습격. 국왕, 왕비, 나머지 사람들 등장.

왕비   전하, 피해요! 창피하게 느려요, 피해요!

국왕   하늘을 피할 수 있겠소? 마거릿, 멈춰요.

왕비   전하는 왜 그래요? 싸움도 도망도 않다니.

지금은 적에게 길 터 주고, 도망칠 능력뿐인   75

우리의 능력 다해 안전을 지키는 게

용기이고 지혜이며 방어책이랍니다.

(멀리서 경종)

당신이 잡히면 우리는 우리 운명 전체의

바닥을 봐야 해요. 근데 혹시 피한다면 —

당신의 태만만 아니면 그럴 수 있는데 —   80

우리는 당신이 사랑받는 런던으로 돌아가

우리의 행운에 난 지금의 이 구멍을

67~69행 서머싯은⋯주니까 주술사 볼링브로크는 앞서 1막 4장에서 악
귀를 통하여 서머싯의 이런 죽음을 예언하였다.

쉽사리 막을 수 있어요.

클리퍼드 청년 등장.

클리퍼드 청년   전 미래의 해악을 저지를 마음만 없었어도
　　　　　　도망을 청하기 이전에 불경한 말 했겠지요.　　　　85
　　　　　　하지만 도망쳐야 합니다. 불치의 완패가
　　　　　　생존자들 모두의 마음속에 군림해요.
　　　　　　구원 향해 떠나세요! 그럼 우린 살아서
　　　　　　우리의 운세와 그들 승리, 맞바꿀 겁니다.
　　　　　　가세요, 전하, 어서요!　　　　　　　(함께 퇴장)　90

5막 3장

경종. 퇴각. 요크, 리처드, 에드워드, 워릭과 군인들,
고수 및 기수와 함께 등장.

요크   솔즈베리 노인 소식 누가 알 수 있는가?
　　　그 겨울 사자는 노년의 타박상과
　　　시간의 흠집을 다 격분 속에 잊고서
　　　청춘의 이마 가진 용사처럼 때맞춰
　　　회춘한 듯했다. 솔즈베리를 잃었다면　　　　5
　　　행복한 이날은 의미 없고, 우리는
　　　한 뼘 땅도 못 얻었다.

리처드　　　　　　　　　고귀하신 아버지,

5막 3장 장소 세인트 올반스.

전 오늘 세 번이나 그를 말에 태워 줬고,
세 번이나 막아 줬죠. 세 번 그를 밖으로
데려가서 설득하며 전투는 더 마라 했죠.   10
그럼에도 전 그를 위험이 있는 데서 만났고,
수수한 집안의 값비싼 벽걸이 그림처럼
그의 의지는 그의 노쇠한 몸 안에 있었어요.
하지만 고귀한 그대로 그가 저기 오는군요.

솔즈베리 등장.

　　　　자, 이 칼에 맹세코, 오늘 잘 싸우셨소.   15
솔즈베리　맹세코, 우리 모두 그랬지. 고맙네, 리처드.
　　　　이 몸이 얼마나 더 살지는 신만 아시겠지만
　　　　그분이 기쁘셔서 자넨 오늘 세 번이나
　　　　임박한 죽음에서 나를 보호해 줬네.
　　　　자, 여러분, 우리는 가진 것을 못 지켰소.   20
　　　　회복하는 성질 가진 적들이기 때문에
　　　　이번에 도망친 것으로는 충분치 못하오.
　요크　그들을 뒤쫓는 게 우리의 안전임을 압니다,
　　　　듣기로는 국왕이 런던으로 도망쳐
　　　　의회를 바로 소집할 거라고 하니까.   25
　　　　영장이 나가기 이전에 그를 추격합시다.
　　　　워릭 경은 어떤가? 그들을 쫓을까?
　워릭　쫓아요? 아닙니다, 가능하면 앞서가요!
　　　　제 신앙에 맹세코, 영광의 날이었습니다.
　　　　유명한 요크가 승리한 세인트 올반스 전투는   30
　　　　앞으로 올 전 시대에 불멸할 것입니다.

북 치고 나팔 불며 모두들 런던으로.
우리에게 이런 날이 더 많이 오기를!　　　(함께 퇴장)

헨리 6세 3부

Henry VI, Part 3

등장인물

요크가 사람들

리처드 플랜태저넷, 요크 공작	요크가의 지도자
에드워드 마치 백작	요크 공작의 장남, 후에 그 호칭의 계승자이면서 에드워드 4세
조지, 후에 클래런스 공작	요크 공작의 차남
리처드, 후에 글로스터 공작	요크 공작의 삼남
러틀런드 백작	요크 공작의 막내아들
존 모티머 경	요크 공작의 삼촌
휴 모티머 경	존 모티머의 동생
그레이 부인 (과부)	후에 엘리자베스 왕비, 에드워드 4세의 아내
에드워드 요크 왕자	미래의 에드워드 5세
워릭 백작	요크 지지자였다가 후에 랭커스터 지지자
몬터규 후작	워릭의 동생, 요크 지지자였다가 후에 랭커스터 지지자
노펔 공작	
헤이스팅스 경	
펨브로크 백작	
스태퍼드 경	
윌리엄 스탠리 경	
리버스 경	그레이 부인의 동생, 처음엔 요크 지지자였다가 다음엔 랭커스터 지지자
부관	런던 탑 근무
요크 시장	요크 시장
존 몽고메리 경	존 몽고메리 경
가정교사	러틀런드의 선생
유모	에드워드 요크 왕자의 유모

아들	요크를 위해 싸우다가 자기 아버지를 죽인 자
귀족	
세 경계병	

랭커스터가 사람들

헨리 6세	랭커스터가의 지도자
마거릿 왕비	헨리 왕의 아내
에드워드 왕자	헨리 왕의 아들
헨리 튜더 리치먼드 백작	미래의 헨리 7세
서머싯 3세 공작	요크와 랭커스터 양쪽 지지자
서머싯 4세 공작	
엑서터 공작	
클리퍼드 경	
노섬벌랜드 공작	
웨스트모얼랜드 공작	
옥스퍼드 백작	
코번트리 시장	
서머빌	
아버지	랭커스터를 위해 싸우다가 자기 아들을 죽인 자
사냥꾼	

프랑스 사람들

루이 11세	프랑스 왕
보나 부인	루이 왕의 처제
부르봉 경	프랑스 제독

그 밖의 사람들

두 관리
사자들
파발꾼들

군인들, 요크의 부시장, 코번트리 시민들,
고수, 나팔수, 수행원들.

1막 1장

경종. 리처드 플랜태저넷 요크 공작, 에드워드,

리처드, 노퍽, 몬터규, 워릭, 모자에 흰 장미를 꽂고

군인들과 함께 등장.

워릭　　국왕이 우리 손을 피한 게 놀랍군요.

요크　　우리가 저 북쪽의 기마병을 추격할 동안에

　　　　교묘히 달아났고, 부하들을 버렸다네.

　　　　그러자 퇴각 나팔 소리는 절대로 못 참는

　　　　저 위대한 용사인 노섬벌랜드 경이　　　　　　　　5

　　　　축 처진 군의 사기 돋우었고, 그 자신과

　　　　클리퍼드, 스태퍼드 경들은 다 나란히

　　　　우리의 주력 부대 전방을 치고 들어왔다가

　　　　병졸들의 칼에 의해 살해당했다네.

에드워드　스태퍼드의 아버지 버킹엄 공작도　　　　　　　10

　　　　죽었거나 아니면 중상을 입었어요.

　　　　제가 그의 턱받이를 내리쳐 쪼개놨죠.

　　　　사실인데, 아버지, 그의 피를 보십시오.

몬터규　　그리고, 형, 윌트셔 백작 피가 이건데,

　　　　싸움이 붙었을 때 제가 그를 마주쳤죠.　　　　　15

리처드　　(서머싯 공작의 머리를 보여 준다.)

　　　　내가 한 일, 네가 나를 대신해 말 좀 해 줘.

1막 1장 장소
런던, 의회 건물.
14행 형
이곳에서 몬터규는 자기 형 워릭에게 말
을 거는 것일 수도 있지만, 몬터규와 요

크는 실제로는 삼촌과 조카뻘인데도 몇
곳(1막 2장 4, 35, 54, 59행)에서 서로를
동생과 형으로 부른다. 그러다가 2막 1장
166행과 그다음부터 워릭과 몬터규는 정
확하게 형과 동생으로 불린다. (아든)

요크	아들 중엔 리처드가 대상을 받아야지.
	하지만 각하께서 죽었소, 서머싯 경?
노퍽	존 오브 곤트 가계는 다 그리될 겁니다.
리처드	헨리 왕의 머리도 이렇게 흔들고 싶네요. 20
워릭	나도 마찬가지네. 승리하신 요크 군주여,
	난 당신이 지금은 랭커스터 가문이 찬탈한
	그 옥좌에 앉는 걸 보기 전엔 제 눈을,
	하늘에 맹세코, 절대로 감지 않을 것입니다.
	이것이 겁에 질린 국왕의 궁정이고 25
	이것이 그 왕좌요. 차지하십시오, 요크,
	헨리의 후손 것이 아니고 당신 것이니까.
요크	날 도와준다면, 친절한 워릭, 그러겠네,
	우리는 무력으로 여기에 쳐들어왔으니까.
노퍽	우리가 다 돕죠, 도망자는 죽습니다. 30
요크	고맙네, 귀한 노퍽. 경들은 내 곁에 있고
	군인들도 오늘 밤은 내 곁에 머물러라.

(그들은 왕좌로 올라간다.)

워릭	왕이 와서 당신을 강제로 안 밀어낸다면
	그에게 폭력을 쓰지는 마십시오.
요크	왕비는 오늘 낮 여기서 의회를 열 테지만 35
	우리가 참석할 거라곤 전혀 생각 못 하네.
	말이나 주먹으로 여기서 우리의 권리 찾자.
리처드	우린 무장했으니까 이 건물에 있읍시다.
워릭	요크 공작 플랜태저넷이 왕이 되고,
	우리를 적들의 웃음거리 만들었던 겁쟁이, 40
	수줍은 헨리가 퇴위되지 않는다면
	이것은 '피비린 의회'로 불릴 것입니다.

요크	그럼 날 떠나지 말게. 경들은 뜻을 굳히시오.
	나는 내 권리를 손에 넣을 작정이오.
워릭	만약에 워릭이 경고 방울 흔들면 국왕도, 45
	그를 가장 사랑하여 랭커스터를 받드는
	가장 거만한 새도 감히 날지 못할 거요.
	내가 심을 플랜태저넷, 감히 뽑아 보라죠.
	리처드, 결심하고 잉글랜드 왕관을 요구해요.

팡파르. 헨리 왕, 클리퍼드, 노섬벌랜드, 웨스트모얼랜드,
엑서터, 모두 모자에 붉은 장미를 달고 나머지 사람들과
함께 등장.

헨리 왕	경들은 저 억센 역도가 바로 저 왕좌에 50
	앉은 걸 보시오. 그는 저 불충한 귀족인
	워릭의 힘을 업고 왕권을 열망하며
	왕으로 군림할 모양이오. 노섬벌랜드 백작,
	그는 자네 부친을, 또한 클리퍼드 경, 자네의
	부친을 살해했고, 둘은 그와 그의 아들들과, 55
	그의 총아, 친구에게 복수를 맹세했다.
노섬벌랜드	제가 안 한다면 하늘이 제게 복수하기를.
클리퍼드	그 희망에 클리퍼드는 무장 애도 중입니다.
웨스트모얼랜드	뭐, 저 꼴을 봐야 해요? 끌어내립시다.
	제 화가 불타올라 견딜 수가 없습니다. 60
헨리 왕	진정하게, 고귀한 웨스트모얼랜드 백작.
클리퍼드	참는 일은 그와 같은 겁보들이 합니다.
	선왕이 계셨으면 그는 감히 저기에 못 앉죠.
	자비로우신 전하, 여기 이 의회에서

	우리가 요크가를 공격해 버리지요.	65
노섬벌랜드	사촌은 말 한번 잘했네. 그러시죠.	
헨리 왕	아, 이 도시가 그들을 좋아하고, 그들은	
	군부대를 맘대로 부르는 걸 모르는가?	
엑서터	하지만 공작이 살해되면 급히 도망치겠죠.	
헨리 왕	여기 이 의사당을 도살장 만드는 건	70
	헨리의 마음과는 거리가 먼 생각이네.	
	엑서터 사촌, 헨리가 쓰려는 전술은	
	찌푸림, 말과 협박, 그런 게 될 것이네. —	
	너, 작당하는 요크 공작, 옥좌에서 내려와	
	내 발밑에 무릎 꿇고 은혜와 자비를 구하라.	75
	난 너의 군주니라.	
요크	내가 너의 군주다.	
엑서터	창피해, 내려와. 그가 널 요크 공작 만들었어.	
요크	그것은 백작의 지위처럼 내 유산이었다.	
엑서터	네 아버진 국왕을 배신한 역적이었다.	
워릭	엑서터, 찬탈하는 이 헨리를 따르는	80
	너야말로 국왕을 배신한 역적이다.	
클리퍼드	누구를 따라야하는데, 적법한 왕 말고?	
워릭	맞아, 클리퍼드, 그것이 요크 공작 리처드야.	
헨리 왕	그래서 넌 내 옥좌에 앉았고 난 서 있나?	
요크	그래야 하고 또 그럴 거다. 만족해라.	85
워릭	(헨리에게)	
	랭커스터 공작이나 해. 왕은 그가 할 테니까.	
웨스트모얼랜드	그는 왕이면서 랭커스터 공작이란 사실을	
	이 웨스트모얼랜드는 계속 주장할 것이다.	
워릭	워릭은 그걸 반증할 것이다. 넌 우리가	

	너희를 전장에서 내쫓았고, 너희의	90
	아비들을 죽였으며, 군기를 펼친 채	
	시내를 행진하여 궁정 문에 온 것을 잊었어.	
노섬벌랜드	그래, 워릭, 난 그걸 비통하게 기억하고,	
	맹세코, 너와 네 가문이 후회하게 만들 거다.	
웨스트모얼랜드	플랜태저넷, 난 너와 네 아들들,	95
	친척과 친구의 목숨을 내 아버지 핏줄 속의	
	핏방울 숫자보다 더 많이 취할 거다.	
클리퍼드	워릭은 그 얘기 그만해, 안 그럼 말 대신에	
	너에게 그의 죽음 복수해 줄 치명타를	
	내가 움직이기도 전에 날려 줄 것이다.	100
워릭	딱한 클리퍼드, 하찮은 그 협박 난 정말 경멸해!	
요크	당신은 짐의 왕위 계승권을 보고 싶소?	
	아니라면, 짐은 칼로 전장에서 말하겠소.	
헨리 왕	역적아, 왕위에 네가 무슨 권리가 있느냐?	
	네 아버진 너처럼 요크 공작이었고,	105
	할아버진 로저 모티머, 마치 백작이었다.	
	나는 저 돌핀과 프랑스인들의	
	무릎을 꿇리고 여러 읍과 지역을 빼앗은	
	그 헨리 5세의 유일한 아들이다.	
워릭	프랑스 얘기는 하지 마, 네가 잃었으니까.	110
헨리 왕	그것은 내가 아닌 섭정이 잃었다.	
	난 겨우 아홉 달이었을 때 왕위에 올랐다.	
리처드	이젠 족히 나이가 찼는데도 잃는 것 같구먼.	
	아버지, 저 찬탈자 머리에서 왕관을 벗겨요.	
에드워드	아버지, 그러세요. 당신의 머리에 올려요.	115
몬터규	형님은 무기를 사랑하고 존중하니	

	이런 트집 잡지 말고 싸워서 결판내죠.	
리처드	북과 나팔 울려요, 그럼 왕은 달아날 겁니다.	
요크	얘들아, 입 다물어.	
헨리 왕	너도 입 다물고 헨리 왕이 말하게 해.	120
워릭	플랜태저넷이 먼저 말할 것이다. 경들은	
	듣고 또 조용히 한 다음 주의도 하시오,	
	방해하는 사람은 살지 못할 테니까.	
헨리 왕	넌 내가 내 할아버지와 아버지가 앉았던	
	내 옥좌를 포기할 거라고 생각해? 아니,	125
	전쟁으로 내 왕국 주민이 먼저 없어질 거다.	
	암, 또 그들의 군기가, 프랑스에서 쭉 쓰다가	
	이제는 잉글랜드에 와서 크게 슬픈 그것이	
	내 수의가 될 것이다. 경들은 왜 낙담하오?	
	내 권리는 훌륭하고, 그의 것보다 훨씬 낫소.	130
워릭	입증하면, 헨리여, 네가 왕이 될 것이다.	
헨리 왕	저 헨리 4세는 정복으로 왕관을 취하셨다.	
요크	자신의 왕에 맞선 반역으로 취했었지.	
헨리 왕	(방백)	
	할 말을 모르겠네. 내 권리가 약하구나. ─	
	근데 왕이 후계자를 입양할 수는 없나?	135
요크	그래서 뭐?	
헨리 왕	그럴 수 있다면 적법한 왕은 나다.	
	리처드는 수많은 귀족들이 보는 데서	
	저 헨리 4세에게 왕관을 넘겼고	
	아버진 그분의, 난 부왕의 후계자이니까.	140
요크	그는 자기 군주에 대항하여 봉기했고	
	그에게 왕관을 넘기라고 강요했다.	

워릭	경들이여, 그가 만약 압박 없이 넘겼대도
	그 때문에 그 왕권이 손상됐다 생각하오?
엑서터	아뇨, 그는 그 왕권을, 후계자가 물려받아	145
	통치하지 않는다면 못 넘겼을 테니까.
헨리 왕	엑서터 공작은 짐에게 맞서고 있는가?
엑서터	권리는 그의 것이니까 저를 용서하십시오.
요크	경들은 왜 속삭이고 대답을 않는 거요?
엑서터	내 양심은 합법적인 국왕은 그라고 말하오.	150
헨리 왕	모두들 나에게 반항하고 그에게 가겠군.
노섬벌랜드	(요크에게)
	플랜태저넷, 네 요구가 있다 해서
	헨리가 퇴위할 거라고는 생각 마라.
워릭	무슨 일이 있더라도 그는 퇴위될 것이다.
노섬벌랜드	넌 잘못 생각했어. 널 이렇게 건방지고	155
	오만하게 만드는 너의 그 남쪽 지역,
	에섹스, 노퍽, 서퍽 또는 켄트의 세력도
	날 무시하고는 이 공작을 못 세운다.
클리퍼드	헨리 왕이시여, 당신에게 권리가 있든 없든
	이 클리퍼드는 당신을 옹호해 싸울 거요.	160
	부친 살해범에게 내 무릎을 꿇는다면
	그 땅은 입을 벌려 나를 산 채 삼키기를.
헨리 왕	오, 클리퍼드, 네 말에 난 용기백배했다!
요크	랭커스터의 헨리는 네 왕관을 넘겨라.
	경들은 뭘 투덜대고 무슨 모의 하는가?	165
워릭	군주다운 이 요크 공작을 올바로 대하시오,

143행 그 리처드 2세.

안 그러면 이 건물을 무장한 자들로 채우고,
지금 그가 앉아 있는 저 왕좌 위쪽에
찬탈의 핏물로 그의 권리 다 적을 것이오.

(그가 발을 구르자 군인들이 모습을 드러낸다.)

헨리 왕   워릭 경, 내 말을 한 마디만 들어 보게.   170
          내 생전엔 왕으로서 통치하게 해 주게.

요크   왕권을 나와 내 후계자들에게 확인하면
          당신은 사는 동안 조용히 통치할 것이오.

헨리 왕   만족하오. 리처드 플랜태저넷이여,
          나의 서거 이후에 이 왕국을 향유하오.   175

클리퍼드   당신 아들, 세자에겐 정말 큰 잘못이오!

워릭   잉글랜드와 그 자신에겐 정말 큰 이익이오!

웨스트모얼랜드 천하고 겁에 질려 절망하는 헨리여!

클리퍼드   당신은 당신과 우리를 다 정말로 해치오.

웨스트모얼랜드 난 여기 남아서 이 조항들을 못 듣겠소.   180

노섬벌랜드   나도.

클리퍼드   (노섬벌랜드에게)
          가요, 사촌, 이 소식을 왕비에게 전합시다.

웨스트모얼랜드 차가운 핏속에 명예의 불꽃 하나 못 지닌
          심약하고 퇴보한 왕, 잘 있어요.

노섬벌랜드   요크가의 제물 되고 남자답지도 못한   185
          이 행위 때문에 족쇄 찬 채 죽으시오.

클리퍼드   무서운 전쟁에서 패배를 당하든지,
          버림과 경멸을 받으면서 편안히 사시오.

(웨스트모얼랜드, 노섬벌랜드, 클리퍼드,
그들의 군인들과 함께 퇴장)

워릭   헨리, 이쪽으로 돌아서서 저들은 상관 마오.

엑서터	그들은 복수를 노리니까 항복 않을 겁니다.	190
헨리 왕	아, 엑서터.	
워릭	왜 한숨 쉽니까, 전하?	
헨리 왕	나 때문이 아니라, 워릭 경, 비정하게	
	상속권을 빼앗길 내 아들 때문이네.	
	하지만 할 수 없지. (요크에게) 난 여기서 왕권을	
	그대와 그대의 후손에게 영원히 양도하오.	195
	단, 그대가 여기에서 이 내전을 그치고	
	나를 내 생전에는 그대의 왕이자 군주로	
	공경할 것이며, 반역이나 적의로	
	나를 끌어내리거나 스스로 군림하진	
	않겠다는 서약을 한다는 조건이오.	200
요크	그 서약을 기꺼이 한 다음 실천할 것이오.	
워릭	헨리 왕 만세! 플랜태저넷, 그를 포옹하시오.	
헨리 왕	또 그대와 이 유망한 아들들도 장수하길.	
요크	요크와 랭커스터, 이제 화해했습니다.	
엑서터	그들을 원수로 만들려 하는 자는 저주받길.	205

(팡파르. 여기에서 그들은 내려온다.)

요크	자비로우신 전하, 저는 제 성으로 가렵니다.	

(요크와 그 아들들, 군인들과 함께 퇴장)

워릭	저는 제 군인들과 함께 런던을 지키죠.	(퇴장)
노픽	저는 제 추종자들과 함께 노픽으로.	(퇴장)
몬터규	그리고 저는 제가 떠나온 바다로.	(퇴장)
헨리 왕	그리고 비탄과 슬픔에 찬 나는 궁정으로.	210

마거릿 왕비와 에드워드 왕자 등장.

엑서터	왕비가 오시는데, 화난 모습입니다.
	전 몰래 가렵니다. (떠나려고 한다.)
헨리 왕	엑서터, 나도 그럴 것이네.
왕비	아뇨, 절 떠나지 마세요, 뒤따를 거예요.
헨리 왕	온화한 왕비여, 참아요, 그럼 난 머물겠소.
마거릿 왕비	이러한 극한에서 그 누가 참을 수 있나요? 215
	아, 불행한 분, 당신이 이토록 비정한
	아버지인 것을 보니 전 처녀로 죽어서
	당신도 안 보고 아들도 안 낳았더라면.
	애가 자기 생득권을 이렇게 잃어야 하나요?
	당신이 그를 제 사랑의 반만 사랑한다면, 220
	제가 한 번 느꼈던 그 고통을 느낀다면,
	제가 피로 양육했듯 그를 양육했다면
	당신은 저 야만 공작을 후계자로 만들고
	외아들의 상속권을 빼앗기보다는
	당신의 가장 귀한 심장 피를 버렸을 거예요. 225
에드워드 왕자	아버지는 제 상속권 못 빼앗으십니다.
	당신이 왕이라면 제가 왜 계승을 못하죠?
헨리 왕	용서하오, 마거릿. 용서해라, 아들아.
	워릭 백작과 그 공작이 내게 강요했단다.
마거릿 왕비	강요해요? 당신이 왕인데 강요를 당해요? 230
	전 그 말이 창피해요. 아, 소심한 철면피,
	당신은 자신과 아들과 저를 망쳐 놓았고,
	요크가에게는 그들의 묵인하에서만
	당신이 통치하는 방식의 자유를 줬어요.
	그와 그의 후손에게 왕권 양도해 주는 것, 235
	그것은 당신의 묘를 파고 아주 때 이르게

거기로 기어 들어가는 게 아니고 뭐지요?
워릭은 국새 담당관이고 칼레의 주인이며
가혹한 팔콘브리지는 해협을 호령하고,
그 공작은 이 왕국의 섭정이 됐답니다.　　　　　　　　240
그런데 당신이 안전해요? 그러한 안전은
늑대에 둘러싸여 벌벌 떠는 양의 것이에요.
제가 거기 있었다면, 무력한 여자지만
군인들은 그 법령에 제가 동의하기 전에
제 몸을 창끝에 꽂아야 했을 것입니다.　　　　　　　245
하지만 당신은 명예 아닌 목숨을 선호했죠.
그런 당신 모습 보고, 저는 제 아들의
상속권을 빼앗아 간 그 의회의 법령이
폐지될 때까지, 헨리여, 저 자신을
당신의 식탁 침실 양쪽에서 떼 놓을 겁니다.　　　　　250
당신의 군기를 져버린 저 북방 귀족들은
펼쳐진 제 깃발 한번 보면 다 따를 겁니다.
또 그게 펼쳐지면 당신에겐 큰 치욕이,
요크가엔 완벽한 파멸이 올 거예요.
전 이렇게 떠납니다. 자, 가자, 아들아.　　　　　　　255
우리 군이 준비됐다. 자, 그 뒤를 따르자.

헨리 왕	잠깐만, 친절한 마거릿. 내 말 좀 들어요.
마거릿 왕비	이미 말을 너무 많이 하셨어요. 가세요.
헨리 왕	친절한 왕자야, 넌 나와 머물 테지?
마거릿 왕비	예, 그러다 적들에게 살해당하겠지요.　　　260

239행 팔콘브리지　아마도 포콘버그 남작, 윌리엄 네빌의 사생아인 토
머스 네빌을 가리키는 것 같다. 그렇다면 그는 워릭 백작의 친척이다.
(리버사이드)

에드워드 왕자	제가 저 전장에서 승리하고 돌아올 때
	전하를 뵙지요. 그때까진 어머닐 따릅니다.
마거릿 왕비	자, 가자, 아들아. 이렇게 꾸물댈 수 없단다.

(에드워드 왕자와 함께 퇴장)

헨리 왕	딱한 왕비, 나와 내 아들을 사랑하여	
	격분에 찬 말을 정말 많이 쏟아 냈다.	265
	그녀가 미운 그 공작에게 복수할 수 있기를.	
	오만한 그자의 마음은 욕망의 날개 달고	
	내 왕관을 덮친 뒤 배고픈 독수리처럼	
	나와 내 아들의 살점을 파먹을 테니까.	
	귀족 셋을 상실한 게 내 가슴을 찢는구나.	270
	그들에게 글을 써서 곱게 간청하겠다.	
	자, 사촌, 자네가 그 사자가 될 것이네.	
엑서터	그래서 그들을 다 화해시키길 원합니다.	

(팡파르. 함께 퇴장)

1막 2장

리처드. 에드워드와 몬터규 등장.

리처드	형, 나이는 가장 어리지만 나에게 맡겨 줘요.
에드워드	안 된다, 연설가는 내가 더 잘 연기해.
몬터규	하지만 나에겐 강력한 이유가 있다네.

요크 공작 등장.

1막 2장 장소 요크 공작의 성.

요크	허, 웬일로 아들들과 동생이 다툼을?
	뭣 때문에 싸우느냐? 어떻게 시작됐어?
에드워드	싸움이 아니라 조그만 언쟁이죠.
요크	왜?
리처드	각하와 저희에게 중요한 일인데,
	당신 것인 잉글랜드의 왕관 말입니다.
요크	내 거라고? 헨리 왕이 죽을 때까진 아냐.
리처드	당신의 권리는 그의 생사하고는 무관해요.
에드워드	지금은 당신이 후계자니 지금 즐기시지요.
	랭커스터 가문이 숨 쉬도록 놔두면
	결국엔 당신을 앞지를 겁니다, 아버지.
요크	난 그의 조용한 통치를 서약해 줬단다.
에드워드	하지만 서약은 왕국을 위하여 깰 수 있죠.
	저라면 일 년 통치하려고 천 번도 서약 깰 겁니다.
리처드	안 돼요. 각하의 위증은 하늘이 금하시길.
요크	공개된 전쟁으로 요구하면 난 위증해.
리처드	제 얘기 들으시겠다면 그 반대를 입증하죠.
요크	그럴 수 없단다, 아들아. 불가능해.
리처드	서약은 맹세하는 자에게 권한을 가지는
	진실되고 적법한 관리를 앞에 두고
	약속하지 않는다면 중요한 게 아닙니다.
	헨리는 안 그랬고 자리를 찬탈했을 뿐이죠,
	그래서 당신은 그가 시켜 선서했으니까
	당신의 서약은, 공작님, 헛되고 사소해요.
	그러니 무장해요. 또, 아버지, 천국과
	시인들이 지복과 환희로 만들어 낸
	그 모든 게 들어 있는 둥근 관을 쓰는 건

요크 허, 웬일로 아들들과 동생이 다툼을?
뭣 때문에 싸우느냐? 어떻게 시작됐어?   5
에드워드 싸움이 아니라 조그만 언쟁이죠.
요크   왜?
리처드 각하와 저희에게 중요한 일인데,
당신 것인 잉글랜드의 왕관 말입니다.
요크 내 거라고? 헨리 왕이 죽을 때까진 아냐.
리처드 당신의 권리는 그의 생사하고는 무관해요.   10
에드워드 지금은 당신이 후계자니 지금 즐기시지요.
랭커스터 가문이 숨 쉬도록 놔두면
결국엔 당신을 앞지를 겁니다, 아버지.
요크 난 그의 조용한 통치를 서약해 줬단다.
에드워드 하지만 서약은 왕국을 위하여 깰 수 있죠.   15
저라면 일 년 통치하려고 천 번도 서약 깰 겁니다.
리처드 안 돼요. 각하의 위증은 하늘이 금하시길.
요크 공개된 전쟁으로 요구하면 난 위증해.
리처드 제 얘기 들으시겠다면 그 반대를 입증하죠.
요크 그럴 수 없단다, 아들아. 불가능해.   20
리처드 서약은 맹세하는 자에게 권한을 가지는
진실되고 적법한 관리를 앞에 두고
약속하지 않는다면 중요한 게 아닙니다.
헨리는 안 그랬고 자리를 찬탈했을 뿐이죠,
그래서 당신은 그가 시켜 선서했으니까   25
당신의 서약은, 공작님, 헛되고 사소해요.
그러니 무장해요. 또, 아버지, 천국과
시인들이 지복과 환희로 만들어 낸
그 모든 게 들어 있는 둥근 관을 쓰는 건

	얼마나 달콤할지 그것만 생각하십시오.	30
	우린 왜 이렇게 머뭇대죠? 제가 단 흰 장미가	
	저 헨리의 심장 속 미지근한 피에라도	
	물들기 전에는 저는 쉴 수 없답니다.	
요크	그만해라, 리처드. 난 왕이 못 되면 죽겠다.	
	동생은 곧 바로 런던으로 달려가	35
	이 대업 쪽으로 워릭을 자극해라.	
	리처드, 너는 노퍽 공작에게 간 다음	
	우리의 의중을 은밀히 전해라.	
	에드워드, 넌 코브햄 경에게 가, 그와 함께	
	켄트 쪽 사람들이 기꺼이 일어설 테니까.	40
	난 그들이 재주 있고 공손하며 활기찬	
	군인이기 때문에 그들을 믿는다.	
	너희가 그렇게 하는 동안 남은 일은	
	어떻게 일어설지 계기를 찾는 것과,	
	그럼에도 내 계책을 국왕과 랭커스터가의	45
	그 누구에게도 안 들키는 것뿐이다.	

사자 등장.

	근데 잠깐, 뭔 일이냐? 왜 그렇게 급히 왔어?	
사자	왕비가 북쪽의 모든 백작, 귀족과 힘을 합쳐	
	이 성안의 당신을 에워싸려 한답니다.	
	2만의 군사와 더불어 코앞에 왔으니까	50
	당신의 요새를 강화하십시오, 주인님.	(퇴장)
요크	암, 칼로 하지. 뭐, 넌 우리가 겁낼 것 같아?	
	에드워드와 리처드는 나와 함께 남는다.	

	몬터규 동생은 런던으로 달려가라.	
	고귀한 워릭과 코브햄 및 나머지들에게,	55
	국왕의 보호자로 남겨 둔 그들에게	
	강력한 술책으로 힘을 키운 다음에	
	멍청한 헨리나 그의 서약 믿지 말라고 해.	
몬터규	갑니다, 형. 설득할 터이니 걱정 마십시오.	

이렇게 참으로 공손히 작별을 고합니다. (퇴장) 60

존 모티머 경과 그의 동생 휴 모티머 경 등장.

요크	존과 휴 모티머 경, 두 삼촌께서는	
	적절한 때 이 샌들성으로 오셨군요.	
	왕비의 군대가 우리를 에워싸려 합니다.	
존 모티머	그럴 필요 없을걸. 우리가 전장에서 만나지.	
요크	뭐, 5천의 군사로요?	65
리처드	예, 아버지, 어렵다면 5백으로 하지요.	
	여자 사령관인데 우리가 뭘 겁내야죠? (멀리서 행진곡)	
에드워드	북소리가 들립니다. 우리 군을 정렬시켜	
	앞으로 나아가 곧바로 싸우게 하시죠.	
요크	5대 20이로군. 차이는 크지만, 삼촌,	70
	전 아군의 승리를 의심치 않습니다.	
	전 프랑스에서 적군이 1대 10일 때에도	
	수많은 싸움에서 이겼었답니다.	
	그런 승리 왜 지금 거두어선 안 되죠?	

(경종. 함께 퇴장)

1막 3장

러틀런드와 그의 가정교사 등장.

러틀런드　　아, 그들 손을 피하려면 어디로 도망치죠?

클리퍼드, 군인들과 함께 등장.

　　　　　아, 선생님, 잔인한 클리퍼드가 왔어요!
클리퍼드　　목사는 나가라, 성직으로 네 목숨을 구했다.
　　　　　저주받은 공작의 애새끼는, 그 아비가
　　　　　내 아버질 죽였으니 내가 죽일 것이다.　　　　　5
가정교사　　그럼 저도 그와 함께 가렵니다.
클리퍼드　　군인들은 그를 내보내라.
가정교사　　아, 클리퍼드, 죄 없는 이 애는 살해 마오,
　　　　　주님과 인간의 미움을 둘 다 받지 않도록.

　　　　　　　　　　　　　　　　(감시받으며 퇴장)

클리퍼드　　뭐, 애가 벌써 죽었어? 아니면 무서워서　　　10
　　　　　두 눈을 감았나? 내가 뜨게 만들겠다.
러틀런드　　갇혀 있던 사자가 그 흉포한 발아래서
　　　　　떨고 있는 딱한 자를 이렇게 훑어보고,
　　　　　먹잇감에 우쭐해하면서 이렇게 걸어와
　　　　　그자의 사지를 갈기갈기 찢겠지.　　　　　15
　　　　　아, 고귀한 클리퍼드, 나를 칼로 죽이고
　　　　　그 잔인한 위협적인 표정으로 그러진 마.
　　　　　상냥한 클리퍼드, 죽음 앞둔 내 말 들어.

1막 3장 장소　요크 공작의 성 근처 전장.

326　　헨리 6세 3부

	격노할 대상으로 난 너무 낮으니까	
	어른에게 복수하고 난 살게 해 줘라.	20
클리퍼드	소용없다, 딱한 애야. 내 아버지 피 때문에	
	네 말이 지나야 할 통로가 막혔단다.	
러틀런드	그러면 내 아버지 피로써 다시 열어.	
	그는 어른이니까, 클리퍼드, 그에 맞서.	
클리퍼드	네 형들을 잡았대도 그들의 목숨과 네 것으론	25
	나에게 충분한 복수가 못 되었을 것이다.	
	그렇다, 내가 네 선조들의 묘를 파서	
	썩은 관을 사슬로 들어 올린다고 해도	
	내 분노가 풀리거나 마음 편치 않을 거야.	
	요크가의 그 누가 내 눈에 띄든 간에	30
	그자는 원귀처럼 내 영혼을 고문해,	
	난 그들의 저주받은 혈통을 뿌리 뽑아	
	다 죽일 때까지 지옥에서 사니까.	
	그러니 —	
러틀런드	오, 죽음을 맞기 전에 기도하게 해 줘라.	35
	내가 빌게, 상냥한 클리퍼드, 동정해 줘!	
클리퍼드	내 단검 끝으로 가능한 동정은 해 주마.	
러틀런드	당신을 해한 적 없는데 왜 나를 살해하지?	
클리퍼드	네 아비는 한 적 있다.	
러틀런드	나의 출생 전이었다.	
	당신도 아들이 있으니 그 애도 나처럼	40
	복수의 대상으로, 신은 공평하시니까,	
	불행하게 살해되지 않도록 날 동정해.	
	아, 나를 평생 감옥에서 살게 만들었다가	
	나를 해칠 빌미를 내가 네게 주었을 때	

	죽게 해라, 지금은 아무 이유 없으니까.	45
클리퍼드	이유 없어?	
	네 아비가 내 아버질 죽였으니 죽어라. (그를 찌른다.)	
러틀런드	"이것이 네 영광의 정점이 되길 빈다." (죽는다.)	
클리퍼드	플랜태저넷, 내가 간다, 플랜태저넷!	
	내 칼날에 들러붙은 네 아들의 이 피는	50
	네 피가 이것과 엉기어 내가 둘 다	
	닦아 낼 때까지 내 무기 위에서 굳을 거다.	

(러틀런드의 시체와 함께 퇴장)

1막 4장

경종. 리처드, 요크 공작 등장.

요크	왕비의 군대가 전장을 다 차지했다.	
	삼촌 둘은 날 구조하려다 살해됐고	
	내 부하는 다 사나운 적에게서 등을 돌려	
	바람 앞의 배처럼, 굶주려 배고픈	
	늑대에게 쫓기는 양들처럼 달아난다.	5
	내 아들들에게 생긴 일은 신만이 아시지만	
	난 그들이 살든 죽든 유명해지려고 태어난	
	인물처럼 처신했을 거라고 알고 있다.	
	세 번이나 리처드는 내 길을 열어 주며	

48행 이것이…빈다
오비디우스의 「여걸들의 서한」의 한 구
절. 트라키아의 왕녀 필리스가 자기 남
편 데모폰이 그녀를 버렸을 때 한 말이

다. (아든)
1막 4장 장소
요크 공작의 성 근처 전장.

세 번을 외쳤다, "아버지, 용기를, 끝장내요!"   10
또한 에드워드도 그만큼 여러 번
그가 만난 적들 피를 칼자루까지 칠한
자줏빛 장검 들고 내 곁으로 왔으며,
가장 질긴 전사들이 퇴각했을 때에도
리처드는 "돌격하라, 한 발짝도 후퇴 마라!"   15
외쳤고, 또 "왕관이 아니면 영광의 무덤을,
왕홀이 아니면 땅속의 석실묘를!" 외쳤다.
이렇게 우린 다시 돌격했었지만, 아뿔싸,
압도적인 파도에 백조 한 마리가
조류에 맞서서 쓸데없이 애쓰면서   20
힘을 허비할 때처럼 또다시 밀려났다.

                                        (안에서 짧은 경종)

아, 들어 봐, 치명적인 추격대가 뒤쫓는데
난 기가 죽어서 그들의 광분을 못 피한다,
강하다면 그 광분을 마다하지 않을 텐데.
내 수명을 이루는 모래알은 다 흘렀고,   25
난 여기 남아서 여기서 내 삶을 끝내야 해.

마거릿 왕비, 클리퍼드, 노섬벌랜드, 젊은 에드워드 왕자 및
군인들 등장.

오라, 피비린 클리퍼드, 거친 노섬벌랜드여,
끌 수 없는 너희 광분 내가 감히 키워 주마.
난 너희 표적 되어 쏘기를 기다린다.
노섬벌랜드 오만한 플랜태저넷, 우리의 자비에 굴복해!   30
클리퍼드   암, 잔학한 그 팔로 즉각 내려치면서

	내 부친께 보여 줬던 그런 자비 말이다.	
	이제야 파에톤은 마차에서 떨어져	
	정오의 시점에서 저녁때를 불러왔군.	
요크	피닉스의 재처럼 내 것도 너희들 모두에게	35
	복수해 줄 새 한 마리 낳을 수 있기를.	
	그 희망을 가지고 난 눈을 하늘로 돌리며	
	너희가 줄 수 있는 고통은 뭐든지 경멸한다.	
	왜 안 덤벼? 뭐, 숫자가 많은데도 두려워?	
클리퍼드	겁보들은 더는 못 피할 때 그렇게 싸우고,	40
	비둘기는 꿰뚫는 매의 발톱 그렇게 막 쪼고,	
	절망한 도둑들은 살 희망은 다 접은 채	
	관리들에 대항하여 그렇게 악담하지.	
요크	오, 클리퍼드, 한 번만 다시 생각해 봐라,	
	나의 옛 시절을 맘속으로 돌아본 뒤	45
	전엔 내가 찌푸리면 넌 기죽어 내뺐는데	
	날 겁보로 비방하는 네 입을, 창피해서,	
	이 얼굴 쳐다보고 닥칠 수는 없는지.	
클리퍼드	난 너와 말은 서로 주고받지 않겠지만	
	타격은 한 번에 두 번꼴로 돌려주마.	50
마거릿 왕비	멈춰라, 용맹한 클리퍼드, 천 가지 이유로	
	나는 이 역적의 목숨을 잠시 연장하겠다.	
	격분에 귀먹은 그 대신 노섬벌랜드가 말하오.	
노섬벌랜드	멈추게, 클리퍼드, 손가락을 까딱해서	

33행 파에톤 헬리오스의 아들로 아버지의 불마차를 몰다가 운전 미숙으로 지구를 태울 지경에 이르렀을 때 제우스의 번개에 맞아 죽었다.

35행 피닉스 한 번에 한 마리만 존재하는 불사조로 죽은 그 재에서 새로운 새가 태어난다고 한다.

그의 심장 찌른대도 그런 예우 하지 말게.   55
똥개가 이를 드러냈을 때 놈을 발로
차 버릴 수 있는데 그 이빨 사이로
손을 밀어 넣는 것, 그게 무슨 용맹인가?
이점은 다 취하는 게 전쟁의 특권이고,
10대 1은 용맹을 해치는 게 아니네.   60

                              (그들은 싸워서 요크를 잡는다.)

클리퍼드   암, 암, 덫에 걸려 뻗대는 도요새 꼴이군.
노섬벌랜드   그물에 갇혀서 버둥대는 산토끼 꼴이지.
요크   노획물에 우쭐대는 도둑놈들 꼴이로군.
           참사람은 이렇게 강도들에 압도돼 굴복한다.

노섬벌랜드   마마께선 이제 그를 어찌하시렵니까?   65
마거릿 왕비   클리퍼드와 노섬벌랜드, 두 용감한 전사는
           그를 여기 이 흙더미 위에다 세우시오.
           그는 산을 잡으려고 두 팔을 쭉 뻗었으나
           그것의 그림자만 손으로 갈라놨소.
           뭐, 잉글랜드의 왕이 되려 했던 게 당신이오?   70
           우리의 의회에서 흥청대며 자신의
           높은 혈통 설교까지 했던 게 당신이오?
           당신을 받쳐 줄 아들 넷, 지금 어디 있지요?
           방탕한 에드워드, 호색하는 조지는?
           그 용맹한 곱사등 괴물인 당신 아이   75
           디키는 어디 있죠? 투덜대는 목소리로
           모반하는 제 아비를 응원하곤 했는데.
           귀염둥이 러틀런드, 나머지와 함께 있나?
           보아라, 요크여, 나는 이 손수건을
           용맹한 클리퍼드가 그의 단검 끝으로   80

그 애의 가슴 찔러 뽑은 피로 물들였다.
그 애의 죽음에 네가 울 수 있다면
네 뺨을 닦으라고 이걸 네게 주겠다.
아, 불쌍한 요크여, 지독한 내 미움만 아니면
난 비참한 네 상태를 통탄할 것이다.   85
제발, 요크, 비통해서 날 즐겁게 해 줘 봐.
뭐, 불같은 심장 땜에 애간장이 말라붙어
러틀런드의 죽음에 눈물 하나 못 흘려?
이봐, 너는 왜 침착해, 미쳐야 하는데?
널 미치게 하려고 난 이렇게 너를 놀려.   90
발을 굴러, 광란해, 내가 노래하면서 춤추게.
알았다, 사례받고 웃기겠단 말이지.
요크는 왕관을 안 쓰면 말을 못 하니까.
요크에게 관을 주고, 경들은 절하시오.
내가 씌울 동안에 당신이 그의 두 손 잡아요.   95
암, 그렇지, 이제야 왕처럼 보이시네.
그렇지, 이자가 헨리 왕의 자리를 빼앗고
이자가 그이의 입양된 후계자였었지.
그런데 위대한 플랜태저넷이 어떻게
그리 빨리 관 쓰고는 엄숙한 서약을 어겼지?   100
내 생각에, 넌 우리의 왕 헨리가 죽음과
악수하기 전까진 왕이 되지 말았어야 했어.
그런데 헨리의 영광을 그 머리에 두르고
그의 관자놀이에서 보관을 훔치려 해?
지금 살아 있는데도, 성스러운 서약 깨고?   105
오, 그것은 너무, 너무, 용서 못 할 잘못이야.
그 관을 벗겨라, 벗긴 다음 목을 쳐라.

	우리가 한숨 돌릴 동안에 때맞춰 죽여라!	
클리퍼드	그 일은 부친 위한 저의 임무입니다.	
마거릿 왕비	아니, 잠깐, 그가 하는 기도나 들어 보자.	110
요크	프랑스 늑대보다 더 나쁜 프랑스 암늑대야,	

네 혀는 독니보다 더한 독을 뿜는구나!
운명의 여신에게 붙잡힌 이들의 비탄에
네가 마치 아마존의 매춘부인 것처럼
희희낙락하는 건 참으로 안 어울려.   115
네 얼굴이, 악행을 자주 하여 뻔뻔해진
불변의 가면과 같지만 않다면 난 그걸
오만한 왕비여, 붉힐 시도 해 볼 테다.
수치심을 안다면, 네 출신과 네 조상을
말해 주는 것만도 수치 주기 충분한 수치겠지.   120
네 아비는 나폴리 왕, 시실리와 예루살렘,
양쪽 왕의 증표를 가지고 있지만
잉글랜드 자작농만큼도 부유하지 못하다.
그 가난한 왕이 네게 뻐기라고 가르쳤어?
오만한 왕비야, 그런 건 너에게   125
거지들이 타는 말은 혹사로 죽는단 속담이
입증되지 않으면, 필요도 소용도 없단다.
여자들은 미모 땜에 종종 오만해지지만
그 부분에 네 몫이 작다는 건 신이 아셔.
그들은 미덕으로 가장 존경받는데,   130
너는 그 반대여서 놀라움을 자아내지.
그들은 절도를 지켜서 신처럼 보이는데,
넌 그게 모자라서 가증스럽단다.
대척지 사람들이 우리의 반대편에 있듯이,

북두칠성 반대편에 남쪽이 있듯이 135
너는 모든 선한 것의 정반대 인간이야.
오, 여자의 탈을 쓴 호랑이의 심장이여,
넌 어떻게 그 애의 생명 피를 뽑아서
아비에게 그것으로 눈 닦으라 하면서도
여자의 얼굴을 가진 척할 수 있냐? 140
여자들은 유순하고 동정 많고 순한데,
넌 엄하고 철석같고 거칠고 무자비해.
내 격분을 주문했어? 허, 네 소원 이뤄졌다.
내가 울길 바랐어? 허, 네 뜻대로 되었다.
광풍은 끝없는 소나기를 부르고 145
그 격노가 줄어들 때 비가 시작하니까.
이 눈물은 고운 러틀런드를 위한 상례로
방울마다 걔를 죽인 너희에게 복수를 외친다,
이 잔인한 클리퍼드와 거짓된 프랑스 여자야!

노섬벌랜드   빌어먹을. 하지만 난 그의 격정에 감동해 150
내 눈에 괴는 눈물 억누를 수 없구나.

요크   굶주린 식인종도 개 얼굴은 안 만지고
피로써 더럽히지 않으려 했을 거다.
근데 너흰 히르카니아 호랑이보다도,
오, 열 배나 더 무정하고 냉혹하다. 155
잔학한 왕비야, 불운한 아비의 눈물을 봐.
아름다운 그 애의 핏물에 네가 담근
이 헝겊의 핏기를 난 정말 눈물로 씻어 낸다.
그 손수건 잘 지니고 그 사실을 자랑해라,

154행 히르카니아 호랑이로 유명한 카스피해 근처 지역. (리버사이드)

	또 네가 그 무거운 얘기를 올바로 한다면	160
	영혼에 맹세코 청자들은 눈물을 흘릴 거야.	
	암, 적들조차 소나기 눈물을 흘리면서	
	말할 거야, "아아, 애처로운 행위였어!"	
	자, 왕관 받아, 내 저주도 왕관과 함께 받고,	
	지금 내가 너무 독한 네 손에서 얻는 것과	165
	꼭 같은 위안이 네게도 필요할 때 찾아오길.	
	돌 심장의 클리퍼드야, 내 몸은 저세상,	
	혼은 하늘, 피는 너희 머리 위로 가져가라!	
노섬벌랜드	그가 내 친족을 다 도살한 자였어도	
	내적인 슬픔으로 영혼이 아픈 걸 보니까	170
	결사코 그와 함께 울 수밖에 없구나.	
마거릿 왕비	허, 노섬벌랜드 경, 눈물이 그득해요?	
	그가 우리들에게 한 잘못을 생각만 해 보면	
	다정한 그 눈물은 빨리 말라 버릴 거요.	
클리퍼드	(요크를 두 번 찌른다.)	
	이건 내 서약 몫, 이건 내 부친의 죽음 몫!	175
마거릿 왕비	(요크를 찌른다.)	
	이건 우리 여린 왕을 바로잡기 위해서다!	
요크	은혜로운 신이시여, 자비의 문 여소서,	
	제 영혼은 그대 찾아 상처 뚫고 솟구치오! (죽는다.)	
마거릿 왕비	그 머리를 잘라서 그 요크가 요크읍을	
	굽어볼 수 있도록 요크의 성문에 올려라.	180

(팡파르. 시체와 함께 모두 퇴장)

2막 1장

행진곡. 에드워드, 리처드와 그들의 군대 등장.

에드워드   군주다운 아버지가 어떻게 피했는지,
　　　　　아니면 클리퍼드와 노섬벌랜드의 추격을
　　　　　피했는지 아니면 못 했는지 궁금하다.
　　　　　잡혔다면 우린 그 소식을 들었을 것이고
　　　　　살해됐더라도 그 소식을 들었을 것이며,　　　　　5
　　　　　피했다면 우린 그가 멋지게 도피했단
　　　　　행복한 기별을 들었을 거라고 생각한다.
　　　　　동생은 좀 어때? 왜 그렇게 우울하냐?

리처드   대단히 용맹한 아버지가 어떻게 됐는지
　　　　　해명될 때까지 난 기뻐할 수 없답니다.　　　　　10
　　　　　난 그가 싸우며 돌아다니는 걸 봤고,
　　　　　어떻게 클리퍼드를 고르는지 살폈어요.
　　　　　밀집 부대 가운데서 그가 취한 행동은
　　　　　사자가 소 떼의 가운데서, 또는 곰이
　　　　　자기를 둘러싼 개 중의 몇 마리를 깨물어　　　　　15
　　　　　울게 해 놓은 뒤 나머지는 뚝 떨어져
　　　　　짖게 만들었을 때와 같다고 생각했죠.
　　　　　아버지와 적들의 상황도 그랬고,
　　　　　적들도 용감한 아버지를 그렇게 피했어요.
　　　　　그의 아들인 걸로 충분한 특권이라 생각해요.　　　　　20
　　　　　　　　　　　(공중에 세 개의 태양이 나타난다.)
　　　　　저 봐요, 아침이 어떻게 금빛 문을 열면서

2막 1장 장소　웨일스 경계.

빛나는 태양과 어떻게 작별 인사 하는지.
애인 향해 달리는 청년처럼 차려입은 저것은
청춘의 절정을 참으로 꼭 닮았구나.

에드워드   내 눈이 부시나, 아니면 해가 셋이 보이나?   25

리처드   세 개의 찬란한, 각각이 완벽한 태양이
떠다니는 구름으로 찢어지지 않은 채
엷고 맑게 빛나는 하늘에 나뉘어 있군요.
봐요, 봐, 그들이 불가침 맹약을 한 것처럼
결합하여 포옹하고 키스하는 것 같아요.   30
이제는 그들이 하나의 등불, 빛, 태양이오.
이로써 하늘은 뭔 사건을 표상하는군요.

에드워드   놀랍도록 이상해, 이런 건 한 번도 못 들었어.
동생, 난 이것이 우리를 전장으로 불러내어
용감한 플랜태저넷의 아들들인 우리가   35
각자의 공적으로 이미 밝게 빛나지만
그럼에도 빛을 합해 저것이 세상을 비추듯
이 땅을 비춰야 한다고 말하는 것 같아.
이게 무슨 징조든 지금부터 나는 내 방패에
아름답게 빛나는 태양 셋을 넣을 거야.   40

리처드   차라리 딸 셋을 낳아요. 죄송하나 형님은
남자보다 여자를 더 사랑한단 말입니다.

사자, 헐떡이며 등장.

하지만 넌 누군데 그 우울한 모습으로
무서운 얘기를 막 내뱉을 것 같으냐?

사자   아, 전 고귀한 저 요크 공작님, 군주다운   45

당신의 아버지, 다정한 제 주인님이
살해당했을 때 비탄에 찬 목격자였어요!

에드워드 오, 너무 많이 들었으니 더는 말하지 마.

리처드 나는 다 들을 테니 어떻게 죽었는지 말하라.

사자 그는 마치 트로이로 들어가고 싶어 하며   50
그리스인들에 맞섰던 저 트로이의 희망처럼
수많은 원수에 둘러싸여 그들과 맞섰어요.
하지만 승률엔 헤르쿨레스도 꺾여야죠.
또 수많은 타격에는, 도끼가 작더라도,
가장 굳은 참나무도 깎여 쓰러진답니다.   55
당신들의 아버지는 많은 손에 제압되었지만
오로지 가차 없는 클리퍼드와 왕비의
분노한 팔에 의해 살육되었는데, 그녀는
공작님을 극히 경멸하면서 관 씌우고
대놓고 웃었으며, 비통으로 그가 울 때   60
그 잔학한 왕비는 그에게 뺨을 닦으라면서
거친 클리퍼드가 살해한 저 상냥한 도련님,
러틀런드의 무해한 피에 적신 손수건을 줬어요.
그리고 수많은 멸시와 더러운 조롱 끝에
그들은 그의 목을 벤 다음 바로 그걸   65
요크 성문 위에 뒀고, 여태껏 제가 본 중
가장 슬픈 광경으로 거기 남아 있답니다.   (퇴장)

에드워드 친절하신 요크 공작, 우리가 기댈 지주,
그대가 갔으니 지팡이도 버팀대도 없군요.

51행 트로이의 희망 헥토르를 말한다.
53행 헤르쿨레스 열두 가지 난제를 해결한 그리스의 영웅.

오, 클리퍼드, 난폭한 클리퍼드, 네놈은　　　　　70
유럽에서 기사도의 꽃인 분을 살해했어.
그리고 넌 비겁하게 그를 굴복시켰다,
둘이 맞붙었으면 굴복됐을 테니까.
이제 내 영혼의 궁정은 감옥이 되었다.
아, 내 영혼은 거길 깨고 나오고, 내 몸은　　　75
땅속에 묻힌 다음 안식할 수 있었으면.
지금부터 난 절대 기뻐하지 않을 테고,
오, 기쁨은 절대, 절대, 더 맛보지 않을 테다!

리처드　난 울 수 없구나, 내 몸의 수분을 다 써도
심장의 난롯불을 끄는 덴 도움이 안 되니까.　　80
내 혀도 마음의 큰 짐을 못 내려놓는구나.
말을 할 때 내가 쓸 바로 그 바람이
내 가슴 다 태우는 석탄에 불을 붙여
눈물로 끄려는 불꽃으로 날 태워 버리니까.
우는 게 비탄의 깊이를 줄이는 거라면　　　85
눈물은 아기들 몫, 내 몫은 강타와 복수다.
리처드여, 그 이름 가진 전 그 죽음에 복수하고,
못 하면 시도했단 명성 얻고 죽을게요.

에드워드　용맹한 공작께서 이름은 네게 남겼다마는
공작령과 그 지위는 나에게 남겨졌다.　　　90

리처드　아뇨, 형이 그 군주다운 독수리의 새끼라면
태양을 응시해서 그 혈통을 보여 줘요.
지위와 공작령, 옥좌와 왕국 걸고 시도하면
그것을 갖든지 그의 자식 못 되든지 할 테니까.

행진곡. 워릭과 몬터규 후작, 그들의 군대와 함께 등장.

| 워릭 | 어떻게들 지내나? 어떻게, 무슨 소식이라도? | 95 |

리처드 위대한 워릭 경, 우리가 이 사악한 소식을
되뇌면서 말 한 마디 할 때마다 우리 몸에
얘기 끝날 때까지 검을 찔러 넣는대도
그 말들은 상처보다 더 큰 고뇌 더할 거요.
오, 용사여, 요크 공작이 살해당했답니다! 100

에드워드 오, 워릭, 워릭, 당신을 마치 자기 영혼의
구원처럼 소중히 여겼던 그 플랜태저넷이
가혹한 클리퍼드 경에게 죽임을 당했소!

워릭 나는 이 소식을 열흘 전에 눈물에 담갔는데,
이제는 자네들의 비탄을 더 키우려고 105
그 뒤에 일어난 일 말해 주러 왔다네.
자네들의 용감한 부친이 마지막 숨 헐떡인
웨이크필드의 그 피비린 싸움이 끝난 뒤
자네들의 패배와 그의 사망 알리는 기별이
전속력의 파발마로 나에게 전달됐지. 110
국왕 관리자였던 나는 그때 런던에서
내 병사들 소집하고 친구 떼를 모은 뒤
나에게 유리하게 국왕을 데리고
왕비를 가로채려 세인트 올반스로 진군했네.
왜냐하면 척후의 정보에 의하면 그녀는 115
헨리 왕의 서약과 자네의 승계와 관련하여
의회에서 반포된 최근의 우리 칙령 꺾으려는
완벽한 의도를 가지고 오고 있었으니까.
짧게 줄여, 우리는 세인트 올반스에서 만났고
접전하여 양쪽이 다 치열하게 싸웠네. 120
하지만 호전적인 왕비를 참 다정히 쳐다봐서

내 병사의 뜨거운 기개를 앗아 간 국왕의

냉담함 때문이었는지, 아니면 그녀의

승전보 때문이었는지, 자기 포로들에게

피 죽음의 천둥 친 클리퍼드의 혹독함에　　　　　　　125

보통보다 큰 공포가 있었기 때문이었는지

난 판단 못 하지만, 진실로써 결론 내면

적군의 무기는 벼락처럼 왔다 갔고,

아군 것은 밤 부엉이의 게으른 비행처럼

아니면 한가로운 도리깨질처럼　　　　　　　　　130

대단히 부드럽게 친구 치듯 내리쳤네.

난 그들을 우리 명분 옳다면서 격려하고

높아진 급료와 큰 보상을 약속했지.

근데 다 헛수고로 그들은 싸울 마음 없었고,

우리는 그들에게 승전의 희망을 못 봐서　　　　135

도망을 쳤다네. 국왕은 왕비에게 갔으며

자네 동생 조지와 노퍽과 나 자신은

황급히 달려서 자네들과 합치려 왔다네,

여기 이 국경에서 군사를 모아서

또다시 싸우려 한다고 들었기 때문에.　　　　　140

에드워드　고귀한 워릭이여, 노퍽 공작 어디 있죠?

또 조지는 버건디에서 잉글랜드로 언제 왔죠?

워릭　그 공작은 군인들과 약 6마일 밖에 있고,

자네의 동생으로 말하면, 친절한 자네 고모

버건디 공작 부인께서 도와줄 병사들을 딸려　　145

123행 냉담함　워릭이 방금 설명한 헨리의 태도("참 다정히 쳐다봐.")와
는 어울리지 않는 이상한 추론. (아든)

이 궁한 전쟁으로 최근에 보냈다네.

리처드　용맹한 워릭은 열세여서 도망친 것 같네요.
그의 추격 칭찬은 내가 자주 들었지만
퇴각의 추문은 여태껏 절대 없었으니까.

워릭　지금도 내 추문은, 리처드, 못 들을 것이네.　　　150
난 헨리가 온유, 평화, 기도로 이름난 그만큼
전쟁에서 유명하고 용감해도, 이 강한 손으로
소심한 그 머리에서 보관을 뽑아내고
경외할 그 왕홀 또한 그의 손아귀에서
탈취할 수 있다는 걸 자넨 알게 될 테니까.　　　155

리처드　잘 아니까, 워릭 경, 날 욕하진 마시오.
당신의 영예를 아껴서 말하게 됐습니다.
하지만 이 혼란기에 무엇을 해야지요?
우리의 철갑옷을 내던져 버리고
우리 몸에 검은 상복 휘감은 다음에　　　160
묵주로 아베마리아를 세어야 합니까?
아니면 우리의 효심을 적들의 투구 위에
복수에 찬 무기로 밝혀야 할까요?
후자라면 "옳소." 하고 시작하죠, 여러분.

워릭　허, 그 때문에 워릭이 자네들을 찾아왔고,　　　165
그 때문에 내 동생 몬터규가 왔다네.
자, 다들 주목하게. 저 오만방자한 왕비가
클리퍼드와 저 거만한 노섬벌랜드 및
같은 유의 더 많은 족속들과 더불어
쉽게 녹는 국왕을 밀랍처럼 주물러 놨다네.　　　170
그는 자네 승계에 동의를 맹세했고
그 서약은 의회에 등록되어 있는데,

이젠 그 일당이 다 런던으로 몰려가서
그 서약과 랭커스터가에게 불리한 건
뭐가 됐든 양쪽 다 말소하려 한다네.   175
그들의 병력은 내 생각에 3만이야.
자 이제, 노펵과 나 자신의 원군과,
용감한 마치 백작 그대가 사랑하는
웨일스인 가운데 조달할 수 있는 친구를
다 합쳐서 2만에 5천만 된다면, 그러면,   180
우리는 런던 향해 '앞으로' 진군하고
다시 한번 우리의 거품 뿜는 군마 타고
다시 한번 적에게 "돌격!"을 외치면서
절대 다시 등을 돌려 달아나지 않을 거야.

러처드   예, 이제야 위대한 위릭의 말 들리네요.   185
워릭이 멈추라 하는데 "후퇴!"를 외치는 자,
살아서는 절대로 밝은 대낮 못 보기를.

에드워드 워릭 경, 난 당신의 어깨에 기댈 테고
당신이 실패하면, 맙소사, 이 에드워드도
쓰러져야 하는데 그러한 위험은 없기를!   190

워릭   더 이상 마치의 백작 아닌 요크의 공작이여,
그다음 단계는 잉글랜드 국왕의 옥좌요.
왜냐하면 그대는 우리가 지나는 성읍마다
잉글랜드 왕으로 선포될 테니까.
또 기뻐서 모자를 던지지 않는 자는   195
그 죄로 머리를 내놔야 할 것이오.

178행 마치 백작 에드워드가 아버지 요크 공작의 칭호를 물려받기 전
의 호칭.

	에드워드 왕, 용맹한 리처드와 몬터규여,	
	명성을 더 이상 꿈꾸고만 있지 말고	
	나팔을 울리면서 이 작업에 착수해요.	
리처드	그럼 너 클리퍼드, 네 심장이 무쇠라도,	200
	네 행위로 그것이 부싯돌 같음을 보였어도,	
	난 그걸 꿰뚫거나 아니면 내 것을 주겠다.	
에드워드	북을 쳐라! 하느님과 성 조지여, 도우소서!	

사자 등장.

워릭	웬일이냐, 소식이 뭣이냐?	
사자	저기 노퍽 공작님이 당신께 전하기를,	205
	왕비가 강군을 데려오기 때문에	
	신속한 협의 위해 동석을 갈망하십니다.	
워릭	그렇다면 잘됐군. 갑시다, 용사들. (다 함께 퇴장)	

2막 2장

팡파르. 헨리 왕, 마거릿 왕비, 클리퍼드,

노섬벌랜드와 어린 에드워드 왕자, 고수 및 기수들과 함께 등장.

요크의 머리가 성문 위에 놓여 있다.

마거릿 왕비	전하, 이 멋진 요크읍에 잘 오셨습니다.
	저 건너에 당신의 왕관을 쓰려 했던
	가장 주된 적군의 머리가 있습니다.

2막 2장 장소 요크.

	기분이 좋아지는 물건이 아닙니까, 전하?	
헨리 왕	예, 파선이 두려운 자들이 암초로 기분 좋듯	5
	저 모습에 바로 내 영혼이 아프다오.	
	주님, 복수를 말리소서. 제 잘못이 아니고,	
	전 고의로 제 서약을 깨지도 않았어요.	
클리퍼드	자애로우신 전하, 너무나 큰 이 관용과	
	해로운 동정심은 접으셔야 합니다.	10
	사자는 누구에게 순한 모습 보이죠?	
	자기 우리 취하려는 짐승에겐 안 그러죠.	
	숲속의 저 곰은 누구 손을 핥아 주죠?	
	눈앞에서 제 새끼를 채 가는 자는 아닙니다.	
	도사린 독사의 치명상을 그 누가 피하죠?	15
	그 등에 발을 올려놓는 자는 아닙니다.	
	가장 작은 벌레도 밟히면 꿈틀하고	
	비둘기도 새끼들의 안전 위해 쫀답니다.	
	야망에 찬 요크는 당신 왕관 노렸는데,	
	그가 인상 쓰는 동안 당신은 웃으셨죠.	20
	고작 공작인 그는 제 아들을 왕 만들고	
	다정한 아비답게 후손을 높이려 했는데,	
	멋진 아들 복 받으신 당신은 왕인데도	
	그의 유산 빼앗는 데 동의해 주셔서	
	참으로 무정한 아버지로 입증되셨답니다.	25
	이성 없는 동물들도 어린것들 먹이고,	
	그들 눈엔 인간의 얼굴이 무서운 건데도	
	그래도 그것을 못 보았던 여린 것들	
	보호하려 하면서 한때는 무서워서	
	날아갈 때 사용했던 바로 그 날개로	30

그들의 둥지로 올라온 사람과 싸우면서
어린것들 방어에 목숨 걸지 않습니까?
전하, 창피하니 그들을 선례 삼으십시오.
아버지의 잘못으로 이 멋진 소년이
생득권을 잃는 게, 그리고 먼 훗날   35
자신의 자식에게 "증조부, 조부가 얻은 것을
부주의한 아버지가 어리석게 줘 버렸다."
이렇게 말한다면 애석하지 않겠어요?
아, 그건 정말 수치겠죠. 이 소년을 보시고,
행운을 약속하는 남자다운 이 얼굴로   40
녹고 있는 당신 마음 쇠처럼 굳히신 뒤
당신 것을 꽉 붙잡아 그에게 남기세요.

헨리 왕   클리퍼드, 넌 막강한 힘을 가진 논점을
여러 개 들면서 웅변가 역할을 참 잘했다.
하지만 클리퍼드, 나쁘게 얻은 것은   45
결과가 늘 안 좋단 말 한 번도 못 들었나?
또 감춰 둔 돈 때문에 아버지가 지옥 가면
아들만 늘 행운이란 말도 듣지 못했나?
나는 내 아들에게 덕행을 남겨 줄 터인데
내 부친도 그만큼만 내게 남겨 주셨으면.   50
그 나머지 모든 것은, 소유의 쾌락은
눈곱만하지만 지키는 걱정은 천배나
더 많이 불러오는 대가로, 가지니까.
아, 요크 사촌, 그대의 저 머리 때문에
비통한 내 마음 그대의 절친들이 알았으면.   55

마거릿 왕비 전하, 기운 내십시오. 적들이 가까운데
심약해하시면 당신 추종자들이 기죽어요.

	준비된 우리의 아들에게 작위 약속했으니	
	당신 칼을 뽑은 뒤 바로 수여하십시오.	
	에드워드, 무릎을 꿇어라.	60
헨리 왕	에드워드 플랜태저넷, 기사로 일어나	
	정의롭게 칼을 뽑는 교훈을 배워라.	
에드워드 왕자	자비로운 아버지, 전 국왕의 허락받아	
	왕위 후계자로서 이 칼을 뽑은 다음	
	그러한 명분으로 죽기까지 쓸 겁니다.	65
클리퍼드	그것참, 유망한 왕자처럼 말하셨습니다.	

사자 등장.

사자	왕족 지휘관들은 준비에 들어가십시오.	
	워릭이 3만의 무리와 더불어	
	저 요크 공작의 지원받아 오고 있고,	
	행군하며 지나가는 읍들에서 그 사람을	70
	왕으로 선포하여 많이들 그에게 가니까.	
	그들이 가까우니 전투 대형 갖추시죠.	(퇴장)
클리퍼드	전하께선 전쟁터를 떠나시기 바랍니다.	
	안 계실 때 왕비께서 가장 성공하셨어요.	
마거릿 왕비	예, 전하, 우리를 우리 운에 맡겨 줘요.	75
헨리 왕	허, 내 운도 걸려 있소. 그러니 난 남겠소.	
노섬벌랜드	그렇다면 싸우실 결심으로 그러시죠.	
에드워드 왕자	부왕 전하, 이 고귀한 귀족들을 격려하고	
	당신을 지키는 전사들의 사기를 올리세요.	
	아버지, 칼을 뽑고 "성 조지!"를 외치세요.	80

행진곡. 에드워드, 워릭, 리처드, 조지, 노퍽,

몬터규 및 군인들 등장.

에드워드	자, 위증한 헨리는 무릎 꿇고 자비를 구한 뒤
	네 보관을 내 머리에 올릴 테냐, 아니면
	이 전장의 치명적인 운을 기다릴 테냐?
마거릿 왕비	네 총아들이나 꾸짖어라, 오만무도한 애야.
	너의 주군, 합법적인 왕 앞에서 이렇게
	뻔뻔한 말 쓰는 게 너에게 어울려?
에드워드	내가 그의 왕이니까 그가 내게 절해야지.
	난 그의 동의로 입양된 후계자다.
	그 뒤로 그의 서약 깨졌어. 듣기로는
	관은 그가 썼지만 실제 왕인 당신이
	그를 시켜 의회의 새로운 법령으로
	날 지우고 자신의 아들을 넣었다고 하니까.
클리퍼드	이유가 있었지.
	아버지를 아들 말고 누가 계승해야지?
리처드	거기 있냐, 백정아? 오, 말을 못 하겠구나!
클리퍼드	암, 꼽추야, 난 여기에 너나 너희 부류의
	가장 잘난 남자에게라도 응하려고 서 있다.
리처드	어린 러틀런드를 죽인 게 너였지, 안 그래?
클리퍼드	암, 그 늙은 요크도, 하지만 만족 못 해.
리처드	여러분, 전투 신호 제발 내려 주시오.
워릭	헨리 넌 어쩔 테냐, 왕관을 내놓겠어?
마거릿 왕비	허, 저런, 수다쟁이 워릭아, 네가 감히 말을 해?
	너와 내가 지난번 세인트 올반스에서 만났을 때
	넌 손보다 다리의 도움을 더 많이 받았어.

85

90

95

100

워릭	그땐 내가 도망칠 차례였고 이젠 너다.	105
클리퍼드	전에도 그렇게 말해 놓고 도망쳤지.	
워릭	네 용맹에 쫓겨난 건 아니다, 클리퍼드.	
노섬벌랜드	그래, 넌 감히 거기 남을 용기도 없었지.	
리처드	노섬벌랜드, 난 당신을 대단히 존경하오.	
	협상을 중지하죠, 크게 부푼 내 마음을	110
	저 잔인한 어린애 살해자 놈에게	
	풀어놓지 않고는 견딜 수가 없으니까.	
클리퍼드	난 네 아빌 죽였는데, 넌 그를 애라 불러?	
리처드	암, 비천하고 배신하는 겁보처럼 죽었지,	
	여린 동생 러틀런드를 그랬듯이. 하지만	115
	해지기 이전에 그 행위를 저주하게 해 주마.	
헨리 왕	경들은 말 끝내고 내 얘기 들으시오.	
마거릿 왕비	그럼 도전하세요, 안 그럼 입을 꼭 닫으세요.	
헨리 왕	부탁인데, 내 말에 한계를 두지 마오.	
	왕으로서 난 얘기할 특권을 가졌소.	120
클리퍼드	전하, 여기 이 모임을 키워 온 상처는	
	말로 치유 안 되니 조용해 주십시오.	
리처드	그렇다면 망나니야, 네 칼을 뽑아라.	
	난 우리들 모두의 창조주께 맹세코,	
	클리퍼드의 용기는 혀에 있다 확신한다.	125
에드워드	이봐, 헨리, 내 권리를 줄 거야, 말 거야?	
	오늘 아침 식사했던 천 명이 저녁은	
	네가 왕관 내놓지 않으면 절대로 못 먹어.	
워릭	거절하면 그들 피가 네 머리에 묻을 거다,	
	요크가 정의롭게 갑옷 입었으니까.	130
에드워드 왕자	만약에 워릭이 옳다고 말한 게 옳다면,	

	그른 것은 없으며 모든 것이 옳겠지.
리처드	네 혀가 어미의 것인 줄은 내가 잘 아니까
	누가 널 낳았든 네 어미는 거기 있군.

마거릿 왕비   근데 넌 네 아비도 어미도 닮지 않고   135
                기형의 낙인찍힌 추물을 닮았구나,
                운명의 여신들이 피하라고 점찍은 독 두꺼비,
                아니면 무서운 도마뱀의 독니처럼 말이다.

리처드   잉글랜드 도금에 감춰진 나폴리 무쇠야,
                네 아비를 왕이라는 칭호로 부르는 건   140
                시냇물을 바다라고 부르는 격인데,
                네 출신을 아는 네가 그 비천한 마음을
                네 혀로 밝히는 게 부끄럽지 않으냐?

에드워드   파렴치한 이 창녀가 그 자신을 아는 데는
                한 번의 흠칠이 천금의 가치가 있을 거다.   145
                네 남편은 메넬라오스일지 모르지만
                그리스의 헬렌은 너보다 훨씬 더 예뻤고,
                배신한 그녀가 아가멤논의 동생에게 준 피해도
                네가 이 왕에게 준 것엔 절대로 못 미친다.
                그의 아버지는 프랑스의 중심에서 즐기면서   150
                그곳 왕을 길들이고 그 세자를 꿇렸는데,
                그가 만약 지위에 걸맞게 결혼했더라면
                그 영광을 오늘까지 지켰을지 모르지만
                거지 여자 하나를 침대로 맞이하고
                가난한 네 아비를 혼인으로 예우했던   155

146행 메넬라오스 스파르타의 왕으로   150행 아버지 헨리 5세.
헬렌의 남편이며 아가멤논의 동생이다.

바로 그때, 그 햇빛은 소나기를 몰고 와
아버지의 행운을 프랑스에서 씻어 내고
본국에선 반역을 그의 왕관 위에다 뿌렸다.
네 오만 때문이 아니면 이 소란이 왜 생겼지?
네가 온순했더라면 짐의 권리 쭉 잠잤고,   160
또한 짐은 저 온화한 국왕을 동정하여
그다음 세대까지 짐의 요구 미뤘을 것이다.

조지   하지만 우리의 햇빛으로 네 봄이 온 걸 보고,
또한 네 여름이 우리에겐 무익한 걸 알고는
찬탈하는 네 뿌리로 우리의 도끼를 향했고,   165
또한 그 도끼날에 우리도 좀 다쳤지만
알아 둬라, 우리는 치기 시작했으니까
널 찍어 내리거나 분노한 우리 피로
네 성장을 막기 전엔 절대로 안 멈춘다.

에드워드   또한 난 확신을 가지고 너에게 도전하고,   170
저 온화한 왕의 말을 네가 막고 있으니까
더 이상의 회담은 원하지 않는다.
나팔을 울려라! 피비린 군기를 펼쳐라.
그리고 승리를 못 얻으면 무덤이다!

마거릿 왕비 기다려라, 에드워드.   175

에드워드   안 된다, 시비꾼아, 더는 못 기다린다.
오늘의 이 말값은 만 명의 목숨일 것이다.

(다 함께 퇴장)

2막 3장

경종. 출격. 워릭 등장.

워릭   경기 뛰는 주자처럼 분투로 지친 나는
       잠시 동안 누워서 한숨 돌려야겠다.
       몇 대 맞고 수많은 타격으로 되갚느라
       탄탄한 내 근육의 힘이 다 빠져 버려
       악조건인데도 난 잠시 쉬어야만 한다.   5

에드워드, 달리면서 등장.

에드워드   온화한 하늘이 웃든지, 험악한 죽음이 닥쳐라!
          이 세상은 찌푸리고 나의 해는 흐리니까

조지 등장.

워릭   우리 운은 어떤가? 좋아질 거라는 희망은?
조지   우리 운은 패배고 희망은 슬픈 절망뿐이오.
       아군의 전열은 깨졌고 멸망이 뒤따라요.   10
       무슨 충고 해 줄 거요? 어디로 도망치죠?
에드워드   도망은 소용없어, 적들은 날개 달고 뒤쫓고
          우리는 약해서 추격을 피할 수 없으니까.

리처드 등장.

2막 3장 장소   요크 근처의 전장.

리처드　아, 워릭, 당신은 왜 스스로 물러났소?
　　　　클리퍼드의 뾰족한 창끝으로 터져 나온　　　　　　15
　　　　당신 동생 핏물을 목마른 이 땅이 마셨어요.
　　　　또 바로 그 죽음의 격통 속에서도 그는
　　　　멀리서 들리는 암울한 나팔처럼 외쳤어요,
　　　　"워릭 형, 복수를! 내 죽음의 복수를!"
　　　　그렇게 그 고귀한 신사는 김이 나는　　　　　　　20
　　　　자신의 핏물로 발굽 털 물들이며 서 있는
　　　　군마들의 배 밑에서 숨을 거뒀답니다.

워릭　　그러면 그 땅이 우리 피를 마시게 해 주자.
　　　　난 도망은 안 칠 테니 내 말을 죽이겠다.
　　　　원수들은 날뛰는데 우리는 왜 이 패배를　　　　　25
　　　　심약한 여자처럼 통곡하며 여기 서서
　　　　마치 이 비극이 엉터리 배우들에 의하여
　　　　장난으로 공연되는 것처럼 쳐다보지?
　　　　난 여기 무릎 꿇고 주님께 서약하네.
　　　　죽음으로 내 눈이 감기기 전까지, 아니면　　　　30
　　　　운명이 상당한 복수를 나에게 줄 때까지
　　　　절대 다시 안 멈추고 절대 서지 않겠다.

에드워드　오, 워릭, 나 또한 함께 무릎 꿇으면서
　　　　그 서약에 내 영혼을 당신 것과 얽매겠소.
　　　　또한 이 차가운 땅에서 무릎을 떼기 전에　　　　35
　　　　내 손, 내 눈, 내 심장을 왕들을 세우시고
　　　　또 끌어내리는 분, 그분께 바치면서
　　　　간청드리옵건대, 이 몸이 원수들의
　　　　먹이가 되는 게 그분의 뜻이라도
　　　　그분의 저 철벽같은 하늘 문은 열리어　　　　　　40

죄 많은 제 영혼은 곱게 통과시키소서.
자, 여러분, 우리는 다시 만날 때까지,
그곳이 하늘이든 땅 속이든 작별하죠.

리처드　형님, 그 손을 주시오. 그리고 워릭 님,
지친 팔로 당신을 껴안게 해 주시오.　　　　　45
겨울이 우리 봄을 이렇게 자르다니
한 번도 울지 않던 난 이제 비탄에 녹아요.

워릭　자, 갑시다! 다시 한번, 여러분, 잘 가요.

조지　그래도 다 같이 우리 부대원들에게 가서
남지 않을 자들에겐 도망을 허락하고,　　　　50
우리와 함께 할 자들은 기둥이라 부르며
우리가 성공하면 올림픽 경기에서
승자들이 받는 보상, 그들에게 약속해요.
그러면 풀 죽은 그 가슴에 용기를 줄 수 있소,
아직은 생명과 승리의 희망이 있으니까.　　　55
더 늦지 않게끔 곧바로 여기를 뜹시다.　　(함께 퇴장)

2막 4장

출격. 리처드, 한쪽 문으로. 그리고 클리퍼드,
다른 쪽 문으로 등장.

리처드　이제야, 클리퍼드, 내가 너를 고립시켰구나.
네놈이 청동 벽에 둘러싸여 있대도
이 팔은 요크 공작, 또 이건 러틀런드를 위해

2막 4장 장소　요크 근처의 전장.

<pre>
                   양쪽 다 복수하게 돼 있다고 상상해라.
클리퍼드   이제야, 리처드, 너와 나만 여기 있군.   5
          이 손은 네 아버지 요크를 찔렀고
          이것은 네 동생 러틀런드를 죽였으며,
          여기 이 심장은 그들의 죽음에 의기양양
          네 아비와 동생을 살해한 이 손에게
          네게도 꼭 같이 해 주라고 격려한다.   10
          그러니, 덤벼라!
</pre>

경종. 그들이 싸운다.

워릭이 와서 리처드를 구하고. 클리퍼드는 도망친다.

<pre>
리처드   아뇨, 워릭, 좀 다른 사냥감을 고르시오,
          내가 이 늑대를 쫓아가 죽여야 하니까.   (함께 퇴장)
</pre>

2막 5장

경종. 헨리 왕 홀로 등장.

<pre>
헨리 왕   이 전투는 물들이는 구름과 동트는 빛,
          양쪽이 다투는 아침의 전쟁처럼 벌어지고,
          그럴 때 목동은 손을 호호 불면서
          완전히 낮인지 밤인지 분간을 못 한다.
          전세는 막강한 바다가 조수에 떠밀려   5
          바람과 싸우듯 한 번은 이리로 기울다가
</pre>

2막 5장 장소 요크 근처의 전장.

꼭 같은 바다가 바람의 광기에 떠밀려
뒤로 물러나듯이 한 번은 저리로 기운다.
때로는 파도가, 다음엔 바람이 이기는데,
이쪽이 세졌다가 저쪽이 더 세져서   10
가슴으로 맞붙어 승자가 되려고 분투하나
누구도 정복을 하거나 당하지 않은 채
이 사나운 전쟁은 그렇게 균형을 이룬다.
나는 이 흙 두둑에 앉아 있을 것이다.
신의 뜻이 있는 쪽에 승리가 있을 테지.   15
마거릿 왕비와, 또 클리퍼드도 나에게
전투에서 빠져라, 내가 거기 없을 때
가장 잘된다고 맹세하며 날 꾸짖었으니까.
난 주님이 호의를 베푸시어 죽고 싶다.
이 세상에 비통과 비탄 말고 뭐가 있지?   20
오, 주님! 전 소박한 양치기와 다름없는
사람이 된 다음 언덕 위에 앉아서,
제가 지금 그러듯이 해시계를 정교하게
꼼꼼히 만들고, 그걸로 분초가 어떻게
가는지 보는 게 행복한 삶이라 생각해요.   25
몇 분이면 한 시간이 완전히 차는지,
몇 시간이 지나면 하루가 되는지,
몇 날이면 한 해가 끝나게 되는지,
몇 년을 속세의 인간이 사는지 볼 테니까.
그것을 알고 나선 시간을 나눕니다.   30
이만큼의 시간은 양 떼를 봐야 하고,
이만큼의 시간은 휴식을 해야 하고,
이만큼의 시간은 명상을 해야 하고,

이만큼의 시간은 즐거워해야 하고,
이만큼의 날 동안 암양들은 새끼 배고,   35
이만큼의 주가 가면 걔들이 출산하고,
이만큼의 해가 가면 털을 깎을 테니까.
그렇게 분과 시간, 날과 주, 달과 해가
그것들이 생겨난 목표 향해 흘러가면
흰머리는 조용한 무덤으로 갈 겁니다.   40
아! 이 멋진 삶, 얼마나 달콤하고 아름답나!
순진한 양들을 돌보는 목동에겐
저 산사나무가, 신하들의 배신을
겁내는 왕들의 비싼 장식 천막보다
더 달콤한 그늘을 선사하지 않을까?   45
오, 맞아, 그렇지, 천배로 그렇지.
그래서 결론은, 목동의 담백한 응유와
가죽 부대 안에 든 차고 맑은 음료와
싱싱한 나무 그늘 아래의 잠 습관이,
안전하고 달콤하게 다 즐기는 그것이   50
군주의 진미보다 훨씬 더 낫다는 말이다.
그가 먹는 음식은 금잔에서 반짝이고
그의 몸은 정성 들인 침대에 놓였어도
걱정, 불신, 반역이 그를 시중드니까.

경종. 아비를 죽인 아들이 한쪽 문으로, 아들을 죽인

아버지가 다른 쪽 문으로, 각각 시체를 메고 등장.

아들   무익한 바람은 그 누구도 안 반긴다.   55
       내가 주먹다짐으로 살해한 이 사람은

상당량의 금화를 가졌을지 모르고,
지금 그걸 우연히 그에게서 뺏는 나는
밤이 오기 이전에 내 목숨과 그것을 남에게
죽은 이 사람처럼 넘길지도 모른다.   60
이 누구야? 맙소사! 아버지의 얼굴이다,
내가 이 싸움에서 무심코 살해했어.
오, 가혹한 시절이여, 이런 일이 생기다니!
런던에 있던 나는 국왕이 징집했고,
아버지는 워릭 백작 사람이었으니까   65
그 주인이 징집해 요크의 편으로 나왔다.
그리고 그의 손에 생명을 받은 나는
내 손으로 그에게서 생명을 가로챘다.
모르고 한 일이니 신은 용서해 주시고,
아버지도 당신인 줄 몰랐으니 용서해요.   70
난 눈물로 이 핏자국 깨끗이 씻어 내고
그걸 한껏 흘릴 때까지는 입 다물 것이다.

헨리 왕   오, 가련한 광경이다! 오, 피비린 시절이여!
사자들이 굴을 놓고 싸움박질하는 동안
불쌍한 무해한 양들이 그 적의를 견디네.   75
울어라, 딱한 것. 네 눈물 눈물로 도와주마,
그래서 우리의 심장과 두 눈을 내란처럼
눈물로 멀게 하고 과도한 비탄으로 터뜨리자.
(아버지가 자기 아들을 안은 채 앞으로 나온다.)

아버지   나에게 그토록 완강하게 저항한 너,
금이라도 가졌다면 네 금을 내놔라,   80
난 그걸 백번의 주먹질로 샀으니까.
하지만 좀 보자. 우리들 원수의 얼굴인가?

아, 안 돼, 안 돼, 안 돼, 나의 외아들이야!
오, 얘야, 네 목숨이 좀이라도 남았다면
그 눈을 번쩍 떠라! 봐, 이 무슨 소나기가   85
바람 센 내 심장의 태풍에 밀려와 내 눈과
내 심장을 죽이는 네 상처 위에 생기나 봐!
오, 이 비참한 시대를 신은 동정하소서!
이 무서운 싸움으로 얼마나 사납고,
잔인하고 그릇된, 반역적이고도 몰인정한   90
이따위 폭행이 매일 생겨나는지!
오, 얘야, 아비는 네 목숨을 너무 일찍 줬다가
네게서 그 목숨을 너무 최근 가로챘다!

헨리 왕   비탄보다 더한 비탄! 보통 한탄 넘는 한탄!
오, 내가 죽어 이 딱한 행위를 막았으면!   95
오, 온화한 하늘은 동정, 동정, 동정을!
싸우는 우리 두 집안의 치명적 색깔인
붉은 장미, 흰 장미가 저 얼굴에 피었구나.
하나는 자줏빛 그의 피와 퍽 닮았고
다른 건 창백한 그 뺨이 보여 주는 것 같다.   100
한쪽 장미 시들고 다른 쪽은 번성해라,
둘이서 다투면 천의 목숨 시들어야 하니까.

아들   어머니는 아버지의 죽음으로 나에게
대단히 격분하며 결코 이해 못 할 거야!

아버지   내 아내는 아들의 살육으로 눈물을   105
바다처럼 쏟으며 결코 이해 못 할 거야!

헨리 왕   이 나라는 이 통탄할 사건들로
국왕을 오판하며 결코 이해 못 할 거야!

아들   아비 죽음 이토록 후회한 아들이 있었을까?

| 아버지 | 아들을 이처럼 애도한 아비가 있었을까? | 110 |

| 헨리 왕 | 백성의 비탄을 이토록 아파한 왕 있었을까? |

너희 슬픔 크지만 내 것은 열 배나 더 크다.

| 아들 | 맘껏 울 수 있는 곳으로 당신을 옮길게요. |

(시체를 안고 퇴장)

| 아버지 | 내 팔은 너를 감는 수의가 될 것이고

내 심장은, 착한 애야, 네 무덤이 될 거야.　　　　　115

네 모습은 내 심장을 절대로 안 떠날 테니까.

한숨 쉬는 내 가슴은 네 조종이 될 테고

네 아비는 바로 널 잃었기에, 독자니까,

프리아모스가 용맹한 아들들 모두에게

보였던 것과 같은 상례를 보일 거야.　　　　　120

널 데려갈 테니 원하는 자들은 싸우라 해.

난 죽이지 말아야 할 데서 살인했으니까.

(아들을 안고 퇴장)

| 헨리 왕 | 걱정에 압도되어 마음 슬픈 사람들아,

여기 앉은 한 왕은 너희보다 더 비통해.

경종. 출격.

마거릿 왕비, 에드워드 왕자와 엑서터 등장.

| 에드워드 왕자 | 아버지, 도망쳐요! 친구는 다 달아났고　　　　125

워릭은 격분한 황소처럼 날뜁니다.

어서요, 죽음이 우리를 뒤쫓고 있어요.

| 마거릿 왕비 | 전하, 말을 타고 베르윅 쪽으로 급히 가요.

119행 프리아모스 트로이 왕으로 50명의 아들을 두었다고 한다.

에드워드와 리처드가 무서워 달아나는
토끼를 시야에 둔 사냥개 한 쌍처럼　　　　　　　　　130
두 눈은 대단한 격노에 반짝이며 불타고
분노한 두 손에는 피 묻은 칼 움켜쥔 채
우리들 등 뒤에 있으니 빨리 여길 떠나요.

엑서터　　어서요, 복수 신이 그들과 함께 와요.
아니, 훈계하려 멈추지 마시고 서둘러요.　　　　135
아니면 나중에 오십시오. 전 앞서갑니다.

헨리 왕　　아니, 날 데려가 주게, 참 상냥한 엑서터.
남아 있기 겁나서가 아니라 왕비가 원하는
그곳으로 나도 가고 싶으니까. 어서 가!　　(함께 퇴장)

2막 6장

요란한 경종.

클리퍼드, 목에 화살을 맞아 부상당한 채 등장.

클리퍼드　　내 촛불은 여기서 다 탔고, 음, 죽는구나.
켜져 있을 동안은 헨리에게 빛이었지.
오, 랭커스터, 난 당신의 멸망을 내 영육의
이별보다 더 겁내오! 수많은 친구들이
나에 대한 사랑과 공포로 당신 편이 됐는데,　　　5
난 이제 쓰러져 그 질긴 혼합물이 녹으면서
헨리를 해치고 거만한 요크를 강화하오.

2막 6장 장소　요크 근처의 전장.
6행 혼합물　사랑과 공포의 합성물.

평민들은 여름철 벌레처럼 들끓는데
그 모기들, 태양 말고 어딜 향해 날아가죠?
또 헨리의 적들 말고 누가 지금 빛나죠?   10
오, 포이보스, 파에톤이 당신의 동의하에
불같은 당신 말을 몰지만 않았어도
지구는 그 불 마차에 그슬리지 않았겠죠!
또 헨리여, 당신이 왕답게 다스렸더라면,
아니면 부친과 조부처럼 하면서   15
요크가엔 절대로 굴복하지 않았다면
그들은 여름철 벌레처럼 절대 못 불어났고,
나와 1만 병사는 이 불운한 왕국에
우리 죽음 애도하는 과부들을 안 남겼고,
당신도 오늘 그 지위를 편안히 지켰겠죠.   20
잡초에게 온화한 공기 말고 뭐가 좋죠?
과도한 관용 없이 어떻게 강도가 용감하죠?
도망 길도, 싸움을 계속할 기운도 없어서
한탄은 소용없고 내 상처도 안 낫는다.
원수는 무자비해 동정을 안 베풀 것이다,   25
난 그들로부터 동정받을 자격이 없으니까.
치명적인 내 상처엔 바람이 들었고
출혈이 심하여 난 정신이 아뜩하다.
와라, 요크와 리처드, 워릭과 나머지도.
네 아비들 가슴을 찌른 나, 내 것을 뻐개라.   30

11행 파에톤 앞선 주(1.4.33) 참조. 포이보스는 태양신 아폴로를 가리
킨다.

경종과 퇴각. 에드워드, 워릭, 리처드 및 군인들,
몬터규와 조지 등장.

에드워드   자, 숨을 좀 돌리죠. 행운이 멈추라 명하고
              평안한 모습으로 전쟁의 이맛살 펴라네요.
              몇 부대는 잔인한 왕비를 추격하라.
              그녀는 조용한 헨리를, 그가 왕인데도
              안달하는 돌풍으로 꽉 찬 돛이 상선에게   35
              파도와 맞서기를 강요하듯, 지휘했다.
              그런데 클리퍼드도 함께 도망친 것 같소?
워릭   아뇨, 그가 피신하는 건 불가능합니다.
              그 사람 면전에서 하는 말이지만,
              당신 동생 리처드가 그의 묘를 점찍었고   40
              그가 어디 있든 간에 그는 분명 죽었소.

                                  (클리퍼드가 신음한다.)

리처드   힘들게 작별하는 저 영혼은 누구 거지?
              생사가 갈리는 것처럼 무서운 신음이군.
에드워드   누군지 봐. 이제는 전투도 끝났으니
              아군이든 적군이든 귀하게 다뤄라.   45
리처드   자비로운 그 판결 취소해요, 클리퍼드니까.
              그는 러틀런드가 잎을 내밀었을 때 베어서
              그 가지를 잘라 낸 데 만족하지 못하고,
              살인하는 그 칼을 그 여린 잔가지가
              귀엽게 피어난 근원인 그 뿌리에 댔어요,   50
              군주 같은 아버지 요크 공작 말입니다.
워릭   요크의 성문에 클리퍼드가 올려놨던
              그 머리, 당신 부친 머리를 내리고

	대신 그 빈자리를 이것으로 채우시오,	
	격에 맞게 대가를 치러야만 하니까.	55
에드워드	우리와 우리 가족들에게 죽음만 노래하며	
	우리의 가문에 치명적인 그 올빼미 끌어내라.	
	음울한 위협적인 그 소리는 죽음에 막히고	
	불길한 그 혀는 더 이상 말을 못할 것이다.	
워릭	이해력이 이 사람을 떠나 버린 것 같군.	60
	클리퍼드, 말해 봐, 누가 네게 얘기하지?	
	어두운 죽음의 구름이 그의 생명 빛을 덮쳐	
	보지도, 우리가 하는 말을 듣지도 못하는군.	
리처드	오, 하고자 한다면 할지도 모르지요.	
	우리의 아버지가 죽어 갈 때 그가 뱉은	65
	그런 쓰린 조롱은 피하고 싶을 테니	
	시치미를 떼는 건 그에게 방책일 뿐이죠.	
조지	그렇게 생각하면 매서운 말로써 괴롭혀 줘.	
리처드	클리퍼드, 자비를 구하고 구원은 못 받아라.	
에드워드	클리퍼드, 소용없는 참회 하며 뉘우쳐라.	70
워릭	클리퍼드, 네 죄의 변명거리 궁리해 봐.	
조지	그럼 우린 죄를 벌할 독한 고문 궁리할게.	
리처드	넌 요크를 사랑했고, 난 요크의 아들이야.	
에드워드	넌 러틀런드를 동정했지. 난 너를 동정할게.	
조지	지금 널 보호해 줄 마거릿 대장은 어딨지?	75
워릭	이들이 널 조롱해, 클리퍼드. 전처럼 욕해 봐.	
리처드	뭐, 저주 안 해? 아니 그럼, 세상 참 험하네,	
	클리퍼드가 친구에게 저주 한번 못 하다니.	
	이로써 죽은 걸 알겠군. 영혼에 맹세코,	
	내가 이 오른손으로 두 시간의 목숨 사서	80

모든 걸 무시하고 그를 욕할 수 있다면,
왼손으로 그걸 확 자른 뒤, 거기서 솟는 피로
요크와 어린 러틀런드도 못 만족시켰던
이 무한 갈증의 악당을 질식시킬 것이오.

워릭 암, 근데 그는 죽었네. 반역자의 목을 잘라 85
부친 목이 있던 곳에 그것을 올리시오.
그리고 승리의 행군하며 런던 가서
잉글랜드의 왕다운 왕으로 즉위하십시오.
거기서 워릭은 바다 질러 프랑스로 간 다음
저 보나 부인을 당신의 왕비로 요청하죠. 90
그렇게 당신은 두 나라를 묶을 테고,
프랑스를 친구로 두게 되면, 쫓겨나서
재기를 바라는 원수도 안 무서울 겁니다.
그들에겐 상처를 줄 큰 독침은 없어도
당신 귀에 불쾌한 윙윙 소린 예상해야 하니까. 95
난 우선 당신의 대관식을 본 다음
바다 건너 브르타뉴로 가서 이 결혼을
전하께서 좋으시면 성사시키겠습니다.

에드워드 친절한 워릭이 원하는 꼭 그대로 하시오.
왜냐하면 난 당신의 어깨 위에 자리 잡고 100
당신의 충고와 동의가 없는 일은 절대로
착수하지 아니할 테니까. 리처드, 난 너를
글로스터, 조지는 클래런스 공작으로
봉해 줄 것이다. 워릭은 짐처럼
가장 맘에 드는 걸 내키는 대로 하오. 105

리처드 난 클래런스로, 조지를 글로스터로 해 줘요.
글로스터 작위는 너무 기분 나쁘니까.

워릭   쳇, 그것 참 바보 같은 발언이네. 리처드,
글로스터 공작이 되시게. 자, 런던 가서
이러한 영예를 소유해 봅시다.   (함께 퇴장)   110

3막 1장
사냥 관리원 두 명, 석궁을 들고 등장.

관리원 1   우린 이 무성한 덤불 아래 숨을 거야,
사슴이 이 풀밭을 가로질러 올 테니까.
그리고 우리는 이 은신처에 숨어서
모든 사슴 가운데 최고를 고를 거야.

관리원 2   난 언덕 위로 갈게, 그럼 둘 다 쏠 수 있어.   5

관리원 1   그건 안 돼, 짐승들이 네 석궁 소리에
겁을 먹고, 그러면 내 화살이 빗나가.
우리 둘 다 여기 서서 가장 잘 겨냥하자.
그리고 지루하게 느껴지지 않도록
우리가 서 있으려는 바로 이 장소에서   10
어느 날 뭔 일이 나에게 생겼는지 말할게.

관리원 2   웬 사람이 오는군. 지나갈 때까지 기다리자.

헨리 왕, 가장한 채 기도서를 들고 등장.

헨리 왕   난 희망찬 눈으로 내 나라를 보려는
순수한 정 때문에 스코틀랜드에서 도망쳤다.

3막 1장 장소 잉글랜드 북부의 숲.

	아니, 해리, 해리, 이건 네 나라가 아니야.	15
	네 자리는 채워졌고 왕홀은 빼앗겼고,	
	너에게 발랐던 성유도 깨끗이 씻겼다.	
	누구도 무릎 굽혀 널 시저로 안 부르고	
	정의를 재촉하는 겸손한 탄원자도 없으며,	
	암, 아무도 바로잡아 달라고 오지 않아.	20
	난 자신도 못 돕는데 그들을 어찌 돕지?	

관리원 1 그래, 이 사슴의 가죽은 관리원의 몫이야!
이게 그 옛적의 왕이야. 우리가 붙잡자.

헨리 왕 쓰라린 역경아, 내가 널 껴안게 해 줘라,
현자들 말씀이 그게 가장 현명하다니까.   25

관리원 2 우리가 왜 꾸물거려? 그를 잡아 버리자.

관리원 1 잠시만 참아 봐. 조금 더 들어 보자.

헨리 왕 왕비와 아들은 도움을 구하러 프랑스로 갔고,
또 위대한 지휘관인 워릭도 거기로 가
프랑스 왕 누이를 에드워드의 아내 삼길   30
갈망한다고 들었다. 그 소식이 사실이면
불쌍한 왕비와 아들의 노력은 헛되다.
왜냐하면 워릭은 교묘한 연설가고,
루이는 말에 곧장 감동받는 군주니까.
그렇게 따지면 마거릿이 이길지도 모르지,   35
그녀는 큰 동정을 받아야 할 여자니까.
그녀의 한숨은 그의 가슴 포격하고,
그녀의 눈물은 그의 철석 심장 뚫고,
호랑이도 그녀가 한탄할 땐 온순해질 테니까.
네로도 그녀의 불평을, 그녀의 짠 눈물을   40
보고 또 듣는다면 회한에 물들 거야. 암,

	하지만 그녀는 구걸하러, 워릭은 주러 갔으니까	
	그녀는 왼편에서 헨리 위한 도움을 갈망하고	
	그는 오른편에서 에드워드의 아내를 요청한다.	
	그녀가 울면서 헨리가 퇴위됐다 말하면	45
	그는 미소 지으며 에드워드가 취임했다고 해.	
	그래서 불쌍한 그녀는 비통해서 말 못 하고	
	워릭은 그의 권리 얘기하며 잘못은 숨긴 채	
	막강한 힘의 논리 들이대어 결국에는	
	그 누이의 혼약과 그 밖의 것들로	50
	그의 맘을 그녀로부터 떼어 내 얻은 다음	
	에드워드의 왕좌를 강화하고 지원한다.	
	오, 마거릿, 이렇게 될 테고, 불쌍한 당신은	
	쓸쓸히 떠났을 때처럼 버림받을 것이오.	

관리원 2 이봐, 왕들과 왕비들 얘기하는 넌 누구냐? 55

헨리 왕 보기보단 낮지만 출생 때보다는 못하구나.
 적어도 사람이다, 그 이하는 안 돼야 하니까.
 사람들은 왕 얘기 하는데 나는 왜 못 하냐?

관리원 2 맞아, 근데 넌 네가 마치 왕인 것처럼 얘기해.

헨리 왕 허, 난 왕이야, 맘속으로, 그걸로 충분해. 60

관리원 2 근데 네가 왕이라면 왕관은 어디 있지?

헨리 왕 내 왕관은 내 머리가 아니라 맘에 있다,
 금강석과 인도 보석 장식도 없는 데다
 보이지도 않으니까. 내 왕관은 만족인데,
 그것은 왕들도 좀처럼 못 즐기는 왕관이야. 65

관리원 2 좋아, 당신이 만족의 관을 쓴 왕이라면

40행 네로 잔인하기로 악명 높은 로마 황제.

	만족한 당신 관과 당신은 우리와 가는 데	
	만족해야만 해, 우리들 생각에 당신은	
	에드워드 국왕이 퇴위시킨 왕이니까.	
	우리는 완전 충성 맹세한 백성으로	70
	그의 적인 당신을 체포할 것이다.	
헨리 왕	근데 넌 맹세한 뒤 서약 깬 적 절대 없어?	
관리원 2	암, 그런 서약 없었고, 지금도 안 할 거다.	
헨리 왕	내가 잉글랜드 왕일 때 넌 어디서 살았지?	
관리원 2	우리가 지금 있는 여기 이 지역에.	75
헨리 왕	난 아홉 달 됐을 때 기름 부은 왕이 됐다.	
	내 아버지 그리고 할아버지가 왕이셨고,	
	너희는 맹세한 나의 진짜 백성이다.	
	그렇다면 말해 봐, 서약 깨지 않았느냐?	
관리원 1	아니, 네가 왕일 그때만 백성이었으니까.	80
헨리 왕	허, 내가 죽은 몸이냐? 숨 쉬는 사람 아냐?	
	아, 어리석다, 너희는 뭘 맹세했는지도 몰라.	
	봐라, 내가 이 깃털을 얼굴에서 불어 내고	
	바람이 그걸 내게 다시 불어 보내면	
	그것은 내가 불 땐 내 숨에 복종하고	85
	바람이 불 때면 또 그것에 항복하며	
	언제나 더 힘센 돌풍의 지배를 받듯이	
	너희 보통 사람들도 그렇게 가볍단다.	
	하지만 서약을 깨지는 마. 그러면 너희는	
	순한 내 간청만으로도 유죄일 테니까.	90
	왕은 명을 따를 테니 내키는 대로 가.	
	너희가 왕 해라. 명을 내려, 복종할 테니까.	
관리원 1	우리는 왕, 에드워드 국왕의 참 백성이다.	

헨리 왕	에드워드 왕 자리에 헨리가 앉으면
	너희는 그에게 또 그렇게 될 거야. 95
관리원 1	우리는 신과 왕의 이름으로 명한다,
	관원들 앞으로 우리와 함께 가자.
헨리 왕	신을 걸고 앞장서라. 왕명에 복종할 테니까
	너희 왕은 신의 뜻을 실천하라고 해.
	그럼 난 그의 뜻에 공손하게 굴복한다. (함께 퇴장) 100

3막 2장

에드워드 왕, 리처드 글로스터 공작,

조지 클래런스 공작, 그리고 과부 그레이 부인 등장.

에드워드 왕	글로스터 동생, 세인트 올반스 전투에서
	이 부인의 남편인 리처드 그레이 경이 죽고,
	그의 땅은 곧이어 승자가 점령했네.
	그 훌륭한 신사가 요크가를 위하여
	자신의 생명을 잃었기 때문에 5
	그것을 재소유하겠다는 그녀의 청원을
	정당성 면에서 짐은 거절 못 하겠네.
리처드 글로스터	거절은 불명예일 테니까 전하께선
	그녀의 청원을 마땅히 허락하셔야지요.
에드워드 왕	그렇기는 하지만 잠시 두고 보려 한다. 10
리처드 글로스터	(조지에게 방백)
	아, 그런가요?

3막 2장 장소 런던, 왕궁.

국왕이 겸손한 그녀 청을 허락해 주기 전에

부인께서 허락해 줘야 할 게 있나 봐.

조지 클래런스 (리처드에게 방백)

사냥감을 그는 알아, 전혀 안 들키잖아!

리처드 글로스터 (조지에게 방백)

쉿!   15

에드워드 왕 과부여, 당신 청을 고려해 볼 터이니

짐의 마음 알고자 하거든 다른 때 오시오.

과부 참 자비로우신 전하, 지연은 못 참아요.

황송하나 전하께서 지금 결정해 주시면

전하의 그 뜻에 전 만족할 것입니다.   20

리처드 글로스터 (조지에게 방백)

응, 과부가? 그에게 기쁜 게 당신도 기쁘면

그럼 내가 당신 땅을 다 보장해 주지.

딱 붙어요, 안 그럼 정말로 한 대 맞아.

조지 클래런스 (리처드에게 방백)

넘어지지 않는다면 그녀는 걱정 없어.

리처드 글로스터 (조지에게 방백)

맙소사, 그건 안 돼, 그가 덮칠 테니까.   25

에드워드 왕 과부는 말해 보라, 애들은 몇 명인가?

조지 클래런스 (리처드에게 방백)

그녀에게 아기 하나 달라고 하려나 봐.

리처드 글로스터 (조지에게 방백)

뭔 소리야, 오히려 둘을 주려 하는데.

과부 셋입니다, 참으로 자비로우신 전하.

리처드 글로스터 (조지에게 방백)

그의 말을 들으면 넷이 될 것이오.   30

에드워드 왕	그들이 아버지의 토지를 잃다니 애석하군.
과부	전하, 동정을 베풀어 그걸 하사하십시오.
에드워드 왕	경들은 물러가라. 과부의 지능을 떠보겠다.

(조지와 리처드는 옆으로 비켜선다.)

리처드 글로스터 (조지에게 방백)

예, 물러가죠, 청춘이 물러가며 형에게

목발 물려줄 때까지 우린 물러갑니다.   35

에드워드 왕	자, 말해 보오, 부인은 애들을 사랑하오?
과부	예, 저 자신을 사랑하듯 대단히 극진히.
에드워드 왕	그들에게 이롭다면 큰일인들 안 하겠소?
과부	이롭다면 피해도 감수할 것입니다.
에드워드 왕	그러면 이롭도록 남편 땅을 가져가오. 40
과부	전하께 제가 온 건 그 일 때문입니다.
에드워드 왕	이 땅을 어떻게 얻어 갈지 말하겠소.
과부	그럼 전 전하께 꼭 봉사할 것입니다.
에드워드 왕	그것을 준다면 어떠한 봉사를 해 주겠소?
과부	제가 할 수 있는 걸 명령해 주십시오. 45
에드워드 왕	하지만 내 요청에 불복할 것이오.
과부	아뇨, 전하, 못할 일이 아니라면 말이죠.
에드워드 왕	근데 내가 청할 것은 할 수 있는 일이오.
과부	그럼 전 전하의 명령대로 할 겁니다.

리처드 글로스터 (조지에게 방백)

열심히 조르네, 대리석도 잦은 비엔 닳잖아.   50

조지 클래런스 (리처드에게 방백)

불같이 벌게졌어! 그럼 그녀 밀랍이 녹아야지.

과부	전하, 왜 멈추셔요? 못 들려줄 임무예요?
에드워드 왕	손쉬운 임무요, 왕을 사랑하는 것뿐이니까.

과부	전 백성이니까 곧 실천하겠습니다.
에드워드 왕	그렇다면 남편 땅을 흔쾌히 주겠소. 55
과부	수천 번 감사하며 저는 물러갑니다.
리처드 글로스터	(조지에게 방백)
	합의했군, 그녀가 절을 하며 도장 찍어.
에드워드 왕	근데 잠깐, 내 말뜻은 사랑의 결실이오.
과부	전하, 제 말뜻도 사랑의 결실이랍니다.
에드워드 왕	맞아요, 하지만 의미는 다를까 걱정이군. 60
	내가 그리 갈구하는 사랑이 뭐라고 여기오?
과부	죽음을 건 제 사랑과 겸허한 감사와 기도인데,
	미덕이 구하고 미덕이 허락하는 사랑이죠.
에드워드 왕	아니, 정말, 내 뜻은 그런 사랑이 아니었소.
과부	그러면 당신 뜻은 제가 생각했던 게 아니군요. 65
에드워드 왕	근데 이젠 내 마음을 어느 정도 알겠군요.
과부	제가 옳게 짚었다면 제 마음은 제가 아는
	전하의 목표를 절대 허락 않을 것입니다.
에드워드 왕	솔직히 내 목표는 당신과 자는 거요.
과부	솔직히 전 차라리 감방에서 잘 겁니다. 70
에드워드 왕	그렇다면 남편 땅을 주지 않을 것이오.
과부	그럼 제 순결을 과부 재산 몫으로 삼지요,
	그걸 잃고 땅을 사진 않을 테니까요.
에드워드 왕	그로써 당신은 자식들을 극심하게 해치오.
과부	이로써 전하께선 그들과 절 해치셔요. 75
	하지만 막강하신 전하, 이 유쾌한 태도는
	심각한 제 청원과 어울리지 않습니다.
	가부를 말하시고 제발 저를 보내 주십시오.
에드워드 왕	그러겠소, 당신이 내 요청에 '가'라 하면.

	하지만 내 요구에 '부'라 하면 못 보내오.	80
과부	그럼 전하, '부'입니다. 제 청원은 끝났어요.	
리처드 글로스터	(조지에게 방백)	
	과부는 그를 안 좋아해. 눈살을 찌푸려.	
조지 클래런스	(리처드에게 방백)	
	그는 기독교권에서 가장 서툰 구애자야.	
에드워드 왕	(방백)	
	그녀의 모습은 정숙이 충만함을 나타내고,	
	그녀 말은 기지가 무쌍함을 보여 준다.	85
	그녀의 완벽성은 군주 자리 요구한다.	
	이렇든 저렇든 그녀는 왕의 짝이니까	
	내 애인이 아니라면 왕비가 될 것이다. —	
	당신을 에드워드 왕비로 삼으면 어떻소?	
과부	말하기는 쉬운 일이랍니다, 자비로운 전하.	90
	전 농담을 같이 하는 데에는 알맞은 백성이나	
	절대자가 되는 일엔 훨씬 맞지 않습니다.	
에드워드 왕	상냥한 과부여, 내 직을 걸고서 맹세컨대	
	난 바로 내 영혼의 의도를 말하는데,	
	그것은 당신을 애인 삼아 즐기는 것이오.	95
과부	그런데 그건 제가 못 들어줄 일입니다.	
	전 왕비가 되기에는 너무나 천하나	
	애첩이 되기엔 너무나 귀하다고 압니다.	
에드워드 왕	트집 잡지 마시오, 왕비란 뜻이었으니까.	
과부	제 아들들이 아버지라 부르면 슬프실 텐데요.	100
에드워드 왕	내 딸들이 당신을 어머니라 할 때보단 아니오.	
	당신은 과부이고 애들이 좀 있으며,	
	성모님에 맹세코, 난 독신일 뿐인데도	

	애들이 좀 있소. 허 참, 수많은 아들의
	아버지가 되는 건 행복한 일이오.
	답은 그만, 당신은 내 왕비가 될 테니까.
리처드 글로스터	(조지에게 방백)
	신부님이 이제야 고해를 다 들으셨네.
조지 클래런스	(리처드에게 방백)
	고해 신부 된 것은 책략 때문이었어.
에드워드 왕	동생들은 우리의 담소를 궁금해하는군.
리처드 글로스터	과부는 안 좋아하네요, 퍽 우울해 보여서.
에드워드 왕	넌 내가 그녀를 결혼시키면 이상히 여길걸.
조지 클래런스	누구에게요, 전하?
에드워드 왕	그야, 클래런스, 나에게.
리처드 글로스터	그것은 적어도 열흘짜리 놀라움일 겁니다.
조지 클래런스	여느 놀라움보다 하루 더 오래 가네.
리처드 글로스터	그만큼 그 놀라움은 극단에 이르렀어.
에드워드 왕	음, 쭉 장난쳐, 남편 땅 달라는 그녀 청원
	내가 허락했단 말은 해 줄 수 있으니까.

105

110

115

귀족 한 명 등장.

귀족	자비로운 전하, 당신 원수 헨리를 잡아서
	그 죄인을 궁정 문 앞으로 데려왔습니다.
에드워드 왕	탑으로 그를 호송하도록 조처하라.
	동생들아, 우리는 그를 잡은 사람을 찾아가
	그를 체포하게 된 과정을 심문하자.
	과부도 같이 가요. 경들은 그녀를 예우하라.

120

(리처드만 남고, 모두 퇴장)

리처드 글로스터   암, 에드워드는 여자들을 마구 예우할 거야.

그는 문드러지고, 골수와 다 함께, 그래서   125
대망의 내 황금기를 방해할 희망찬 가지는
그의 아랫도리에서 돋아나지 않기를.
그렇지만 호색하는 에드워드의 권리가
내 영혼의 욕망과 나 사이에 묻힌대도
클래런스, 또 헨리와 어린 아들 에드워드,   130
또 그들의 반갑잖은 후손이 모두 다
내가 자릴 잡기 전에 그들 몫을 챙길 거다.
내 목적에 찬물을 끼얹는 예상이군.
그럼 난 통치권을 오직 꿈만 꿀 뿐이다,
밟고 싶은 먼 해안을 곳에 서서 탐지한 뒤   135
자기 발이 눈처럼 움직이길 바라면서
그곳에서 자신을 떼어 놓는 그 바다를
길을 내기 위하여 물을 다 퍼낸 다음
말려 버리겠다고 꾸짖는 사람처럼 나 또한
그렇게 왕관을 원하고, 그렇게 먼 데서   140
나를 막는 장애물을 그렇게 꾸짖고,
그 원인을 그렇게 제거하겠다면서
불가능한 일들로 자신을 추어올리니까.
또 내 눈과 마음은, 손과 힘의 뒷받침 없이도
너무나 빠르고 너무나 심하게 탐한다.   145
그래, 리처드가 차지할 왕국은 없다 치자.
세상이 줄 수 있는 딴 쾌락은 뭐가 있지?
난 숙녀의 무릎을 천국 삼을 것이며
화사한 장식을 몸에 달고, 언어와 용모로
아름다운 숙녀들을 매혹할 것이다.   150

오, 비참한 생각이고, 스무 개의 금관을
손에 넣는 것보다 더 가망 없는 일이야!
허, 비너스는 내 어머니 자궁에서 날 버렸고,
그녀의 포근한 사랑법을 내가 못 쓰도록
약간의 뇌물로 저 여린 자연을 타락시켜   155
내 팔을 메마른 관목처럼 줄여 놓고,
등 위에는 심술궂은 산을 하나 올려서
그 기형이 내 몸을 조롱하게 만들고,
내 다리를 각각 다른 길이로 붙여 놓아
형체 없는 덩어리, 아니면 핥아 주지 않아서   160
어미 모습 하나도 안 닮은 곰 새끼처럼
신체 모든 부위의 비례를 깨 버렸다.
그런데도 난 사랑을 받을 사람이라고?
오, 그런 생각 품는 건 흉악한 잘못이다!
그래서, 이 땅은 나에게 기쁨을 못 주니까   165
난 나보다 더 나은 부류의 사람들을
오로지 명령, 책망, 제압하기 위하여
왕관 꿈을 꾸는 것을 나의 천국 삼을 테고,
이 머리를 달고 있는 못생긴 내 몸통이
영광의 왕관으로 둘러싸일 때까지   170
사는 동안 이 세상을 지옥으로만 여길 테다.
근데 난 왕관을 어떻게 가질지 모르겠다.
나와 목표 사이엔 많은 생명 살고 있고,
난 가시투성이 숲속에서 길 잃은 사람처럼
가시를 자르면서 가시에 찢기고,   175
길을 찾는 동시에 길을 벗어나면서
트인 곳을 어떻게 찾을지도 모르는 채

절박하게 찾아내려 애쓰는 사람처럼
잉글랜드 왕관을 잡으려고 나를 고문하니까.
난 그런 고문에서 나를 해방시키거나   180
피비린 도끼로 길을 뚫고 나갈 거야.
허, 난 웃고, 웃으면서 살인할 수도 있고,
마음이 슬픈데도 "만족한다!" 외치고,
가식적인 눈물로 내 뺨을 적실 수도,
내 얼굴을 모든 때에 다 맞춰 줄 수도 있다.   185
나는 그 인어보다 더 많은 선원을 빠뜨리고,
닭뱀보다 더 많은 응시자를 살해하고,
네스토르만큼이나 웅변가 역할을 잘하고,
율리시스보다 더 교활하게 속이면서
또 하나의 트로이를 시논처럼 취할 거야.   190
난 카멜레온에 색깔을 더하고, 유리하면
프로테우스와 더불어 형체를 바꾸고,
살인적인 마키아벨리를 가르칠 수도 있다.
이걸 할 수 있으면서 왕관을 못 얻어?
쳇, 더 먼 데 있다 해도 낚아챌 것이다.   (퇴장)   195

186행 그 인어
바다의 요정, 세이렌을 말한다.
188행 네스토르
트로이 전쟁에서 지혜와 웅변술로 유명
한 그리스의 지휘관. (RSC)
189행 율리시스
술수로 유명한 이타카의 왕, 그리스 이

름은 오디세우스.
190행 시논
트로이인들을 설득해 목마를 트로이 성
안으로 가져가게 만든 그리스인.
192행 프로테우스
자신의 모습을 여러 가지 형체로 바꿀 수
있는 바다의 신.

3막 3장

팡파르. 프랑스 왕 루이, 그의 누이 보나 부인,

부르봉이라는 그의 제독과, 에드워드 왕자, 마거릿 왕비,

옥스퍼드 백작 등장. 루이는 앉았다가 다시 일어선다.

루이 왕   아름다운 잉글랜드 왕비, 훌륭한 마거릿,

짐 곁에 앉아요. 루이는 앉았는데 당신이

서 있어야 하는 건 그 지위, 출신에 맞지 않소.

마거릿 왕비   아뇨, 막강한 프랑스 왕. 이제 이 마거릿은

몸을 낮춰 왕들이 명령하는 곳에서   5

한동안 봉사를 배워야 합니다. 저도 실은

옛 황금시절엔 대 앨비언의 왕비였지만

지금은 불운에 제 권리를 짓밟혀

불명예와 더불어 바닥에 쓰러졌으니까

제 운명도 그곳에 같은 자리 잡게 하고   10

저 또한 그 겸손한 자리에 맞춰야 합니다.

루이 왕   허, 고운 왕비, 이 깊은 절망은 어디서 솟지요?

마거릿 왕비   제 심장이 걱정에 눌린 동안 두 눈을

눈물로 채우고 혀를 막는 그 이유에서요.

루이 왕   그것이 무엇이든 당신은 당신답게   15

짐 곁에 앉으시오. (그녀를 그의 옆에 앉힌다.)

　　　　　　　　　　　저 운명 여신의 명에에

목을 내주지는 말고 불굴의 마음으로

늘 승리하면서 불운을 다 타넘길 바라오.

마거릿 왕비, 비탄을 솔직히 말해 보오.

3막 3장 장소　프랑스 왕궁.

	프랑스가 위로할 수 있다면 진정될 테니까.	20
마거릿 왕비	자비로운 그 말씀 축 처진 제 생각을 되살리고	
	닫혀 있던 슬픈 마음 열리게 해 줍니다.	
	그래서 이제는 고귀한 루이께 알리건대,	
	제 사랑의 유일한 소유자인 헨리께선	
	왕인데도 추방되어 저 스코틀랜드에서	25
	쓸쓸이 살도록 강요받은 반면에	
	오만하고 야심 찬 에드워드, 요크 공작은	
	잉글랜드의 진정한, 성유 바른 합법적 왕,	
	그분의 왕권과 왕좌를 찬탈했답니다.	
	이것이 저, 불쌍한 마거릿이 헨리의 상속자,	30
	제 아들 에드워드 왕자와 함께 와서	
	정당한 합법적 지원을 갈망하는 이윱니다.	
	당신이 못 하시면 저희 희망 다 끝나요.	
	스코틀랜드는 도울 뜻은 있으나 못 돕고,	
	저희 국민, 귀족들은 양쪽 모두 호도됐고,	35
	국고는 탈취됐고, 군인들은 패주하여	
	보다시피 저희는 우울한 궁지에 처했어요.	
루이 왕	유명한 왕비여, 짐이 그걸 타개할 수단을	
	찾아낼 동안에 그 폭풍을 진정시키시오.	
마거릿 왕비	저희가 더 늦어질수록 원수는 더 강해져요.	40
루이 왕	나는 더 늦어질수록 더 많이 도울 거요.	
마거릿 왕비	오, 진정한 슬픔엔 조급증이 따릅니다.	

24~26행 제…반면에 마거릿은 3막 1장에서 묘사된 헨리의 체포를 모르고 있다. (아든)

워릭 등장.

	근데 저기 제 슬픔을 키우는 자가 와요.
루이 왕	무엄하게 짐 앞으로 다가오는 넌 누구냐?
마거릿 왕비	에드워드의 최측근, 워릭 백작이랍니다.
루이 왕	용감한 워릭은 잘 왔소. 프랑스엔 웬일로?

(그는 내려오고, 그녀는 일어선다.)

마거릿 왕비	그래, 이제 둘째 폭풍이 커지기 시작했다,
	이자가 바람과 조수를 둘 다 일으키니까.
워릭	이 몸은 앨비언 왕, 훌륭하신 에드워드,
	제 주군이시며 막역한 당신 친구로부터
	친절과 꾸밈없는 사랑으로 이곳에 와,
	첫째로, 당신의 옥체에 인사를 건네고,
	그런 다음 애정의 동맹을 갈구하며,
	끝으로 그 애정을 확인하기 위하여
	혼인의 매듭으로, 허락해 주신다면
	그 덕 높은 보나 부인, 어여쁜 누이를
	잉글랜드 국왕과 적법하게 맺고자 합니다.
마거릿 왕비	저게 진전된다면 헨리의 희망은 끝난다.
워릭	(보나 부인에게 말을 건네면서)
	또한 자비로운 마마, 저희 왕을 대신하여
	전 당신이 호의를 베풀어 허락해 주시면
	겸허히 당신 손에 키스하고 제 군주의 열정을,
	그 마음엔 최근 그가 주의 깊게 들었던
	고운 당신 미모와 미덕의 소문이 담겼는데,
	제 혀로 전하라는 명을 받았답니다.
마거릿 왕비	루이 왕과 보나 부인, 워릭에게 대답 전에

45

50

55

60

65

제 말 들으십시오. 이자의 요구는
에드워드의 정직한 선의의 사랑이 아니라
필요에 의해 생긴 기만에서 나왔어요.
폭군들이 어떻게 든든한 해외 동맹 안 맺고
본국을 안전하게 통치할 수 있겠어요?   70
그가 폭군이라는 증명은 이걸로 충분해요.
헨리는 아직 살아 있어요. 하지만 죽었대도
헨리 아들 에드워드 왕자가 여기 서 있어요.
그러니, 루이여, 이 혼인 연맹으로
위험과 불명예를 초래하지 않도록 하세요.   75
찬탈자가 한동안은 통치권을 휘둘러도
하늘은 정당하고 시간은 잘못을 누를 테니.

워릭   모욕적인 마거릿.

에드워드 왕자   근데 왜 '왕비'가 아니냐?

워릭   네 아버지 헨리는 진짜로 찬탈했고, 그녀도
네가 왕자 아닌 만큼 왕비가 아니니까.   80

옥스퍼드   그러면 워릭은 스페인의 대부분을 복속시킨
위대한 존 오브 곤트 경을 말소하오.
그리고 그 존 오브 곤트 뒤엔 지혜로써
현자들의 거울이 되었던 헨리 4세가,
그리고 그 현명한 군주 뒤에 헨리 5세가   85
자신의 기량으로 프랑스를 다 정복하셨죠.
우리의 헨리는 이들의 직계 후손입니다.

워릭   옥스퍼드, 당신은 왜 그 유창한 담론에서
헨리 6세가 어떻게 헨리 5세가 얻은 걸
다 잃어버렸는지 말 안 했소? 그 사실에   90
이 프랑스 귀족들은 실소해야 할 것 같소.

	하지만 남은 일로. 당신은 육십이 년 동안의	
	족보를 꼽는데, 그것은 한 왕국의 가치에	
	시효를 매기기엔 약소한 시간이오.	
옥스퍼드	워릭, 넌 어떻게 삼십육 년 동안을 주군으로	95
	네가 복종하였던 그분을 헐뜯으면서도	
	네 반역을 얼굴 붉혀 안 드러낼 수가 있나?	
워릭	언제나 옳은 편을 옹호했던 옥스퍼드가	
	이제는 거짓을 족보로 방어할 수가 있어?	
	창피해, 헨리 떠나 에드워드를 왕이라 불러라.	100
옥스퍼드	부당한 그의 판결 때문에 나의 큰 형님인	
	오브리 비어 경이 처형되었는데도	
	왕이라 부르라고? 더군다나 아버지도	
	자연이 그분을 죽음의 문턱까지 데려간	
	완숙한 말년에 그렇게 되셨는데?	105
	안 돼, 워릭. 생명이 이 팔을 받드는 한	
	이 팔은 랭커스터 가문을 받들 거다.	
워릭	그리고 난 요크가를.	
루이 왕	마거릿 왕비, 에드워드 왕자와 옥스퍼드는	
	내가 이 워릭과 회담을 더 해 볼 동안에	110
	짐의 청을 받아들여 잠시 비켜서 주시오.	

(그들은 비켜선다.)

마거릿 왕비	하늘은 워릭 말에 그가 현혹 안 되게 하소서.	
루이 왕	자, 워릭, 그대의 바로 그 양심 걸고 말하라,	
	에드워드가 그대의 참왕인가? 법에 따라	
	선출 안 된 그와는 연관되기 싫으니까.	115
워릭	그 사실에 제 신뢰와 명예를 겁니다.	
루이 왕	근데 그는 백성들의 눈에도 인자한가?	

워릭	헨리가 불운했기 때문에 더 그렇죠.
루이 왕	그러면 더 나아가, 모든 가식 다 떨치고
	짐의 누이 보나 향한 그 사랑의 크기를
	진실로 말해 보라.
워릭	그와 같은 군주에게
	어울릴 수 있을 만큼 큰 것으로 보입니다.
	그가 종종 맹세코 하는 말을 들었는데,
	그의 이 사랑은 영원한 식물로서
	그 뿌리는 미덕의 땅속에 박혀 있고
	잎들과 열매는 미녀의 태양이 지켜 줘서
	악의는 면했으나, 모멸은 이 보나 부인이
	자신의 아픔을 안 달래 주면 못 면한답니다.
루이 왕	그럼 누이, 확고한 네 결심을 들어 보자.
보나 부인	전하의 허락이나 거부가 제 뜻이옵니다.
	(워릭에게 말한다.)
	하지만 고백건대, 난 오늘 전에도 여러 번
	당신 왕의 장점 얘기 들었을 때 판단력이
	내 귀에게 유혹당해 욕망하게 됐답니다.
루이 왕	그럼, 워릭, 누이는 에드워드가 가질 거네.
	그리고 지금 당장 그대 왕이 내놔야 할
	과부 급여 재산과 관련된 조항을 작성하면
	그녀 지참금으로 균형을 맞춰줄 것이네. —
	마거릿 왕비는 가까이 와 증인이 돼 주시오,
	보나가 그 잉글랜드 왕의 아내가 될 테니까.
에드워드 왕자	잉글랜드 왕이 아닌 에드워드의 아내죠.

120

125

130

135

140

127행 모멸 보나 부인이 보일지도 모르는 경멸. (RSC)

마거릿 왕비	부정직한 워릭아, 이 혼인 동맹으로
	내 청을 무효화하려는 게 네 계책이었어.
	루이는 네가 오기 전까진 헨리의 친구였다.
루이 왕	그리고 늘 그와 마거릿의 친구일 겁니다.
	하지만 당신의 왕권이 약하다면, 145
	에드워드의 성공으로 그렇게 보이는데,
	그럼 난 최근에 약속했던 원조를 하는 데서
	해방이 되는 게 지당할 일이겠죠.
	그렇지만 당신과 내 지위에 필요하고
	내 손으로 가능한 친절은 다 베풀 것이오. 150
워릭	헨리는 지금 스코틀랜드에서 편하게 사는데,
	가진 게 없어서 잃을 것도 없답니다.
	그리고 우리의 전 왕비, 당신으로 말하면
	당신을 건사해 줄 아버지가 있으니
	프랑스보다는 그를 괴롭히는 게 더 나아요. 155
마거릿 왕비	입 다물어, 뻔뻔하고 파렴치한 워릭아,
	오만하게 왕들을 세웠다가 끌어내리는 자야!
	난 얘기와 눈물로, 진실에 찬 그 둘로
	네 간계와 네 주인의 거짓된 사랑을,
	너흰 둘 다 꼭 같은 부류의 철새니까, 160
	이 루이 왕에게 보여 줄 때까진 안 떠난다.

(파발꾼이 안에서 뿔피리를 분다.)

루이 왕	워릭, 이것은 짐 아니면 그대의 파발마야.

파발꾼 등장.

파발꾼	(워릭에게 말한다.)

	대사님, 이 편지는 당신에게 온 것으로,	
	동생인 몬터규 후작이 보냈어요.	
	(루이에게)	
	이것은 저희 왕이 전하께 보냈고,	165
	(마거릿에게)	
	이것은 부인 건데 보낸 이는 모릅니다.	

(그들은 모두 편지를 읽는다.)

옥스퍼드	고운 우리 왕비이자 여주인은 이 소식에	
	미소를 짓는데 워릭은 찌푸려서 참 좋네요.	
에드워드 왕자	저 봐요, 루이가 초조한 것처럼 발 굴러요.	
	최상의 결과가 있기를.	170
루이 왕	워릭, 그대의 소식은? 고운 왕비, 당신 것은?	
마거릿 왕비	뜻밖의 환희로 가슴 벅찬 것입니다.	
워릭	제 것은 슬픔과 불만으로 꽉 찼어요.	
루이 왕	뭐? 당신 왕이 그레이 부인과 결혼했고	
	이제는 당신과 자신의 위조를 덮으려고	175
	나에게 편지 보내 참으라고 설득해?	
	이게 그가 프랑스와 추구하는 동맹인가?	
	감히 그가 주제넘게 짐을 이리 경멸해?	
마거릿 왕비	전하께 전에도 그만큼 말씀드렸잖아요,	
	에드워드의 사랑과 워릭의 정직은 이렇다고.	180
워릭	루이 왕, 단언컨대, 하늘이 보는 데서,	
	또 하늘의 지복 얻을 희망을 걸고서	
	나는 이 에드워드의 비행과 관련 없고,	
	더 이상 내 왕도 아니오. 나를, 아니, 자신을 —	
	자신의 수치를 볼 수 있다면 — 가장 모욕하니까.	185
	요크가에 의하여 아버지가 때 이르게	

죽음에 이른 사실, 내가 정말 잊었나?
질녀에게 준 피해를 내가 정말 눈감았나?
내가 그의 왕관을 정말 올려 주었던가?
헨리의 타고난 권리를 내가 정말 빼앗았나?　　　　190
근데 내가 마지막엔 수치로 보상받아?
내 상금은 명예니까 그가 창피해야지!
그리고, 그로 인해 잃은 명예 되찾기 위하여
여기서 난 그를 버리고 헨리에게 돌아가오.
고귀한 왕비여, 옛 원한엔 눈 감아요,　　　　195
그럼 난 지금부터 당신의 진정한 종이오.
난 그가 이 보나 부인께 잘못한 걸 복수하고
헨리를 옛 지위에 복귀시킬 것입니다.

마거릿 왕비　워릭, 그 말에 내 미움은 사랑으로 바뀌었고,
지나간 잘못은 용서하고 싹 잊은 뒤　　　　200
당신이 헨리의 친구 된 걸 기뻐하오.

워릭　예, 대단히 친한 친구, 꾸밈없는 친구 되어
만약에 루이 왕이 우리에게 몇 개의
정예군 부대를 제공해 주기만 한다면
그들을 우리의 해안에 상륙시켜　　　　205
전쟁으로 이 폭군을 끌어내릴 겁니다.
그의 새 신부는 그를 구원 못 할 테고,
클래런스로 말하면, 내 편지에 있듯이,
그에게서 이탈할 가능성이 아주 큰데,
그건 그가 명예나 나라의 힘과 안전보다는　　　　210

186행 요크가에 의하여　실제로는 워릭의 아버지, 솔즈베리 백작은 헨
리 6세 2부에서 웨이크필드 전투에서 사로잡혀 랭커스터가 사람들에
의해 처형됐다. (리버사이드)

방탕한 색욕을 채우려 결혼했기 때문이오.

보나 부인 소중한 오빠, 보나는 이 곤궁한 왕비를
오빠가 돕게 하는 것 말고 어떻게 복수하죠?

마거릿 왕비 유명한 군주시여, 이 딱한 헨리는 어찌 살죠,
더러운 절망에서 그를 아니 구해 주시면? 215

보나 부인 제 논점도 이 잉글랜드의 왕비 것과 같답니다.

워릭 내 것도, 보나 부인, 두 분 것에 합칩니다.

루이 왕 내 것도 그녀와 당신과 마거릿의 것과 같소.
그러므로 난 당신을 지원해 주기로
단단히 결심했소. 220

마거릿 왕비 모두에게 한꺼번에 겸손하게 감사하오.

루이 왕 그러니 잉글랜드 사자는 황급히 되돌아가
거짓된 에드워드, 이른바 너의 그 왕에게
프랑스의 루이가 가면 놀이꾼들을 보내어
그와 또 새 신부와 놀게 할 거라고 전하라. 225
사태를 봤으니 그걸로 너의 왕을 겁줘라.

보나 부인 난 그가 곧 홀아비 되리라는 희망으로
그를 위해 버드나무 관 쓴다고 전하라.

마거릿 왕비 나는 내 상복을 한쪽으로 제쳐 놓고
갑옷 입을 준비가 돼 있다고 전하라. 230

워릭 그는 내게 잘못을 범했으니 머지않아
그 왕관을 벗겨 버릴 거라고 전하라.
이게 너의 보수다. 가 봐라. (파발꾼 퇴장)

루이 왕 근데, 워릭,
그대와 옥스퍼드가 5천의 군사로 바다 건너
저 거짓된 에드워드에게 싸움 걸면 235
적절할 때 이 고귀한 왕비와 왕자가

	새로운 보충병들 데리고 따라갈 것이네.	
	그러나 가기 전에 한 가지 의문에 답하라.	
	그대의 굳은 충성, 무엇으로 보증하지?	
워릭	변함없는 나의 충성, 이렇게 확인하죠.	240
	즉, 왕비와 이 젊은 왕자가 동의하면	
	나는 내 장녀이자 내 기쁨을 곧바로	
	신성한 결혼으로 그와 묶어 놓겠습니다.	
마거릿 왕비	예, 동의하고 당신의 제안에 감사하오.	
	얘, 에드워드, 그녀는 곱고도 고결하다.	245
	그러니 주저 없이 워릭에게 손을 주고	
	손과 함께, 네 것이 될 사람은 오로지	
	워릭의 딸뿐이란 불가역적 믿음도 주어라.	
에드워드 왕자	예, 그녀는 그걸 받을 만하니 수락하고,	
	내 서약을 보증해 줄 이 손을 드리죠.	250
	(그는 워릭에게 손을 내민다.)	
루이 왕	근데 우린 왜 멈추죠? 군인들을 징집하면,	
	그대, 짐의 최고 제독인 부르봉 경께서	
	짐의 멋진 함대로 그들을 나르시오.	
	프랑스 부인과의 결혼을 조롱한 에드워드가	
	전쟁 운에 쓰러질 때까지 난 애가 탈 거요.	255
	(워릭만 남고 모두 퇴장)	
워릭	나는 저 에드워드의 대사로 왔지만	
	철천지원수가 된 상태로 돌아간다.	
	그가 내게 주었던 임무는 혼사지만	
	무서운 전쟁으로 그 요구에 답할 거다.	
	그는 오직 나만을 조롱거리 만들었나?	260
	그럼 그 농담을 슬프게 만들 자 나뿐이군.	

왕위에 그를 올린 주역은 나였으니
다시 끌어내리는 주역도 나일 거다.
난 헨리의 불행을 동정하는 게 아니라
에드워드의 조롱을 복수할 길 찾는다.　　　　(퇴장)　265

4막 1장

리처드 글로스터, 조지 클래런스, 서머싯 3세 공작,

그리고 몬터규 등장.

리처드 글로스터	말해 봐, 클래런스 형, 그레이 부인과의
	이 새로운 결혼을 어떻게 생각해?
	우리 형이 훌륭한 선택을 한 거 아냐?
조지 클래런스	아아, 알다시피 여기서 프랑스는 아주 멀어.
	워릭의 귀국을 어떻게 기다릴 수 있었겠어?　　5
공작 3세	두 분은 그 얘기 그만하십시오.
	국왕께서 오십니다.

팡파르. 에드워드 왕, 그레이 부인(이제는 엘리자베스 왕비),

펨브로크, 스태퍼드, 헤이스팅스 등장.

한쪽에 네 명, 다른 쪽에 네 명이 선다.

리처드 글로스터	잘 고른 신부도 함께 와.
조지 클래런스	난 그에게 내 생각을 솔직히 말할 거야.
에드워드 왕	클래런스 동생은 짐의 이 선택이 어때서

4막 1장 장소　런던, 왕궁.

	반쯤은 불만인 듯 수심에 잠겨 있지?	10
조지 클래런스	프랑스의 루이나 저 워릭 백작과 꼭 같죠,	
	용기와 판단력이 대단히 약해져서	
	우리가 상처 줘도 화를 내지 못하니까.	
에드워드 왕	그들이 이유 없이 화를 낸다고 해도	
	루이고 워릭일 뿐이야. 난 에드워드로	15
	너와 또 워릭의 왕이니까 맘대로 해야 해.	
리처드 글로스터	맘대로 될 겁니다, 우리의 왕이니까.	
	그렇지만 서둘러서 잘된 결혼 드물어요.	
에드워드 왕	음, 리처드 동생, 근데 너도 화났어?	
리처드 글로스터	아뇨, 난 아뇨!	20
	신이 합쳐 놓으신 두 사람이 갈라지길	
	내가 바라는 일은 절대로 없기를! 예,	
	그토록 잘 맞는 짝인데 떼 놓으면 애석하죠.	
에드워드 왕	네 경멸과 비호감은 옆으로 제쳐 놓고	
	그레이 부인이 왜 나의 아내이자 왕비가	25
	되어선 안 되는지 이유를 좀 말해 봐.	
	그리고 자네들, 서머싯과 몬터규도	
	자유롭게 본인들의 생각을 말해 주게.	
조지 클래런스	그렇다면 내 의견은 이겁니다. 루이 왕은	
	보나 부인 결혼과 관련하여 자신이	30
	조롱당한 이유로 당신의 적이 될 겁니다.	
리처드 글로스터	워릭도 당신의 명령을 실행에 옮기다가	
	이번의 새 결혼 때문에 망신을 당했죠.	
에드워드 왕	만약 내가 궁리해 낼 수 있는 대책으로	
	루이와 워릭이 다 진정된다면 어떤가?	35
몬터규	하지만 프랑스와 그런 동맹 맺었다면	

	그 어떤 국내 결혼보다도 이 나라를
	외국의 폭풍에 맞서서 더 강화시켰겠죠.
헤이스팅스	아니, 몬터규는 잉글랜드가 안으로 올바르면
	그 자체로 안전하단 사실을 모르시오?
몬터규	하지만 프랑스가 지원할 땐 더 안전하겠죠.
헤이스팅스	프랑스를 믿기보단 이용하는 게 더 낫죠.
	우리는 주님과, 난공불락 울타리로
	그분이 준 저 바다의 지원을 받읍시다.
	그리고 그 도움만으로 자신을 방어해요.
	안전은 그것과 우리들 자신에게 달렸소.
조지 클래런스	이 한 번의 발언으로 헤이스팅스 경은
	헝거포드 경의 상속녀 얻을 자격 잘 갖췄군.
에드워드 왕	음, 그래서 뭐? 그건 내가 맘대로 허락했고
	이번만은 내 마음이 곧 법이 될 것이다.
리처드 글로스터	하지만 스케일스 경의 딸이자 상속인을
	전하께서 사랑하는 신부의 오빠에게
	주신 일은 잘한 게 아닌 것 같습니다.
	나 아니면 클래런스에게 더 알맞을 텐데,
	당신은 신부 얻고 형제애는 버렸어요.
조지 클래런스	아니라면, 당신은 봉빌 경의 여식을
	새 신부의 아들에게 하사하고 동생들은
	딴 데서 성공하게 놔두진 않았겠죠.
에드워드 왕	가엾구나, 불쌍한 클래런스, 네 불만이
	아내 때문이더냐? 내가 얻어 줄 것이다.
조지 클래런스	당신은 본인의 선택으로 판단력을 보였는데
	그게 얄팍하니까 나에게는 내가 몸소
	중매 역을 하도록 허락해 주십시오.

행 번호 (우측 여백):
40
45
50
55
60

	또한 그 목적으로 곧 떠날 생각이랍니다.	
에드워드 왕	떠나든 머무르든 에드워드는 왕일 테고	65
	동생 뜻에 얽매여 있지는 않을 거야.	
그레이 부인	경들이여, 전하께서 황공하게 내 지위를	
	왕비라는 칭호로 올려 주기 전에도,	
	올바로 날 평가하면, 모두들 내 혈통이	
	천하지 않았으며 나보다 더 낮은 여인도	70
	같은 행운 누린 점을 고백해야 할 것이오.	
	근데 이 칭호로 나와 내 식구가 예우받듯	
	당신들의 반감은, 난 기쁨을 주려는데,	
	내 환희를 위험과 슬픔으로 뒤덮네요.	
에드워드 왕	여보, 그들의 찌푸림에 움츠리지 마시오.	75
	그들이 꼭 복종해야 하는 이 에드워드가	
	확고한 당신 친구, 진정한 군주인 한	
	무슨 위험, 슬픔이 당신에게 닥치겠소?	
	암, 그들이 내 미움을 요청하지 않는 한	
	그들은 복종하고 당신도 사랑할 것이며,	80
	만약 그걸 요청해도 난 당신을 보호하고	
	그들은 분노한 내 복수심을 느낄 거요.	
리처드 글로스터	(방백)	
	난 듣지만 말수는 줄이고 생각은 더 해야지.	

파발꾼 등장.

에드워드 왕	자, 사자는 프랑스로부터 무슨 편지 아니면	
	소식을 가져왔나?	85
파발꾼	주상 전하, 편진 없고 몇 마디 말뿐인데,	

	특별한 용서 없인 감히 말씀 못 드릴
	그런 것이옵니다.
에드워드 왕	허 참, 짐은 너를 용서하니 짤막하게,
	추측할 수 있는 한 그들 말과 같게 말해.
	짐의 편지 읽어 본 루이 왕의 대답은?
파발꾼	출발할 때 저에게 꼭 이렇게 말했어요.
	"거짓된 에드워드, 이른바 너의 그 왕에게
	프랑스의 루이가 가면 놀이꾼들을 보내어
	그와 또 새 신부와 놀게 할 거라고 가서 전해."
에드워드 왕	루이가 그토록 용감해? 날 헨리라 여기는군.
	하지만 내 결혼에 그 보나 부인은 뭐랬어?
파발꾼	가볍게 멸시하며 이렇게 내뱉었답니다.
	"난 그가 곧 홀아비 되리라는 희망으로
	그를 위해 버드나무 관 쓴다고 전하라."
에드워드 왕	그녀를 탓하진 않는다. 상처받았으니까
	그 정도는 당연해. 근데 헨리 왕비는 뭐랬어?
	그녀도 그 자리에 있었다고 들었는데.
파발꾼	그녀는 "난 상복을 벗은 다음 갑옷 입을
	준비가 돼 있다고 전하라." 그랬어요.
에드워드 왕	아마존 역할을 하고 싶은 모양이군.
	하지만 워릭은 그 불쾌한 언사에 뭐랬어?
파발꾼	나머지 모두보다 전하께 더 크게 격노해
	이런 말과 더불어 저를 내쫓았답니다.
	"그는 내게 잘못을 범했으니 머지않아
	그 왕관을 벗겨 버릴 거라고 전하라."
에드워드 왕	하! 그 역적이 감히 그런 오만한 말을 해?
	좋아, 난 미리 경고를 받았으니 무장하지.

90

95

100

105

110

	그들은 전쟁으로 건방진 값 치를 거다.	
	그런데 워릭은 마거릿과 친구가 됐느냐?	115
파발꾼	예, 전하, 그 우정은 어린 왕자 에드워드가	
	워릭의 딸애와 결혼할 정도로 굳답니다.	
조지 클래런스	(방백)	
	큰딸 같군. 클래런스는 둘째를 가져야지. —	
	자, 형님 왕, 잘 계시고 그 자리 꼭 지켜요.	
	난 이제 워릭의 다른 딸에게로 갈 겁니다.	120
	그래서 난 왕국은 없지만 결혼만은	
	당신에게 뒤처지지 않도록 할 겁니다.	
	나와 또 워릭을 아끼는 이들은 날 따르라.	

(클래런스에 이어 서머싯 퇴장)

리처드 글로스터	(방백)	
	난 안 가. 속으로는 더 큰 걸 노리면서	
	에드워드의 우애 말고 왕관 보고 남으니까.	125
에드워드 왕	클래런스, 서머싯, 양쪽 다 워릭에게?	
	그래도 난 최악에 대비하여 무장했고,	
	이 절박한 상황에선 서두를 필요 있다.	
	펨브로크와 스태퍼드, 둘은 짐을 대신해	
	병사들을 징집하고 전쟁을 준비하라.	130
	그들은 이미 상륙했거나, 재빨리 할 거야.	
	나도 직접 두 사람을 곧 따를 것이다.	

(펨브로크와 스태퍼드 함께 퇴장)

	하지만 가기 전에 헤이스팅스와 몬터규는	
	내 의심을 풀어 주게. 다른 누구보다도	
	그대 둘은 혈연으로 워릭에게 더 가까워.	135
	워릭을 나보다 더 아끼는지 말하라.	

	만약에 그렇다면 둘 다 그쪽으로 떠나라,
	속이 텅 빈 친구보단 원수 되길 바라니까.
	하지만 충실한 복종을 유지할 마음이면
	내가 절대 의심하지 않을 수 있도록
	친절한 서약으로 나를 확신시켜 주게.
몬터규	몬터규는 충실하니 하느님은 도우소서.
헤이스팅스	에드워드의 명분을 지지하는 헤이스팅스도.
에드워드 왕	이제 동생 리처드, 짐의 편에 서겠느냐?
리처드 글로스터	예, 당신에게 맞설 자들 다 무시하면서요.
에드워드 왕	그럼 됐다. 그러면 난 승리를 확신한다.
	그러니 이제 여길 떠나서 외군을 데려온
	워릭과 마주할 때까지 시간을 잃지 말자. (함께 퇴장)

140

145

4막 2장

잉글랜드에 온 워릭과 옥스퍼드,
프랑스 군인들과 함께 등장.

워릭	백작은 나를 믿게, 지금까진 다 잘됐네.
	평민들이 무리 지어 우리에게 몰려들어.

조지 클래런스와 서머싯 등장.

그런데 서머싯과 클래런스가 오는군.
경들은 바로 대답하시오, 우린 모두 친구요?

4막 2장 장소 워릭셔의 평원.

| 조지 클래런스
워릭 | 백작은 그런 걱정 마시오. | 5 |

<table>
<tr><td>조지 클래런스
워릭</td><td>백작은 그런 걱정 마시오.</td><td>5</td></tr>
</table>

조지 클래런스
　　　워릭　　　백작은 그런 걱정 마시오.　　　　　　　　　　5

그러면 고귀한 클래런스, 워릭에게 잘 왔네.

서머싯도 잘 왔고. 난 고결한 마음 갖고

사랑의 표시로 손을 내민 사람에게

의심을 품는 건 비겁하다 여긴다네.

안 그럼 난 에드워드의 동생 클래런스를　　　　　　10

가짜 아군으로만 생각했을 것이야.

하지만 잘 왔네, 클래런스, 내 딸을 주겠네.

그럼 이제 남은 일은 밤의 어둠 속에서 ―

자네 형은 경솔하게 야영하고 있으면서

부하들은 주변의 읍들에서 노느라고　　　　　　　15

간단한 호위만 받으니까 ― 급습하여

맘대로 그를 붙잡는 것 말고 뭐가 있지?

척후병에 따르면 그 모험은 아주 쉬워.

율리시스와 강건한 디오메드가

술책과 용기로 레소스의 막사로 숨어들어　　　　20

치명적인 트라키아 군마들을 끌어냈듯

우리도 검은 밤의 외투 속에 잘 숨어서

에드워드의 근위병을 불시에 제압하고

그를 포획할 수 있네. '도륙' 말은 안 했어,

난 그를 오로지 급습할 생각뿐이니까.　　　　　　25

나를 따라 이 시도를 함께할 사람은

지휘관과 더불어 헨리의 이름을 외쳐라.

19~21행 율리시스…끌어냈듯　　　그를 죽이고 그의 말들을 ― 그것들이
「일리아드」에서 호메로스는 율리시스　트로이 평야의 풀을 뜯는 한 트로이는 멸
와 디모메데스가 어떻게 트라키아의 지　망하지 않을 것이라는 예언이 있었기 때
휘관 레소스의 막사로 밤중에 잠입하여　문에 ― 훔쳐 냈는지 얘기한다. (아든)

(그들은 모두 '헨리'라고 외친다.)

그렇다면 조용한 방식으로 길 떠나자,

워릭과 친구들, 주님과 성 조지를 위하여!   (함께 퇴장)

4막 3장

국왕의 막사를 호위하는 세 경계병 등장.

경계병 1	자, 이보게들, 각자의 위치로 어서 가.
	국왕께선 지금쯤 잠자려고 앉아 있어.
경계병 2	뭐, 침대로 안 가고?
경계병 1	암, 워릭 또는 자신이 완전 굴복할 때까진
	절대로 누워서 정상적인 휴식은
	취하지 않겠다고 엄숙히 서약했으니까.
경계병 2	그렇다면 내일이 그날이 될 것 같군,
	워릭이 소문처럼 썩 가까이 왔다면 말이지.
경계병 3	근데 제발 말해 봐, 여기에서 국왕과
	막사에 함께 있는 그 귀족은 누구야?
경계병 1	왕의 최고 친구인 헤이스팅스 경이야.
경계병 3	오, 그래? 근데 왜 국왕은 측근들에게는
	자기 주변 읍들에 묵으라고 명령하고
	그 자신은 이 차가운 전장을 지키지?
경계병 2	더 위험하니까 더 커다란 명예라서.
경계병 3	맞아, 근데 난 품위 있게 조용히 지낼래.
	난 그게 위험한 명예보다 더 좋아.

5

10

15

4막 3장 장소 에드워드 왕의 막사 바깥.

그가 어떤 상태에 있는지 워릭이 안다면
깨우려 들까 봐 걱정이 되는구먼.

경계병 1 그가 우리 도끼 창을 통과한다면야. 20

경계병 2 암, 밤의 적들로부터 옥체를 못 지키면
우리가 뭣 때문에 왕의 막사 경계하지?

워릭, 조지 클래런스, 옥스퍼드, 서머싯 및 프랑스 군인들,

다들 조용히 등장.

워릭 이게 그 막사다, 경계병 있는 곳을 살펴봐.
자, 용기를 내, 명예의 순간은 지금이다.
나만 따라, 그럼 에드워드는 우리 거야. 25

경계병 1 게 누구냐?

경계병 2 멈춰라, 아니면 죽는다!

(워릭과 나머지는 모두 "워릭이다!" "워릭이다!" 외치고
경계병들을 덮치는데 그들은 달아나며 "무장" "무장"을 외친다.
워릭과 나머지가 그들을 뒤따른다.)

고수가 북을 치고 나팔이 울리면서 워릭, 서머싯과
나머지 사람들이 잠옷 바람에 의자에 앉은 에드워드 왕을
데리고 나온다. 리처드 글로스터와 헤이스팅스는
무대를 가로질러 도망친다.

서머싯 도망치는 저들은 누굽니까?

워릭 리처드와 헤이스팅스야. 놔두게. 공작은
여기 있네.

에드워드 왕 공작? 허, 워릭, 서로 헤어졌을 땐 30

왕이라고 불렀다.

워릭　　　　　　　　　　　　예, 근데 판이 바뀌었소.
당신이 대사의 임무로 날 망신시켰을 때
난 당신을 국왕의 지위에서 강등했고
이젠 요크 공작으로 임명하러 왔답니다.
아아, 당신이 어떻게 왕국을 통치하오,　　　　　　　35
대사들을 어떻게 쓸 줄도 모를 뿐 아니라
한 아내로 어떻게 만족할 줄도,
형제들을 어떻게 형제답게 쓸 줄도,
백성들의 안녕을 어떻게 살필 줄도,
적에게서 자기 보호할 줄도 모르는데?　　　　　　　40

에드워드 왕　내 동생 클래런스, 너도 여기 있었어?
그렇다면 에드워드, 쓰러져야 하겠구나.
근데 워릭, 에드워드는 이 모든 불행에도,
너 자신과 모든 공모자들에도 불구하고
언제나 왕답게 처신할 것이다.　　　　　　　45
운명이 악의 품고 내 지위를 엎었지만
내 마음은 그녀의 손아귀를 벗어난다.

워릭　　그럼 에드워드는 그 맘속의 잉글랜드 왕 해라,
(그의 왕관을 벗긴다.)
이제는 헨리가 잉글랜드 왕관 쓴 뒤
진정한 왕이 될 것이고, 넌 그냥 그림자야.　　　　　　　50
서머싯 경, 내 요청을 받아들인 다음에
에드워드 공작을 곧바로 나의 형님,
요크 대주교에게 호송토록 조치하게.
나는 펨브로크와 부하들을 무찌르고
자네 뒤를 따라가 루이와 그 보나 부인이　　　　　　　55

그에게 어떤 답을 보냈는지 말해 주지.

이제 잠시 작별이오, 요크 공작님.

(그들은 그를 강제로 끌고 나간다.)

에드워드 왕   운명이 강요하면 인간은 따라야 해.

바람과 조수에게 저항은 소용없다.

(에드워드 왕, 서머싯과 군인들 함께 퇴장)

옥스퍼드   군사들과 런던으로 진군하는 것 말고,   60

여러분, 우리에게 남은 일이 뭐가 있죠?

워릭   암, 우리는 그 일을 첫 번째로 한 다음

헨리 왕을 감금된 상태에서 풀어 주어

꼭 옥좌에 앉도록 조처할 것이네.   (함께 퇴장)

4막 4장

리버스와 이제는 엘리자베스 왕비인

그레이 부인 등장.

리버스   마마, 왜 그렇게 마음이 갑자기 변하셨죠?

그레이 부인   아니, 동생 리버스, 에드워드 왕에게

웬 불행이 최근에 닥쳤는지 아직 몰라?

리버스   뭐? 워릭에게 맞섰던 격전에서 좀 졌나요?

그레이 부인   그것이 아니라 자신의 옥체를 잃으셨어.   5

리버스   그러면 주군이 살해당하셨어요?

그레이 부인   그래, 거의 살해당했지, 포로가 됐으니까.

거짓된 경계병들에게 배신을 당했거나

4막 4장 장소 런던, 왕궁.

	원수에게 불시에 붙잡히신 모양이야.	
	그러고는, 내가 더 알아봐야 하겠지만	10
	사나운 워릭의 형, 그래서 우리의 원수인	
	요크 대주교에게 최근에 인도됐어.	
리버스	고백건대, 이 소식은 비탄으로 가득하나	
	그래도, 자비로운 마마, 가능한 한 참아요.	
	지금은 이긴 그 워릭이 질 수도 있으니까.	15
그레이 부인	그때까진 희망 갖고 삶의 쇠퇴 막아야지.	
	난 오히려 자궁 속 에드워드의 자식을	
	사랑하기 때문에 절망을 떨치고 싶단다.	
	이 아이 때문에 난 격정의 고삐 죄고	
	불운의 고통을 온순하게 견딘단다.	20
	맞아, 이 아이 때문에 눈물도 많이 참고	
	피 말리는 한숨이 새는 것도 막는단다,	
	한숨이나 눈물로 에드워드 왕의 결실,	
	왕권의 참된 후계, 망치거나 지우지 않도록.	
리버스	근데 마마, 워릭은 어떻게 됐지요?	25
그레이 부인	듣기로는 왕관을 또 한 번 헨리의 머리에	
	올려 주기 위하여 런던으로 온다고 해.	
	나머진 추측해, 에드워드 왕 쪽이 패할 테니.	
	하지만 그 폭군의 폭력을 막기 위해 —	
	신의를 한 번 깬 자 믿으면 안 되니까. —	30
	난 적어도 에드워드의 후계라도 구하려고	
	여길 떠나 성역으로 곧장 간 뒤, 거기에서	
	완력과 협잡으로부터 안전하게 머물 거야.	
	자, 그럼 우린 달아날 수 있을 때 달아나자.	
	워릭에게 붙잡히면 우린 분명 죽는다. (함께 퇴장)	35

4막 5장

리처드 글로스터, 헤이스팅스 경,

그리고 윌리엄 스탠리 경, 군인들과 함께 등장.

리처드 글로스터	자, 헤이스팅스 경과 윌리엄 스탠리 경,

내가 왜 당신들을 수렵장의 가장 깊은

이 숲으로 데리고 왔는지 말해 주죠.

상황은 이렇소. 알다시피 우리의 왕,

내 형님은 여기 있는 주교의 포로로서   5

좋은 대접 받으면서 큰 자유를 누리는데,

가끔씩 소수의 호위병만 대동한 채

기분 전환하려고 이리로 사냥을 나오죠.

난 그에게 비밀히 알려 놓았답니다,

만약 그가 흔히 있는 사냥감을 핑계로   10

이 시각쯤 이쪽 길로 온다면, 여기에서

말과 부하 다 갖춘 친구들을 만나서

감금에서 해방될 것이라고 말이오.

에드워드 왕과 사냥꾼 한 사람 등장.

사냥꾼	전하, 이리로, 이쪽에 사냥감이 있답니다.
에드워드 왕	아니, 이쪽이야. 사냥꾼들이 서 있는 곳을 봐. 15

자, 글로스터 동생, 헤이스팅스와 나머지는

주교 사슴 훔치려고 이렇게 가까이 섰는가?

리처드 글로스터	형님, 서두를 필요가 있는 때와 상황이오.

4막 5장 장소 요크셔, 요크 대주교 소속의 수렵장.

	당신 말이 수렵장 한구석에 준비됐소.	
에드워드 왕	근데 우린 어디로 갈 거지?	20
헤이스팅스	전하, 린에 가서 배를 타고 플랑드르로요.	
리처드 글로스터	잘 추측하였소, 정말로, 내 뜻도 그랬소.	
에드워드 왕	스탠리, 난 자네의 열성에 보답할 것이네.	
리처드 글로스터	근데 왜 가만있죠? 얘기할 땐 아닙니다.	
에드워드 왕	사냥꾼, 넌 어떠냐? 너도 함께 갈 텐가?	25
사냥꾼	지체하다 교수형 당하는 것보단 낫지요.	
리처드 글로스터	그럼, 자, 떠나요, 소란은 그만 떨고.	
에드워드 왕	주교는 잘 있게. 워릭의 노기를 피하고	
	왕관을 내가 되가지도록 기도해 주시게.　(함께 퇴장)	

4막 6장

팡파르. 헨리 6세, 조지 클래런스, 워릭, 서머싯,

젊은 헨리 리치먼드, 옥스퍼드, 몬터규 및

부관 등장.

헨리 왕	부관, 주님과 친구들이 저 에드워드를	
	왕좌에서 떨쳐 낸 뒤 내 감금 상태를 자유로,	
	내 공포를 희망으로, 그리고 내 슬픔을	
	짐의 방면 맞이하는 환희로 바꿨으니	
	자네에게 갚아야 할 체재비는 얼마인가?	5
부관	신하들이 군주에게 요구할 건 없지만	
	겸허히 기도하는 사람이 설득할 수 있다면,	

4막 6장 장소 런던 탑.

	그러면 전 전하의 용서를 갈망하옵니다.	
헨리 왕	뭣 때문에, 부관, 나를 잘 대우해서?	
	아니, 나는 내 감금을 기쁨으로 만들어 준	10

그러면 전 전하의 용서를 갈망하옵니다.

헨리 왕 뭣 때문에, 부관, 나를 잘 대우해서?
아니, 나는 내 감금을 기쁨으로 만들어 준   10
자네의 친절에 반드시 보답할 것이네.
암, 그 기쁨은 새장 속에 갇혔던 새들이
수많은 우울한 생각 뒤에 마침내
친숙한 화음 듣고 그들의 자유 상실
완전히 잊었을 때 느낀 것과 같았다네.   15
근데 워릭, 주님 빼곤 그대가 날 석방했고
그래서 난 주로 주님과 그대에게 고맙네.
그분은 창시자이시었고 그대는 도구이지.
그래서 난 운명이 날 다칠 수 없는 데서
낮게 사는 것으로 운명의 앙심을 극복하고,   20
축복받은 이 땅의 국민들이 불길한
나의 별들 때문에 벌 받지 않도록,
워릭이여, 왕관은 늘 내 머리에 머물지만
그대가 이 모든 행위에서 행운아니까
난 여기서 내 통치를 그대에게 양도하네.   25

워릭 전하께선 고결한 점에서 늘 유명했고
이제는 운명의 악의를 염탐 회피함으로써
고결한 만큼이나 현명한 것 같습니다.
별들에게 순응한 자, 거의 없었으니까.
하지만 클래런스를 두고 저를 선택하신 것,   30
이 하나는 전하를 책망해야겠습니다.

조지 클래런스 아뇨, 워릭, 당신은 지배할 자격 있소.
하늘은 당신의 출생 때 당신에게
전쟁과 평화 시에 축복받을 것 같은

	올리브 가지와 월계수 화관을 수여했소.	35
	따라서 난 당신의 지배에 기꺼이 동의하오.	
워릭	그럼 난 클래런스를 단독 섭정 삼겠소.	
헨리 왕	워릭과 클래런스, 둘의 손을 내게 주오.	
	이제 그 손, 그리고 손과 마음 함께 합쳐	
	통치를 방해하는 불화는 없도록 하시오.	40
	난 둘을 이 나라의 섭정으로 임명하고,	
	나 자신은 사적인 생활을 하면서	
	예배 속에 내 마지막 나날을 보내고,	
	죄를 책망하면서 창조주를 찬양할 것이오.	
워릭	군주의 이런 뜻에 클래런스의 답은 뭐죠?	45
조지 클래런스	워릭이 동의하면 그도 동의한다는 겁니다.	
	나는 나 자신을 당신의 행운에 기대니까.	
워릭	그렇다면 난 싫지만 만족해야겠지요.	
	우린 마치 헨리 몸의 두 그림자처럼	
	멍에를 함께 지고 그의 자릴 채울 거요.	50
	즉, 명예와 평안을 그가 즐기는 동안	
	우리가 통치의 무게를 견딘다는 말이오.	
	그리고 클래런스, 이제는 저 에드워드를	
	역적으로 공포하고 그의 땅과 재물을 다	
	몰수하는 작업이 절실히 필요하오.	55
클래런스	그래야죠? 승계도 결정돼야 하고요.	
워릭	암, 거기에도 클래런스의 몫은 있을 거요.	
헨리 왕	근데 둘의 주요한 업무로서 가장 먼저,	
	간청컨대, 난 더 이상 명령하지 않으니까,	
	왕비인 마거릿과 내 아들 에드워드를	60
	프랑스에서 속히 돌아오게끔 하시오.	

	그들을 여기서 볼 때까지 내 자유의 환희는	
	두려운 걱정으로 반은 사라졌으니까.	
클래런스	최대한 신속히 그리하겠습니다, 전하.	
헨리 왕	서머싯 경, 자네가 그토록 다정하게	65
	돌보는 것 같은 그 청년은 누군가?	
서머싯	전하, 젊은 헨리, 리치먼드 백작이오.	
헨리 왕	이리 와라, 잉글랜드의 희망이여.	

(그의 손을 리치먼드의 머리에 얹는다.)

신령들이

	내 예지를 통하여 진실만을 말한다면	
	이 고운 청년은 이 나라의 지복이 될 것이오.	70
	그 모습은 평화로운 위엄으로 가득하고,	
	그 머리는 왕관을 쓰도록 빚어졌고,	
	손은 왕홀 다루도록, 그리고 그 자신은	
	때가 되면 왕좌를 축복토록 태어났소.	
	경들은 그를 중히 여기시오, 바로 그가	75
	내가 준 아픔보다 더 큰 도움 줄 테니까.	

파발꾼 등장.

워릭	친구여, 소식은?	
파발꾼	에드워드가 당신 형님에게서 탈출하여	
	그 후에 듣기로는 부르고뉴로 도망쳤답니다.	
워릭	고약한 소식이야! 근데 어찌 탈출했지?	80
파발꾼	리처드 글로스터 공작과 헤이스팅스 경이	

67행 리치먼드 백작 미래의 헨리 7세.

그를 호송해 갔는데, 그들은 숲 쪽에서
비밀히 매복해서 기다리고 있다가
매일 하는 운동으로 사냥을 나온 그를
주교의 사냥꾼들에게서 구출했답니다.   85
워릭   형님이 자신의 임무에 너무 무관심했군.
근데 주군, 그 어떤 상처에도 쓸 수 있는
고약을 마련하러 여기를 떠나시죠.

            (서머싯, 리치먼드, 옥스퍼드만 남고 모두 함께 퇴장)

서머싯   백작, 난 이 에드워드의 도망이 마뜩잖소.
부르고뉴는 틀림없이 도움을 줄 테고   90
그러면 머잖아 전쟁이 더 있을 테니까.
조금 전 헨리의 예감과 예언으로 내 마음이
이 젊은 리치먼드의 희망으로 기뻤듯이
이러한 충돌에서 무슨 일이 생겨서
그와 또 우리가 다칠까 봐 맘속이 불안하오.   95
그러니, 옥스퍼드 경, 최악을 막기 위해
시민끼리 적대하는 폭풍이 지나갈 때까지
그를 바로 브르타뉴 쪽으로 보냅시다.
옥스퍼드   예, 에드워드가 왕관을 다시 차지한다면
그 리치먼드도 나머지와 함께 망할 것 같소.   100
서머싯   그럴 테니, 그를 브르타뉴로 보내야죠.
자, 그러니까 신속히 그 일에 착수하죠.   (함께 퇴장)

4막 7장

팡파르. 에드워드 왕, 리처드 글로스터,

헤이스팅스 및 군인들 등장.

에드워드 왕	자, 동생 리처드, 헤이스팅스 경과 여러분,

운명은 이 보상을 우리에게 해 주며 말하기를

내가 이 위축된 형세를 저 헨리의 왕관과

다시 한번 맞바꿀 것이라고 한다오.

우린 저 바다를 잘 건넜고 이제 또 건넜으며   5

부르고뉴로부터 바라던 도움도 받아 왔소.

그러면 우리가 이렇게 레이븐스퍼 항구에서

요크의 성문까지 왔으니, 우리 공작령처럼

들어가는 것밖에 남은 일이 뭐겠소?

(헤이스팅스가 문을 두드린다.)

리처드 글로스터   문이 꽉 닫혔나? 형님, 이건 좋지 않아요.   10

문턱에서 넘어지는 사람이 많다는 건

분명히 안쪽이 위험하단 사전 경고이니까.

에드워드 왕   쳇, 이봐, 지금 우린 전조에 놀라선 안 되네.

우군들이 이 길로 우리에게 올 테니까

뭔 수단을 쓰든지 안으로 들어가야만 해.   15

헤이스팅스   전하, 제가 다시 두드려 소환해 보지요.   (두드린다.)

성벽 위에 요크의 시장과 그 형제들 등장.

시장   여러분, 올 거라는 경고를 미리 받고

4막 7장 장소   요크 앞.

	우리의 안전 위해 문을 닫았답니다,	
	우린 이제 헨리에게 충성해야 하니까요.	
에드워드 왕	하지만 시장, 헨리가 너의 왕일지라도	20
	이 에드워드도 최소한 요크의 공작이다.	
시장	맞습니다, 공작님, 그런 줄로 압니다.	
에드워드 왕	허, 난 나의 공작령만으로 충분히 만족해서	
	그 밖에는 아무것도 요구하지 않는다.	
리처드 글로스터	(방백)	
	하지만 여우가 코를 한 번 들이밀면	25
	몸도 따라 들어갈 방법을 곧 찾아낼 거야.	
헤이스팅스	아니, 시장, 왜 의심하면서 서 있는가?	
	문을 열라, 우리는 헨리 왕의 친구다.	
시장	예, 그래요? 그렇다면 문을 열겠습니다.	

(그는 형제들과 함께 내려간다.)

리처드 글로스터	현명하고 강인한 대장이 금방 설득당했군.	30
헤이스팅스	저 착한 노인은 자기 탓이 아닌 한 기꺼이	
	다 잘되길 바라네요. 근데 일단 들어가면	
	틀림없이, 예, 우리는 그와 그의 형제들,	
	양쪽을 다 조리 있게 설득할 것입니다.	

시장과 시의원 두 명 등장.

에드워드 왕	자, 시장, 이 문은 밤이나 전쟁 때 말고는	35
	절대로 닫히어 있어서는 안 되네.	
	아니, 이봐, 걱정 말고 그 열쇠를 내놓게.	

(그의 열쇠를 받는다.)

에드워드 왕	에드워드는 이 읍과 자네와, 또 기꺼이	

날 따르겠다는 친구를 다 보호할 테니까.

행군. 몽고메리, 고수 및 군인들과 함께 등장.

리처드 글로스터	형님, 내가 속지 않았다면 이 사람은	40
	믿음직한 우리 친구 존 몽고메리요.	
에드워드 왕	잘 왔네, 존 경. 근데 왜 무장하고 왔는가?	
몽고메리	폭풍 속의 에드워드 왕을 도와주려고요,	
	충성하는 신하들은 다 그래야 하듯이.	
에드워드 왕	고맙네, 몽고메리. 하지만 짐은 이제	45
	왕권은 잊은 채 주님이 그 나머질	
	보내 주실 때까지 공작령만 요구하네.	
몽고메리	그럼 잘 계십시오, 전 다시 갈 테니까.	
	전 공작이 아니라 왕을 위해 왔답니다.	
	고수는 북을 쳐라, 진군하며 떠나자.	50

(고수가 행진곡을 치기 시작한다.)

에드워드 왕	아니, 존 경, 잠시만 멈추게, 그러면 우리가	
	왕관을 되찾을 안전한 방법을 논할 거네.	
몽고메리	논한다는 얘기는 왜 합니까? 간략하게,	
	당신이 우리의 왕임을 선언하지 않으면	
	전 당신을 운명에 맡기고 떠나서	55
	구원하러 오는 이들 제지할 겁니다.	
	권리 주장 않으시면 우리는 왜 싸우죠?	
리처드 글로스터	아니 형님, 뭣 때문에 시시한 걸 따져요?	
에드워드 왕	짐이 더 강해지면 요구 사항 밝히겠다.	
	그때까진 짐의 뜻을 감추는 게 지혜란다.	60
헤이스팅스	시시비비 내던지고 무력 통치하셔야죠.	

리처드 글로스터	그리고 겁 없는 이들이 가장 빨리 관을 써요.
	형님, 우리는 당신을 즉각 선포할 겁니다.
	그 소문에 수많은 친구들이 올 거요.
에드워드 왕	그러면 뜻대로 해, 그건 내 권리이고	65
	헨리는 그 보관을 찬탈했을 뿐이니까.
몽고메리	예, 이제야 군주께서 군주답게 말하시고
	이제야 전 에드워드 옹호자가 될 겁니다.
헤이스팅스	나팔을 불어라, 에드워드를 여기서 선포한다.
	자, 동료 군인, 네가 이 선언을 공표해라. (팡파르)	70
군인	(읽는다.)
	"하느님의 은총으로 에드워드 4세는 잉글랜드와 프
	랑스의 왕이고, 아일랜드의 주인이며, 등등."
몽고메리	누가 에드워드의 왕권을 부정하든지 간에
	난 이걸로 그에게 단독 결투 신청한다.
	(자신의 장갑을 던진다.)
모두	에드워드 4세 만세!	75
에드워드 왕	고맙네, 용감한 몽고메리, 또 다들 고맙소.
	운 좋으면 나는 이 친절에 보답할 것이오.
	자, 오늘 밤은 여기 이 요크에서 묵읍시다.
	그리고 아침 해가 저 지평선 경계 위로
	자신의 불마차를 몰고 올라왔을 때	80
	우리는 워릭과 그 동료 쪽으로 진군할 것이오,
	난 헨리가 군인이 아니란 걸 잘 아니까.
	아, 외고집 클래런스, 헨리에게 아첨하고
	네 형을 버리다니 얼마나 안 좋아 보이냐!
	그래도 어쩜 우린 너와 워릭 둘 다 만날 거야.	85
	나가자, 용사들아, 승리를 의심 마라,

또 그걸 얻는다면 큰 보수를 의심 마라.　　　(함께 퇴장)

4막 8장

팡파르. 헨리 왕, 워릭, 몬터규, 조지 클래런스,

옥스퍼드와 엑서터 등장.

워릭　　　경들의 조언은? 에드워드가 성급한 독일인,

무딘 네덜란드인들과 함께 벨기에로부터

저 좁은 바다를 안전하게 통과하여

부대를 데리고 런던으로 곧장 진군하는데,

경박한 무리들이 그에게 몰려드오.　　　　　　　5

헨리 왕　　군사를 징집하여 그를 다시 물리쳐요.

조지 클래런스　작은 불은 밟으면 금방 꺼져 버리지만

놔두면 강물로도 끌 수가 없답니다.

워릭　　　충실한 내 친구들이 워릭셔에 있는데

평시엔 온순하나 전시에는 용감하오.　　　　　10

난 그들을 모을 테니, 자네 사위 클래런스는

서퍽, 노퍽, 켄트에서 기사들과 신사들의

마음을 휘저어 함께 오게 만들게.

또 자네, 몬터규 동생은 버킹엄, 노샘프턴,

레스터셔에서 자네 명을 따를 맘이　　　　　　15

아주 많은 이들을 만나게 될 것이네.

또 자네, 용감한 옥스퍼드는 옥스퍼드셔에서

놀라운 사랑을 받으니 친구들을 모집하게.

4막 8장 장소　런던 주교의 저택.

군주님은 사랑하는 시민들과 더불어
대양에 에워싸인 이 섬처럼, 아니면 20
요정들에 둘러싸인 수줍은 디아나처럼
우리가 갈 때까지 런던에서 쉬십시오.
경들은 떠나시오, 답하려고 섰지 말고.
잘 있어요, 군주님.

헨리 왕 잘 가요, 나의 헥토르, 트로이의 참희망. 25

조지 클래런스 충심의 표시로 전하 손에 키스하옵니다.

헨리 왕 올곧은 클래런스, 운 좋기를 바란다.

몬터규 전하, 평안하십시오. 저도 물러갑니다.

옥스퍼드 이렇게 제 충심을 봉하고 작별하옵니다.

헨리 왕 상냥한 옥스퍼드, 사랑하는 몬터규, 그리고 30
다들 즉시, 한 번 더 행운의 작별을 하시오.

워릭 경들은 잘 가고 코번트리에서 만납시다.

(헨리 왕과 엑서터만 남고 모두 함께 퇴장)

헨리 왕 난 여기 이 관저에서 한동안 쉴 것이다.
엑서터 사촌, 경은 어찌 생각하나?
난 전장에 나와 있는 에드워드의 군대가 35
내 것과 맞붙을 순 없다고 생각해.

엑서터 걱정은 그가 남은 이들을 유혹하는 것이죠.

헨리 왕 그것은 겁 안 나. 난 덕으로 명성을 얻었어.
난 그들의 요구에 귀를 닫지 않았고
청원을 느리게 끌면서 미루지도 않았어. 40
내 동정은 그들 상처 치유하는 향유였지.
그들의 부푼 한탄 온순하게 줄여 줬고,

21행 디아나 달과 순결의 여신.

흐르는 그들 눈물 자비로이 닦아 줬고,

그들 재물 가지려 하지도 않았으며

특별세로 그들에게 큰 억압도 주지 않고,　　　　　45

그들이 막 빗나가도 복수 갈망 안 했어.

그런데 왜 에드워드를 더 좋아해야 하지?

아니, 엑서터, 이러한 은혜엔 은혜가 답이고,

사자가 양의 비위 맞출 때 그 양은

한 번도 멈춤 없이 그의 뒤를 따를 거야.　　　　50

(안에서 "랭커스터 사람이다" "랭커스터 사람"이라고 외친다.)

엑서터　　들어봐요, 전하. 저 외침은 뭐지요?

에드워드 왕, 리처드 글로스터 및 그의 군인들과

함께 등장.

에드워드 왕　　그 수줍은 헨리를 잡아라. 그를 데려간 다음

다시 한번 나를 잉글랜드 왕으로 선포하라.

당신은 조그만 개울들의 원천인데 이제는

그 샘이 멈췄고, 내 바다는 그들 물을 마셔서　　　　55

다 말려 버리는 그만큼 더 높이 부풀 거다.

탑으로 데려가라. 그가 말을 못 하게 해.

(군인 몇 명이 헨리 왕을 데리고 퇴장)

경들이여, 확신에 찬 워릭이 지금 있는

코번트리 쪽으로 우리 길을 돌립시다.

태양은 뜨겁게 빛나는데 우리가 지체하면　　　　60

바라던 건초를 매섭고 찬 겨울이 망쳐 놓소.

리처드 글로스터　　적군들이 합치기 이전에 곧 떠나서

몸집 커진 역적을 불시에 잡읍시다.

용사들은 곧바로 코번트리로 진군하라.　　(함께 퇴장)

워릭, 코번트리 시장, 사자 두 명과 다른 사람들,

성벽 위에 등장.

워릭	용맹한 옥스퍼드의 파발꾼은 어디 있나?

용맹한 옥스퍼드의 파발꾼은 어디 있나?

정직한 친구여, 네 주인은 어디쯤 와 있나?

사자 1　지금쯤 던스모어에서 진군해 올 겁니다.　　(퇴장)

워릭　몬터규 동생은 얼마나 멀리 있지?

몬터규의 파발꾼은 어디에 있느냐?　　　　　5

사자 2　지금쯤 저 데인트리에 강군과 함께 있죠.　　(퇴장)

서머빌 등장.

워릭　이보게, 서머빌, 내 사위는 뭐라고 해?

또 클래런스는 얼마나 가깝다고 추측하나?

서머빌　제가 사우샘에서 그와 그의 군대를 떠났으니

두 시간쯤 지나면 이리 올 것 같습니다.　　10

(먼 데서 행진곡)

워릭　클래런스가 다가왔군, 북소리가 들리네.

서머빌　아닙니다, 백작님, 사우샘은 이쪽이랍니다.

들으시는 저 북소린 워릭읍 쪽에서 울려요.

워릭　누구지? 아마도 예상 밖의 친구들 같구나.

5막 1장 장소　코번트리.

서머빌	가까이 왔으니까 빨리 아실 것입니다.	15

행군. 팡파르. 에드워드 왕, 리처드 글로스터 및

군인들 등장.

에드워드 왕	나팔수는 성벽으로 다가가 회담을 알려라.	
리처드 글로스터	저 봐요, 교만한 워릭이 성벽을 방어해요.	
워릭	오, 성가신 불청객, 색골 에드워드가 왔어?	
	척후들이 잠잤거나 유혹된 게 아니라면	
	그의 접근 소식을 우리가 왜 못 들었지?	20
에드워드 왕	자, 워릭, 이젠 네가 이 도시의 문을 열고	
	온순하게 말하며 겸손히 무릎을 꿇어야지?	
	에드워드를 왕이라 부르고 자비를 구하면	
	그는 이 폭거를 용서해 줄 것이다.	
워릭	아니, 오히려 네가 그 군대를 물리고,	25
	누가 널 세우고 끌어내렸는지 고백해야지?	
	워릭을 보호자라 부르면서 뉘우치면	
	넌 여전히 요크의 공작으로 남을 거다.	
리처드 글로스터	적어도 '왕'이라고 말할 걸로 여겼는데.	
	아니면 그가 본의 아니게 농담했나?	30
워릭	이보게, 공작령은 멋진 선물 아닌가?	
리처드 글로스터	암, 참말로, 가난한 백작이 주기엔 그렇지.	
	그런 멋진 선물 주면 내가 너를 섬기마.	
워릭	네 형에게 이 왕국을 준 것도 나였어.	
에드워드 왕	그럼, 워릭의 선물일 뿐이라도 내 것이군.	35
워릭	넌 그렇게 큰 짐을 질 아틀라스가 아냐.	
	그리고 약골아, 워릭은 그 선물 회수하고	

	헨리가 나의 왕, 워릭은 그분의 신하다.
에드워드 왕	그런데 워릭의 왕께선 에드워드의 포로야.
	용맹한 워릭아, 이것만 대답해 봐. 　　　　40
	머리가 잘려 나간 몸뚱이를 뭐라 하지?
리처드 글로스터	아뿔싸, 워릭이 더 이상 예견을 못 하면서
	10점짜리 카드 하나 훔칠 생각 하는 동안
	왕 카드를 판에서 몰래 도난당했네.
	넌 딱한 헨리를 주교의 관저에 뒀는데, 　　45
	십중팔구 넌 그를 저 탑에서 만날 거야.
에드워드 왕	비록 그렇더라도 넌 여전히 워릭이다.
리처드 글로스터	자, 워릭, 때가 됐어, 무릎 꿇고 또 꿇어.
	아니, 언제 할래? 쇠뿔도 단 김에 빼야지.
워릭	돛을 낮춰 너에게 항복하기보다는 　　　　50
	난 차라리 이 한 손을 일격에 잘라 내고
	나머지로 그것을 네 얼굴에 던지겠다.
에드워드 왕	네가 어찌 돛 달고 바람과 조수를 친구 삼든,
	이 손은 시커먼 네 머리칼 꽉 싸잡고
	새로 잘린 네 머리가 따뜻할 동안에 　　　55
	네 피로 이 글을 먼지 위에 쓸 것이다,
	'바람 따라 변하던 워릭이 이젠 더 못 변한다.'

옥스퍼드, 고수 및 기수들과 함께 등장.

워릭	오, 생기 주는 깃발이다, 옥스퍼드가 왔어!
옥스퍼드	옥스퍼드, 옥스퍼드는 랭커스터 편이다!

36행 아틀라스　어깨 위에 지구를 짊어진 거인.

(옥스퍼드와 그의 군대가 도시로 들어간다.)

| 리처드 글로스터 | 문들이 열렸어요. 우리도 들어가죠. | 60 |
| 에드워드 왕 | 그러면 다른 적이 우리 뒤를 칠 수 있어. | |

전열을 잘 갖추자, 그들은 틀림없이

다시 나와 우리에게 싸움을 걸 테니까.

안 그러면 이 도시는 방어가 약하니까

우리가 역도들을 빨리 몰아낼 거야.   65

(옥스퍼드가 성벽 위에 등장한다.)

워릭   오, 잘 왔네, 옥스퍼드, 우리는 도움이 필요해.

몬터규, 고수 및 기수들과 함께 등장.

몬터규   몬터규, 몬터규는 랭커스터 편이다!

(몬터규와 그의 군대가 도시로 들어간다.)

리처드 글로스터   너와 네 형 두 사람은 너희 몸에 흐르는

가장 귀한 피로써 반역 값을 치를 거다.

에드워드 왕   적수가 더 강할 때 승리도 더욱 큰 법.   70

난 마음속으로 압승과 정복을 예감해.

서머싯, 고수 및 기수들과 함께 등장.

서머싯   서머싯, 서머싯은 랭커스터 편이다!

(서머싯과 그의 군대가 도시로 들어간다.)

리처드 글로스터   너와 같은 이름 가진 서머싯 공작 둘이

그들의 목숨을 요크가에 넘겨줬고,

이 칼이 버틴다면 넌 셋째가 될 것이다.   75

워릭 저 봐, 조지 클래런스가 활개를 치면서 와,

형에게 싸움 걸기 충분한 군대를 데리고.

그에게는 정의 향한 올바른 열성이

형제간의 우애보다 더 우위를 점한다.

어서 와, 클래런스. 넌 올 거야, 워릭이 부르면.　　　　80

조지 클래런스 워릭 장인, 이게 무슨 뜻인지 모릅니까?

(그의 모자에서 붉은 장미를 떼어 낸다.)

이거 봐요, 내 오명을 당신에게 던집니다!

(그것을 워릭에게 던진다.)

난 자신의 핏물로써 돌을 이어 쌓으면서

랭커스터를 세우셨던 아버지의 가문을

멸하지 않을 거요. 아니, 워릭은 어째서　　　　85

이 클래런스가 치명적인 전쟁의 도구를

자기 형과 합법적인 왕에게 돌릴 만큼

거칠고, 무디고, 비정하다 믿지요?

아마도 당신은 신성한 내 서약을 꺼내겠죠.

그 서약을 지키는 건 자기 딸을 희생시킨　　　　90

입다의 경우보다 더 큰 죄일 것이오.

나는 내 잘못이 너무나 안타까워

형님에게 좋은 대접 받으려고 여기서

나 자신을 당신의 철천지원수로 선포하오.

91행 입다

이스라엘의 사사, 암몬족과의 싸움에서 이기게 해 주면 승전하여 돌아올 때 자기 집에서 나오는 첫 사람이 누구든 희생물 로 바치겠다고 신에게 약속했고, 그것이 그의 딸이었기 때문에 그녀를 죽이게 되 었다.

	난 결연히, 당신을 어디서 만나든지 —	95

난 결연히, 당신을 어디서 만나든지 —   95
밖으로 나온다면 만나게 될 테니까 —
더럽게 날 오도한 당신을 괴롭힐 것이오.
그래서 난 오만한 워릭, 당신에게 도전하고
내 형제들에게는 붉어진 내 뺨을 돌리오.
용서해요, 에드워드, 난 행실을 고치겠소.   100
그리고 리처드, 내 잘못에 언짢아하지 마,
지금부턴 더 이상 흔들리지 않을 테니.

에드워드 왕 참 잘 왔다, 그리고 짐의 미움 받을 일이
없었던 때보다 더, 열 배나 더 사랑한다.

리처드 글로스터 훌륭한 클래런스, 잘 왔어, 형제다워.   105

워릭 오, 지독한 반역자, 위증했고 불성실해.

에드워드 왕 뭐야, 워릭, 읍에서 나온 다음 싸울 거야?
아니면 우리가 네 귓가의 성벽을 깨야 해?

워릭 아아, 난 여기에 갇혀서 방어만 하진 않아.
나는 곧 바넷을 향하여 움직일 것이고   110
싸움을 걸 것이다, 네가 감히 응한다면.

에드워드 왕 그래, 워릭, 난 감히 그럭하고, 앞장설 것이다.
경들은 전장으로. 성 조지와 승리를 위하여!

(함께 퇴장. 워릭과 그 일행이 뒤따른다.)

5막 2장

경종과 출격.

에드워드 왕, 부상당한 워릭을 끌고 등장.

5막 2장 장소 바넷 근처의 전장.

에드워드 왕	자, 거기 누워. 우릴 다 겁주던 도깨비가	
	워릭이었으니까 그가 죽어 두려움도 죽는다.	
	자, 몬터규, 조심해. 네가 너를 찾아서	
	이 워릭의 유골과 동무하게 해 줄 테니.	(퇴장)
워릭	아, 누구 없소? 아군이든 적군이든 누가 와서	5
	승리자를 말해 줘요, 요크요, 워릭이오?	
	왜 묻지? 만신창이 내 몸은 보여 준다. —	
	내 피와 내 체력 부족을, 가녀린 내 심장은 —	
	난 내 몸을 이 땅에게 내주고 쓰러져	
	최고의 노획물이 돼야 한다는 걸 — 보여 준다.	10
	삼나무는 이렇게 도끼날에 굴복한다.	
	그 팔은 고귀한 독수리에게는 쉼터였고,	
	그 그늘 밑에선 앞발 쳐든 사자도 잠잤고,	
	그 꼭대기 가지는 조브의 참나무 굽어보며	
	겨울의 강풍 막아 관목들을 보호했어.	15
	지금은 죽음의 검은 천에 가려진 이 눈은	
	정오의 태양처럼 꿰뚫으며 이 세상의	
	은밀한 반역들을 찾아낸 적 있었다.	
	지금은 피 가득한 내 이마의 주름살은	
	왕이 묻힌 묘지에 자주 비교되었었지.	20
	내가 무덤 못 파서 살려 둔 왕 있었던가?	
	또 워릭이 찌푸릴 때 누가 감히 웃었지?	
	하, 이제 내 영광은 흙과 피에 물들었어.	
	내 수렵장, 보도와 내 소유의 장원들도	
	바로 지금 날 버리고, 모든 내 땅 가운데	25
	내 몸 길이만큼만 빼놓고는 남은 게 없구나.	
	허, 화려, 통치, 지배란 게 흙먼지 말고 뭐지?	

우리는 어떻게 살든 간에 죽어야 해.

옥스퍼드와 서머싯 등장.

서머싯	아, 워릭, 워릭, 당신이 우리와 같다면	
	우리는 손실을 모조리 회복할 수 있어요.	30
	왕비가 저 프랑스에서 강병을 데려왔소.	
	금방 들은 소식이오. 아, 도망칠 수 있었으면.	
워릭	허, 그래도 난 도망치지 않겠네. 아, 몬터규,	
	네가 거기 있다면, 고운 동생, 내 손 잡고	
	네 입술로 내 영혼을 잠시만 붙잡아 줘.	35
	동생, 너는 날 사랑 안 해. 만약에 한다면	
	나의 두 입술을 붙이면서 말을 막는	
	이 차갑게 엉긴 피를 눈물로 씻어 낼 것이야.	
	어서 와라, 몬터규, 안 그러면 난 죽어.	
서머싯	아, 워릭, 몬터규는 마지막 숨 거두었고,	40
	그는 죽을 때까지도 워릭을 찾으면서	
	"용맹한 형님께 내 안부 전하게." 그랬어요.	
	또, 더 말하고 싶다면서 말을 더 했는데,	
	그건 마치 궁륭 안의 대포 소리 같아서	
	뭔 말인지 분간할 수 없었지만 나는 결국	45
	신음과 함께 전한 "오, 잘 있어요, 워릭."을	
	잘 들을 수 있었어요.	
워릭	그 영혼에 안식을. 경들은 도망쳐 사시게,	
	워릭은 작별하고 천국에서 다 볼 테니! (죽는다.)	
옥스퍼드	자, 어서 가서 왕비의 대군을 만납시다!	50

(여기에서 그들은 그의 시신을 가지고 함께 퇴장)

5막 3장

팡파르. 에드워드 왕, 승리의 행진을 하면서

리처드 글로스터, 조지 클래런스 및 나머지 사람들과

함께 등장.

에드워드 왕	지금까지 우리의 행운은 위쪽을 향했고
	우리는 승리의 화관을 쓰게 됐소.
	하지만 난 이 밝게 빛나는 대낮에도
	어둡고, 의심쩍고, 위협적인 구름이
	우리의 찬란한 태양이 저 서쪽으로 5
	편안히 지기 전에 덮치려 하는 걸 봅니다.
	내 말은 경들이여, 왕비가 저 갈리아에서
	일으킨 군대가 우리의 해안에 도착했고
	우리와 싸우려고 오고 있다 들었소.
조지 클래런스	약간의 강풍이면 그깟 구름 흩뜨려서 10
	그것의 발생지로 불어 보낼 것입니다.
	구름이 다 폭풍을 일으키진 않으니까
	바로 그대 빛에 의해 그 증기는 마르겠죠.
리처드 글로스터	왕비의 세력은 어림잡아 3만이고
	서머싯이 옥스퍼드와 거기로 도망쳤소. 15
	그녀가 시간 갖고 커진다면 확실한 건
	그녀 편이 우리만큼 강할 거란 점이오.
에드워드 왕	사랑하는 친구들이 짐에게 알려온 바로는
	그들은 튜크스베리로 진로를 정했다네.
	지금 이 바넷 전투에서 승리한 우리는 20

5막 3장 장소 바넷 근처의 전장.

의욕이 앞서니까 곧 거기로 갈 것이고,

우리가 행군하며 지나가는 주마다

우리의 세력은 점점 커질 것이다.

북을 쳐라. "용기"를 외치고 진군하라!　　　(함께 퇴장)

5막 4장

팡파르. 행군. 마거릿 왕비, 어린 에드워드 왕자,

서머싯, 옥스퍼드 및 군인들 등장.

마거릿 왕비　　대귀족들이여, 현자는 손실을 절대로

앉아서 한탄 않고 기꺼이 구제책을 찾아요.

이제는 돛대가 뱃전 넘어 날아갔고,

밧줄은 끊어졌고, 예비 닻을 잃었으며

선원 반을 파도가 삼켰다고 한들 뭐요?　　　　　　5

그래도 우리 선장, 살아 있소. 근데 그가

겁먹은 청년처럼 키를 놔 버리고

눈물 젖은 눈으로 바다에 물기를 더하면서

과하게 가진 것에 힘을 더 주는 게 맞나요?

근면과 용기로 구할 수도 있는 배는　　　　　　10

그의 신음 중에도 바위 치고 깨지는데?

아, 얼마나 창피하오. 아, 이 무슨 잘못이오.

워릭이 우리 닻이었다고 치죠, 그게 뭔데?

몬터규는 저 중간 돛대였고, 그런가요?

5막 4장 장소　튜크스베리 근처의 평원.
6행 우리 선장　헨리 6세.

도륙된 친구들은 밧줄이고, 그래서요? 15
아니, 이 옥스퍼드는 닻이 아니랍니까?
서머싯도 훌륭한 돛대가 아닙니까?
프랑스 친구들은 돛대 밧줄, 활차가 아니오?
또, 재주는 없어도 네드와 나에겐 왜
노련한 선장 임무 한 번도 허락 않죠? 20
우리는 키를 놔 버리고 앉아 우는 대신에
강풍이 막더라도 파선으로 우리를 위협하는
사주와 바위 피해 계속 항해할 겁니다.
파도에겐 고운 말 쓰기보단 꾸짖어요.
또 에드워드는 잔학한 바다 말고 뭐지요? 25
클래런스는 속임수의 유사 말고 뭣이고
리처드는 치명적인 바위 말고 뭐랍니까?
이들은 다 불쌍한 우리 배의 적들이오.
헤엄칠 수 있대도, 아, 오직 잠깐뿐이고,
모래 위를 걸으면, 허, 곧 거기에 빠지고, 30
바위를 걸터 타면 조수에 곧 씻기거나
굶어 죽을 것이오. 그게 삼중 죽음이오.
경들이여, 난 이것을 당신들 중 하나가
우릴 떠나 도망친다 해도 그 형제들로부터
바랐던 자비는 잔학한 파도, 모래, 바위에게 35
그게 없듯 없다는 걸 알리려고 말하오.
그렇다면 용기를 내시오! 피할 수 없는 걸
비탄한다거나 겁내는 건 애 같은 약점이오.

에드워드 왕자   제 생각에 이 용맹한 기상의 여성은

34행 그 형제들 에드워드 왕과 그의 형제들.

	겁쟁이가 그녀 말을 듣는다 하더라도	40
	그자의 가슴에 담력을 불어넣고	
	맨몸으로, 무장한 자 꺾게 만들 것이오.	
	여기 누굴 의심해서 하는 말은 아닙니다.	
	내가 만약 겁먹은 사람을 낌새만 챘어도	
	유사시에 그가 다른 사람을 물들여	45
	자기와 같은 마음 갖게 하지 않도록	
	곧바로 떠나라고 허락했을 것이오.	
	여기에 그런 자가 있다면, 주님이 금하시니	
	우리가 그의 도움 받기 전에 떠나시오.	
옥스퍼드	여자와 애들의 용기가 이렇게 드높은데	50
	전사들이 소심해요? 허, 영원한 수치로다!	
	오, 용감한 어린 왕자, 그대의 유명한 조부가	
	그대 안에 되살아났어요. 오래 살아	
	그의 모습 지니고 그의 영광 갱신하길.	
서머싯	또, 그런 희망 가지고 싸우지 않을 자는	55
	집에 가서 잠자고, 대낮의 올빼미처럼	
	일어나도 조롱받고 기이하게 여겨지길.	
마거릿 왕비	고귀한 서머싯, 친절한 옥스퍼드, 고맙소.	
에드워드 왕자	감사밖에 못 가진 그의 것도 받으시오.	

사자 등장.

사자	준비들 하십시오, 에드워드가 가까이 와	60
	싸울 태세랍니다. 그러니 굳건하십시오.	
옥스퍼드	그럴 줄 알았다. 대책 없는 우리를	
	이리 빨리 찾는 게 그의 작전이니까.	

서머싯	근데 그는 속았소, 우린 준비됐으니까.	
마거릿 왕비	여러분의 열의를 보니까 기쁘군요.	65
옥스퍼드	여기에 진을 치고 물러서지 않겠어요.	

팡파르. 에드워드 왕, 리처드 글로스터, 조지 클래런스,
그리고 군인들 등장.

에드워드 왕	용감한 지지자들이여, 하늘의 도움과	
	여러분의 힘으로 이 밤이 오기 전에	
	저기 있는 가시덤불 뿌리를 잘라야 합니다.	
	여러분의 열기로 태워 버릴 것을 잘 아니까	70
	그 불에 기름을 더해 줄 필요는 없겠지요.	
	경들이여, 전투 개시 신호하고 갑시다!	
마거릿 왕비	귀족, 기사, 신사분들이여, 내 할 말은	
	눈물에 막혔소. 내가 말을 할 때마다	
	보다시피 난 눈물을 마시고 있으니까.	75
	그래서 이것만 말하죠. 군주이신 헨리는	
	포로가 되었고, 지위는 찬탈됐고,	
	왕국은 도살장이 되었고, 백성들은 살해됐고,	
	법령은 취소됐고, 재정은 고갈되었는데	
	저 건너에 그 약탈의 늑대가 있답니다.	80
	정의로운 싸움이니 주님의 이름으로,	
	경들이여, 용맹하게 전투 신호 보내시오!	

(경종, 퇴각, 출격. 함께 퇴장)

팡파르. 에드워드 왕, 리처드 글로스터,

조지 클래런스가 마거릿 왕비, 옥스퍼드 및 서머싯을

포로로 데리고 등장.

에드워드 왕	이제야 요란한 소동에 종지부를 찍었군.
	옥스퍼드는 헴스성에 곧바로 데려가고
	서머싯은 유죄인 그의 목을 잘라라.
	그들을 끌고 가라, 말은 더 안 듣겠다.
옥스퍼드	나로서는 말 가지고 널 귀찮게 안 하겠다. 5

(옥스퍼드, 감시받으며 퇴장)

서머싯	나 또한 침착하게 내 운명에 굴복한다.

(서머싯, 감시받으며 퇴장)

마거릿 왕비	그럼 우린 이 고된 세상에서 슬프게 헤어져
	향긋한 예루살렘에서 환희 속에 만나요.
에드워드 왕	에드워드를 찾는 자는 보상을 크게 받고,
	자기 목숨 구할 거란 포고령을 내렸는가? 10
리처드 글로스터	예, 근데 저기 젊은 에드워드가 오네요.

왕자, 감시받으며 등장.

에드워드 왕	그 멋쟁이 데려와라. 그의 말 좀 들어 보자.
	뭐? 이렇게 어린 가시인데도 찌를 수가?
	에드워드, 넌 무기를 든 죄로, 나에게
	내 백성들 휘저으며 온갖 고통 준 죄로 15

5막 5장 장소 튜크스베리 근처의 평원.

어떠한 종류의 속죄를 할 수 있지?

에드워드 왕자	신하답게 말해라, 오만하고 야심 찬 요크여.

지금 내가 내 부친의 입이라고 상상해 봐.

네 직을 사임하고 내가 선 곳에서 꿇어라,

그럼 난 네가 답을 들으려 하는 것과   20

꼭 같은 말들을, 역적아, 네게 해 줄 테니까.

마거릿 왕비   아, 너의 아버지가 그처럼 단호했더라면!

리처드 글로스터   당신이 아직도 속치마만 입고 있고

랭커스터 집안 바지 못 훔쳤더라면.

에드워드 왕자   이솝더러 우화는 겨울밤에 지어내라고 해,   25

개 같은 그 수수께끼 이곳엔 안 어울려.

리처드 글로스터   이 새끼야! 그 말 한 너, 맹세코 밟아 주마!

마거릿 왕비   맞아, 넌 사람들 밟으려고 태어났지.

리처드 글로스터   제발 이 잡혀 온 잔소리꾼 끌어내라!

에드워드 왕자   아니, 오히려 이 꼽추 잔소리꾼 끌어내라!   30

에드워드 왕   쉿, 고집 센 어린애야, 안 닥치면 혀 잘린다.

조지 클래런스   못 배운 녀석아, 넌 너무 당돌해.

에드워드 왕자   난 도리를 아는데 너흰 다 도리를 저버렸다.

호색하는 에드워드, 또 위증한 너 조지,

또 못생긴 너 딕, 모두에게 말하는데   35

너희가 역적인 것처럼 난 너희 윗분이고,

너는 내 부친과 내 권리를 찬탈했다.

에드워드 왕   받아라, 여기 이 욕쟁이와 닮은꼴아!   (그를 찌른다.)

리처드 글로스터   버둥거려? 이거 받고 그 몸부림 끝내라!   (그를 찌른다.)

조지 클래런스   위증 갖고 날 우롱한 대가는 이거다!   (그를 찌른다.)   40

마거릿 왕비   오, 나도 죽여라!

리처드 글로스터   허 참, 그러지.   (그녀를 죽이려 한다.)

에드워드 왕	멈춰, 리처드, 멈춰, 우린 너무 심했어.
리처드 글로스터	그녀가 왜 살아서 세상을 말로 채운답니까?
에드워드 왕	뭐, 그녀가 기절했어? 어떻게 좀 회복시켜. 45
리처드 글로스터	클래런스, 형님 왕께 양해 좀 구해 줘.
	중대한 일로 난 런던으로 갈 텐데,
	형이 거기 오기 전에 소식을 꼭 들을 거야.
조지 클래런스	뭔데, 뭔데?
리처드 글로스터	그 탑. 탑 말이야! (퇴장) 50
마거릿 왕비	오, 네드, 상냥한 네드야, 어미에게 말해라, 얘.
	말을 못 해? 오, 이 역적, 이 살인자들아!
	시저 찌른 자들은 이 더러운 행위가
	비교 대상이었으면 전혀 피를 안 흘렸고,
	죄짓지도 않았고 욕먹지도 않았을 것이다. 55
	그는 어른이었는 데 비하여 이건 애고,
	어른들은 절대로 애에겐 격노를 안 쏟아 내.
	살인자보다 더 나쁘게 부를 이름 뭐가 있지?
	절대 없어, 내 가슴은 말하면 터질 거야. —
	그래도 난 가슴이 터지라고 말할 거야. 60
	이 백정, 악당들아! 피비린 식인종 놈들아!
	너희는 참으로 고운 풀을 때 이르게 잘랐어!
	너희는 애가 없다, 백정들아. 있다면
	그들 생각 때문에 동정심이 생겼겠지.
	하지만 애를 가질 기회가 언젠가 온다면 65
	망나니 너희가 이 고운 어린 왕자 없앴듯이
	어린 개가 이렇게 잘리는 걸 쳐다봐라!
에드워드 왕	그녀를 데려가. 가, 강제로 끌어내라.
마거릿 왕비	아니, 날 끌어내지 마라. 내 몸을 칼집 삼아

	여기에서 해치워라. 날 죽인 건 용서하마. 70
	뭐, 안 할 거야? 그러면 클래런스, 네가 해.
조지 클래런스	맹세코, 널 그만큼 편하게는 못 해 줘.
마거릿 왕비	클래런스야, 해. 상냥한 클래런스, 네가 해 줘.
조지 클래런스	난 하지 않겠다는 맹세를 못 들었어?
마거릿 왕비	음, 들었지만 넌 맹세를 어기곤 했잖아? 75
	그게 전엔 죄였지만 지금은 자선이야.
	뭐, 안 할 거야? 악마의 백정인 리처드는?
	얼굴 못난 리처드는? 리처드, 어디 있어?
	여기엔 없구나. 살인은 너의 보시 행위야.
	피를 원한 자들을 넌 한 번도 안 내쳤어. 80
에드워드 왕	썩 끌어내! 명령이다, 그녀를 데려가라.
마거릿 왕비	너와 네 식구들도 이 왕자처럼 되기를!

(왕비, 아들을 안은 자와 함께 감시 받으며 퇴장)

에드워드 왕	리처드는 어디 갔지?
조지 클래런스	급하게 런던으로 갔는데, 추측건대
	탑에서 피어린 식사를 하려나 봅니다. 85
에드워드 왕	뭔 생각이 떠오르면 급해지는 사람이지.
	여길 떠나 진군하자. 사병들은 고마움과
	급료를 주면서 해산하고, 우리는 런던 가서
	고귀한 왕비께서 잘 지내시는지 보자.
	지금쯤 내 아들을 낳았길 바란다. (함께 퇴장) 90

헨리 6세와 리처드 글로스터, 부관과 함께

탑의 벽 위에 등장.

리처드 글로스터	안녕하세요, 전하. 아니, 책을 그리 열심히?	
헨리 왕	예, 백작님. 사실은 '백작'이라 해야겠지.	
	아첨은 죄인데, '님'도 거의 마찬가지였어.	
	'글로스터 님'과 '악마님'은 비슷한데	
	둘 다 가당찮아. 그래서 '백작님'은 아냐.	5
리처드 글로스터	이봐, 자리 좀 비켜 줘. 상담을 해야 해. (부관 퇴장)	
헨리 왕	무심한 목자는 저렇게 늑대 피해 달아나고,	
	무해한 양은 우선 자기 털을 이렇게,	
	그다음엔 자기 목을 백정 칼에 내주는군.	
	이제 로스키우스가 연기할 죽음의 장면은?	10
리처드 글로스터	의심은 늘 죄지은 마음에 출몰하고,	
	도둑은 수풀을 다 순경으로 겁내지요.	
헨리 왕	수풀에서 끈끈이에 잡힌 새는 날개 떨며	
	수풀을 모조리 수상쩍게 여긴다네.	
	또, 고운 새의 불운한 수컷인 난 이제	15
	불쌍한 내 새끼가 끈끈이에 잡혀 죽은	
	그 치명적 광경을 내 눈앞에 떠올려.	
리처드 글로스터	허, 아들에게 날짐승의 능력을 가르쳐 준	
	크레타의 그 아비는 참말로 바보였어!	
	날개를 다 가지고도 그 바보는 익사했어.	20

5막 6장 장소 런던 탑.
10행 로스키우스 유명한 로마의 배우.

헨리 왕	난 다이달로스, 불쌍한 내 아들은 이카로스,
	우리 길을 막았던 네 아비는 미노스야.
	고운 내 아이의 날개를 그슬린 건
	너의 형 에드워드, 그리고 넌 바다인데,
	시샘하는 소용돌이로 그 애 목숨 삼켰어. 　　25
	아, 말이 아닌 그 무기로 날 죽여라!
	내 가슴은 네 칼끝을, 그 비극적 얘기를
	내 귀로 견디는 것보다 더 잘 견딜 수 있어.
	근데 넌 왜 왔느냐? 내 생명 뺏으려고?
리처드 글로스터	넌 내가 사형 집행인이라고 생각해? 　　30
헨리 왕	박해자인 것만은 확실히 알고 있다.
	죄 없는 자들을 죽이는 게 집행이면,
	그렇지, 그럼 넌 사형 집행인이다.
리처드 글로스터	네 아들은 건방져서 내가 죽여 버렸다.
헨리 왕	네가 처음 건방졌을 때 죽임을 당했으면 　　35
	살아남아 내 아들을 죽이진 않았겠지.
	그래서 난 이렇게 예언한다. ― 지금 내가
	느끼는 공포를 의심조차 못하는 수천 명과,
	수많은 노인과 수많은 과부들의 한숨과,
	수많은 고아들의 눈물에 젖은 눈과, 　　40
	아들 찾는 어른들, 남편 찾는 아내들과
	때 이르게 죽은 부모 찾고 있는 고아들은
	네가 정말 태어난 시각을 통탄할 것이다.

21행 다이달로스
크레타 왕 미노스에게 미노타우로스를 가두는 미로를 지어 준 다이달로스는 그의 아들 이카로스와 함께 날개를 달고 그 곳을 탈출하였으나 아들은 비행 미숙으로 바다에 추락사한다. 19행의 '그 아비'는 다이달로스를 말한다.

네 출생에 올빼미는 끽끽댔어, 불길하게.

밤 까마귀 울었어, 불운한 시절의 전조로.   45

개는 짖고 끔찍한 태풍에 나무가 쓰러졌고,

큰 까마귀는 굴뚝 꼭대기에서 웅크렸고,

수다쟁이 까치가 불길한 불협화음 노래했어.

네 어미는 어미 산통 그 이상을 느꼈고,

그럼에도 어미 희망 그 이하를 낳았지.   50

즉, 제 형체를 못 갖춘 기형적인 덩어리,

너무 멋진 나무의 열매 같지 않은 것을.

너에겐 태어났을 때부터 이가 있었다는데,

이 세상을 물려고 나왔다는 의미이지.

또 만약 내가 들은 나머지도 사실이면,   55

네가 온 건 —

리처드 글로스터   더는 못 듣겠다! 말하며 죽어라, 예언자여,

                                    (그를 찌른다.)

난 나머지 일과 함께 이것을 명 받았다.

헨리 왕   암, 뒤따라올 훨씬 더 많은 살육까지도.

오, 주여, 제 죄를 용서하고 저를 사하소서.   (죽는다.)   60

리처드 글로스터   뭐? 솟으려던 랭커스터의 피가 땅속으로

내려간단 말이냐? 올라갈 것 같았는데.

내 칼이 딱한 이 왕의 죽음에 우는 것 좀 봐.

오, 우리들 가문의 몰락을 바라는 자들은

이 자줏빛 눈물을 늘 흘리기 바란다.   65

만약 생명 불꽃이 좀이라도 남았다면

저 아래 지옥 가서 내가 널 보냈다고 해라!

                                    (그를 다시 찌른다.)

동정도, 사랑이나 공포도 없는 내가.

진짜로, 헨리가 날 두고 한 말은 사실이다.
난 다리를 앞으로 해 세상에 나왔다고   70
어머니가 말하는 걸 자주 들었으니까.
그래서, 우리 권리 찬탈한 자들의 파멸을
서둘러 추구할 이유가 있었다고 생각 않소?
산파는 놀랐고 여인들은 외쳤지,
"오, 예수님 맙소사, 이를 갖고 나왔어요!"   75
난 그랬고, 그건 분명 나더러 으르렁거리고
깨물면서 개 역할을 하라는 의미였다.
그러면 하늘이 내 몸을 그렇게 지었으니
지옥이 답하여 내 마음을 비틀게 해 주자.
형제가 내겐 없다, 형제와 닮지 않았으니까.   80
또 흰 수염 노인들이 신성시하는 말, '사랑'은
어느 사람에게나 같이 들어 있는데,
나에겐 그게 없다. 나는 나 혼자다.
클래런스, 조심해. 넌 나를 빛에서 떼 놨지만
난 네게 칠흑 같은 낮을 골라 줄 테니까.   85
난 에드워드가 자신의 목숨을 잃을까 봐
걱정할 거라는 예언을 퍼뜨릴 것이고,
그러곤 그의 걱정 없애려고 널 죽일 것이다.
헨리 왕과 그의 세자 아들은 가 버렸고,
다음엔 클래런스, 그다음엔 나머지들 차례다,   90
난 최고가 될 때까진 저급할 뿐이니까.
나는 네 육신을 딴 방에 처넣을 터이니
헨리여, 네가 파멸된 날에 환희해라! (시신과 함께 퇴장)

5막 7장

팡파르. 에드워드 왕, 엘리자베스 왕비,

조지 클래런스, 리처드 글로스터, 헤이스팅스,

유아 왕자 에드워드를 안은 유모 및 수행원들 등장.

에드워드 왕   이제 짐은 적들의 피로써 재탈환한

잉글랜드 왕좌에 다시 한번 앉았도다.

짐은 저 용맹한 원수들을 가을의 밀처럼

그들의 최고 절정기에서 싹 베어 버렸다!

끈질기고 의심할 여지 없는 투사로서   5

삼중으로 유명한 세 명의 서머싯 공작과,

아비와 그 아들인 두 명의 클리퍼드,

그리고 나팔 소리 듣고서 준마에 박차를

더 용감히 가한 자 없었던 두 노섬벌랜드를.

게다가 왕과 같은 사자에게 족쇄를 채우고,   10

으르렁거렸을 땐 숲을 떨게 하였던

저 용감한 곰 두 마리, 워릭과 몬터규를.

이렇게 짐은 이 옥좌에서 의심을 쓸어 내고

안전을 짐이 디딜 발판으로 만들었다.

이리 와요, 베스, 아들에게 키스 좀 합시다.   15

얘, 네드야, 삼촌들과 나 자신은 너를 위해,

네가 이 왕관을 평화로이 다시 갖고

우리의 수고로 네가 그 이득을 거두도록

갑옷 입고 겨울밤을 뜬눈으로 새웠고,

여름의 타는 더위 속에서 다들 걸어 다녔다.   20

5막 7장 장소   런던, 왕궁.

리처드 글로스터	(방백)
	난 아직 이 세상이 주목하지 않으니까
	당신 머리 잘리면 개 수확은 내가 망쳐 놓겠소.
	이 어깨는 쳐들기에 너무 굵게 생겨서
	무게를 못 쳐들면 내 등이 부러질 것이다.
	방법을 찾아내어 네가 그걸 떨쳐 버려.

25

에드워드 왕	클래런스, 글로스터, 예쁜 왕비 사랑하고
	왕자다운 조카에게 키스하게, 두 동생.
조지 클래런스	전하에게 제가 바칠 존경심을
	이 고운 아기의 입술에 봉합니다.
엘리자베스 왕비	고맙소, 클래런스. 훌륭한 시동생, 고맙소.

30

리처드 글로스터	네가 열린 그 나무를 사랑한단 증거로
	그 열매에 해 주는 사랑 키스 보십시오. —
	(방백) 사실은 유다도 주님께 이렇게 키스하고
	순전히 위해를 뜻하면서 '만세'를 외쳤었지.
에드워드 왕	난 나라의 평화와 동생들의 사랑으로

35

	영혼까지 기뻐하며 이 자리에 앉았소.
조지 클래런스	전하께선 마거릿을 어쩌실 작정이죠?
	그녀 아비 레이나드가 프랑스 왕에게
	시실리와 예루살렘을 잡힌 다음 그 돈을
	그녀의 몸값으로 이리로 보냈어요.

40

에드워드 왕	그녀를 데려가서 프랑스로 실어 보내.
	그럼 이제 남은 일은 궁정의 기쁨에 걸맞은

25행 네가 그걸
자신의 어깨를 가리키며 하는 말, 즉 자신의 어깨가 길을 찾아내어 자신의 짐 (그것, 무게, 방해자들)을 치워 버리라는

뜻. (아든)
38행 레이나드
마거릿 왕비의 아버지(「헨리 6세 1부」에 등장하는 레니에)의 다른 이름.

위엄 있는 행진과 즐거운 희극으로
우리의 시간을 보내는 것뿐이다.
북과 나팔 울려라! 뚱한 짜증, 잘 가라,   45
영원한 우리 환희 시작되길 바라니까.

                  (북소리와 나팔 소리. 모두 함께 퇴장)

리처드 3세

Richard III

역자 서문

    이 극에는 평가하는 사람의 시각에 따라 좀 다르게 보이는 두 명의 리처드가 있다. 하나는 그를 미워하고 저주하고 살해하는 쪽에서 말하는 리처드다. 그를 낳은 요크 공작 부인은 자기 형 클래런스를 모함하여 죽게 하고 또 다른 형 에드워드 왕의 어린 두 아들을 살해하게 만든 아들 리처드의 사악한 성정과 삶을 다음과 같이 요약한다.

> 넌 이 땅을 내 지옥 만들려고 여기 왔다.
> 네 출생은 나에게 끔찍한 짐이었고
> 유아기에 넌 성질도 나쁘고 고집 셌지.
> 학생 땐 무섭고 무모하며 거칠고 광포했어.
> 남자로 한창때엔 과감하고 모험적이었으며
> 성숙기엔 오만, 음흉, 교활하고 잔인하여
> 더 순한데 더 나빴고, 미움 품고 친절했다. (4.4.167~173)

    그리고 헨리 6세의 왕비였던 마거릿의 평가 또한 크게 다르지 않다. 왜냐하면 리처드는 자기 남편 헨리 6세를 런던 탑에서 잔인하게 죽였고, 그에 앞서 그녀의 어린 아들 에드워드를 튜크스베리 전장에서 무참하게 살해했기 때문이다.(이 두 사건은 모두 『헨리 6세 3부』의 결말에서 벌어졌다.) 그래서 그녀에게 지금 그는

> 요정들이 흠집 낸, 때 이르게 태어난 너,
> 뿌리 파는 수돼지, 자연의 노예이자
> 출생 때 지옥의 아들로 낙인찍힌 너,
> 무거운 네 어미 자궁의 수치인 너,
> 네 아비 허리의 역겨운 자식인 너,
> 명예의 넝마인 너, 얄미운 (1.3.227~232)

리처드다. 그리고 이 두 여인의 평가는 극 내내 벌어지는 리처드의 행적으로 사실임이, 다른 무엇보다도 직접 또는 간접으로 그의 손길이 닿은 수많은 살인에 의하여 입증된다. 왜냐하면 그는 이미 언급된 헨리 6세와 그의 아들 에드워드뿐만 아니라 자기 형 클래런스와 에드워드 형님 왕의 두 아들, 엘리자베스 왕비의 동생 리버스 경과 그녀 아들 그레이 및 그들을 편들던 본 경, 그가 잠시 왕비로 삼았던 앤 부인, 그가 왕으로 추대되는 데 반대했던 시종장 헤이스팅스, 그를 왕위에 올린 일등 공신 버킹엄 공작을 직접 찔러 죽이거나 사형 명령을 얻어 내어 죽이거나 자객을 보내 죽게 했기 때문이다.

그래서 리처드에 대한 리치먼드 백작의 최종 평가, 그가 극의 마지막 장면인 보즈워스 전장에서 내린 평가는 자연스럽게 들릴 뿐만 아니라 역사적인 사실에도 부합하는 것처럼 들린다. 그에 의하면 리처드는 이런 사람이니까.

잔인한 독재자에 살인자,

핏속에서 높아지고 핏속에 정착한 자,

자기가 가진 걸 얻기 위해 수단을 꾸며 대고

그를 돕는 도구였던 이들을 살육한 자이고,

저 잉글랜드의 옥좌를 배경으로 거기에

엉뚱하게 박혀서 귀중해진 비천한 돌이며,

언제나 주님의 적이었던 자. (5.3.246~252)

그래서 그는 결과적으로 리치먼드의 역할, 즉 장미 전쟁 동안 벌어졌던 수많은 내전과 살육과 혼란과 고통에 종지부를 찍고 요크와 랭커스터 두 가문을 결합하여 화합과 평화를 가져오는 성군의 역할을 한층 더 돋보이게 한다.(참고로 셰익스피어가 『리처드 3세』를 창작했다고 추정되는 1592경의 잉글랜드 여왕은 엘리자베스 1세인데 그녀는 바로 이 헨리 7세의 손녀이다.) 만약 리처드의 악행과 죽음을 역사의 필연, 또는 선으로써 악을 벌하시는 신의 섭리로 해석한다면 말이다.

그러나 리처드를 미워하고 저주하고 살해하는 쪽에서 보는 리처드가 아무리 흉악한 악당이라 해도, 또 그 사실이 당시에 또는 지금도 통용되는 역사 해석이라 해도, 이 극을 보고 있는 관객들의 입장에서 그것은 극적으로 별 매력이 없다. 악당이 악행으로 벌 받는 일은 지극히 당연하여 역사의 기록으로서는 타당할지 몰라도 연극으로서는 아무런 재미가 없기 때문이다. 그래서 우리는 이 극에 나타나는 또 하나의 리처드, 자기 악행에 이유와 동기를 부여하고, 자신의 목적을 위해 악한 본성을 숨기면서 선하거나 경건하거나 애정 어린 성품을 꾸며 내고 그것의 효과를 극대화하기 위해 연기하며 때로는 최적의 상황을 연출하는 리처드에 주목하고, 그가 악하다는 사실을 알면서도 그가 꾸미는 음모에 가담한다. 왜냐하면 우리가 의식적으로 또는 무의식적으로 그의 악행에 참여하는 데서, 또 그가 자신이 바랐던 결과를 얻는 것을 지켜보는 데서 『리처드 3세』의 극적인 재미가 시작되기 때문이다.

그러면 지금부터 리처드의 연기력과 연출력이 가장 두드러지게 나타나는 네 장면, 즉 클래런스 형 살해 음모, 앤 부인 구애, 등극 자작극, 그리고 엘리자베스 공주의 간접 구애를 좀 더 자세히 들여다보기로 하자. 그러기 위해 우선 이 네 장면 모두의 출발점이 되는 리처드의 서두 독백을 들어 보기로 하자. 여기에서 그는 자신이 악당임을 인정한다. 하지만 동시에 왜 악당이 되려고 결심하는지 그 이유도 밝힌다. 형님 에드워드가 랭커스터 세력을 물리치고 "불만의 겨울"(1.1.1)을 찬란한 여름으로 바꾸어 평화가 찾아오고, 사랑의 희롱과 온갖 종류의 기쁨이 넘칠 때 리처드는 이 새로운 상황에 조금도 적응하지 못한다. 왜냐하면 자신은 이런 호시절에 맞게끔 빚어지지 않았기 때문이다.

> 희롱하게 생기지도 않았고
> 야하게 거울 보는 성향도 아닌 나,
> 거칠게 빚어져 요염한 자태의 요정 앞에
> 활개 치는 사랑의 위엄도 없는 나,
> 그리고 올바른 균형이 깨뜨려진 상태로
> 속이는 자연에게 몸매를 빼앗기고
> 기형으로, 미완성작으로 이 인간 세상에
> 때 이르게, 절반도 빚어지지 않은 채,
> 그것도 너무 절뚝거리고 흉한 꼴로 태어나
> 절름대며 지나가면 개들이 짖는 나 —

허, 나는 이 연약한 평화의 풀피리 시절에

햇빛에 비춰진 내 그림자 쳐다보고

나 자신의 불구를 노래하는 것 말고는

시간을 흘려보낼 즐거움이 딱히 없다. (1.1.14~27)

그래서 "연인이 될 수는 없는" 그는 "악당이 된 다음 이 시절의 헛된 쾌락/ 미워하는 쪽으로"(1.1.30~31) 마음을 굳힌다. 그가 여기에서 자신의 태생적인 신체 결함을 조목조목 상세히 그리고 혐오를 일으킬 정도로 사실적으로 묘사하는 것은 대단히 중요하다. 왜냐하면 그것은 불구로 인한 그의 열등감이 얼마나 크고, 또 그로 인한 반발심과 세상에 대한 미움이 얼마나 강력한지 말해 줄 뿐만 아니라 그와 동시에 관객들에게 그에 대한 동정심을 불러일으켜 앞으로 그가 저지를 악행, 특히 살인 교사와 청부에 대한 그들의 반감을 상당 부분 누그러뜨리기 때문이다. 즉, 관객들은 모든 정상인들이 추구하고 얻을 수 있는 사랑의 기쁨과 그와 연관된 쾌락들이 원천적으로 차단된 그에게 상당한 연민을 느끼고 그가 그에게 허용된 유일한 쾌락, 왕권에 대한 강력한 욕망을 충족시키기 위해 악행을 저지를 때 그것이 극단으로 치닫지 않는 한 어느 정도 용서하는 마음을 가지게 되기 때문이다.

그런 마음을 가진 관객들이 리처드의 악행을 어디까지 용인하고 그 진행 과정에 참여하는 데서 얼마만큼 재미를 느끼는지 알아보는 첫 시험대가 리처드의 클래런스 형 살해 음모이다. 앞서 언급된 리처드의 서두 독백 끝부분에서 드러나는 리처드의 음모는 선왕 에드워드의 자식 중 '조'자로 시작하는 자가 살인자가 될 거라는 루머를 퍼뜨렸다고 밝히는 데서 시작된다. 그 일차적인 목적은 물론 현왕 에드워드가 이 음모를 자기 자식의 왕위 계승을 위협하는 것으로 해석하고 '조'지 클래런스를 런던 탑에 가둔 다음, 리처드의 이간질에 자극받아 그에게 사형 명령을 내리는 것이다. 그리고 그 궁극적인 목적은 클래런스 형을 제거함으로써 에드워드 왕 사후에 리처드 자신이 왕권을 차지하는 일에 한 발 다가서는 것이다. 그 과정에서 관객들은 리처드가 착한 척하는, 형을 위하는 척하며 솔직히 밝히는 모함 계획을 사전에 알게 되고 사태가 그의 구상대로 흘러가는 것을 따라가는 데서 상당한 재미를 느낀다. 리처드가 벌이는 무고한 살인이 명백한 악행이라 할지라도 말이다.

그리고 리처드의 이 명백한 악행에 대한 관객들의 반감은, 이 극을 주도적으로 이끌어 가는 리처드의 연기에 상당한 흥미를 느끼는 점 외에도 한 가지 면에서 더 희석되면서 줄어든다. 그것은 리처드의 간접 살인이 죄 많은 클래런스에게 하나의 선행이 될 수도 있다는 암시이다. 죽기 전날 밤의 꿈 얘기를 하면서 클래런스는 간수에게 말하기를, 그는 리처드와 함께 배를 탔고 그가 자기를 위태로운 갑판에서 밀쳐 바닷속으로 처넣었다고 하면서, 그 바닷속에서 엄청난 익사의 공포를 느꼈지만 동시에 그 바닥에 깔린 수많은 난파선과 해골들 가운데서 빛나는 보물도 보았다고 한다. 특히, 한때는 눈이 있던 구멍 안에 들어가 "심해 진흙 바닥에게 구애하며/ 주변에 흩어진 유골들을 놀리는"(1.4.32~33) 보석들도 보았다고 한다. 이 기괴한 묘사는 여러 가지로 해석될 수 있겠지만 앞뒤 장면의 맥락으로 보건대 지옥 같은 심연 속에서 클래런스가 느끼는 일말의 위안, 즉 칠흑 같은 죄책감 속에서 빛나는 한 줄기 양심의 빛으로 볼 수 있다. 왜냐하면 곧이어 밝혀지듯이 그가 꿈에서 죽은 다음 사후 세계로 들어갔을 때 그는 한때 장인이었던 워릭으로부터 위증의 욕을 먹고(그는 워릭의 사위가 되어 그의 편에 있다가 결정적인 순간에 그의 형 에드워드 편으로 옮겨 갔다.) 또 헨리 6세의 아들 에드워드를 찔러 죽인 일로 "추한 악귀 대부대"(1.4.58)로부터 엄청난 고통과 시달림을 받았기 때문이다. 그리고 이 두 가지 사건은 클래런스를 죽이러 온 두 자객에 의해 다시 한번 강조된다.(1.4.189~196) 어쩌면 리처드는 그의 형을 이 커다란 죄책감과 양심의 고통에서 벗어나게 해 주는 착한 일을 자기도 모르게 하고 있는지도 모른다.

이렇게 자신에 대한 관객들의 반감을 최소화하면서 클래런스를 처치하는 리처드는 그 일과 동시에 헨리 6세의 아들 에드워드의 미망인인 앤 부인에 대한 구애도 함께 추진한다. 실은 두 가지 일은 모두 직간접적으로 왕권 탈취와 관련되어 있다. 클래런스는 에드워드 현왕의 두 아들 다음으로 왕위 계승권을 가졌고, 앤 부인 또한 워릭의 막내딸로서 그녀가 속한 워릭 가문은 리처드가 왕위에 오르는 데 꼭 필요한 원군이 될 수 있기 때문이다. 물론 그는 그녀를 사랑해서가 아니라 "내가 꼭 이뤄야 할/ 또 다른 비밀 목표"(1.1.158~159) 때문에 그녀와 결혼하려 한다고 말하지만, 그 비밀이 왕권과 관련 있다는 사실은 그리 어렵지 않게 짐작할 수 있다. 그래서 그는 정말로 얼토당토않은, 정상적으로는 도저히 말도 안 되는 일을 무모하게 밀어붙인다. 그는 "내가 그녀 남편과 시아비를 죽였다 한들 뭐?/ 그녀에게 가장 속히 보상해 주는 길은/ 그녀의 남편과 시아비가 되는 건데"(1.1.154~156)라는 희한한 논리를 조롱조로 펴면서 혼사를 추진하고, 결과적으로 성공한다. "난 정말 헨리 왕을/ 죽였지만, 자극한 건 그대 미모였으니까." 그리고 "에드워드를 찌른 것도/ 나였지만, 부추긴 건 그 천사 얼굴이었으니까."(1.2.182~185)라는 감언이설로.

그리고 관객들은 리처드의 이 명백한 패륜 행위를 비난하기보다는 불가능을 가능으로 바꾼 리처드의 연인 연기에 더 크게 놀란다. 리처드의 구애는 무모하지만 흥미진진하다. 특히, 처음엔 철벽같던 그녀의 도덕적인 방어가 한순간에 무너지는 일은 미모 칭찬에 약한 여자의 마음과, 목숨 걸고 자기 맨가슴을 찌르라고 내미는 그의 진짜 같은 가짜 진심과, 그것에 속아 넘어가는 그녀의 순진함을 동시에 드러내는 것으로서 꽤 사실적이어서 상당한 핍진성을 얻는다. 게다가 리처드의 성공에 놀라는 사람은 관객뿐만이 아니다. 왜냐하면 리처드 자신도 자신의 성취에 깜짝 놀라기 때문이다.

> 거지 같은 반 푼짜리 내 공작령 걸고서,
> 나는 나 자신을 여태껏 오해했어!
> 목숨 걸고, 그녀는 나 자신을 놀랍도록
> 잘생긴 남자로 알고 있어, 난 모르겠는데. (1.2.254~257)

그리고 관객들은 리처드의 정확한 자기 평가와 그에 기초한 익살스러운 자화자찬을 듣고 그를 미워하기보다는 그를 애처롭게 생각하는 마음이 더 크다. 그들이 무대 위에서 실제로 보고 있는 곱사등에다 사지가 찌그러진 리처드가 그 자신을 "잘생긴 남자로" 칭찬하는 이 말은 그 둘 사이의 극명한 대조로 말미암아 익살 속에 감추어진 그의 원망과 분노를 더 증폭시켜 보여 주기 때문이다. 이렇게 리처드는 그가 극의 서두에서 얻었던 관객들의 동정심을 거의 잃지 않은 상태로, 거기에 앤 부인 구애의 성공으로 약간의 연민이 더 추가된 상태로 『헨리 6세 3부』에서부터 꿈꾸어 왔던 옥좌에 바싹 다가선다. 물론 앤 부인을 왕비로 삼은 뒤에도 리처드는 클래런스의 죽음(1막 4장), 리버스와 그레이 경 및 본의 죽음(3막 3장), 그리고 헤이스팅스의 죽음(3막

4장)에 연루되지만 이 모두의 죽음도 왕좌를 향한 그의 열망을 꺾거나 변경시키지는 못한다.

이런 상태에서 리처드는 3막 5장에서 드디어 자신의 등극 자작극을 시작하고, 거기에서 최고의 연기력과 연출력을 보여 준다. 그는 우선 이 자작극의 본질을 사기극으로 구상하고 그에 따라 그 내용과 진행 방식 및 배역을 정한다. 대중에게 호감을 살 몸매를 가지지도 못했고, 지금까지 저지른 살인죄들 때문에 자신을 당당하게 드러낼 수 없을 뿐만 아니라 오만하다는 오해를 받지 않으려면 본인이 전면에 나서서는 안 된다는 사실을 리처드는 너무나도 잘 안다. 그래서 그는 종교적인 경건함과 도덕적인 겸손으로 자신을 포장한 채 뒤로 물러나 있으면서 그를 대신하여 자신을 추천해 줄 조연으로 버킹엄과 런던 시장을 택한다. 그런 다음 버킹엄에게 대중 선동과 설득의 비법을, 마치 자신은 그에 대해 아무것도 모르는 것처럼, 질문의 형태로 다음과 같이 넌지시 전달한다.

근데, 사촌, 자네는 떨면서 안색을 바꾸고
말하는 도중에 숨을 확 죽이다가
공포로 심란하여 마치 미친 사람처럼
또다시 시작하고 또다시 멈출 수 있는가? (3.5.1~4)

그리고 버킹엄이 "심각한 비극배우 흉내"(3.5.5)를 자유자재로 낼 수 있다고 대답했을 때 안심하고 그에게 구체적인 지시를 내린다. 런던 시장과 시민들에게 죽은 에드워드 왕의 자식들은 서출이라고, 그가 무고한 시민을 마구 죽였다고, 그의 방탕이 극심하여 누구든 닥치는 대로 욕정의 제물로 삼았다고, 심지어는 자기 형 에드워드는 자기 아버지가 낳지 않은, 아버지와는 아주 딴판인 자식이라는 말까지 하라고 주문한다.

이렇게 버킹엄을 말로 설득하여 자기편으로 끌어들인 리처드는 런던 시장에게는 좀 다른 방법을 쓴다. 그는 자기 부하 로벨과 래트클리프에게 그들이 방금 죽인 헤이스팅스 시종장의 머리를 들고 등장하게 만든다, 런던 시장이 무대에 있을 때. 이는 물론 자기 말을 듣지 않는 인간은 어떻게 되는지를 핏물 듣는 머리로 직접, 위협적으로 보여 주기 위한 시위였다. 그 뒤로 런던 시장이 리처드와 버킹엄의 계획을 적극적으로 지지하고 시민들을 설득하는 자기 몫을 다한 것은 두말할 나위도 없다. 이렇게 리처드는 두 조연의 전폭적인 지원으로, 중간에 시민들이 버킹엄의 선동에 아무 반응을 보이지 않은 일이 있었지만 그럼에도 두 신부 사이에서 무릎 꿇고 명상하는 경건한 장면 연출, 바로 왕위에 오르라는 제안을 받았지만 직계 후손이 있다는 핑계로 사양하는 승계 원칙 존중, 그리고 자신의 자질 부족을 핑계로 등극을 거부하다가 마지못해 받아들이는 겸양의 미덕 발휘로 마침내 리처드 3세로 등극하여 평생의 꿈을 이룬다.

그러나 잉글랜드의 옥좌를 차지한 기쁨도 잠시(그의 실제 재위 기간은 1483~1485, 이 년 동안이다.) 그는 곧 내우외환에 직면하여 왕권에 심각한 위협을 받는다. 그를 왕위에 올리는 데 혁혁한 공을 세웠던 버킹엄이 에드워드 왕의 두 어린 아들을 죽이는 데 협조하지 않으면서 그를 떠나고, 엘리자베스의 아들인 도싯이 리치먼드에게 도망친 데 불안을 느낀 리처드는 왕권을 유지하기 위하여, 쓸모가 없어진 앤 왕비를 버리고 엘리자베스 왕비의 딸과 결혼하려고 한다.

나는 내 형의 딸과 꼭 결혼해야 해,

안 그럼 내 왕국은 지푸라기 위에 선다.

그녀의 동생들을 살해하고 그녀와 결혼을 —

득 되기엔 불안한 길이다. 하지만 난

죄가 죄를 부를 만큼 핏속 깊이 들어왔다.

눈물을 떨구는 동정은 이 눈 안에 못 살아. (4.2.60~65)

그리고 그는 이 결혼 시도에서 어머니 엘리자베스 왕비를
통한 그녀의 딸 엘리자베스 구애에 실패하고 그 대신 그녀를
차지한 리치먼드 백작에 의해 살해된다. 그러면서 그가 극의
서두에서 불쌍한 자신의 모습을 강조하여 관객들로부터 얻었
던 동정심은 이제 그의 죽음과 함께 깨끗이 사라지고 어떠한
아쉬움도 남기지 못한다. 그렇게 된 가장 커다란 원인은, 그
가 여기에서 이 결혼을 "불안한 길"이라고 말하면서 제시하듯
이, 누적된 살인죄의 압도적인 무게이다. 그는 이미 "죄가 죄
를 부를 만큼 핏속 깊이 들어왔"기 때문에. 이 사실은 그가 엘
리자베스 왕비에게 자기 대신 그녀 딸의 호의를 얻어 달라고
간청하는 전 과정에서 내놓는 그녀의 반박에 의해 한 번 강조
되고, 5막 3장의 보즈워스 전장에서 마지막 결전을 앞둔 리처
드의 꿈에 줄줄이 나타나 "절망하고 죽어라."라는 저주를 퍼붓
는 유령들에 의해 다시 한번 강조된다. 이렇게 깊은 피의 강을
건너는 리처드에게 엘리자베스를 진심으로 사랑하는 척하는
연기력과, 그녀를 사랑하고 그녀와 그녀의 후손이 부귀영화를
누리게 해 주려고 그녀의 가족과 친척들을 살해했다는 해괴한
논리는 더 이상 — 앤에게 구애했을 때와는 달리 — 설득력이
없다. 엘리자베스 왕비는 그의 말을 들어주는 듯하지만 — "당
신이 내게 곧장 편지 쓰면/ 나를 통해 그녀 마음 알게 될 것이
오."(4.4.428~429) — 이 모호한 답은 리치먼드 백작의 양아버지,

스탠리 경에 의해 "왕비가 진심으로" 딸 엘리자베스를 리치먼드의 아내로 주는 데 동의했다는(4.5.7~8) 소식으로 변한다.

그 결과 그동안 두 개체로 분리되어 비교적 조화롭게 공존하던 두 리처드, 즉 악당 리처드와 착한 척, 경건한 척, 사랑이 가득한 척하던 위선자 리처드는 갈등하기 시작하고 결국에는 하나로, 악당 리처드로 합쳐진다. 죽은 영혼들이 줄줄이 나타나 그동안 잠자던, 억눌러 두었던 그의 "겁쟁이 양심"을 깨웠고 깨어난 그것이 그를 괴롭히기 때문이다. 그래서 그는 자문자답하고, 자신의 악한 본성을 인정하고, 자신이 저지른 모든 살인에 내린 유죄 판결을 수용하면서 자신이 자신에게 가졌던 동정심조차 철회한다. 그러고는 이미 기운 전세를 회복해 보려고 혼신의 힘을 다해 싸우면서 저 유명한 마지막 대사 — "말을, 말을 줘, 내 왕국을 줄 테니 말을 줘!"(5.4.13) — 와 함께 사라진다.

끝으로 이번 번역은 제임스 사이먼(James R. Siemon) 편집의 아든 3판(The Arden Shakespeare, 3rd Edition) 『리처드 3세(King Richard III)』를 기본으로 하고, 블레이크모어 에번스(G. Blakemore Evans) 편집의 리버사이드 셰익스피어(The Riverside Shakespeare)판과, 조너선 베이트와 에릭 라스무센(Jonathan Bate and Eric Rasmussen) 편집의 로열 셰익스피어 컴퍼니(The Royal Shakespeare Company)판을 참조했다. 본문의 주에 나타나는 '아든', '리버사이드', 'RSC'는 이들 판본을 가리킨다. 그리고 편리함을 목적으로 한글 『리처드 3세』의 대사 행수를 5단위로 명기했으며 이는 원문의 행수와 정확히 일치하지 않음을 밝힌다.

등장인물

에드워드 4세

요크 공작 부인   에드워드 4세의 어머니

에드워드 왕자,
후에 에드워드 5세   에드워드 4세의 아들들
리처드 요크 공작

조지 클래런스 공작
리처드 글로스터 공작,   에드워드 4세의 형제들
후에 리처드 3세

엘리자베스 왕비   에드워드 4세의 아내

앤서니 우드빌, 리버스 경   엘리자베스 왕비의 동생

도싯 후작
    엘리자베스 왕비의 아들들
그레이 경

토머스 본 경

헨리 6세의 유령

마거릿 왕비   헨리 6세의 과부

에드워드 왕자의 유령   헨리 6세의 아들

앤 부인   헨리 6세의 아들인 에드워드 왕자의 과부,
후에 리처드 글로스터 공작의 아내

윌리엄 헤이스팅스 경   시종장

스탠리 경, 더비 백작

헨리 리치먼드 백작   스탠리의 양아들로 후에 헨리 7세

옥스퍼드 백작
제임스 블런트 경
    리치먼드의 추종자들
월터 허버트 경
윌리엄 브랜던 경

버킹엄 공작 ┐
노퍽 공작
리처드 래트클리프 경
윌리엄 케이츠비 경   리처드 글로스터 공작의 추종자들
제임스 티럴 경
프랜시스 러벌 경
토머스 서리 백작
두 자객
시동 ┘

부르시에 추기경   캔터베리 대주교
요크 대주교
엘리 주교
크리스토퍼 우르스윅 경   신부
존 신부

로버트 브라켄베리 경   런던 탑의 부관
탑의 간수
런던 시장
필경사
문장관의 종자
행정관
트레셀 ┐
버클리 ┘   앤 부인을 시중드는 신사들
세 시민

사내아이 ⎤
딸아이 ⎦ 조지 클래런스 공작의 자식들

귀족, 주교, 신사, 시의원, 시민,
미늘창수, 군인, 시종, 사자들.

리처드 글로스터 공작 홀로 등장.

리처드
이제 우리 불만의 겨울은 아버지 요크의
이 아들 덕분에 찬란한 여름이 되었고,
우리의 가문을 째려보던 구름도
저 태양의 가슴 깊이 다 묻혀 버렸다.
이제 우리 이마엔 승리의 화관이 올랐고   5
망가진 무기들은 기념물로 걸렸으며,
가혹했던 경종은 즐거운 모임으로,
무서웠던 행군은 기쁨의 곡조로 변했다.
험악한 얼굴의 전쟁은 찌푸린 안면 폈고,
이제는 겁먹은 적들의 혼을 빼 놓으려고   10
무장한 군마에 오르는 대신에
음탕한 기쁨 주는 류트곡에 맞추어
아가씨 방에서 날렵하게 도약한다.
하지만 희롱하게 생기지도 않았고
야하게 거울 보는 성향도 아닌 나,   15
거칠게 빚어져서 요염한 자태의 요정 앞에
활개 치는 사랑의 위엄도 없는 나,
그리고 올바른 균형이 깨뜨려진 상태로
속이는 자연에게 몸매를 빼앗기고
기형으로, 미완성작으로 이 인간 세상에   20
때 이르게, 절반도 빚어지지 않은 채,
그것도 너무 쩔뚝거리고 흉한 꼴로 태어나

1막 1장 장소 런던 거리.

절름대며 지나가면 개들이 짖는 나 —
허, 나는 이 연약한 평화의 풀피리 시절에
햇빛에 비춰진 내 그림자 쳐다보고   25
나 자신의 불구를 노래하는 것 말고는
시간을 흘려보낼 즐거움이 딱히 없다.
그래서 난 연인이 될 수는 없으니까
이 고운, 공손한 나날을 보내기 위하여
악당이 된 다음 이 시절의 헛된 쾌락   30
미워하는 쪽으로 내 마음을 굳혔다.
그래서 난 클래런스 형과 왕이 서로를
적대하며 죽도록 미워하게 만들려고
취중의 예언과 중상과 꿈 따위로
음모와 위험한 도화선을 깔아 놨다.   35
만약 내가 교묘한 거짓된 배신자인 만큼
에드워드 왕이 참되고 올바른 사람이면
클래런스는 오늘 에드워드의 자식 중
'조' 누구가 살인자가 될 거란 예언 땜에
단단히 갇히게 될 것이다. 생각아,   40
내 마음속으로 얼른 숨어. 클래런스가 와.

클래런스, 감시받으며 브라큰베리와 함께 등장.

형, 안녕. 이 무장한 호위는 뭣 때문에
각하를 시중든단 말이오?
클래런스   전하께서
이 몸의 안전을 걱정하여 이렇게
탑으로 나를 호송해 주시는구나.   45

리처드	뭔 이유로?
클래런스	내 이름이 조지이기 때문에.
리처드	저런, 형님, 그 잘못은 당신 게 아닙니다.

그 일이면 당신의 대부들을 수감해야지요.

오, 전하께서 형을 그 탑에서 새로이

세례 줄 의도가 좀 있으신 모양이죠.　　　　　　　　　50

하지만 클래런스, 뭔 일인지 알아도 될까요?

클래런스　음, 리처드, 내가 알면. 하지만 단언컨대

난 아직 모른다. 하지만 파악한 바로는

전하께선 예언과 꿈에 귀를 기울이고

여러 글자 가운데 '조' 자를 뽑았는데,　　　　　　　　55

마법사가 그의 애는 '조' 자 가진 자에게

상속권을 빼앗길 거라고 말해 줬다는군.

그런데 내 이름 조지가 '조' 자로 시작해서

그가 생각하기로는 내가 바로 그자야.

내가 파악하기로 이것과 그 같은 변덕에　　　　　　　　60

전하의 마음이 움직여 나를 지금 수감해.

리처드　허, 여자가 남자를 지배해서 그런 거죠.

당신을 탑으로 보내는 건 국왕이 아니라

그의 아내 그레이 부인이오, 클래런스,

그녀가 그를 이 극단으로 내모니까.　　　　　　　　65

그에게 헤이스팅스 경을 탑에 넣게 한 것이

거기에서 바로 오늘 석방되긴 했지만,

그녀와 또 저기 그 존경받는 어르신,

그녀 동생 앤서니 우드빌 아니었소?

우린 안심 못 해요, 클래런스, 안심 못 해.　　　　　　　　70

클래런스　맹세코, 왕비의 친척과 국왕과 그의 정부,

쇼어의 사이를 야밤에 오가는 전령 빼고
안전한 사람은 아무도 없다고 생각해.
헤이스팅스 경이 자신의 석방 위해 얼마나
겸손하게 그녀에게 청했는지 못 들었어?　　　　　　75

리처드　　그 여신님에게 겸손하게 호소하여
시종장이 자신의 자유를 얻었지요.
형님에게 말인데, 우리가 택할 길은
국왕의 총애를 유지하고 싶으면,
그녀의 부하 되어 그 제복을 입는 거요.　　　　　　80
질투하는 낡아 빠진 과부와 그 여자에게
우리 형이 귀부인 작위를 준 뒤로
그들이 이 왕국의 막강한 험담꾼들이오.

브라큰베리　　두 각하께서는 모두 저를 용서하십시오.
전하께서 엄명을 내리시어 그 누구도　　　　　　85
계급을 불문하고 당신의 형님과는
사적인 담화를 못 하게 하셨어요.

리처드　　당연하네. 브라큰베리 님께서 원한다면
우리가 하는 말은 뭐든지 들을 수 있다네.
이보게, 우리는 반역 얘기 안 하고,　　　　　　90
국왕은 현명하고 고결하며, 고귀한 왕비는
연만하고 고우며 질투심이 없다고 말하네.
우리는 쇼어의 아내가 발이 참 예쁘고,
앵두 입술, 멋진 눈, 썩 즐거운 혀가 있고,
왕비의 친척들은 귀인들이 됐다고 해.　　　　　　95
어떻게 생각해? 이걸 다 부인할 수 있나?

81행 그 여자　제인 쇼어.

브라큰베리	그런 것과 저 자신은, 공작님, 관계없답니다.
리처드	이 쇼어 정부와 관계를 해? 친구여, 정말로
	그녀와 관계하는 사람은 하나만 빼 놓고
	그 짓을 비밀히 하는 게 최고야, 혼자서. 100
브라큰베리	어느 하나 말씀이죠?
리처드	그녀 남편 말이야, 악당아. 날 떠보고 싶었어?
브라큰베리	각하께 용서를 빕니다. 덧붙여서
	이 공작님과는 담화를 삼가 주십시오.
클래런스	우리는 자네 임무 아니까 복종할 것이네. 105
리처드	왕비의 내쳐진 신하들, 우린 복종해야지.
	형, 잘 가요. 난 국왕에게 갈 것이고,
	형이 날 어찌 쓰든, 에드워드 왕의 과부를
	'형수'라고 부르는 일이라 할지라도
	형에게 자유를 주려고 실천할 것이오. 110
	그동안 난 형제애의 이 깊은 수치로 인하여
	형이 상상할 수 있는 것보다 더 세게 아파요.
클래런스	난 이 일이 우리 맘에 썩 안 든다는 걸 알아.
리처드	좋아요, 이 감금은 오래가지 않을 거요.
	못 구해 낸다면 내가 대신 감방 가죠. 115
	그동안은 참아요.
클래런스	부득이 그래야지. 잘 가.

　　　　　　　　　　(클래런스, 브라큰베리와 호위 함께 퇴장)

리처드	음, 절대로 못 돌아올 그 길을 밟고 가라.
	순진하고 솔직한 클래런스, 난 네가 참 좋아서
	하늘이 우리의 선물을 받아 주신다면
	머지않아 네 영혼을 하늘로 보낼 거야. 120
	근데 이게 누구야? 갓 석방된 헤이스팅스?

헤이스팅스 경 등장.

헤이스팅스	공작님께 오늘의 안부 인사 드립니다.
리처드	시종장에게도 같은 인사 드립니다.
	이 바깥 공기로 나온 것을 환영하오.
	시종장은 감금을 어떻게 견디셨소?
헤이스팅스	공작님, 죄수들의 필수품인 인내로요.
	그렇지만 저를 감금시켰던 이들에겐
	앞으로 살면서 되갚아 줄 겁니다.
리처드	틀림없죠, 틀림없어, 클래런스도 그럴 테고.
	당신의 적들이던 그들은 그의 적들이고
	그들은 당신만큼 그 또한 짓밟아 놨으니까.
헤이스팅스	솔개와 말똥가리들은 자유로이 노는데
	독수리들이 갇히는 건 애석한 일이죠.
리처드	떠도는 소식은요?
헤이스팅스	해외보단 국내의 소식이 최악으로
	국왕께선 병들고 약하고 우울하며
	의사들은 그를 엄청 걱정하고 있답니다.
리처드	성자 존에 맹세코, 정말 나쁜 소식이오.
	오, 그는 나쁜 생활을 너무 오래 하셔서
	그 옥체를 과도하게 소진시킨 모양이오.
	생각하면 대단히 통탄할 일이지요.
	그는 어디, 누워 있소?
헤이스팅스	예.
리처드	먼저 가 보시오, 나도 따를 테니까.　(헤이스팅스 퇴장)
	난 그가 못 살길 바라지만 조지가 황급히
	하늘로 갈 때까진 죽어서도 안 된다.

125

130

135

140

145

난 들어가 그가 클래런스를 더 미워하도록
막중한 논리로 강화된 거짓말로 재촉하고,
내 깊은 의도가 실패하지 않는다면
클래런스는 하루도 더 못 살게 될 거야.   150
그런 뒤 신께선 에드워드 왕을 데려가시어
내가 막 활개치는 세상이 되게 해 주시기를.
그때 난 워릭의 막내딸과 결혼할 테니까.
내가 그녀 남편과 시아비를 죽였다 한들 뭐?
그녀에게 가장 속히 보상해 주는 길은   155
그녀의 남편과 시아비가 되는 건데,
난 그걸 사랑 때문이라기보다는 오히려
그녀와 결혼함으로써 내가 꼭 이뤄야 할
또 다른 비밀 목표 때문에 할 것이다.
근데 난 물가에서 숭늉 찾아. 클래런스는   160
아직도 숨 쉬고 에드워드는 아직도 다스려.
난 그들이 간 뒤에 내 이득을 셈해야 해.   (퇴장)

1막 2장

미늘창수들의 보호를 받는 헨리 6세의 시신,
애도하는 앤 부인. 트레슬, 버클리 및 다른 신사들의
시중을 받으며 등장.

앤   존경심을 수의 속에 밀어 넣을 수 있다면
     존경받는 그 짐을 내려놔요, 내려놔.

1막 2장 장소 런던 거리.

그동안 전 상례 따라 고결한 랭커스터의
때 이른 몰락을 애도하고 있을게요.
신성한 국왕의 불쌍한 얼음장 같은 모습,   5
랭커스터 가문의 창백한 잿더미,
왕의 핏줄 이어받은 핏기 없는 잔해여,
제가 당신 유령을 불러와 여기 이 상처를 낸
바로 그의 손에 찔려 도륙된 당신 아들,
그 에드워드의 아내, 불쌍한 이 앤의   10
애도 소리 듣는 것을 적법하게 해 주세요.
보세요, 당신 생명 내보냈던 이 창문에
전 불쌍한 제 눈의 무익한 향유를 쏟아요.
오, 이 구멍 낸 그 손은 저주를 받아라.
그 짓 할 마음 있던 그 심장도 저주받고   15
이 피를 나오게 한 그 피도 저주를 받아라.
당신의 죽음으로 우리를 참담하게 하였던
그 미운 쌍놈에겐 내가 늑대, 거미, 두꺼비나
살아서 땅을 기는 어느 독충에게든지
바랄 수 있는 것보다 더 끔찍한 일 생겨라.   20
혹시 그가 애기를 얻게 되면 조산시켜
괴물로서 때 이르게 빛을 보게 만들고,
그것의 추하고 비정상적 몰골에
희망 갖고 그것을 본 어미를 놀래 주며,
그것이 그의 불운 상속받게 만들어라.   25
혹시 그가 아내를 맞으면 그녀는 그가 죽어
내가 젊은 남편과 당신의 죽음으로
비참해진 것보다 더 많이 그리되게 하라.
— 자 이제 성 바울 성당에서 모시고 온

신성한 그 짐을 처트시로 가져가 묻으세요.　　　　30
또 내가 헨리 왕의 시신을 애도하는 동안에
언제든, 그 무게로 지쳤을 터이니, 쉬세요.

리처드 글로스터 공작 등장.

리처드　그 시신을 진 자들은 멈추고, 내려놔라.
　앤　어떤 흑 마법사가 이 악귀를 불러와
　　　경건한 자선의 행위를 가로막게 하느냐?　　　35
리처드　악당들아, 시신을 내려놔, 거역하면
　　　성 바울에 맹세코 시체로 만들어 주겠다.
　신사　공작님, 비켜서서 관을 보내 주십시오.
리처드　버릇없는 개놈아, 명령할 때 멈춰서라!
　　　미늘창을 세운 채로 잡고 있어, 안 그러면　　　40
　　　성 바울께 맹세코, 너를 내 발아래 쓰러뜨려
　　　뻔뻔한 네놈을 밟아 줄 것이다, 이 거지야.
　앤　뭐, 벌벌 떨어? 모두들 두려워하나요?
　　　아, 나무라지 않겠어요, 당신들도 인간이고
　　　인간 눈은 악마를 견딜 수 없으니까.　　　45
　　　— 물러나라, 무서운 지옥의 앞잡이야!
　　　넌 오직 인간의 육신에만 힘을 쓰지
　　　그 영혼은 못 가진다. 그러니 썩 꺼져라.
리처드　상냥한 성녀여, 자선 삼아 성깔 좀 죽여요.
　앤　이 추한 악마야, 제발 떠나, 우릴 그만 괴롭혀,　　　50
　　　너는 이 행복한 지상을 너의 지옥 만들어
　　　저주의 외침과 절규로 채워 놨으니까.
　　　네가 만약 네 중죄를 즐거이 보겠다면

네 도살 가운데 이 모범 사례를 쳐다봐.

　　— 오, 봐요, 신사들, 죽은 이 헨리의 상처가　　　　55
엉겼던 입 열고 새로이 피 흘리는 걸 봐요.

　　— 추한 기형 덩어리야, 넌 붉히고 붉혀라,
네 존재 때문에 이 피가 차갑고 속이 빈
그의 혈관으로부터 뿜어져 나오니까.

잔혹하고 괴이한 네 행위 때문에　　　　　　　　60
최고로 괴이한 이 홍수가 생겨났다.

　　— 오, 주여! 이 피를 만드신 분이여, 복수를.
오, 땅이여! 이 피를 마신 너도 복수를.

하늘은 번개로 이 살인자를 쳐 죽이시든지
아니면, 땅은 큰 입 벌리고 그의 팔이　　　　　65
지옥의 지시로 도살한 이 훌륭한 왕의 피를
쭉 들이키듯이 그놈을 산 채로 삼켜라.

리처드　　악에는 선, 저주엔 축복을 되돌려 준다는
　　　　자선의 법칙을 부인은 모르시는군요.

앤　　　　악당아, 넌 신뿐만 아니라 인간의 법도 몰라.　　70
　　　　아무리 사나운 짐승도 동정심은 좀 안다.

리처드　　난 그런 거 모르니까 짐승은 아니오.

앤　　　　악마들이 진실을 말하다니, 오, 놀랍네!

리처드　　천사들이 이토록 화내다니, 더 놀랍네.
　　　　신과 같은 여성의 완전체여, 상세히　　　　　75
　　　　상황을 설명하여 이 추정 범죄들로부터
　　　　나 자신을 방면토록 허락해 주시오.

앤　　　　사방을 감염하는 인간이여, 상세히
　　　　이 알려진 악행들을 설명하여 저주받은
　　　　너 자신을 내가 저주하도록 허락해라.　　　　80

리처드	말 못 하게 아름다운 그대여, 나 자신을
	침착하게 변명할 기회를 주시오.
앤	생각 못 할 만큼이나 추한 너는 너 자신을
	목매는 것 말고는 참된 용서 못 받는다.
리처드	그렇게 절망하며 나 자신을 고발해야겠소.	85
앤	그리고 그 절망 때문에 넌 용서받을 거다,
	남들에게 비열한 살육을 범한 네가
	자신에게 훌륭한 복수를 했으니 말이다.
리처드	그들을 내가 살해 안 했다면.
앤	그들은 살해 안 당했겠지.	90
	하지만 죽었다, 그것도 악마 놈 너한테.
리처드	당신 남편, 내가 안 죽였소.
앤	그렇다면 살아 있군.
리처드	아니, 죽었소, 그것도 에드워드의 손에 의해.
앤	더러운 거짓말. 마거릿 왕비가 봤는데,	95
	그의 피로 김이 서린 네 살인 언월도를
	너는 한 번 그녀의 가슴에 갖다 댔고
	네 형들이 그 칼끝을 옆으로 쳐 버렸어.
리처드	중상하는 그녀 혀가 죄 없는 내 어깨 위에
	그들 죄를 전가한 데 자극을 받았어요.	100
앤	네가 자극받은 건 피비린 네 마음이지,
	도륙밖엔 아무것도 꿈꾸지 않으니까.
	넌 이 왕을 죽이지 않았느냐?
리처드	인정하오.

94행 에드워드…의해 부분적인 사실. 『헨리 6세 3부』 5막 5장에서 에드워드, 리처드, 클래런스는 차례로 에드워드 왕자를 찔렀다.

앤	인정해, 너 고슴도치가? 그러면 신께서도
	사악한 그 짓의 대가로 널 영벌에 처하시길. 105
	오, 그분은 친절하고 온순하며 고결했다.
리처드	그를 가진 하늘의 왕에겐 더 좋은 일이죠.
앤	그는 네가 절대로 못 가는 하늘에 계신다.
리처드	거기로 보내 준 나에게 감사하라 그래요,
	그에겐 이 땅보다 더 맞는 곳이었으니까. 110
앤	그리고 넌 지옥 외엔 아무 데도 안 맞아.
리처드	예, 또 한 곳이 있는데, 듣겠다면 말하죠.
앤	지하 감방이겠지.
리처드	당신의 침실이죠.
앤	네가 눕는 방에선 편히 쉬지 못하기를. 115
리처드	그럴 거요, 마마, 당신과 누울 때까지는.
앤	그러길 바란다.
리처드	그런 줄 압니다. 근데 부인,
	우리 이 날카로운 기지 싸움 그만하고
	좀 더 느린 방법을 사용해 볼까요.
	이들 플랜태저넷, 헨리와 에드워드를 120
	때 이르게 죽게 만든 그 원인 제공자가
	그 실행자만큼이나 비난받을 만하잖소?
앤	네가 원인이었고 저주받을 최악의 결과야.
리처드	당신의 미모가 이 결과의 원인이었답니다.
	당신의 미모가 잠자는 나에게 출몰하여 125
	달콤한 그 품에서 한 시간을 살기 위해

117행 그러길 바란다 나와 누울 때까지는 (그럴 일은 절대 없겠지만)
편히 쉬지 못하기를 바란다.

온 세상의 죽음을 도모하게 했으니까.

앤 그걸 예상했더라면, 살인자야, 난 분명코
손톱으로 그 미모를 내 뺨에서 파냈을 것이다.

리처드 그 미모의 파괴를 이 눈으론 못 견디니   130
내가 곁에 있을 때 훼손해선 안 되오.
온 세상이 태양으로 기분 좋듯 나 또한
그것으로 그렇소. 그건 내 낮이고 생명이오.

앤 검은 밤은 네 낮을, 죽음은 네 생명 뒤덮기를.

리처드 자신을 저주 마오, 미녀여. 그대는 둘 다요.   135

앤 너에게 복수하기 위하여 그랬으면 좋겠다.

리처드 그대를 사랑하는 이에게 복수하는 것,
그것은 최고로 괴이한 싸움이오.

앤 내 남편을 죽인 자에 대한 복수,
그것은 정당하고 합리적인 싸움이다.   140

리처드 그대의 남편을 빼앗아 간 그는, 부인,
더 나은 남편을 맞도록 도와주려 그랬소.

앤 그보다 더 나은 사람, 이 세상엔 안 산다.

리처드 그보다 더 사랑할 수 있는 사람, 살아 있소.

앤 이름 대 봐.

리처드   플랜태저넷.

앤   허, 그이였어.   145

리처드 이름은 같지만 성품은 더 나은 사람이오.

앤 어디 있지?

리처드   여기에.   (그녀가 그에게 침을 뱉는다.)
왜 내게 침을 뱉죠?

앤 널 위해 그것이 치명적인 독이라면 좋겠다.

리처드 그렇게 고운 데서 독이 나온 적은 없소.

앤	더 추한 두꺼비가 독 품은 적 없었다.
	내 눈에서 사라져라! 넌 내 눈을 오염시켜.
리처드	그대 눈에, 고운 부인, 내 눈은 감염됐소.
앤	그것이 널 응시해 죽이는 닭뱀이었으면.
리처드	내가 당장 죽도록 그랬으면 좋겠소,

150

그것은 지금 나를 살려 놓고 죽이니까. 155
그대 눈은 내 것에서 짠 눈물을 뽑아가
애 같은 눈물만 가득한 창피한 꼴 만들었소.
이 눈은 후회의 눈물을 흘린 적 없었소. —
예, 그 암울한 클리퍼드가 휘두른 칼날에
러틀런드가 내뱉었던 가련한 신음 듣고 160
아버지 요크와 에드워드가 울 때에도,
또 그대의 호전적인 아버지가 애처럼
내 부친의 죽음 두고 슬픈 얘기 하면서
스무 번을 멈추어 흐느끼고 울어서
곁에 선 모두가 세차게 비 맞은 나무처럼 165
자기 뺨을 적시었던 — 그 슬픈 시각에도,
남자다운 내 눈은 공손한 눈물을 경멸했소.
그런데 이러한 슬픔도 거기서 못 꺼낸 걸
그 미모가 꺼냈고 울음으로 멀게 했소.
난 친구도 적에게도 청원한 적 없었고 170
내 혀는 달콤하고 매끈한 말 못 배웠소.
근데 지금 그대의 미모는 보상을 약속하고,
오만한 내 맘은 간절히 혀의 말을 재촉하오.

(그녀가 그를 경멸적으로 쳐다본다.)

입술에게 그런 경멸 가르치지 마시오, 부인,
경멸이 아니라 키스 위해 빚어졌으니까. 175

복수에 찬 맘 때문에 용서 못 한다면,
보시오, 내가 이 뾰족한 칼 빌려줄 터이니
그것을 이 진실한 가슴속에 감추면서
그대를 사모하는 그 영혼을 내보내겠다면
나는 그 치명적 일격에 맨가슴 내어놓고   180
겸손하게 무릎 꿇고 죽음을 구하겠소.

   (그는 무릎 꿇고 가슴을 열고, 그녀는 그의 칼로 찌르려 한다.)

아뇨, 멈추지 마시오. 난 정말 헨리 왕을
죽였지만, 자극한 건 그대 미모였으니까.
아뇨, 해치워요. 어린 에드워드를 찌른 것도
나였지만, 부추긴 건 그 천사 얼굴이었으니까.   185

(그녀는 칼을 떨어뜨린다.)

칼을 다시 집어요, 아니면 날 일으켜요.

앤	일어나, 위선자야, 네 죽음을 원하지만
	내가 그 실행자는 되고 싶지 않으니까.
리처드	그러면 자살을 명하시오, 그리할 테니까.
앤	난 이미 하였다.
리처드	격분해서 그랬지요. 190
	다시 말해 준다면, 바로 그 말과 함께
	그대 사랑 얻으려 그대 사랑 죽였던 그 손으로
	그대 사랑 얻으려 훨씬 참된 사랑을 죽일 테고
	그대는 두 죽음 양쪽의 종범이 될 것이오.
앤	네 마음 알았으면. 195
리처드	내 혀로 표현했소.
앤	둘 다 거짓일까 두려워.
리처드	그러면 진실한 자 없었소.
앤	글쎄요, 당신 칼을 넣어요.

| 리처드 | 그러면 화해했다 말해 줘요. | 200 |

앤 그건 알게 될 거예요.

리처드 하지만 희망 갖고 살까요?

앤 다들 그리 살기를 희망해요.

리처드 이 반지를 받아 주오.

앤 받는 게 주는 건 아니죠. 205

리처드 내 반지가 그 손가락 정말 꼭 감싸듯이
그대의 가슴도 불쌍한 내 마음 꼭 품어요.
둘 다 가져요, 다 그대 것이니까. 그리고
불쌍한 헌신하는 그대 종이 그대에게
자비로운 호의 하나 구걸할 수 있다면 210
그대는 그의 행복 영원히 굳힐 거요.

앤 그게 뭐죠?

리처드 당신이 괜찮다면 이 슬픈 작업은
애도할 이유가 가장 많은 자에게 맡기고
곧바로 크로스비 저택으로 돌아가면, 215
나는 이 고귀한 국왕을 처트시 수도원에
엄숙하게 매장하고 후회의 눈물로
그의 묘를 적신 뒤, 존경 다해 신속히
거기에서 당신을 보겠다는 것이오.
갖가지 사적인 이유로 당신께 간청하니 220
이 부탁을 들어주오.

앤 진심으로 그러죠, 또 당신이 이토록
뉘우치는 것을 보니 나도 참 기뻐요.
— 트레슬과 버클리, 나와 함께 같이 가요.

리처드 작별 인사 해 줘요.

앤 받을 자격 없어요. 225

근데 내게 아첨하는 방법을 가르쳤으니까
작별 인사 내가 이미 해 줬다고 상상해요.

(두 사람, 앤과 함께 퇴장)

신사들   처트시 쪽입니까, 공작님?

리처드   아니, 카르멜 수도원, 거기서 날 기다려.

(나머지 사람들, 시신을 들고 함께 퇴장)

이런 식의 구애를 받은 여자 있었을까?   230
이런 식의 승낙을 해 준 여자 있었을까?
난 그녀를 갖겠지만 오래는 안 잡는다.
뭐? 그녀의 남편과 그의 아비 죽인 내가
입에는 저주 달고 눈에는 눈물 담아
극도로 날 미워하는 그녀를 취한다고?   235
내 미움의 증인이 피 흘리며 곁에 있고
신과 그녀 양심과 이 장애물들이 날 막는데?
또, 솔직한 악마와 가식적인 표정 빼곤
내 청혼을 지지해 줄 친구는 하나도 없는데?
그런데 그녀를 얻는다? 온 세상에 맞서서!   240
하!
그녀가 그 멋진 왕자, 내가 한 석 달 전에
화가 난 기분으로 튜크스베리에서 찔렀던
자기 남편 에드워드를 벌써 잊어버렸어?
넓디넓은 세상도 더 귀엽고 고운 신사,   245
자연이 풍요로움 속에서 빚어 놓은
젊고 용맹 현명하며, 의심할 바 없이
썩 고귀한 신사를 다시는 내놓지 못할 거다.
그런데 그녀가 내게 눈을 낮춘다고?
이 상냥한 왕자의 황금기를 싹 잘라 버리고   250

그녀를 비통한 침대 과부 만든 내게?
다 합쳐도 에드워드의 반만도 못한 내게?
절뚝대며 이렇게 찌그러진 나에게?
거지 같은 반 푼짜리 내 공작령 걸고서,
나는 나 자신을 여태껏 오해했어!   255
목숨 걸고, 그녀는 나 자신을 놀랍도록
잘생긴 남자로 알고 있어, 난 모르겠는데.
나는 내 돈으로 거울을 살 것이고
스물 또는 마흔 명의 재단사를 고용하여
내 몸 꾸밀 복식을 공부하게 만들 거야.   260
어쩌다가 나 자신을 좋아하게 됐으니까
약간의 비용 들여 그걸 유지할 거야.
근데 먼저 저 친구를 무덤에 넣은 다음
애도하며 애인에게 돌아갈 것이다.
내가 지나가면서 내 그림자 볼 수 있게   265
고운 해야, 내가 거울 살 때까지 빛나라.   (퇴장)

1막 3장

엘리자베스 왕비, 리버스 경, 도싯 후작과
그레이 경 등장.

리버스   진정하십시오, 마마. 전하께선 틀림없이
         이전의 건강을 곧 회복하실 겁니다.
그레이   당신이 못 견디면 더욱 나빠지십니다.

1막 3장 장소 왕궁.

	그러니 제발이지 참 위안을 받으시고	
	기민한 즐거운 눈으로 전하를 격려해요.	5
엘리자베스 왕비	만약 그가 죽으면 난 어떻게 되느냐?	
그레이	그런 남편 잃는 것뿐 다른 해는 없답니다.	
엘리자베스 왕비	그런 남편 잃는 것에 모든 해가 포함됐어.	
그레이	그가 떠나갔을 때 위안이 되라고	
	하늘이 당신께 멋진 아들 주셨어요.	10
엘리자베스 왕비	아, 그는 어려, 그리고 미성년이어서	
	리처드 글로스터의 보호 아래 놓였는데,	
	그는 나도 너희 둘도 사랑하지 않는다.	
리버스	섭정이 될 거라는 결론이 났어요?	
엘리자베스 왕비	결정은 됐지만 결론은 아직도 안 났어.	15
	하지만 국왕의 유고 시엔 그렇게 돼야 해.	

버킹엄과 스탠리 더비 백작 등장.

그레이	버킹엄과 더비 경, 두 사람이 오는군요.	
버킹엄	왕비 마마, 좋은 하루 보내십시오.	
스탠리	마마께선 이전처럼 기쁘시길 빕니다.	
엘리자베스 왕비	친절한 더비 경, 당신의 친절한 기도에	20
	리치먼드 공작 부인은 아멘을 않을 거요.	
	그래도 더비여, 그녀가 당신의 아내이고	
	날 사랑 안 해도 난 그녀의 오만불손 때문에	
	당신을 미워하진 않을 게 확실하오.	

21행 리치먼드…부인
스탠리의 아내 마거릿 보퍼트는 처음에 리치먼드 백작 에드먼드와 결혼했다. 그 첫째 결혼으로 그녀는 이 극에 나오는 리치먼드의 어머니이다. 스탠리는 그녀의 셋째 남편이었다. (아든)

스탠리	마마께 간청컨대, 거짓된 그녀 고발인들의	25
	악의적인 중상을 믿지도 마시고, 또	
	그녀가 사실을 근거로 고발을 당한대도	
	그녀의 결함은 제 생각에 확고한 악의 아닌	
	지병에서 유래한 것 같으니 참아 주십시오.	
엘리자베스 왕비	더비 경, 오늘 언제 국왕을 보았소?	30
스탠리	바로 지금 버킹엄 공작과 둘이서	
	전하를 방문하고 나오는 길입니다.	
엘리자베스 왕비	회복하실 가망성은 어떻다고 봅니까?	
버킹엄	마마, 큽니다. 전하께선 유쾌히 말하셔요.	
엘리자베스 왕비	신께서 건강을 주시길. 대화를 해 봤나요?	35
버킹엄	예, 마마. 전하께선 글로스터 공작과	
	당신의 형제들 사이와, 또 그들과	
	시종장 사이에서 중재하길 바라면서	
	어전으로 오라는 전갈을 보내셨답니다.	
엘리자베스 왕비	다 잘되면 좋겠지만 그럴 일은 절대 없지.	40
	난 우리의 행운이 절정에 있을까 봐 겁나오.	

리처드와 헤이스팅스 등장.

리처드	그들은 날 박해하고 난 그걸 못 참는다!	
	국왕에게, 난 정말 험악하고 자기네를	
	사랑하지 않는다고 불평하는 그자가 누구야?	
	맹세코, 전하 귀를 그따위 이간질로	45
	채우는 자들은 그를 얕게 사랑할 뿐이다.	
	난 아첨하면서 멋있게 보이고, 미소를	
	대놓고 지으며, 환심 사고, 속여 먹고,	

	까딱까딱 고갯짓에 원숭이 절 못 해서	
	시끄러운 적으로 간주된 게 틀림없다.	50
	솔직한 사람이 착하게 못 살고 이렇게	
	자신의 순진한 진심을 우아한, 교활한,	
	알랑대는 놈들에게 꼭 악용당해야 해?	
그레이	각하께선 이 가운데 누구에게 말하시죠?	
리처드	정직성도 미덕도 하나 없는 너에게.	55
	내가 언제 널 해쳤어? 언제 널 박해했어? —	
	또는 너? — 또는 너? — 당신네 파벌의 누구를?	
	다들 염병 걸려라! 당신들의 바람보단	
	주님께서 더 잘 지켜 주실 전하를	
	당신들은 한순간도 조용히 못 쉬게	60
	저속한 불평으로 휘젓는 게 틀림없어.	
엘리자베스 왕비	글로스터 서방님, 그건 오해이십니다.	
	국왕은 자신의 기품 있는 성품으로	
	그 어떤 청원자의 선동도 안 받은 채	
	아마도 당신의 외적인 행동에서 드러난	65
	내 자식들, 동생들과 나 자신에 대한	
	당신의 내적인 미움을 추측하시고는	
	그 까닭을 알고자 전갈을 보내셨답니다.	
리처드	알 수 없죠. 세상이 영 잘못되어 독수리도	
	감히 못 앉는 데서 굴뚝새가 사냥을 하니까.	70
	잡놈들이 모조리 신사가 된 이래로	
	고귀한 분들이 많이들 잡놈이 됐지요.	
엘리자베스 왕비	자, 자, 그 말뜻 알겠어요, 글로스터 서방님.	
	나와 내 친척들의 출세를 시샘하십니다.	
	우리에게 당신이 필요한 일 절대 없길.	75

리처드	근데 내겐 당신들이 필요한 일 있답니다.
	내 형님은 당신들에 의하여 감금됐고,
	나 자신은 욕을 먹고 귀족층은 경멸을
	당하고 있는데, 이틀 전만 하더라도
	금화 한 닢 값어치도 없던 자들 높이려고

리처드 근데 내겐 당신들이 필요한 일 있답니다.
　　　　내 형님은 당신들에 의하여 감금됐고,
　　　　나 자신은 욕을 먹고 귀족층은 경멸을
　　　　당하고 있는데, 이틀 전만 하더라도
　　　　금화 한 닢 값어치도 없던 자들 높이려고　　　80
　　　　대량의 승진을 날마다 시키고 있답니다.
엘리자베스 왕비 내 처지를 즐기며 만족하고 있던 나를
　　　　근심 많은 이 높이에 올린 분께 맹세코,
　　　　난 절대 전하를 자극해 클래런스 공작을
　　　　적대하게 만들지 않았고, 그를 위해　　　85
　　　　탄원하는 열성적인 변호인이었어요.
　　　　공작님, 당신은 이 더러운 의혹들에
　　　　날 끌어들여서 부끄러운 상처를 줍니다.
리처드 당신은 헤이스팅스 경의 최근 투옥 원인이
　　　　자신은 아니었노라고 부인할 수 있겠죠.　　　90
리버스 그녀는 할 수 있죠, 왜냐하면 —
리처드 할 수 있소, 리버스 경. 허, 누가 그걸 모르오?
　　　　부인하는 것보다 더한 일도 할 수 있소.
　　　　당신에게 멋진 혜택 많이 준 다음에
　　　　그 도움의 손길을 부인하고, 그 영예를　　　95
　　　　당신의 드높은 자격으로 돌릴 수도 있어요.
　　　　못 할 게 뭐겠소? 할 수 있소, 예, 할 수 있소.
리버스 참, 그녀가 뭘 할 수 있죠?
리처드 뭘 할 수 있느냐? 왕이자 총각인 데다가
　　　　잘생긴 젊은이와 결혼을 했지 않소.　　　100
　　　　분명코, 당신의 조모는 더 낮춰 혼인했소.
엘리자베스 왕비 글로스터 공작님, 난 당신의 가혹한 꾸중과

쓰라린 조롱을 너무 오래 참았어요.
맹세코, 난 전하께 내가 종종 견디었던
그 역겨운 조소들을 알려 드릴 것입니다.   105
난 이런 제약 조건 속에서 이토록
시달리며 조롱받고 야단맞는 왕비보단
차라리 촌구석 하녀가 될 거예요.

늙은 마거릿 왕비 등장.

잉글랜드 왕비로서 기쁨은 참 적군요.

마거릿 왕비   (방백)
주님께 간청컨대, 그 적은 게 더 줄기를.   110
너의 명예, 지위와 자리는 내 몫이야.

리처드   뭐? 왕에게 고자질하겠다고 위협해?
그러세요, 아낌없이. 난 내가 한 말은
무엇이든 어전에서 인정할 것이오.
저 탑에 갇히는 모험도 감행할 것이오.   115
지금이 말할 때야. 내 수고는 싹 잊혔어.

마거릿 왕비   (방백)
끔찍한 악마야! 난 그걸 너무 잘 기억해.
넌 내 남편 헨리는 탑에서, 딱한 아들
그 에드워드는 튜크스베리에서 죽였어.

리처드   당신이 왕비 되고, 예, 남편이 왕 되기 이전에   120
난 그의 거창한 사업에서 한 마리 짐말로서
거만한 그의 적들 솎아 내어 없애고,
친구들은 후하게 보상하는 역을 했소.
그의 피를 왕 되게 하려고 내 것을 흘렸소.

마거릿 왕비	(방백)
	암, 그의 피나 네 것보다 훨씬 더 나은 것도.

125

리처드	그럴 동안 당신과 당신 남편 그레이는
	랭커스터 가문 편을 계속해서 들었소.
	— 또 리버스, 당신도. — 당신의 남편은
	세인트 올반스의 마거릿 전투에서 죽었잖소?
	— 만약에 잊었다면 상기시켜 주겠소,

130

당신들은 이전에 뭐였고 지금은 뭣인지,
게다가 난 뭐였고 지금은 무엇인지.

마거릿 왕비	(방백)
	악당 살인자였고 지금도 그렇다.

리처드	불쌍한 클래런스는 장인인 워릭을 버렸고,
	암, 서약도 깨뜨렸소. — 신은 용서하소서. —

135

마거릿 왕비	(방백)
	신은 복수하소서.

리처드	에드워드 편에서 왕권 위해 싸우려고.
	그런데 그 보답으로, 불쌍하지, 갇혔어.
	내 맘이 에드워드의 것처럼 부싯돌이거나
	그의 것이 내 것처럼 순하고 동정에 찼으면.

140

난 너무 애 바보 같아서 이 세상엔 안 맞아.

마거릿 왕비	(방백)
	창피하니 지옥행을 서두르고 이 세상을
	떠나라, 이 악령아. 거기가 네 왕국이야.

리버스	글로스터 공작님, 당신이 우리를 적으로
	입증해 보려고 언급한 그 바쁜 시절에

145

우리는 우리 주인, 우리의 국왕을 따랐고
당신이 왕이었더라면 당신을 따랐을 것이오.

리처드	내가 왕? 난 차라리 행상이 됐을 거요.
	그런 생각, 나의 이 가슴에서 멀리 있소.
엘리자베스 왕비	공작님, 당신이 이 나라의 왕이 되어도	150
	예상하는 것보다 적은 기쁨 누릴 것입니다.
	그 왕비인 내가 누릴 거라고 당신이
	예상할 수 있는 만큼 적은 기쁨 말입니다.
마거릿 왕비	(방백)
	그 왕비가 누리는 기쁨은 적을 테지,
	이 몸이 그녀인데 아무 기쁨 없으니까.	155
	난 더 이상 인내하며 있을 수 없구나. (앞으로 나온다.)
	내게서 약탈한 것 나누는 문제로
	말씨름하고 있는 해적들아, 들어 봐라.
	너희들 중 날 보고 안 떠는 자 누구냐?
	왕비라고 너희가 신하처럼 절하진 않아도	160
	폐위시켰으니까 역도처럼 전율은 하는군.
	— 아, 고귀한 악당아, 네 얼굴 돌리지 마.
리처드	추한 주름 마녀야, 내 눈엔 왜 나타났어?
마거릿 왕비	네가 파괴한 것을 다시 말할 뿐이고,
	널 놔주기 이전에 그렇게 할 거야.	165
리처드	넌 죽음을 전제로 추방되지 않았느냐?
마거릿 왕비	그랬지만, 추방 속의 고통이 여기에 거주해서
	죽음이 줄 수 있는 것보다 더 큰 걸 알았다.
	넌 내게 남편과 한 아들을 빚졌다.
	— 그리고 넌 왕국을. — 너희는 다 충성을.	170
	내가 가진 이 슬픔은 마땅히 너희 거고,
	너희가 찬탈한 쾌락은 다 내 것이다.
리처드	고귀한 내 부친이 너에게 내린 저주,

네가 그의 용맹한 이마에 종이 관 씌우고
네 비웃음 때문에 그 눈에 눈물이 흐르자   175
그것을 닦으라며 고운 러틀런드의
티 없는 피에 적신 천 조각을 주었던 —
그때 그가 쓰라린 맘으로 널 규탄하면서
너에게 내린 저주 다 네게 떨어졌고,
우리 아닌 신께서 피비린 네 행위를 벌하셨다.   180

마거릿 왕비   신은 공평하시어 무고한 자 구제하셔.

헤이스팅스   그 아기를 죽인 건 가장 추한 행위였고
들어 본 것 가운데 가장 무자비했다.

리버스   그 소식을 듣고는 폭군들조차도 울었고
도싯   복수를 예언하지 않은 사람 없었으며   185
버킹엄   거기 있던 노섬벌랜드도 보고서 울었다.

마거릿 왕비   뭐? 너희들은 내가 오기 전에는 모두 다
으르렁거리며 서로 멱살 잡으려 했는데
이젠 다들 자신의 미움을 내게 돌려?
요크의 무서운 저주가 하늘에 직통하여   190
헨리의 죽음과 귀여운 내 에드워드의 죽음,
그들의 왕국 상실, 통탄할 내 추방이 다
어리석은 그 꼬마에 대한 죗값일 뿐이야?
저주가 구름 뚫고 하늘에 닿을 수 있다고?
그럼 둔한 구름아, 세찬 내 저주에 길을 터라.   195
너희 왕은, 우리 왕이 살해되어 왕이 됐듯
전쟁은 아니라도 포만으로 죽기를.
  — 웨일스 왕세자인 네 아들 에드워드는

170행 넌 엘리자베스 왕비를 가리킨다.

웨일스 왕세자였던 내 아들 에드워드처럼
때 이른, 비슷한 폭력으로 젊어서 죽기를.   200
왕비였던 나와 같은 왕비인 너 자신은
비참한 나처럼 네 영광보다 더 오래 살기를.
오래 살아 자식들의 죽음에 통곡하고,
지금 내가 내 권리로 책봉된 너를 보듯
네 권리로 장식된 또 하나를 볼 수 있길.   205
네가 죽기 오래전에 행복한 네 나날이 죽어서
수많은 비탄의 시간이 늘어난 다음에
어미도, 아내도, 왕비도 아닌 채로 죽기를.
   — 리버스와 도싯, 당신들은 내 아들이
잔인한 단검들에 찔렸을 때 방관했고,   210
헤이스팅스 경, 너 또한 그랬다. 신이시여,
이들 중 그 누구도 천수를 못 누리고
예기치 못했던 사고로 잘리게 해 주소서.

리처드   그 주문 관둬라, 이 미운 쭈그렁 마녀야.

마거릿 왕비 널 빼 놓고? 개놈아, 멈춰, 들어야 할 테니까.   215
내가 네게 닥치길 바라는 것보다 더 많은
지독한 역병이 저 하늘에 쌓였다면, 오,
그것을 네 죄가 다 익을 때까지 뒀다가
그 의분을 불쌍한 이 세상의 평화를
어지럽히는 자, 너에게 확 내리 퍼붓기를.   220
양심의 가책이 늘 네 영혼을 갉아먹고
친구들은 네 생전에 역도들로 의심받고
큰 역적 놈들을 가장 중한 친구로 삼으며,
치명적인 네 눈은 흉측한 악마들 때문에
놀라며 고문받는 악몽을 꿀 때가 아니면   225

수면으로 편안히 감기지 못하기를.

요정들이 흠집 낸, 때 이르게 태어난 너,

뿌리 파는 수퇘지, 자연의 노예이자

출생 때 지옥의 아들로 낙인찍힌 너,

무거운 네 어미 자궁의 수치인 너,   230

네 아비 허리의 역겨운 자식인 너,

명예의 넝마인 너, 얄미운 ―

리처드   마거릿.

마거릿 왕비   리처드!

리처드   하?

마거릿 왕비   널 부르지는 않았어.

리처드   그렇다면 용서해라, 난 정말 네가 나를

이 가혹한 이름으로 다 불렀다 생각했으니까.   235

마거릿 왕비   아, 불렀지만 응답을 기대하진 않았어.

오, 내 저주에 종지부를 찍게 해 줘.

리처드   그 일은 내가 했고 '마거릿'에서 끝나.

엘리자베스 왕비   (마거릿 왕비에게 방백)

이렇게 당신은 자기 저주, 자신에게 내뱉었소.

마거릿 왕비   불쌍한 가짜 왕비, 내 재산의 헛된 과시,   240

너는 왜 치명적인 거미줄로 너를 감는

통통한 그 독거미에게 설탕을 뿌리느냐?

바보, 바보, 넌 너를 죽이는 칼을 갈아.

너는 내게 혹 등 달린 독 두꺼비 이놈을

저주하게 도와주길 바랄 날이 올 것이다.   245

헤이스팅스   거짓된 마녀야, 미친 저주 예언을 끝내라,

우리 인내 건드리면 해를 입을 테니까.

마거릿 왕비   참 뻔뻔하구나, 너흰 다 내 것을 건드렸어.

리버스	우리가 널 제대로 다뤘으면 존경은 할 텐데.	
마거릿 왕비	날 제대로 다루려면 모두들 날 존경해야지.	250
	난 왕비, 너흰 내 신하란 걸 나에게 가르쳐.	
	오, 나를 잘 다루면서 그런 존경 직접 배워.	
도싯	그녀와 논쟁하지 마십시오, 미쳤어요.	
마거릿 왕비	입 다물어, 후작 씨, 넌 염치가 영 없어.	
	갓 찍어 낸 네 명예는 거의 통용 안 된단다.	255
	오, 어린 귀족인 네가 그 신분을 잃고서	
	비참한 게 어떤 건지 판단할 수 있었으면.	
	지위 높은 자들은 돌풍에 많이들 흔들리고	
	만약에 쓰러지면 산산조각 난단다.	
리처드	참 멋진 충고로군. 배우게, 후작, 배워.	260
도싯	그 말은 공작께도 나만큼 해당된답니다.	
리처드	암, 훨씬 더. 근데 난 아주 높이 태어났어.	
	우리들은 삼나무 꼭대기에 둥지 틀고	
	바람과 희롱하며 태양을 경멸해.	
마거릿 왕비	그래서 태양을 어둡게 하는구나. 아, 아,	265
	어두운 죽음 속의 내 아들이 그 증거로,	
	그의 밝고 더 센 빛은 흐린 네 분노로	
	영원한 암흑 속에 파묻혀 버렸어.	
	넌 우리 애 둥지 안에 네 것을 틀었다.	
	오, 그걸 보는 신이시여, 놔두지 마시고	270
	피로 얻은 것이니 피로 잃게 하소서.	
버킹엄	자비 아닌 수치 때문에라도 좀 조용해.	
마거릿 왕비	나에게 자비도 수치도 재촉 마라.	
	(다른 사람들에게)	
	너희는 나를 무자비하게 대했고,	

	내 희망도 너희에게 수치스레 도살됐다.	275
	내 자비는 격분이고 생명은 수치인데	
	그 수치 속에서 내 슬픔의 격노가 늘 살기를.	
버킹엄	그만해라, 그만해.	
마거릿 왕비	오, 왕족다운 버킹엄, 난 네 손에 키스를	
	너와의 동맹과 우의의 표시로 할 것이다.	280
	자, 너와 너의 고귀한 가문에 행운 있길.	
	네 의복은 우리 피로 물들지 않았고	
	너 또한 내 저주의 범위 안에 들지 않아.	
버킹엄	여기 있는 모두가 그렇겠지, 저주란	
	그걸 뱉는 사람의 입술을 못 벗어나니까.	285
마거릿 왕비	난 그게 하늘로 올라가 조용히 잠자는	
	주님의 평화를 깨울 거란 생각만 할 거야.	
	오, 버킹엄, 저 건너 개자식을 조심해.	
	그는 꼬리를 흔들 때마다 물고, 그가 물면	
	그의 독니 때문에 치명상을 입을 거야.	290
	그와는 아무런 상관 말고, 조심해.	
	죄악, 죽음, 지옥이 그를 점찍어 놨고,	
	놈들의 앞잡이가 모두 그를 시중들어.	
리처드	버킹엄 경, 그녀가 뭐라고 하는가?	
버킹엄	공작님, 내가 주의할 것은 없습니다.	295
마거릿 왕비	뭐라고, 부드러운 내 충고를 경멸하고,	
	멀리하라 경고한 그 악마를 달래 줘?	
	오, 하지만 후일에 이걸 기억해 둬라,	
	그가 바로 네 가슴을 슬픔으로 찢을 때	
	마거릿은 예언자였다는 말을 할 테니까.	300
	— 너희는 각자 그의 미움, 또 그는 너희의,	

	또 너희는 다 신의 미움을 받으며 살아라.	(퇴장)
버킹엄	그녀의 저주에 내 머리칼이 곤두섰소.	
리버스	내 것도 그렇소. 왜 풀려났는지 모르겠소.	
리처드	난 그녀를 못 꾸짖네. 성모님께 맹세코,	305
	그녀는 너무 큰 박해를 받았고, 난 그중에	
	그녀에게 내가 가한 부분을 뉘우치네.	
엘리자베스 왕비	난 내가 아는 한 아무것도 안 했어요.	
리처드	그러나 당신은 그 박해의 이점을 다 취했소.	
	난 너무 뜨겁게 누구에게 좋은 일 했는데	310
	그는 지금 그것을 너무 차게 생각하오.	
	허 참, 이 클래런스는 후한 보상 받았소,	
	수고의 대가로 살찌라고 가둬 놨으니까.	
	그 원인이 된 자들을 신은 용서하소서.	
리버스	우릴 해친 자들을 위하여 기도해 주다니	315
	고결하고 기독교인다운 결론이오.	
리처드	나는 늘 그렇소. ─ (자신에게 말한다.)	
	신중한 말이었지,	
	방금 내가 욕했으면 날 욕했을 테니까.	

케이츠비 등장.

케이츠비	마마, 전하께서 당신을 찾으신답니다,	
	─ 그리고 각하도 ─ 그리고 공작님 각하도.	320
엘리자베스 왕비	가겠다, 케이츠비. ─ 다들 함께 가시겠소?	
리버스	마마를 모시겠습니다.	

315~316행 우릴…결론이오 리처드의 위선을 조롱하며 하는 말. (아든)

리처드	난 잘못을 저지른 뒤 먼저 아우성친다.
	내가 씨를 뿌려 놓은 은밀한 악행들을
	난 남들의 중대한 책임으로 돌린다.

325

실은 내가 어둠 속에 내던진 클래런스를

난 여러 순진한 바보들, 즉 더비와

헤이스팅스, 버킹엄에게 울면서 슬퍼하고,

형님 공작 내치도록 국왕을 자극한 건

왕비와 그녀 친척들이라고 말한다.

330

그들은 그걸 믿고, 더 나아가 리버스와

도싯, 그레이에 대한 내 복수를 부추긴다.

하지만 난 한숨 쉬고, 악엔 선을 행하라는

주님 말씀 한 구절을 그들에게 들려준다.

그렇게 난 성서에서 훔쳐 온 옛 잡동사니로

335

적나라한 내 악행에 옷을 입혀 주면서

최고의 악마 역을 할 때에도 성자로 보인다.

두 자객 등장.

하지만 잠깐만, 나의 망나니들이 왔구나.

— 그래, 굳세고 강건하며 단호한 친구들.

그 일을 해치우러 지금 가는 길인가?

340

자객 1	예, 공작님, 그리고 그가 있는 장소에
	들어가게 해 주는 영장을 받으러 왔답니다.
리처드	잘 생각하였다. 그건 내가 가졌어.
	일 끝낸 다음에는 크로스비 저택에 가.
	근데 이봐, 서둘러 그 일을 실행해,

345

	더 나아가 단호하게. 그의 간청 듣지 마,
	클래런스는 말 잘하고 그래서 아마도
	주목하면 동정심이 생길 수도 있으니까.
자객 1	쳇, 쳇, 공작님, 저희는 떠벌리지 않아요.
	말 많은 놈들은 일을 잘 못해요. 저희는
	혀가 아닌 손을 사용할 테니 걱정 마쇼.
리처드	바보들이 운다 해도 눈썹 까딱 않겠구먼.
	자네들이 맘에 들어. 곧바로 시작해.
	가, 가, 해치워.
자객 1	그러지요, 공작님. (함께 퇴장)

350

1막 4장

클래런스와 간수 등장.

간수	오늘은 왜 그렇게 우울해 보이셔요?
클래런스	오, 난 몹시도 불행한 하룻밤을 보냈다네.
	대단히 무서운 꿈, 추한 모습 가득하여
	기독교의 진실을 믿고 있는 나로서는
	또 한 번 그런 밤을, 그것으로 수많은
	행복한 날 산다 해도 맞이하지 않겠네.
	대단히 음울한 공포로 가득했어.
간수	공작님, 무슨 꿈이었는데요? 말해 줘요.
클래런스	내 생각에 나는 이 탑에서 빠져나와
	부르고뉴로 건너갈 작정으로 배를 탔고,

5

10

1막 4장 장소 런던 탑.

글로스터 동생이 동행을 했는데, 그는 내게
선실 밖의 갑판 위를 걷자면서 날 꾀었어.
우리는 거기서 잉글랜드 쪽을 바라보며
요크와 랭커스터의 전쟁 기간 동안에
우리에게 닥쳤던 수천 번의 힘든 때를   15
기억에 떠올렸지. 우리가 그 갑판의
아찔한 바닥을 걸어가고 있었을 때
내 생각에 글로스터가 휘청했고, 넘어지며
(자기를 잡아 주려 했던) 나를 뱃전 너머
요동치는 대양 파도 속으로 처넣었어.   20
오, 주님, 익사란 건 얼마나 큰 아픔이고,
내 귀에 물소리는 얼마나 무섭고,
내 눈에 죽음의 모습들은 얼마나 추했던지.
내 생각에 난 끔찍한 난파선 1천 척과
물고기가 갉아먹은 1천 명의 사람들,   25
금괴들과 커다란 닻, 진주 더미 여럿과,
무한 값의 보석들, 평가 못 할 보물들,
그 모두가 바다의 바닥에 깔린 걸 보았어.
어떤 건 죽은 자들 해골 안에, 한때는
눈이 있던 구멍 안에 놓였는데, 그 안으로   30
반짝이는 보석들이 — 마치 눈을 조롱하듯 —
기어 들어가서는 심해 진흙 바닥에게 구애하며
주변에 흩어진 유골들을 놀리고 있었어.

간수   죽음의 순간에도 그 깊은 바다의
　　　이러한 비밀을 응시할 여유가 있었나요?   35

클래런스   그랬던 것 같아서 난 여러 번 내 명줄을
　　　　　놓으려 애썼지만, 시샘하는 대양이 늘

내 영혼을 꽉 막고는 그것이 저 텅 빈

광활히 떠도는 공기 찾아 못 나가게 하면서,

물속에서 숨을 못 내뿜어 터질 듯 헐떡이는　　　40

내 몸뚱이 안쪽으로 억누르고 있었어.

간수　　그 격통 속에서도 안 깨어나셨어요?

클래런스　그럼, 그럼, 내 꿈은 사후로 연장됐고,

오, 그랬을 때 내 영혼의 태풍은 시작됐어.

내 생각에 나는 저 시인들이 글에 남긴　　　45

그 뚱한 뱃사공과 우울한 강을 건너

영원한 밤의 왕국 안으로 들어갔네.

거기서 낯선 내 영혼을 처음 맞은 인물은

위대한 내 장인, 저 유명한 워릭이었는데,

그는 큰 소리로, "거짓된 클래런스의 위증에　　　50

이 암흑 왕국은 무슨 벌을 줄 수 있지?"

그러곤 사라졌어. 그런 뒤, 빛나는 머리칼에

피 묻은 한 혼령이 천사처럼 내 곁으로

천천히 다가와 새된 소리 막 질렀어.

"클래런스, 거짓된 간사한 위증한 클래런스,　　　55

튜크스베리 전장에서 나를 찌른 자가 왔다.

그를 잡아, 원귀들아! 극심한 고통 줘라!"

그 말에, 내 생각에, 추한 악귀 대부대가

나를 둘러싼 다음 대단히 흉측한 괴성을

내 귀에 질러 대어 난 바로 그 소리에　　　60

떨면서 깨어났고, 그 뒤로 한동안은

46행 뱃사공　저승의 스틱스강 뱃사공인 카론.

52~53행 빛나는…혼령　헨리 6세의 아들, 에드워드 왕자의 혼령.

	지옥에 있었다고밖에는 못 믿을 정도로	
	그 꿈은 나에게 끔찍한 인상을 남겼어.	
간수	공작님, 겁나신 게 놀랄 일은 아닙니다.	
	제 생각에 그걸 들은 저도 무서운데요.	65
클래런스	아, 간수, 간수, 난 에드워드를 위하여	
	지금 내 영혼에 불리한 증거로 제출된	
	그 일들을 저질렀네. 근데 그 보답을 봐.	
	— 오, 주님! 제 깊은 기도로도 진정이 안 되시어	
	제 비행의 복수를 원하신다 하더라도	70
	당신의 분노를 저에게만 내려 주십시오.	
	오, 죄 없는 아내와 불쌍한 애들은 봐주세요.	
	— 간수에게 부탁하네, 내 곁에 잠시 않게.	
	내 영혼이 침울하여 난 기꺼이 자고 싶네.	
간수	예, 각하가 푹 쉬시길 주님께 바랍니다.	75

브라큰베리 부관 등장.

브라큰베리	슬픔은 계절과 휴식 시간 무시한 채	
	밤을 아침 만들고, 정오를 밤 만든다.	
	군주들은 뭇 영광의 대가로 칭호만을,	
	내적인 고뇌의 대가인 외적인 명예를 얻으며,	
	남들이 상상하는 기쁨의 대가로	80
	무수한 걱정거리 쉴 새 없이 느껴서	
	그들의 칭호와 무명 인사 사이에	
	외적인 명성 말고 다른 점은 전혀 없다.	

자객 두 명 등장.

자객 1	허어, 이게 누구야?
브라큰베리	뭘 원해, 이 친구야? 어떻게 들어왔어?

85

자객 2	클래런스와 얘기하고 싶고, 내 다리로 들어왔어.
브라큰베리	뭐, 그렇게 간단해?
자객 1	지루한 것보다는 낫지 않소. — 그에게 우리의 위임 장을 보여 줘, 그리고 말은 그만해.

(브라큰베리가 읽는다.)

브라큰베리	여기에서 나는 이 고귀한 공작을
	당신 손에 넘기라는 명령을 받았다.
	난 그 뜻과 관련하여 무죄이길 원하니까
	그게 무슨 뜻인지 따지고 싶지 않다.
	공작은 저기 자고, 열쇠도 거기 있다.
	난 국왕을 찾아가 내 임무를 이렇게
	당신에게 넘겼다고 알려 드릴 것이다.

90

95

자객 1	그래도 좋소, 그게 지혜의 요점이오. 잘 가요.

(브라큰베리와 간수 퇴장)

자객 2	뭐야, 자고 있는 그를 우리가 찌를 거야?
자객 1	아니. 그는 깨어나서 비겁하게 했다고 말할 거야.
자객 2	허, 그는 저 최후의 심판 날까지 절대 못 깨어나.
자객 1	허, 그때 그는 우리가 자는 그를 찔렀다고 하겠지.
자객 2	자네가 '심판'이란 말을 하니까 내 마음속에 연민이 좀 생겼어.
자객 1	뭐야? 겁먹었어?
자객 2	죽이는 데는 아냐, 위임장이 있으니까, 근데 죽이는 걸로 영벌을 받는 건 어떤 영장도 나를 보호 못 해.
자객 1	난 자네가 결심을 굳혔다고 생각했어.
자객 2	지금도 그래, 그를 살리는 쪽으로.

100

105

자객 1	난 글로스터 공작에게 돌아가 그렇게 말해 줄 거야.
자객 2	아냐, 제발, 잠깐 멈춰. 난 이 연민의 기분이 변하기를 바라. 보통 스물을 셀 동안만 유효했어.
자객 1	지금 자네 기분은 어때?
자객 2	참말로, 양심 찌꺼기가 내 맘에 아직 좀 남았어.
자객 1	이 행위를 마쳤을 때 우리의 보상을 떠올려 봐.
자객 2	젠장, 그를 죽이자! 내가 그 보상을 잊어버렸어.
자객 1	이제 자네 양심은 어디 있지?
자객 2	오, 글로스터 공작의 지갑 안에.
자객 1	그가 우리에게 보상을 해 주려고 그 지갑을 열 때 자네 양심은 밖으로 날아가.
자객 2	상관없어, 가게 놔줘. 그걸 환대하는 사람은 거의 또는 전혀 없어.
자객 1	그게 자네를 다시 찾아오면 어쩔 텐가?
자객 2	난 간섭하지 않을 거야. 그게 사람을 겁쟁이 만드니까. 누가 뭘 훔치면 그게 그를 고소하지 않을 수 없고, 욕하면 억제하지 않을 수 없고, 이웃의 아내와 잠자면 발견하지 않을 수 없어. 그건 사람 마음 속에서 반역하는, 빨개지고 창피해하는 귀신이야. 사람을 장애물로 가득 채워. 그것 때문에 난 한때 우연히 주운 금화 지갑을 돌려줬어. 그걸 따르는 사람은 누구든지 거지가 돼. 그건 위험한 물건이어서 고을과 도시에서 쫓겨났고, 잘살고 싶은 사람은 누구든지 자신을 믿고 그것 없이 살고자 노력해.
자객 1	젠장, 그게 바로 지금 내 팔꿈치로 와서 이 공작을 죽이지 말자고 설득해.
자객 2	자네 마음에 악마를 받아들이고 그는 믿지 마. 그는

행 번호: 110, 115, 120, 125, 130, 135

	자네에게 스며들어 한숨 쉬게 만들 테니까.	
자객 1	난 강골이야, 그는 나를 이길 수 없어.	
자객 2	자네의 명성을 존중하는 강건한 사람다운 말이군. 자, 작업을 시작해 볼까?	
자객 1	자네 칼자루로 그의 머리통을 갈긴 다음 옆방의 백 포도주 통에 집어넣어.	140
자객 2	오, 빼어난 계책이야! 그래서 그를 술에 적신 빵 만 들자.	
자객 1	쉿, 그가 깨어나.	
자객 2	내리쳐!	145
자객 1	아냐, 우린 그와 얘기를 나눌 거야.	
클래런스	간수, 어디 있어? 포도주 한 잔 줘라.	
자객 2	어르신, 포도주는 곧 충분히 드실 거요.	
클래런스	도대체 넌 뭐냐?	
자객 1	당신과 같은 사람이오.	150
클래런스	하지만 나처럼 왕족은 아니군.	
자객 1	근데 우리처럼 왕명은 못 받았군요.	
클래런스	네 목소린 천둥인데 모습은 미천하군.	
자객 1	지금 내 목소린 국왕 거고, 모습은 내 거요.	
클래런스	네 말은 참 어둡고 정말 죽음 같구나!	155
	너희 눈은 날 위협해. 너흰 왜 창백하지?	
	누가 이리 보냈느냐? 뭣 때문에 왔느냐?	
자객 2	그게, 그게, 그게 —	
클래런스	나를 살해하려고?	
둘 다	예, 예.	160
클래런스	그렇다고 말을 할 용기가 거의 없군,	
	그래서 그렇게 할 용기도 없는 거고.	

친구들, 너희에게 내가 뭘 잘못했지?

자객 1 국왕 말고 저희에게 잘못한 건 없어요.

클래런스 난 그와 화해를 다시 하게 될 것이다.　　　　　165

자객 2 절대 못 하실 테니 죽을 준비 하시죠.

클래런스 너희는 수많은 사람들 가운데서 뽑혀서

죄 없는 자 죽이려 해? 내 죄가 무엇이냐?

그 무슨 증거로 나를 고발하느냐?

어떤 배심원단이 험상궂은 판관에게　　　　　170

평결을 내놨느냐? 또는 누가 이 불쌍한

클래런스의 쓰라린 사형을 언도했지?

법에 따라 유죄를 선고받기 이전에

죽음으로 날 위협하는 건 크나큰 불법이다.

명하노니, 너희도 구원받고 싶을 테니　　　　　175

우리의 중죄로 흘리신 주님 피에 맹세코,

너희는 물러가고 내게서 손을 떼라.

너희는 지옥에 갈 행위를 하려고 해.

자객 1 우리가 하려는 일, 명령받고 하는 거요.

자객 2 명령을 내린 분은 우리의 왕이시오.　　　　　180

클래런스 틀렸다, 종들아, 저 위대한 왕 중 왕께서는

자신의 법을 새긴 석판에서 명하시길

살인하지 말라고 하셨다. 그런데 너희가

그분 율법 차 버리고 인간 것을 지키려 해?

조심해, 그분은 자기 손에 복수를 쥐고서　　　　　185

법을 어긴 자들의 머리 위로 던지니까.

자객 2 바로 그 복수를 그분이 너에게

위증과 살인죄 때문에 던지신다.

너는 저 랭커스터 가문의 분쟁에서

	그들 위해 싸울 것을 성체 받고 맹세했다.	190
자객 1	그러고는 신의 이름 더럽히는 역적처럼	
	그 서약을 깨뜨렸고, 네 배신의 칼날로	
	네 주군 아들의 창자를 잘라 내 버렸다.	
자객 2	넌 그를 아끼고 보호할 거라고 맹세했어.	
자객 1	넌 무서운 신의 법을 그토록 지독히 깼는데	195
	어떻게 그것을 우리에게 말할 수 있느냐?	
클래런스	아! 누굴 위해 그 나쁜 행위를 내가 했지?	
	나의 형 에드워드, 그를 위해서였다.	
	날 죽이려 너흴 보낸 이유는 그게 아냐,	
	그 죄에는 나만큼 그도 깊이 들어갔으니까.	200
	신이 만약 그 행위에 복수를 하신다면,	
	오, 그분은 공공연히 하신단 걸 알아 두고	
	그분의 강력한 팔뚝 맛을 보진 마라.	
	그분은 자기를 거스르는 자들을 잘라 낼	
	어떠한 간접적, 불법적 방법도 필요 없어.	205
자객 1	그러면 누가 너를 앞잡이 삼아서	
	그 멋지게 자라는 용감한 플랜태저넷,	
	그 왕자 초보자를 네 칼질로 죽게 했지?	
클래런스	내 형의 사랑과, 악마와 내 격노였다.	
자객 1	네 형의 사랑과 우리 의무, 네 잘못 때문에	210
	지금 우린 너를 도륙하려고 이리 왔다.	
클래런스	너희가 내 형을 사랑하면 날 미워하지 마.	
	난 그의 동생이고 그를 많이 사랑해.	
	너희가 매수된 거라면 되돌아가, 그럼 난	
	너희를 글로스터 동생에게 보낼 텐데,	215
	그는 내 목숨에 에드워드가 내 죽음 소식에	

	보상해 줄 것보다 더 많이 해 줄 거야.
자객 2	속았소, 글로스터 동생은 당신을 미워하오.
클래런스	아, 아냐, 날 사랑해, 날 소중히 여긴다.
	나를 떠나 그에게 가.
자객 1	예, 그렇게 할 거요.
클래런스	그에게 말해 줘, 고귀한 우리 부친 요크가
	승리하는 팔뚝으로 세 아들을 축복하고
	서로 사랑하라고 진심으로 명했을 때
	이 분열된 우애 생각 전혀 않으셨다고.
	그걸 생각하라고 해, 그러면 울 것이다.
자객 1	예, 눈썹 까딱하지 마라, 지시했듯 말이죠.
클래런스	그를 비방하지 마라, 그는 친절하니까.
자객 1	예, 추수 때 눈처럼. 자, 당신은 자신을 속이오.
	당신을 없애려고 우리를 보낸 건 바로 그요.
클래런스	불가능해, 그는 내 불운에 울면서
	나를 팔로 껴안고는 내 석방을 위하여
	노력하겠노라고 흐느끼며 맹세했으니까.
자객 1	허, 당신을 이 땅의 속박에서 해방시켜
	저 천국의 환희로 보낼 때 그렇게 노력하죠.
자객 2	죽어야만 하니까 하느님과 화해하쇼.
클래런스	너흰 내게 하느님과 화해하라 충고할
	그 신성한 느낌을 영혼 안에 가지고도
	자신들의 영혼에는 그렇게 눈을 감아
	날 죽임으로써 하느님과 싸우려 하느냐?
	오, 고려해 봐, 이 행위를 부추긴 자들은
	이 행위 때문에 너희를 미워할 것이야.
자객 2	어떡하지?

220

225

230

235

240

클래런스	누그러져 너희 영혼 구해라.
	너희 중 어느 누가 왕족의 아들로서
	지금의 나처럼 자유 잃고 갇혔는데,
	너희 같은 자객 둘이 다가오면 목숨을
	애원치 않겠느냐? 암, 내 곤경에 처했으면
	너희도 구걸할 것이야.
자객 1	누그러져? 아냐, 그건 비겁하고 여자 같아.
클래런스	안 누그러지는 게 짐승, 상놈, 악마 같지.
	(둘째 자객에게)
	내 친구여, 네 모습엔 동정심이 좀 보여.
	오, 만약에 네 눈이 아첨꾼이 아니라면
	내 편으로 건너와 날 위해 애원해 줘.
	그 어떤 거지가 빌고 있는 왕족을 동정 안 해?
자객 2	뒤를 봐요, 공작님.
자객 1	이거 받아, 이것도! (그를 찌른다.)
	이 모든 걸로도 안 되면
	저 안의 백포도주 통 속에 담가 줄 겁니다.
	(시체를 들고 퇴장)
자객 2	잔인한 행위이고 무모하게 해치웠다.
	난 가장 끔찍한 이 살인을 저 빌라도처럼
	내 손에서 기꺼이 씻어 내고 싶구나.

245

250

255

첫째 자객 등장.

258행 빌라도   예수님에게 내려진 형벌에 자신은 죄가 없음을 보이기
위해 손을 씻은 유대 총독.

자객 1	괜찮아? 자네가 날 안 도와주다니 왜 그래?	260
	맙소사, 공작에게 너의 큰 태만을 알릴 거야.	
자객 2	내가 그의 동생을 구한 줄로 알았으면.	
	사례는 자네가 가지고 내 말을 전해 줘,	
	이 공작이 살해된 걸 난 뉘우치니까.	(퇴장)
자객 1	나는 안 그런다. 너 같은 겁쟁이는 가 버려.	265
	좋아, 나는 그 시체를 묻으라는 명령을	
	그 공작이 할 때까지 구덩이에 감출 거야.	
	나는 내 보상금을 받으면 떠나야지,	
	이게 알려졌을 때 머물러선 안 되니까.	(퇴장)

2막 1장

나팔 신호. 병든 에드워드 왕, 엘리자베스 왕비,

도싯 후작, 리버스, 헤이스팅스,

케이츠비, 버킹엄 등장.

에드워드 왕	자, 난 이렇게 훌륭한 하루 일을 마쳤소.
	귀족들은 이 단합된 우의를 지속해 주시오.
	난 구세주께서 여기에서 나를 구원해 줄
	전갈이 오기를 매일매일 기대하며
	지상에서 친구들을 화목하게 했으니까
	내 영혼은 더 편하게 하늘로 갈 것이오.
	― 헤이스팅스와 리버스, 서로의 손을 잡아.
	미움을 덮으려 하지 말고 사랑을 맹세하게.

5

2막 1장 장소 왕궁.

리버스	맹세코, 전 맘속의 원한 미움 씻어 냈고
	이 손으로 진정한 사랑을 다짐하옵니다.
헤이스팅스	같은 진심 맹세하는 저도 번성하기를.
에드워드 왕	자네들은 왕 앞에서 장난을 삼가라,
	왕 중에서 최고의 왕이신 그분께서
	자네들의 감춰진 거짓을 멸하시며
	서로를 죽이는 벌 내리시지 않도록 해.
헤이스팅스	완벽한 사랑을 맹세하는 저는 번창하기를.
리버스	헤이스팅스를 사랑하는 저도 그리되기를.
에드워드 왕	왕비, 당신도 이 일에서 면제되지 않았소.
	— 아들인 도싯도. — 버킹엄 자네도.
	당신들은 적대하는 파당을 지었소.
	— 여보, 헤이스팅스 경을 사랑하오. 그 손에
	키스하게 해 주되 꾸밈없이 그러시오.
엘리자베스 왕비	자, 헤이스팅스, 나는 절대 우리의 옛 미움을
	더는 기억 않을 테니 나와 내 가족은 번성하길.

(헤이스팅스는 그녀 손에 키스한다.)

에드워드 왕	도싯, 그를 안아. — 헤이스팅스, 후작을 사랑해.
도싯	이렇게 교환된 사랑을 여기서 단언컨대,
	제 쪽에서 어기지는 절대 않을 것입니다.
헤이스팅스	나도 그리 맹세하오. (그들은 포옹한다.)
에드워드 왕	자, 고귀한 버킹엄, 자네도 이 우의를
	내 아내의 친척들과 포옹으로 다짐하여
	그 단합에 내가 행복하도록 해 주게.
버킹엄	버킹엄이 모든 존경 사랑 다해 마마와
	마마 가족 아끼지 아니하고 당신에게
	미움을 돌린다면, 신은 저를 제가 가장

10

15

20

25

30

사랑을 기대한 곳에서 미움으로 벌하소서.   35
제가 가장 친구를 쓸 필요가 있을 때,
친구라고 가장 확신했을 때, 그는 제게
엉큼하고 텅 비었고 배신하고 속임수가
가득하게 하소서. 이것을 신께 바랍니다,
제 사랑이 당신이나 그 가족들에게 식을 때.   40

                                        (그들은 포옹한다.)

에드워드 왕   자네의 이 서약은, 고귀한 버킹엄,
             병든 내 가슴에 기분 좋은 강장제네.
             이제는 축복받은 이 평화를 마감해 줄
             짐의 동생 글로스터만 여기에 없구나.

             래트클리프와 리처드 글로스터 공작 등장.

버킹엄   그런데 때맞춰   45
             리처드 래트클리프와 그 공작이 오십니다.

리처드   제 주군과 왕비에게 아침 인사 올리고,
             고귀한 동료들에게도 행복한 날 바랍니다.

에드워드 왕   우리가 보낸 이날처럼 정말 행복하구나.
             글로스터, 짐은 자선 행위를 펼치면서   50
             이 부푼, 잘못 화난 귀족들의 적의를 평화로,
             미움을 아름다운 사랑으로 바꾸었다.

리처드   최고의 군주시여, 복 받을 노력이십니다.
             이 고귀한 무리에서 만약 여기 누군가가
             거짓된 정보나 잘못된 추측에 의하여   55
             나를 원수 삼는다면,
             내가 부지불식간에 아니면 격노하여

이 자리의 누구든 그에게 언짢게 여겨질
뭔 일을 범했다면 난 그와 화해하여
의좋은 친구가 되기를 바랍니다.   60
반목은 내게 죽음이고, 난 그걸 미워하며
선량한 모든 이의 사랑을 바랍니다.
 — 첫째, 마마, 당신과 참된 화합 간청하고
그것을 존중 어린 봉사로 추구할 것이오.
 — 고귀한 내 사촌 버킹엄, 당신과도,   65
만약 어떤 원한이 우리 새에 쌓였다면.
 — 또 아무런 이유 없이 내게 눈살 찌푸린
리버스와 도싯, 당신과 당신과도.
 — 공작, 후작, 경, 신사들, 정말로 모두와도.
나는 내 영혼이 오늘 밤 태어난 아기와   70
전혀 불화 않듯이 지금 어떤 잉글랜드인과도
조금도 그럭하지 않는단 사실을 압니다.
난 겸손을 내게 주신 신에게 감사하오.

엘리자베스 왕비 지금부터 이날은 성일로 지켜질 것이오.
갈등은 모두 다 잘 봉합되었기를 빕니다.   75
주상 전하, 시동생인 클래런스에게도
호의를 베풀어 주시길 간청하옵니다.

리처드 아니, 마마, 내가 이런 조롱을 받으려고
어전에서 사랑을 제안했단 말입니까?
그 누가 그 순한 공작이 죽은 걸 모르죠?   80

                                        (그들은 다 깜짝 놀란다.)

당신은 그의 시신 경멸로 그를 해친답니다.

에드워드 왕 그 누가 죽은 걸 모르냐고? 누가 알지?

엘리자베스 왕비 다 보시는 하늘이여, 이 무슨 세상이죠?

버킹엄	도싯 경, 남들처럼 나도 창백합니까?
도싯	예, 공작님, 그리고 이 어전의 그 누구도
	뺨에서 붉은색이 안 떠난 사람은 없답니다.
에드워드 왕	클래런스가 죽었어? 그 명령은 취소됐다.
리처드	근데 그는, 불쌍해라, 날개 달린 머큐리가
	정말로 전달한 당신의 첫 명령에 죽었어요.
	그것의 철회는 지각생 불구자가 전했는데
	너무 늦게 도착해 묻힌 그를 봤답니다.
	신께선 보다 덜 고귀하고 덜 충직한 이들이,
	핏줄 아닌 피비린 생각으론 더 가깝고
	가치는 불운한 클래런스보다 더 없는데도,
	의심 없이 진짜로 통하진 않도록 해 주소서.

85

90

95

스탠리 더비 백작 등장.

스탠리	(무릎을 꿇는다.)
	전하, 제 공로의 대가로 부탁이 있습니다.
에드워드 왕	조용하라. 내 마음엔 슬픔이 가득하다.
스탠리	전하께서 안 들어주시면 못 일어납니다.
에드워드 왕	그렇다면 네 요청을 지금 즉시 말하라.
스탠리	전하, 제 하인의 목숨을 살려 주십시오.
	그가 오늘 최근에 노퍽 공작 수행했던
	한 난봉꾼 신사를 살해하였습니다.
에드워드 왕	내 입으로 동생의 사형을 선고해 놓고서
	그 입으로 한 노예를 사면한단 말인가?

100

88행 머큐리 신들의 전령.

506 리처드 3세

동생은 아무도 안 죽였고, 잘못한 건   105
생각이었는데도 그 벌은 모진 죽음이었다.
누가 내게 애원했지? 분노한 나에게
누가 무릎 꿇으며 숙고하라 했는가?
형제애를 말했는가? 사랑을 말했는가?
누가 내게 불쌍한 그 사람이 그 막강한   110
위력을 버리고 날 위해 싸웠단 얘기 했어?
누가 내게 튜크스베리 전장에서 옥스퍼드가
나를 쓰러뜨렸을 때 그가 날 구하면서
"형님, 살아서 왕 돼요." 그랬단 얘기 했어?
누가 내게 우리 둘 다 전장에 누웠을 때   115
거의 얼어 죽을 지경에서 그가 자기 옷으로
날 감싸 주면서 자신은 헐벗은 알몸으로
뼈저리게 찬 밤을 새웠단 얘기 했어?
이 모두를 난 짐승의 분노로 기억에서
사악하게 지워 버렸는데도 너희 중 누구도   120
그걸 다시 심어 줄 만큼의 자비가 없었어.
그럼에도 네 마부들이나 종놈들이
술 취한 살육을 범하여 친애하는 구세주의
그 소중한 형상을 훼손하면, 너희는
곧바로 무릎 꿇고 용서를, 용서를 비는데   125
난 정말 부당하게 그걸 들어줘야 한다.

                              (스탠리가 일어선다.)

근데 내 동생은 아무도 변호하지 않았고,
나 또한 사악하게, 딱한 그를 나에게
변호하지 않았다. 너희 중 가장 오만한 자도
그가 살아 있었을 땐 신세를 졌는데도   130

단 한 번도 그의 목숨 구걸한 자 없었다.

오, 주님! 이 일로 당신의 정의가 나와 너희,

또 우리의 가족에게 닥칠까 봐 겁납니다.

― 자, 헤이스팅스, 내실로 데려가 줘. ― 아, 불쌍한

　　클래런스.　　　　　(몇 사람이 왕과 왕비와 함께 퇴장.

　　　　　　　　　리처드, 버킹엄, 스탠리, 래트클리프는 남는다.)

리처드　　성급함의 결과야. 왕비의 친척들이　　　　　　　135

클래런스의 죽음 소식 듣고는 죄책감에

얼마나 창백해 보였는지 못 살폈어?

오! 그들은 그걸 계속 국왕에게 재촉했어.

신께서 복수하실 것이야. 자, 우린 가서

에드워드를 위로하는 동무가 되어 볼까?　　　　　140

버킹엄　　각하를 모시겠습니다.　　　　　(함께 퇴장)

2막 2장

늙은 요크 공작 부인, 클래런스의 자식 둘과

함께 등장.

사내아이　　할머니, 말해 줘요, 아버지는 죽었어요?

공작 부인　　아니다, 얘.

딸아이　　왜 그렇게 자주 울며 가슴을 치세요?

또, "오, 클래런스, 불운한 아들아" 외쳐요?

사내아이　　저희의 고귀한 아버지가 살았다면　　　　　　5

왜 우릴 쳐다보고 머리를 흔들면서

2막 2장 장소　왕궁

	고아들아, 가엾은 것, 버려진 것, 그러세요?	
공작 부인	어여쁜 손주들아, 너희가 오해했다.	
	난 너희 아비의 죽음이 아니라 왕의 병을,	
	그를 잃기 싫어서 한탄하고 있었단다.	10
	떠난 사람 애도해 보았자 슬픔만 허비해.	
사내아이	그러면 할머니의 결론은 죽었단 거네요.	
	그 책임은 삼촌인 국왕이 져야 해요.	
	신이 복수하실 텐데, 꼭 그렇게 해 달라고	
	그분에게 열렬히 기도하며 조를게요.	15
딸아이	나도 할게.	
공작 부인	쉿, 얘들아, 쉿. 국왕은 너흴 많이 사랑해.	
	이해력이 얕아서 순진한 것들아,	
	아비가 죽은 이유 너희는 추측 못 해.	
사내아이	할 수 있답니다. 착한 삼촌 글로스터가	20
	아버지를 죽이자는 왕비의 자극에 국왕이	
	감금할 죄목을 꾸며 냈다 했으니까.	
	또 삼촌은 그런 말을 내게 할 때 울었고	
	날 동정했으며, 친절하게 뺨에 키스하면서	
	자기를 내 아버지처럼 의지하라 그랬고	25
	자식처럼 나를 몹시 사랑할 거랬어요.	
공작 부인	아! 협잡꾼이 그런 순한 모습을 훔쳐 와	
	고결한 가면으로 깊은 악덕 숨기다니.	
	그도 내 아들이고, 암, 그래서 수치지만	
	그런 거짓 내 젖에서 빨아 먹진 않았단다.	30
사내아이	삼촌이 가장했다 생각해요, 할머니?	
공작 부인	그래, 얘야.	
사내아이	그런 생각 전 못 해요. 들어 봐요, 뭔 소리죠?	

엘리자베스 왕비, 머리를 귀까지 늘어뜨리고 등장,
리버스와 도싯이 뒤따른다.

엘리자베스 왕비	아! 그 누가 울부짖는, 내 운명을 꾸짖는,
	나 자신을 고문하는 나를 방해할 텐가?
	난 시커먼 절망과 손잡고 내 영혼에 맞서서
	스스로 나 자신의 적이 될 것이다.
공작 부인	거칠고 초조한 이 장면은 왜 보여 주느냐?
엘리자베스 왕비	폭력 비극 만들어 보려고요. 에드워드,
	제 남편, 당신 아들, 우리 왕이 죽었어요.
	뿌리가 뽑혔는데 어떻게 가지가 자라죠?
	수액이 모자란 잎들이 어떻게 안 시들죠?
	사시려면 애도해요. 죽으려면 서둘러요,
	빨리 나는 우리 혼이 왕의 것을 붙잡거나
	그이의 불변하는 밤의 새 왕국으로
	순종하는 신하처럼 따라갈 수 있도록.
공작 부인	아, 난 고귀한 네 남편에 대한 내 권리만큼
	네 슬픔에 대해서도 이권을 가졌단다.
	난 훌륭한 남편의 죽음 놓고 운 다음엔
	그가 남긴 모습들을 바라보며 살았다.
	근데 이제 그이 닮은 고귀한 두 거울이
	악의적인 죽음으로 산산조각 나 버렸고
	가짜 거울 하나만 위안으로 남았는데,
	그에게서 내 수치를 볼 때면 난 서글퍼.
	너는 과부이지만 그래도 어미이고
	남은 네 자식들을 위안으로 갖고 있다.
	하지만 죽음은 내 남편을 내게서 낚아챘고

35

40

45

50

55

	가녀린 내 손에서 클래런스, 에드워드,	
	두 목발을 빼 갔다. 오, 네 신음은 내 것의	
	반밖에 안 되는데 내가 네 비탄을 능가하여	60
	네 절규를 뒤덮을 이유가 어디 있냐!	
사내아이	아, 큰어머니! 우리 아빠 죽음에 안 우셨죠.	
	우리가 친척의 눈물로 어떻게 도울까요?	
딸아이	아빠 없는 우리 고통 슬퍼한 이 없었으니	
	당신의 과부 비탄 울어 줄 이 없기를.	65
엘리자베스 왕비	애도에 있어서는 도움을 안 줘도 돼,	
	난 한탄을 못 낳는 사람은 아니란다.	
	모든 샘이 내 눈으로 가는 물을 줄인대도	
	물기 어린 달님의 지배를 받는 나는	
	큰 눈물로 이 세상을 빠뜨릴 수 있으니까.	70
	아, 내 남편, 소중한 에드워드 왕을 위해!	
아이들	아, 우리 아빠, 사랑하는 클래런스 공작 위해!	
공작 부인	아아, 내 아들, 에드워드, 클래런스 둘을 위해!	
엘리자베스 왕비	내 지주, 에드워드 말고는 없는데 그는 갔어.	
아이들	우리 지주, 클래런스 말고는 없는데 가셨어.	75
공작 부인	내 지주, 둘 말고는 없는데 둘은 갔어.	
엘리자베스 왕비	이토록 소중한 걸 잃은 과부 없었다.	
아이들	이토록 소중한 걸 잃은 고아 없었어요.	
공작 부인	이토록 소중한 걸 잃은 어미 없었단다.	
	아아! 내가 이 수많은 비탄의 어미구나.	80
	그들의 한탄은 조각인데 내 것은 전체야.	
	그녀는 에드워드 위해 울고 나도 운다.	
	난 클래런스를 위해 울고 그녀는 안 운다.	
	애들은 클래런스 위해 울고 나도 운다.	

난 에드워드를 위해 울고 얘들은 안 운다.   85
아아! 너희 셋은 삼중의 고통으로 눈물을
다 내게 쏟는다. 난 너희 슬픔의 유모로서
애도를 그 눈물에게 실컷 먹여 줄 거야.

도싯   (엘리자베스 왕비에게)
어머니, 기운 내요. 당신이 신의 일을
달갑잖게 여겨서 그가 매우 성나셨답니다.   90
풍요로운 손으로 친절하게 빌려준 빚
우둔하게 저항하며 안 갚으려 하는 건
보통 세상일에서도 배은이라 불리는데,
당신에게 빌려준 그 왕을 요구하는 하늘과
이리 적대하시는 건 훨씬 더 나쁩니다.   95

리버스   마마, 세심한 여느 어머니처럼 당신 아들,
그 어린 왕자를 생각하고 그를 곧장 불러서
왕관을 씌우세요. 위안은 그에게 있답니다.
절망적 슬픔은 죽은 에드워드의 묘에 묻고
산 에드워드의 옥좌에 환희를 심으세요.   100

리처드, 버킹엄, 스탠리 더비 백작, 헤이스팅스와
래트클리프 등장.

리처드   형수님, 기운 내요. 빛나는 우리 별이
지는 것을 통곡할 이유는 모두에게 있지만
통곡으로 우리 손실 도울 수는 없답니다.
   — 어머니, 당신의 용서를 빕니다.
마님을 못 봤어요. 겸손하게 무릎 꿇고   105
축복을 간청하옵니다.   (무릎을 꿇는다.)

공작 부인	신께서 널 축복하고 네 가슴에 겸손, 사랑,
	자비, 복종, 참된 존경, 넣어 주시기를 빈다.
리처드	아멘. (일어서며 방백)
	그리고 착하게 살다 죽게 하소서.
	그것이 어머니식 축복의 꼭지인데
	마님께서 그걸 빠뜨리시다니 놀랍구나.
버킹엄	이 무거운 신음의 짐, 서로 나눠 부담하는
	침울한 왕족들과 마음 슬픈 동료들은
	이제 서로 사랑하며 서로를 격려하십시오.
	우리가 이 왕의 수확은 끝냈지만
	그 아들의 수확은 거두어야 합니다.
	크게 부푼 당신들 미움의 쪼개진 원한은
	최근에야 부목으로 접합되었으니까
	원만히 보존하고 아끼고 지켜야 합니다.
	생각건대 그 어린 왕자에게 수행원을 좀 붙여
	곧바로 러들로성에서 런던으로 모신 뒤
	왕위에 올리는 게 좋을 것 같습니다.
리버스	버킹엄 경, 수행원을 좀이라니 왜지요?
버킹엄	허 참, 리버스 경, 만약에 다수를 보내면
	갓 치유된 악의의 상처가 터질 텐데,
	그리되면 이 나라가 허술하고 통제 안 된
	바로 그 정도만큼 더 위험할 테니까요.
	모든 말이 자기가 고삐 잡고 명령하며
	제멋대로 갈 길을 정할 수 있을 때는
	명백한 피해만큼이나 그 피해의 공포 또한
	예방돼야 한다는 게 내 의견입니다.
리처드	난 국왕이 우리들 모두와 화해했길 바라고

110

115

120

125

130

	나에게 그 협약은 굳건하고 진실하오.	
리버스	나 또한 그렇고 다들 그런 것 같소.	
	하지만 그것이 퍽 허술하기 때문에	135
	동행이 많으면 촉발될지 모르는	
	명백한 파기의 가능성은 없애야겠지요.	
	그러므로 난 고귀한 버킹엄과 더불어	
	소수가 왕자를 모시는 게 적절하다 봅니다.	
헤이스팅스	나도 그리 봅니다.	140
리처드	그렇다면 그리하고, 우린 가서 누구를	
	곧바로 러들로로 급파할지 정합시다.	
	— 마님, 그리고 형수님, 우리와 같이 가서	
	이 일에 대한 견해를 좀 내놓으시렵니까?	

엘리자베스 왕비/
공작 부인   진심으로.　　　　　(버킹엄과 리처드만 남고 모두 퇴장)　145
버킹엄　　공작님, 누가 그 왕자에게 가든 간에, 제발,
　　　　우리 둘도 집에 있진 맙시다. 왜냐하면
　　　　난 도중에 우리가 최근에 나눴던 얘기를
　　　　서두로 삼아서 기회를 잡은 뒤 그 왕자를
　　　　왕비의 오만한 친척과 떼 놓을 테니까요.　150
리처드　　또 다른 나 자신, 내 비밀의 회의실,
　　　　내 신탁, 예언자, 소중한 내 사촌이여,
　　　　난 애처럼 자네의 지시대로 할 것이네.
　　　　자 우린 뒤처지면 안 되니까, 러들로로.　(함께 퇴장)

2막 3장

한쪽 문으로 시민 한 명, 다른 쪽 문으로
또 한 명 등장.

시민 1   좋은 아침, 이웃사촌. 어딜 그리 빨리 가나?

시민 2   자네에게 단언컨대 나 자신도 모르겠어.
            떠도는 소식은 들었나?

시민 1   음, 국왕이 죽었다지.

시민 2   젠장, 나쁜 소식이야. 나은 건 거의 없어.
            어지러운 세상이 될까 봐 두려워, 두려워.   5

또 다른 시민 등장.

시민 3   이웃들, 복 많이 받게나.

시민 1   좋은 아침입니다.

시민 3   에드워드 국왕의 사망 소식, 확실한가?

시민 2   정말 사실입니다, 하느님도 무심하지.

시민 3   그러면, 이보게들, 난세를 기대하게.

시민 1   아뇨, 아뇨, 맙소사, 아들이 다스릴 겁니다.   10

시민 3   슬프다, 아이가 통치하는 나라라니.

시민 2   그에게는 통치의 희망이 있답니다.
            미성년 시절에는 밑에 있는 자문회가,
            완전히 성숙한 나이 되면 그 자신이
            그때 또 그때까지 아마 잘 통치할 겁니다.   15

시민 1   저 헨리 6세가 파리에서 겨우 아홉 달 만에

2막 3장 장소 왕궁.

	왕위에 올랐을 적에도 같은 상황이었죠.
시민 3	같은 상황? 아냐, 아냐, 친구들, 참말로.

시민 3　같은 상황? 아냐, 아냐, 친구들, 참말로.
　　　　그 당시 이 땅엔 유명하게 사려 깊고
　　　　신중한 고문들이 풍부했고, 당시의 국왕은　　　　20
　　　　옥체를 지켜 줄 고결한 삼촌들이 있었네.

시민 1　이 왕도 있어요, 아버지와 어머니 쪽으로.

시민 3　그들이 다 아버지 쪽이거나 아버지 쪽으론
　　　　한 사람도 없는 게 더 나을 뻔했다네.
　　　　이제 누가 최측근이 될 거냐는 경쟁으로　　　　25
　　　　신이 막지 않으시면 우린 크게 다칠 거야.
　　　　오, 글로스터 공작은 위험으로 가득하고
　　　　왕비의 아들과 형제들도 오만방자하다네.
　　　　그들이 지배를 못하고 지배를 당해야지
　　　　병든 이 나라는 전처럼 행복할 수 있을 거야.　　30

시민 1　자, 자, 우리는 최악을 겁내요. 다 잘될 겁니다.

시민 3　구름이 보이면 현자들은 외투 입고,
　　　　큰 잎들이 떨어지면 겨울이 가까운 법.
　　　　해가 지면 밤이란 걸 그 누가 모르나?
　　　　사람들은 때 이른 폭풍에 결핍을 예상해.　　　　35
　　　　다 잘될 수 있지만, 그게 신의 뜻이라면
　　　　그건 우리 자격이나 내 예상을 넘는 거야.

시민 2　정말로, 사람 맘엔 두려움이 가득해요.
　　　　침울하고 공포심에 찬 것 같지 않은 자와
　　　　논의를 한다는 건 거의 불가능합니다.　　　　　40

시민 3　변화의 날들이 오기 전엔 늘 그렇지.
　　　　인간의 마음은, 우리가 경험에 의하여
　　　　격렬한 폭풍 전에 물 부푼 걸 보듯이,

다가오는 위험을 신적인 본능으로 추측해.

하지만 다 신에게 맡기세. 어디로 가는가?　　　　　　45

시민 2　아 참, 판관들이 우리를 오라고 했어요.

시민 3　나도 그래. 자네들과 동행할 것이네.　　　(함께 퇴장)

2막 4장

요크 대주교, 어린 요크 공작, 엘리자베스 왕비와
요크 공작 부인 등장.

대주교　그들은 지난밤 스토니 스트랫퍼드에서 잤고,

오늘 밤은 노샘프턴에서 쉰다고 들었어요.

내일이나 모래는 여기로 올 겁니다.

공작 부인　온 마음을 다하여 그 왕자를 보고 싶군.

마지막에 본 뒤로 퍽 자랐길 바라네.　　　　　5

엘리자베스 왕비　아니라고 들었어요. 둘째인 요크 키가

그를 거의 따라잡았다고들 합니다.

요크　예, 어머니, 하지만 아니기를 바랍니다.

공작 부인　왜 그래, 착한 애야, 자라는 건 좋단다.

요크　할머니, 어느 날 밤 저희 식사 자리에서　　　10

외삼촌 리버스가 제가 제 형보다 얼마나

더 컸는지 얘기했죠. "암" 글로스터 삼촌 말이,

"작은 약초 효능 있고, 큰 잡초 빨리 자라."

그 뒤로 전 막 자라고 싶지는 않아요,

향기로운 꽃들은 느린데 잡초는 서두르니까.　　　15

2막 4장 장소　궁정.

공작 부인	사실은 말이다, 그 속담은 그것을 너에게
	적용했던 그에게는 안 들어맞았어.
	소싯적에 그는 가장 무능한 물건으로
	아주 오래 자란 데다 아주 느릿느릿하여
	그 법칙이 사실이면 그는 능력 있어야 해.
대주교	있는 게 틀림없죠, 자비로운 마나님.
공작 부인	그러길 바라지만 의심은 어미들의 몫이네.
요크	근데 정말, 제 기억을 되살려 본다면
	제 성장과 관련된 삼촌의 농담보다 더 센 걸
	그 자신과 관련하여 해 드릴 수 있었어요.
공작 부인	어떻게 말이냐, 요크? 제발 내게 들려줘 봐.
요크	아이 참, 삼촌은 어찌나 빠르게 자랐는지
	두 시간 지나서 껍질을 갉을 수 있었대요.
	근데 전 이 년을 꽉 채우고 이가 났죠.
	할머니, 이 정도면 날카로운 익살일 거예요.
공작 부인	부탁인데, 요크야, 누가 해 준 말이냐?
요크	할머니, 삼촌의 유모가요.
공작 부인	유모가? 허, 네가 나기 이전에 죽었는데.
요크	그녀가 아니라면 말한 사람 몰라요.
엘리자베스 왕비	영악한 애로구나. 애, 넌 너무 못됐어.
공작 부인	어미야, 그 애한테 화내지 말거라.
엘리자베스 왕비	귀가 너무 밝아서요.

20

25

30

35

사자 등장.

대주교	사자가 오는구나. — 무슨 소식 있느냐?
사자	대주교님, 전하기엔 비통한 소식이오.

엘리자베스 왕비	왕자는 잘 지내셔?	40
사자	글쎄요, 마마, 건강하십니다.	
공작 부인	네 소식은 무엇이냐?	
사자	리버스와 그레이 경께서, 토머스 본과 함께 죄수로서 폼프레셩으로 끌려갔습니다.	
공작 부인	누가 투옥했느냐?	
사자	막강한 두 공작님,	45
	글로스터와 버킹엄요.	
대주교	무슨 죄를 졌는데?	
사자	저에게 가능한 건 다 밝혀 드렸어요. 왜 또는 뭣 때문에 귀족들이 갇혔는지, 자비로운 대주교님, 저는 전혀 모릅니다.	
엘리자베스 왕비	아, 이런! 내 가문의 몰락을 보는구나. 이제 그 호랑이가 그 순한 암사슴을 잡았고, 모욕적인 폭정이 순진하고 만만한 그 옥좌로 마수를 뻗기 시작했으니까. 참살과 피, 대학살을 환영하는 바이다. 난 마치 지도를 보듯이 만사의 끝을 본다.	50 55
공작 부인	저주받고 불안한 말다툼의 나날들아, 내 눈은 너희를 참 많이도 지켜봤지? 내 남편은 왕권을 얻으려다 목숨 잃고, 아들들은 오르락내리락하면서 그들의 득실로 날 기쁘게 또 울게 했다. 그러곤 옥좌에 앉았고, 국내의 소란을 깨끗이 잠재운 뒤 정복자인 자신들이 형제엔 형제로, 피엔 피로, 자신 대 자신으로 자신들의 전쟁을 일으켰다. 오, 흉측한	60

	광기 어린 분노여, 고약한 네 심술 끝내든지 65
	내가 이 땅 더 안 보고 죽도록 해 다오.
엘리자베스 왕비	자, 자, 애야, 우리는 성역으로 갈 거야.
	마님, 잘 계셔요.
공작 부인	멈춰라, 나도 가마.
엘리자베스 왕비	그러실 이유가 없어요.
대주교	(엘리자베스 왕비에게) 마마, 가십시오.
	또 거기로 당신의 보물과 물자를 나르세요. 70
	저로서는, 제가 가진 옥새를 마마께
	넘겨드릴 것입니다. 그리하여 제 운명이
	당신과 그 가족을 다 돌본 만큼 잘 풀리길.
	가시죠, 성소로 안내해 드리겠습니다. (함께 퇴장)

3막 1장

나팔 소리. 어린 에드워드 왕자, 글로스터 공작과
버킹엄 공작, 추기경, 케이츠비, 다른 사람들과
함께 등장.

버킹엄	왕자님, 당신 수도 런던으로 잘 오셨소.
리처드	귀한 사촌, 내 생각의 지배자여, 잘 왔어요.
	피곤한 길 오느라고 우울해졌군요.
왕자	아뇨, 삼촌, 근데 우린 역경을 뚫느라고
	길이 좀 지루했고 지친 데다 힘들었죠. 5
	여기선 더 많은 삼촌들의 환영을 바랍니다.

3막 1장 장소 런던, 길거리.

리처드	왕자님은 물들지 아니한 그 나이 때문에
	이 세상의 속임수를 아직 깊이 모르고
	인간을 겉모습 이상으론 분별 못 하는데,
	그것은 신은 알고 계시지만 그 본심과	10
	거의 또는 하나도 일치하지 않아요.
	당신이 원하는 그 삼촌들은 위험했답니다.
	왕자님은 그들의 사탕발림 말만 듣고
	그들의 마음속 독극물은 구경 못 했어요.
	그들과 그런 가짜 친구들은 당신과 멀어지길.	15
왕자	가짜는 멀어져야겠지만 그들은 아니었죠.
리처드	왕자님, 저기 런던 시장이 인사차 오는군요.

런던 시장, 다른 사람들과 함께 등장.

시장	왕자님, 건강과 행복한 나날을 맞으소서.
왕자	고마워요, 시장님, 그리고 모두들 고맙소.
	난 우리 어머니와 내 동생 요크를 훨씬 전에	20
	우리가 오는 도중 만날 거라 생각했소.
	에잇, 헤이스팅스는 얼마나 느림보이기에
	그들이 올지 말지 여기 와서 말을 안 해.

헤이스팅스 경 등장.

버킹엄	때맞춰서 그가 여기 땀 흘리며 오는군요.
왕자	어서 와요, 경. 아니, 어머니는 오신대요?	25
헤이스팅스	당신의 어머니 왕비와 동생인 요크가
	그 이유는 하느님만 아시고 전 모르지만,

성역으로 들어가셨어요. 그 상냥한 왕자는
기꺼이 함께 와서 전하를 보려고 했으나
어머니가 강제로 그를 억류하셨어요. 30

버킹엄   에잇, 그녀는 참 비뚤어지고도 어리석은
방법을 택하는군! ─ 추기경, 경께서
왕비를 설득하여 그 요크 공작을 곧바로
이 고귀한 형에게 보내도록 해 주겠소?
─ 만약에 거절하면, 헤이스팅스 경, 함께 가서 35
의심하는 그녀의 팔에서 강제로 빼 와요.

추기경   버킹엄 공작님, 약한 내 언변으로 그 공작을
그의 어머니로부터 얻어 낼 수 있다면
여기서 곧 그를 기대하십시오. 그렇지만
그녀가 온순한 간청에도 완강하면, 40
주님은 축복받은 성역의 특권을 우리가
침해하지 못하게 하소서. 이 땅을 다 줘도
난 그토록 중한 죄는 범하지 않을 거요.

버킹엄   추기경은 너무나 분별없이 완고하고
너무나 격식을 따지고 전통적이시오. 45
그냥 이 조잡한 시대로 그 일을 평가해요,
그를 잡는 당신은 성역 침범 안 합니다.
그곳의 혜택은 그 장소에 있을 만한
행동을 한 이들과, 그 장소를 요구할
지각 있는 이들에게 언제나 주어지오. 50
이 왕자는 요구한 사실도, 자격도 없어요,
그러므로 내 생각엔 차지할 수 없답니다.
그래서 거기에 없는 그를 꺼내는 당신은
어떠한 특권도 면책도 어기는 게 아니오.

	성역에 든 어른 얘긴 자주 들어 봤지만	55
	성역에 든 애는 지금까지 못 들어 봤어요.	
추기경	이번만은 공작님이 나를 설득시키셨소.	
	— 자, 헤이스팅스 경, 나와 같이 가실까요?	
헤이스팅스	그러죠, 추기경.	
왕자	경들은 최대한 서둘러 주십시오.	60

(추기경과 헤이스팅스 퇴장)

	글로스터 삼촌, 만약 짐의 동생이 온다면	
	짐은 짐의 대관식 때까지 어디에 머물죠?	
리처드	그 옥체에 가장 좋아 보이는 곳이지요.	
	충고해 드리자면 전하께선 앞으로	
	하루나 이틀쯤 탑에서 휴식한 다음에	65
	본인이 만족하고, 최고의 건강과 오락에	
	가장 적절하다고 여기는 곳으로 가시죠.	
왕자	난 그 탑을 어느 장소보다도 싫어해요.	
	— 줄리어스 시저가 그곳을 지었나요?	
버킹엄	예, 자비로운 전하, 그가 짓기 시작했고,	70
	그 뒤로 여러 대에 걸쳐서 개축했답니다.	
왕자	그가 지었다는 게 기록에 있나요, 아니면	
	대를 이어 소문으로 전해진 건가요?	
버킹엄	자비로운 전하, 기록에 있습니다.	
왕자	하지만 만약에 등록되지 않았어도	75
	그 사실은 대를 이어 남을 것 같군요,	
	바로 그 최후의 심판 날이 올 때까지	
	후손들 모두에게 되풀이될 테니까.	
리처드	(방백)	
	지혜가 조숙하면 절대 오래 못 산댔어.	

왕자	뭐라고요, 삼촌?	80
리처드	명성은 글자가 없이도 오래 산다고요.	
	(방백) 난 이렇게 도덕극의 사악한 악당처럼	
	한 마디로 두 가지 다른 뜻을 전달한다.	
왕자	줄리어스 시저는 유명 인사였어요,	
	용기 있는 행위로 자기 재능 심화하고	85
	그 재능을 적어서 용맹을 살려 놨으니까.	
	죽음도 이 정복자를 정복하지 못해요,	
	생명 속은 아니지만 명성 속에 사니까.	
	그런데 말이지요, 버킹엄 사촌 형.	
버킹엄	뭔데요, 자비로운 전하?	90
왕자	내가 만약 어른이 될 때까지 산다면	
	프랑스의 옛 권리를 되찾아 오거나,	
	왕으로 산 것처럼 군인으로 죽겠어요.	
리처드	(방백)	
	이른 봄 때문에 여름은 아마도 짧을 거야.	

어린 요크 공작, 헤이스팅스와 추기경 등장.

버킹엄	때마침 여기로 그 요크 공작이 오네요.	95
왕자	리처드 요크, 짐의 고운 동생은 잘 지내?	
요크	예, 지엄하신 전하 — 이젠 그리 불러야죠.	
왕자	그래, 동생, 짐도 너도 통탄할 일이야.	
	그 칭호를 지녔을 분께서 막 돌아가셔서	
	그 죽음에 그 단어의 위엄이 확 사라졌어.	100
리처드	우리 사촌, 요크 공작, 어떻게 지내느냐?	
요크	고귀하신 삼촌께 고마워요. 오, 공작님,	

	무익한 잡초가 성장은 빠르다고 하셨죠.	
	이 왕자 형님이 나보다 훨씬 더 컸어요.	
리처드	그렇구나.	
요크	그러므로 그는 무익한가요?	105
리처드	오, 고운 사촌, 난 그렇게 말하면 안 된단다.	
요크	그럼 그는 나보다 삼촌에게 더 신세 지네요.	
리처드	그는 내게 군주로서 명령할 수 있지만	
	너는 내게 친척의 힘을 갖고 있단다.	
요크	부탁해요, 삼촌, 그 단검 내게 줘요.	110
리처드	내 단검을, 꼬마 사촌? 진심으로 그러마.	
왕자	동생이 거지야?	
요크	삼촌에겐 그렇죠, 줄 거라고 알고 있고	
	주는 데 문제없는 장난감일 뿐이니까.	
리처드	사촌에겐 그보다 더 큰 선물도 줄 거야.	115
요크	더 큰 선물? 오, 그것과 짝하는 칼이죠.	
리처드	암, 귀한 사촌, 충분히 가볍게 든다면.	
요크	오, 그럼 오직 가벼운 선물만 내주면서	
	무거운 걸 구걸하면 안 된다고 하실 거죠.	
리처드	공작님이 차기에 이건 너무 무거워.	120
요크	더 무겁다고 해도 난 가볍다 여겨요.	
리처드	뭐, 내 무기를 갖고 싶어, 꼬마 공작님께서?	
요크	예, 나를 부른 그만큼 감사하고 싶어서요.	
리처드	얼마만큼?	
요크	꼬마만큼.	125
왕자	요크 공작 얘기는 언제나 삐딱할 겁니다.	
	삼촌은 그를 어찌 참아 줄지 아십니다.	
요크	참아 주지는 말고 올려 주란 뜻이군요.	

— 삼촌, 형님은 우리 둘 다 조롱해요.

그는 내가 원숭이처럼 작으니까 당신이 날   130

거기 곰 어깨에 올려 줘야 한다고 생각해요.

버킹엄   (방백)

참으로 날카롭고 날렵한 기지로 논하는군.

삼촌 향한 자신의 경멸을 누그러뜨리려고

예쁘고도 적절히 자신을 비웃잖아.

저렇게 약은데 저렇게 어린 게 놀랍네.   135

리처드   (왕자에게)

전하, 황송하나 길을 계속 가시겠습니까?

나 자신과 착한 친척 버킹엄 두 사람은

당신의 어머니에게 가서 그녀가 당신을

탑에서 만나서 환영토록 간청할 것입니다.

요크   (왕자에게)

아니, 전하, 탑으로 가려고 하십니까?   140

왕자   섭정께서 그렇게 해야겠다는구나.

요크   난 탑에선 편안히 잠 못 들 것입니다.

리처드   왜, 뭐가 무서워서?

요크   허 참, 클래런스 삼촌의 화난 유령이지요.

할머니 말씀이 거기서 살해됐다 했어요.   145

왕자   난 죽은 삼촌들은 겁 안 나.

리처드   산 삼촌도 그러시길 바랍니다.

왕자   그들이 살았대도 겁낼 필요 없기를.

하지만 갑시다, 공작님. 무거운 마음으로

그들을 생각하며 난 탑으로 갑니다.   150

            (나팔 신호. 리처드, 버킹엄, 케이츠비만 남고 모두 퇴장)

버킹엄   공작님, 이 꼬마 떠버리 요크가 당신을

	교활한 그 어미의 선동으로 이렇게	
	야비하게 비웃고 경멸한다 생각 않소?	
리처드	틀림없지, 틀림없어. 오, 약아빠진 아이야,	
	과감, 기민, 기발하고, 조숙하며 유능해.	155
	그는 완전 개 어미야, 머리에서 발끝까지.	
버킹엄	글쎄, 그쯤 하죠. — 이리 오게, 케이츠비.	
	자네는 우리 애기 철저히 감추어 주는 만큼	
	우리 뜻을 꼭 이루어 주겠다고 맹세했다.	
	오면서 역설했던 우리 뜻을 자넨 알아.	160
	어떻게 생각하나? 이 고귀한 공작님을	
	유명한 이 섬의 왕좌에 앉히는 일을 두고	
	윌리엄 헤이스팅스 경을 우리들 마음과	
	일치하게 만드는 건 쉬운 일이 아닌가?	
케이츠비	그는 그 왕자를 그의 부친 때문에 퍽 사랑해	165
	그에게 불리한 건 뭔지 안 하려 할 겁니다.	
버킹엄	그러면 스탠리는 어떡할까? 안 할까?	
케이츠비	그는 만사 헤이스팅스를 따라 할 겁니다.	
버킹엄	그럼 좋아, 꼭 이렇게 하자고. 케이츠비 님,	
	가서 마치 에두르듯 헤이스팅스 경을 떠봐,	170
	그가 우리 목표를 어떻게 생각하는지를.	
	그리고 그를 내일 탑으로 소환하여	
	대관식을 토의하는 자리에 앉게 하게.	
	만약 그가 우리에게 순응할 것 같으면	
	격려한 뒤 그에게 우리 이유 다 말해 줘.	175
	만약에 납처럼 얼음처럼 차갑고 꺼리거든	
	자네도 그렇게 대하면서 애기를 끊은 뒤	
	우리에게 그 사람의 의향을 통지해 줘.	

		내일 우린 협의를 나누어서 할 테고,	
		거기에서 자네는 긴히 쓰일 테니까.	180
리처드		윌리엄 경에게 내 안부 전하게. 그에게	
		내일은 위험한 그의 옛 적대자들 무리가	
		폼프레싱에서 피 흘릴 거라고 말해 주고,	
		이 좋은 소식에 환희하며 그 쇼어 정부에게	
		친절한 키스 한 번 더 해 주라고 하게.	185
버킹엄		케이츠비 님, 이 일을 확실히 시행하게.	
케이츠비		두 공작님, 최대한 조심해서 할 겁니다.	
리처드		자기 전에, 케이츠비, 소식을 듣게 될까?	
케이츠비		그러실 겁니다, 공작님.	
리처드		우린 둘 다 크로스비 저택에 있겠네. (케이츠비 퇴장)	190
버킹엄		자, 공작님, 우리의 공모에 헤이스팅스 경이	
		응하지 않을 것을 알았을 땐 어떡하죠?	
리처드		머리를 잘라야지. 우리가 결정할 일이야.	
		그리고 내가 왕이 되자마자 자네는	
		헤리퍼드 백작령과 형님 왕이 가졌던	195
		개인 소유 동산을 다 나에게 요구하게.	
버킹엄		각하께 그 약속 이행을 곧 요구할 겁니다.	
리처드		모든 친절 다하여 양도할 테니까 기대해.	
		자, 때 맞춰 식사하세, 그래야 그 후에	
		우리들 공모의 윤곽을 그릴 수 있을 테니. (함께 퇴장)	200

3막 2장

헤이스팅스의 문간으로 사자 등장.

사자   어르신, 어르신.   (두드린다.)

헤이스팅스   (안에서) 누가 두드리느냐?

사자   스탠리 어른이 보낸 사람입니다.

헤이스팅스   (안에서)

           지금이 몇 시냐?

사자   4시 정각입니다.

헤이스팅스 경 등장.

헤이스팅스   이 지루한 여러 밤에 스탠리 경은 잠 못 드나?   5

사자   제 전갈에 의하면 그러신 것 같습니다.

           첫째, 고귀한 어르신께 안부를 전합니다.

헤이스팅스   그런 다음?

사자   그런 다음 어르신께 통지하길 간밤 꿈에

           수퇘지가 자신의 투구를 후려쳤답니다.   10

           게다가 협의를 두 군데서 하는데,

           한쪽의 결정 사항 때문에 다른 쪽의

           당신과 자신이 후회할 수 있다고 합니다.

           그래서 어르신 뜻 알려고 절 보내셨어요.

           당신이 곧 말을 타고 그와 함께 또 서둘러   15

           전속으로 그와 함께 북쪽으로 달려가서

           그의 혼이 예지하는 이 위험을 피할 건지.

3막 2장 장소   헤이스팅즈 경의 집 앞.

헤이스팅스	이 녀석아, 가라, 가. 주인에게 되돌아가.	
	분리된 협의는 겁내지 마라 해라.	
	그 어른과 나 자신이 한쪽에, 다른 쪽엔	20
	나의 좋은 친구인 케이츠비가 있어서	
	거기에선 우리와 관련된 어떤 일도	
	내가 알지 못한 채 진행될 수 없으니까.	
	그의 염려, 하찮고 근거 없다 말해 줘.	
	또 그의 꿈 말인데, 그가 그 불안한 수면의	25
	모조품을 믿을 만큼 단순한 게 놀랍네.	
	수퇘지가 쫓기 전에 먼저 도망치는 건	
	뒤쫓을 생각이 전혀 없던 그놈더러	
	우릴 따라오라고 자극하는 일이야.	
	가서 네 주인께 일어나 내게로 오라고 해,	30
	그럼 우린 탑으로 같이 가고, 거기에서	
	그는 우릴 친절히 대하는 수퇘지를 볼 거야.	
사자	갑니다, 어르신, 당신 말씀 전하지요. (퇴장)	

케이츠비 등장.

케이츠비	고귀하신 어르신께 아침 인사 올립니다.	
헤이스팅스	좋은 아침, 케이츠비. 일찍 일어났구먼.	35
	비틀대는 이 나라에, 그래 무슨 소식인가?	
케이츠비	어르신, 정말로 빙빙 도는 세상인데	
	리처드가 이 왕국의 화관을 쓸 때까진	
	절대로 바로 서지 못할 거라 믿습니다.	
헤이스팅스	뭐? 화관을 쓴다고? 왕관을 말하는가?	40
케이츠비	예, 어르신.	

헤이스팅스	왕관이 그토록 더러워지는 걸 보기 전에	
	내 머리를 어깨에서 잘라 내 버리겠네.	
	근데 자넨 그가 그걸 노린다고 추측하나?	
케이츠비	예, 맹세코, 또 당신이 자기편을 들면서	45
	그것을 얻는 일에 나서 주길 바랍니다.	
	그래서 당신에게 당신의 적들인	
	왕비의 친척들이 바로 오늘 폼프레에서	
	꼭 죽게 될 거라는 희소식을 전합니다.	
헤이스팅스	정말로, 그들은 언제나 나의 적수였으니까	50
	내가 그 소식에 애도하진 않겠다.	
	근데 내가 리처드를 편들며 표를 던져	
	주인님의 참혈통인 후계자들 막는 일은	
	결사코 하지 않을 것임을 신께선 아신다.	
케이츠비	자비로운 그 마음 신은 지켜 주소서.	55
헤이스팅스	하지만 내가 내 주군의 미움을 받게 했던	
	그들의 비극을 살아서 구경하는 이 일로	
	난 앞으로 열두 달 동안을 웃을 거야.	
	좋아, 케이츠비, 난 보름 더 늙기 전에	
	눈치 못 챈 몇 명을 황천길로 보낼 거야.	60
케이츠비	사람들이 준비도 예상도 못 한 채 죽는 건,	
	자비로운 어르신, 지독한 일입니다.	
헤이스팅스	오, 섬뜩해, 섬뜩해! 리버스, 본, 그레이가	
	그렇게 되고 있어. 또, 자네도 알다시피	
	고귀한 리처드와 버킹엄에게 소중한	65
	자네와 나만큼 자신들을 안전하다 여기는	
	그 밖의 몇 사람도 그렇게 될 거야.	
케이츠비	그 두 왕족은 다 당신을 높이 평가하십니다. —	

	(방백) 그의 목을 다리 위에 걸 만큼 평가하지.	
헤이스팅스	그런다고 알고 있고, 난 자격이 충분해.	70

스탠리 경 등장.

	어서 오게, 어서 와. 수퇘지 창 어디 있나?	
	수퇘지가 무서운데 준비 없이 그렇게 가?	
스탠리	어르신, 좋은 아침. — 좋은 아침, 케이츠비.	
	— 농담은 하실 수 있지만 십자가에 맹세코,	
	이 별도의 협의는 좋지가 않아요, 예.	75
헤이스팅스	백작, 나는 내 목숨을 자네 것만큼이나	
	소중히 여기고 살아생전, 단언컨대,	
	지금만큼 그것이 소중한 적 없었다네.	
	이 나라가 굳건한 걸 내가 알지 못한다면	
	지금처럼 의기양양할 거라고 생각하나?	80
스탠리	폼프레의 귀족들도 런던을 떠났을 땐	
	명랑했고 지위가 확실하다 상상했죠.	
	그들은 의심할 이유가 정말로 없었어요.	
	근데 봐요, 날이 곧 얼마나 어두워졌는지.	
	이 돌연한 원한의 칼질을 전 걱정합니다.	85
	전 공연한 겁쟁이가 되기를 빈답니다.	
	허, 탑으로 가자고요? 날이 저물었어요.	
헤이스팅스	자 어서, 같이 가. 백작은 알고 있나?	
	자네가 얘기한 그 귀족들, 오늘 머리 잘렸네.	
스탠리	그들은, 사실, 모자를 썼다고 그들을 고발했던	90
	몇 사람보다는 머리가 성했으면 좋겠네요.	
	하지만, 자, 어르신, 가시죠.	

문장관의 종자 등장.

헤이스팅스 먼저 가게. 이 착한 친구와 얘기 좀 하겠네.

(스탠리 경과 케이츠비 퇴장)

이봐, 웬일이냐? 요즘은 어떻게 지내느냐?

종자 어르신이 물어봐 주셔서 더 잘 지내죠. 95

헤이스팅스 이봐, 실은 나도 요전에 네가 나를 여기서

만났을 때보다 지금 더 잘 지낸단다.

그때 난 왕비의 친척들이 교사해서

죄수로서 탑으로 가는 도중이었지만

이제는 너에게 말인데 — 비밀로 해 — 100

오늘 그 적들은 사형에 처해졌으니까

내 상태는 그 어느 때보다 더 좋아.

종자 쭉 그렇게 많이 만족하십시오, 어르신.

헤이스팅스 이 녀석, 고맙구나. 자, 이걸로 한 잔 해.

(그에게 자기 지갑을 던진다.)

종자 고맙습니다, 어르신. (퇴장) 105

신부 등장.

신부 잘 만났습니다. 어르신을 뵈어서 기쁩니다.

헤이스팅스 자네에게 고맙네, 존 신부, 진심이야.

최근의 예배 때는 자네에게 신세 졌어.

다음 번 안식일에 후하게 보상하지.

90~91행 모자를⋯사람
어전에서도 공작의 모자를 쓸 수 있는 리
처드와 버킹엄을 가리키는 것 같다. 거
기에서 공작 계급 이하의 사람에게는 어
떤 종류의 머리 가리개도 허용되지 않았
다. (아든)

(그에게 귓속말을 한다.)

신부	어르신을 모시겠습니다.	110

버킹엄 등장.

버킹엄   아니, 신부와 얘기 중이십니까, 시종장?
              당신의 폼프레 친구들은 신부가 꼭 필요해도
              경께서는 진행 중인 임종 고해, 없지 않소.

헤이스팅스   정말로, 내가 이 성직자를 만났을 때
              당신이 언급한 사람들이 떠올랐소.   115
              아니, 탑으로 가시는 길입니까?

버킹엄   예, 하지만 난 거기에 오래는 못 머물고
              시종장보다는 먼저 돌아올 겁니다.

헤이스팅스   아, 당연하오, 난 거기서 식사할 테니까.

버킹엄   (방백)
              넌 모르고 있지만 저녁도 먹을 거야.   120
              — 자, 가실까요?

헤이스팅스   공작님을 모시겠습니다.   (함께 퇴장)

3막 3장

리처드 래트클리프 경, 창수들과 함께 리버스,

그레이와 본을 폼프레성에서 죽음으로 인도하며 등장.

리버스   리처드 래트클리프 경, 이 말을 해 주지.

3막 3장 장소 폼프레성.

534   **리처드 3세**

	자넨 오늘 한 신하가 진실과 존경과	
	충성심 때문에 죽는 것을 볼 것이네.	
그레이	신은 너희 일당으로부터 왕자를 지키소서.	
	너희는 저주받은 흡혈귀 무리다.	5
본	지금부터 넌 이걸 한탄하며 살 거다.	
래트클리프	서둘러라. 너희의 목숨도 다 끝났다.	
리버스	오, 폼프레, 폼프레! 오, 피비린 감옥아,	
	귀한 귀족들에게 넌 치명적이고 불길했다!	
	벽으로 둘러싸인 죄 많은 이 장소에서	10
	리처드 2세는 난도질당하여 죽었고,	
	우리는 음울한 네 자리에 치욕을 더하면서	
	죄 없는 우리 피를 마시라고 줄 것이다.	
그레이	마거릿의 저주가 우리 위에 떨어졌소,	
	리처드가 자기 아들 찌를 때 헤이스팅스와	15
	당신과 난 가만히 있었다고 절규했으니까.	
리버스	그리곤 리처드 저주한 뒤 버킹엄 저주했고,	
	헤이스팅스도 저주했지. 오, 신이여, 그들과	
	지금의 우릴 향한 그녀 기도, 기억해 들어주오.	
	또 누님과 고귀한 그 아들들 대신에,	20
	신이여, 저희의 참된 피로 만족하십시오,	
	그것을 아시듯이 부당하게 흘려야 하니까.	
래트클리프	빨리 가자. 죽어야 할 시간이 다 됐다.	
리버스	가자, 그레이, 가자, 본. 여기서 포옹하고	
	하늘에서 다시 만날 때까지 잘들 가라. (함께 퇴장)	25

3막 4장

버킹엄, 스탠리 더비 백작, 헤이스팅스, 엘리 주교,

노펵, 레트클리프, 러벌, 나머지 사람들과 함께

탁자 쪽으로 등장.

헤이스팅스	자, 귀족분들, 우리가 모이게 된 이유는	
	대관식과 관련된 결정을 내리기 위해서요.	
	아무쪼록 말해 보오, 즉위일은 언제지요?	
버킹엄	식을 치를 준비는 다 되어 있나요?	
스탠리	예, 날짜를 정하는 일만 남았습니다.	5
엘리	그럼 난 내일이 길일이라 판단하오.	
버킹엄	그에 대한 섭정의 마음을 누가 알죠?	
	누가 그 공작님과 가장 친밀하시죠?	
엘리	각하께서 가장 빨리 알 거라고 생각하오.	
버킹엄	우리가 안면은 있지만 우리 맘과 관련해선	10
	그는 나를, 내가 당신 아는 만큼, 또 난 그를	
	당신이 나를 아는 만큼도 모른답니다.	
	— 헤이스팅스 경, 당신은 그와 정이 깊지요.	
헤이스팅스	각하께 고맙게도 날 많이 아낀다고 알지만	
	대관식과 관련된 의향에 관해서는	15
	내가 그걸 떠본 적도, 그에 대해 뭣이든	
	자신의 귀한 뜻을 전한 적도 없답니다.	
	하지만 존경하는 여러분이 때를 잡아 주시면	
	난 공작을 대신하여 내 선택을 말할 테고	
	그는 그걸 정중하게 받을 걸로 추정하오.	20

3막 4장 장소 런던 탑.

리처드 글로스터 공작 등장.

래트클리프　운 좋게도 공작님이 여기 직접 오셨군요.

리처드　귀족과 친척분들, 다들 좋은 아침이오.
난 좀 오래 잤지만 내가 있었더라면
결론을 내릴 수 있었던 중대한 계획이
내 부재로 방치되진 않으리라 믿습니다.　25

버킹엄　공작님이 때맞춰 안 왔으면 당신 뜻을 ―
대관식과 관련된 당신 선택 말인데 ―
윌리엄 헤이스팅스 경이 공표했을 겁니다.

리처드　헤이스팅스 경보다 더 용감한 이 없겠지요.
경께서는 나를 잘 아시고 많이 아껴 주시죠.　30
　― 엘리 경, 내가 최근 홀본에 있었을 때
거기 당신 정원에서 좋은 딸기 봤답니다.
간청컨대 그거 좀 가져오라 해 주시오.

엘리　당연히 그러죠, 공작님, 진심으로.　　(엘리 주교 퇴장)

리처드　버킹엄 사촌은 나와 함께 얘기 좀 할까요.　35

(그들은 따로 얘기한다.)

케이츠비가 우리 일로 헤이스팅스를 떠봤는데,
이 성마른 신사는 대단히 흥분하여
주군의 자식이, 숭배 조로 그가 말하듯이,
잉글랜드 왕위를 잃는 데 동의해 주느니
차라리 자기 목을 잃겠다고 했다는군.　40

버킹엄　잠깐 물러나시죠. 나도 함께 가지요.

(리처드와 버킹엄 함께 퇴장)

스탠리　우리는 이 경축일을 아직 못 정했어요.
내일은 내 판단에, 너무 느닷없습니다.

나 자신이 준비를, 날이 연기됐더라면
잘했을 터인데 못 하고 있으니까.   45

엘리 주교 등장.

엘리 글로스터 공작님은 어디에 계시지요?
그 딸기 가져올 사람을 보냈어요.

헤이스팅스 오늘 아침 각하의 눈빛은 즐겁고 평온하오.
그렇게 생기 있게 아침 인사 하실 때면
좋아하는 생각이 무언가 마음에 있답니다.   50
기독교권에서 자신의 호오를 그보다 더
못 감추는 사람은 절대 없다 생각하오,
그 얼굴로 마음을 바로 알 수 있으니까.

스탠리 그가 오늘 보여 준 생기가 무엇이든
당신은 그 얼굴에서 어떤 마음 감지했죠?   55

헤이스팅스 그야, 그가 화난 사람은 여기 없단 것이오,
났다면 표정으로 드러냈을 테니까.

리처드와 버킹엄 등장.

리처드 모두 말해 주시오, 저주받은 마술의
악마 같은 계략으로 내 죽음을 정말로
공모한 자들과, 내 몸을 지옥의 주문으로   60
좌우했던 자들은 어떤 벌을 받아야죠?

헤이스팅스 각하께 내가 품은 다정한 사랑 탓에
나는 이 고귀한 자리에서 맨 먼저 나서서
그 범법자들이 누구든 처벌하길 바랍니다.

	그들은 공작님, 정말 사형감입니다.	65
리처드	그럼 당신 눈으로 그들의 죄악을 목격하라.	
	마법 걸린 내 모습을 보아라! 돌풍 맞아	
	말라 버린 묘목 같은 내 팔을 쳐다보라.	
	이건 저 흉측한 마녀인 에드워드의 아내가	
	저 창녀, 매춘부 쇼어와 공모하여	70
	그들의 주술로 내게 남긴 흔적이다.	
헤이스팅스	만약에 그들이 그런 짓을 했다면, 공작님 —	
리처드	만약? 너, 저주받은 그 창녀의 보호자가	
	나에게 만약을 얘기해? 넌 반역자야.	
	— 그의 목을 잘라라! 성 바울에 맹세코	75
	난 그걸 볼 때까지 식사하지 않겠다.	
	— 러벌과 래트클리프, 그리되게 조처하라.	
	— 날 아끼는 나머지는 일어서서 날 따르라.	

(함께 퇴장. 러벌과 래트클리프, 헤이스팅스 경과 함께 남는다.)

헤이스팅스	재앙, 내 것은 전혀 아닌 잉글랜드의 재앙이다,	
	난 피할 수 있었는데 너무 어리석었으니까.	80
	스탠리는 자신의 투구 깬 수퇘지 꿈 꿨는데	
	난 그걸 경멸하며 달아나지 않았다.	
	옷 입힌 내 말이 오늘은 세 번 휘청거렸고,	
	탑을 바라보고는 마치 나를 도살장에	
	데려가길 몹시 꺼려하는 듯 움찔했어.	85
	오, 난 이제 내게 말 걸었던 그 신부가 필요해.	
	난 이제 그 문장관 종자에게 오늘 내 적들이	
	폼프레성에서 얼마나 잔인하게 도륙되고	
	나 자신은 은혜와 호의 속에 안전한지	
	너무 의기양양하게 말한 것을 후회한다.	90

	오, 마거릿, 당신의 무거운 저주가 이제는	
	딱한 이 헤이스팅스의 비참한 머리에 내렸소.	
래트클리프	자, 자, 서둘러요. 공작은 식사를 원하오.	
	짧게 고해하시오, 그 머리를 보고 싶다니까.	
헤이스팅스	오, 인간들이 베푸는 순간적인 은혜여,	95
	우린 그걸 저 신의 은총보다 더 탐한다!	
	그 훌륭한 겉모습에 희망을 거는 자는	
	돛대 위의 술 취한 선원처럼 살고 있고,	
	깜박할 때마다 아래로 거꾸러져	
	저 치명적 심연 속에 처박힐 판이다.	100
러벌	자, 자, 서둘러요. 소리쳐도 소용없소.	
헤이스팅스	아, 잔인한 리처드! 불행한 잉글랜드여,	
	난 너에게 여태껏 비참한 시절에 본 것 중	
	최고로 무시무시한 때를 예언한다.	
	— 자, 나는 저 단두대로, 머리는 그에게로.	105
	곧 죽을 자들이 나에게 미소 짓고 있구나. (함께 퇴장)	

3막 5장

리처드와 버킹엄, 놀랍도록 추한 얼굴을 한 채
썩은 갑옷을 입고 등장.

리처드	근데, 사촌, 자네는 떨면서 안색을 바꾸고
	말하는 도중에 숨을 확 죽이다가
	공포로 심란하여 마치 미친 사람처럼

3막 5장 장소 런던 탑 방벽.

	또다시 시작하고 또다시 멈출 수 있는가?	
버킹엄	쳇, 난 심각한 비극배우 흉내를 내면서	5
	말을 하고 뒤를 보며 사방을 탐색하고	
	깊은 의심 드러내며, 지푸라기 소리에도	
	떨면서 움찔할 수 있답니다. 섬뜩한 표정도	
	강요된 미소처럼 내 맘대로 짓는데,	
	그 둘은 다 내 계략을 꾸며 주기 위하여	10
	임무 수행할 준비가 언제든지 돼 있어요.	
	그런데, 어, 케이츠비는 갔어요?	
리처드	갔는데 저 보게, 시장을 데려왔어.	

시장과 케이츠비 등장.

버킹엄	시장님 —	
리처드	거기 그 도개교를 조심해!	15
버킹엄	쉿, 북소리가!	
리처드	케이츠비, 저기 방벽 너머를 살펴봐! (케이츠비 퇴장)	
버킹엄	시장님, 우리가 사람 보낸 이유는 —	
리처드	돌아봐! 방어해! 적들이 나타났어.	
비킹엄	주님의 보호와 우리의 결백이 막아 주길.	20

러벌과 래트클리프, 헤이스팅스의 머리 들고 등장.

리처드	진정해. 우군인 래트클리프와 러벌이야.	
러벌	이것이 위험했음에도 의심치 않았던	
	그 야비한 반역자, 헤이스팅스의 목입니다.	
리처드	난 그를 지극히 아꼈으니 울어야 해.	

난 그를 지상에서 숨 쉬던 기독교인 가운데   25
최고로 솔직하고 무해한 인물로 여겼고,
그를 나의 책 삼아 그 안에 내 영혼의
내밀한 생각들을 모두 다 기록했네.
그는 자기 악덕을 미덕의 모습으로
아주 잘 덧칠해서 썩 뚜렷한 죄 빼고는 —   30
쇼어의 아내와 내통한 것 말인데 —
의심받은 오명은 전혀 없이 살았어.

버킹엄   허, 그는 여태 살았던 중 가장 깊이 감춰진
역적이었어요.
당신은 우리가 천운의 가호로 살아남아   35
이 사실을 말하게 되지 않았더라면,
이 교활한 역적이 오늘 회의장에서
나와 이 글로스터 공작님을 죽이려고
음모했다는 걸 상상하거나 믿으려 들었겠소?

시장   그가 그랬습니까?   40

리처드   뭐? 우리가 튀르키예인 아니면 이교도라 여기오?
또 우리가 법의 틀을 어기면서 이리 급히
이 악당을 사형에 처했을 거라고 여기오,
이 사건의 극심한 위험과 잉글랜드의 평화와
우리들 자신의 안전 문제 때문에   45
이 처형을 할 수밖에 없었는데 말이오?

시장   두 분께 행운을 빕니다! 그는 죽어 마땅하고
두 각하께서는 거짓된 역적들이
같은 시도 못 하게 잘 경고하셨습니다.

버킹엄   그가 한 번 저 쇼어 정부와 관계한 이래로   50
난 그가 나아지길 기대한 적 없었어요.

그래도 우리는 시장님이 그의 끝을
와서 볼 때까지는 그를 죽일 결정을 안 했소. —
여기 우리 친구들이 애정으로 서둘러
약간은 우리 뜻과 다르게 선수를 쳤지만 —   55
왜냐하면, 시장님, 나는 이 역적이 자신의
반역 방식, 목적을 말하면서 겁먹은 채
고백하는 내용을 당신이 다 들은 뒤에,
바로 그걸 그에 관해 우리를 오해하고
그의 죽음 통곡할지 모르는 저 시민들에게   60
잘 전해 줄 수 있기를 바랐기 때문이오.

시장   하지만 공작님, 두 각하의 말씀이 제가 그를
         보고 또 들은 것과 같은 역할 할 겁니다.
         그리고 제가 저희 순종하는 시민에게
         이 건에서 두 분의 바른 행동 다 알려 줄 테니   65
         참 귀한 두 왕족께서는 의심치 마십시오.

리처드   또한 우린 그러한 목적으로 시장을 불렀소,
         헐뜯는 세상 질책 피하려고 말이오.

버킹엄   그런데 우리의 의도보다 너무 늦게 왔지만
         우리가 정말 의도한 것을 증언해 주시오.   70
         그럼 착한 시장님, 작별을 고하겠소.   (시장 퇴장)

리처드   어서, 어서, 뒤따르게, 버킹엄 사촌.
         시장은 최대한 서둘러 회의장에 갈 거야.
         거기에서 자네는 가장 적절한 때에
         에드워드의 자식들이 서출임을 암시하게.   75
         에드워드가 한 시민을, 그가 자기 아들을
         왕관의 후계자 삼겠단 말 — 실은 자기 가게에
         그 표시가 붙어서 그렇게 불렸는데 —

오직 그것 때문에 어떻게 죽였는지 말하게.

거기에 더하여 하인들, 딸들과 아내들, 80

심지어는 강렬한 그의 두 눈이나

야만적인 심장이 제물로 욕망하면

어디든 멋대로 뻗었던 그의 미운 방탕과

다양한 욕정의 추잡한 욕구를 역설하게.

아니, 필요하면 이 몸에도 요만큼 다가가게. 85

그들에게 말하게, 탐욕스러운 에드워드를

어머니가 가졌을 때 위엄 있는 아버지,

고귀한 요크는 프랑스 전쟁에 나가셨고,

정확한 날짜를 계산해 본 결과 그 자식은

자기가 낳은 게 아니란 걸 아셨는데, 90

그건 그의 생김새가 고귀한 아버지 공작과

아주 딴판인 데서 잘 드러났다고 해.

근데 이건 좀 아끼며 먼 일처럼 건드리게,

알다시피 어머니는 아직 살아 계시니까.

버킹엄　걱정 마요, 공작님. 난 내가 간청하는 95

그 금빛 보상금이 나를 위한 것인 양

연설가 역을 할 테니까. 잘 있어요, 공작님.

리처드　성공하면 그들을 베이나드 성으로 데려와.

거기 오면 거룩한 신부와 박식한 주교를

여러 명 대동한 나를 만날 테니까. 100

버킹엄　난 가요, 3~4시쯤 그 회의장으로부터

들을 수 있는 소식을 기대하십시오.　(버킹엄 퇴장)

리처드　러벌은 최대한 신속히 쇼 박사에게 가.

(래트클리프에게)

넌 펜커 수사에게. 둘에게 한 시간 안으로

베이나드 성에서 나를 만나 보라고 해.   105

　　　　　　　　　　　　(래트클리프와 러벌 퇴장)

이제 나는 몇 가지 은밀한 조치를 취하여
클래런스의 새끼들을 먼 곳으로 보내고,
명을 내려 그 왕자들에겐 그 어떤 인간도
아무 때나 접근하지 못하도록 할 거야.   (퇴장)

3막 6장

필경사, 손에 종이 한 장을 들고 등장.

필경사　이게 그 착한 헤이스팅스 경의 기소장인데,
　　　　오늘 성 바울 성당에서 읽을 수 있도록
　　　　격식 갖춘 필체로 멋있게, 크게 작성되었다.
　　　　근데 그 뒷일이 얼마나 잘 들어맞는지 봐.
　　　　난 이걸 다 쓰는 데 열한 시간 걸렸다,   5
　　　　간밤에 케이츠비가 내게 보냈으니까.
　　　　초안도 꼭 그만큼 오래 걸렸을 텐데,
　　　　그런데 다섯 시간 전만 해도 헤이스팅스는
　　　　오점 없이, 심문 없이, 자유롭게 살았다.
　　　　요즘 세상 참 좋구나. 이 명백한 계책을   10
　　　　알 수 없을 만큼이나 멍청한 자 누굴까?
　　　　하지만 모른 체 않을 만큼 용감한 자 누굴까?
　　　　그런 부당 거래가 생각 속에서만 보일 때
　　　　그 세상은 나쁘고, 다 없어져 버릴 거야.   (퇴장)

3막 6장 장소 런던, 길거리.

3막 7장

리처드와 버킹엄 각각 다른 문으로 등장.

리처드   어때, 어때, 시민들은 뭐라고 얘기해?

버킹엄   주님의 성스러운 어머니께 맹세코,
             시민들은 함구하고 한마디도 안 합니다.

리처드   에드워드 자식들의 서출 얘기 건드렸나?

버킹엄   그랬지요, 그가 루시 부인과 맺은 혼약,   5
             또 프랑스에서 맺은 대리 혼약 말하면서.
             만족을 모르는 그의 탐욕스러운 욕망과
             도시의 아내들을 겁탈한 일들과
             사소한 건에 대한 폭압과, 당신의 부친이
             프랑스에 있을 때 임신된 그의 서출 신분과   10
             그 공작을 닮지 않은 그의 모습까지도.
             게다가 당신의 생김새도 암시했죠,
             그 형체와 고귀한 마음씨 양쪽에서
             부친의 올바른 초상으로 말입니다.
             스코틀랜드에서 당신이 거둔 승리 모두와,   15
             당신의 전술과 평화 시의 지혜와
             선심, 미덕, 아름다운 겸손을 꺼내 놨죠.
             진짜로, 당신의 목적에 맞는 건 하나도
             빼 놓거나 가벼이 얘기하지 않았어요.
             그리고 내 웅변이 끝나 갈 무렵에 난   20
             애국하길 좋아한 자들에게 주문했죠,
             "잉글랜드 왕다운 왕, 리처드 만세"를 외치라고.

3막 7장 장소   베이나드성.

리처드	그들이 그랬는가?

버킹엄   아뇨, 하느님 맙소사, 한마디도 안 했고,

무언의 동상이나 숨 쉬는 석상처럼   25

서로를 응시하며 극도로 창백해 보였어요.

그런 모습 봤을 때 난 그들을 꾸짖었고

시장에게 물었죠, 이 고집 센 침묵은 뭐냐고?

그의 답은 사람들이 기록관이 말 안 걸면

응하는 데 익숙하지 않다는 거였어요.   30

그래서 내 얘기 다시 하란 재촉을 받은 그는

"공작님은 이런 말과 저런 암시 하셨소." —

그랬지만 자기 말로 보증한 건 없었지요.

그가 말을 끝냈을 때, 회의장 끝에 있던

내 하인 몇 명이 모자를 던졌고,   35

열 명 쯤이 "리처드 왕 만세!"를 외쳤죠.

그래서 난 그 소수의 반응을 기회 삼아

"고맙소, 친절한 시민들과 친구들," 한 다음

"여러분 전체의 박수와 기운찬 함성은

리처드를 바라는 지혜와 애정을 입증하오."   40

그리고는 바로 말을 끊은 다음 나왔어요.

리처드   혀도 없는 멍청이들! 말 않으려 했다고?

그럼 그 시장과 의원들은 안 온단 말인가?

버킹엄   시장은 가까이에 있습니다. 겁주는 척하세요.

강력한 간청이 아니면 말 상대 마시고   45

기도서를 한 권 구해 당신 손에 들고서

두 성직자 사이에 서 계셔요, 공작님,

그 저음을 바탕으로 난 성가를 부를 테니.

우리의 요청을 쉽게 승낙 마시고,

	안 돼요 연발하며 안기는 처녀 역을 하세요.	50
리처드	가겠네, 또 자네가 나에게 그들 위한 간청을	
	내가, 안 돼요, 할 수 있는 그만큼 잘한다면	
	이 일은 틀림없이 행복하게 끝날 거야.	
버킹엄	가세요, 지붕 위로, 시장이 노크해요. (리처드 퇴장)	

시장과 시민들 등장.

| | 잘 왔어요, 시장님. 난 초조히 기다리오. | 55 |
| | 공작님은 얘기를 안 나누실 것 같습니다. | |

케이츠비 등장.

	아, 케이츠비, 내 요청에 주인님의 말씀은?	
케이츠비	고귀한 공작님께 그는 정말 간청하시기를	
	내일이나 모레쯤 방문하라 하셨어요.	
	그는 저 안에서 거룩한 두 신부님과	60
	성스러운 명상에 들어가 계시는데,	
	이 세상의 그 어떤 청원에도 자신의	
	경건한 예배를 방해받지 않으실 겁니다.	
버킹엄	케이츠비, 자비로운 공작님께 돌아가서	
	그에게 나와 시장 그리고 의원들이	65
	중대사로, 대단히 중요한 볼일로,	
	바로 우리 모두의 이익에 관한 일로	
	각하와 의논 좀 드리러 왔다고 전해 주게.	
케이츠비	그만큼을 그에게 곧 알려 드리지요. (퇴장)	
버킹엄	하, 시장님, 이 왕족은 에드워드가 아니오.	70

음탕한 사랑의 침대에 기대지 않고서
무릎을 꿇은 채 명상 중이시군요.
한 쌍의 창녀와 희롱하는 게 아니라
박식한 두 성직자와 명상하고 있으며,
게으른 자기 몸을 살찌우려 자지 않고 75
깨어 있는 영혼을 키우려 기도하십니다.
잉글랜드는 행복할 것이오, 이 고결한 왕족이
통치권을 떠안아 주신다면. 근데 우린
분명 그를 설득 못할까 봐 걱정이오.

시장　　　허 참, 각하께서 거절은 절대 말아 주시길. 80
버킹엄　　그러실까 걱정이오. 케이츠비가 돌아왔군.

　　　　　　　　　　케이츠비 등장.

아, 케이츠비, 각하의 말씀은?
케이츠비　각하께선 사전에 경고를 못 받아서
당신이 뭣 때문에 시민 무리 모아서
그에게 왔는지 의아해하십니다. 85
좋은 뜻은 없다고 걱정하십니다, 공작님.
버킹엄　　고귀한 사촌께서 내 뜻이 안 좋다고
나를 의심하시다니 애석한 일이네.
맹세코, 우리는 완벽한 애정 갖고 왔으니
다시 한번 돌아가 말씀드려 주게나.　　(케이츠비 퇴장) 90
성스럽고 경건하며 종교적인 사람들이
묵주 들고 있을 때 부르는 건 참 어렵소,
그토록 달콤한 게 열성적인 묵상이죠.

위에서 리처드가 두 주교 사이에서 등장.

케이츠비 등장.

시장	봐요, 각하께서 두 성직자 사이에 섰어요.
버킹엄	두 미덕의 지주가 기독교인 왕족을
	허영과 타락에서 막아 주고 있군요.
	또 그의 손에 들린 기도서를 보시오,
	성자임을 드러내는 참된 장식품이오.
	─ 고명한 플랜태저넷, 참 자상한 왕족이여,
	호의를 베풀어 우리 요구 들으시고,
	당신의 예배와 올바른 교인의 열정을
	우리가 중단한 걸 용서해 주십시오.
리처드	공작님, 그런 사과 전혀 필요 없습니다.
	난 정말 나를 용서해 달라고 간청하오,
	열심히 하느님께 예배를 드리느라
	친구들의 방문을 지연시켰으니까.
	근데 그걸 떠나서 각하의 뜻은 뭐죠?
버킹엄	그건 바로 하느님과, 통치 안 된 이 섬의
	착한 사람 모두가 기뻐할 것이길 바랍니다.
리처드	나는 이 도시에서 불쾌하게 여겨지는
	어떤 죄를 지어서 당신들이 내 무지를
	꾸짖으러 왔다고 정말 의심한답니다.
버킹엄	맞습니다. 각하께서 괜찮으시다면
	우리의 간청 듣고 그 잘못을 고치시죠.
리처드	안 그럼 어떻게 기독교도 땅에서 살겠소?
버킹엄	그렇다면, 당신이 그 지존의 자리를,
	당당한 그 옥좌를, 왕홀 쥔 조상의 지위를,

95

100

105

110

115

그 행운의 신분을, 출생의 권리를,
그 왕의 가문에서 계승되는 영광을
흠결 있는 혈통의 잡종에게 내주는 건   120
당신의 잘못이란 사실을 알아 두십시오.
또 당신이 순한 생각 하면서 잠자는 한,
우린 그걸 이 나라에 이롭도록 깨우는데,
고귀한 이 섬은 자신의 팔다리를 못 가지오.
그 얼굴은 오명의 상처로 훼손됐고,   125
그 왕의 혈통엔 비열한 식물이 접목되어
캄캄한 건망증과 깊은 망각이라는
소용돌이 속으로 거의 밀려들어 갔답니다.
그걸 치유하기 위해 우리는 진심으로,
자비로운 당신이 이 당신 나라의 보호와   130
왕다운 통치를, 섭정, 집사, 대리 또는
타인의 이득 위한 저급한 대행이 아니라
핏줄에서 핏줄로 이어지는 계승자로,
당신의 타고난 권리로, 당신의 절대 영토,
소유물로 맡아 주길 애원하옵니다.   135
이를 위해 나는 이 시민들, 당신을 존경하며
사랑하는 바로 당신 친구들과 합심하여
그들의 열렬한 자극에 따라서 각하를
이 정당한 명분 갖고 움직이러 왔답니다.

리처드　　침묵하며 떠나느냐, 아니면 당신들을   140
　　　　　호되게 꾸짖느냐, 어느 게 내 지위와
　　　　　당신들 처지에 가장 잘 맞는진 모르겠소.
　　　　　대답을 않는다면 당신들은 아마도
　　　　　혀 묶인 야심이 응답 없이 당신들이 나에게

어리석게 씌우려는 그 금빛 통치권의   145
멍에를 지는 데 굴복했다 여길지 모르오.
이런 청원 했다고 당신들을 꾸짖으면,
거기엔 나에 대한 충정이 푹 배었는데,
난 친구를 책망하는 역효과를 낳겠지요.
그러므로 말을 해서 첫째 사태 피하면서   150
말하지만 둘째 사태 일으키지 않기 위해
난 당신들에게 분명히 이렇게 답하겠소.
당신들의 사랑에는 감사가 마땅하나
내 공적이 가치 없어 그 귀한 요청을 피하오.
첫째로, 만약에 장애물이 다 잘려 나가고   155
왕관 향한 나의 길이 준비된 재산처럼,
출생의 권리처럼 평탄하다 하더라도,
그래도 내 마음의 가난은 너무 크고
내 결함은 너무나 막강하고 많은지라,
막강한 바다를 감당 못할 쪽배인 난   160
그 높은 권좌 안에 숨기를 탐하면서
내 영광의 증기에 질식해 죽기보단
차라리 그 높은 권좌 피해 숨으려 합니다.
근데 신께 고맙게도 난 쓸모가 없으며,
있다 해도 당신들을 돕는 덴 썩 부족하오.   165
왕이었던 그 나무는 왕족 열매 남겼는데,
그것은 조용히 흐르는 시간 따라 익은 뒤
이 당당한 옥좌에 잘 들어맞을 테고,
그 통치에 우린 분명 행복해할 것이오.
당신들이 내게 주려는 걸 난 그에게 주겠소.   170
그의 복된 별들의 권리와 행운을

내가 탈취하는 일은 신께서 막으소서.

버킹엄   그것으로 각하의 양심은 입증되었지만

그에 대한 논거는 상황을 충분히

다 고려해 봤을 때 미약하고 하찮아요.   175

당신은 그 에드워드가 형님 아들이라 하고

우리도 동의하나, 형수가 낳지는 않았어요.

애초에 그는 루시 부인과 약혼했고 —

모친은 그 서약의 증인으로 살아 있죠. —

나중에 대리인을 통하여 프랑스 국왕의   180

처제였던 보나와 결혼 약속 했으니까.

이 양쪽을 제치고, 한 불쌍한 청원자,

아들을 많이 둔 근심 어린 어머니,

저무는 미모에다 고민에 찬 과부가

최고의 날도 저문 바로 그녀 황혼기에   185

방탕한 그의 눈을 상금처럼 낚아챈 뒤

최정상에 있던 그를 저급한 내리막길,

혐오하는 이중의 결혼으로 유혹했죠.

그녀와 불법으로 잠잔 그는 우리가 예의상

왕자라 부르는 이 에드워드를 얻었고요.   190

나는 좀 더 매섭게 설명할 수 있지만

살아 계신 어떤 분을 존경하기 때문에

내 혀를 아끼면서 자제하고 있답니다.

그러니 공작님, 절대권의 증여를

이렇게 제의하니 왕으로서 받으시죠.   195

우리와 이 땅을 축복해 주지는 않더라도

당신의 고귀한 가문을 이 시절의

악습으로 말미암은 타락에서 구출하여

	직계의 참된 계승 이루게는 해 주시오.	
시장	예, 공작님. 당신의 시민들이 청합니다.	200
버킹엄	막강한 공작님, 내민 사랑 거절치 마십시오.	
케이츠비	오, 그들이 환희하게 합법 청원 허하소서.	
리처드	아아, 왜 내게 이 걱정거리를 떠안기오?	
	난 지위와 왕권에 부적합하답니다.	
	간청컨대, 언짢게 여기지는 마시오,	205
	난 굴복할 수도 없고 하지도 않을 거요.	
버킹엄	그걸 거절하신다면, 사랑과 헌신 땜에	
	당신 조카 그 아이를 폐하기 싫으시면 —	
	우리는 당신이 친족에게, 온갖 사람들에게	
	진짜로 꼭 같이 가졌다고 목격했던	210
	당신의 여린 마음, 부드럽고 친절한	
	여성적인 동정심을 잘 알지만 — 그럼에도	
	당신이 우리 청을 수락하든 아니하든	
	그 조카는 절대로 우리 왕이 못 될 거고,	
	우리는 타인을 옥좌에 앉혀서 당신의 가문에	215
	불명예와 몰락을 부를 테니 알아 두십시오.	
	이렇게 결심하고 우린 여길 떠납니다.	
	— 갑시다, 시민들. 제기랄, 더는 간청 않겠소.	
리처드	오, 버킹엄 공작님, 욕하지는 마시오!	

(버킹엄과 몇 사람 함께 퇴장)

케이츠비	왕족님, 그를 되불러요, 그들 청을 허락해요.	220
	불허하면 온 나라가 슬퍼할 것입니다.	
리처드	나에게 걱정의 산더미를 강요할 셈이냐?	
	그들을 다시 불러. (케이츠비 퇴장)	

난 돌이 아닌지라

당신들의 친절한 간청에는 내 양심과
영혼이 반대해도 움직이는 사람이오.   225

버킹엄과 나머지 사람들 등장.

버킹엄 사촌과 현명하고 근엄한 여러분,
당신들이 내 등에 운명을 묶으려 하니까
그 짐을 지려고 난 의지와 무관하게
그 무게를 견딜 인내 가져야 하겠지요.
하지만 검은 추문, 아니면 못생긴 비난이   230
당신들이 부과한 내 임무를 뒤따르면,
오로지 당신들의 강요로 인하여 생기는
온갖 오점 얼룩을 난 면제받을 거요.
신은 알고 계시고 당신들도 좀 보듯이,
이건 내 욕망과는 아주 먼 일이니까.   235

시장   각하께 축복. 그걸 알고 또 얘기할 겁니다.
리처드   그렇게 얘기해도 진실을 얘기할 뿐일 거요.
버킹엄   그럼 저는 왕의 칭호 쓰면서 인사하죠.
         리처드 왕 만세, 훌륭한 잉글랜드 왕이시여!
모두   아멘.   240
버킹엄   괜찮으시다면 즉위를 내일 하시렵니까?
리처드   그러길 바라는 바로 당신 뜻대로 하시오.
버킹엄   그러면 저희는 전하를 내일 모실 테니까
         지극히 기쁘게 물러가겠습니다.
리처드   자, 우리는 신성한 예배로 되돌아갑시다.   245
         ─ 잘 가요, 사촌, 잘 가요, 친구분들.   (함께 퇴장)

엘리자베스 왕비, 요크 공작 부인,

도싯 후작이 한쪽 문으로. 글로스터 공작 부인 앤이

클래런스의 딸과 함께 다른 쪽 문으로 등장.

공작 부인   여기 이게 누구야? 손녀 플랜태저넷을

친절한 글로스터 숙모가 손잡고 가?

분명코 그녀는 순전한 애정으로

그 여린 왕자에게 인사하러 가는구나.

— 며느리야, 잘 만났다.

앤   두 분 마님,   5

행복하고 기쁜 하루 맞으시길 빕니다.

엘리자베스 왕비   올케도 꼭 그러게. 어디로 가는가?

앤   탑까지만 가는데, 제가 추측하기로는

두 분과 꼭 같이 강한 애정 가지고

거기 있는 두 왕자를 만나러 갑니다.   10

엘리자베스 왕비   친절한 올케, 고맙네. 다 같이 들어가세.

브라큰베리 부관 등장.

그런데 때맞춰 부관이 여기로 오는군.

부관에게 미안한 일이지만 부탁인데

왕자와 내 아들 요크 애는 잘 지내나?

브라큰베리   마마, 잘 지내십니다. 하지만 황공하나   15

방문을 허락해 드릴 순 없습니다,

4막 1장 장소 런던 탑 앞.

	국왕께서 안 된다고 엄명을 내리셔서.	
엘리자베스 왕비	국왕이? 누군데?	
브라큰베리	섭정 말씀입니다.	
엘리자베스 왕비	주님의 금지로 왕의 호칭 못 갖기를. 그가	
	그들의 사랑과 나 사이에 경계를 정했어?	20
	난 그들의 어미야. 누가 나를 막을 텐가?	
공작 부인	난 그들 애비의 어미야. 걔들을 보겠다.	
앤	난 걔들의 숙모지만 사랑에선 어미야.	
	걔들 앞에 데려가 줘. 난 너를 탓하면서	
	위험을 무릅쓰고 네 직무를 빼앗겠다.	25
브라큰베리	아뇨, 마님, 안 돼요. 그렇게는 못 하셔요.	
	전 서약에 매였으니 용서해 주십시오.	(퇴장)

스탠리 등장.

스탠리	마님들이 저를 딱 한 시간 뒤에 만나시면	
	전 요크 마님을 두 고운 왕비를 바라보는	
	시어머니 된 분으로 맞이할 것입니다.	30
	(앤에게)	
	자, 마님, 곧바로 웨스트민스터로 가서	
	리처드의 왕비로 관을 써야 하십니다.	
엘리자베스 왕비	아, 이 매듭을 잘라 다오,	
	갇힌 내 심장이 뛸 틈을 좀 찾게. 안 그럼	
	죽음 같은 이 소식에 난 기절할 것이다.	35
앤	악독한 기별이다. 오, 기분 나쁜 소식이야.	
도싯	기운 내요, 어머니. 괜찮으신지요?	
엘리자베스 왕비	아, 도싯, 나에게 말 걸지 마. 떠나라.	

죽음과 파멸이 네 뒤꿈치를 쫓아와.

네 어미의 이름은 자식들에게 불길해.   40

죽음을 앞지르고 싶으면 가, 바다 건너

지옥의 경계 넘어 리치먼드와 함께 살아.

서둘러 가, 서둘러 이 도살장을 벗어나.

안 그럼 넌 죽은 자의 숫자를 늘리고,

어미, 아내, 인정된 왕비도 아닌 나를   45

마거릿의 저주의 노예로 죽게 할 것이야.

스탠리   마마, 그 충고는 현명한 걱정으로 가득하오.

(도싯에게)

재빠른 시간의 이점을 다 이용하게.

난 자네를 위하여 내 의붓아들에게

자네를 도중에 만나라는 편지를 써 주겠네.   50

분별없이 지체하다 느려져 잡히진 마시게.

공작 부인   오, 해악을 흩뿌리는 불행의 바람아.

오, 죽음의 산실인 저주받은 내 자궁아.

너는 이 세상에 닭뱀을 내났는데,

그 눈은 못 피한 사람을 죽인단다.   55

스탠리   자, 마마, 가시죠. 전 황급히 왔답니다.

앤   그리고 난 정말 마지못해 하면서 가겠소.

오, 맹세코, 내 이마를 빙 둘러 감싸야 할

그 금테가 나를 저 뇌수까지 지져 놓을

붉고도 뜨거운 쇳덩어리였으면.   60

생명 앗는 맹독 성유 나에게 바르고

"왕비 만세" 들을 수 있기 전에 죽게 하라.

엘리자베스 왕비   가라, 가, 딱한 것. 네 영광을 난 시샘 안 한다.

내 기분 맞추려고 자해를 하진 마라.

앤	말라고요? 왜죠? 이제는 내 남편인 그이가
	헨리 시신 따르던 나에게 왔을 때,
	그의 두 손에서 나의 다른 천사였던 남편과
	당시 내가 울면서 따르던 그 소중한 성자가
	쏟아 냈던 핏물이 채 가시지도 않았을 때,
	오, 내가 정말 리처드의 얼굴을 봤을 때
	나는 소원하기를, "넌 아주 어린 나를
	아주 늙은 과부로 만든 죄로 저주받고
	결혼할 땐 슬픔이 네 침실에 출몰하며
	네 아내는, 그 정도로 미친 여자 있다면,
	내 남편 죽여서 네가 날 불행하게 한 것보다
	네가 살아 더 불행해지기를 빈다." 그랬죠.
	보라, 이 저주를 다시 할 수 있기 전에,
	아주 짧은 시간 안에 내 여자의 심장은
	꿀 같은 그의 말에 멍청한 포로 되어
	지금까지 내 눈을 못 쉬게 한 내 영혼이
	스스로 저주하는 대상이 되었어요.
	왜냐하면 난 그의 침실에서 여태껏
	수면의 금빛 이슬 한 시간도 못 즐겼고,
	겁먹은 그의 꿈 때문에 늘 깨 있었으니까.
	게다가 내 부친 워릭 땜에 그는 날 미워하고
	그래서 틀림없이 나를 곧 제거할 거예요.
엘리자베스 왕비	불쌍한 것, 잘 가라. 네 한탄을 동정한다.
앤	당신 걸 내가 깊이 애도하는 이상은 못 해요.
도싯	잘 가요, 영광을 비통하게 환영하는 분이여.
앤	안녕, 그것과 작별하는 불쌍한 사람이여.
공작 부인	(도싯에게)

65

70

75

80

85

90

넌 리치먼드에게 가고, 행운이 널 인도하길,

(엔에게)

넌 리처드에게 가고, 선한 천사 널 따르길.

(엘리자베스에게)

넌 성역으로 가고, 좋은 생각 가득하길.

난 무덤에 들어가 평화와 안식 찾길.

팔십여 년 슬픔을 본 나는 매시간의 환희가   95

일주일치 비탄으로 박살나는 것도 봤다.

엘리자베스 왕비   잠깐, 그래도 저와 함께 탑을 되돌아봐요.

— 오래된 돌들아, 시샘으로 말미암아

너희 벽 안에 갇힌 그 아기들 동정해 줘,

그 작은 예쁜 것들에겐 거친 요람이란다.   100

험하고 투박한 유모야, 여린 왕자님들의

늙고 뚱한 동무야, 내 아가들 잘 대해 줘.

이 슬픈 바보들은 너희 돌과 헤어진다.   (함께 퇴장)

4막 2장

나팔 신호. 리처드가 버킹엄, 케이츠비, 래트클리프,

러벌과 다른 귀족들 및 종자 한 명과 함께 위엄을 과시하며

등장.

리처드 왕   모두들 비켜서 있으라. — 버킹엄 사촌.

버킹엄   자비로운 군주시여.

리처드 왕   그대 손을 이리 주게.

4막 2장 장소 궁정.

(여기에서 그는 옥좌에 오른다. 나팔 신호)

자네의 충고와 협력으로

리처드 국왕은 이렇게 높은 데 앉았네.

근데 우린 이 영광을 하루만 누릴 건가,   5

아니면 오래오래 크게 기뻐할 건가?

버킹엄   언제나 살아서 영원히 가도록 하시죠.

리처드 왕   아, 버킹엄, 난 이제 시금석 역을 하며

자네가 진짜배기 금화인지 시험하네.

에드워드 그 애가 살았어. 내 말을 새겨듣게.   10

버킹엄   계속해요, 사랑하는 주군님.

리처드 왕   허, 버킹엄, 난 왕이 되고 싶단 말이네.

버킹엄   아니, 당신은 삼중으로 유명하신 왕이오.

리처드 왕   하! 내가 왕? 암 — 근데 에드워드가 살았어.

버킹엄   사실이오, 군주님.

리처드 왕   오, 에드워드가 계속해서   15

'사실상의 군주'로 사는 건 쓰라린 결론이야!

사촌, 자네는 늘 그렇게 둔하지 않았어.

솔직히 말할까? 그 사생아들이 죽으면 좋겠고,

또 그 일이 당장 실행되기를 원하네.

이젠 뭐라 할 텐가? 당장 말해. 간략히.   20

버킹엄   전하께선 뜻대로 하실 수 있답니다.

리처드 왕   쯧, 쯧, 자넨 온통 얼음이군, 결빙된 친절이야.

그래, 그들이 죽는 데 자네도 동의하나?

버킹엄   전하, 제가 그걸 분명히 말하기에 앞서서

약간의 숨 쉴 틈을, 시간을 좀 주십시오.   25

그에 대한 제 결심을 곧 알려 드리죠.   (퇴장)

케이츠비   (다른 사람들에게 방백)

국왕이 화나셨어. 저것 봐, 입술을 깨물어.

리처드 왕　(방백)

난 돌머리 바보들, 부주의한 소년들하고나

대화를 나눌 거야. 사려 깊은 눈으로

나를 위해 내 속을 살피는 자 하나 없군.　　　　　　　30

포부가 큰 버킹엄은 용의주도해졌어.

　　　── 애!

　시동　전하?

리처드 왕　넌 금으로 타락시켜 은밀한 청부 살인

부추겨 볼 수 있는 인간 좀 알지 못해?　　　　　　35

　시동　불만에 찬 신사를 아는데, 초라한 재산은

거만한 그 마음에 미치지 못하죠.

금은 마치 스무 명의 웅변가들처럼

꼭 그를 유혹해 뭐든지 하게 할 겁니다.

리처드 왕　그자의 이름은?

　시동　　　　　　　　　티럴이옵니다, 전하.　　　　　40

리처드 왕　나도 좀 아는 자야. 애, 가서 이리 불러와. (시동 퇴장)

(방백) 깊이 머리 굴리는, 꾀 많은 버킹엄은

더 이상 내 비밀에 접근하지 못할 거다.

안 지친 채 나와 함께 참 오래 버텼는데

이젠 숨을 돌리려고 멈춘다? 좋아, 그래라.　　　　　45

스탠리 등장

웬일인가, 스탠리 경, 무슨 소식 있는가?

　스탠리　사랑하는 전하께 알립니다.

듣기로는 도싯 후작이 리치먼드에게,

그가 사는 지역으로 도망쳤다 합니다.

리처드 왕   이리 오게, 케이츠비. 나의 아내인 앤이   50

중병에 걸렸다는 소문을 퍼뜨리게.

난 그녀를 감금하란 밀명을 내릴 거야.

천하고 가난한 신사 한 명 찾아 줘,

클래런스의 딸과 곧장 결혼시킬 테니까.

사내애는 바보 같아, 그래서 걱정 안 해.   55

자네는 꿈꾸고 있구먼! 다시 말하는데,

왕비 앤이 아파서 죽을 것 같다는 소문을 내.

시작해, 자라서 나를 해칠 수 있는 희망은

모조리 꺾는 게 나에겐 급선무이니까.   (케이츠비 퇴장)

나는 내 형의 딸과 꼭 결혼해야 해,   60

안 그럼 내 왕국은 지푸라기 위에 선다.

그녀의 동생들을 살해하고 그녀와 결혼을 —

득 되기엔 불안한 길이다. 하지만 난

죄가 죄를 부를 만큼 핏속 깊이 들어왔다.

눈물을 떨구는 동정은 이 눈 안에 못 살아.   65

티럴등장.

네 이름이 티럴이냐?

티럴   제임스 티럴, 가장 잘 복종하는 백성이죠.

리처드 왕   정말로 그런가?

55행 사내애
클래런스의 아들 에드워드.
60행 형의 딸
엘리자베스 요크, 에드워드 4세와 엘리

자베스 왕비의 딸. 나중에 헨리 튜더(이
극의 리치먼드이자 헨리 7세)의 아내이
자 엘리자베스 1세의 할머니가 된다. (아
든)

티럴	시험해 보십시오, 전하.
리처드 왕	내 친구 하나를 감히 죽일 결심을 할 텐가?
티럴	예. 하지만 차라리 적을 둘 죽이겠습니다. 70
리처드 왕	그럼 그리해야지. 중대한 적이 두 명,
	휴식 막는 원수이자 단잠의 훼방꾼들인데
	난 자네가 그들을 처리해 주길 바라.
	티럴, 저기 저 탑에 있는 사생아들 말이네.
티럴	방해 없이 그들에게 다가가게 해 주시면 75
	당신의 걱정을 곧 없애 드리겠습니다.
리처드 왕	달콤한 노래를 부르는군. 쉿, 이리 와, 티럴.
	이 징표로 통과해. 일어나, 그 귀 좀 빌리자.

(그에게 귓속말을 한다.)

	그것 말고 더는 없다. 끝냈다고 말하면
	난 자넬 사랑하고 발탁할 것이다. 80
티럴	곧바로 해치우겠습니다. (퇴장)

버킹엄 등장.

버킹엄	전하, 전 당신이 제 의중을 떠보셨던
	당신의 최근 요청 숙고해 봤습니다.
리처드 왕	아, 그건 됐네. 도싯이 리치먼드에게 갔어.
버킹엄	저도 소식 들었어요, 전하. 85
리처드 왕	스탠리, 그는 자네 아내의 아들이야. 주의해.
버킹엄	전하, 당신이 명예와 믿음을 잡히고 약속한
	그 선물, 당연한 제 몫을 요구하옵니다.
	제 소유로 해 주겠다 당신이 약속했던
	해리퍼드 백작령과 그 동산들 말입니다. 90

리처드 왕	스탠리, 아내를 지켜보게. 리치먼드에게
	그녀가 편지를 보내면 자네가 책임져.
버킹엄	정당한 제 요청엔 뭐라고 하실 거죠?
리처드 왕	이제 정말 기억났어, 저 헨리 6세가
	리치먼드가 바보 같은 어린애였을 때,
	리치먼드가 왕이 될 거라고 예언했지.
	왕이라, 어쩌면 —
버킹엄	전하.
리처드 왕	어떻게 그 예언가는 곁에 있던 나에게
	내가 그를 죽일 거란 말은 못 했을까?
버킹엄	전하, 백작령을 주신다는 약속을 —
리처드 왕	리치먼드! 내가 최근 엑서터에 있었을 때
	그 시장이 예의로 내게 성을 보여 주며
	루즈몬트라고 했고, 난 그 이름에 흠칫했어,
	아일랜드 시인이 한때 내게 말하기를
	리치먼드 본 뒤로 난 오래 못 산다 했으니까.
버킹엄	전하 —
리처드 왕	음, 몇 시야?
버킹엄	전 이렇게 과감히 전하의 약속을
	상기시켜 드립니다.
리처드 왕	좋아, 근데 몇 시지?
버킹엄	10시를 칩니다.
리처드 왕	좋아, 치라고 해.
버킹엄	왜 치라고 하시지요?
리처드 왕	자네가 인형처럼 자네 구걸 행위와

95

100

105

110

103행 루즈몬트 리치먼드와 비슷하게 발음 되는 단어. (아든)

	나의 명상 사이에서 종을 치고 있으니까.	
	난 오늘은 주고 싶은 기분이 아닐세.	
버킹엄	황송하나 제 청원을 들어주시렵니까?	115
리처드 왕	귀찮게 구는군. 난 그럴 기분이 아니야.	

(버킹엄만 남기고 모두 그를 따라 퇴장)

버킹엄	그 정도야? 나의 큰 봉사를 이러한 경멸로	
	되갚아 줘? 이러려고 그를 왕 만들었어?	
	오, 겁에 질린 내 머리가 붙어 있을 동안에	
	헤이스팅스 생각하고 브레크녹으로 가야지. (퇴장)	120

4막 3장
티럴 등장.

티럴	폭군처럼 포악하고 잔인한 행동이,	
	이 땅에서 여태껏 저질러진 행위들 중	
	최고로 애처로운 학살이 끝났다.	
	디그톤과 포레스트, 내가 정말 사주하여	
	이 서글픈 도살을 저지른 그들도	5
	냉혹한 악당에다 잔인한 개놈들이지만,	
	인정과 온화한 연민으로 녹아서 애처럼	
	개들의 슬픈 죽음 얘기하며 울었다.	
	"아, 온순한 걔들은" 디그톤 말이, "이렇게,"	
	"천진한 설화석고 같은 팔로", 포레스트 말이,	10
	"이렇게, 이렇게, 서로를 껴안고 있었죠.	

4막 3장 장소 궁정

그 입술은 같이 핀 붉은 장미 네 송이로
여름 미모 뽐내며 서로에게 키스했답니다.
베개 위엔 기도서가 있었고, 그래서 난
맘이 한 번" 포레스트 말이, "바뀔 뻔했어요.   15
근데, 오, 악마가" — 거기서 그 악당은 멈췄고
디그톤은 이렇게 계속했지. "우리는
자연이 첫 번 창조 때부터 빚은 것 가운데
최고로 귀여운 작품을 질식시켰어요."
그 둘은 양심과 회한에 압도당해   20
말을 잇지 못했고, 그래서 난 둘을 떠나
이 기별을 이 잔인한 왕에게 가져왔다.

리처드 왕 등장.

여기로 오시는군. 늘 건강하십시오, 전하.
리처드 왕   친절한 티럴, 나에게 행복한 소식인가?
티럴   만약에 당신이 명하신 걸 끝내서   25
행복해지신다면 행복해하십시오,
그걸 끝냈으니까.
리처드 왕   하지만 죽은 걸 봤느냐?
티럴   예, 전하.
리처드 왕   그리고 묻어 줬어, 순한 티럴?
티럴   그 탑의 목사가 그들을 묻었는데
어딘지는 진실을 말하자면, 모릅니다.   30
리처드 왕   티럴, 후식을 먹은 뒤 곧바로 내게 와서
그들이 죽게 된 과정을 말해 주게.
그동안은 내가 어떤 친절을 베풀어

	자네 소원 이루게 될 건지만 생각해라.	
	그때까지 잘 지내.	
티럴	겸손하게 물러가옵니다. (퇴장)	35
리처드 왕	클래런스의 아들은 내가 꼭 가둬 뒀고	
	그의 딸은 천한 짝과 결혼을 시켰으며,	
	에드워드의 아들들은 천국에서 잠자고	
	아내 앤은 세상에게 밤 인사를 고했다.	
	자, 난 이제 저 브르타뉴로 간 리치먼드가	40
	형의 딸, 어린 엘리자베스를 겨냥하고	
	그 연줄로 뻐기면서 왕관을 넘보는 줄 아니까	
	그녀에게 활기찬, 성공할 구혼자로 다가간다.	

래트클리프 등장.

래트클리프	전하.	
리처드 왕	그토록 거칠게 오다니, 낭보냐 흉보냐?	45
래트클리프	전하, 흉보요. 모턴이 리치먼드에게 갔고,	
	강건한 웨일스인들의 지원받은 버킹엄이	
	진군하며 계속 세를 불리고 있답니다.	
리처드 왕	버킹엄과 급하게 징발된 그의 군대보다는	
	리치먼드 편에 선 엘리가 내겐 더 큰 문제다.	50
	자, 초조하게 논의하면 납 같은 하인처럼	
	멍청히 지체하게 된다는 걸 난 배웠어.	
	지체는 무능한 달팽이 걸음의 빈곤을 초래해.	
	그러니 불같은 신속함이 나의 날개,	
	조브의 머큐리 그리고 왕의 전령 되기를.	55
	병사를 모으러 가. 내 고문은 내 방패다.	

역적들이 전장에서 도전할 땐 빨라야 해.　(함께 퇴장)

4막 4장

늙은 마거릿 왕비 등장.

마거릿 왕비　번영도 이제는 이렇게 무르익기 시작하여
죽음의 썩은 입 속으로 떨어지는구나.
난 여기 이 지역에 남몰래 숨어들어
내 적들이 기울어 가는 걸 지켜본다.
난 음산한 도입부의 증인이 된 다음　　　　　　　　　5
그 결말이 그만큼 쓰라리고 어둡고
비극적이기를 바라면서 프랑스로 갈 거다.
비참한 마거릿아, 물러서라. 이 누구야?　(비켜선다.)

요크 공작 부인과 엘리자베스 왕비 등장.

엘리자베스 왕비　아, 불쌍한 왕자들! 아, 여린 내 아기들,
못다 핀 꽃, 갓 돋은 향기로운 새싹들아!　　　　　　10
부드러운 너희 영혼 아직 날아다니면서
영원한 판결 땜에 붙박인 게 아니라면,
그 천상의 날개로 내 주변을 맴돌며
너희들 어미의 한탄을 들어다오.

마거릿 왕비　(방백)
맴돌면서, 정의는 공평하여 너희의 새벽이　　　　　　15

4막 4장 장소　왕궁 앞.

	깊은 밤이 됐다고 그녀에게 말해 줘라.
공작 부인	수많은 불행으로 내 목소리 갈라지고
	비탄에 지친 내 혓바닥도 침묵한다.
	에드워드 플랜태저넷, 너는 왜 죽었느냐?

마거릿 왕비 (방백)

플랜태저넷과 플랜태저넷을 맞바꾸고,   20
에드워드가 에드워드의 죽음 빚을 갚는단다.

엘리자베스 왕비 오, 하느님, 그런 순한 양들을 저버린 뒤
늑대 창자 속으로 던지실 거예요?
그런 일이 있었을 때 잠자고 계셨나요?

마거릿 왕비 (방백)

거룩한 해리와 고운 내 아들이 죽었을 때도.   25

공작 부인 죽은 삶, 눈먼 시력, 딱하게 죽게 될 산 영혼,
비탄의 주무대, 세상 망신, 삶에 뺏긴 무덤의 몫,
지겨운 나날을 간략히 요약한 기록물아,
너의 그 불안을 죄 없는 피 불법으로 들이켠
합법적인 잉글랜드 땅 위에 앉혀서 쉬게 해라.   30

                                      (앉는다.)

엘리자베스 왕비 아, 네가 내게 무덤을, 우울한 자리 하나
내놓을 수 있는 만큼 빨리 허락해 준다면
난 내 뼈를 여기에 안 누이고 숨기련다.
아, 우리 말고 그 누가 애도할 이유 있지?   (앉는다.)

마거릿 왕비 (앞으로 나선다.)
만약 옛적 슬픔이 가장 존경받는다면   35

25행 거룩한 해리 헨리 6세.
26~28행 죽은…기록물 모두 공작 부인 자신을 말한다.

내 것에게 연장자의 혜택을 부여하고
내 비통이 상석에서 인상을 쓰게 하라.
만약에 슬픔이 사교를 허락할 수 있다면
내 걸 보고 너희의 비탄을 다시 말해.
내게 있던 에드워드, 리처드가 죽였고   40
내게 있던 남편도 리처드가 죽였으며,
네게 있던 에드워드, 리처드가 죽였고
네게 있던 리처드도 리처드가 죽였어.

공작 부인   내게 있던 리처드도 네가 정말 죽였고
내게 있던 러틀런드, 네가 도와 죽었다.   45

마거릿 왕비   네게 있던 클래런스도 리처드가 죽였다.
지옥의 사냥개 한 마리가 네 자궁 개집에서
기어 나온 다음에 우릴 다 죽음으로 내몰아.
양들을 물어뜯고 순한 피 핥으려고
눈뜨기에 앞서서 이빨이 먼저 난 그 개를,   50
쓰라리게 우는 이의 눈 속에 군림하는
그 빼어난 이 지상 최대의 폭군을,
신의 작품 훼손하는 그 더러운 자식을
네 자궁이 풀어서 우릴 다 무덤으로 내쫓아.
오, 공정하고 올바르게 정리하는 신이시여,   55
이 식인 똥개가 제 어미 새끼들을 잡아먹고
그래서 그녀를 남들과 신음을 함께하는
동료로 만들어 주셔서 정말 감사합니다.

공작 부인   오, 헨리의 아내여, 내 비탄에 열광 마라!
신은 증언하소서, 난 네 것에 울어 줬어.   60

마거릿 왕비   나를 좀 참아 주게. 난 복수를 갈망하고
이제는 그것을 물리도록 바라봐.

내 에드워드를 죽인 네 에드워드 죽었고,

네 에드워드 또 죽어 내 에드워드 빚 갚았다.

어린 요크, 그는 덤일 뿐이야, 그 둘로도　　　　　　　65

내 상실의 최절정엔 못 미쳤으니까.

내 에드워드를 찌른 네 클래런스 죽었고,

그 미친 연극을 쳐다보고 있던 자들,

간통한 헤이스팅스, 리버스, 본, 그레이는

음울한 무덤에서 때 이르게 질식됐다.　　　　　　70

지옥의 시커먼 정보원, 리처드는 살았지만

혼을 사서 거기로 보내는 대리인으로서만

목숨이 붙어 있다. 하지만 가까이, 가까이

가련하고 가차 없는 그의 끝이 다가와.

그를 당장 압송해 가려고 땅은 입 벌리고　　　　　75

지옥과 악마와 성자들은 타고, 짖고, 기도해.

주님께 빕니다, 제 생전에 "그 개가 죽었다."라고

말할 수 있도록 놈의 생명 증서를 찢으소서.

엘리자베스 왕비　　오, 넌 정말 예언했어, 그 통통한 독거미,

추한 혹등 두꺼비를 내가 저주하는 데　　　　　80

네가 도와주기를 바랄 때가 올 거라고.

마거릿 왕비　　그때, 난 너를 내 재산의 헛된 과시라고 했지.

그때, 난 너를 불쌍한 그림자, 가짜 왕비,

과거의 나를 그냥 재현해 놓은 것,

끔찍한 행렬의 번드레한 예고편,　　　　　　85

높이 올라갔다가 곤두박질당할 여인,

고운 아기 둘 있었단 조롱만 당할 어미,

네 과거 모습의 꿈, 위험한 사격으로

모두가 표적 삼을 번쩍번쩍하는 깃발,

위엄의 상징물, 한 번의 숨, 거품 방울,　　　　　90
그냥 무대 채우는 농담조의 왕비라고 했지.
네 남편은 지금 어디? 동생들은 어디 있지?
두 아들은 어디 있고? 무슨 일로 기뻐해?
누가 꿇고 간청하며 "왕비 만세."라고 하지?
아첨하며 몸 굽히던 귀족들은 어디 있어?　　95
너를 따라 몰려들던 무리들은 어디 있고?
이 모두를 열거한 뒤 지금의 널 보아라.
행복한 아내 말고 매우 불행한 과부,
기쁨에 찬 어미 말고 그 이름에 통곡하며,
간청받지 못하고 겸손하게 간청하며,　　　100
왕비 말고 걱정의 관을 쓴 참 불쌍한 것,
나를 경멸했었는데 내게 경멸당하고,
다들 겁냈었는데 이제는 하나를 겁내며
다 명령했는데 아무도 복종 않는 너를.
이렇게 정의는 한 바퀴를 빙 돌았고,　　　105
과거의 너밖에 생각할 게 없는 너는
현재의 네 처지로 더욱 크게 고문받는
시간의 완벽한 제물로 내팽개쳐졌어.
넌 내 자릴 찬탈했어, 근데 네가 내 슬픔은
정확히 그만큼 찬탈하지 않겠단 말이냐?　110
오만한 네 목은 이제 내 멍에의 반을 졌고,
거기에서 난 지친 내 머리를 지금 당장
쏙 빼낸 뒤 그 부담을 다 네게 넘겨주마.
요크의 아내여, 슬프고 불운한 왕비여, 안녕.
잉글랜드의 이 비탄, 프랑스에서 웃어 주마.　115

엘리자베스 왕비　오, 저주의 기술이 뛰어난 넌 잠시 남아

	내 적들을 어떻게 저주할지 알려 줘.	
마거릿 왕비	밤에도 잠들지 말 것이며 낮엔 굶고,	
	살아 있는 한탄과 죽은 행복 비교하고,	
	네 애들은 전보다 더 예쁘고, 걔들을	120
	죽인 자는 전보다 더 흉악하다 생각해.	
	잃은 걸 부풀리면 잃게 한 자 더 나빠져.	
	이것을 곱씹으면 저주법을 배우게 돼.	
엘리자베스 왕비	내 말은 둔하다. 오, 네 것으로 되살려 줘.	
마거릿 왕비	비탄으로 날 세우면 내 것처럼 찌를 거야. (퇴장)	125
공작 부인	왜 불운 속에는 말만 가득해야지?	
엘리자베스 왕비	비탄에 찬 의뢰인의 장황한 변호인들,	
	유언장 안 남긴 기쁨의 공허한 상속자들,	
	불행을 불쌍하게 내뱉는 웅변가들,	
	그들에게 자유 줘요, 그들이 전하는 건	130
	아무 도움 안 되지만 맘은 편해지니까.	
공작 부인	그렇다면 혀 물고 있지는 마. 같이 가서	
	쓰라린 말 쏟아 내어 저주받은 내 아들,	
	고운 네 두 아들 질식시킨 그를 질식시키자.	

(나팔 소리가 난다.)

| | 나팔이 울린다. 실컷 외쳐 보자꾸나. | 135 |

리처드 왕과 케이츠비를 포함한 수행원들,
고수 및 나팔수들과 함께 행진하며 등장.

리처드 왕	누가 내 원정길을 가로막고 있느냐?
공작 부인	오, 저주받은 내 자궁 속에서 네 목을
	졸라 버렸더라면 네가 행한 살육을 모조리

	차단할 수 있었던 여인이다, 몹쓸 놈아.	
엘리자베스 왕비	그 금빛 관으로 네 이마를 감췄어? 거기는	140
	정의가 살았다면 그 왕관을 소유했을	
	그 군주의 살육과, 불쌍한 내 아들과 동생들의	
	비참한 죽음의 낙인이 찍혀야 할 곳인데?	
	말해, 이 악당 노예야, 우리 애들 어디 있어?	
공작 부인	너 두꺼비, 두꺼비야, 클래런스 형님과	145
	꼬마 아들 네드 플랜태저넷 어디 있어?	
엘리자베스 왕비	온화한 리버스, 본, 그레이는 어디 있어?	
공작 부인	친절한 헤이스팅스는 어디 있어?	
리처드 왕	나팔수는 불어라! 고수는 진격의 북을 쳐라!	
	기름 부은 왕에 대한 여자들의 이 야단	150
	하늘이 못 듣게 하여라. 울리란 말이다!	

(나팔 소리. 북소리)

	진정한 뒤 고운 말로 간청하지 않으면	
	난 이렇게 시끄러운 전쟁의 소음 속에	
	당신들의 욕설을 빠뜨려 버릴 거요.	
공작 부인	너는 내 아들이냐?	155
리처드 왕	예, 고맙게도 아버지와 당신이 낳았죠.	
공작 부인	그러면 침착하게 내 격정을 들어 봐라.	
리처드 왕	마님, 난 당신의 기질을 좀 타고 나서	
	나무라는 말투는 못 참아 주겠어요.	
공작 부인	오, 말하게 해 다오.	
리처드 왕	하세요, 안 들을 테니까.	160
공작 부인	난 순하고 부드러운 말을 쓸 것이다.	
리처드 왕	짧게 해요, 어머니, 나는 좀 급하니까.	
공작 부인	그렇게 급하냐? 난 너를, 신은 아시겠지만	

	고문과 고뇌 속에 기다리고 있었다.	
리처드 왕	그래서 드디어 나타나 위로드리잖아요?	165
공작 부인	맹세코, 그런 게 아니란 걸 넌 잘 알아.	
	넌 이 땅을 내 지옥 만들려고 여기 왔다.	
	네 출생은 나에게 끔찍한 짐이었고	
	유아기에 넌 성질도 나쁘고 고집 셌지.	
	학생 땐 무섭고 무모하며 거칠고 광포했어.	170
	남자로 한창때엔 과감하고 모험적이었으며	
	성숙기엔 오만, 음흉, 교활하고 잔인하여	
	더 순한데 더 나빴고, 미움 품고 친절했다.	
	너는 내 곁에서 날 즐겁게 해 준 적이	
	있었던 시간을 말해 줄 수 있느냐?	175
리처드 왕	아 참, 험프리 하워가 아침 먹던 마님을	
	내 곁에서 불러냈던 그때밖엔 없군요.	
	당신 눈에 내가 그리 볼썽사나우면	
	화 돋우지 않도록 진군 허락하시죠.	
	북을 쳐라.	
공작 부인	부탁이다, 내 말 좀 들어다오.	180
리처드 왕	말이 너무 쓰라려요.	
공작 부인	한마디만 들어 봐,	
	다시는 너에게 말 걸지 않을 테니.	
리처드 왕	그러죠.	
공작 부인	주님의 올바른 섭리로 네가 이 전쟁에서	
	정복자로 되돌아오기 전에 죽든지, 아니면	185
	내가 큰 슬픔과 극도의 나이로 사라져	
	다시는 네 얼굴 못 보게 될 것이다.	
	그러니 최고로 끔찍한 내 저주를 받아라,	

	그것은 전투 날에 네가 하는 완전 무장	
	다 합친 것보다 너를 더 지치게 할 테니까.	190
	내 기도는 너의 적들 편에서 싸울 테고,	
	에드워드 자식들의 조그만 혼령들이	
	네 적들의 영혼에게 속삭이며 그들에게	
	성공과 승리를 약속해 줄 것이다.	
	넌 잔인하니까 끝 또한 잔인할 것이야.	195
	수치가 네 삶을 도우면서 네 죽음을 기다려. (퇴장)	
엘리자베스 왕비	저주할 이유는 내가 훨씬 많지만 용기는	
	내가 훨씬 적구나. 그녀 말에 난 아멘 해.	
리처드 왕	잠깐, 마마, 난 당신과 한마디 해야겠소.	
엘리자베스 왕비	네가 도살할 만한 왕족 핏줄 아들들은	200
	나에게 더 없단다. 내 딸들은, 리처드,	
	우는 왕비 아니라 기도하는 수녀가 될 거야.	
	그러니까 그들 목숨 겨냥하지는 마라.	
리처드 왕	엘리자베스라는 당신 딸이 있는데	
	고결하고 고우며 왕족답고 우아하죠.	205
엘리자베스 왕비	그래서 죽어야 해? 오, 걔를 살려 준다면	
	난 걔의 예절을 더럽히고 미모를 물들이며,	
	나 자신을 에드워드 배신한 아내로 비방하고	
	걔에게 오명의 덮개를 씌우겠다. 그 애가	
	피 흘리는 도살을 비켜 갈 수 있다면	210
	에드워드의 딸이 아니었다고도 고백하마.	
리처드 왕	그녀의 출신을 모욕 마오. 고귀한 공주니까.	
엘리자베스 왕비	그녀를 살리려고 그렇지 않다고 말하마.	
리처드 왕	그녀의 출신이 그녀 목숨, 최고로 보장하오.	
엘리자베스 왕비	꼭 그런 보장하에 그녀의 동생들은 죽었다.	215

리처드 왕	저런, 그들은 출생 때 천운이 안 좋았군.
엘리자베스 왕비	아니, 나쁜 친구 놈들이 그들을 싫어했어.
리처드 왕	운명의 판결은 아무도 못 피하오.
엘리자베스 왕비	맞아, 은총을 버린 자가 운명을 결정할 땐.

네가 너 고운 삶을 은총으로 받았으면　　　　　　　　220

내 애들은 더 고운 죽음을 맞았을 것이다.

리처드 왕　　　마치 내가 조카들을 살해한 것처럼 말하네요.

엘리자베스 왕비　삼촌에게 안락, 왕국, 친척과 자유와

생명을 사기 당한 진짜 조카들이었지.

개들의 여린 심장 그 누가 꿰뚫었든　　　　　　　225

네 머리가 모든 간접 지시를 다 내렸어.

흉악한 그 칼은 너의 돌 심장에 갈리어

내 양들의 배 속에서 뛰어놀기 전까진

무디고 뭉툭했을 것임이 틀림없어.

하지만 비탄을 쭉 쓰면 거친 비탄 꺾이니까　　　230

내 혀는 손톱이 네 눈에 닻을 내릴 때까진

네 귀에 애들 이름 말하지 않을 테고,

난 그런 절망적인 죽음의 만 안에서

불쌍한 쪽배처럼 돛과 밧줄 빼앗긴 채

네 바위 가슴에 부딪혀 산산조각 날 거야.　　　235

리처드 왕　　　마마, 나는 이 공격과 피비린 전쟁의

위험한 결과로써 당신과 당신 가족들에게

여태껏 내가 입힌 해보다 더 큰 이득 주려고

의도하는 것만큼 성공할 수 있기를 빕니다.

엘리자베스 왕비　내게 득이 될 수 있는 그 어떤 이득이　　　240

하늘 아래 숨어 있어 찾아낸단 말이냐?

리처드 왕　　　귀부인의 자식들을 천거하는 것이죠.

엘리자베스 왕비	단두대에 올라서 머리를 잘리는 것이겠지.
리처드 왕	행운의 드높은 고위직, 지상의 영광 중
	지존의 상징물을 차지하는 것이지요. 245
엘리자베스 왕비	그것을 보고해서 내 슬픔을 무마해 봐.
	네가 내 자식 중 누구에게 웬 신분,
	웬 고위직, 웬 영예를 양도할 수 있는데?
리처드 왕	바로 내 소유를 다 — 예, 나 자신과 모두를 —
	나는 당신 자식에게 수여할 것이오. 250
	그러니 화난 당신 영혼의 레테 속에
	내가 저질렀다고 당신이 추측하는
	피해의 슬픈 기억 다 던져 버리시오.
엘리자베스 왕비	네 친절의 절차를 말하는 게 네 친절의
	기한보다 길어지지 않도록 요약해라. 255
리처드 왕	그럼 난 진정으로 당신 딸 사랑하니 아시오.
엘리자베스 왕비	내 딸의 어머니도 진정 그걸 생각한다.
리처드 왕	무엇을 생각하오?
엘리자베스 왕비	네가 아무 진정 없이 내 딸을 사랑한다는 걸.
	그래서 넌 진정 없이 걔 동생들 사랑했고 260
	나는 내 진심 없이 그걸 정말 감사한다.
리처드 왕	그렇게 서둘러 내 뜻을 흐려 놓진 마시오.
	난 진정 당신 딸을 사랑할 작정이고
	잉글랜드의 왕비로 정말 삼고 싶으니까.
엘리자베스 왕비	좋아, 그럼, 그녀의 왕으론 누구를 생각해? 265
리처드 왕	그녀를 왕비 삼는 바로 그죠. 달리 누가?
엘리자베스 왕비	뭐, 네가?

251행 레테 저승을 흐르는 망각의 강.

리처드 왕	당연하죠. 어떻게 생각하오?
엘리자베스 왕비	구애할 수 있겠어?
리처드 왕	그걸 좀 배우려 합니다,

그녀의 기분을 가장 잘 아는 사람이니까.

엘리자베스 왕비 나한테 배운다고?

리처드 왕 마마, 진심으로. 270

엘리자베스 왕비 그녀의 동생들을 살해한 자 통하여 한 쌍의
피 흘리는 심장을, 그 위에 '에드워드'와
'요크'를 새겨서 보내 줘. 그럼 걔가 울지도.
그러니 손수건을 — 마거릿이 한때 네 아비에게
러틀런드의 피에 적셔 보냈듯이 — 선물해 봐, 275
그걸로 그녀의 고운 동생 몸에서 흐르던
자줏빛 핏물을 말렸다고 말해 주고
흐르는 그녀 눈물 닦으라고 해 봐.
이렇게 유인하여 그녀가 사랑하게 되거든
네 고귀한 행위를 적은 편지 보내 줘. 280
그녀 삼촌 클래런스, 외삼촌 리버스를
네가 없애 버렸고, 암, 그녀를 위하여
착한 고모 앤 또한 빨리 제거했노라고.

리처드 왕 나를 놀리십니다, 마마. 이런 방법으로는
당신 딸을 못 얻어요.

엘리자베스 왕비 다른 방법 없다네, 285
네가 이 모든 걸 다 했던 리처드, 그가 아닌
별도의 모습을 취할 수 있다면 모를까.

리처드 왕 이걸 다 그녀를 사랑해서 했다면요.

엘리자베스 왕비 아니, 그러면 그녀는 그 피비린 약탈로
사랑을 산 너를 정말로 미워할 수밖에 없어. 290

리처드 왕	무엇이든 지난 일은 이제 와선 못 고치오.

인간은 때때로 분별없이 대처한 뒤
여유를 가지고 돌아보며 뉘우친답니다.
당신 아들 왕국을 내가 정말 뺏었다면
보상으로 난 그걸 당신의 딸에게 줄 거요.　　　　　295
내가 당신 자궁에서 나온 자식 죽였다면
당신의 자손을 되살리기 위하여
난 당신 혈통의 내 자식을 딸에게서 얻겠소.
사랑에 있어서 할머니란 이름은
홀딱 빠진 어머니란 호칭에 못지않소.　　　　　300
그들은 한 단계 아래의 자식일 뿐이고
바로 당신 성품 가진 당신네 적통이며,
당신이 참았던 슬픔과 비슷한 하룻밤 산통을
그녀가 견딘 것 빼고는 같은 고생 시켜요.
당신 애들, 당신의 청춘엔 고통이었지만　　　　305
내 애들은 당신의 노년에 위안이 될 거요.
당신 손실, 왕이 못 된 아들 하나뿐이지만
그 상실로 당신 딸이 왕비가 됩니다.
당신에게 해 주려는 보상은 못 해 주니
나에게 가능한 친절을 받아들이시오.　　　　　310
당신 아들 도싯은 두려운 마음으로
불만에 찬 발걸음을 외국에서 옮기는데,
이 고운 결연으로 재빨리 고국에 불려와
높이 천거되면서 고위직에 오를 거요.
당신의 예쁜 딸을 아내라고 하는 왕은　　　　　315
도싯을 친근하게 처남이라 부를 거요.
당신은 다시금 한 왕의 어머니가 될 테고

괴로웠던 시절에 무너진 건 모두 다

두 배로 만족할 재물로 벌충될 것이오.

어허! 우리는 좋은 날을 많이 볼 것이오.   320

당신이 흘렸던 그 눈물방울들은

빛나는 진주로 탈바꿈한 채 돌아와

눈물 흘린 그 사랑을 열 배의 행복으로

이자 붙여 늘려 줄 것이오. 그러니 어머니,

딸에게 가 보시오. 당신의 경험으로   325

수줍은 나이의 그녀를 대담하게 만들고

그 귀를 구애자의 얘기 듣게 준비하며,

그 여린 가슴에 금빛 통치권이라는

열망의 불길을 넣어 주고, 달콤하고 조용한

결혼의 열락을 공주에게 알려 줘요.   330

그러면 내가 이 팔뚝으로 쩨쩨한 그 역적,

머리 둔한 버킹엄을 응징한 다음에

승전의 화환을 두르고 돌아와

정복자의 침대로 당신 딸을 이끌 테고,

그녀에게 내 정복을 되뇌면 그녀는   335

유일한 여 정복자, 시저의 시저가 될 거요.

엘리자베스 왕비 무슨 말이 최고일까? 아버지의 동생이

남편이 되려 한다? 또는 삼촌이라고 해?

또는 그녀 동생들과 삼촌들을 죽인 자?

내가 무슨 호칭으로 널 위해 구애해야   340

신과 율법, 내 명예와 그녀의 사랑이

317행 다시금…테고

엘리자베스는 이미 한 왕, 즉위하지 못   여기서 어머니는(324행에서와 마찬가지

한 에드워드 5세의 어머니였다. 그러나   로) 장모를 뜻한다.

	나이 어린 그녀에게 좋아 보일 수 있을까?	
리처드 왕	이 결연에 따르는 잉글랜드의 평화를 암시해요.	
엘리자베스 왕비	걔는 그걸 영속적인 전쟁으로 구입할 것이야.	
리처드 왕	명령이 가능한 국왕의 간청이라 전하시오.	345
엘리자베스 왕비	그녀에겐 왕 중 왕이 금하시는 결혼인데.	
리처드 왕	드높고 막강한 왕비가 될 거라 하시오.	
엘리자베스 왕비	어미처럼 그 칭호를 내려놓으려고.	
리처드 왕	난 영원히 사랑할 거라고 말하시오.	
엘리자베스 왕비	근데 그 '영원히'란 단언은 얼마나 오래가?	350
리처드 왕	고운 그녀 목숨의 끝까지 기꺼이 유효하오.	
엘리자베스 왕비	기꺼운 그녀 목숨 얼마나 고이 오래갈 건데?	
리처드 왕	하늘과 자연이 늘려 주는 만큼 오래.	
엘리자베스 왕비	지옥과 리처드가 원하는 만큼 오래.	
리처드 왕	그녀의 군주인 난 하급의 신하라고 하시오.	355
엘리자베스 왕비	하지만 네 신하인 그녀는 그런 군주 혐오해.	
리처드 왕	나를 위해 당신이 웅변 좀 잘해 줘요.	
엘리자베스 왕비	정직한 얘기는 솔직할 때 최고로 성공해.	
리처드 왕	그러면 솔직히 내 사랑 얘기를 해 줘요.	
엘리자베스 왕비	솔직한데 부정직한 것은 너무 거친 말투야.	360
리처드 왕	당신의 논리는 너무 얕고 성급하오.	
엘리자베스 왕비	오, 아니, 내 논리는 너무 깊고 죽어 있어,	
	무덤 속 딱한 아가들처럼 너무 깊이 죽어 있어.	
리처드 왕	그 곡조는 관둬요, 마마, 낡았어요.	
엘리자베스 왕비	난 계속 울릴 거야, 심금이 끊어질 때까지.	365
리처드 왕	난 이제 조지 성자, 가터 훈장, 왕관 걸고 —	
엘리자베스 왕비	모독했고, 모욕했고, 셋째 것은 찬탈했어.	
리처드 왕	맹세코 난 —	

엘리자베스 왕비	걸 게 없지, 서약이 아니니까.
	모독당한 조지는 당당한 명예를 잃었고
	훼손된 훈장은 기사의 미덕을 망쳤으며, 370
	찬탈한 왕관은 국왕의 영광에 먹칠했지.
	무언가 믿음을 줄 맹세를 하려거든
	피해를 주지 않은 무언가로 맹세해라.
리처드 왕	그럼 나 자신 걸고 —
엘리자베스 왕비	넌 자신을 악용했어.
리처드 왕	그럼 이 세상 걸고 —
엘리자베스 왕비	네 악행이 가득해. 375
리처드 왕	아버지의 죽음 걸고 —
엘리자베스 왕비	네 삶으로 추해졌어.
리처드 왕	그렇다면 신을 걸고.
엘리자베스 왕비	최고 신성모독이야.
	네가 진정 그분 서약 깨는 걸 겁냈다면
	넌 내 남편 국왕이 조성했던 화합을 안 깼고,
	그럼 내 동생들도 안 죽었을 것이다. 380
	그분 서약 깨는 것을 네가 겁냈더라면
	네 머리를 감싸는 그 장엄한 금속은
	내 자식의 여린 관자놀이를 빛냈을 것이고
	왕자 둘은 여기서 다 숨 쉬고 있을 텐데,
	먼지와 벗하기엔 너무 여린 그들은 지금쯤 385
	깨어진 네 신의 탓에 구더기 밥이 됐다.
	이제는 뭘 걸고 맹세할 수 있느냐?
리처드 왕	올 시간.
엘리자베스 왕비	넌 그것도 이미 지난 시간에 잘못 썼어.
	나 자신도 네가 해를 끼쳤던 과거로 인하여

미래를 씻을 눈물 수없이 흘려야 하니까.   390
너에게 도륙당한 아비들의 아들들은
못 배운 청년 된 걸 노년에 한탄할 것이고,
너에게 도살된 자식들의 부모들은 살아서
다 늙은 불임 노인 된 것을 한탄할 것이다.
올 시간 걸고서 맹세 마라, 넌 과거에 그것을   395
못되게 쓴 탓에 쓰기 전에 악용했으니까.

리처드 왕 내가 번영하면서 뉘우치려 하는 만큼
적대하는 세력과의 위험한 대결에서
난 번성하기를. 내가 만일 진심 어린 사랑과
티 없는 헌신과 성스러운 생각들로   400
아름다운, 위엄 있는 당신 딸을 못 돌보면
내가 나를 파괴하라! 하늘과 운명은
나의 복된 시간을 막아라. 나에게
낮은 빛, 밤은 휴식 주지 마라. 내 진로를
행운의 행성들은 모조리 막아서라.   405
나와 당신 행복은 그녀에게 있으며,
그녀 없인 나와 당신 자신과, 그녀 자신,
이 나라와 수많은 기독교도 영혼에겐
죽음, 황폐, 파멸과 쇠락이 따를 거요.
그것은 이 혼인이 아니면 피할 수 없으며   410
그것은 이 혼인이 아니면 피하지 못하오.
그러니 소중한 어머니 — 그리 불러야겠소. —
그녀에게 내 사랑의 변호인이 돼 주시오.
과거의 나 말고 미래의 나, 공적 말고
앞으로 받게 될 보상을 주장해 주시오.   415
현 상황의 필연성을 강하게 촉구하여

이 막중대사에서 수줍어 말라고 해 주시오.

엘리자베스 왕비   난 이렇게 악마의 유혹에 빠져야 해?

리처드 왕   예, 악마가 좋은 일 하라고 유혹하면.

엘리자베스 왕비   자신이기 위하여 자신을 잊어야 해?   420

리처드 왕   예, 당신의 기억이 당신을 해친다면.

엘리자베스 왕비   그럼에도 너는 내 자식들을 죽였다.

리처드 왕   근데 난 그들을 당신 딸의 자궁에 묻는데,

그들은 그 향료의 둥지에서 다시금

당신을 위로해 줄 분신들을 낳을 거요.   425

엘리자베스 왕비   내 딸의 마음을 네 뜻에 맞추러 가야 해?

리처드 왕   그런 다음 그 행위로 행복한 어미 되오.

엘리자베스 왕비   가겠소, 당신이 내게 곧장 편지 쓰면

나를 통해 그녀 마음 알게 될 것이오.

리처드 왕   참 사랑의 내 키스를 전해 주오. 그럼 안녕.   430

(엘리자베스 왕비 퇴장)

마음 풀린 바보여, 얄팍하고 변하는 여자여.

래트클리프 등장.

그래, 뭔 소식이냐?

래트클리프   참으로 막강한 군주시여, 강력한 해군이

서해안에 정박했답니다. 우리 쪽 해안으로

믿지 못할, 거짓된 마음의 수많은 아군이   435

적들을 퇴치할 무장과 결심 없이 몰려와요.

적의 해군 제독은 리치먼드라고 생각되며,

그들은 거기에 배를 대고 상륙을 환영할

버킹엄의 원군만 기다리고 있답니다.

리처드 왕	발 빠른 친구를 저 노펵 공작에게 급파해,	440
	래트클리프 너 또는 — 케이츠비를. 어디 있어?	
케이츠비	전하, 여기요.	
리처드 왕	케이츠비, 공작에게 날아가.	
케이츠비	예, 전하, 상황 봐서 최고로 서두르죠.	
리처드 왕	래트클리프, 이리 와. 솔즈베리로 달려가.	
	거기서 돌아오면 —	
	(케이츠비에게)　　　둔하고 무심한 악당아,	445
	공작에게 안 가고 왜 여기 남아 있어?	
케이츠비	막강한 주군이여, 전하 뜻을 말해 줘요,	
	전하의 무엇을 그에게 전달할지.	
리처드 왕	오, 맞아, 착한 케이츠비. 그에게 명하여	
	가능한 최강의 군대를 곧 소집하여	450
	나를 당장 솔즈베리 시에서 만나라 해.	
케이츠비	갑니다. 　　　　　　　　　　　　(퇴장)	
래트클리프	황송하나 전 솔즈베리에서 뭘 할까요?	
리처드 왕	아니, 내가 거기 가기 전에 뭘 하려고?	
래트클리프	전하께서 앞서서 달려가라 그러서서.	455
리처드 왕	마음이 바뀌었다.	

스탠리 경 등장.

스탠리, 뭔 소식이냐?

스탠리	전하, 듣고서 기뻐하실 소식도 아니고	
	보고도 못 할 만큼 나쁜 것도 아닙니다.	
리처드 왕	젠장, 수수께끼야! 좋지도 나쁘지도 않다니.	
	네 얘기를 곧바로 전할 수도 있는데	460

그렇게 수십 리를 돌 필요가 뭐 있는가?
다시 한번, 소식은?

스탠리　　　　　　　　　　　　리치먼드가 바다에서.

리처드 왕　간도 없는 변절자는 거기에서 가라앉고
바다가 덮치라 해. 거기에서 뭐 하는데?

스탠리　막강한 군주시여, 추측밖엔 못합니다.　　　　465

리처드 왕　그래, 네 추측은?

스탠리　그는 도싯, 버킹엄, 모턴에게 자극받아
여기서 왕관을 요구하러 잉글랜드로 옵니다.

리처드 왕　그 자리가 비었나? 보검은 아무도 안 찼고?
국왕이 죽었나? 그 왕국은 주인 없어?　　　　470
짐 말고 살아 있는 요크 후손 누군데?
대요크의 후손 말고 잉글랜드 왕이 누구야?
그러니 말해 봐, 바다에서 그가 뭐 해?

스탠리　그것 빼곤, 전하, 추측할 수 없습니다.

리처드 왕　넌 그가 네 주군이 되려고 오는 걸 빼고는　　　　475
그 웨일스인이 왜 오는지 추측을 못 한다.
넌 반역해 그에게로 달아날까 봐 두려워.

스탠리　아뇨, 전하. 그러니 절 의심치 마십시오.

리처드 왕　그럼 그를 퇴치할 네 병력은 어디 있나?
네 소작인들과 하인들은 어디 있어?　　　　480
지금쯤 그들은 서해안 쪽에서 역도들을
배에서 안전하게 내려 주고 있잖을까?

스탠리　아뇨, 전하, 제 친구들은 북쪽에 있습니다.

리처드 왕　나에겐 추운 친구들이야. 그들의 주군 위해
서쪽에서 도와야지 북쪽에서 뭐 하나?　　　　485

스탠리　막강한 왕이여, 아직 명을 못 받았답니다.

	황송하나 전하께서 허락해 주신다면	
	제 친구를 다 동원해 전하께서 원하시는	
	장소와 시간에 전하를 맞이하겠습니다.	
리처드 왕	암, 넌 가서 리치먼드와 합치고 싶겠지만	490
	난 너를 못 믿겠다.	
스탠리	참 막강한 군주시여,	
	제 우정을 의심하실 이유는 전혀 없고,	
	배신은 한 적도 하지도 않을 것입니다.	
리처드 왕	그럼 가서 병사를 동원해, 하지만 네 아들	
	조지 스탠리는 남겨 둬. 마음을 굳게 먹어,	495
	안 그럼 아들 목의 안전은 휙 사라져.	
스탠리	제 진심에 따라서 걔를 처분하십시오. (스탠리 퇴장)	

사자 등장.

사자	자비로운 주군이여, 친구들이 저에게	
	통지해 준 바로는 지금 데번셔에서	
	에드워드 코트니 경과, 그의 손위 형인	500
	저 오만한 성직자, 엑서터 주교가	
	수많은 공모자와 더불어 봉기했답니다.	

또 다른 사자 등장.

사자 2	전하, 켄트에서 길퍼드 일족이 봉기했고,	
	더 많은 동료들이 그 역도들에게	
	매시간 떼 지어 와 세력이 커진다 합니다.	505

또 다른 사자 등장.

사자 3   전하, 위대한 버킹엄의 군대가 —
리처드 왕   이 고얀 올빼미들! 죽음의 노래만 해.

                                    (그가 그들을 때린다.)

           자, 이거 먹고 더 나은 소식을 가져와라.

사자 3   이 몸이 전하에게 말씀드릴 소식은
           느닷없는 홍수와 쏟아지는 빗물로   510
           버킹엄의 군대가 산산이 흩어졌고,
           그 자신도 어딘지 모르는 곳으로 혼자서
           헤매고 있답니다.

리처드 왕   용서하기 바란다.
           네가 당한 주먹질을 치료해 줄 지갑이다.
           사려 깊은 친구가 나서서 공표했어?   515
           그 역적을 잡아 오면 포상금을 준다고?

사자 3   그러한 포고령을 이미 내렸답니다, 전하.

또 다른 사자 등장.

사자 4   토머스 러벌과 도싯 후작이, 전하,
           요크셔에서 봉기했단 소문이 있지만
           전 전하께 이 멋진 위안을 가져왔습니다.   520
           브르타뉴 해군은 태풍으로 흩어졌답니다.
           리치먼드가 도싯셔에서 배 한 척을
           해안으로 보내어 해변에 선 자들에게
           자기 지지자들인지 물었다고 합니다.
           그들은 버킹엄이 보내서 그를 위해 왔다고   525

	대답해 줬답니다. 그걸 신뢰 못 한 그는	
	돛을 올려 다시 브르타뉴로 향했어요.	
리처드 왕	진격하라, 진격해, 무기를 들었으니	
	외적들과 싸우지는 않더라도 여기에서	
	이 본국의 역적들을 때려 눕혀 버리자.	530

케이츠비 등장.

케이츠비	전하, 버킹엄 공작이 붙잡혔습니다.	
	그게 최고 소식이고, 리치먼드 백작이	
	막강한 군대와 더불어 밀퍼드에 상륙한 건	
	더 차가운 기별이나 말씀은 드려야죠.	
리처드 왕	솔즈베리 쪽이다! 우리가 따지는 동안에	535
	대회전을 이길 수도 질 수도 있는 법.	
	누가 명을 받들어 버킹엄을 솔즈베리로	
	데리고 오너라. 나머진 나와 함께 진군한다.	

(나팔 소리. 함께 퇴장)

4막 5장

더비 공작 스탠리와 크리스토퍼 어스윅 경

등장.

스탠리	크리스토퍼 경, 리치먼드에게 전하게.
	최고로 치명적인 수퇘지 우리 안에

4막 5장 장소 스탠리 경의 집.

내 아들 조지 스탠리가 갇혀 있네. 그래서
내 반역에 어린 조지, 목이 떨어진다네.
그것이 두려워 난 바로 도움을 못 주네.   5
그러니 떠나게. 주인께 내 안부 전하게.
더불어, 왕비가 진심으로 딸 엘리자베스를
그가 아내 삼는 데 동의했다 말해 주게.
그런데 고귀한 리치먼드는 지금 어디 있나?

어스윅 펨브로크 또는 웨일스의 하포드웨스트에.   10

스탠리 그에게 의지하는 이름 있는 이들은?

어스윅 고명한 군인인 월터 허버트 경, 그리고
길버트 탤벗 경, 윌리엄 스탠리 경,
옥스퍼드, 무서운 펨브로크, 제임스 블런트 경,
용맹한 대원 가진 라이스 앱 토머스와   15
명성과 자격 있는 수많은 이들이 있는데,
그들은 도중에 싸움이 붙지만 않으면
그들의 군대를 런던으로 돌립니다.

스탠리 그럼, 주인께 빨리 가. 그의 손에 키스하네.
그는 내 편지로 내 의중을 알 것이네.   20
잘 가게.   (함께 퇴장)

5막 1장

버킹엄이 행정관 및 미늘창수들과 함께 등장하여

형장으로 끌려간다.

5막 1장 장소 솔즈베리.

버킹엄	리처드 왕께서는 나와 얘기 않으려 해?
행정관	예, 공작님, 그러니 참아 주십시오.
버킹엄	헤이스팅스, 에드워드의 자식들, 그레이,
	리버스, 신성한 헨리 왕과 아드님 에드워드,
	본, 그리고 은밀하고 부패했고 추악한	5
	부정의 때문에 사라진 모든 이여, 당신들의
	우울하고 불만에 찬 영혼이 구름 통해
	현재의 이 시각을 바라보고 있다면,
	복수 때문에라도 내 파멸을 놀려 주오.
	― 오늘은 만령절, 안 그런가, 친구여?	10
행정관	그렇소.
버킹엄	그러면 만령절이 이 몸의 심판일이구나.
	에드워드 왕 시절 내가 그의 자식들과
	그 아내의 친척들을 배신한 게 드러났을 때
	나에게 닥치기를 바랐던 게 이날이다.	15
	내가 가장 신뢰했던 그의 배신 때문에
	내가 쓰러지기를 바란 때도 이날이다.
	이날, 겁먹은 내 영혼에게 만령절은
	내 악행의 처벌 유예 종결되는 시점이다.
	내가 희롱하였던 전지전능 그분께서	20
	내 가짜 기도를 내 머리로 돌리시고
	농으로 구걸한 걸 진정으로 주시니까.
	이렇게 그분은 사악한 자들의 칼끝을
	칼 주인의 가슴 향해 강제로 돌리신다.
	이렇게 마거릿의 저주는 내 목을 짓누른다.	25

13~17행 에드워드…이날이다 2막 1장 32~40행 참조.

그녀는 "그가 네 가슴을 슬픔으로 찢을 때
마거릿은 예언자였다는 걸 기억해." 그랬어.
— 자, 관리들, 나를 그 수치의 단두대로 데려가.
잘못은 잘못될 뿐이고, 죄는 죗값 치러야 해.

(버킹엄과 관리들 함께 퇴장)

5막 2장

리치먼드, 옥스퍼드, 블런트, 허버트와 나머지 사람들,
고수 및 기수들과 함께 등장

리치먼드   무장한 동료들, 내 가장 사랑하는 친구들,
독재의 멍에 아래 상처 입은 우리는
아무런 방해 없이 이 땅의 내륙으로
이만큼 깊숙이 진군해 들어왔고,
여기에서 짐의 장인 스탠리가 보내온   5
넉넉한 위안과 격려의 글을 받았답니다.
여러분의 여름 들판, 포도 결실 망쳐 놓고
여러분의 따뜻한 피 죽처럼 마시면서
내장 뺀 여러분의 가슴을 죽통 삼는
저 야비한, 잔인하고 찬탈하는 수퇘지가   10
바로 지금 이 섬의 중앙에, 우리가 알기론
라이스터읍 가까이 와 있다고 합니다.
탬워스에서 거기까진 단 하루의 행군이오.
용감한 친구들이여, 맹세코, 쾌활하게

5막 2장 장소 탬워스 근처의 진영

| | 이 한 번의 치열한 결전을 통하여 | 15 |
| | 영원한 평화를 수확하러 나갑시다. | |

옥스퍼드 모두의 양심 하나하나가 천 명의 병사 되어

이 유죄 살인자와 맞서 싸울 것입니다.

허버트 그의 친구들조차 우리 편이 될 겁니다.

블런트 그에겐 겁나서 친구 된 자 말고는 친구 없어   20

가장 급히 필요할 때 도망칠 것입니다.

리치먼드 다 우리의 이점이오. 그러니, 진군하라.

참희망은 신속하게 재비의 날개로 날면서

왕을 신 만들고 하급자를 왕 만든답니다.

(모두 함께 퇴장)

5막 3장

무장한 리처드 왕, 노퍽, 래트클리프, 서리 백작 및

다른 사람들과 함께 등장

리처드 왕 막사를 세워라, 바로 여기 보즈워스 들판에.

— 서리 경, 왜 그렇게 심각해 보이나?

서리 제 마음은 보기보다 열 배나 더 가벼워요.

리처드 왕 노퍽 경.

노퍽   여기요, 가장 자애로우신 주군.

리처드 왕 노퍽, 타격 좀 해야겠지, 하, 안 그래?   5

노퍽 사랑하는 전하, 주거니 받거니 해야겠죠.

리처드 왕 내 막사를 세워라. 오늘 밤 여기서 잘 것이다.

5막 3장 장소 보즈워스 들판.

　　　　　　　　　　　(군인들이 리처드의 막사를 세우기 시작한다.)

하지만 내일은 어디서? 뭐, 될 대로 되라지.

역적들의 숫자를 누가 조사해 봤나?

노퍽　　　그들의 병력은 최대 육칠천입니다.　　　　　　　　　　10

리처드 왕　아니, 우리의 전력은 그 숫자의 세 배야.

게다가 국왕의 이름은 큰 힘의 상징인데

반대편 무리에겐 그런 게 빠져 있어.

　— 막사를 올려라! — 자, 고귀한 신사들,

우리는 지형의 이점을 점검해 봅시다.　　　　　　　　　　15

확실한 지도력을 갖춘 사람 몇 불러라.

경들이여, 내일은 바쁜 날일 테니까

군기를 확립하고 지체하지 맙시다.　　(리처드의 막사가

　　　　　　　　　　　　　　　　　완성된다. 모두 함께 퇴장)

리치먼드, 윌리엄 브랜던 경, 옥스퍼드와 도싯이

블런트와 허버트 및 리치먼드의 막사를 세우는

다른 사람들과 함께 등장.

리치먼드　저 지친 태양은 금빛으로 지고 있고,

불타는 그 마차의 빛나는 흔적으로　　　　　　　　　　20

내일은 좋은 날일 거라는 표시를 보이오.

　— 윌리엄 브랜던 경, 내 기수가 돼 주시오.

　— 잉크와 종이를 내 막사로 가져오라,

나는 우리 전투의 모형도를 그리면서

지휘관 각자에게 별도의 임무를 맡기고　　　　　　　　　25

적은 아군 병력을 정확한 비율로 나누겠소.

옥스퍼드 경, 또 윌리엄 브랜던 경 당신과,

월터 허버트 경은 나와 함께 남으시오.

펨브로크 백작은 자신의 부대를 지키시오.

— 블런트 대장님은 나의 밤 인사를   30

그에게 전하고, 내일 새벽 2시에는

백작이 내 막사로 오게끔 해 주시오.

또 하나 더, 대장님, 날 위해 해 줄 일은

스탠리 경의 진지를 찾는 건데, 어디 있죠?

블런트   그 군기를 크게 잘못 본 것이 아니라면,   35

그런 일은 없었다고 확신하고 있는데,

그 부대는 국왕의 막강한 군대와 적어도

남쪽으로 반 마일 떨어져 있답니다.

리치먼드   아무런 위험 없이 가능하면, 블런트님,

얘기를 나눌 만한 좋은 수단 찾아서   40

가장 크게 필요한 이 쪽지를 전해 주오.

블런트   목숨 걸고, 주인님, 그 일을 할 테니

오늘 밤은 조용히 쉬시기를 빕니다.

리치먼드   잘 자요, 블런트 대장님.   (블런트 퇴장)

자, 신사들,

우리는 내일 일을 의논해 봅시다.   45

내 막사 안으로. 이슬은 습하고 차갑소.

(리치먼드, 브랜던, 도싯, 허버트와 옥스퍼드,

막사 안으로 물러난다. 나머지는 함께 퇴장)

자기 막사 안으로 리처드, 래트클리프, 노퍽,

케이츠비 및 나머지 사람들 등장.

리처드 왕   몇 시냐?

케이츠비	저녁 식사 때입니다, 전하, 9시요.
리처드 왕	저녁은 안 먹겠다. 잉크와 종이를 가져와.
	그래, 내 투구 턱받이는 전보다 여유 있고,
	내 갑옷은 모두 다 막사 안에 놔뒀어?
케이츠비	예, 전하, 모든 게 다 준비됐습니다.
리처드 왕	노퍽, 자네는 맡은 임무 서두르게,
	경계를 잘하고 믿을 만한 보초를 고르게.
노퍽	갑니다, 전하.
리처드 왕	내일은 종달새와 함께 깨게, 노퍽님.
노퍽	장담하죠, 전하. (퇴장)
리처드 왕	케이츠비.
케이츠비	전하.
리처드 왕	스탠리의 부대로 문장관 종자를
	한 사람 보내라. 그가 자기 군대를
	해 뜨기 이전에 안 보내면 그 아들 조지는
	영원한 밤의 암굴 속으로 떨어질 거라고 해.
	(케이츠비 퇴장)
	포도주 잔을 채워. 경계병을 한 명 다오.
	내일의 전투 위해 내 백마에 안장을 얹어라.
	내 창대가 든든하되 무겁지는 않도록 해.
	— 래트클리프.
래트클리프	전하.
리처드 왕	자네는 그 우울한 노섬벌랜드 경을 봤어?
래트클리프	토머스 서리 백작과 그 자신이 스스로
	막 땅거미 질 때쯤 부대에서 부대로
	전군을 돌면서 군인들을 격려한답니다.
리처드 왕	그럼 난 만족해. 포도주 한 잔 다오.

50

55

60

65

70

	전에는 늘 내게 있던 민첩한 정신도	
	즐거운 마음도 지금은 없구나.　　(포도주를 가져온다.)	
	내려놔라. 잉크와 종이는 준비됐어?	75
래트클리프	예, 전하.	
리처드 왕	근위병 세워 주고, 물러나라.	
	래트클리프, 자정쯤 내 막사로 온 다음	
	내 무장을 도와 줘. 물러나라고 했다.	

> (래트클리프와 다른 사람들 퇴장.
> 리처드는 막사로 자러 들어간다.)

> 더비 백작 스탠리, 리치먼드와 그의 귀족들이 함께 있는
> 막사 안으로 등장.

스탠리	네 투구에 행운과 승리가 내려앉기를.	
리치먼드	어두운 이 밤이 줄 수 있는 위안은 다	80
	귀하신 몸, 양아버지에게 찾아오길.	
	사랑하는 짐의 어머니께서는 어떠세요?	
스탠리	내가 대리인으로 어미의 축복을 해 주마,	
	그녀는 리치먼드 잘되라고 늘 기도해.	
	그건 됐고. 조용한 시간이 몰래 오고	85
	어둠이 쪼개지며 동이 트고 있구나.	
	간략히 말하겠다, 그래야 할 때니까.	
	내일은 아침 일찍 전열을 가다듬고	
	피비린 난타와 죽일 듯이 응시하는	
	전쟁의 중재에 네 운명을 맡겨라.	90
	난 할 수 있으면 — 내 뜻대론 못 하지만 —	
	최고로 유리하게 사람들을 속이고	

불확실한 이 군사 충돌에서 널 돕겠다.
그래도 난 네 편 들며 너무 멀린 못 나가,
만약에 들키면 어린 조지 네 동생이   95
이 아버지 눈앞에서 처형될 테니까.
잘 가라. 여유 없고 무서운 때라서
아주 오래 헤어졌던 친구들이 지켜야 할
예의 바른 사랑의 서약과 달콤한 대화의
충분한 교환은 못 하게 되었구나.   100
그러한 사랑 의식 치를 여유, 꼭 생기길.
다시 한번 작별하자. 용맹하고 번성해라.

리치먼드   경들께서 그를 자기 부대까지 호송하오.
난 걱정과 싸우면서 쪽잠을 잘 것이오,
승리의 날개 달고 높이 올라야 할 내일   105
납 같은 졸음에 억눌리면 안 되니까.
다시 한번 잘 자요, 친절한 경들과 신사들.

(리치먼드만 남고 모두 퇴장)

오, 주님, 전 당신의 대장임을 자임하니
자애로운 눈으로 제 군사들 봐 주소서.
타박상 입히는 당신의 분노 어린 철퇴를   110
그들 손에 쥐여 주어 찬탈하는 적군들의
투구를 무겁게 내리쳐 깨부수게 하소서.
우리를 응징의 집행관 만들어
승리로 당신을 찬양할 수 있도록 하소서.
제가 이 눈꺼풀 창문을 내리기에 앞서서   115
깨어 있는 제 영혼을 당신께 맡기오니
자나 깨나, 오, 항상 저를 보호해 주소서!   (잔다.)

헨리 6세의 아들, 어린 에드워드 왕자의 유령 등장.

에드워드 왕자의 유령   (리처드에게)

　　　　　　　내일은 내가 네 영혼을 짓누르게 해 줘라.
　　　　　　　한창때의 나를 튜크스베리에서 어떻게
　　　　　　　찔렀는지 생각해. 그러니 절망하고 죽어라.　　　　120
　　　　　　　(리치먼드에게)
　　　　　　　도살된 왕자들의 박해받은 혼령들이
　　　　　　　널 위해 싸울 테니 기운 내라, 리치먼드.
　　　　　　　헨리의 후손이, 리치먼드, 널 위로해.　　　(퇴장)

헨리 6세의 유령 등장.

헨리 6세의 유령   (리처드에게)

　　　　　　　내가 살아 있었을 때, 기름 부은 이 몸에
　　　　　　　넌 죽음의 구멍을 잔뜩 뚫어 놓았다.　　　　　125
　　　　　　　저 탑과 날 생각해. 절망하고 죽어라.
　　　　　　　이 헨리 6세가 명한다, 절망하고 죽어라.
　　　　　　　(리치먼드에게)
　　　　　　　고결하고 신성한 넌 정복자가 되어라.
　　　　　　　네가 왕이 될 거라고 예언했던 해리가
　　　　　　　자는 너를 위로한다. 살아서 번성하라.　　(퇴장)　130

클래런스의 유령 등장.

클래런스의 유령   (리처드에게)

　　　　　　　내일은 내가 네 영혼을 짓누르게 해 줘라,

과다한 포도주에 씻겨서 죽은 나,
네 간계에 속아 죽은 불쌍한 이 클래런스가.
내일의 전투에서 나를 생각해 보고
무딘 네 칼 내려놔. 절망하고 죽어라.   135

(리치먼드에게)
랭커스터 가문의 후손인 너, 박해당한
요크의 후계들이 널 위해 기도한다.
선한 천사, 네 병사들 지켜 주길. 번성해라.   (퇴장)

리버스, 그레이와 본의 유령 등장.

리버스의 유령   (리처드에게)
폼프레에서 죽은 리버스가 내일 네 영혼을
짓누르게 해 줘라. 절망하고 죽어라.   140

그레이의 유령   (리처드에게)
그레이를 생각하고 네 영혼은 절망해라.

본의 유령   (리처드에게)
이 본을 생각하고 두려운 죄의식에
네 창을 내려 놔라. 절망하고 죽어라.

유령 모두   (리치먼드에게)
깨어나서 우리의 원한이 리처드의 가슴 뚫고
그를 물리칠 거라고 생각해라. 깨어나 이겨라.   145

(함께 퇴장)

두 어린 왕자의 유령들 등장.

왕자들의 유령   (리처드에게)

저 탑에서 질식사한 네 사촌들 꿈꿔라.

우리가 네 가슴속 납이 되어, 리처드,

널 누르면 파멸, 수치, 죽음이 올 거야.

조카의 영혼들이 명한다, 절망하고 죽어라.

(리치먼드에게)

자거라, 리치먼드, 편히 자고 기쁘게 깨어나.　　　　　150

선한 천사들께서 귀찮은 수퇘지 막아 주길.

살아서 행복한 왕족 낳아. 저 에드워드의

불운한 아들들이 네 번영을 명한다.　　　(함께 퇴장)

헤이스팅스의 유령 등장.

헤이스팅스의 유령　(리처드에게)

잔인하고 죄 많은 너, 죄 때문에 깨어나

잔인한 전투 중에 네 생애를 끝내라.　　　　　155

헤이스팅스 경을 생각해. 절망하고 죽어라.

(리치먼드에게)

조용하고 걱정 없는 영혼이여, 어서 깨라.

이 고운 잉글랜드를 위해 무기 들고 싸워 이겨.

(퇴장)

그의 아내, 앤 부인의 유령 등장.

앤의 유령　(리처드에게)

리처드야, 네 아내, 너와는 한 시간도

조용히 잔 적 없던 네 아내가 이제는　　　　　160

너의 잠을 불안한 일들로 꽉 채운다.

내일의 전투에서 나를 생각해 보고

무딘 네 칼 내려 놔라. 절망하고 죽어라.

(리치먼드에게)

너 조용한 영혼아, 조용히 잠자라.

성공과 행복한 승리를 꿈꿔라.　　　　　　　　　165

네 적의 아내가 너를 위해 기도한다.　　　　(퇴장)

　　　　　　　　버킹엄의 유령 등장.

버킹엄의 유령　(리처드에게)

네게 왕관 씌운 것도 내가 처음이었고,

네 독재를 느낀 것도 내가 마지막이었다.

오, 싸우는 도중에 버킹엄을 생각하고

네게 죄가 있다는 공포심에 죽어라.　　　　　170

잔인한 행위와 죽는 꿈 쭉 꿔라, 쭉 꿔.

기절하며 절망하고 절망하며 숨 거둬라.

(리치먼드에게)

널 도울 수 있기 전에 희망 없던 난 죽었다.

하지만 기운 내고 낙담 마라. 주님과

선한 천사들께선 리치먼드 편에서 싸우고　　175

리처드는 자만의 정점에서 떨어지길.　　(퇴장)

　　　　　　　　　(리처드가 깜짝 놀라 꿈에서 깨어난다.)

리처드　　다른 말을 가져와! 내 상처를 꽉 묶어라!

예수님, 자비를. — 잠깐만, 꿈꾸었을 뿐이군.

오, 겁쟁이 양심아, 왜 이렇게 날 괴롭혀!

불빛이 푸르구나. 죽음 같은 자정이다.　　　180

무서운 오한의 땀방울이 떠는 몸에 맺혔어.

뭘 무서워하지? 자신을? 누구도 곁에 없다.
리처드는 리처드를 사랑해, 즉, 나는 나야.
살인자, 여기 있어? 없는데. 있어, 나야.
그럼 튀어! 뭐, 날 버리고? 무슨 큰 이유로? 185
내가 복수 못 하게. 뭐, 내가 내게 복수해?
아아, 난 나를 사랑한다. 왜? 내가 내게
무슨 좋은 일이라도 한 적이 있어서?
오, 아냐. 맙소사, 난 오히려 날 미워해,
나 자신이 저지른 미운 행위 때문에. 190
난 악당이란다. 하지만 거짓말, 난 아냐.
바보야, 자신을 좋게 말해. 바보야, 아첨 마라.
내 양심엔 천 개의 각각 다른 혀가 있고
그 혀가 다 각각 다른 얘기를 꺼내는데
그 모든 얘기가 다 나를 악당으로 규탄해. 195
가장 높은 등급의 위증이다, 위증이야.
가장 독한 등급의 살인이다, 엄한 살인.
각각 다른 등급으로 범했던 모든 죄가
법정으로 다 몰려와, "유죄, 유죄!"를 외친다.
난 절망할 것이다. 날 아끼는 자는 없고, 200
내가 만약 죽어도 누구도 동정 않을 것이다.
그들이 왜 그래야 해, 나 자신이 내게서
나에 대한 동정심을 찾지 못하는데?
내가 죽인 모두의 혼령이 내 막사로 찾아와
그 각각이 리처드의 머리 위에 떨어질 205
내일의 복수를 위협한 것 같았다.

래트클리프 등장.

래트클리프	전하.
리처드	제기랄, 게 누구냐?
래트클리프	전하, 저요, 래트클리프. 이른 마을 수탉이
	아침의 신에게 두 번이나 인사했답니다. 210
	친구들은 일어나 무장을 갖추고요.
리처드	오, 래트클리프, 난 무서운 꿈을 꿨어!
	넌 어때, 우리의 친구는 다 충성할 테지?
래트클리프	아무렴요, 전하.
리처드	오, 래트클리프, 겁나, 겁나.
래트클리프	아니, 전하, 환영들을 겁내진 마십시오. 215
리처드	저 사도 바울에 맹세코, 지난밤 환영들은
	무적의 갑옷 입고 얄팍한 리치먼드 따르는
	실제 군인 만 명이 줄 수 있는 것보다
	더 심한 공포를 리처드의 영혼에게 주었어.
	날은 아직 안 밝았어. 자, 같이 가자. 220
	난 막사 밑에서 엿듣는 역할을 하면서
	누가 발을 빼려는지 알아볼 것이다.

(리처드와 래트클리프 함께 퇴장)

막사에 앉아 있는 리치먼드에게 귀족들 등장.

귀족들	좋은 아침입니다, 리치먼드.
리치먼드	용서하오, 귀족들과 밤샘하는 신사분들,
	이 게으른 굼벵이를 붙잡고야 말았군요. 225
귀족	백작님, 잘 주무셨습니까?
리치먼드	여러분이 떠난 뒤로 난 졸리는 머리에
	스며든 잠 가운데 최고급의 단잠 잤고

최고로 길한 꿈을 꾸고 있었답니다.
리처드가 살해한 육신들의 혼령이   230
내 막사로 찾아와 승리를 외친 것 같아요.
여러분께 약속건대, 그렇게 고운 꿈을
기억하는 내 마음은 대단히 유쾌하오.
아침은 얼마나 가까이 와 있지요?

귀족   4시 정각이랍니다.   235

리치먼드   허, 그러면 무장하고 지시를 내릴 때군.

                                    (그가 군인들에게 연설한다.)

사랑하는 동포여, 이미 한 말 이상을
시간의 부족과 압박으로 인하여
역설할 순 없지만 이것만은 잊지 마오.
신과 대의명분이 우릴 도와 싸웁니다.   240
성자들과 박해받은 영혼들의 기도가
높이 쌓은 성채처럼 우리 앞에 서 있소.
리처드만 빼놓고 우리가 맞서는 자들은
따르는 그가 아닌 우리가 이기길 바라오.
왜냐하면 그들이 따르는 자, 누구죠?   245
맞아요, 신사들, 잔인한 독재자에 살인자,
핏속에서 높아지고 핏속에 정착한 자,
자기가 가진 걸 얻기 위해 수단을 꾸며 대고
그를 돕는 도구였던 이들을 살육한 자이고,
저 잉글랜드의 옥좌를 배경으로 거기에   250
엉뚱하게 박혀서 귀중해진 비천한 돌이며,
언제나 주님의 적이었던 자니까. 그러니
여러분이 주님의 적에 맞서 싸우면
당연히 그의 군인으로서 보호받을 것이고,

독재자를 무찌르는 일에서 땀 흘리면   255
그 독재자가 살해되었을 땐 편히 자며,
이 나라의 원수들에 맞서서 싸우면
국고에서 수고비를 지불할 것이오.
여러분이 아내의 안전 위해 싸우면
아내는 정복자의 귀향을 환영할 것이오.   260
자식들을 칼에서 해방시켜 준다면
그 자식의 자식들은 늙은 당신 돌볼 거요.
그러니 주님과 이 모든 권리의 이름으로
군기를 앞세우고 뽑고 싶은 칼 뽑아요.
나로서는, 이 대담한 시도의 몸값은   265
이 차가운 땅 위의 차가운 시체일 테지만
내가 만일 성공하면 이 시도의 이득은
이중의 가장 낮은 사람과도 나눌 거요.
용감하고 기분 좋게 북 치고 나팔을 불어라.
주님과 조지 성자, 리치먼드의 승리를 위하여!   270

(함께 퇴장)

리처드, 래트클리프와 군인들 등장.

리처드   노섬벌랜드는 리치먼드에 대해 뭐랬어?
래트클리프   한 번도 군사 훈련 받은 적 없댔어요.
리처드   진실을 말했다. 그러면 서리는 뭐랬어?
래트클리프   웃음 띠며, "우리에겐 안성맞춤." 그랬어요.
리처드   옳은 말을 했는데, 진짜로 그렇단다.   275

(시계가 종을 친다.)

몇 시인지 세어 봐. 달력을 이리 줘.

오늘 해를 본 사람?

래트클리프　　　　　　　　전하, 저는 못 봤습니다.

리처드　그러면 빛나길 거부하는구나, 책력으론

한 시간 전 동쪽을 밝혔어야 하니까.

누구에게 오늘은 어두운 날일 거야.　　　　　　　　280

래트클리프!

래트클리프　전하.

리처드　　오늘 해는 안 보일 것이다.

하늘이 막 찌푸리며 우리 군을 째려봐.

땅 위의 이 눈물 이슬, 사라지면 좋겠어.

오늘은 빛이 안 나? 허, 그게 왜 리치먼드보다　　　　285

내게 더 문제란 말이냐? 나에게 찌푸리는

바로 그 하늘이 그자도 슬피 바라보는데.

노퍽 등장.

노퍽　전하, 무장, 무장해요! 적이 나와 뻐깁니다.

리처드　자, 서둘러, 서둘러. 내 말에 옷 입혀라.

— 스탠리 경을 불러. 군대를 데려오라고 해.　　　　290

— 나도 내 군인들을 전장으로 이끌 테고

전투는 이러한 순서로 벌어질 것이다.

선봉은 다 일렬로 늘어설 터인데,

같은 수의 기병과 보병으로 구성하고

궁수들을 그 중간에 배치할 것이다.　　　　295

존 노퍽 공작과 서리 백작 토머스가

이 보병과 기병의 선두를 맡을 거야.

이렇게 지시를 내린 뒤 짐은 본대 안에서

따라갈 것이고, 그 세력의 좌우익은
짐의 주력 기병이 잘 담당할 것이다.   300
여기에 조지 성자 추가한다. 어때, 노퍽?

노퍽   훌륭한 작전이오, 늠름하신 주상전하.

(그에게 종이를 보여 준다.)

이것을 오늘 아침 막사에서 주웠어요.
"너 노퍽 꼬맹이야, 과감히 나서지 마,
네 주인 리처드 꼬마는 팔려 갔으니까."   305

리처드   적군이 조작한 것이다.
   — 신사들은 각자가 맡은 일을 하러 가라.
횡설수설 꿈 때문에 겁먹지 말도록 해.
양심이란 겁쟁이가 쓰는 말에 불과하고
애초엔 강자들을 외경토록 고안됐다.   310
우리 강한 팔뚝이 양심이고, 칼이 곧 법이다.
진군하라, 용감히 부딪쳐 하늘엔 못 가도
손 맞잡고 지옥 가게 마구마구 싸우자.

(그가 군인들에게 연설한다.)

내 추측 이상으로 무엇을 더 말해야지?
너희가 누굴 상대하는지 기억하라.   315
떠돌이, 불한당, 도망자 무리들,
과밀한 지역에서 못 살고 튕겨 나와
절망적인 모험과 분명한 파멸로 향하는
브르타뉴 찌꺼기, 천한 잡것 농군이다.
그들은 편히 자는 너희에게 불안을 가져오고,   320
너희의 축복받은 토지와 어여쁜 아내를
한쪽은 제한하고 다른 쪽은 더럽히려고 해.
근데 그 지도자가 시시한 놈 아니겠어?

내 모친 돈으로 브르타뉴에 오래 살며
신발 속에 스며든 눈만큼의 추위도   325
일평생 못 느껴 본 얼간이란 말이다.
이 낙오자들을 휘갈겨 바다 건너 되보내자,
우쭐대는 이 프랑스 넝마들 후려쳐 내쫓자.
사는 게 지겨운 굶주린 이 거지들은
어리석은 이 위업의 꿈만 없었더라면   330
이 불쌍한 쥐들은, 생계 없어, 목맸을 것이다.
우리가 정복될 거라면 이 사생아 브르타뉴인들,
우리의 선조들이 그 땅에서 확 때려 부수어
수치의 후계자로 기록해 둔 그놈들이 아니라
어른들이 우릴 정복하라고 해. 그놈들이   335
우리 땅을 즐긴다고? 우리의 아내와 자?
우리 딸들 겁탈해?   (멀리서 북소리)
            쉿, 그자들의 북소리다.
신사들은 싸워라! ― 싸워라, 용감한 자작농들!
 ― 궁수들은 활시위를 끝까지 당겨라!
 ― 오만한 말에게 박차 가해 핏속을 달려라.   340
부서진 창대로 저 하늘을 놀라게 해.

사자 등장.

 ― 스탠리 경은 뭐라 했어? 군사를 데려와?
사자   전하, 오기를 거부한답니다.
리처드 그의 아들 조지의 목을 베라!
노퍽   전하, 적이 이미 습지를 지났어요.   345
그 조지 스탠리는 전투 후에 죽게 하죠.

리처드	내 가슴엔 천 개의 심장이 펄펄 뛴다.
	군기를 내보내라! 적들을 덮쳐라!
	용기 주는 옛 구호, 멋진 조지 성자여,
	불같은 용의 담력 우리에게 넣으소서. 350
	공격하라! 승리는 우리의 투구에 앉았다. (함께 퇴장)

5막 4장

경종. 기습. 군인들을 거느린 노퍽, 그리고

케이츠비 등장.

케이츠비	구출해요, 노퍽 경. 구출해요, 구출해요!
	국왕은 인간을 넘어선 기적을 행하시며
	적에게 온갖 위험 무릅쓴 도전을 하십니다.
	그의 말이 쓰러져 그냥 서서 싸우면서
	죽음의 문턱에서 리치먼드 찾으셔요. 5
	구출해요, 공작님, 안 그러면 패전이오.

(노퍽, 군인들과 함께 퇴장)

경종. 리처드 왕 등장.

리처드 왕	말을, 말을 줘, 내 왕국을 줄 테니 말을 줘!
케이츠비	물러나요, 전하. 제가 말을 가져오죠.
리처드 왕	이 상놈아, 난 생명의 주사위를 던졌고
	그에 따른 위험을 감수할 것이다. 10

5막 4장 장소 보즈워스 들판.

이 전장엔 여섯 리치먼드가 있는 것 같아.

그가 아닌 다섯을 난 오늘 살해했어.

말을, 말을 줘, 내 왕국을 줄 테니 말을 줘!

(함께 퇴장)

5막 5장

경종. 리처드 왕과 리치먼드 등장. 둘이서 싸운다.

리처드가 살해된 다음 퇴각 나팔이 울리면서

리치먼드가 퇴장하고. 리처드의 시신이 옮겨진다.

나팔 신호. 리치먼드. 왕관을 든 스탠리 더비 백작이

다른 귀족들 및 군인들과 함께 등장.

리치먼드   승리한 친구들, 주님과 여러분 팔뚝에 찬사를.

           우리가 이겼고 잔인한 그 개는 죽었소.

  스탠리   용감한 리치먼드, 임무 수행 잘 하셨소.

           (왕관을 바친다.)

           보시오, 오랫동안 찬탈됐던 이 왕관을

           그 잔인한 철면피의 죽은 관자놀이에서   5

           이 몸이 벗겨 내어 그대의 이마를 장식하오.

           이걸 쓰고 즐기면서 소중히 여기시오.

리치먼드   위대한 신께선 모든 것에 아멘 해 주소서.

           그런데 어린 조지 스탠리는 살았어요?

  스탠리   예, 전하, 안전하게 라이스터읍에 있고   10

           괜찮으시다면 거기로 이제 물러나시죠.

5막 5장 장소 보즈워스 들판.

리치먼드	양쪽에서 명망 있는 전사자는 누구죠?
스탠리	존 노퍽 공작, 월터 페러스, 윌리엄 브랜던,
	그리고 로버트 브라큰베리 경들이오.
리치먼드	그들의 시신을 출신에 어울리게 묻어라.

그들의 시신을 출신에 어울리게 묻어라.   15
도망을 쳤다가 투항하여 돌아오겠다는
군인들에게는 사면을 공포하라.
그런 다음 짐은 이미 선서를 하였으니
흰 장미와 붉은 장미 합쳐 놓을 것이오.
그들의 반목에 오래 찌푸리셨던 하늘은   20
이 고운 결합에 미소 지어 주시기를.
그 어떤 역적이 내 말에 아멘을 않겠소?
잉글랜드는 오랫동안 미쳐서 자해했소.
형제가 눈이 멀어 형제 피를 흘렸고,
아버지가 성급히 아들을 도륙했고   25
그 아들은 부득이 그 아비를 도살했소.
이 모든 게 지독한 분열로 갈라졌던
요크와 랭커스터를 갈라놓았답니다.
오, 이제 이 리치먼드와 엘리자베스,
각 왕가의 진정한 계승자 두 사람이   30
신의 고운 명에 의해 합치도록 해 주고,
그 후손이 미래를, 신이 뜻하신다면
매끈한 얼굴의 평화로, 웃음 짓는 풍요와
멋지게 번영하는 나날로 채우게 하소서.
자애로운 주님, 이 잔인한 날들을 되불러   35
딱한 잉글랜드를 피의 강물 속에서 울리려는
역적들의 칼날을 무뎌지게 해 주소서.
이 땅의 고운 평화 반역으로 해치려는 자들이

이 땅의 산물을 살아서는 못 먹게 하소서.
내란의 상처는 멈췄고 평화가 다시 왔소.   40
그것이 오래 살게 신께선 아멘 해 주소서.

(함께 퇴장)

작가 연보

1564년   아버지 존 셰익스피어와 어머니 메리 아든의 장남으로
스트랫퍼드어폰에이번에서 태어남. 4월 26일 세례 받음.

1582년   11월 여덟 살 연상의 앤 해서웨이와 결혼.

1583년   딸 수재너 태어남. 5월 26일 세례 받음.

1585년   아들 햄닛과 딸 주디스(쌍둥이) 태어남. 2월 2일 세례 받음.

1588-1589년   런던에서 최초의 극작품들이 공연됨.

1588-1590년   식구들을 두고 런던으로 감.

1590-1591년   3부작 『헨리 6세(Henry VI)』.

1592-1594년   시집 『비너스와 아도니스(Venus and Adonis)』,
『루크리스의 강간(The Rape of Lucrece)』 출간.
두 시집 모두 사우샘프턴 백작에게 헌정.
로드 체임벌린스 멘 극단의 주주가 됨.
『리처드 3세(Richard III)』,
『실수 희극(The Comedy of Errors)』,
『티투스 안드로니쿠스(Titus Andronicus)』,
『말괄량이 길들이기(The Taming of the Shrew)』,
『베로나의 두 신사(The Two Gentlemen of Verona)』.

1595-1597년	『사랑의 수고는 수포로(Love's Labour's Lostt)』,
	『존 왕(King John)』, 『리처드 2세(Richard II)』,
	『로미오와 줄리엣(Romeo and Juliet)』,
	『한여름 밤의 꿈(A Midsummer Night's Dream)』,
	『베니스의 상인(The Merchant of Venice)』,
	『헨리 4세 1부(Henry IV, Part 1)』,
	『윈저의 즐거운 아낙네들(The Merry Wives of Windsor)』.

1596년 아들 햄닛 사망.

부친의 문장을 사용하는 것을 허가받음.

1597년 스트랫퍼드에서 뉴 플레이스 저택 구입.

1598-1599년 『헨리 4세 2부(Henry IV, Part 2)』,

『헛소문에 큰 소동(Much Ado About Nothing)』,

『헨리 5세(Henry V)』, 『줄리어스 시저(Julius Caesar)』,

『좋으실 대로(As You Like It)』.

셰익스피어의 극단이 새로운 글로브 극장으로 옮겨 감.

1600년 『햄릿(Hamlet)』.

1601-1602년 우화시 「불사조와 산비둘기(The Phoenix and the Turtle)」 발표.

『십이야(Twelfth Night, or What You Will)』,

『트로일로스와 크레시다(Troilus and Cressida)』,

『끝이 좋으면 다 좋다(All's Well That Ends Well)』.

1601년 부친 사망. 9월 8일 장례.

| 1603년 | 엘리자베스 여왕 사망. 스코틀랜드의 제임스 6세가 영국의 제임스 1세가 됨. 셰익스피어의 극단이 킹스 멘이 됨. |

1603년   엘리자베스 여왕 사망. 스코틀랜드의 제임스 6세가
영국의 제임스 1세가 됨.
셰익스피어의 극단이 킹스 멘이 됨.

1604년   『잣대엔 잣대로(Measure for Measure)』, 『오셸로(Othello)』.

1605년   『리어 왕(King Lear)』.

1606년   『맥베스(Macbeth)』,
『안토니와 클레오파트라(Antony and Cleopatra)』.

1607년   6월 5일 딸 수재너 결혼.

1607-1608년   『코리올라누스(Coriolanus)』,
『아테네의 티몬(Timon of Athens)』,
『페리클레스(Pericles)』.

1608년   모친 사망. 9월 9일 장례.

1609-1610년   『심벨린(Cymbeline)』, 『겨울 이야기(The Winter's Tale)』.
『소네트(Sonnets)』 출간.
셰익스피어의 극단이 블랙프라이어스 극장을 매입.

1611년   『태풍(The Tempest)』.
스트랫퍼드로 은퇴.

1612-1613년   『헨리 8세(Henry VIII)』, 『카르데니오(Cardenio)』,
『두 귀족 친척(The Two Noble Kinsmen)』.

1616년   2월 10일 딸 주디스 결혼.
          스트랫퍼드에서 4월 23일 사망.

1623년   글로브 극장 시절의 동료 배우 존 헤밍과 헨리 콘델이
          편집한 셰익스피어의 극작품들이 이절판으로 출판됨.
          부인 앤 해서웨이 사망.

셰익스피어 전집 8

사극 Ⅷ

1판 1쇄 찍음. 2024년 8월 10일
1판 1쇄 펴냄. 2024년 8월 30일

지은이. 윌리엄 셰익스피어
옮긴이. 최종철
발행인. 박근섭 · 박상준

펴낸곳. (주)민음사
출판등록 1966. 5. 19. 제16-490호
주소. 서울시 강남구 도산대로1길 62(신사동)
        강남출판문화센터 5층(135-887)
대표전화. 515-2000 | 팩시밀리 515-2007
홈페이지. www.minumsa.com

978-89-374-3128-9 04840
978-89-374-3120-3 (세트)

* 잘못 만들어진 책은 구입처에서 교환해 드립니다.

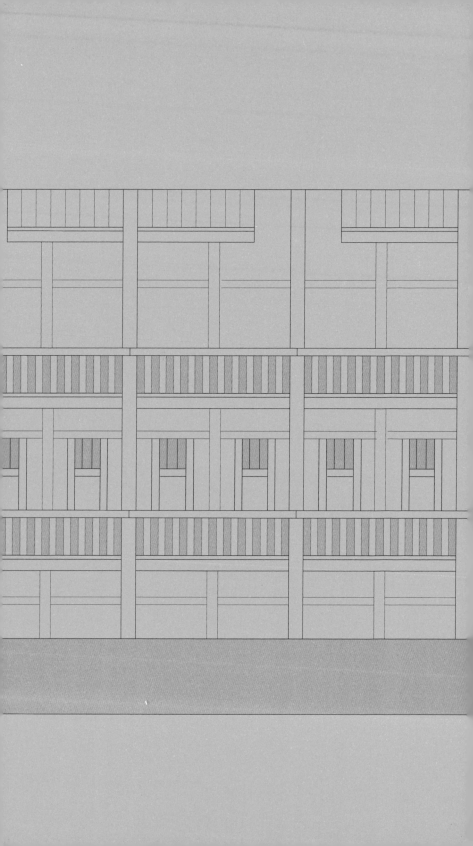